Elizabeth Musser · Der Preis der Treue

Elizabeth Musser

Der Preis der Treue

Aus dem amerikanischen Englisch
von Friedemann Lux

johannis

Die Deutsche Bibliothek – CIP-Einheitsaufnahme

Musser, Elizabeth
Der Preis der Treue / Elizabeth Musser. Aus dem amerikan. Engl. von
Friedemann Lux. – 2. Aufl. – Lahr : Johannis, 2001
(TELOS-Bücher ; 2411 : TELOS-Paperback)
ISBN 3-501-01388-4

TELOS-Paperback 72 411
2. Auflage 2001

Titel der amerikanischen Originalausgabe: TWO DESTINIES

Umschlaggestaltung: Dialog Werbeagentur, Waldbronn

Gesamtherstellung:
St.-Johannis-Druckerei, Lahr/Schwarzwald
Printed in Germany 14847/2001

Diese Geschichte ist meiner geliebten Mutter,
Barbara Butler Goldsmith, gewidmet.
Mein ganzes Leben lang hast du mir vorgelebt,
was es heißt, die Hände und Füße Jesu zu sein –
in deinem Einsatz für »die Geringsten unter meinen
Brüdern« in den Innenstadtbezirken von Atlanta
und überall in der Welt.
Danke, dass du mir gezeigt hast, wie man demütig
und reichlich gibt, ohne jede Hintergedanken,
was man dabei herausbekommt. So eine wie dich
gibt es kein zweites Mal, und ich liebe dich.

Danke!

Als ich dieses Buch schrieb, legte Gott den Finger auf einige wunde Punkte in meinem Leben und schenkte mir den Wunsch, den guten Seiten der Figuren in ihm nachzueifern – will letztlich sagen: Jesus ähnlicher zu werden. Es ist mein Gebet, dass die Worte dieses Buches dem Leser ein wenig von dem zeigen mögen, wer Gott ist, wer wir sind und wer wir werden wollen. »Denn unsre Trübsal, die zeitlich und leicht ist, schafft eine ewige und über alle Maßen gewichtige Herrlichkeit, uns, die wir nicht sehen auf das Sichtbare, sondern auf das Unsichtbare. Denn was sichtbar ist, das ist zeitlich; was aber unsichtbar ist, das ist ewig.« (2. Korinther 4,17-18)

Ich hätte dieses Buch nicht schreiben können, wenn mir nicht so viele meiner Freunde hier in Montpellier geholfen hätten. Den folgenden Personen bin ich zu Dank verpflichtet:

Ian Campbell: Danke, dass du trotz eines übervollen Terminplans dir so oft Zeit genommen hast, mir bei meinen Recherchen zu helfen. Dein weites Herz für die Christen Nordafrikas hat mich durch die Jahre unserer Freundschaft hindurch immer wieder beschämt und mir Auftrieb gegeben.

Muriel Butcher: Danke, dass du auf meine vielen Fragen darüber, was in Algerien geschieht, immer wieder Antworten gefunden hast. Deine Kenntnisse über Kultur und Landessitten und deine Anmerkungen beim Korrekturlesen dieser Seiten waren unersetzlich.

Die algerischen Frauen, mit denen ich sprechen konnte: Danke, dass ihr es gewagt habt, mir Berichte aus erster Hand zu geben über den Krieg in Algerien und über das, was ihr als Christen in diesem Land durchgemacht habt.

Dominique Fabre, der Straßenarbeiter hier in Montpellier: Danke, dass du mir einen Geschmack davon gegeben hast, was es heißt, als Obdachloser zu leben. Es hat dieses Buch zutiefst geprägt.

Michèle Ausseray, Bénédicte Claron, Cathy Carmeni und Catherine Schiltz: Danke für eure Gebete, eure Hilfe bei Dokumenten über Algerien, Informationen über das Rote Kreuz in Montpellier und so viele andere Dinge. Ihr seid liebe Freundinnen.

Trudy Owens und Odette Beauregard, meine Kameradinnen und Weggefährtinnen, Babysitter und Fanklub: Merci.

Und die echte Rislène – Danke für dein Zeugnis und deinen gelebten Glauben vor uns allen hier in der Pompignane-Gemeinde. Gott segne dich und David!

Ein Danke auch an viele auf der anderen Seite des Atlantiks:

Meiner Familie – meinen Eltern, Barbara und Jere Goldsmith, meinen Brüdern, Jere und Glenn, meinen Schwägerinnen, Mary und Kim (Willkommen bei uns!), und meiner Großmutter, Allene Goldsmith: Danke für eure so unermüdliche Hilfe und Gebete.

Ihr seid die Allerbesten! Und meine liebe Nichte, Katie: Danke, dass du mich an einigen deiner ersten Schritte hast teilnehmen lassen! Du gabst mir die Idee zu der kleinen Catherine in diesem Buch.

Margaret DeBorde, Kim Huhman und Laura McDaniel: Danke für die Hilfe, die ihr mit eurem redaktionellen Können diesem Roman habt angedeihen lassen. Und wie immer danke für eure Gastfreundschaft in Atlanta.

Jane Jordan Browne, meine Literaturagentin: Danke für deinen unermüdlichen Einsatz, das Manuskript zur rechten Zeit an den rechten Ort zu bekommen.

Und ein Dankeschön den wunderbaren »Männern« in meinem Leben:

Andrew und Christopher, meine Söhne, die so rasch erwachsen werden: Es ist mir eine Freude mitzuerleben, wie euer Leben erblüht. Wie ihr eure Kreativität, Humor, Barmherzigkeit und Liebe benutzt, um mich und viele andere zu segnen – ich bin stolz darauf, eure Mutter zu sein!

Paul, mein stets geduldiger Ehemann: Es ist ein solches Vorrecht, mit dir Gott zu dienen. Und was meine Bücher betrifft, so triffst du immer genau ins Schwarze, wenn ich dich wieder einmal verzweifelt über den Schreibtisch hinweg anschaue und frage: »Weißt du ein zünftigeres Wort für ›Gewehr‹?« Ich liebc dich.

DEUTSCH-
LAND
Paris
ÖSTERREICH
FRANKREICH
SCHWEIZ
ITALIEN
Montpellier
SPANIEN
MITTELMEER
Algier
Oran
MAROKKO
TUNE-
SIEN
Atlas-Gebirge
ALGERIEN
Ahaggar-Gebirge
(Hoggar)

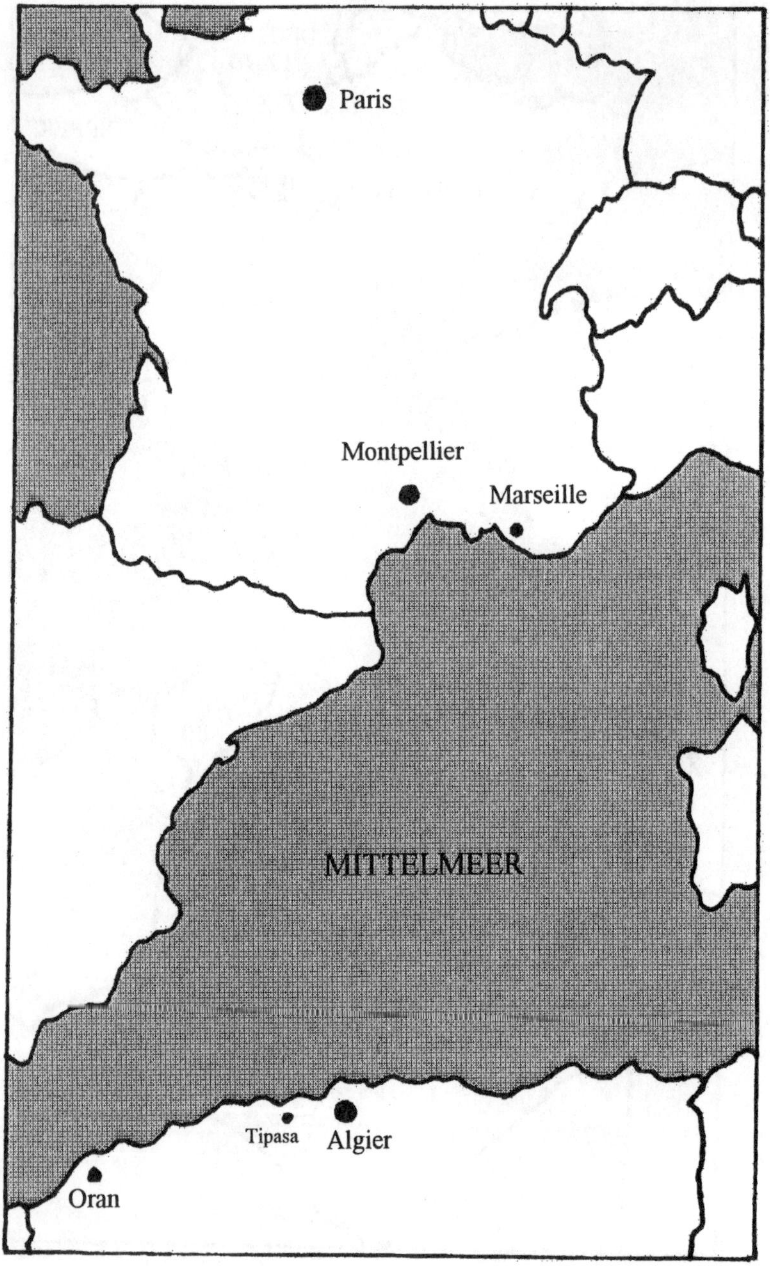
Paris
Montpellier
Marseille
MITTELMEER
Tipasa
Algier
Oran

KAPITEL 1

Montpellier, Frankreich
November 1994

Es war 7.45 Uhr morgens, und der Verkehr kroch die breite Allee im Osten von Montpellier entlang. Die Ampel wurde wieder rot. Ophélie Duchemin runzelte die Stirne und hielt an. Ein Mann klopfte an das Seitenfenster, in seiner Hand war ein Pappschild. Sie las das Schild und schüttelte den Kopf, ohne den Mann anzusehen. Diese Obdachlosen! An jeder größeren Kreuzung in Montpellier mussten sie betteln. Sie spürte einen Gewissensstich. Manchmal gab sie ihnen ein paar Francs, aber heute hatte sie keine Zeit, in ihrem Portemonnaie zu wühlen. Ihre Gedanken waren bei ihren Schülern, und überhaupt, wie wollte sie wissen, ob der Mann sich mit dem Geld ein Brot kaufen würde und nicht die nächste Flasche billigen Rotwein? Sie konnte nicht jedem helfen mit ihrem Lehrergehalt.

Und doch wünschte sie sich, sie könnte dem Mann etwas geben. Sie sah nach vorne, beschwor die Ampel, grün zu werden, damit sie an diesem Jammerbild vorbei und zu ihrer Schule konnte. Nur nicht dem Mann in die Augen sehen, damit das Mitleid nicht zu stark wurde. Endlich grün. Ophélie fuhr aufseufzend an. Der Obdachlose trat zurück auf den Gehsteig und wartete auf seine nächsten Rotlichtopfer.

* * * * *

Ophélie Duchemin wartete auf das Läuten. Sie schaute lächelnd zu, wie die Teenager angeregt plaudernd in das Klassenzimmer strömten. Ihre Stunden mochten sie am liebsten, und Ophélie wusste das; ihre Zufriedenheit stand ihr auf der Nase geschrieben. Bei ihr machte es richtig Spaß, französische Literatur zu lernen.

Sie erhob sich und begrüßte ihre Schüler wie jeden Tag, gab ihnen gleich die erste Nuss zu knacken, ein unbekanntes Zitat von einem großen französischen Autor: *»Je te frapperai sans colère et sans haine«* (»Schlagen werde ich dich ohne Hass und ohne Wut«). Die Stirnen legten sich in Falten, einige blätterten hastig in ihrem Lesebuch, aus dem, wie Ophélie ihnen versichert hatte, sämtliche Zitate kamen.

Sie war groß gewachsen für eine Französin, vielleicht 1,70 Meter groß, schlank und mit langem, glänzendem Haar, das wie ein brauner Wasserfall über ihre Schultern fiel. Ihre Haut war glatt und gesund, ihr Gesicht eine Fundgrube der Gegensätze. Dicke Wimpern und tiefbraune Augen, hohe Wangenknochen, eine leichte Stupsnase, wie bei ihrer Mutter. Man fand sie schön – eine fremde, ernste, fast verborgene Schönheit. Jahrelang hatten sie sie damit aufgezogen, dass sie in ihren Jeans und T-Shirts wie eine von ihren Schülerinnen aussah. Selbst jetzt noch, mit 38 Jahren, sah sie wie eine gut aussehende Studentin aus. Die Schüler steckten die Köpfe zusammen, wenn die Stunde vorbei war. Sie betrachteten sie mit einer Mischung aus Bewunderung und Ehrfurcht. Sie hatte zwei von den kleineren französischen Literaturpreisen gewonnen, und eines ihrer Stücke wurde gerade in einem kleinen Theater in Montpellier aufgeführt. Ophélie Duchemin war einer jener Menschen, die immer überzeugender zu werden schienen, je tiefer man bohrte.

Sie kümmerte sich nicht darum, was für einen Eindruck sie auf die anderen machte. Nach den Schulstunden plauderte sie noch mit ihren Schülern, versuchte ihren Intellekt anzuregen. Die Arbeitslosigkeit in Frankreich war beängstigend hoch, 12 Prozent und immer noch steigend. Ophélie versuchte, ihren Schülern Mut zu machen, weiter zu lernen, nicht aufzugeben, Erfolg zu haben. Träumerin, Visionärin, Mystikerin hatte man sie schon genannt. Passten diese Titel? Sie nahm sich nicht die Zeit, es zu prüfen.

Sie hatte die Stunde bereits begonnen, als die Tür sich öffnete und eine junge Frau hereinschlüpfte, das Gesicht nach unten gerichtet, die Bücher fest gegen die Brust gedrückt. Ophélies Augen folgten dem Mädchen, wie es an seinen Platz ging. Rislène, ihre beste Schülerin, kam immer später zum Unterricht. Ophélie wusste auch, warum. Probleme zu Hause.

Als die Stunde vorbei war, wartete das Mädchen, bis die anderen den Raum verlassen hatten, dann kam es zu Ophélies Pult. »Mademoiselle Duchemin, könnte ... dürfte ich Sie mal sprechen?«

Ophélie sog scharf die Luft ein, als sie die blauen Flecken auf dem Gesicht des Mädchens sah. »Was ist passiert?«

»Mein Vater ... er hat's herausgefunden, dass ich zu den Leuten in Ihrer Kirche gehe.«

»O, Rislène!« Sie stand auf und nahm die zitternde junge Frau in ihre Arme. »Das tut mir ja so Leid! Wie hat er das herausgefunden?«

»Meine Schwester. Sie hat mich verraten.« Rislène wischte sich eine Träne ab und legte die Hand auf den Mund, um das Schluchzen zu unterdrücken. »Ich hab solche Angst, heute Abend nach Hause zu gehen, ich weiß nicht, was er noch machen wird ...«

Ophélie schloss die Augen, um nachzudenken. Es waren unsichere Zeiten für die Algerier in Frankreich. Der Bürgerkrieg in ihrem Land drohte nach Frankreich überzugreifen, man konnte die Angst förmlich riechen. Und Rislènes Geschichte erinnerte an so viele andere. Als junge Nordafrikanerin, die in Frankreich aufgewachsen war, war sie eigentlich ganz Französin. Aber in den letzten Jahren war der islamische Fundamentalismus auf dem Vormarsch; immer mehr Väter verlangten von ihren Töchtern, den *Hijab*, das muslimische Kopftuch, zu tragen und zum Gottesdienst in die überall in Frankreich emporschießenden neuen Moscheen zu gehen.

Aber Rislènes Lage war ganz besonders gefährlich, denn sie hatte die unvergebbare Sünde begangen und war Christ geworden. Jetzt hatte ihr Vater dies herausgefunden, und Ophélie wusste, dass das Ergebnis blutig werden konnte. Ein blaues Auge war womöglich erst der Anfang.

Sie nahm Rislènes Hände und sah ihr in die Augen. »Du kommst erst mal zu mir, so lange, bis wir etwas anderes haben. Komm in meine Wohnung. Ich rufe meinen Vater an, der wird einen Rat wissen.« Sie berührte vorsichtig das Gesicht des Mädchens. Die hässliche Schwellung ging über ihr ganzes linkes Auge und die Wange. Rislène war schlank, mit dickem schwarzem Haar und olivenfarbener Haut. Normalerweise war ihr Lächeln ansteckend, aber heute weinte sie und machte einen verstörten Eindruck.

»Komm nach dem Unterricht wieder zu mir, gegen fünf. Hab keine Angst, das wird schon alles.« Sie schaute dem Mädchen hinterher, wie es das Klassenzimmer verließ, Kopf gesenkt, eine Hand über dem Gesicht, als trauerte sie. Was ja stimmte. Die wütende Hand ihres Vaters hatte Rislène gerade ihre Kindheit genommen.

* * * * *

Das Teenagermädchen saß in eine hellblaue Wolldecke gewickelt auf Ophélies geblümtem Sofa. In dem Dämmerlicht fiel der blaue Fleck auf Rislènes dunkler Wange nicht mehr so auf. Ophélie bot ihr eine Tasse Tee an, die sie dankbar annahm. Sie hielt ihr Gesicht über die Tasse und ließ sich von dem Dampf wärmen.

Sie nahm einen Schluck. »Es ist schlimmer, als Sie denken, Mademoiselle Duchemin.«

»Nenne mich einfach Ophélie.«

»Gut – Ophélie.« Rislène lächelte schüchtern. »Ich habe ja das Allerschlimmste getan. Ich bin Christ geworden, ich habe mich taufen lassen, und jetzt ...« Sie zögerte. »... jetzt liebe ich auch noch einen Christen. Die bringen mich um, wenn ich zurückgehe, bestimmt.« Sie biss sich auf die Lippe. Sie zitterte unter der Decke.

»Gibt es jemanden, der mit deinen Eltern reden könnte? Vielleicht jemand von der Mission? Ich werde die Sache mal meinem Vater vortragen.«

»Mein Vater würde Monsieur Hoffmann nie in seine Wohnung lassen. Ihr Vater hat ja schon einmal versucht, mit ihm zu sprechen ...« Der Zeiger der Uhr zeigte auf halb sechs, der Novemberhimmel wurde rapide dunkler. »Aber vielleicht Madame Hoffmann?«

»Gabriella? Meine Stiefmutter? Kennt deine Mutter Gabriella?«

»Ja, sie haben sich schon mal gesehen. Sie mag sie ... Aber es geht nur, wenn mein Vater nicht da ist. Es wäre gefährlich, aber vielleicht ...«

»Ich rufe sie gleich mal an.«

Sie nahm das Telefon. Sie kannte die Nummer auswendig, sie wählte sie fast jeden Tag. Ihr Vater, David Hoffmann, und seine Frau Gabriella hatten lange Jahre in Algerien gelebt, bis 1985, als das vom Militär unterstützte Regime sie im Rahmen seiner Kampagne gegen religiöse Gruppen, die ihm gefährlich werden konnten, hinausgeworfen hatte. David war seitdem der Regionalleiter eines Missionswerkes, das Missionare nach Nordafrika aussandte.

»Hallo? Hey, Bri, ich bin's! Wie geht's? ... Und Papa? ... Gut. ... Oh, mir geht's gut, nur hundert Arbeiten zum Korrigieren.« Ihre Stimme wurde ernster und leiser. »Hör zu, Bri! Ich hab gerade eine meiner Schülerinnen bei mir. Rislène – kennst du sie? Ja, also, es gibt da ein Problem.« Sie erzählte die Geschichte. Die Reaktion ihrer Mutter überraschte sie nicht.

»Ich komme gleich, Ophélie.«

* * * * *

Es klingelte an der Tür. Ophélie öffnete und begrüßte Gabriella Hoffmann. Sie musste oft daran denken, welch ein Segen es war, Gabriella zu haben. Seit nunmehr dreißig Jahren war ihre Stiefmutter ihr eine der besten Freundinnen, jemand, dem sie alles sagen konnte. Da stand sie vor ihr, ihr leuchtend rotes, allmählich grau geflecktes Haar zu einem langen Zopf gebändigt. Sie war über fünfzig – ihren 50. Geburtstag hatten sie vor zwei Jahren mit einer ganzen Überraschungswoche gefeiert –, und ihre cremefarbene Haut war von winzigen Fältchen durchzogen, die sich bei jedem Lächeln wie ein Kranz um ihre hellblauen Augen legten.

Sie küsste Ophélie dreimal auf die Wange, wie es in Montpellier Sitte war, dann trat sie zu Rislène, jede Geste natürlich und ungezwungen. Gabriella liebte die Algerier womöglich noch mehr, als Ophélie das tat. Fast zwanzig Jahre ihres Lebens hatte sie an der Seite ihres Mannes als Missionarin in diesem Land verbracht.

Ophélie schaute zu, wie Gabriella leise mit Rislène redete. Die Erinnerungen kamen. Sechs Jahre war sie gewesen, als sie Gabriella kennen lernte. Es war Anfang der 60er-Jahre gewesen, als der Krieg Algerien zerriss, und die verängstigte Kleine hatte sie sofort gemocht, die schöne rothaarige Frau, die das gleiche Hugenottenkreuz trug wie sie. Sie hatte ihr geholfen, ihre Mutter, Anne-Marie, wieder zu finden. Ophélies Erinnerungen an Algerien waren wie ein Haufen dunkler Splitter – so viele Geschichten, dass sie nicht immer unterscheiden konnte zwischen tatsächlicher und vermuteter Erinnerung.

Aber das Wichtigste wusste sie. Sie war in Algerien geboren worden, als Tochter von Anne-Marie Duchemin, als ihre Mutter noch eine Teenagerin war. Sie waren *Pied-noirs,* also französische Bürger, die in Algerien lebten. Ihren Vater hatte Ophélie nie gekannt, bis er eines Tages mitten in dem Algerienkrieg in ihr junges Leben hineinspazierte – David Hoffmann, ein mutiger, faszinierender Amerikaner, der gar nicht gewusst hatte, dass er eine Tochter hatte. Dass ihre Eltern heirateten, es hatte nicht sein sollen, es war eine bloße Jugendliebe gewiesen. Aber dann war es doch noch gut geworden. Ophélie lächelte wehmütig bei der Erinnerung an das glückliche Ende des langen Wirrwarrs. Mama hatte Moustafa geheiratet und Papa Gabriella, sodass sie, wenn man so wollte, vier Eltern hatte.

Ein paar Jahre nach Ende des Krieges hatte Ophélie dann mit ihrer Mutter Anne-Marie und ihrem Stiefvater Moustafa im Hafen von Marseilles gestanden und David und Gabriella hinterhergewinkt, als sie im Herbst 1965 nach Algerien fuhren, Bri mit dem ersten Kind in den Armen. Es war eine Tortur für Moustafa gewesen zuzuschauen, wie die Hoffmanns in seine Heimat aufbrachen. Er selber konnte nicht mehr zurück, denn er war der Sohn eines Harki, also eines algerischen Soldaten, der für Frankreich gekämpft hatte. Als Algerien 1962 unabhängig wurde, hatte man die *Harkis* samt ihren Familien als »Verräter« ermordet. Nur ein paar Tausend war die Flucht nach Frankreich gelungen. Wäre Moustafa zurück nach Algerien gegangen, man hätte ihn sofort erkannt und umgebracht. Mama und Moustafa hatten einander fest umklammert und die neunjährige Ophélie noch mehr, dort in dem Hafen. Das Bild war in ihr Gedächtnis gebrannt.

Dann waren die langen Briefe gekommen, die ihre Mutter und Gabriella ausgetauscht hatten. Und die Besuche ihres Vaters und Gabriellas in Frankreich, um ihren Freunden das zweite, dann das dritte Kind vorzustellen. Ophélie erinnerte sich an Mamas nostalgisches Lächeln dabei, die Traurigkeit, die sie so gut zu verbergen wusste. O, sie hatte gewusst, wie verzweifelt Mama und Moustafa sich ein Kind wünschten. Und wie sie selber sich nach einem Geschwisterchen gesehnt hatte! Und dann dieses herrliche Gefühl an ihrem 12. Geburtstag, als Mama sie in ihr Zimmer in dem großen Bauernhaus rief und ihrer Tochter das Geheimnis zuflüsterte: »Wir bekommen ein Baby, Ophélie. Gott hat unsere Gebete erhört ...«

Ophélie fasste sich unwillkürlich an den Bauch, wünschte die Erinnerungen auf einmal weg. Sie fühlte sich so schutzlos heute. Ihre Kinder waren ihre Schüler, Jugendliche, die mit ihrer Zukunft kämpften; eigene Kinder hatte sie keine. Sie bekam manchmal diese plötzlichen Magenschmerzen, wenn sie sich in ihren Erinnerungen verlor.

Sie war 38, allein stehend, die Lieblingstante diverser Neffen und Nichten, eine zweite Mutter für ihre fünf Halbbrüder und Halbschwestern. Ihr Leben war voll von jungen Menschen. Vielleicht sah sie deshalb selber noch so jung aus. Vielleicht. Kein Mann, keine Kinder, aber Gott war gnädig gewesen und hatte ihr Leben mit so vielen anderen gefüllt. Der Schmerz ließ nach.

Gabriella erhob sich, Rislène ebenfalls. »Also, Ophélie, Rislène ist einverstanden, bei dir zu übernachten. Ich versuche morgen, ihre Mutter zu besuchen. Sofort zurück kann sie nicht, das wäre viel zu gefährlich.«

»Danke, Bri.« Ophélie nahm Rislènes Hand. »Du darfst gerne hier bleiben.«

»*Merci,* Ophélie.« Das arabische Mädchen umarmte sie fest. »Und merci, Madame Hoffmann. Ich danke Ihnen beiden.«

* * * * *

Rislène schlief friedlich in Ophélies Bett. Nach einem leichten Abendessen und einer kurzen Rekapitulierung mehrerer Gedichte, die sie gerade im Unterricht behandelten, hatte Ophélie dem Mädchen ein langes T-Shirt gegeben, und es hatte sich hingelegt. Jetzt saß Ophélie mit untergeschlagenen Beinen auf dem Sofa, inmitten eines Haufens aus Heften. Ein leichter Knoblauchduft hing noch in der Luft. Aus dem Hintergrund kamen von einem mit Büchern und einer kleinen Stereoanlage voll gestopften Kieferregal leise Flötenklänge, dann und wann unterstrichen von einem hohen Arpeggio der Holzbläser.

So korrigierte sie gerne Klassenarbeiten – eingekuschelt in ein geordnetes Chaos und mit einer Tasse *Tisane*, einem der köstlichen französischen Kräutertees, in der Hand. Heute Abend war ihre Zufriedenheit so voll wie der helle Mond draußen. Zum Abendessen hatte es Endiviensalat mit Avokados und Schinken- und Eistückchen gegeben. Sie hatte den Salat in ihrer speziellen Soße angemacht, mit scharfem Dijon-Senf, Rotweinessig und dem reinen Olivenöl, für das die Gegend um Montpellier so bekannt war; den letzten Pfiff hatten Knoblauch und Petersilie gegeben.

Sie hatten gelacht und sich über alles Mögliche unterhalten, dass Rislènes Vater für den Augenblick vergessen war. Sie hatten sich über Worte aus den Evangelien ausgetauscht und sich dann drei Gedichte von Paul Verlaine vorgelesen. Ophélie hatte oft Gäste zum Dinner, aber heute Abend war die furchtbare Einsamkeit, die sie sonst meist überfiel, wenn sie wieder gegangen waren, ausgeblieben. Es war ja noch jemand in der Wohnung, ein Stück Wärme. Ophélie hatte noch nie Angst davor gehabt, allein zu wohnen. Sie liebte die Stille, sie brauchte die Stunden, wo sie ganz mit sich selbst allein war. Schon als Studentin hatte sie ihre Probleme mit Zimmergenossinnen gehabt. Aber sie vermisste einen Menschen neben sich.

In ihrem Herzen wusste sie, dass sie auf einen Mann wartete, aber sie schob den Gedanken entschlossen weg. Sie wandte sich wieder den Klassenarbeiten zu, und einen Augenblick wanderten ihre Gedanken zurück zu der fernen Küste Algeriens. Dort hatte sie einmal gewohnt, damals, vor so langer

Zeit. Jetzt schien das Land versessen auf den nächsten Krieg zu sein – einen Bürgerkrieg, und selbst nach den Algeriern, die in Frankreich lebten, streckte der islamische Fundamentalismus, der durch den einst sozialistischen Staat fegte, seine eiserne Faust aus. Rislène ...

Die Flöte jubilierte ein hohes F, das Orchester verstummte. Ophélie ging das letzte Heft durch, knipste das Licht aus, blieb im Dunkeln sitzen und schaute lange zu dem vollen Mond hinaus.

* * * * *

Gabriella Hoffmann zögerte einen kurzen Augenblick, dann drückte sie den Klingelknopf der Wohnung im 6. Stock. Das Treppenhaus stank nach Hundepisse. Die Tür öffnete sich halb. Gabriella lächelte die arabische Frau mittleren Alters an, verneigte sich und sagte leise auf Arabisch: »Madame Namani, dürfte ich Sie auf eine Tasse Tee zu mir einladen? Sie erinnern sich doch an mich? Madame Hoffmann.«

»Ja, doch ...« Das Lächeln war kalt, die schwarzen Augen misstrauisch. Die Frau sah kurz nach hinten, dann trat sie in den Flur, die Tür hinter sich zuziehend. Ihre Stimme war kaum ein Flüstern. »Sie kommen doch wegen Rislène, nicht wahr?«

»Ja.«

»Ich kann jetzt nicht mit Ihnen reden. Meine Tochter ist hier und würde alles, was sie hört, Rislènes Vater weitersagen.«

»Wann können wir uns treffen?«

Die Frau blickte sich verstohlen um. »Freitagnachmittag. Ich komme zu Ihnen. Wie letztes Mal, nicht wahr?«

»Ja. Die Buslinie 9, bis zur Endstation.«

»Ja, ich weiß noch.«

»Schön, Freitag also.« Gabriella drehte sich um, um zu gehen, aber Madame Namani packte ihren Arm.

»Geht es Rislène gut?«

»Ja, sehr gut.«

»Passen Sie gut auf sie auf. Sie ist ja so dumm gewesen.«

Aus der Wohnung kam eine Mädchenstimme. »Mama! Wer ist da, Mama?«

»Ich muss gehen«, flüsterte Madame Namani. »Keiner, Spatz«, rief sie auf Arabisch und öffnete die Tür. »Wieder so ein Vertreter, du weißt ja, wie die sind.«

Gabriella ging zum Aufzug. Als sie drinnen war, wischte sie sich den Schweiß von der Stirn. Es war relativ gut gegangen. Wenn man allein mit ihr sprach, hörte eine muslimische Frau manchmal lange genug zu, um zu verstehen zu versuchen, warum ihr Kind den Islam »verraten« hatte. Gabriella hatte schon einmal mit Madame Namani gesprochen. Sie schien eine vernünftige Frau zu sein.

Die paar Sätze auf Arabisch hatten ihr Herz schneller schlagen lassen. Wie sie diese Menschen liebte! Zwanzig Jahre ihres Lebens hatte sie den Algeriern geschenkt. Eigentlich war es ironisch, dass sie und David just nach dem algerischen Unabhängigkeitskrieg dorthin gezogen waren, als so viele ihrer Freunde nach Frankreich flohen. Anne-Marie und Moustafa, Ophélie, Eliane und Rémi Cebrian – diese *Pied-noirs* und *Harkis* hatten in Frankreich ein neues Leben begonnen. Aber sie und David hatten den Ruf nach Algerien gespürt. Sie waren Zeugen der jungen Unabhängigkeit des Landes geworden, hatten seine Menschen lieb gewonnen und die arabische Sprache gemeistert.

Dass David in dem Land leben wollte, wo er 1962, am Ende des Krieges, vier Albtraummonate zugebracht hatte, war das erste von vielen Wundern Gottes gewesen, die sie in dieses Land gerufen hatten. Sie spürte noch die heißen Tränen, die sie vor ihren algerischen Freunden geweint hatten, als im Frühjahr 1985 das »Aus« von der Regierung gekommen war: Alle Missionare raus, und das sofort! Sie waren schon Jahre länger dort gewesen als die meisten anderen. Und jetzt die Ausweisung.

Aber ihre Arbeit war damit nicht zu Ende gewesen. Frankreich beherbergte jetzt an die vier Millionen Nordafrikaner, und der Hass und die Vorurteile waren nur noch stärker geworden im Laufe der Jahre. Und jetzt verlangten die rechtgläubigen Muslime, dass Frankreich ihre Religion anerkannte. Dass die Mädchen den *Hijab* zur Schule tragen durften. Dass Moscheen gebaut wurden. Nicht nur die Kultur und die

Sprache, sondern jetzt auch die Religion, einst Privatsache in den vier Wänden, schnitt sich für den Geschmack der Franzosen ein zu großes Stück vom Kuchen ab.

Sie trat in den kühlen Mistralwind des Novembermittags hinaus. Gabriella liebte Montpellier, so wie sie Algerien und Senegal und Amerika geliebt hatte. So viele Abenteuer in ihrem Leben. Sie dachte an ihre drei Kinder, die jetzt alle erwachsen waren und der Jüngste auf der Universität. Sie hatten schon zwei Enkelkinder, sie und David.

Dann dachte sie an Ophélie. Wie eine Tochter war ihr das Kind gewesen. Es war halb in Anne-Maries und Moustafas Bauernhaus in Lodève aufgewachsen und halb in ihrer und Davids Wohnung in dem Waisenhaus in Castelneau, bis die Hoffmanns 1965 nach Algerien gezogen waren. Darauf waren die Besuche wesentlich seltener geworden, aber die Briefe waren voll Herzlichkeit und Liebe.

Dass Ophélie nicht geheiratet hatte, tat Anne-Marie im Herzen weh, das wusste Gabriella. Die Welt war nicht mehr nur für Paare da. Eine intelligente, begabte Lehrerin, die ihre Arbeit liebte, hatte tausend Möglichkeiten. Vielleicht war Rislène eine neue Möglichkeit. Ophélie strahlte Mitgefühl, Zuversicht und Glauben aus. Es war eine Freude, ihr zuzuschauen. Und jetzt Rislène ...

* * * * *

Nazira wusste, dass ihre Mutter log. Sie hatte Arabisch gesprochen im Flur, und die andere Stimme hatte einer Frau gehört und nicht einem Vertreter. Sie lief an das Fenster, das auf den Hof ging, und sah, wie eine ältere Frau mit langem rotem Haar den Wohnblock verließ. Da war bestimmt jemand gekommen, um mit Mama über Rislène zu sprechen ...

Sie lachte leise. Mama konnte die Wahrheit nicht vor ihr verbergen. Wenn sie nur wartete, Mama beobachtete und ihr auf den Markt folgte, würde sie schon herausbekommen, wo ihre Schwester war.

Dumme Rislène! Zum Christentum übertreten ... Nazira wurde schlecht vor Wut, wenn sie daran dachte. Sie, die so stolz den *Hijab* trug und treu zur Moschee ging, sie konnte es nicht dulden, dass ihre Schwester ihre Familie, ihr Erbe, ihre Religion so verraten hatte. Rislène musste bestraft werden.

»Bitte sag's nicht Papa, Nazira!« Sie erinnerte sich an die Tränen ihrer Schwester, als sie sie wegen der Bibel, die sie unter ihrer Matratze gefunden hatte, zur Rede stellte. »Hör mir doch zu ...«

Sie war zu aufgebracht gewesen, um sich Rislènes Erklärung anzuhören. Irgendetwas über Gnade und Erlösung. Und dass dieser Prophet Jesus Gottes Sohn war. Wie konnte sie so etwas glauben? Sie hatten doch beide die ganzen Jahre treu den Koran gelernt. Jesus war ein Prophet, schön, aber Mohammed war der größte Prophet und Allah der eine wahre Gott. Die Christen waren Irrlehrer, die drei Götter anbeteten. Wie konnte Rislène so etwas glauben?

Mama trat neben sie. »Was machst du, Spatz?« In ihrer Stimme schwang Angst.

Nazira drehte sich achselzuckend um und ging in ihr Zimmer. »Muss eben noch was erledigen Mama. Ruf mich, wenn du mich zum Essenrichten brauchst.« Sie schloss die Tür hinter sich und murmelte: »Rislène ist eine Verräterin. Das wird sie büßen!«

KAPITEL 2

Er hatte bald kein Geld mehr, und betteln wollte er nicht. Die hinfälligen alten Männer, die mit einer Flasche im Arm im Stadtzentrum saßen und den Passanten ihre ausgestreckten Hände hinhielten, wollten ihm vor Wut und Mitleid den Magen umdrehen. Auch die jüngeren Männer mit ihren stoppeligen Bärten und den Pappschildern: *Bitte eine Spende, habe Hunger*. Um Geld betteln war nicht sein Stil. Noch nicht jedenfalls.

Er wischte sich eine filzige dunkle Haarsträhne aus den Augen. Ein Schmerzstich schoss durch seinen Arm, er verfluchte unhörbar seine verkrüppelte Hand. Diese Hand, und sonst nichts, hatte ihn auf die Straße gebracht. Er streckte sie aus, die gesunde andere daneben. Die linke Hand war vollständig: schlanke, lange Finger, auf dem Handrücken weiches braunes Haar, darunter die Haut, jetzt trocken und rissig. Warum musste es die rechte Hand sein damals? Er hatte doch schon so genug verloren. Daumen und Zeigefinger hatten sie ihm amputiert. »Es ist ein Wunder, dass Sie die Hand überhaupt noch haben«, hatten sie gesagt. Ihre Haut war rötlich und ohne ein einziges Haar, das groteske Endergebnis von zig Hautverpflanzungen und Operationen.

Er fluchte wieder, diesmal nicht über seine Hand, sondern über sein Gehirn, das immer noch nach Entschuldigungen suchte. *Das Leben geht weiter, Ceb.* Seit über drei Jahren war dies sein Motto, und wo war er jetzt? Auf der Straße, die Kleider zerschlissen, die haselnussbraunen Augen rot vor Müdigkeit, die Haut spröde von zu vielen kalten Nächten draußen. Letzte Woche hatte er einmal in einem Schaufenster sein Spiegelbild gesehen. Er hatte es ungläubig angestarrt. Doch, das war er gewesen, ein obdachloser Mittdreißiger, elend und alt.

Die von einer katholischen Gemeinde geführte Suppenküche öffnete täglich um zwölf. Die Räume füllten sich rasch mit den Obdachlosen der Stadt, und er hatte es gelernt, schon früh am Vormittag da zu sein, um auch ganz bestimmt ein Essen zu bekommen. Heute war die Sonne hell und der Mistral frisch. Er zog den Mantelkragen zu den Ohren hoch und musterte seine Nachbarn. Die meisten waren Männer, aber hier und da stand mit gesenktem Kopf eine Frau, manchmal mit mehreren Kindern im Schlepptau.

Die Schlange kroch nach vorne, er trat in die Wärme des Gebäudes. Das Klappern von Bestecken grüßte seine Ohren. Er nahm seine Schüssel in Empfang und ging in den Raum nebenan, wo die Tische standen. Eine junge Mutter hielt ein zappelndes, kreischendes Kleinkind in den Armen. Sie schaffte es, einen Löffel von der Suppe in seinen Mund zu bugsieren, und es begann laut zu schlürfen.

In dem schmalen Gang zwischen den Tischen rannte ein kleines Mädchen, das ebenfalls zu der Frau gehörte, hin und her. Es lachte auf, als ein paar ältere Männer ihm den Kopf tätschelten. Einer hielt ihm ein Bonbon hin. Das Kind schob es sich in den Mund, bevor die Mutter protestieren konnte, dann rannte es weiter durch den Saal, schoss zwischen den Tischen durch, spielte mit den paar anderen Kindern Guckguck.

Ceb beobachtete das Mädchen, die Andeutung eines Lächelns auf den Lippen. Dann wandte er sich wieder seiner Suppe zu, löffelte langsam und gründlich, genoss den Dampf vor seiner Nase. Das Kind mochte so alt wie Marion sein, höchstens fünf. Marion! Die Erinnerung an die langen braunen Ringellocken und die hellwachen, so vertrauensvollen Augen gab ihm einen Stich durch die eigenen Augen. Er durfte nicht an Marion denken. Er aß weiter die heiße Suppe, ließ sich von ihr aufwärmen. Der Lärm in dem Saal war gerade die richtige Kulisse, um sich in seinen Gedanken zu verlieren.

Plötzlich ein Schrei von der anderen Seite des Raumes, eine Frauenstimme. »Hilfe! Hilfe! Mein Kind!«

Ceb drehte sich in die Richtung. Das kleine Mädchen lag rücklings auf dem Boden, die Hand an der Kehle. Instinktiv schob er seinen Stuhl zurück, stand auf und lief zu der Mutter, die anfing, das Kind zu schütteln. Ein paar Frauen drängten sich um sie. Eine packte das Kind, legte es über ihre Knie und schlug ihm kräftig auf den Rücken.

Nichts half. »Sie erstickt!« schluchzte die Mutter.

Jemand rief durch den Raum: »Einen Notarzt! Ruft den Notarzt, schnell!«

Da lag das Kind vor hundert obdachlosen Menschen in dem Suppenküchensaal und war dabei zu ersticken. Das Gesicht wurde langsam blau, die Augen quollen hervor. Ceb ging hinter dem Kind auf die Knie, legte seine Arme um die kleine Brust, drückte fest, wie er es gelernt hatte, um das Bonbon los zu bekommen, das in der Kehle stecken musste. Umsonst.

Er ließ los, zog rasch ein kleines Taschenmesser aus der Hosentasche, legte das Mädchen wieder auf den Rücken und kniete sich neben es. »Entschuldigen Sie, ich kann helfen.« Er nickte auf das Messer hinunter. Die Mutter sah ihn an, Entsetzen in den Augen.

»Wollen ... wollen Sie sie töten?«

Ceb schüttelte den Kopf. »Ich muss einen Luftröhrenschnitt machen. Ihre Luftröhre ist verstopft. Wenn ich es nicht sofort mache ... Wir können nicht warten.«

Sie packte seinen Arm. »Wissen Sie denn, wie das geht?«

Er sah sie an und legte sachte eine Hand auf ihre Schulter. »Ich habe das schon öfter gemacht, vertrauen Sie mir. Sie stirbt sonst.« Er staunte selber, wie ruhig er klang. Er drehte sich zu mehreren Männern hin, die dabeistanden. »Treten Sie bitte zurück und besorgen Sie mir ein paar saubere Geschirrtücher. Und holen Sie so schnell wie möglich den Notarzt.«

Der Schweiß perlte auf seiner Stirn, seine linke Hand zitterte fast unmerklich. Erst jetzt spürte er so richtig, dass die rechte ja zu nichts taugte, und eine kurze Panik durchschoss ihn. Ja, doch, er hatte Luftröhrenschnitte durchgeführt, aber nie mit der linken Hand. Das war vor dem Unfall gewesen ...

»Halten Sie sie bitte ganz fest«, sagte er zu zweien der Männer.

Er schloss die Augen, ganz wie früher, zwang sich, sich zu konzentrieren. Es wurde still in dem Saal. Er tastete vorsichtig über die Kehle des keuchenden Kindes, fand die Stelle, stieß das Messer hinein. Die Mutter schrie auf, als das Blut kam. »Bringen Sie sie bitte weg«, sagte er, die Stimme fest, sicher, ruhig.

Fünf Minuten lang arbeitete er. Der Puls pochte ihm durch die Schläfen. Es ging; die starke linke Hand ersetzte die verkrüppelte rechte. Er sah, wie die Lungen des Kindes sich wieder mit Luft füllten, die blaue Farbe wich aus dem Gesicht.

Das Notarztteam kam und begann seine erste Hilfe. Ein muskulöser mittelalter Sanitäter packte Ceb am Arm. »Wo haben Sie das denn gelernt? Das hätte ja ein Chirurg nicht besser machen können!«

Cebs Herz donnerte in seinen Ohren. Der Raum wollte sich um ihn schließen, ihn ersticken. Die Sanitäter schoben das Kind auf eine Trage und gingen hinaus zu dem wartenden Wagen. Ceb erwiderte den Armdruck des Muskulösen. »Wird sie es schaffen?«

Der Mann sah ihn forschend an. »Das wissen Sie doch selber.«

Hochrufe im Saal. Von draußen die Sirene des wegfahrenden Notarztwagens. Die Obdachlosen sahen ihm hinterher, dann wandten sie sich ihrer lauwarm gewordenen Suppe zu.

Mehrere Frauen fragten, wo der Fremde, der das kleine Mädchen gerettet hatte, war. Er war nirgends zu sehen. Man begann zu flüstern. »Habt ihr die verkrüppelte Hand gesehen ... Das war ein Wunder ...«

Ceb lief durch die Nebengassen hinter der Suppenküche, das Messer wieder in der Hosentasche. Sein Magen knurrte, beide Hände zitterten heftig. Er konnte nicht zurück, auf lange Zeit nicht mehr. Aber auf seinem Gesicht war, kaum sichtbar hinter dem filzigen Bart, ein Lächeln, und in seinen Augen glänzten Tränen.

* * * * *

Ceb zehrte lange von der Erinnerung an das Mädchen, sah wieder, wie die Farbe zurück in das kleine Gesicht kam, spürte die Macht des Messers in seiner Hand – seiner linken Hand – und die Macht des Wissens, was er mit ihm zu tun hatte. Er wanderte mit neuer Hoffnung durch die Straßen von Montpellier. Hier war immer etwas los, und Ceb brauchte etwas zu tun. Vor seinem Sturz war er immer ein Stück gefesselt gewesen. Es hatte immer die Chance des Risikos gegeben, doch nie die völlige Freiheit, die er jetzt kannte. Er liebte und hasste sie, diese Freiheit.

Eine Studentenclique begann sich lautstark zu zerstreuen, es wurde bitterkalt. Ceb begann seine »Runde«, wie er es nannte. Auf einer Parkbank an dem großen Platz in der Stadtmitte lag ein Obdachloser, Jean-Marc. Er lag jeden Freitagabend dort und schnarchte seinen Rausch aus, in einer Hand noch eine leere Flasche vom billigsten Wein. Neben der Bank lag ein struppiger schwarzer Hund. Ceb gab dem Schläfer einen freundlichen Rippenstoß. »Schon so früh draußen, Jean-Marc?« Er zog den nuschelnd vor sich hin fluchenden Mann hoch, dass er sich setzen musste. »Hier ists heute zu kalt für dich. Drüben im *Foyer* haben sie 'nen Schlafsack für dich.«

»Das *Foyer* ist zu.«

»Ich weiß, aber ich hab sie gebeten, 'nen Schlafsack draußen zu lassen. Komm, Kumpel.« Er legte seinen Arm um Jean-Marcs Taille; halb trug, halb zog er ihn über den leeren Platz. Sie tauchten in den Schatten der Altstadtgebäude ein, die sich hoch und spöttisch erhoben. Es war Schwerarbeit, den Stadtstreicher durch die engen Gassen zu dem kleinen Asyl hinter dem Bahnhof zu bringen, wo man in den Wintermonaten kostenlos Decken und Schlafsäcke bekam, aber Ceb liebte diese Arbeit. Er hatte ihn sich selber geschaffen, diesen Posten eines Obdachlosen-Nachtwächters, der zusah, dass diese armen Teufel nicht in den kalten Novembernächten erfroren. Für Ceb war es ein Spiel – ein Spiel auf Leben und Tod, das neue Energie in seinen Körper pumpte. Es gab ihm Arbeit und Ziel, und solange er dies hatte, Tag und Nacht, musste er nicht an die andere Arbeit denken, die er verlassen hatte, an die anderen Menschen, das andere Leben.

Er betrachtete sich nicht wirklich als einen der Obdachlosen. Eher als ihren Führer und rettenden Engel in den Seitenstraßen einer Stadt der Touristen, Studenten und Neureichen. Und der Neuarmen, denn etliche dieser Stadtstreicher waren in schönen großen Villen irgendwo auf dem Land groß geworden, gerade wie er. Der schwarze Schatten der Arbeitslosigkeit legte sich wie ein Fluch über jede Stadt in Frankreich. Heute Arbeit und gutes Auskommen und morgen – nichts; und dann der langsame Abstieg in die Hoffnungslosigkeit.

Diese Straßen waren voll von Menschen, die versucht hatten, o wie verzweifelt versucht hatten, das Schicksal aufzuhalten, aber die Arbeitslosigkeit und die unbezahlten Rechnungen, sie hatten weiter genagt an ihren Wohnungen, ihren Familien, hatten ihre Hoffnung löchrig gefressen, bis sie an einer Straßenkreuzung saßen und warteten, dass die Ampel rot wurde, damit sie den nächsten Autos ihre Pappschilder zeigen konnten. Eine milde Gabe, bitte, zum Essen, zum Leben ...

Drei Jahre lang hatte er es in verschiedenen Städten beobachtet, von Lyon bis Marseille, bis er zurück nach Montpellier gedriftet war. Warum? Er biss die Zähne zusammen und half Jean-Marc in den Schlafsack, schob ihn neben drei andere Schläfer und warf eine Decke über die vier. Doch, er wusste, warum er zurückgekommen war. Das Abenteuer reizte ihn. Vielleicht das Katz-und-Maus-Spiel. Oder der Reiz des ständigen Versteckspiels vor dem Feind. Aber wer war der Feind? Er drehte sich aufstöhnend um. Lieber nicht daran denken.

Der eine Gedanke, der eine Stolz, der ihn durch jeden Tag trug, war: *Ich bin nicht einer von euch.* Er war kein Verdammter wie sie, er war freiwillig hier. Jederzeit konnte er sein Leben wieder beginnen. Natürlich, jederzeit. Er musste das glauben, auch wenn es nicht stimmte. Ob es diese Illusion war, die ihn aufrechthielt, oder einfach das Abenteuer jedes neuen Tages – er wusste es nicht. Er zog den Mantel fester um sich und ging weiter durch die Stadt. Einmal hielt er an, um einen anderen, der auf dem Pflaster lag, in einen Durchgang zu ziehen und seine Decken über ihn zu legen.

Er erreichte sein Quartier, ein leer stehendes Haus, das ihm wie so vielen anderen Obdachlosen das Zuhause ersetzte. Er trat in den muffigen Flur. Hier war es nicht mehr so kalt wie draußen. Mit klammen Fingern öffnete er den Schlafsack in der hinteren Ecke des leeren Zimmers. Es dauerte lange, bis der Schlaf kam, die Kälte in seinen Knochen hielt ihn wach. *Muss genügend schlafen,* dachte er, wieder und wieder. *Muss schlafen, damit ich morgen wieder meine Runde schaffe.*

* * * * *

Mittwochnachmittags, wenn die Schachgruppe spielte, schaute er gerne in dem Bürgerhaus vorbei. Er stand dann still hinter den Spielern, studierte ihre Züge, dachte sich seine eigene Strategie aus. Die intensive Konzentration, die langen Pausen zwischen den Zügen gefielen ihm. Es gab seinem zerrissenen Leben ein Stück Struktur.

Der Raum war rechteckig, die Wände ein Allerwelts-Hellbraun; an der Südwand hingen mehrere gerahmte von Kindern gemalte Bilder. Die Spieler saßen an vier quadratischen, im gleichen Abstand zueinander aufgestellten Tischen.

Niemand sprach mit Ceb. Das erste Mal, vor ein paar Wochen, hatte ein Mann sich eine Bemerkung erlaubt, aber Cebs kaltes Schweigen und leerer Blick hatten ihn eingeschüchtert. Er wollte natürlich niemanden einschüchtern, aber sein abgerissenes Aussehen und sein Schweigen trübten die Ruhe der Schachpartien.

Wenn die Partien vorbei waren, stellte Ceb mit großem Genuss die Figuren wieder auf. Besonders gefiel ihm das Spielbrett aus griechischem Marmor mit seinen grünen und weißen Feldern. Die Figuren stammten aus der griechischen Mythologie. Zeus kam zurück neben Hera, der Centaur neben die korinthische Säule. Wenn er fertig war, trat er zurück und betrachtete sein Werk, und eine angenehme Wärme stieg in ihm auf. Alles hatte seine Ordnung, er konnte gehen.

Wenn er wieder auf die Straße trat, sah er manchmal noch die Marmorfelder vor sich und wünschte sich, er wüsste *seinen* nächsten Zug. Zwei Felder nach vorne und eines zur Seite wie bei dem Springer? Oder gerade vorwärts wie die Dame, bis es gefährlich wurde? Nein, er war der Bauer, der immer nur ein Feld vorrückte, ohne einen richtigen Plan. Er hatte Angst, dass der Drang, wieder zu spielen, eines Tages zu stark würde. 1972–74, in seinen letzten drei Oberschuljahren, war er französischer Jugendmeister gewesen. Es war so schwer, seinen Mund zu halten, wenn ein Spieler einen offensichtlichen Schnitzer machte.

Aber noch viel schwerer war es, das Spiel zu beobachten, ohne das wache Gesicht und die tiefbraunen Augen seiner Tochter zu sehen, die schon mit fünf Jahren die ersten Partien mit ihrem Vater gespielt hatte.

* * * * *

Das zweistöckige weiße Gebäude an der Ecke Rue Gambetta/Rue Angoulême, hinter dem Bahnhof, sah mit seinen vergitterten Fenstern und der schweren Eisentür wie ein Gefängnis aus. Es war ein Asyl für obdachlose Männer. Jetzt, um zehn Uhr morgens, waren die Gehsteige vor dem Haus leer. Dominique Lefevre drückte die Türklingel und wartete. Als niemand öffnete, fischte er die Schlüssel aus seiner Tasche und öffnete die Tür selber.

»Hattest du da gerade geklingelt, Dominique?« Die Frauenstimme kam aus einem der anderen Räume. »Entschuldige, ich wische gerade die Schlafräume fertig.«

Dominique lächelte und fuhr sich durch sein langes schwarzes Haar. »Brauchst dich nicht entschuldigen, Janine. War halt etwas faul.«

»Du und faul? Das gibt drei Kreuze im Kalender!« Eine attraktive, breit lächelnde Frau erschien im Eingangsflur. Sie musterte Dominique, schüttelte einmal mit dem Kopf und küsste ihn auf seine bärtigen Wangen. »War schwer, die Nacht, wie? Komm, ich mach dir 'nen Kaffee. Mein Gott, du fühlst dich ja wie Eis an!«

Dominique ließ sich müde auf einen Klappstuhl aus Metall sinken. Janine stellte eine Tasse Kaffee auf den Tisch vor ihm. Er schloss kurz die Augen und rieb mit dem Finger über sie. »Hab eine verloren gestern Abend, Janine«, sagte er leise. Er schnüffelte, holte ein Taschentuch heraus und putzte sich die Nase.

»Wen?«

»Kate. Kennst du sie noch?« Er zog sein *Saccoche* heraus, die kleine Ledergeldbörse der französischen Männer, und langte hinein. »Erst letzte Woche hatte sie mir dieses Bild von sich gegeben.« Er schob es Janine hin. Es zeigte ein schlankes, lächelndes Teenagermädchen in geblümtem Kleid und mit langem blondem Haar vor einem weiß verputzten Haus.

»Das war sie vor sechs Monaten. Sechs Monate. Und so hat sie letzte Woche ausgesehen, mit ihrer Gang.« Auf dem zweiten Bild sah man mehrere wie Jungen aussehende Gestalten in schwarzen T-Shirts und löchrigen Jeans, die auf der Straße saßen. Einige hatten stachlig abstehende, knallblaue Punker-Frisuren, an den Seiten waren sie kahl rasiert.

»Kaum zu glauben, dass das dasselbe Mädchen ist«, murmelte Janine, während sie auf eine der Gestalten zeigte.

»Das machen sechs Monate auf der Straße aus einem intelligenten Mädchen«, sagte Dominique bitter. »Und jetzt ist sie nicht mehr. Überdosis. Einer aus der Gang hat sie heute Morgen unter 'ner Brücke gefunden.« Seine Augen überzogen sich feucht.

»Schrecklich, Dominique.«

Er nickte steif, erhob sich und ging in den Schlafsaal zu seiner Rechten. Die Räume waren in tadellosem Zustand. Die vierzig Stockbetten waren in knalligen Farben gestrichen. Janine hatte sie gerade abgezogen und die paar Habseligkeiten der Männer in ebenfalls bunt gestrichenen Schränken eingeschlossen. Um diese Tageszeit war das Haus leer. Die Männer kamen abends um sechs, duschten sich, aßen und gingen zu Bett. Um halb sieben am nächsten Morgen bekamen sie ein Frühstück, um sieben mussten sie gehen. Länger als eine Woche auf einmal durften sie nicht bleiben, so wollten es die Regeln; Dominique kannte sie auswendig.

Er schüttelte mechanisch ein Kissen auf. »Wie viele habt ihr gestern hier gehabt, Janine?«

Janines Kopf kam durch die Tür. »Siebenunddreißig. Fast voll.«

Er schaute müde auf die Betten. »Ich hau mich eben mal hin.«

»Mach das mal, Dominique, du brauchst das.«

Er legte sich auf eine der nackten Matratzen und schloss die Augen. Sein Beruf war schwer, aber er liebte ihn. *Médiateur de rue* (»Straßen-Ombudsmann«) lautete der offizielle Titel – das Bindeglied zwischen den Obdachlosen der Stadt und den Organisationen, die ihnen zu helfen versuchten.

Jeder Tag war anders für Dominique. Der Junggeselle in den Enddreißigern gab alles, was er hatte. Sein tiefster Wunsch war, dass die Obdachlosen den Weg zurück in die Gesellschaft fanden. Er besuchte sie in ihren Absteigen, half ihnen beim

Ausfüllen von Formularen, besorgte Möbel, wenn einer das Glück hatte, eine Wohnung zu kriegen. Und manchmal erlebte er, wie sie starben. Wie Kate. Mit achtzehn tot. Ein vergeudetes Leben. *Ein Höllenjob*, dachte er, als er einschlummerte. *Aber ich gebe nicht auf. Nie.*

KAPITEL 3

Algiers, Algerien
November 1994

Es war Donnerstagabend um acht. In dem gemütlichen Wohnzimmer des großen Bauernhauses am Stadtrand von Algiers saß eine kleine Gruppe Algerier beisammen, die Köpfe gesenkt. Die Fensterläden waren zu, und unter jedem Fenster lag ein Gewehr. Abdul Charfi starrte auf die geladenen Waffen, und ein Erinnerungsbild von vor dreißig Jahren schoss durch seinen Kopf: wie Rémi Cebrian, sein Chef und Nachbar, ihm die Hand geschüttelt hatte, bevor er zum Hafen fuhr, während das ganze Land in der Sonne der frisch erkämpften Freiheit von Frankreich badete. Das war 1962 gewesen. Die Franzosen – nun ja, die meisten – waren geflohen. Dreißig lange Jahre. Und jetzt braute sich ein neuer Krieg zusammen, ein Bürgerkrieg, und wieder drohte die Seele des Landes zu zerreißen.

Es klopfte an der Tür. Ein Mann mittleren Alters sah zu Abdul hin und hob überrascht die Brauen.

Abdul nickte. »Keine Sorge, wir erwarten noch zwei, ihr könnt aufmachen«, flüsterte er.

Ein junges Paar kam herein. Das Haar der Frau war unter einem weißen Tuch versteckt. Als sie drinnen waren, nahm sie den *Hijab* ab. Ihr breites Lächeln machte den Raum heller. »Madira«, sagte sie leise und umarmte Abduls Frau.

»Yasmina, du hast es geschafft«, erwiderte Madira herzlich. »Und du auch, Salim. Preis sei Gott!«

Abdul sah seiner Frau zu, wie sie die neuen Gäste den anderen vorstellte, die auf Kissen auf dem Fußboden saßen. Er bewunderte seine Frau, war ein Stück stolz darauf, sie zu haben. Ein hellblaues Seidentuch bedeckte ihr Haar, das nach hinten gekämmt und im Nacken mit Klammern befestigt war. Ihr Lächeln war liebenswürdig, einladend, warm wie der Wind aus der Sahara, die Augen voll Vertrauen. Sie bot der

Runde *Café au lait* an in hübschen Mokkatassen. Das starke, süße Aroma füllte den Raum. Ohne jede Eile war Madira darauf bedacht, es ihren Gästen an nichts fehlen zu lassen.

Der Kaffee kam, man unterhielt sich in gedämpftem Ton. Abdul zählte; einschließlich ihm selber waren es zwölf. Heute Abend hatten sie es alle geschafft. Er atmete tief ein und wieder aus, die Erleichterung durchströmte ihn wie der heiße Kaffee. Madira ließ, weiter lächelnd, ein Tablett mit ihren selbst gebackenen Plätzchen herumgehen.

Abdul setzte sich zu den anderen. »Willkommen«, lächelte er. »Wir sind so dankbar, dass ihr alle sicher hierher gekommen seid.« Er nickte dem gerade eingetroffenen jungen Paar zu. »Dies ist Salims und Yasminas erster Abend bei uns. Aber unser Herr kennt sie schon länger.« Mehrere Köpfe nickten.

Mit seinen 62 Jahren war Abdul leicht nach vorne gebeugt, sein dichtes Haar war grau, seine Augen ein intensives Kaffeebraun. Streng und demütig zugleich sah er aus, ein Ergebnis jahrelangen Betens. Seine Haut war rau und zerfurcht, die Sonne und ein Leben lang Oliven und Orangen ernten hatten sie kupferbraun gebrannt. Er spürte sie deutlich, die erwartungsvolle Aufmerksamkeit der Gruppe. Was hatte er Neues zu berichten, was war das Programm für dieses Wochenende?

Er begann langsam, bedächtig, nahm einen Schluck von seinem Kaffee. »Wir grüßen euch im Namen unseres Herrn Jesus Christus. Friede sei mit euch.« Er stellte die zarte Tasse zurück auf die Untertasse, das Klingen des Porzellans der einzige Laut in dem Raum. Die Spannung war wie eine schwere Decke. »Unser Herr hat gesagt: ›Fürchtet euch nicht, denn siehe, ich bin bei euch allezeit.‹ Darum wollen wir uns heute Abend nicht fürchten, sondern tun, was wir immer getan haben. Wir wollen die Angst auf den Knien bekämpfen, im Gebet.«

Er warf einen Blick auf Madira, die das Tablett mit den Plätzchen nahm und ihm zunickte. »Meine Frau hat mich daran erinnert, dass ihr Genaueres über die neuesten Entwicklungen hören wollt. Wie wir alle wissen, verhängte unsere Regierung im Februar 1992, nach dem Stopp der Parlamentswahlen, für zwölf Monate den Ausnahmezustand über unser

Land. Das ist jetzt zweieinhalb Jahre her, und die Lage wird immer schlimmer. Tausende von Menschen sind in den letzten Monaten getötet worden, Hunderte verwundet. Viele davon gehörten zu den FIS-Rebellen, aber wir wissen, dass auch Hunderte, ja vielleicht Tausende unschuldiger Zivilisten ermordet worden sind.

Wir wissen auch, dass die FIS schon seit Monaten damit droht, als Erstes die Christen umzubringen, wenn sie an die Macht kommt. Dies hat uns verständlicherweise in Angst versetzt. Aber die FIS ist nicht an die Macht gekommen, vergesst das nicht. Fürchte dich nicht, du kleine Herde. Noch hat kein Christ sein Leben verloren ...«

Seine Stimme war ruhig, aber er erinnerte sich an die Angst, spürte förmlich ihren Geschmack auf den Lippen. Seit nunmehr sieben Jahren leiteten er und Madira eine der vielen Hauskirchen in Algerien. Die Versammlungen waren klein, nie mehr als fünfzehn oder zwanzig Gläubige, und stets heimlich. In der letzten Zeit munkelte man immer mehr von Spionen in den Gemeinden. Sie mussten sehr vorsichtig sein, die Christen.

Abdul wusste, dass die Christen der Regierung kein besonderes Kopfzerbrechen bereiteten. Sie hatte alle Hände voll zu tun mit der fundamentalistischen FIS, die Algerien zu einem islamischen »Gottesstaat« machen wollte, was jede Hoffnung auf Demokratie zunichte gemacht hätte. Im Februar war die erst drei Jahre alte Bewegung dabei gewesen, die Wahl zu gewinnen, als das Militär eingriff, die Wahl stoppte und einen eigenen Präsidenten einsetzte. Seitdem tobte ein Guerillakrieg zwischen FIS und Militär.

Da die FIS eine fanatische muslimische Gruppe war, die Politik mit Religion vermischte, sah die Regierung in jeder religiösen Gruppierung einen potenziellen politischen Rivalen. Bestimmt waren diese Christen vom Westen ferngesteuert und wollten das Land einkassieren und seine labile Freiheit ausnutzen ...

Und so trafen die Christen sich heimlich und in unregelmäßigen Abständen. Die Zusammenkünfte konnten Stunden, ja Tage dauern. In den 70er-Jahren hatte die Regierung den

Donnerstag und Freitag zum algerischen Wochenende erklärt, da der Freitag der muslimische Feiertag war, und so hatten die Christen für ihre Gottesdienste ebenfalls diese beiden Tage gewählt.

Abdul neigte seinen Kopf und begann zu beten. »Lieber Vater, der du uns behütest und beschützt, wir preisen dich, du heiliger Gott. Wir legen dir diese Stunde hin ...«

Die Kirche in Algerien war auf den Knien erbaut worden. Es gab keinerlei Kirchengebäude, keine offiziellen Veranstaltungen. Die Gläubigen reisten weit, um sich mit ihresgleichen zu treffen. Ihre Zusammenkünfte waren ihr Lebensblut. Manchmal beteten sie die ganze Nacht hindurch, und nie wussten sie, wann sie sich das nächste Mal sehen würden.

Die kleine Gruppe begann, Gebetsanliegen auszutauschen. Schließlich meldete sich Madira. Sie sprach leise, wischte sich die Augen. »Wir beten ja die ganzen Jahre schon für unseren Sohn, und ihr habt mitgebetet. Wir hatten schon lange den Verdacht, dass El Amin in der FIS ist. Jetzt wissen wir es endgültig. Er scheint sehr wütend darüber zu sein, dass wir gläubig sind. Wir müssen äußerst vorsichtig sein. Er hat sich jetzt seit Jahren nicht mehr sehen lassen, aber er kann jederzeit kommen. Das nächste Treffen wird also in einem anderen Haus stattfinden. Wir müssen alles tun, um jeden Verdacht zu vermeiden.«

Abdul spürte, wie auch ihm die Tränen kamen. El Amin. Sein einziger Sohn. So lange war er das einzige Kind gewesen, dann waren die Mädchen gekommen, fünf insgesamt. Alle waren sie erwachsen und verheiratet und folgten Christus nach. Aber El Amin ging einen anderen Weg. Er war ein hingegebener Anhänger Allahs und des Islam. Seine Loyalität kannte keine Grenzen. Er war bereit, jeden zu verraten, der ihm im Weg stand.

Abdul hatte den religiösen Weg seines Sohnes die ganzen Jahre hindurch akzeptiert. Schließlich war der Islam die Religion seines Volkes. Es waren Eliane und Rémi Cebrian gewesen, die Abdul und den Seinen vor über dreißig Jahren den christlichen Glauben gebracht hatten. Aber in den ersten Jahren nach der Unabhängigkeit, als die Cebrians mit dem Rest der *Pied-noirs* aus dem Land geflohen waren, war Abdul und Madiras Glaube ins Wanken gekommen. Als ein Kind nach dem anderen kam, hatten sie mehr an die Alltagssorgen der Familie als an Gott gedacht.

Erst später, machdem ihr Jüngstes um ein Haar gestorben war, hatten sie sich wieder dem Gebet zugewandt und in Gott die Kraft für ihre Familie gefunden. Doch da war El Amin schon ein rebellischer Teenager gewesen, der von einem besseren Leben und anderen Weg für Algerien träumte. Mit der ganzen Energie des Heranwachsenden gab er sich dem Islam hin und schloss sich immer fanatischeren Gruppen an. Das Verhältnis zu seinen Eltern wurde gespannt, ein Riss ging durch die Familie.

Zusammen mit den anderen im Raum sank Abdul auf die Knie, schloss seine Augen und begann laut zu beten. Er wusste, dass es das Beste war, vor den Gott des Himmels zu treten und still auf seine Antwort zu warten.

* * * * *

El Amin Charfi verfluchte den Novemberrapport. Über Tausend verwundet, viele davon von der FIS. *So sei es,* dachte er. Wenn er für die gute Sache Allahs und des Islam sterben müsste, würde er sterben. Der Mittdreißiger war groß gewachsen, kräftig und auf eine wilde Art schön. Seine Muskeln spielten unter einem kurzärmeligen mittelbraunen Hemd. Seine Augen waren stolz und hart, seine Haltung straff aufrecht. Er und seine Männer würden diese Regierung besiegen und ein neues, gläubiges Algerien schaffen.

Seine Genossen achteten ihn, seine vier Kinder fürchteten ihn. Seine Frau Jala war gehorsam, aber willensstark, wie so viele algerische Frauen. Sie erzog die Kinder gut, in den Lehren des Islam, und behandelte ihren Mann so, wie der Koran es forderte. Seine Stirn runzelte sich. Sie liebte ihn schrecklich und hatte Angst, dass er ums Leben kam. Seine Liebe für sie war genauso stark, obwohl er sich das nie eingestand. Aber sie wusste es. Ah, Jala. Schöne Jala.

Seine Oberen befahlen also noch mehr Bombenanschläge

gegen unschuldige Zivilisten in schläfrigen Dörfern. In den tiefsten Tiefen von El Amins Herz lauerte die Angst, dass sie eines Tages sein großes, furchtbares Geheimnis entdecken und seine Loyalität auf die Probe stellen würden. Irgendwann würde er kommen, der Befehl: *Zerstöre dieses Bauernhaus am Stadtrand von Algiers – das Haus deiner Eltern. Sie sind extrem gefährlich, sie sind Christen und leiten eine Gemeinde. Töte sie alle!*

Er schüttelte seinen Kopf, ein Schauer lief durch seinen Körper. Irgendwo tief unter der stolzen Oberfläche und wilden Loyalität war ein kleiner Junge, der seinem Vater in die Augen blickte und versprach: »Ich werde dich nie verraten, Papa. Nie.«

* * * * *

Rislène verließ das Schulgebäude, fröhlich Ophélie zuwinkend. Der blaue Fleck um ihr Auge war heute kaum sichtbar. Und Ophélie hatte gute Nachrichten für sie gehabt: Heute Nachmittag würde Madame Hoffmann mit ihrer Mutter sprechen. Sie hoffte, dass sie bald zurück nach Hause konnte. Sie hatte nicht so sehr vor ihrem Vater Angst als vielmehr vor ihrer Schwester. Nazira war die Gefährlichste.

Da war die Bushaltestelle. Sie schaute um sich. Sie glaubte nicht, dass jemand ihr folgte, aber ... Der Bus kam. Sie stieg ein, ging nach hinten durch und warf ihren Rucksack auf den leeren Platz neben ihr. In ihrem Magen tanzten Schmetterlinge. Noch zwei Haltestellen, und dann ...

Sie stieg in der Stadtmitte aus, ging eine kleine Nebenstraße hinunter und betrat ein Café. Als sie hereinkam, stand an einem der hinteren Tische ein junger Mann auf.

»Rislène«, sagte er leise. »Alles in Ordnung?« Er küsste sie sachte auf beide Wangen, dann ließ er seine Hand über ihre Stirn gleiten.

»Eric!« Sie strahlte zu ihm hoch. »Mir geht's gut, echt.«

»Mama hat mich angerufen. Du bist also gerade bei Ophélie. Das ist gut.«

»Madame Hoffmann hat dich angerufen? Meinst du, die weiß das mit uns? Wird sie das Ophélie sagen?«

Eric schüttelte den Kopf. »Die wissen nichts. Mama wollte nur, dass ich den Leuten in der *Oasis* Bescheid geb, damit sie für dich beten können. Keine Angst, unser Geheimnis ist so lange sicher, wie wir das wollen.« Er berührte ihre Hand.

»Und hat deine Mutter gesagt, dass sie sich heute Nachmittag mit meiner Mutter trifft?«

Der junge Mann nickte ernst.

»Das wird schon gut, Eric.« Sie lächelte ihn an, während sie sich setzten. Eine Weile schwieg sie, sah ihn einfach an. Er war groß, mit kurz geschorenem, widerspenstigem rotem Haar, »Ein Geschenk von meiner Mutter«, hatte er erklärt, als sie ihn das erste Mal gesehen hatte. »Solltest mal die Locken sehen, wenn es lang wird.« Er hatte gelacht, dass hundert Grinsefältchen über sein längliches Gesicht gehuscht waren; unter den dicken blonden Wimpern glitzerten zwei grüne Augen hervor.

Später hatte Rislène gekichert: »Na, eins ist sicher, in dir ist kein bisschen arabisches Blut!«

Er hatte die Stirn gerunzelt. »Ist das ein großes Problem für dich?«

Sie hatte die Achseln gezuckt. »Für mich nicht. Ich hab meiner Mutter schon vor Jahren gesagt, dass ich nie einen Araber heiraten werde ...« Sie hatte wieder gekichert. »Aber das dunkle Haar von deinem Vater hättest du schon brauchen können.«

Er hatte versucht, beleidigt auszusehen. »Mein Haar gefällt dir also nicht? Tja, das bleibt wohl so, wie es ist.«

»Doch, ich mag es. Ich mag alles an dir ...«

* * * * *

Eric Hoffmann fragte sich, in was er sich da hineingeritten hatte, dass er hier im Café saß und mit dieser schönen arabischen Teenagerin plauderte. Ihr Make-up konnte den blauen Flecken im Gesicht nicht ganz verdecken. Der Gedanke, dass er eine Rolle gespielt hatte in dem Wutanfall ihres Vaters, ließ ihn zusammenzucken, als ob die Faust ihn in die Magengrube getroffen hatte.

Er war ganz Franzose, obwohl sein Pass ihn als Amerikaner auswies. Selbst sein Englisch hatte einen merkwürdigen Akzent – amerikanisch, aber nicht ganz. Er hatte das gesamte französische Schulsystem durchlaufen, erst in Algerien, dann in Frankreich. Auch sein Arabisch war nicht schlecht. Jetzt, mit 23 Jahren, war er in seinem fünften Studienjahr an der geisteswissenschaftlichen Abteilung der Universität Montpellier. Sein Berufsziel: Lehrer.

Er neckte gerne seine Halbschwester Ophélie: »Wenn du nicht aufpasst, stehle ich dir eines Tages deine Stelle!« Worauf sie theatralisch Luft holte und sagte: »Nichts da! Ich bin Beamtin und unkündbar, das weißt du genau! Halt deinen vorlauten Mund und sei fleißig, wenn du halb so gut werden willst wie ich!«

Ophélie war vierzehn Jahre älter als er und in Frankreich aufgewachsen. Richtig kennen gelernt hatte er sie erst 1985, als er mit seinen Eltern, David und Gabriella Hoffmann, nach Frankreich zurückgekehrt war. Große Schwester, dachte er zufrieden. Sie waren sofort Freunde geworden. Als er sich auf das schwierige französische *Baccalauréat* (Abitur) vorbereitete, hatte er endlose Stunden auf Ophélies Sofa gesessen, während sie ihn über irgendeinen obskuren französischen Dichter abfragte. Diese spätabendlichen Nachhilfestunden hatten stets mit vertrauten Geschwistergesprächen und zum Schluss Kichern und Kissenschlachten geendet.

Und jetzt war also Rislène, die schöne neunzehnjährige Araberin mit dem wachen Kopf, unter Ophélies Fittichen. Rislène. Als seine Eltern 1985 nach Frankreich zurückgekehrt waren, hatten sie ihre Arbeit unter den dortigen Arabern fortgeführt. In Montpellier wimmelte es von Algeriern, Marokkanern und Tunesiern. Tausende von Nordafrikanern hatten sich in Südfrankreich niedergelassen. Eric liebte diese Menschen, kannte ihre Sprache, verstand ihre Kultur.

Er ging zu der *Oasis*-Gruppe, als ob seine Haut die gleiche Farbe hatte wie die seiner arabischen Freunde. Ursprünglich von einem Pastor in Lodève gegründet, hatten sich die *Oasis*-Gruppen über ganz Frankreich verbreitet; hier konnten junge arabische Christen ihre Hoffnungen und Kämpfe miteinander teilen.

»Weißt du, Mutter«, hatte Eric Gabriella vor einigen Monaten nach einem besonders bewegenden *Oasis*-Abend mit einem Augenzwinkern gesagt, »ich heirate mal ein arabisches Mädchen, wirst schon sehen.« Jetzt fragte er sich, ob sie wohl schon erraten hatte, was er für Rislène fühlte.

Seine Aufmerksamkeit ging zu dem Mädchen zurück. Er nahm ihre Hand und drückte sie leicht. »Was kann ich dir zu trinken holen?«

»Was du auch nimmst. Ich bin ja so froh, dass ich bei dir sein kann.«

»Ja«, sagte Eric. Aber wie lange würde diese Freiheit dauern? Er wusste nur zu gut, dass die Einstellung von Rislènes Eltern zu ihrer Bekehrung sich nicht ändern würde. Vielleicht würde er eines Tages wirklich ein arabisches Mädchen heiraten; jetzt brauchte er erst einmal etwas Zeit, um Rislène besser kennen zu lernen.

* * * * *

Anne-Marie Dramchini nahm einen Schwamm und wischte den runden Eichentisch in der Küche ihres Bauernhauses in Lodève ab. Sie sah zu dem Telefon hin, nahm fast den Hörer ab, hielt inne und ging zurück zur Spüle. Sie spülte das Geschirr und summte ihr Lieblingskirchenlied dazu.

Von hinten, über die Spüle gebeugt, sah sie wie ein Schulmädchen aus – schlank, mit langem schwarzem Haar, das zu einem losen Zopf gebändigt war. Erst als sie eine Strähne aus ihrem Gesicht wischte und sich umdrehte, sah man die grauen Sprenkel und – die zweite Überraschung – die tiefen Falten auf ihrem Gesicht, die Jahre des Lächelns gegraben hatten. Anne-Marie war eine ruhige Mittfünfzigerin. Manchmal stand sie mitten in dem geräumigen Wohnzimmer, schlug die Arme um sich und flüsterte: »Danke, Papa. Danke für dieses Haus.«

Das gediegene Bauernhaus, das ihr Vater ihr vor dreißig Jahren hinterlassen hatte, war ihre Zuflucht vor dem Sturm. Hier hatte sie das Leben von Neuem begonnen, als Moustafas Frau mit der kleinen Ophélie an ihrer Seite und Moustafas Vater und Schwestern am Ende des Flurs. Schließlich, nach vielen unfruchtbaren Jahren, waren zwei kleine Dramchinis zur Welt gekommen. Inzwischen waren sie erwachsen, wie Ophélie auch.

Ophélie. Sie musste sie anrufen! Sie wollte nicht neugierig sein, aber Gabriella hatte erwähnt, dass dieses arabische Mädchen, Rislène, gerade bei ihr war.

»Hallo?« Ophélies Stimme kam hell aus dem Hörer.

»*Chérie!* Wie geht's?«

»O, Mama – ich wollte dich selber noch anrufen heute Morgen. Hat Bri es dir schon gesagt? Rislène ist bei mir.« Sie senkte ihre Stimme. »Es sieht nicht sehr gut aus in ihrer Familie.«

»Ja, das hat Gabriella auch gesagt. Aber hat sie nicht ein Gespräch mit Madame Namani vereinbart?«

»Ja, für heute Nachmittag.«

»Kann ich etwas helfen?«

»Danke, Mama, bis jetzt noch nicht. Aber wenn es nicht besser wird, kommen wir vielleicht auf das Wochenende nach Lodève.«

»Ihr seid beide jederzeit willkommen, das weißt du ja. Zwei Zimmer sind noch frei.«

»Toll! Ich geb dir dann morgen Bescheid.«

»Tschüs, Schatz.«

»Tschüs, Mama. Und danke, dass du angerufen hast.«

Anne-Marie legte auf, in Gedanken versunken. Warum war sie wie eine Glucke zu Ophélie? Das Kind war achtunddreißig! Selbstständig, diskret und kein bisschen dumm. Und doch machte sie sich Sorgen um diese Tochter, die sie als Teenagerin zur Welt gebracht hatte.

Plötzlich schlossen sich zwei kräftige Arme um ihre Taille, dass sie aufkeuchte. »Moustafa, *Chéri*, was hast du mich erschreckt!« Sie schloss ihre Finger um die seinen, dann strich sie über sein kurz geschnittenes schwarzes Haar.

»Wieder mal Ophélie angerufen, wie?« neckte er. »Du weißt ja – Ferngespräch, auch wenn es keine Stunde mit dem Auto ist!«

»Du denkst auch immer nur ans Geld!«, neckte sie zurück.

»Gestern hat Gabriella angerufen. Eine von Ophélies Schülerinnen ist gerade bei ihr. Ein arabisches Mädchen, das vor kurzem Christ geworden ist. Ihre Familie tobt.«

Moustafa ließ seine Frau los und setzte sich an den Küchentisch, zwei Sorgenfalten auf seinem hellbraunen Gesicht. »Sind es gläubige Muslime?«

»Der Vater und mindestens eine Schwester schon.«

»Und Gabriella und David versuchen, da zu helfen?«

»Ja. Gabriella hat einen Termin mit ihrer Mutter.«

»Warum hast du dann solche Angst um Ophélie?«

Anne-Marie lachte. Sie konnte ihre Gedanken nicht vor ihrem Mann verbergen. Sie fuhr mit einer Hand durch sein Haar. »Ich vermisse deine Locken.«

»Ich bin zu alt für Locken, Schatz. Muss seriös aussehen, oder ich bin der Nächste, den sie entlassen.«

»Nach all den Jahren? Ach, komm!«

»Die Zeiten sind schlecht, Anne-Marie, das weißt du doch. Ich bin ein Araber, der einem der Tausende arbeitsloser Franzosen den Arbeitsplatz wegnimmt. Es ist gut möglich.« Er streichelte ihre Wange. »Aber lass nur. Woran denkst du noch?«

»Nicht viel. Ich wünsche mir nur, dass Gott Ophélies Wohnung mit jemand anderem füllt als mit einer Schülerin in Not.«

Er küsste ihr Haar. Anne-Marie genoss die schlichte Geste. Hinter den Cevennes-Bergen ging die Sonne auf und sickerte in die Küche.

»Ophélie ist eine tüchtige Frau. Bete nur weiter, aber mach dir keine Sorgen. Deine Tochter klagt doch nicht, oder?«

»Überlass das Gott. Er hat uns noch nie enttäuscht.«

KAPITEL 4

David Hoffmann schaute auf seine Uhr. Halb vier nachmittags. Jetzt begann Gabriella ihr Gespräch mit Madame Namani. Er schloss kurz die Augen und betete. Er hatte keine Angst um seine Frau. Er hatte in ihren Augen gesehen, wie erpicht sie auf dieses Gespräch war – darauf, zuzuhören und angehört zu werden. Aus Rücksicht auf ihren arabischen Gast würde Gabriella eines ihrer schlichten langen Kleider tragen, die seit 1985, als sie Algerien verlassen hatten, meist im Kleiderschrank hingen.

Der große, hagere David Hoffmann, dessen schwarzes Haar von über fünfzig Jahren grau meliert war, spürte immer noch, wie Nordafrika ihn rief. Seine Aufgaben waren so unterschiedlich wie die Länder, in denen er gelebt hatte. Alle acht. Er unterrichtete künftige nordafrikanische Gemeindeleiter in Theologie – stets auf Arabisch. Zwei Monate pro Jahr führte er neue Missionare in die Geheimnisse der nordafrikanischen Kultur und der Missionsstrategie ein. Er gab französische und arabische Sprachkurse, und in den letzten Jahren hatte er gelegentlich ein Seminar über englische Literatur an der Universität Montpellier gegeben.

Er war der geborene Lehrer, aber auch seine anderen Aufgaben als Regionalleiter einer Missionsgesellschaft machten ihm Freude. Er reiste viel durch Frankreich und Nordafrika, um zusammen mit anderen Missionsleitern neue Projekte vorzubereiten, und besuchte gerne die *Oasis*-Treffen – monatliche Zusammenkünfte der nordafrikanischen Christen zum Austausch und einem gemeinsamen Mahl.

Aber seine mit Abstand liebste Arbeit war das, was die Missionsexperten »Freundschaftsevangelisation« getauft hatten. Hier ging es darum, Nordafrikaner kennen zu lernen, ihr Leben und ihre Kultur, ihre Ansichten über Politik, Kindererziehung und Religion, den Koran und die Bibel miteinander zu vergleichen – und manchmal den anderen zu dem Gott der Bibel hinzuführen. Zu Jesus. Es war ein Prozess, der oft Jahre dauerte.

Noch jetzt musste David an seine ersten Diskussionen mit

einem Muslim zurückdenken. Vor dreißig Jahren hatte er, damals selber noch ein Neubekehrter, versucht, Moustafa Dramchini seinen Glauben auseinander zu setzen. Seine Augen wurden feucht, wenn er daran dachte, wie so viele tragische Umstände doch letztlich zum Guten gewesen waren. Moustafa hatte einen Erlöser gefunden, in einem ganz buchstäblichen Sinne, als er 1962 wie durch ein Wunder dem Massaker an den *Harkis* entrann. Er war mit seiner Anne-Marie wieder vereint worden, und die beiden hatten geheiratet. Die furchtbare Last der Verantwortung, die David gegenüber der Mutter seines ersten Kindes verspürt hatte, war von ihm abgefallen. Er selber hatte Gabriella geheiratet. Jahrelang war Ophélie so mit vier Eltern aufgewachsen. Und mit vier Kulturen: *pied-noir, harki*, amerikanisch, französisch. Es hatte geklappt – das nächste Wunder, wo doch so viel unmöglich geschienen hatte.

Dies war eine der ersten Erfahrungen, die David mit dem allmächtigen Gott gemacht hatte. Zahllose andere waren dazugekommen seitdem. Gefahren und Enttäuschungen, herzzerreißende Rückschläge und tolle Durchbrüche. David lehnte sich in seinem Bürostuhl zurück und fuhr sich durch sein Haar. Gabriella. Die Sache mit Rislènes Eltern war ein Pulverfass. Wie oft hatten sie das schon erlebt? Ein Muslim, der Christ wurde, wurde oft von seiner Familie verstoßen, und das war noch das Mildeste. Es hatte auch schon Schläge gegeben, Todesdrohungen, Zwangsehen. Rislènes Lage war das, was die Franzosen *délicat* nannten.

Und David wusste, was Gabriella nicht wusste. Er las es wie den Umschlag eines Buches – die Liebe zu der jungen, schönen Algerierin in den Augen seines Sohnes. Eric liebte Rislène, und das würde alles noch viel schwieriger machen.

* * * * *

Der Pfefferminztee war am ziehen. Gabriella holte das Blech mit den Schokoladenplätzchen aus dem Backofen. Der Duft des Tees und des Gebäcks füllte das kleine Haus mit einer Wärme, die Gabriellas Nerven beruhigte. Sie strich ihr langes geblümtes Kleid glatt, die typische Hauskleidung der algerischen Frauen. Sie genoss das Gefühl der weichen, reich mit Stickereien verzierten Baumwolle. Das Blau war fast so hell wie das ihrer Augen. Sie hatte das Kleid seit vielen Monaten nicht mehr getragen. Aus Rücksicht auf ihren Gast hatte sie ihr langes rotes Haar zu einem Knoten zusammengebunden und ein Seidentuch darüber gezogen. Nicht einmal hatte Gabriella ihren christlichen Glauben mit dem *Hijab* verraten, dem tristen weißen Tuch, das muslimische Frauen zum Zeichen ihrer Frömmigkeit trugen, aber als Höflichkeitsgeste bedeckte sie ihr Haar oft mit einem Seidentuch. Aus den Lautsprechern der Stereoanlage kam leise Instrumentalmusik. Sie summte mit.

Das durch die hohen Terrassentüren strömende Licht der niedrig stehenden Sonne malte helle Flecken auf den kühlen Steinfußboden. Gabriella saß gerne auf dem Sofa und ließ ihren Blick durch das kleine Wohnzimmer gleiten. Jedes Möbelstück, jedes Bild, jedes Nippesstückchen war mit einer besonderen Erinnerung verbunden. Oft sagte sie ihren Gästen: »Mein Haus spricht mit seinem Herzen zu mir, es erinnert mich an Gottes Treue.« Die Möblierung war ein anziehendes buntes Allerlei, das die Jahre aus Gebrauchtmöbelläden und den Geschenken anderer Missionare, die Frankreich verlassen hatten, zusammengewürfelt hatten. Das neu bezogene Sofa war das Erste gewesen, was sie sich nach ihrer Hochzeit gekauft hatten – als Ausstellungsstück zum halben Preis.

An der Wand neben der Terrassentür hing ein gerahmter Druck von Monets *Mohnblumenfeld*, das erste Geschenk von David, als Gabriella im Traum noch nicht daran gedacht hatte, dass sie ihr Leben mit ihm verbringen würde. Im Eingangsflur hing ein großes hölzernes Hugenottenkreuz. Sie strich mit den Fingern über das dunkle Holz, dann zog sie aus ihrem Kleid eine Kette mit einer kleinen goldenen Nachbildung desselben Kreuzes hervor. O, die Erinnerungen! Das Kreuz war ein Symbol ihres Glaubens, das sie einmal mehr an Gottes starke Hand in ihrem Leben erinnerte. Sie schloss die Augen und lauschte auf das stille Zeugnis des Hauses. *Danke, Vater, dass selbst dann, wenn mein Herz sich sorgen und ängs-*

tigen will, meine vier Wände mir zeigen, dass du mich all die Jahre hindurch getragen hast, du treuer Gott.

Sie ging zurück ins Wohnzimmer. Ein bunter Blumenübertopf erinnerte sie an Schwester Isabelle und Rosaline; er war ihr Hochzeitsgeschenk gewesen. Sie musste lachen, als sie an die beiden verschmitzten Nonnen dachte, die so wichtig gewesen waren in ihrem Leben damals. Auf den Mahagoni-Regalen drängten sich englische und französische Bücher, theologische Wälzer, Literaturklassiker und moderne Romane, Geschichtsbücher über Amerika, Frankreich, Algerien. Vor den Büchern standen unbewegt zwei *Santons*, die fußhohen farbenfrohen Tonfiguren der Provence.

Sie nahm die eine in die Hand. Sie stellte eine alte Frau mit einem Reisigbündel auf der Schulter dar. »Wie geht's dir heute, meine Liebe?« flüsterte sie. Sie richtete die Worte an die alte, seit Jahren verstorbene Nonne, die ihr dieses *Santon* geschenkt hatte. »Du hast mir noch so viel mehr geschenkt«, sagte sie laut. Manchmal konnte sie es immer noch nicht glauben, dass die dreißig Jahre im Dienst für Gott den Samen der Weisheit, den Mutter Griolet in ihren Lehrjahren in sie gesät hatte, so hatten aufgehen lassen.

Mutter Griolet. Jedes Mal, wenn sie die Figur sah, musste Gabriella an sie denken. Sie war eine Frau gewesen, die Gott so sehr liebte und seiner Liebe zu ihr so gewiss war, dass sie diese Liebe bedingungslos und freudig weitergeben konnte. Freude. Das war Mutter Griolets Geschenk an Gabriella gewesen. Diene Gott stets mit einem freudigen Herzen, wie schwierig die Umstände auch sein mögen. So viele Juwelen der Weisheit von einer alten Nonne, die keinen Pfennig besaß.

Jeden Oktober pflanzte Gabriella in ihrem winzigen Vorgarten Stiefmütterchen, als Erinnerung an diese Freudenschule. Durch die Gardinen konnte sie die hellen Farbkleckse sehen. Sie atmete tief ein, spürte, wie die Freude sie erfüllte.

Sie drehte das *Santon* um. Im Inneren der alten Tonfrau hatten jüdische Juweliere, als sie während des Zweiten Weltkriegs in ein Konzentrationslager gebracht wurden, wertvolle Juwelen versteckt. Ihre Kinder hatten das Santon Mutter Griolet geschenkt, aus Dankbarkeit dafür, dass sie sie in ihrem Waisenhaus versteckte. Die alte Nonne hatte die Juwelen nie herausgeholt. Viele Jahre später, 1962, hatte Gabriella sprachlos zugeschaut, wie das *Santon*, das Mutter Griolet ihr vermacht hatte, geöffnet wurde und die Juwelen herausrollten. Vor so vielen Jahren. Das *Santon* war einer der Schätze in ihrem Haus, die so deutlich von Gottes Fürsorge zeugten.

Und jetzt kam ein anderes Geschenk direkt an ihre Tür. Denn für Gabriella war jede Begegnung mit einer arabischen Frau ein Geschenk Gottes. In jedem Leben gab es Schätze, und manchmal fand Gabriella die Juwelen mitten in einer zerbrochenen Familie oder gescheiterten Ehe, gerade wie damals in dem alten *Santon*. Sie schloss ihre Augen, um zu beten. »Herr, gib mir Weisheit. Deine Worte, nicht meine. Deine vollkommene Liebe, nicht meine linkischen Sympathieversuche. Ich lege dir diesen Nachmittag hin. Amen.«

Es klingelte an der Tür. Gabriella öffnete und sah in die Augen einer besorgten Mutter, die unter dem Mantel ein langes buntes Kleid trug. »Treten Sie ein, Madame Namani.«

Die arabische Frau kam vorsichtig herein und streckte Gabriella ihre Hand hin. Gabriella schüttelte sie sachte. Sie war eine stämmige, robuste Frau. Als sie den *Hijab* abnahm, kam ihr schulterlanges schwarzes Haar zum Vorschein. Kräftige Lider und noch dickere Augenbrauen betonten ihre schwarzen Augen. Ihr Gesicht war rund und angenehm, der besorgten Miene zum Trotz.

»Sie wohnen aber schön«, sagte sie, während ihr Blick durch das schlichte, gemütliche Zimmer ging.

»O, danke. Setzen Sie sich doch. Kann ich Ihnen einen Pfefferminztee bringen?«

»Nein, danke, machen Sie sich keine Umstände wegen mir.«

Gabriella lächelte. Sie wusste, dass dieses Höflichkeitsspiel zur algerischen Kultur gehörte. »Kein Problem, es ist alles bereit.«

Sie ging in die Küche und kam mit einem Tablett mit zwei kleinen Gläsern und einem Plätzchenteller zurück. Dann holte sie einen weiteren ihrer Schätze, die silberne Teekanne, in der der Tee zog. Sie begann einzugießen. »Ich weiß, dass man diesen Tee meist nur zu besonderen Gelegenheiten trinkt, wie im Ramadan, aber ich dachte, heute schmeckt er Ihnen auch einmal.«

»Sie kennen sich gut aus mit den arabischen Sitten.« Madame Namani nahm eines der Gläser und probierte. »Hmm, der ist köstlich. Gerade richtig.«

Gabriella dankte ihr für das Kompliment und schickte ein stilles Dankeschön zu Gott hoch. Die Araber legten großen Wert auf das Äußere, von der Kleidung über die Art, wie eine Frau sich setzte (nie mit übereinander geschlagenen Beinen), bis zu der Art, wie man Tee servierte. Gabriella hatte sie sorgfältig studiert, diese Sitten. Wenn Gott ihr dieses Geschenk machte, mit einer Araberin sprechen zu können, wollte sie nicht alles verderben, indem sie ihren Gast vor den Kopf stieß, noch bevor das Gespräch richtig begonnen hatte.

Madame Namani machte einen entspannten, ja gesprächigen Eindruck. Sie unterhielten sich über ihre Kinder – wie alt sie waren, wofür sie sich interessierten. Gabriella bot Madame Namani ein Schokoplätzchen an. »Haben Sie die schon mal probiert?«, fragte sie. »Sie sind typisch amerikanisch. Als wir in Algerien waren, haben die arabischen und die amerikanischen Frauen immer Rezepte ausgetauscht. Die Araberinnen waren ganz fasziniert von all den verschiedenen amerikanischen Plätzchen, besonders den verzierten Weihnachtsplätzchen, die wir mit den Kindern machten. Und ich lernte die Rezepte für mehrere Ihrer Teegebäcksorten. Sie sind köstlich.«

»Die hier auch«, murmelte Madame Namani. Dann kam sie zur Sache. »Aber erzählen Sie mir von Rislène. Ist sie bei Ihnen?«

»Nein. Bei meiner Stieftochter, Ophélie.«

»Ihre Lehrerin.«

»Ja.«

»Aha. Es war sehr dumm von ihr, die Bibel im Haus zu haben.«

»Hatte sie sie versteckt?«

»Ja, unter ihrer Matratze. Aber meine Tochter Nazira hat sie gefunden. Sehr dumm.«

»Und wie denken Sie über Rislènes Bekehrung?«

Madame Namani drehte die Hände in ihrem Schoß. »Ich finde, das ist nicht recht. Sie verleugnet nicht nur ihre Religion, sondern auch ihre Kultur. Es ist ein Schlag ins Gesicht.«

»Sie wollen es ihr also verbieten?«

»Ich? Nein. Sie hat sich entschieden. Aber ihr Vater. Er fühlt sich verraten.«

»Meinen Sie, er wird wieder gewalttätig werden?«

Madame Namani sah auf die Tischplatte hinunter. »Gewalttätig? Nein. Ich kann Ihnen versichern, das wird nicht mehr passieren. Aber ... Rislènes Freiheit wird eingeschränkt werden.«

»Sie meinen, sie wird keine Christen mehr besuchen dürfen?«

Madame Namani lächelte leicht, fast sah es verständnisvoll aus. »Ich kann sie nicht davon abhalten, zu ihren Freunden zu gehen, Sie verstehen. Aber ihr Vater möchte, dass sie nicht mehr zur Kirche geht.«

»Sie wissen, wie viel die Gottesdienste für ihren Glauben bedeuten?«

»Ja, doch. Aber er will es nicht erlauben. Und Nazira ist noch fundamentalistischer als mein Mann. Sie wird Rislène folgen. Sie ist ziemlich wütend auf ihre Schwester.« Sie nahm das nächste Plätzchen und kaute nachdenklich. »Ich komme wieder zu Ihnen, Madame Hoffmann. Ein andermal können Sie mir mehr über Ihre drei Götter erzählen und was meine Tochter so an ihnen findet. Aber jetzt müssen Sie Rislène sagen, dass sie wieder nach Hause kommen soll.« Sie beugte sich nach vorne und lächelte. Es war kein gezwungenes Lächeln, sondern eines, das Vertrauen einflößen wollte. »Rislène ist nicht in Gefahr für Leib und Leben. Sagen Sie ihr, sie soll nach Hause kommen.«

* * * * *

Als David spät am Nachmittag von seinem Büro am anderen Ende der Stadt zurückkam, öffnete ihm eine lächelnde Gabriella die Tür. »Es ist gut gegangen«, beantwortete sie seine Frage, noch bevor er sie formulieren konnte.

Er zog sie in seine Arme und küsste sie auf die Stirn. »Dem Herrn sei Dank! Was hat sie gesagt?«

»Sie hat mir versichert, dass Rislène in keiner direkten Gefahr ist. Sie möchte, dass sie zurück nach Hause kommt. Sie hat allerdings deutlich gesagt, dass sie sonntagmorgens nicht mehr zur Kirche darf, hat aber auch durchblicken lassen, dass niemand es hindern kann, dass Rislène ihre Freunde besucht – wenn sie vorsichtig ist. Ihre Schwester scheint ihr nachzuspionieren.«

»Hmm.« David stellte seine Aktenmappe im Flur ab, kam ins Wohnzimmer und setzte sich.

»Du siehst müde aus, Schatz«, sagte sie. »Das geht dir nach, nicht?«

»Gabby, ich will dich nicht beunruhigen, aber vielleicht hast du es auch schon gemerkt. Eric ...« Er suchte nach den richtigen Worten. »Vielleicht lieg ich auch ganz falsch, du bist ja die mit dem sechsten Sinn. Aber du warst nicht dabei bei den letzten beiden *Oasis*-Treffs und hast nicht gesehen ... ja, wie er sie anschaut.«

Gabriellas Braue runzelte sich. »Was willst du damit sagen?«

»Ich bin sicher, dass Eric eine tiefe Zuneigung zu Rislène hat.« Er seufzte.

»Unser Eric?« Ihre Augen wurden weit.

»Jawohl, dein Jüngster.«

Gabriella dachte einen Augenblick nach, dann lachte sie auf. »Mensch, warum bin ich da nicht eher drauf gekommen? Sie ist eine wunderbare junge Frau, und Eric hat mir erzählt ... Vielleicht sollte das ein Wink mit dem Zaunpfahl sein. Es ist keine vier Monate her, da sagte er, er würde mal ein arabisches Mädchen heiraten.« Sie setzte sich neben ihren Mann. »Hast du ihn darauf angesprochen?«

»Nein, noch nicht, ich hatte ja keinen Grund dazu. Aber jetzt ...« David rieb sich müde die Augen. »Wenn Rislènes Vater das rausfände, das wäre furchtbar für Rislène. Ich kann dir nicht sagen ...«

»Psst, David, denk nicht an so was.« Sie wusste genau, woran er gerade dachte. Vor zwei Jahren hatte in Lyon ein junges arabisches Mädchen, Samira, sich in einen gläubigen jungen Franzosen verliebt. Mehrere Male war David hingefahren, um dem jungen Paar zu helfen, doch schließlich hatte die Familie das Mädchen in ihrer Wohnung eingesperrt, bedroht und gezwungen, einen Araber zu heiraten. Sie durfte nicht mehr zur Kirche gehen, ihr Leben war ein Albtraum geworden. Vor Kurzem hatten sie erfahren, dass Samira einen Selbstmordversuch gemacht hatte.

»Du musst mit Eric reden, *Chéri*. Du musst ihm sagen, dass sie sehr vorsichtig sein müssen. Und dass wir für sie beten.«

»Natürlich, Gabby.« Seine Stimme klang flach. Es war selten, dass seine Frau ihn weinen sah, aber als die Nachricht aus Lyon gekommen war, war er aufschluchzend auf die Knie gefallen. Wie oft hatten sie für Samira gebetet. Jetzt lag sie im Krankenhaus, und ihr einziger Trost waren die Gebete der anderen.

»Das können wir nur auf den Knien schaffen«, flüsterte David, ein Kloß in seiner Kehle. Sie nahmen sich an den Händen und taten das, was sie so viele Jahre schon taten: Sie sagten ihre Ängste dem, der alle Gewalt im Himmel und auf Erden hatte.

* * * * *

Als das Telefon im Wohnzimmer klingelte, ging Ophélie fast nicht daran, so vertieft war sie in die Scrabble-Partie mit Rislène. »Dass du ja nicht mogelst, während ich weg bin!«, rief sie ihr über die Schulter zu.

»Ja, hallo?«

»Ophélie?«

»Hey, Bri! Was gibt's?« Sie senkte ihre Stimme. »Hast du Madame Namani gesprochen?« Sie hörte zu, wie Gabriella berichtete. Sie verspürte eine merkwürdige Enttäuschung, als ihre Stiefmutter sagte, dass Madame Namani die Luft für rein genug hielt, dass Rislène nach Hause konnte. Bald wäre die Wohnung also wieder leer.

»Glaubst du wirklich, dass das sicher ist?«, fragte sie.

»Ich glaube schon, dass Monsieur Namani sie nicht mehr

schlagen wird. Aber wir machen uns Sorgen, dass sie sie vielleicht auf andere Art unter Druck setzen.«

»Ihr verbieten, zur Kirche zu gehen?«

»Exakt. Und noch etwas, Ophélie. Hat Rislène sonst noch etwas erwähnt, irgendwelche anderen Gründe, warum sie Angst hat?«

»Nein. Ich meine, ihre Bekehrung und Taufe sind doch Grund genug, oder?« Sie dachte kurz nach. »O, jetzt sehe ich, was du meinst. Sie hat erwähnt, dass sie in einen Christen verliebt ist. Ist es das?«

»Ja, das macht deinem Vater Sorgen.«

»Weiß er, wer es ist?«

»Ja, doch.«

»Und ...?«

»Dein Bruder. Eric.«

Ophélie musste lächeln. Eigentlich war sie überhaupt nicht überrascht. »Klar. Natürlich. Eric ...«

»Dein Vater und ich haben gedacht, dass du vielleicht mit Rislène reden kannst. Versuche ihr die Gefahr zu zeigen und wie vorsichtig sie sein müssen.«

»Ja, das ist eine gute Idee. Ich hoffe, sie kriegt das nicht in den falschen Hals und denkt, wir sind neugierig und so.«

»Ophélie.« Es war die Stimme ihres Vaters.

»O, hallo, Vati! Bist du an dem anderen Telefon?«

»Ja, hör zu, Spatz. Das klingt jetzt vielleicht neugierig, aber es ist enorm wichtig.«

Sie musste an Samira denken, die junge Araberin, für die die Gemeinde seit Monaten betete. »Ich weiß schon, Vati. Ich werde mit ihr reden. Auch mit Eric, wenn du das willst.«

»Ja, das wäre gut.«

»Was meinst du, wie bald soll sie wieder zurück nach Hause gehen?«

»Noch nicht sofort. Macht es dir was aus, wenn sie noch über das Wochenende bleibt?«

Ophélie war erleichtert. »Überhaupt nicht! Tschüs, Bri. Tschüs, Vati.« Es würde ihr die nötige Zeit geben, mit Rislène zu reden. Und sich seelisch darauf vorzubereiten, dass die Wohnung wieder leer wäre.

Die Scrabble-Partie war fast zu Ende, aber Ophélie hatte sich ein letztes Wort aufgespart. Sie legte die vier Buchstaben senkrecht hin, sodass das »E« am Anfang an das Ende des waagrechten *cacher* (»verstecken«) anschloss.

Rislène protestierte. »He, das ist nicht fair! Man darf keine Eigennamen benutzen!« Dann fiel der Groschen, und sie sah Ophélie fragend an. »Warum haben Sie ›Eric‹ genommen?«

»Na, was meinst du?«

Rislène errötete, auf ihre Wangen traten kleine Schweißtropfen. Sie las das Wort noch einmal laut vor. »Eric.« Ihre Mundwinkel gingen hoch, sie versuchte ein Grinsen zu unterdrücken.

»Ich muss mal mit dir über Eric reden«, sagte Ophélie einfach. »Du magst ihn doch, oder?«

Rislène schwieg. Ein Stirnrunzeln schob die verlegene Miene weg.

Ophélie legte ihre Hand über Rislènes. »Entschuldige, das war gerade ein bisschen zu direkt. Der Anruf eben kam von Gabriella und von meinem Vater.«

»Hat Madame Hoffmann mit meiner Mutter gesprochen?«

»Ja. Sie möchte, dass du wieder nach Hause kommst.« Rislène sah skeptisch aus. »Bri glaubt nicht, dass du in Gefahr bist. Aber du musst vorsichtig sein, vor allem, wenn ... wenn das stimmt, was mein Vater denkt.«

»Ich wusste doch, dass er es erraten hat! Er hat uns nach dem *Oasis*-Nachmittag gesehen. Ich hab es Eric gesagt, aber der hat nur gelacht.« Sie kaute an ihrer Lippe. »Ich liebe ihn, Ophélie. Er ist richtig toll.«

Ophélie lachte. »Mich brauchst du nicht zu überzeugen, er ist nämlich mein kleiner Bruder. Doch, du hast Recht, er ist toll.« Ihr Gesicht wurde ernst, die braunen Augen durchdringend, wie immer, wenn etwas ihr nahe ging. »Aber wenn deine Familie das herausfindet ...«

»Sie denken an Samira, nicht wahr?«

Ophélie nickte.

»Ich weiß. Ich hab schon hundert Mal darüber nachgedacht. Wir sind sehr vorsichtig, ich hab ihn bisher erst einmal allein getroffen. Ich bin sicher, dass keiner uns gefolgt ist. Das war vor zwei Tagen, von Ihrer Wohnung aus.«

»Ab jetzt, Rislène, solltest du dich mit ihm nur noch hier in meiner Wohnung treffen. Es tut mir Leid, wenn das jetzt grausam klingt, aber ...«

»Nein, das ist nicht grausam. Ich muss halt schnell erwachsen werden und mir im Klaren sein, was alles passieren kann. Das ist ja kein Kinderspiel, das ist ja ernst.«

Sie legten die hölzernen Spielsteine zurück in die Schachtel und falteten das Brett zusammen. Ophélie legte es auf ein Regal im Dielenwandschrank. Sie sah immer noch das senkrechte ›Eric‹ vor sich. Sie fröstelte plötzlich.

* * * * *

In der vergangenen Nacht war ihr das Klappsofa recht bequem vorgekommen, aber jetzt setzte Rislène sich auf, die Betttücher um ihre Füße geknüllt, ihr Haar schweißnass. Die ganze Südwand von Ophélies Wohnzimmer war ein einziges langes Fenster mit einem Panoramablick über das nächtliche Montpellier und fantastischen Sonnenuntergängen. An diesem Abend hatte sie die *Volets*, die schweren hölzernen Läden an den Fenstern der französischen Häuser, die für die Nacht geschlossen wurden, offen gelassen, um den weiten Nachthimmel zu betrachten. Jetzt, nach Mitternacht, waren nur noch wenige Lichter zu sehen. Sie stand auf, zog eine Decke um sich und trat an das Fenster.

Neunzehn Jahre war sie. Sie wäre lieber fünfunddreißig gewesen. *Gott, ich will das nicht! Ich bin dieses Versteckspiel so satt. Ist es das alles wert? Bist du das wert?* Die Frage war überflüssig. Sie liebte den schlaksigen Rotschopf von der Universität, aber ihre Liebe zu Gott war noch größer. Sie strömte durch ihre Seele und füllte sie mit einem unerklärlichen Frieden.

Alles war anders geworden seit dem Sommer im vorletzten Jahr, als sie mit einer Teenagergruppe ans Meer gefahren war und diese jungen Leute statt der üblichen Mischung aus Mädchentratsch und zweideutigen Witzen von einem Heiland gesprochen hatten, den man wie einen guten Freund kennen lernen konnte. Das hatte sie neugierig gemacht! Und jetzt kannte sie ihn auch und sehnte sich danach, dem Käfig ihrer Familie und Naziras Wächteraugen zu entrinnen. Sie fühlte sich so frei hier bei Ophélie. Vielleicht konnte sie länger bleiben ...

Sie verstand sich selber nicht. Woher kam dieses ständige Suchen und Kämpfen in ihr? Es war fast, als ob zwei Schicksale um ihre Seele kämpften. Samiras Gesicht ließ sie nicht los. Samira, die sie letztes Jahr auf einer Wochenendfreizeit in Lyon kennen gelernt hatte, jung und feurig im Glauben, und so verliebt. Und dann die weinende Samira, eine Gefangene in ihrem eigenen Heim, an einen Mann verkuppelt, der doppelt so alt war wie sie. Der Gedanke wollte Rislène den Magen umdrehen. So unwirklich, so schrecklich. Aber ihr konnte dasselbe blühen.

Sie ließ ihre Stirn gegen das kühle Fensterglas sinken und ließ die Tränen fließen. Erst kamen nur ein paar, dann wurde es ein Rinnsal, dann ein Fluss, wie ein Bach, der von einem Wolkenbruch anschwillt. Sie sah wieder die blitzenden Augen ihres Vaters, hörte seine harte Stimme, spürte wieder die große Hand, die sie mit aller Kraft getroffen hatte, dass sie zurückgestolpert war und sich erst am Küchenherd gefangen hatte.

Sie liebte ihren Vater. Und er war so stolz auf sie. Sie war die Tochter, die studieren und die Familie von der Statistenrolle der Frau frei machen würde. Ihr Vater war ein intelligenter Mann gewesen, angesehen in seinem Beruf, fortschrittlich in seinem Denken. Bis zum letzten Jahr, als er begonnen hatte, heimliche Versammlungen zu besuchen.

Sie stöhnte auf. »Warum, Vater? Warum tust du mir das an?« Mir ihren neunzehn Jahren hatte sie bereits eine zweijährige Krankenschwesterausbildung in der so genannten BEP (*Brevet d'études professionelles*, »Berufsausbildungsbescheinigung«) hinter sich, einem mehr praktisch orientierten Ausbildungsgang für Schüler, die das schwierige *Baccalauréat* (Abitur) nicht schafften. Ihr Problem war nicht mangelnde Intelligenz gewesen, sondern die Familie. Nach vielem Bitten und Betteln hatte ihr Vater ihr schließlich erlaubt, die letzten beiden Gymnasiumsjahre nachzuholen. Bald hätte sie ihr *Bac*, und danach könnte sie sich ihren großen Wunsch erfüllen und in Montpellier Medizin studieren. Es war ein ehrgeiziges Ziel.

Aber jetzt? Es war gerade so, als ob Gott sie zum Besten hielt. Je mehr sie versuchte, ihm zu folgen und zu gehorchen, umso komplizierter und gefährlicher wurde ihr Leben. Die Glaubenssätze des Islam waren streng, aber eigentlich einfach. Sie war in der Furcht Allahs erzogen worden. Vielleicht war das das Beste: Gott und Eric aufgeben. Dann würde sie studieren können. Und Frieden haben. Ja, Frieden. Sie bibberte. Echten Frieden kannte sie erst, seit sie Christin geworden war. »Ich liebe dich, Gott. Ich liebe dich, Jesus«, flüsterte sie durch ihre Tränen. »Aber das hier ist zu schwer, es reißt mich auseinander. Halte du mich fest, Herr, allein schaffe ich das nicht.«

Sie legte sich wieder auf die Bettcouch, zog die Decke um sich und starrte zum Fenster hinaus. Sie sah das sommersprossige, fröhliche Gesicht von Eric vor sich, sah die Liebe in seinen schönen grünen Augen. Dann schob sich das wütende Gesicht ihres Vaters darüber. Sie schloss fest die Augen, um das neue Bild wegzuwischen, aber es war immer noch da. Erst viel später, erschöpft und schwer im Herzen, schlief Rislène ein.

KAPITEL 5

Sie stand mit dem Rücken zur Kamera da und wischte die Tränen weg, die ihr Gesicht hinunterliefen und dicke Streifen in das Make-up schmierten, das sie vor einer halben Stunde so sorgfältig aufgetragen hatte. Das Mascara färbte ihren Handrücken schwarz. Von irgendwo hinter dem schweren Vorhang kam eine Stimme: »Noch zwanzig Sekunden.« Sie wischte weiter ihre Augen, räusperte sich verzweifelt, langte in die Tasche ihres gut sitzenden blassgrünen Kostüms nach einem feuchten Tuch.

Sie hatte nie als schön oder auch nur hübsch gegolten. Attraktiv vielleicht. Das Gesicht unter dem Make-up war rund und leicht aufgedunsen, ohne zarte Konturen oder hohe Wangenknochen. Ihre Nase war gerade und hervorstehend mit einem kleinen Haken an der Spitze. Die Augen, jetzt rot und verschwollen, waren tiefgrau und nicht besonders groß. Ihr Haar hatte seine blonde Farbe schon lange verloren; mit Henna getönt, war es zu einem eckigen Bubikopf frisiert, der nicht recht zu der Rundlichkeit des Gesichts passen wollte.

»Janine! Zehn Sekunden.«

Sie putzte sich heftig die Nase und rieb sich mit dem Taschentuch unter den Augen, während der Vorhang hochging. Sie spürte die Blicke des Publikums in ihrem Rücken, hundert brennende Fragezeichen. Das Theater war warm und stickig. Sie wusste auch ohne hinzusehen, dass jeder Platz in dem kleinen Auditorium besetzt war.

»Ich kann das nicht!«, sagte sie schließlich. Sie sagte es laut, aber das letzte Wort war nur noch ein halbes Wimmern. Sie putzte sich wieder die Nase und drehte sich zu der schweigenden Menge hin. »Ich kann das nicht! Und ich mach das nicht! Nicht heute Abend.« Sie bückte sich, hob eine zerbrochene Puderdose auf und betrachtete ihr Gesicht in dem winzigen Spiegel.

Sie begann mit Singsangstimme zu sich selbst zu reden. »Du siehst so müde aus, Gesicht. Wer kann dies sein? Bestimmt nicht ich! Das ist niemals der Text, den ich gelernt hab!« Der lyrische Rezitierton glitt in ein leises Lied hinüber:

»Irgendwas ist da geschehen
mit der Hoffnung, die ich hatte.
Dass das große Glück verduftet,
Menschenskind, es darf nicht sein!
Sag: Was ist da schief gelaufen?«

Jetzt sah sie das Publikum an, die wohl geplanten Tränen Glitzersterne in ihren Augen. Sie sang mit einer leisen Sopranstimme, die Arme seitlich ausgebreitet, die Augen auf die blendenden Scheinwerfer am hinteren Ende des Saals gerichtet.

»Wer hat ausgelöscht das Licht?«

Als sie die letzte Note sang, ein hohes A, gingen alle Lichter im Haus aus, eine Flöte im Orchester trillerte scharf, dann verklang sie. Janine verließ die Bühne.

Die Lichter gingen wieder an und zeigten eine Bühne voller bunter Karnevalskostüme. Ohne Überleitung begann die ganze Truppe ihren Eingangs-Song. Janine schaute ihnen einen Augenblick von den Kulissen aus zu, dann lief sie zu ihrer Bühnenseite, um sich für die nächste Szene umzuziehen. Sieben Minuten hatte sie, um frisches Make-up anzulegen, ein eng anliegendes, mit bunten Perlen verziertes, tief ausgeschnittenes Kleid anzuziehen und eine gepflegte Lockenperücke aufzusetzen. Sieben Minuten, um in ihrer Rolle fünfzehn Jahre zurückzugehen.

Sie arbeitete rasch. Dies war ihre Lieblingsrolle in diesem Musical – eine schöne junge Frau. Sie hoffte, dass der Spiegel sie nicht verraten würde. Würde der Zauber des Make-ups immer noch wirken auf ihrem alternden Gesicht? Sie musterte sich. Die Pailletten verdeckten die Extrapfunde, die sie in den letzten Monaten dazubekommen hatte. Simon, der Regisseur, hatte nichts gesagt. Was sollte er auch sagen, wo sie nach wie vor die beste Stimme in Südfrankreich hatte?

Exakt sieben Minuten später trat Janine zurück auf die Bühne, den Kopf hoch erhoben, und sang los. Es war die gleiche Melodie wie zu Beginn des Stücks, nur heller, fröhlicher:

»Jetzt muss es doch endlich klappen,
jetzt ist meine Zukunft da!
Weg die Flicken und die Lappen,
keiner weiß, was früher war!
Heute tu ich neu beginnen,
werde jemand in der Welt,
werd den großen Preis gewinnen!
Weg die Lumpen, ich krieg Geld …«

Das Klatschen der Zuschauer steigerte sich zum Orkan. Janine verließ die Bühne, ein seltsames Lächeln auf dem Gesicht. Sie lief wie geschmiert, diese Premiere.

* * * * *

»Du warst wunderbar, Schätzchen!« Madame Dufour küsste ihre Tochter auf beide Wangen. »Ich glaub, so gut warst du noch nie! Prima gemacht, und halb Montpellier war da. Sag Ophélie unsere Glückwünsche.«

»Danke, Mama. Lieb, dass du gekommen bist. Gruß an Papa, okay? Ich muss jetzt gehen, wir feiern heut Abend. Du weißt ja, wie das ist bei Premieren. Bis Sonntag dann. *Bonne nuit!*«

Sie schaute der schmächtigen Silhouette ihrer Mutter hinterher, wie sie in der Gasse verschwand. Liebe Mutter. Immer so enthusiastisch, auf ihre Art. Sie seufzte. Doch, das Stück war ein Erfolg gewesen. Ob sie es vielleicht sogar außerhalb von Montpellier geben würden?

»Warst gut, Janine. Du hast die Emilie richtig zum Leben gebracht. Genau so, wie ich mir das vorgestellt hatte.«

»Was bist du eine Schmeichlerin, Ophélie!« Sie zwinkerte ihre Freundin an. Dann sagte sie lächelnd: »Findest du echt, dass es gut war?«

»Gut? Prima!«

»Na, der Autor muss es ja wissen, oder?«

Sie lachten beide sarkastisch. »Stimmt!«

Arm in Arm verließen die beiden Frauen das Theater. »Wie fühlst du dich?«, fragte Janine ihre Freundin.

»In Todesängsten. Das Warten nach der Premiere, was wohl die Kritiker sagen werden, das ist immer das Schlimmste für mich.«

»Ja, ich weiß. Aber jetzt raus hier. Ein bisschen Feiern tut dir gut.«

Ophélie zuckte die Achseln. »Ich und Feiern – du weißt ja. Und außerdem hab ich gerade Besuch zu Hause.«

»Besuch? Das ist ja allerhand. Männlichen?«

»Nein, eine Schülerin von mir. Hat Probleme zu Hause.«

»Die wird wohl einen Abend allein sein können! Der Autor muss bei der Begießung der Premiere dabei sein, keine Widerrede!«

Ophélie dachte nach, dann sagte sie halbherzig: »Na schön. Dem Star der Show muss man wohl gehorchen.«

»Und Jean-Luc wollte dich sowieso mal kennen lernen. Er versucht seit zwei Monaten, einen Menschen aus mir zu machen. Ist echt nett.«

»Nicht so ganz mein Typ, Janine.«

»Du bist unmöglich. Gib ihm eine Chance. Ich würd mit ihm ausgehen, wenn er mich einladen würde.«

»Du würdest mit jedem ausgehen!«, lachte Ophélie. Sie wich gekonnt Janines Handtasche aus.

Janine betrachtete ihre Freundin. Selbst nach all diesen Jahren wusste sie immer noch nicht, warum sie Freundinnen waren. Ophélie war eine von den Nachdenklichen, geheimnisvoll und kindlich zugleich. Sie liebte dunkle Romane und lange Gespräche bei einer Tasse Tee. Und zur Kirche ging sie. Gerne sogar. Janine mochte Partys und Nachtleben und Trubel. Nicht, dass sie das Rampenlicht suchte, aber ihr fröhliches, fast schon joviales Wesen und ihre spontane Liebenswürdigkeit zogen die Leute an. Und im Bad der Menge brauchte sie sich nicht ihrer Einsamkeit zu stellen.

Denn das war es, was sie und Ophélie gemeinsam hatten. Das Single-Dasein. O, ihr Leben war voll von Menschen und Arbeit und guten Taten, aber etwas gab es, das nicht so gekommen war, wie sie es geplant hatten. Ihre Arme waren dazu geschaffen, ein Baby zu halten oder sich an einen Mann zu schmiegen. Wie oft hatten sie sich über diese merkwürdige

Leere ausgetauscht, dieses Gefühl, etwas verloren zu haben, das sie noch nie besessen hatten.

Ophélie hatte ihren Trost immer in der Religion gefunden, in dieser komischen kleinen protestantischen Kirche. Janine hatte es auch probiert mit der Religion. Sie hatte im Laufe der Jahre mehrere Medien aufgesucht, las täglich ihr Horoskop, ging dann und wann zur Messe und an Allerheiligen zum Friedhof. Die Religion hatte es nie gebracht für Janine.

Nein, sie suchte einen anständigen Mann, bei dem sie unterschlüpfen konnte. O, sie machte sich nichts vor. Sie ging auf die vierzig zu und hatte schon lange jegliche Heiratsträume aufgegeben, und als Geliebte eines verheirateten Mannes war sie zweimal an den Rand eines Nervenzusammenbruchs gekommen. Alles, was sie wollte, war ein Mann, dem sie wirklich etwas bedeutete.

»Wir sind da!« Sie führte Ophélie eine Treppe hinab, in einen der in der Innenstadt versteckten eleganten Nachtclubs von Montpellier. Ein lautes Gewühle empfing sie, mehrere der anderen Schauspieler waren bereits da. Ein in einen Smoking gekleideter Mann mit langem grauem Haar ließ den Korken einer Champagnerflasche knallen. »Auf Ophélie und Janine!«, rief er, die pulsierende Musik der Band übertönend.

Er goss den Champagner ein, dass er am Rand überschäumte, und präsentierte das erste Glas Ophélie. Er küsste sie flüchtig auf die Wange. »Auf unsere liebe Autorin, Ophélie Duchemin!«

»*Merci*, Simon. Danke. Du warst großartig.«

Simon strahlte und reichte Janine das zweite Glas. Sie hielt es hoch und rief mit ihrer kräftigen Bühnenstimme: »Ein Toast auf Simon, Frankreichs besten Regisseur!«

Simon rief: »Und auf Janine, den Star der Show!«

Hochrufe. Janine sog die Küsse und Lobesworte auf wie ein Schwamm. Wie gut das tat ...

»Du warst toll, Janine.«

Sie drehte sich zu der Stimme um. Es war Dominique Lefevre, der warm hinter seinem Bart hervorlächelte.

»Dominique! Warst du in der Vorstellung?«

»Natürlich. Werde doch nicht die Premiere der heißesten

Show in Montpellier verpassen! Vor allem, wenn meine beste Helferin der Star ist.« Er küsste sie auf beide Wangen. »Du siehst super aus.«

Dominique Lefevre war gerade die Art Mann, die sie suchte. Sie hatte ihn letztes Jahr kennen gelernt, als sie anfing, in einem der Obdachlosenasyle der Stadt auszuhelfen. Er hatte keinen leichten Job mit seinen SDFs, wie man sie in Frankreich nannte; Menschen *sans domicile fixe* (»ohne festen Wohnort«). Sie hasste die Bezeichnung »SDF«, die gang und gäbe war. Nicht, dass die Leute sich etwas Böses bei ihr dachten; sie war so schön kurz und passend. Aber Janine sah die vergeudeten Menschenleben, den reißenden Schmerz, die Angst und den Hass, die hinter jedem dieser obdachlosen Männer und Frauen standen. Sie hatte ein Diplom in Sozialarbeit, hatte diesen Beruf aber schon lange gegen die Kunst eingetauscht. Aber es brachte ihr große innere Befriedigung, diesen Menschen zu helfen, die sie gerne als in vorübergehenden Schwierigkeiten stehend betrachtete.

Vorübergehend – das war das Schlüsselwort. Doch leider war es oft doch nicht so vorübergehend. Wie bei Kate, der Straßenteenagerin, die man letzte Woche tot aufgefunden hatte.

Aber fort mit diesen Grübeleien, die zu dunkel zum Feiern waren. »Hol dir ein Glas Champagner«, wies sie Dominique an.

Er lehnte lächelnd ab. »Ich hab noch eine volle Nacht vor mir, Janine. Aber wir holen das nach, Ehrenwort.«

»Klingt gut. Danke, dass du reingeschaut hast.«

»Keine Ursache. Du warst wirklich gut, ich war ganz weg.«

»Merci«, sagte sie leise. Sie spürte, wie sie rot wurde. »Danke, Dominique. Bis Mittwoch dann im Roten Kreuz.«

»Ja, Mittwoch. *Bonne nuit.*«

* * * * *

Dominique marschierte durch das Stadtzentrum. Er zog den Mantelkragen fester zu. Die Temperatur war im Laufe des Abends auf unter null Grad gesunken, ungewöhnlich kalt für

Südfrankreich. Wohl dem Obdachlosen, der eine Schlafecke in einer leer stehenden Wohnung sein Eigen nannte, die wenigstens ein Minimum an Wärme bot. Die vier Asyle in der Stadt waren voll belegt. Wer gar kein Dach über dem Kopf hatte, für den waren die Wintermonate tödlich.

Er nahm Kurs auf das Viertel, wo die ärmsten seiner Schützlinge sich gewöhnlich aufhielten. Das Lied aus Janines Stück klang durch seinen Kopf. Eine schwermütige und doch irgendwie hoffnungsvolle Melodie. In dem Stück war es um die Erwartungen gegangen, die die Gesellschaft an die Menschen stellt, die ständige Unerfülltheit, das Sehnen der Seele nach mehr. Janine hatte die wunde Seele dargestellt. Ein echt gutes Stück.

Manchmal wünschte Dominique sich, dass sein Leben auch so ein Theaterstück wäre, mit auswendig gelernten Rollen, wo man im ersten Akt schon ahnte, wie alles ausging. Bis jetzt schien er die Rolle des bekehrten Taugenichts zu haben. Als Twen hatte er mehrere Jahre auf der Straße gelebt, und das hatte ihn für immer verändert. Aber damals war die Straße (nun ja, so weit sie das überhaupt konnte) barmherziger gewesen, es hatte eine Art resignierte Kameradschaft geherrscht, wo der eine für den anderen einstand. Aus und vorbei. Die Obdachlosenszene von heute war ein grausamer Kampf ums Überleben, ein dunkles, finsteres Drama, und Dominiques Rolle als Vermittler zwischen der Straße und den Behörden kannte kein Ende.

Er schaute dem weißen Dampf seines Atems hinterher, vergrub die Hände tiefer in den Manteltaschen und zog eine schwarze Skimütze über seinen Kopf. Die SDFs sagten ihm oft, dass er mit seinem abgetragenen Mantel und dem fast verdeckten Gesicht wie einer von ihnen aussah. Manchmal hatte er den Eindruck, dass er auch begann, so wie sie zu denken.

Er kniff die Augen zusammen, als er den Mann sah, der gerade eine Schnapsleiche über den Stadtplatz zog. Er lächelte melancholisch. Ceb, der ewige Retter. Klar, in so einer Nacht war er draußen. Dominique ging langsam auf ihn zu.

»*Bonsoir*, Ceb. Kann ich dir helfen?«

»Klar«, murmelte der Bärtige.

Dominique nahm die Beine des Betrunkenen hoch, den Ceb im Schlepptau hatte. »Wo geht's hin?«

»Meine Bude.«

»Das ist aber ziemlich weit von hier.«

»Alles andere ist voll, hab's schon versucht.« Ceb sagte es fast wütend.

»Ja, in diesen Frostnächten könnten wir 'nen Kleinbus gebrauchen«, kommentierte Dominique. Es tat ihm weh, Ceb zuzuschauen. Seine Augen waren hart und verschlossen, aber Dominique wusste, wie sehr seine verkrüppelte Hand schmerzte, besonders jetzt in dieser Kälte.

»Für was willst du 'nen Bus?«, fragte Ceb.

»Um die Leute zu den Asylen zu fahren, um ihnen Essen zu bringen, um zu ihnen zu kommen, weil doch so viele nicht zu uns kommen wollen.«

Da war endlich Cebs Quartier. Dominique stieg mit ihm die nachtfinstere Treppe hoch. Der Betrunkene nuschelte irgendetwas. Das Zimmer war eiskalt, schmutzige Decken ersetzten die zerbrochenen Fensterscheiben.

»Trautes Heim«, flüsterte Ceb. »Setz dich.« Er wies auf den Fußboden. Sie setzten den SDF ab, machten ihm ein Lager aus alten Zeitungen und breiteten eine dicke, muffige Decke über ihn. Dominique setzte sich auf den Fußboden, den Rücken an die Wand gelehnt, und sah seinen Atemwolken zu.

»Hast du was zu Essen, Ceb?«

»Ich hab alles, was ich brauche, Dominique.«

»Ich könnte dir 'ne Wohnung besorgen. Schau doch mal im Asyl vorbei, dann können wir die Papiere ausfüllen.«

Ceb sah ihn aus seinen geröteten Augen an, wischte sich mit der Krüppelhand über seinen Bart und sagte vorsichtig: »Ich hab ja 'ne Wohnung hier, mietfrei. Ich meld mich schon, wenn ich was brauche.« Er zog einen Alkoholbrenner hervor und zündete ihn mit einem Streichholz an, dann goss er aus einer Flasche etwas Wasser in einen zerbeulten Kochtopf und stellte diesen auf ein selbst gebautes Drahtgestell über dem Brenner. »Willst du 'nen Kaffee?«

»*Merci*, Ceb, das wär prima.«

Eine Stunde saßen die beiden zusammen, tranken Kaffee

und unterhielten sich über ihre gemeinsamen Freunde, die Obdachlosen der Stadt. Er war ein komischer Kauz, dieser Ceb. Nie gab er zu, dass er auch einer von ihnen war. Er war Dominique ein Rätsel, dieser gebildete Mann mit der unermüdlichen Energie. Er war sicher, dass er den Sprung weg von der Straße schaffen konnte. Aber Ceb traute niemandem und wollte sich nicht helfen lassen. In seinen stumpfen haselnussbraunen Augen lag der gleiche tiefe Resignationsschmerz, den Dominique von so vielen anderen Gesichtern kannte. Aus irgendeinem Grund hatte Ceb mit der Gesellschaft, ja vielleicht mit dem ganzen Leben abgeschlossen.

Könnte er je wieder ein Glied der Gesellschaft werden? Das war die Frage, die Dominique nicht losließ. Für jedes halbe Jahr auf der Straße brauchte es mindestens zwei bis drei Jahre, bis jemand wieder mitschwimmen konnte in dem allgemeinen Strom. Viele schafften es nie. War es schon zu spät für Ceb? Dominique glaubte es nicht.

* * * * *

»Ich geh jetzt nach Hause, Janine, ich bin echt fertig.« Ophélie musste schreien, um sich in dem Lärm der Band in dem verräucherten Nachtclub verständlich zu machen.

»Ach, komm, Ophélie, die Nacht ist noch lang! Du kannst nicht jeden Freitag eine Premiere feiern!«

Ophélie tätschelte Janines Schulter. »Du kennst mich doch, ich bin keine Nachteule. Grüß Simon von mir, in dem Gewühle hier finde ich ihn nie.«

Janine lief hinter ihr her, hinaus in die frostige Nacht. »Dann bis morgen in der Matinee. Sieh zu, dass *du* was schläfst.«

»Mach dir keine Sorgen um mich. Sieh zu, dass du was schläfst. Tschüs.«

Sie sog dankbar die kalte Luft ein. Ihr Kopf pochte, ihre Augen brannten von dem Rauch. Sie fühlte sich immer wie ein halber Fremdkörper in der Künstlerwelt. Die anderen feierten ganze Nächte hindurch, während sie nach Hause ging, um die nächste Sonntagsschulstunde für die Kinder in der Gemeinde vorzubereiten. Sie kicherte. *Ich führe ein Doppelleben.* Die

Hälften passten nicht recht zusammen, aber sie mochte sie beide.

»Sie sehen kalt aus, Ophélie.«

Die Stimme erschreckte sie. Sie wirbelte herum. Ein bärtiger Mann mit einer ins Gesicht gezogenen Skimütze. Ihre Augen wurden schmaler. »Kenne ich Sie?«

Er lachte. »Entschuldigen Sie.« Er nahm die Mütze ab, schüttelte sein schwarzes Haar und hielt ihr seine Hand hin. Sie war eisig. »Dominique. Dominique Lefevre. Ich bin ein Freund von Janine, wir kennen uns vom Roten Kreuz. Ich habe Ihr Stück gesehen heute Abend. Es war nicht schlecht.«

»Ach so – Dominique.« Ophélie fasste sich. »Nett, Sie mal zu sehen. Ja, doch, Janine hat mir von Ihrem ... Beruf erzählt.« Er ging neben ihr. »Was bringt Sie hierher? Waren Sie auch auf der Premierenparty?«

»Vorhin, ja. Janine hatte mich eingeladen. Aber jetzt komme ich gerade von einem Marsch durch die Stadt zurück. Hatte zu tun.«

Sie begriff. »Sie müssen halb erfroren sein.«

»Nein, nein, mir geht's gut. Hab gerade einen Kaffee bekommen. Macht es Ihnen nichts aus, so mitten in der Nacht allein durch die Straßen zu gehen?«

Sie lachte trocken. »Es gibt Schöneres. Ich habe halt mein Pfefferspray dabei. Leider bin ich keine große Gesellschafterin, ich gehe immer als Erste, aber das sind die anderen gewöhnt.«

»Die Schriftstellerin braucht ihren inspirierenden Nachtschlaf, nicht wahr?«

»Ja, so ungefähr. Aber hier ist schon mein Auto. Es war nett, Sie zu treffen, Dominique. Kann ich Sie wohin mitnehmen?«

Er musterte sie, schien etwas sagen zu wollen, dann schüttelte er seinen Kopf. »Nein, danke, ich hab's nicht weit. Bis später dann, Ophélie?«

»Kann schon sein. Gute Nacht.«

»Bonsoir.«

Ophélie fuhr durch die Nacht, plötzlich hellwach. Wie oft hatte Janine schon von Dominique gesprochen, dem Engel der Obdachlosen? Wie einen Halbgott hatte sie ihn dargestellt, und jetzt begriff Ophélie, warum. Sie hatte gemischte Gefühle gegenüber den Stadtstreichern, aber sie begannen sie zu interessieren. Und was Dominique Lefevre betraf, gab es nur eine Schlussfolgerung, und die war sogar sehr interessant.

KAPITEL 6

Auf der Straßenseite gegenüber der Schule waren zwei in blaue Overalls gekleidete Männer dabei, eine große, schüttere Fichte vor einem Brunnen aufzustellen. Mehrere Teenager, die auf einer niedrigen Mauer saßen, sahen ihnen zu. »Hey, fröhliche Weihnachten!«, riefen sie. »Morgen kommt der Weihnachtsmann!« Sie lachten. Rislène überquerte die Straße, kurz einen Blick auf den Baum werfend, und lief zu der Bushaltestelle. Es war halb sechs, und der Himmel war schon fast schwarz. Der Wind pfiff durch die Straße, dass Rislène ihren Wollmantel fester um sich zog.

Nur vier Haltestellen, dann stieg sie aus und ging die paar Schritte zu einem weiß verputzten Gebäude mit einem großen Plexiglasschild, auf dem *Eglise Evangélique Protestante* stand. Evangelikale Protestantische Kirche. Es gab noch viel zu tun an diesem Nachmittag, um alles für die Weihnachtsfeier morgen Nachmittag vorzubereiten. Rislène hatte sich gerne dazu gemeldet, konnte sie doch so ungestört mit ihren Freunden zusammen sein. Und mit Eric.

Sie drückte die schlichte Holztür auf. Zuerst hatte sie gar nicht glauben können, dass dies eine Kirche war. Keine hohen Türme und prächtigen Fenster wie bei den majestätischen Kathedralen Frankreichs, sondern mehrere ehemalige Garagen, die die Gemeindeglieder in einem Jahr harter Feierabendarbeit zu einem kleinen Versammlungsgebäude umgebaut hatten. Nach mehreren naiven Fragen von Rislène eines Abends im vergangenen Herbst hatten die Christen ihr erklärt, dass nach der Bibel die »Kirche« (oder »Gemeinde«) eigentlich kein Gebäude war, sondern die Versammlung der Gläubigen, um Gott anzubeten.

Die Erklärung hatte ihr gefallen, und später, als Eric ihr eine eigene Bibel geschenkt hatte, hatte sie die ganze Nacht darin gelesen, um diese merkwürdige Bedeutung des Wortes *Kirche* zu verstehen. In der Apostelgeschichte im Neuen Testament hatte sie die Antwort gefunden. Dort reisten im 15. Kapitel zwei Männer, Paulus und Barnabas, nach Jerusalem. »Sie wurden von der Gemeinde (Kirche) feierlich verabschiedet ...«

Ein Gebäude konnte niemanden »verabschieden«; es waren eindeutig die *Menschen* in der Kirche, die die beiden ausgesandt hatten.

Seitdem betrachtete Rislène das Kirchengebäude als die äußere Hülle und die Menschen in ihm als den inneren Organismus. Es passierte etwas in der *Eglise Evangélique Protestante*. Hier wurden Menschenleben umgekrempelt. Wie ihres.

Es gab drei Räume in dem Gebäude. Die beiden kleineren dienten als Versammlungsräume für die Kinder am Sonntagmorgen – »Sonntagsschule« nannten diese Christen das. Dort lernten die Kinder anhand von Flanellbildern, Liedern und Spielen die biblischen Geschichten kennen. Es war so ganz anders als die Koranschule, wo man das heilige Buch stur auswendig lernte, indem man immer wieder die Verse rezitierte.

In dem dritten, größten Raum, mit seinen holzverkleideten Wänden und den siebzig Plastikstühlen auf dem gefliesten Fußboden, fanden die Sonntaggottesdienste für die Erwachsenen statt. Rislène erinnerte sich noch gut, wie sie vor zehn Monaten das erste Mal hier gewesen war – nicht zu einem Gottesdienst, sondern zu einem der *Oasis*-Nachmittage am Samstag, einem zwanglosen Treff nordafrikanischer Christen. Inzwischen fühlte sie sich wie zu Hause in der *Oasis*-Gruppe und half gerne bei den Vorbereitungen für die Weihnachtsfeier.

»Willkommen, Rislène!«, rief einer der arabischen Teenager. »Wir brauchen dringend dein Künstlertalent.«

Sie musste ein Kichern unterdrücken, als sie den kleinen Saal betrat. Zwei junge Männer waren dabei, einen künstlichen Christbaum zu schmücken. »Das sieht ja grässlich aus«, neckte sie. »Lasst mich mal ran.« Sie stieg auf eine Leiter und rückte als Erstes den goldenen Stern an der Spitze zurecht. Eine halbe Stunde später war der Baum fertig geschmückt und auf einem Tisch neben ihm eine Krippe aufgebaut. Man begann, den kulinarischen Teil der Weihnachtsfeier zu besprechen.

Ophélie kam herein, gefolgt von Eric. »Habt ihr schon angefangen?«, rief Ophélie, während sie Rislène zuwinkte. »Eins zu null für euch. Ich hab den ersten Bus von der Schule verpasst – zu viele Klassenarbeiten.« Sie lachte. »Schaut mal, wen ich draußen aufgegabelt habe.« Sie boxte ihren Halbbruder neckisch in die Seite, dann begann sie die Weihnachtsdekoration zu inspizieren.

Rislène spürte, wie ihre Wangen brannten, als Eric zu ihr trat. Sie lächelte verlegen zu ihm hoch.

»Wie geht's?«, fragte er.

»Gut. Echt.«

»Keine Probleme, weil du hier bist?«

»Nein. Ich bin noch bei Ophélie. Morgen nach der Feier gehe ich nach Hause.« Sie kaute an einem Fingernagel. »Glaub ich jedenfalls.«

Er nahm sanft ihre Schulter. »Geh nicht, wenn du Angst hast, Rislène. Warte ruhig noch etwas.«

»Eric, ich bin jetzt schon über eine Woche bei deiner Schwester, ich kann doch nicht ewig bei ihr wohnen. Davon wird es zu Hause auch nicht besser. Da muss ich eben durch.«

»Dann gehe ich mit dir mit.«

Sie rollte die Augen. »Da hätte ich auch was von! Wenn die mich mit einem französisch-amerikanischen Christen zusammen sehen, bin ich echt geliefert!«

»Sie werden mich ja nicht sehen. Im Ernst. Ich bringe dich nach Hause, aber lass mich nicht blicken. Wenn du drinnen bist, kannst du die Fensterläden schließen oder so, um mir zu zeigen, dass alles okay ist.«

Sie lächelte wehmütig. Der gute Eric. Wie geschaffen zum Literaturprofessor, voller Abenteuergeist und Fantasie. Sah er die Gefahr wirklich nicht? »Danke, Eric, das ist so lieb von dir, aber du weißt doch, dass das nicht geht.«

»Schon, aber das macht mich halt verrückt. Wenn dir was passiert ...«

»Psst. Mama hat Madame Hoffmann versprochen, dass nichts passieren wird. Wir werden beten, mehr Schutz brauche ich nicht. Die Hand Gottes über mir, das genügt, meinst du nicht auch?«

* * * * *

Das Café gegenüber der kleinen evangelischen Kirche war spätnachmittags immer voll von Teenagern. Einige tranken Kaffee und rauchten, andere spielten eines der vier Videospiele hinten im Raum. Nazira saß bleistiftkauend am Fenster und tat so, als ob sie einen Brief schrieb. Was war Rislène leichtsinnig! Vor einer Stunde hatte Nazira ihren Beobachtungsposten in dem Café bezogen, denn sie rechnete damit, dass Rislène nach der Schule zu der Kirche fahren würde. Eine halbe Stunde vor Rislène waren drei arabische Jugendliche gekommen, später dann Rislènes Lehrerin, begleitet von einem schlaksigen rothaarigen jungen Mann.

Wenn Vater das hörte ... Klar, der Rothaarige kam nur, um Rislène zu sehen, die Kirche war nur ein Vorwand. Vor einigen Wochen hatte ihre jüngere Schwester, Fouzia, Rislène zu einer Veranstaltung in der Kirche begleitet und anschließend berichtet, dass Rislène sich lange mit einem rothaarigen jungen Mann unterhalten hatte. »Der mag sie bestimmt!«, hatte Fouzia mit ihrem vierzehnjährigen Überschwang gekichert.

Ein christlicher Freund. Das machte Rislènes Fall noch interessanter – und verbotener. Wenn sie nicht nur eine Christin geworden war, sondern auch noch in einen christlichen Mann verliebt, das wäre der endgültige Skandal. Nazira musste Vater das berichten!

Rislène würde nicht für immer von zu Hause wegbleiben. Dieser besorgte Blick in Mamas Augen, so, als ob sie jeden Augenblick erwartete, dass sie zur Tür hereinkam ... Mama hatte panische Angst davor, was danach kommen würde, das wusste Nazira. Gut, dass wenigstens einer Munition sammelte – Beweise dafür, dass Rislène nicht nur am Sonntagmorgen zur Kirche ging. Vater wäre hoch zufrieden über Naziras Spionage-Erfolg.

Die Radiomusik wurde jäh von Kurznachrichten unterbrochen. *»Heute Morgen wurden in einem Dorf bei Algiers zweihundert Menschen mit durchgeschnittenen Kehlen aufgefunden. Viele der Opfer waren Frauen ...«* Sie wurden allmählich normal, diese makabren Meldungen aus Algerien. Nazira traten die Tränen in die Augen, wenn sie sie hörte. Mit ihren achtzehn Jahren wollte sie so gerne Allahs Willen tun, aber eine quälende Frage brannte in ihrer Seele. Mit ihrem Eifer für Allah gab sie ihre Bildung, ihre Chance auf ein besseres Leben auf. Man hatte ihr schon den Zutritt zu ihrem Gymnasium verwehrt, weil sie darauf bestand, den *Hijab* zum Unterricht zu tragen, den die Franzosen als direkte Bedrohung ihrer katholischen Kultur und als Symbol des islamischen Fundamentalismus betrachteten. Sie hatten Angst, dass die Gräueltaten auf der anderen Seite des Mittelmeers nach Frankreich übergreifen würden. Gläubige Muslime machten sich verdächtig.

Sie verließ das Café, das weiße Tuch um ihren Kopf. Niemand durfte wissen, dass sie hier gewesen war. Noch nicht. So lange nicht, bis sie genügend Material gegen Rislène zusammenbekommen hatte, um Vater zum Handeln zu bewegen. Allzu lange würde es wohl nicht mehr dauern.

* * * * *

Am Samstag, dem 17. Dezember, war der kleine Saal der *Eglise Evangélique Protestante* voll von jungen Leuten, viele von ihnen Araber. Es roch intensiv nach Pefferminztee. Die jungen Leute schauten lachend zu, wie mehrere von ihnen versuchten, aus einem Menschenknäuel freizukommen. Gabriella und Anne-Marie deckten, fröhlich plaudernd, in dem kleinen Sonntagsschulraum einen Tisch mit Weihnachtsgebäck.

»Ist dir dein weißes Spitzentischtuch auch wirklich nicht zu schade, Gabriella?«, fragte Anne-Marie, nur knapp ein Grinsen unterdrückend.

Gabriella schüttelte den Kopf und lachte. Es war jedes Jahr dieselbe Frage, ein nostalgischer Scherz zwischen zwei alten Freundinnen. Das zarte, reich verzierte Tischtuch war ein liebes Andenken an Gabriellas Mutter, das im Laufe etlicher Weihnachtsfeiern diverse Kaffee-, Tee-, Rotwein-, ja sogar Spaghettisoßenflecken abbekommen hatte. Jedes Jahr galt es, die Teller mit den Süßigkeiten so auf ihm zu platzieren, dass man die Flecken nicht sah, und jedes Jahr wurde dies schwieriger. Aber für die beiden Freundinnen war es eine fröhliche Erinnerung an andere, längst vergangene Weihnachtsfeiern.

»Die Flecken gehen nie mehr raus«, hatte Gabriella vor Jahren geseufzt. Worauf Anne-Marie erwidert hatte: »Was sind ein paar Tischtuchflecken, wenn dadurch Teenager von einem Gott hören, der die Flecken aus ihren Herzen waschen kann?« Seit dem Tag mussten die beiden Frauen immer lächeln, wenn Gabriella das Tischtuch auflegte.

Sie betrachteten den fertigen Tisch. Er war über und über bedeckt von bunten Papiertellern mit französischen, amerikanischen und arabischen Desserts. Heute war vor lauter Essen kein Flecken zu sehen ...

»Ist der Tee fertig, Anne-Marie?«, fragte Gabriella. Ihre Freundin nickte, und sie schlüpften in die Küche und kamen mit einer großen Kanne und dicken Pappbechern zurück, die sie auf einen anderen, kleineren Tisch stellten. David hatte seine Kurzandacht begonnen über die Weihnachtshoffnung. Sie konnten diese Botschaft brauchen, die mutigen jungen Araber, denen ihr Glaube so viel wert war.

Gabriellas Blick glitt über die jungen Leute, die da mit dem Rücken zu ihr saßen. Eric saß direkt neben Rislène. Gabriella holte tief Luft und flüsterte ein Gebet für ihren Sohn und das arabische Mädchen. Der Vers aus dem Kolosserbrief kam ihr in den Sinn: »Da ist nicht mehr Grieche oder Jude, Beschnittener oder Unbeschnittener, Nichtgrieche, Skythe, Sklave, Freier, sondern alles und in allen Christus.« Vor Gott waren alle gleich. Aber so sehr Gabriella die Araber liebte und trotz all der Jahre, die sie in Algerien gewesen war – bei dieser Beziehung zwischen einem arabischen Mädchen und ihrem Sohn fiel ihr das Gottvertrauen schwer. Besonders wenn sie an Samira dachte.

»Gib ihnen Weisheit von oben.« Mehr brachte sie nicht über die Lippen.

* * * * *

Es war eine Tradition bei den *Oasis*-Weihnachtsfeiern geworden, dass David ein Mut machendes Beispiel aus der Geschichte der verfolgten Gemeinde erzählte. Diesmal hatte er sich einen jungen französischen Hugenotten aus dem 18. Jahrhundert ausgesucht. »Meine lieben Brüder und Schwestern in Christus«, begann er, »wie dankbar sind wir, dass wir in einem Land leben, wo wir in Freiheit unseren Gott anbeten können. Aber ich weiß auch, dass viele von euch für ihren Glauben zu leiden haben. Ihr habt die Religion eurer Geburt verlassen, und eure Familien betrachten euch als Verräter. Einige von euch haben Angst, was die Zukunft bringen mag.«

Davids Blick blieb kurz an Rislène hängen. »Vor langer Zeit war es in diesem Land verboten, Gott außerhalb der vom König befohlenen Religion zu verehren. Ihr habt von den Hugenotten gehört – den ersten protestantischen Christen in Frankreich, die im 17. und 18. Jahrhundert wegen ihres Glaubens verfolgt wurden.

Ich möchte euch heute die Geschichte eines jungen Hugenotten namens Jean Marteilhe erzählen.« Er räusperte sich. »Im Jahre 1700, als Jean sechzehn war, drangen dreiunddreißig Soldaten König Ludwigs XIV. in sein Elternhaus ein. Sein Vater wurde ins Gefängnis geworfen, seine drei jüngeren Schwestern in ein Kloster geschafft und seine Mutter so lange geschlagen, bis sie ihrem Glauben absagte. Jean konnte zusammen mit einem Freund entkommen. Sie versteckten sich in Wind und Wetter, bis sie zu dem Haus eines Nachbarn kamen. Die Nachbarn verrieten sie an die Soldaten, und Jean und sein Freund kamen ins Gefängnis.

Man gab ihnen die Wahl, ihrem Glauben abzusagen oder Rudersklaven auf einer Kriegsgaleere zu werden. ›Wir setzen all unser Vertrauen auf Gott‹, rief der junge Mann aus, ›wir werden niemals unseren Glauben verraten!‹ Worauf der Offizier, der selber seinem Glauben abgesagt hatte, antwortete: ›Ihr seid glücklicher als ich.‹

Ein alter Priester kam in das Gefängnis, um die beiden zu bekehren. Jean sagte: ›Aber wir sind doch schon Christen!‹, und sagte das Apostolische Glaubensbekenntnis auf. Der Priester schüttelte den Kopf, und Jean hörte, wie er murmelte: ›Der Bischof will sich wohl einen Aprilscherz mit mir erlauben …‹

Aber das Leben eines Gefangenen und Sklaven war kein Scherz für Jean. Wochenlang war er zusammen mit Hunderten anderer im Keller eines riesigen Gefängnisses in Paris angekettet. Dann mussten die Gefangenen durch die Straßen der Stadt marschieren; die schweren eisernen Ketten rissen ihnen den Hals blutig und erstickten sie fast. Nach einem zermürbenden Tagesmarsch wurden sie ausgezogen und geschlagen. Aber andere Gläubige, die die Hugenotten im Gefängnis besuchen durften, waren so bewegt von ihrem starken Glauben und ihrer Liebe, dass sie ausriefen: ›Herr, wir sind unwürdig, ihre Brüder zu heißen!‹

Bevor er auf die Galeere gebracht wurde, wurden jedem Gefangenen die Haare geschoren und mit einem Brandeisen die Buchstaben GAL eingebrannt. Als Kleidung bekam er ein von Würmern zerfressenes Hemd. Darauf wurde er so auf einer der Ruderbänke festgekettet, dass das Ruder auf seinem Schoß lag. Auf dieser Bank ruderten, aßen und schliefen die Sklaven, und oft starben sie dort auch. Es war die Hölle.

Jedes der sechzehn Meter langen und unvorstellbar schweren Ruder wurde von fünf bis sieben Sklaven bedient. Sie wurden mit Peitschen angetrieben. Im Krieg wurden diese Galeeren natürlich beschossen. Einmal, im September 1708, sah Jean dem sicheren Tod in die Augen, als die Kanone eines feindlichen Schiffs gerade auf seine Galeere zielte. Achtzehn Männer um ihn herum wurden von dem Treffer in Stücke gerissen. Jean überlebte.

Das große Wunder der Galeeren war die Kraft, die Gott Jean und Hunderten anderer Hugenotten gab, inmitten dieses höllischen Leidens an ihrem Glauben festzuhalten. Ihr Vorbild leuchtete unter den übrigen Gefangenen. Schwerkriminelle achteten sie, versuchten es ihnen gleich zu tun, beschützten sie. Der französische Dichter Michelet hat es so beschrieben: ›Was für eine edle Gesellschaft lebt auf diesen Galeeren. Die größten der Tugenden scheinen hier eine Zuflucht gefunden zu haben. An anderen Orten ist es zuweilen schwierig, Gott zu sehen, aber hier wird er sichtbar. Dass doch alle Menschen auf Erden hier sein könnten!‹

Im Jahre 1713 erwirkte die englische Königin Anne schließlich die Begnadigung von 136 Hugenotten; weitere 44 folgten noch im gleichen Jahr. Einer von ihnen war Jean. Sie wurden unter der Bedingung freigelassen, dass sie Frankreich auf dem Seeweg verließen, selber die Überfahrt bezahlten und nie zurückkommen würden. Die Freigelassenen gingen in die Schweiz, in Calvins schöne Stadt Genf. Wie Helden wurden sie dort empfangen, diese Männer mit den sonne- und windgegerbten Gesichtern und den Folternarben so vieler Jahre. Einige wurden mit ihren Frauen und Kindern wieder vereinigt, andere fanden eine neue Heimat bei Schweizer Familien. Als er mit seiner Gastfamilie Genf verließ, sah der inzwischen 30 Jahre alte Jean über dem Stadttor eine lateinische Inschrift, die gerade für ihn geschrieben zu sein schien: ›*Post tenebras lux*‹ – ›Nach der Dunkelheit das Licht‹.

Und dies ist meine Botschaft für euch. Die Botschaft unseres Freundes Jean von vor fast dreihundert Jahren. Trotz Verfolgung und Folter hielt er durch und konnte sagen: ›Ich habe Gott in meinem Elend gesucht, wie ich ihn in meinem Wohlstand nie gesucht hatte, und ich kann sagen: Ich habe ihn gefunden. Mir fehlen die Worte, um auszudrücken, wie dankbar ich bin.‹

Gebt nicht auf, liebe Freunde. Denkt daran, was der Herr Jesus seinen Jüngern im Matthäusevangelium sagt: ›Selig seid ihr, wenn euch die Menschen um meinetwillen schmähen und verfolgen und reden allerlei Übles gegen euch, wenn sie damit lügen. Seid fröhlich und getrost; es wird euch im Himmel reichlich belohnt werden. Denn ebenso haben sie verfolgt die Propheten, die vor euch gewesen sind.‹ Jesus weiß und sieht, was ihr durchmachen müsst. Ihr seid ihm nicht egal.«

David war fertig. Er betrachtete die Gesichter der jungen Leute in dem Raum, aus denen so viel Mut und Überzeugung sprach, und dankte Gott stumm für sie. Dann sprach er wieder: »Wie immer bei unserer Weihnachtsfeier, haben wir zwei unter euch gebeten, uns zu erzählen, was Gott in ihrem Leben oder in dem Leben von Menschen, die sie kennen, getan hat. Eric möchte als Erster zu uns sprechen.« Er nickte seinem Sohn zu.

Eric kam nach vorne. »Mein Vater hat uns gerade von denen erzählt, die vor uns für ihren Glauben gelitten haben. Aber wir wissen, dass auch heute viele leiden müssen, ja getötet werden, weil sie, wie damals die Hugenotten, sich weigern, ihrem Gott abzusagen. Lasst uns für unsere Brüder und Schwestern in diesen Ländern der Verfolgung beten. Wir denken heute ganz besonders an unser geliebtes, vom Bürgerkrieg zerrissenes Algerien, wo täglich unschuldige Menschen ermordet werden. Wir wollen für die Angehörigen der zweihundert Frauen und Kinder beten, die gestern ums Leben gekommen sind. Obwohl sie nicht unseren Glauben teilen, wissen wir doch, dass Gott um sie weint. Ja, Gott ist die einzige Hoffnung für Algerien ...«

David lauschte der Stimme seines Sohnes. Er betete still, dass Eric und Rislène nichts zustoßen möge. Dann schob er die Angst beiseite und zwang seine Aufmerksamkeit zurück zu der Feier.

* * * * *

Abdul und Madira Charfi lasen den Brief mit gerunzelten Stirnen. Konnten sie einen marokkanischen Pastor bei sich aufnehmen, der nach Morddrohungen aus seinem Land geflohen war? Er wollte nach Frankreich, aber solange das Geld für den Flug nicht beisammen war, brauchte er einen sicheren Unterschlupf.

Fast musste Abdul laut lachen. Sicher? Keiner war sicher in Algerien. Man brauchte gar kein Pastor zu sein, auf dessen Kopf eine Belohnung ausgesetzt war. Hausfrau und Schulmädchen, das tat es auch. Der Tod kannte kein Ansehen der Person in Algerien.

Aber doch, Abdul hatte mehr Angst als die anderen. Er suchte bereits einen anderen Versammlungsort für die kleine Hauskirche. Es war ein Thema, das viel Gebet brauchte; bei der nächsten Zusammenkunft am Wochenende würden sie es wieder zur Sprache bringen. Sie hatten beschlossen, das Weihnachtsfest vorzuziehen, um jeden Verdacht zu vermeiden. Die ganzen Jahre hatte die Regierung nichts gegen sie unternommen. Vielleicht wusste sie gar nicht, dass es diese kleine Kirche gab.

Aber El Amin wusste es. Er wusste viel zu viel. Abdul kam sich vor wie auf einem Vulkan, der jeden Augenblick ausbrechen und sein Haus, seine Familie, seine Gemeinde unter der fanatischen Lava der Wut seines Sohnes begraben konnte. Wie konnten sie einen verfolgten marokkanischen Pastor in diesen Hexenkessel einladen?

»Du musst halt schreiben, dass es nicht geht«, sagte Madira. Sie strich über das Silberhaar ihres Mannes. »Liebling, wir werden beten. Schau nicht so besorgt drein. Gott wird uns erhören.« Abdul wusste, dass sie es nicht mochte, wie seine Stirn sich beim Lesen des Briefes kräuselte.

»Es geht nicht nur darum, Madira. Sicher, wir können diesmal nein sagen. Aber beim nächsten Mal? Und beim übernächsten? Ich hasse diese Angst, die mir da ins Herz kriecht. Wo ist mein Glaube?«

Er schloss kurz die Augen, um eine Träne zu unterdrücken. Diese Angst, jedes Mal neu, wenn das nächste Massaker passiert war. Nicht Angst um sein eigenes Leben, sondern um seine Familie und die Gemeinde. Was, wenn seine fünf Töchter, die alle heimlich Christus nachfolgten, auch so niedergemetzelt wurden wie so viele andere Frauen? Es machte ihm schlaflose Nächte.

»Schh, Abdul«, sagte Madira. »Gott ist unser Beschützer, Gott ist allmächtig.«

Aber vor seinen geschlossenen Augen sah Abdul sie, die gramzerfurchten Gesichter verschleierter Frauen und müder Männer, die hinter Särgen von Teenagermädchen hergingen, die missbraucht und ermordet worden waren. Und das waren Mädchen, die den *Hijab* trugen und den Koran rezitierten. Niemand war mehr sicher. »Wir müssen beten«, flüsterte er. »Das ist der einzige Friede, der uns bleibt.«

* * * * *

Ein Windstoß wirbelte den feinen Sahara-Sand hoch in El Amins Augen. Er liebte diese plötzlichen, unberechenbaren Stürme. Genauso war sein Leben; schon viele hatten Respekt gelernt vor seinem hitzigen Temperament und wachen Strategengehirn. Und Strategie war genau das, was er jetzt brauchte in diesem explodierenden Wespennest, das Algerien hieß.

Die täglichen Berichte ließen ihn das Chaos in der fragmentierten FIS verfluchen. Als ihr die Regierung im Januar 1992 den greifbar nahen Wahlsieg aus den Händen geschlagen hatte, hatte die so starke muslimische Partei ihren Zusammenhalt verloren. Richtungskämpfe und Streitigkeiten hatten die Bewegung in eine Hand voll kleiner militanter Gruppen zerschlagen, jede mit ihrem eigenen Führer. Und ihren eigenen Schwächen. Seit fast zwei Jahren rollte die brutale Polizeiwalze des Regimes über die Fundamentalisten; viele ihrer besten Männer waren tot oder im Gefängnis.

El Amin schielte in die Sonne, auf die türkisfarbene See hinaus. Hier in Tipasa war die Welt noch in Ordnung, hier konnte er seine Gedanken hören, während er sich zu dem trägen Rhythmus der Flut seine Optionen zurechtlegte. Die eine Autostunde von Algiers entfernte Stadt war ein exotischer Geheimtipp an Algeriens Nordküste, ein »Monaco der Antike«, das mit seiner tropischen Szenerie und geschichtsträchtigen Vergangenheit auf den Touristen wartete, der genügend Geld hatte, um sich ein Quartier in den gepflegten weißen Häusern auf dem pinienbestandenen Landvorsprung mit seinem atemberaubenden Blick auf die glitzernde Weite des Mittelmeers zu leisten.

In den Ruinen der alten Römerstadt, auf der anderen Seite des Kaps, konnte man ungestört spazieren gehen. El Amin war gerne hier. Die ausgetretenen Stufen, die zu einem römischen Tempel hochführten, waren ganz von Mimosen überwuchert. Er stieg über eine umgestürzte Säule. Im Inneren des alten Amphitheaters grasten Schafe. Auf den Sarkophagen auf dem ehemaligen Seemannsfriedhof blühten Gänseblümchen und Goldlack. Der ganze Hang war bunt und wildromantisch.

Eines Tages würde er seine Frau, Jala, mitnehmen in dieses irdische Paradies. Er stellte sich vor, wie die Strahlen der untergehenden Sonne ihre Haut und die Wipfel der Zypressen und Olivenbäume erglühen ließen und immer längere Schatten auf das Gestein warfen. Aber fort mit diesen Träumereien! Er war müde bis in die Knochen, und er musste sie bekämpfen, diese Müdigkeit, denn auf sie folgte unweigerlich ein zweiter Eindringling: die Angst.

»Insha Allah«, sagte er laut. *Wenn Allah will.* Es war der Schlusssatz jedes Gesprächs mit einem gläubigen Muslim. Der Wille Allahs strömte durch seine Adern – eine reine, inbrünstige Liebe zu allem, was der Islam bedeutete, in all ihrer blutigen Loyalität zu einer militanten Religion. Seit wann wusste er, dass dieser Eifer sein Leben bestimmen würde? Seit immer schon, wie es schien. Als Kind war er wohl versucht gewesen, einem anderen Gott zu folgen, dem Christengott, den seine Eltern angenommen und wieder verworfen hatten. Aber die Augen des Heranwachsenden hatten bald erkannt, dass das Christentum mit seinen ketzerischen drei Göttern dem Islam nicht das Wasser reichen konnte.

Warum waren seine Eltern zurückgekehrt zu dieser hilflosen Religion? Warum dienten sie jetzt in Demut und Aufrichtigkeit dieser verbotenen Religion mit dem gleichen Eifer, mit dem er dem Islam diente? Eine mitleidige Wut durchschoss ihn. Dumme, verblendete Menschen! Er war ein starker, ein wichtiger Mann, aber er konnte sie nicht beschützen, auch nicht seine fünf Schwestern, die ebenfalls hoffnungslos diesem Ausländergott ergeben waren. Sahen sie es wirklich nicht? Frauen, unschuldige Frauen, die den weißen Schleier des Islam trugen und ihren Ehemännern gehorchten, wurden am helllichten Tag umgebracht. Was dachte seine Familie wohl, was passieren würde, wenn die Regierung hinter ihre heimlichen Aktivitäten kam? Oder, schlimmer noch, was würden seine Kameraden mit denen machen, die Allah verrieten? Sie würden ein Exempel an ihnen statuieren, eine blutige Warnung für jeden, der es wagte, aus der Reihe zu tanzen.

Wieder starb Algerien einen langen, langsamen Tod, wie vor dreißig Jahren, als es sieben Jahre lang für seine Unabhängigkeit von Frankreich kämpfte. Danach war es aufgeblüht, und jetzt sank es wieder hin. Es war ein großes, weites Land, und er kannte es gut – seine Dünen und Täler, Oasen und Wüsten, Strände und Hafenstädte. Algerien war dazu bestimmt, ein islamischer Staat zu werden, ein leuchtendes Zeichen für die ganze Welt. Eine wohl berechnete Strategie, das war das Einzige, was es vor dem Chaos bewahren konnte.

Er setzte sich auf die Stufen des Amphitheaters und sah der

Dünung der See zu, die sich weiß an den Klippen brach. Nur noch ein paar Stunden, dann musste er wieder bei seinen Kämpfern in Algiers sein. Der Terrorismus war immer ihre stärkste Waffe gewesen. Der Gedanke wollte nicht passen zu der friedlichen Szenerie. Er pflückte ein Gänseblümchen und dachte wieder an Jala und die Kinder. Dann fiel er auf die Knie, hörte innerlich den Gebetsruf aus den Lautsprechern der Minarette von Algiers. Er berührte den Boden mit seiner Stirn, drehte sich zu Mekka hin und zu seinen Ängsten und betete.

KAPITEL 7

Es war der 24. Dezember, aber bei den Namanis war von Weihnachten nichts zu spüren. Kein guter Muslim ließ auch nur eine Andeutung von diesem christlichen Fest in seine Wohnung hinein. Stattdessen wartete er auf den heiligen Fastenmonat Ramadan, der diesmal Anfang Februar beginnen würde. Für Rislène war der Ramadan die reinste Heuchelei. Selbst wenn er nie betete, sonst das ganze Jahr Alkohol trank oder andere der vielen Verbote des Islam übertrat, jeder Araber beging den Ramadan, als sei er der frömmste Anhänger Allahs.

Heuchelei. In jeder Religion schien es zu wimmeln von Heuchlern. Rislène wusste, dass die meisten Franzosen sich katholisch nannten – und dass dies rein nichts für ihr Leben bedeutete. Eine bloße Tradition. Wie viele ihrer Freundinnen waren vollkommen immun gegen die herkömmlichen Religionen? Ein paar besaßen New-Age-Kristalle, andere suchten Medien auf, viele waren einfach totale Skeptiker, jederzeit bereit, die Bedeutungslosigkeit der Religion in einer humanistischen, progressiven Gesellschaft wortreich zu beweisen.

Das war der Grund, warum Eric Hoffmann und die übrigen jungen Leute der *Oasis*-Gruppe sie so gefesselt hatten. Ihr Glaube war anders, sie lebten ihn aus. Er hatte eine Frische, die nach Wahrheit roch. Und er kostete sie etwas. Sie sprachen von »Opfer« und »Hingabe«, aber diese Worte hatten Rislène nicht abgeschreckt, sondern angezogen wie ein Magnet. Und dann hatte sie die Wahrheit für sich ganz persönlich entdeckt.

Nun ja, ein paar Heuchler gab es auch in der Protestantischen Kirche. Aber dieser Gott-Mensch, Jesus, er war echt, und er hatte sie verändert. Seine Worte, die in der Bibel standen, waren wahr. Aber auch schwer. Liebe deine Feinde. Segne die, die dich verfolgen. Freue dich, wenn du um Christi willen leiden musst ...

Manchmal, in ihren schwachen Augenblicken, war sie ein bisschen neidisch auf die französischen Christen, die in protestantischen Familien aufgewachsen waren. Ihr Glaube kostete sie nicht viel, ihr Eifer – selbst bei Eric, der in der Missionsarbeit seiner Eltern viele Schwierigkeiten miterlebte – war vielleicht nicht oberflächlich, aber ein wenig zu leicht. Ihr eigener fühlte sich zentnerschwer an dagegen. Sie zog ihr dickes schwarzes Haar zu einem Zopf zusammen und zwang sich, Gott zu danken, anstatt sich mit anderen zu vergleichen. Dieser Rat, den Gabriella Hoffmann ihr vor Monaten gegeben hatte, hatte ihr mehr als alles andere gegen ihren Neid und das Selbstmitleid geholfen.

»Danke, Jesus, dass ich dich kenne. Dass du mich zu dir gerufen und dich mir geoffenbart hast, mir, einer Araberin. Danke für deine große, große Liebe. Ich spüre sie so sehr. Vergib mir meine Neidgedanken. Und danke, dass ich bei der Oasis-Feier dabei sein konnte. Das war so schön.

Aber ich bin auch enttäuscht, Herr. Ich würde so gerne zusammen mit Eric und den Seinen Weihnachten feiern, heute Abend mit den anderen Weihnachtslieder singen und dich preisen, dass du deinen Sohn gesandt hast. Es ist schwer, hier zu sein und die misstrauischen Blicke der ganzen Familie zu spüren. Aber du bist das wert. Ich werde alles tun, was du verlangst. Du bist es wert.«

* * * * *

Sie stand in der Küche und kochte das Essen für die große Familie. Ihre drei älteren Brüder, die immer noch zu Hause wohnten, saßen rauchend und Karten spielend im Wohnzimmer. »He, Rislène! Koch schneller, ich bin halb verhungert!«, rief der 23-jährige Amed.

Ihre Schwestern, Nazira und Fouzia, rührten wie immer keinen Finger. Es hatte sich nichts geändert während Rislènes Abwesenheit. Wenn sie nicht kochte, ließ Mama sich eben dazu herab. Vielleicht war das der einzige Grund gewesen, dass Mama gelächelt hatte, als sie vor drei Tagen wieder nach Hause gekommen war – dass jetzt wieder jemand anderes kochte?

Ihre Brüder standen gleich nach dem Essen auf, ihre schmutzigen Teller ließen sie stehen. Mit einem Seufzer begann sie den Tisch abzuräumen. Warum war sie zurückgekommen? Ihre Mutter sprach kein Wort mit ihr, sah sie nur aus großen, traurigen Augen an. Vater hatte rau gelächelt, als sie nach über drei Wochen durch die Wohnungstür gekommen war. Sie war immer noch sein Liebling, was Nazira halb verrückt vor Neid machte. Die Spannung im Haus reichte aus, um sie alle zu ersticken.

Als Rislène mit dem Abwasch fertig war, rief ihr Vater sie ins Wohnzimmer, um allein mit ihr zu reden. »Wir haben etwas vor, Rislène«, begann er. »Einen Besuch in Algerien, bei deiner Großmutter. Wir fahren übermorgen, die Karten haben wir schon.«

Rislène wurde blass. »Fahren wir alle?«

»Nein, natürlich nicht! Nur du, Nazira und Fouzia, deine Mutter und ich. Die Jungen müssen ja arbeiten. Aber du hast jetzt Schulferien. Wir werden zehn Tage fort sein.«

Sie wagte nicht zu protestieren, aber sagte die ersten Worte, die ihr auf die Lippen kamen. »Ist das nicht gefährlich?«

»Meinst du, wir würden fahren, wenn einer von euch dort in Gefahr wäre? Und Großmutters Haus ist sowieso sicher, eine Armee könnte da nicht rein. Es ist ja nur für zehn Tage. Sie ist sehr einsam.«

Rislène schauderte. Nach Algerien fahren – in diesen Zeiten? War ihr Vater verrückt? Sie hörte doch täglich die Nachrichten. Niemand war in Sicherheit dort, auch nicht Großmutter mit all ihrem Reichtum.

»Warum willst du denn ausgerechnet jetzt dorthin? Ist das wirklich dein Ernst?«, fragte sie.

Ihr Vater erwiderte ihren Blick nicht, sondern starrte die Wand an und zog an seiner langen Pfeife. »Großmutter geht es nicht gut, Rislène. Letzte Woche, als du fort warst, hat sie uns angerufen.« Er sprach die letzten Worte, als seien sie eine Anklage. »Wir mussten uns sehr schnell entscheiden. Vielleicht ist es das letzte Mal, dass wir sie sehen können.«

Dies war der nächste Schock für Rislène. Großmutter, die gefürchtete Matriarchin der Namanis, die ihre Söhne streng erzogen hatte und ihren Schwiegertöchtern Furcht ins Herz gab, das geachtete und verehrte Haupt der Familie – sie konnte, sie durfte nicht sterben! Rislène wollten die Tränen kommen. So sehr sie ihre Großmutter fürchtete, sie liebte sie leidenschaftlich.

»O, Vater, das tut mir so Leid.« Sie lief in seine Arme, er umarmte sie fest. »Natürlich fahren wir hin, und ich komme mit. Mach dir keine Sorgen. Es wird ein Segen für Großmutter sein, wenn wir alle da sind, es wird alles gut werden.«

Aber als sie spät abends in ihrem Bett lag, zitterte sie vor Furcht. Sie wollte nicht nach Algerien. Und wie sollte sie rechtzeitig Eric Bescheid geben? »Ich wollte, ich wäre heute Abend bei ihm, Herr. Ich wollte, ich wäre bei den anderen.« Sie musste an das Lied *Stille Nacht* denken. Sie konnte es jetzt nicht summen; Nazira, die auf der anderen Seite des Raumes schlief, hätte es gehört. Aber sie sagte sich den Text still vor, wieder und wieder. »Christ der Retter ist da. Christ der Retter ist da.«

* * * * *

Die Franzosen nannten es das *Réveillon*. Es war das Familienfestessen am Heiligen Abend, das gewöhnlich nach der Mitternachtsmesse begann und die ganze Nacht hindurch dauerte. Die Vorbereitung dieses Mahls verschlang mehr Geld als sämtliche Weihnachtsgeschenke zusammen. Janine Dufour liebte das *Réveillon*. Die letzte Aufführung des Musicals vor Weihnachten war am 22. Dezember gewesen, was ihr drei freie Tage gab, um mit ihrer Mutter zu kochen. Am Abend des 23. waren ihre beiden Brüder mit ihren Familien angekommen, und am Morgen des 24. waren ihre Schwester Carole und ihr Freund nach einer Nachtfahrt von Lille eingetroffen.

»Das *Bûche* wird ein voller Erfolg, Mama!«, rief sie aus der Küche, in der sie gerade den dünnen, mit Schokoladen-Sahne-Creme bestrichenen Kuchen zu einem langen Zylinder zusammenrollte. Die Rolle würde im Kühlschrank gekühlt und anschließend mit Schokolade verziert werden, wobei man den Schokoguss mit einer Gabel so bearbeitete, dass der Kuchen zum Schluss wie ein *Bûche* (Holzklotz) aussah. Es war eine von Janines Lieblingstraditionen, und Freunde und Verwandte waren sich einig, dass sie das beste *Bûche* in Montpellier machte.

Sie wusste selber nicht, warum sie so an diesen alten Sitten hing. Der gefeierten französischen Küche zum Trotz schossen die Fast-Food-Restaurants wie Pilze aus dem Boden der Städte, und welche berufstätige Frau hatte noch Zeit zum Kochen, vor allem wenn es Mikrowelle und Fertiggerichte aus der Kühltruhe gab? Vielleicht war sie wirklich am Aussterben, die französische Esskultur. Aber nicht bei Janine. Sie hätte auch ein tiefgefrorenes *Bûche* im Supermarkt kaufen können, aber sie genoss nicht nur die Mahlzeit, sondern auch die Zubereitung.

Ihre Mutter kam in die Küche. »Ist alles fertig? Lass mich sehen!« Gemeinsam inspizierten sie die diversen Teller und Schüsseln in dem Kühlschrank. Die Gänseleberpastete kam vom Bauernhof des Freundes ihres Vaters, wie jedes Jahr, die frischeste weit und breit. Die Spezialität ihrer Mutter, *Feuilleté au jambon*, brauchten sie nur noch in den Backofen zu schieben, wenn sie zurückkamen. Fast schmeckte Janine schon den mit gekochtem Schinken, Käse und Sahne gefüllten leichten Teig. Johan, ihr älterer Bruder, ging gerade die Flaschen durch, um die *Apéritifs* vorzubereiten. Kinder sausten durch das Haus, mit jeder Stunde, die sie länger auf waren, aufgedrehter. Janines Schwester, Carole, war dabei, den Tisch zu decken. Köstliche Düfte zogen durch das große alte Haus. Janine fühlte sich rundum zufrieden.

Bald war es Zeit, in die Autos zu steigen und mit der ganzen Familie zur Mitternachtsmesse zu fahren. Am Heiligen Abend ging ganz Frankreich zur Kirche. *Auch wenn wir uns den ganzen Rest des Jahres nie dort blicken lassen*, dachte Janine etwas zynisch. Ein guter Katholik ging Weihnachten zur Messe.

Janines Mutter, Madame Dufour, war eine so genannte praktizierende Katholikin ging also mehr oder weniger regelmäßig zur Messe, womit sie in der Familie allein dastand. Janine hatte sich nie als praktizierend betrachtet, seit dem letzten Weihnachten war sie nicht mehr in St. Vincent gewesen. Wie die übrigen guten Katholiken. Dafür war sie woanders zur Kirche gegangen. Ihre Freundin Ophélie lud sie ständig in die komische kleine protestantische Kirche im Osten von Montpellier ein, und dieses Jahr hatte sie sich, mehr aus Neugierde als aus echtem Interesse, breitschlagen lassen. Es war eine »Bibelstunde« gewesen. Jede Woche traf sich eine kleine Gruppe, darunter mehrere Nichtprotestanten wie sie selber, um gemeinsam einen Abschnitt aus dem Johannesevangelium durchzugehen. Jeder, selbst wenn er noch nie eine Bibel aufgeschlagen hatte, konnte seine Meinung zu dem Text sagen. Manchmal gab es eine richtige Diskussion.

Also gut. Heute Nacht war sie wieder eine gute Katholikin. Sie nahm den Arm einer ihrer Nichten und stiefelte los. Wenn die nette Formalität vorbei war, konnte das Essen beginnen.

* * * * *

Das kleine Haus der Hoffmanns floss über vor Gästen am 24. Dezember. Lachende junge Leute, Väter, die mit ihren Kindern Fangen spielten, Kleinkinder, die Süßigkeiten grabschten und zwischen Haus und Garten hin und her sausten. Es war ein Tohuwabohu, aber Gabriella war es einer der liebsten Tage im Jahr. Seit 1962 verbrachten sie und David, wenn sie in Frankreich waren, den Heiligen Abend zusammen mit den Dramchinis und den Cebrians. Das Ende des Algerienkriegs hatte sie miteinander und mit Gott vereint. Die Seile der Freundschaft, gewoben aus den Fäden des Mutes, des Mittragens und der Liebe, waren immer fester geworden. Wann immer möglich, trafen die drei Familien sich zum *Réveillon*, und jedes Jahr waren es mehr Personen.

In diesem Jahr erwartete Gabriella fünfundzwanzig. Ganz schön viel für das kleine Haus der Hoffmanns, aber das störte niemanden. Bis vor drei Jahren hatte man sich immer in dem großen Haus von Rémi und Eliane Cebrian in Prades-le-Lez, einem Dorf bei Montpellier, getroffen. Aber dann war ein Unglück gekommen, das um ein Haar dafür sorgte, dass es nie mehr eine Feier mit den Cebrians geben würde. Gabriellas Augen wurden einen Augenblick feucht, als sie daran dachte. Sie seufzte. Wenigstens wären sie wieder alle zusammen.

Es klingelte an der Tür. Es waren Rémi und Eliane, mit Päckchen beladen. »Gabriella! Was freu ich mich, dich zu sehen!«, rief Eliane. Sie war rundlich von der zierlichen Sorte, ihr Gesicht auch nach sechzig Jahren rund und fröhlich, das silbergraue Haar attraktiv frisiert. Jahrelang war Eliane die lustig-souveräne, stets optimistische Gastgeberin gewesen, aber jetzt waren ihre Augen nicht mehr so hell, und die Falten in ihrem Gesicht kamen nicht nur vom Alter, sondern auch von Müdigkeit und Gram. Mit jedem Jahr schienen sie tiefer zu werden.

»Ich hab die Tage gezählt, Eliane. Es ist ja so schön, dass ihr wieder da seid!« Gabriella umarmte sie fest. »Meine Güte, was habt ihr wieder alles mitgebracht!«

»Du weißt doch, wie das ist, Gabriella«, flüsterte Eliane, ihre Stimme plötzlich rau. »Es hilft, wenn man zu tun hat um diese Jahreszeit.« Sie blickte bewundernd um sich. »Bei euch ist es immer so gemütlich und harmonisch.« Sie räusperte sich. »Vielleicht treffen wir uns auch mal wieder bei uns. Bis dahin kann ich ja wenigstens kochen.«

Rémi Cebrian war ein stämmiger, in der Mitte etwas runder, aber noch muskulöser Mann Mitte sechzig, mit kurz geschnittenem grauem Haar. »Du bist ein Schatz, dass du uns alle einlädst, Gabriella!« Er küsste sie auf beide Wangen, dann legte er den Kopf zur Seite. »Den Geräuschen nach sind wir nicht die Ersten, wie?«

»O nein, überhaupt nicht!«, lachte sie. »Aber es kommen noch mehr.«

»Ja«, sagte Eliane. »Kurz bevor wir losfuhren, hat Rachel angerufen. Die Kleine schläft noch, und sie wollte sie nicht aufwecken, da sie ja die halbe Nacht aufbleiben wird.«

»Kein Problem. Eure süße Rachel – und jetzt hat sie schon drei Kinder! Gebt mir eure Mäntel. Bringt das Essen in die Küche, und dann lasst euch von David etwas zu trinken geben.« Sie stieg die Treppe hoch, legte die Mäntel auf das Bett und schloss kurz die Augen. »Lieber Herr, gib du uns heute Abend, wenn wir uns auf die Feier deiner Geburt vorbereiten, deine Freude. Bitte lass die Erinnerung an das, was wir verloren haben, nicht stärker sein als das Wissen darum, was wir gewonnen haben. Amen.«

* * * * *

Das Programm des Tages hatte sich in den dreißig Jahren nicht viel geändert. Es war eine Mischung aus französischen, amerikanischen und algerischen Weihnachtstraditionen. Gabriella machte zusammen mit den größeren Kindern bunte Weihnachtsplätzchen, während die Kleinen fragten, wann *Père Noël* (der Weihnachtsmann) kommen würde. Eliane versicherte ihnen, dass er ganz bestimmt Geschenke in ihre Schuhe legen würde. Um fünf Uhr organisierte Ophélie einen der Höhepunkte für die Kinder: das Aufstellen der Weihnachtskrippe mit den kleinen *Santons*, die die Familie über viele Jahre hinweg gesammelt hatte. Ophélie erinnerte sich noch gut, wie sie als kleines Mädchen ihren Halbschwestern Aurélie und Christine geholfen hatte, die zwei Handbreit hohen Tonfiguren um den hölzernen Stall herum aufzustellen. Jetzt sah sie zu, wie Aurélie ihre eigene Tochter, die zwei Jahre alte Chloé, auf den Knien hielt und langsam ein winziges Schaf aus seinem Zeitungspapier auswickelte.

»Mama, guck!«, rief die Kleine begeistert aus.

Aurélie lachte. »Erinnerst du dich noch, Ophélie? Du hast mir damals beim Anmalen geholfen.«

Sie hatten sie unbemalt gekauft, diese »eigenen« *Santons*, und selber angemalt. Sie passten perfekt zu den »echten« *Santons*, bei denen jedes Detail minutiös von bekannten Künstlern aus Aix-en-Provence ausgemalt war.

Ophélies Halbbruder Roger Hoffmann trat zu ihnen. »Dürfen wir mitmachen, Ophélie?« Er nahm seine kleine Tochter auf seinen Schoß und begann, das nächste *Santon* auszuwickeln.

Ophélie hatte drei Halbbrüder (die Hoffmann-Jungen) und zwei Halbschwestern (die Mädchen von ihrer Mutter und Moustafa). Der Heilige Abend war eine der seltenen Gelegenheiten, wo sie alle zusammen waren. Sie dachte gerne an die langen Jahre zurück, an all das Feiern und Lachen. Einer nach dem anderen hatten alle Geschwister geheiratet, bis nur noch ihr jüngerer Bruder Eric übrig war. Und selbst er hatte ein Mädchen gefunden, direkt aus Gottes Hand.

Sie war überglücklich, zu all diesen lieben Menschen gehören zu dürfen. Sie nahm die kleine Chloé von Aurélies Schoß und drückte sie an sich. Das Gefühl der weichen, duftenden Locken des Kindes an ihren Wangen ließ eine Zufriedenheit durch Ophélie strömen, die ihr half, die Stunden zu vergessen, in denen ihre Arme leer waren.

* * * * *

David Hoffmann umarmte Rémi Cebrian wie ein Bär und klopfte ihm auf den Rücken. »Ihr Amerikaner! Dauernd am umarmen!«, lachte Rémi. So unfranzösisch diese Umarmungen waren, sie hatten die beiden Männer durch viele Nöte hindurchgebracht.

»Hey, Moustafa! Rémi ist da!«, rief David in den kleinen Garten hinaus, wo der Araber mit einem seiner Enkel spielte.

Ein paar Minuten später tranken die drei Männer *Pastis*, das südfranzösische Anisgetränk, und unterhielten sich darüber, wie groß ihre Enkel schon waren. Sie zogen Moustafa wegen seiner kurzen Haare auf. »Mit den grauen Locken hab ich wie Johnny Halliday ausgesehen«, verteidigte er sich. Er musterte grinsend Davids grau meliertes Haar. »Und du bist auch etwas grauer geworden, mein Freund.«

Sie aßen Erdnüsse und die frischen grünen Oliven, die Rémi jedes Jahr mitbrachte, die allerbeste Qualität aus Algerien. »Montpellier hat das große Spiel am Donnerstag gewonnen«, sagte David. »Habt ihr es gesehen?«

»Nur die erste Halbzeit«, lachte Moustafa. Er nickte zur Küche hin, wo seine Frau sich mit Gabriella und Eliane unterhielt. »Dann hat Anne-Marie angeordnet, dass wir ihren Film sehen. Ihr kennt ja meine Süße, hat nichts übrig für Fußball. Ich sag ihr immer: Danke Gott, dass wir nur Mädchen haben.«

David nickte und schob die nächste Olive in den Mund. »Da sagst du was! Gabby sagt immer, dass wir mit unseren drei Jungen unsere halbe Rente und das ganze Urlaubsgeld für Fußball ausgegeben haben!«

Das Small-Talk-Geplänkel zwischen ihnen dauerte nie lange, musste David denken. Was sollten sie auch so tun, als ob ihr Leben nur aus Banalitäten bestand, wenn es doch ganz anders war? »Rémi, wie geht's dir und Eliane so?«, fragte er.

»So weit ganz gut.« Eine verlegene Pause. »Hierher fahren ist immer das Schwerste für Eliane. Wenn sie dann bei euch ist, ist es wieder einfacher.«

»Es gibt sicher nichts Neues?«, fragte Moustafa.

Rémi schüttelte mit gepressten Lippen den Kopf. »Nein, nichts. In der letzten Zeit war es ein bisschen schwierig mit Rachels neuem Baby. Ich dachte, ein neues kleines Mädchen würde Eliane vielleicht helfen, aber sie und Rachel haben beide ...« Er konnte den Satz nicht beenden.

»Entschuldige, dass ich das gefragt hab«, sagte Moustafa leise.

»Ist schon gut.« Rémi zuckte die Achseln. »Wenn ich das euch nicht sagen kann, wem dann? Weihnachten ist immer die schwerste Zeit. Aber dann bringt Gott uns hierher und gibt uns wieder Hoffnung.«

Sie gingen langsam nach draußen in den Garten, wo die Kinder spielten. David holte seinen Camcorder und begann, seinen Ältesten, den 29-jährigen Roger, aufzunehmen, wie er seiner zweieinhalbjährigen Tochter, Floralie, zuschaute, die mit den Knien von einer niedrigen Stange an der Schaukel herunterhing. Seine Frau, Hélène, winkte David stolz lächelnd zu, dann drehte sie sich zur Seite und tätschelte ihren wieder leicht runden Bauch, den das nächste Baby im Mai verlassen würde.

Der mittlere Hoffmann-Junge, William (27), hatte seinen Arm um seine Frau, die ebenfalls schwangere Chantal, während er sich angeregt mit seinem Bruder Eric unterhielt. Christine und Aurélie, Anne-Maries und Moustafas Töchter, waren in ein Gespräch vertieft, während Aurélies Mann, Jean-Philippe, ihre Tochter, die kleine Chloé, auf der Schaukel anstieß. Baby Bastien protestierte lautstark in Aurélies Armen. Was für eine fröhliche Familienrunde!, dachte David. Selbst er hatte Schwierigkeiten, sie alle auseinander zu halten.

Ein junges Paar kam aus dem Haus in den Garten. »Hey, Onkel David!«, sagte der junge Mann und schüttelte Davids Hand. »Schön, bei euch zu sein. Corinne kennst du ja?«

»Natürlich, José. Wir warten alle auf den großen Tag. Habt ihr schon ein Datum?«

»Noch nicht. Aber je eher, desto besser.« José lachte und gab Corinne einen raschen Kuss.

José. Elianes und Rémis Jüngster. Ein schöner junger Mann, der wusste, was er wollte. David musste an ihren Ältesten denken, Samuel. Wo mochte er jetzt sein?

David filmte die Familien, umarmte Rachel, als sie mit ihrem Mann und den drei Kindern ankam. Der Tag war zu angefüllt mit Essen und Trinken und Kindern, um viel an das Herzeleid zu denken, aber er schmeckte es in den Oliven aus Algerien und den Avokados aus Spanien, in den Kastanien aus den Cevennes und dem Lachs aus dem Mittelmeer. Samuel, der gut aussehende, so gesellige Älteste von Eliane und Rémi, war nicht da, und ohne ihn schmeckte alles anders. Jahrelang waren seine Witze das Salz der Tischgespräche gewesen. Wenn einer mal etwas gewagt gewesen war, hatte Rémi missbilligend die Brauen gehoben, worauf Samuel, nicht faul, sich lachend entschuldigte und eine Nuss für die Tüftler unter ihnen zum Besten gab.

Er war charmant, und hinter seinem Charme lag ein brillantes Gehirn. *Wir vermissen dich, Samuel,* dachte David. *Es tut uns so Leid, was da passiert ist.* Er hob stumm sein Glas, wie immer in den letzten drei Jahren, wenn das Mahl zu Ende war. Die übrigen Erwachsenen, die über das Wohnzimmer und die Küche verteilt waren, folgten seinem Beispiel. Niemand sagte ein Wort, aber das Glitzern der Augen zeigte, wie nahe sie den Tränen waren. »Wir vermissen dich, Samuel«, flüsterte David mit Mühe. »Und die anderen ... auch.« Er brachte es nicht fertig, ihre Namen auszusprechen.

* * * * *

Das Mahl war zu Ende. Gabriellas gutes Porzellangeschirr stand in Stapeln auf der Küchentheke. Sie bestand darauf, es jedes Jahr zu benutzen. »Was soll ich damit, wenn es nur die ganze Zeit im Schrank bleibt?«, sagte sie. Die sechs Enkelkinder schliefen in verschiedenen Zimmern im Obergeschoss.

Rachel kam die Treppe herunter und wischte sich eine Strähne aus dem Gesicht. »So, das Baby schläft.«

Gabriella trug die Reste des selbst gebackenen Schokoladenkuchens in die Küche. Jeden Heiligen Abend um Mitternacht zündeten die Kleinsten eine große Kerze an, stellten sie auf den Kuchen und sangen Jesus ihr *Zum Geburtstag viel Glück.* Es war gewöhnlich ein Uhr morgens, bevor die Kinder endlich alle im Bett waren und David mit den Erwachsenen eine kleine Andacht hielt, in der sie Gott für seine vielen Segnungen dankten.

Gabriella ließ ihren Blick liebevoll über die vielen Gesichter im Wohnzimmer gleiten. Eliane und Rémi saßen auf der Couch, neben ihnen, eng aneinander gedrückt, José und Corinne. Rachel kam herein und setzte sich auf ein Kissen neben ihrem Mann Guy und Ophélie. Eric saß bei seinen Brüdern, Roger und William; ihre beiden schwangeren Frauen, Hélène und Chantal, saßen auf den bequemsten Stühlen. Gabriella dankte Gott stumm für ihre Schwiegertöchter.

Auf einer mit einem alten Tuch bezogenen Matratze lagen Aurélie und Jean-Philippe mit Anne-Marie und Moustafa. Ihre andere Tochter, Christine, hatte es sich auf einer anderen Matratze bequem gemacht, neben ihrem Mann Adrien. Alle Lichter im Haus waren aus, bis auf den großen, glänzenden Christbaum, dessen handgemachter Schmuck im Laufe des Lebens der Hoffmanns zusammengekommen war. Ein zusätzliches kleines Licht beleuchtete die Krippe mit den *Santons*, die die Kinder aufgestellt hatten. Eric spielte leise auf seiner Gitarre, und sie sangen »Stille Nacht«.

So viele Jahre schon hatte diese Familientradition ihre Seelen beruhigt, Geschwister wieder vereinigt, Missverständnisse geheilt. Sie sangen gewöhnlich eine halbe Stunde, und irgendwann lugte der erste kleine Lauschkopf mit roten Wangen und schläfrigen Augen über das Treppengeländer. Die Eltern schickten die Kinder nie zurück ins Bett, sondern nahmen sie auf den Schoß. Gottes Treue umhüllte sie alle wie eine warme Decke.

Wenn die frühen Morgenstunden kamen, schliefen die Erwachsenen dann nach und nach auf den Matratzen ein oder suchten sich ein leeres Bett. Die Unternehmenslustigeren unter den jungen Leuten hatten vor ein paar Jahren noch eine zweite Tradition begründet: Sie schauten sich den alten amerikanischen Film *It's a Wonderful Life* an, mit Untertiteln für die, die kein Englisch konnten. Wenn die Sonne aufging, schlief das ganze Haus.

* * * * *

Spät am Vormittag des Weihnachtstages, nach Croissants, Schokoladenbrot und viel Kaffee, machten die Familien sich auf den Weg zum Weihnachtsgottesdienst der Protestantischen Kirche. Viele der normalen Gottesdienstbesucher waren nicht da, weil sie überall in Frankreich ihre Lieben besuchten, aber es herrschte eine Atmosphäre tiefer, anbetender Freude, als die Gläubigen ihre Stimmen erhoben und die alten vertrauten Weihnachtsweisen sangen. Sie sangen, was sie in ihren Herzen als die Wahrheit erkannt hatten: Christus, der Heiland, ist geboren! Getröstet verließen sie die kleine Kirche.

Gabriella und David verabschiedeten sich von den Cebrians und Dramchinis. Ophélie schloss sich ihrer Mutter und ihrem Stiefvater an. Die Hoffmann-Jungen und ihre Familien kamen mit zurück zum Haus ihrer Eltern, um beim Aufräumen zu helfen. Sie schoben ihre Mutter aus der Küche und versprachen ihr, nichts zu zerbrechen. David zog Gabriella in seine Arme und küsste sie sachte. »Meine schöne Gabby«, sagte er. »Was hat Gott uns mit Verwandten und Freunden gesegnet. Danke, dass du das wieder möglich gemacht hast.«

»Es war wunderbar, David, nicht?« Sie schloss die Augen und gähnte. Dann nickte sie zur Küche hin, aus der das Lachen der jungen Männer kam, und sagte: »Ich bin echt froh, dass jemand die Knaben richtig erzogen hat.«

Am Nachmittag, als das Haus leer und die Essenreste gegessen waren, holte David eine Kassette hervor und schob sie in die Stereoanlage. Auf der Hülle stand, von Hand geschrieben: 50 *Lieblingsweihnachtslieder*. Er hatte die Lieder von einem Schallplattenalbum aus den 1950-er-Jahren überspielt.

Die Musik begann laut und fröhlich: »Rudolph the Red-Nosed Reindeer ...«

»Warum legst du denn die uralte Platte auf?«, fragte Gabriella. Aber als er sich umdrehte, strahlten ihre Augen vor Liebe. Sie bedeutete ihm, sich neben sie zu setzen. Dies war eine weitere ihrer Traditionen – diese Musik von einer Weihnachtsnacht vor dreißig Jahren, bevor sie sich ihre Liebe erklärt hatten. Jedes Jahr spielten sie diese Kassette ab, um sich an einen anderen Aspekt der Liebe Gottes zu erinnern: wie treu er Menschen zusammenführte.

»Liebster?«, fragte Gabriella, während die Musik weiterspielte, »Fandest du, dass Ophélie heute glücklich aussah?«

»Ja, doch. Sie war ganz begeistert von ihren kleinen Neffen und Nichten.«

»Glaubst du, der Herr wird ihr noch einen Mann schenken?«

David lächelte sie liebevoll an. »Gabby, mach dir mal keine Sorgen um Ophélie. Sie ist ein großes Mädchen mit einem wunderbar vollen Leben.«

»Eric hätte gerne Rislène dabeigehabt, meinst du nicht auch?«

»Hmm. Kann sein. Aber er hat sich auch so gut amüsiert.« Er rubbelte neckisch ihr Haar. »Schluss mit den Sorgen, Frau!«

»Nur noch eine Frage, David.«

»Heraus damit.«

»Glaubst, dass Gott eines Tages Samuel zurück nach Hause bringen wird?«

David antwortete nicht sofort. Er dachte an den Schmerz in Eliane Cebrians Augen, an die schweren Augenblicke des vergangenen Abends. Er zog seine Frau in seine Arme und hielt sie fest. Mit leicht belegter Stimme sagte er leise: »Das weiß ich nicht, Gabby. Ich weiß nur, dass ich darum bete, dass Samuel, wo immer er ist und wenn er noch lebt, zurück zum Herrn kommt – dass Gott ihn daran erinnert, dass er ein Gott der Hoffnung und des Neuanfangs ist.«

»Ja, das tue ich auch.« Sie saßen Arm in Arm da und lauschten auf die Musik und auf ihre Erinnerungen.

KAPITEL 8

Für die Obdachlosen in Frankreich war Weihnachten ein Tag wie fast jeder andere. Schön, ein paar Hilfsorganisationen boten ein Mittagessen an, andere Geschenke für die Kinder. Ein Tropfen im Ozean, dachte Ceb. Eine kleine Geste, um sein Gewissen ruhig zu stellen. Diese Heuchler! Er fluchte.

»Joyeux Noël« hatte eine rundliche Frau in Schwarz gestern geträllert, während sie vor dem großen Kaufhaus Monoprix mit der Glocke der Heilsarmee bimmelte. Um 19 Uhr war das Haus am Heiligen Abend noch voll von Menschen gewesen, die die allerletzten Einkäufe für Familie und Freunde tätigten. Eineinhalb Stunden später waren die Straßen der Innenstadt leer gewesen, bis auf die Alkoholleichen auf den Parkbänken.

»Fröhliche Weihnachten – ha!«, knurrte Ceb. Die Tage vor dem Fest und das Fest selber waren mit die hektischsten für ihn. Er arbeitete dann fast fieberhaft, brachte denen, die nicht zur Suppenküche kommen wollten, Mahlzeiten, half dem Roten Kreuz, bunt verpackte Weihnachtsgeschenke unter die Kinder zu verteilen, teilte zusammen mit Dominique Lefevre Medikamente an die aus, die nie und nimmer auf die Idee kamen, einen Arzt aufzusuchen, ja röstete sogar Kastanien über einem offenen Feuer hinter dem riesigen Place de la Comédie im Herzen der Stadt. Viele Obdachlose sammelten sich um das warme Feuer und murmelten die Strophen fast vergessener Weihnachtslieder. Ceb hatte alle Hände voll zu tun an Weihnachten.

Aber nicht mehr jetzt, spät am Abend des 25. Die Mahlzeiten waren alle verzehrt, die Geschenke von glücklichen Kinderhänden geöffnet, die Kastanien fertig geröstet und gegessen. Viele der SDFs waren zurückgekrochen in ihre Reviere, die einen betrunken, die anderen high von billigen Drogen, wieder andere mit ihrem räudigen Hund beschäftigt, ihrem einzigen Gefährten und Besitz.

Ceb hatte Angst davor, allein in seiner Absteige zu sein, Angst vor den Erinnerungen an frühere Weihnachten, an gemütliche Kaminfeuer, an einen Kuss von einer schönen blonden Frau, an ein kleines Engelgesicht, das ihn aus Kulleraugen ansah und wissen wollte, ob der Weihnachtsmann bald kam. Er verfluchte die Erinnerungen, kramte hundeelend in seinem Gedächtnis nach etwas anderem, das die Leere füllen konnte.

Zum Schluss gab er sich der einen Betäubungskraft hin, die noch immer gewirkt hatte. Schon seit drei Jahren obdachlos, hatte er früh mit billigem Schnaps angefangen, doch ein Rest von Anstandsgefühl und sein eiserner Wille hatten verhindert, dass er ein Alkoholiker wurde. Doch in der Folter des Weihnachtsabends hatte er keine Wahl. Er holte die Flaschen hervor, die er in seinem Quartier für diese eine Nacht gesammelt hatte. Er trank eine nach der anderen, zuerst hastig, dann, als es vor seinen Augen zu verschwimmen begann, das Pochen in der rechten Hand aufhörte und der Kopf leer wurde, langsamer. Er sang nuschelnd alte Weihnachtslieder, lachte haltlos, schluchzte hemmungslos. Als die Bewusstlosigkeit kam, war alles warm und schön und so vertraut. Wieder war er seiner Vergangenheit entronnen.

*****

Weihnachten kam und ging in Algiers, ohne dass sich auch nur ein Finger für den Jesus der Bibel rührte. Falls die Araber in dieser verwünschten Stadt überhaupt um die Bedeutung dieses Tages für die westliche Welt wussten, dann mit einem blutigen Geschmack auf der Zunge. Aber überall in dem großen Land versteckt, für das öffentliche Auge unsichtbar, waren kleine Gruppen von Menschen, die es wagten, mit ihren Stimmen einen anderen Gott als Allah zu loben. Oder besser gesagt, mit ihren Herzen. Sie hatten den Tag, an dem die Christen die Geburt des Sohnes Gottes begingen, nicht vergessen. Er brannte in ihrer Seele, mutig und inbrünstig, unbeirrt von drohender Verfolgung und Tod.

Hussein El Youssif und seine Familie gingen in eine der Hauskirchen in Algiers. Die kleine Gemeinde traf sich mal in der einen, mal der anderen Wohnung, um nicht den Verdacht der Nachbarn zu erregen. Die Versammlungen geheim zu halten war noch die einfachste von Husseins Aufgaben.

Hauptsächlich hatte er dafür zu sorgen, dass die ins Land geschmuggelten Bibeln und anderen christlichen Bücher ihre Bestimmungsorte erreichten. Man musste ja so vorsichtig sein. Ein falscher Blick, eine verdächtige Bewegung, und alles konnte auffliegen.

Er hatte sein Leben in der Haut eines anderen verbracht, sagte er sich oft. Als Teenager hatte er als Informant für einen grausamen Algerier gearbeitet, der die *Harkis* und *Pied-noirs* samt ihren Kindern ausrotten wollte. Die Aufgabe hatte ihn nach Frankreich geführt, wo er schließlich gescheitert war. In der Folge hatte er jahrelang unter eben den *Pied-noirs* und *Harkis* gelebt, die er hatte vernichten wollen. Diese Menschen, Fremde mit einem fremden Gott, hatten ihn wie einen Sohn aufgenommen und ihm ihren Glauben geschenkt. Oder besser gesagt, er hatte den wirklichen Gott entdeckt, ihn mit dem, was er über Allah kannte, verglichen und einen lebendigen Glauben gefunden, eine Freiheit, die den erzwungenen Gehorsam des Islam zerschmetterte.

Dann, lange nach dem Ende des Krieges, war er in sein geliebtes Algerien zurückgekehrt, zu seiner verwitweten Mutter, die ihn angeschaut hatte, als sei er von den Toten auferstanden nach diesen acht Jahren. Sie war eine fromme Muslimin gewesen, doch Mitte der 70-er-Jahre hatte sie zum Glauben an Christus gefunden und sich einer kleinen von Missionaren geleiteten Hausgemeinde angeschlossen. Hussein hatte eine junge Algerierin geheiratet, die ebenfalls Christin war.

Manchmal wünschte er sich, er wäre stark genug gewesen, um nicht zu heiraten. Dann wäre er jetzt an niemanden gebunden gewesen, hätte niemanden gehabt, der zu Hause auf ihn wartete und sich Sorgen machte, wenn er Verspätung hatte. Aber Dounia liebte ihn. Und seinen Gott. Nie klagte sie. Sie war überzeugt, dass Gott Hussein für diese Arbeit auserwählt hatte und dass er sie für ihn, den Herrn, tun musste. Und so lebten sie ihr heimliches Leben. Selbst Dounia wusste nicht, ja konnte nicht wissen, wie tief er in beide Seiten dieses politischen Chaos verwickelt war. Seine Freunde in der Regierung waren sicher, dass er für sie arbeitete, seine Freunde in der FIS wussten ohne jeden Zweifel, dass er fest auf ihrer Seite stand.

Niemand vermutete, dass dieser kleine, untersetzte Mittvierziger nur einen Herrn hatte: Jesus.

Hussein wusste, was geschehen würde, wenn dies jemals ans Licht käme. Wie oft hatte er schon mit dem Gedanken gespielt, Algerien eine Zeit lang zu verlassen, nach Frankreich zu fliehen, wo Freunde ihn aufnehmen würden. Drei seiner vier Kinder waren inzwischen Teenager. Was für ein Leben hatten sie in Algerien, diesem selbstmörderischen Land? Aber Dounia fürchtete Gott, und jeden Abend, wenn sie zusammen beteten, sagte sie: »Gott hat uns diese Aufgabe gegeben.«

Am 26. Dezember, spät in der Nacht, hielt in einer gottverlassenen Ecke in den Bergen, weit außerhalb von Algiers, ein alter roter Peugeot an. Rasch, ohne ein Wort zu wechseln, luden der Fahrer und Hussein mehrere Kisten aus dem Kofferraum und verfrachteten sie in Husseins grauen Citroën. Dann übergab Hussein dem Fremden mehrere sorgfältig verschnürte Stapel Briefe. Sie schauten sich kurz an, schüttelten sich die Hand und fuhren davon, jeder zu seinem nächsten Ziel. Auf diesen heimlichen Wegen verbreitete sich das Wort Gottes in vielen Ländern der arabischen Welt. Wer würde die Fackel weitertragen, wenn Hussein ging? »Lass mich unverzagt sein«, sagte er leise. »Ich will dich nicht verlassen noch versäumen, spricht der Herr.« Die Worte der Schrift waren seine einzige Ermutigung, als er durch die sternenlose Nacht fuhr.

*****

Abdul und Madira erhielten die verschlossene Kiste früh am Morgen. Es klopfte kurz an der Tür. Als sie öffneten, sahen sie noch, wie der graue Wagen in einer kleinen Sandwolke davonfuhr. Rasch öffneten sie die Kiste. Abdul fiel seiner Frau um den Hals. »Schau her, Madira! Bibeln! Sechs Stück. Und das Video, gleich zweimal, auf Arabisch. Und die Bibelkurse, genügend Material für vier Monate. Preis dem Herrn!«

Was sie ganz unten in der Kiste fanden, gab ihnen ein Gefühl wie das blaue Mittelmeerwasser an einem heißen Nachmittag. Briefe! Von Rémi und Eliane, David und Gabriella, Anne-Marie und Moustafa. Das Postsystem in Algerien funktionierte zwar noch, aber Briefe an Empfänger, die als prowestlich galten, wurden routinemäßig geöffnet, gelesen und fortgeworfen. Und der algerische Christ, der einen französischen Korrepondenzkurs absolvieren wollte, musste feststellen, dass nach den ersten zwei bis drei Sendungen nichts mehr ankam.

Und so wurden Bibeln, christliche Videos und Fernkurse jetzt heimlich nach Algerien gebracht, im Gepäck aus dem Ausland zurückreisender algerischer Christen oder ausländischer Christen, die ins Land kamen, um die Gläubigen aufzubauen. Es waren Männer wie Hussein, die dafür sorgten, dass diese Dinge dorthin kamen, wo sie am meisten gebraucht wurden. Abdul seufzte. Der gute Hussein. Eine dunkle Gestalt, die in aller Morgenfrühe ein Paket vor die Tür eines algerischen Bauernhauses stellte. Fast so normal wie der Briefträger.

Viele Jahre lang hatte die Regierung die Christen in Ruhe gelassen. Dann war der Vorfall mit dem neubekehrten jungen Mann gekommen, der fast ein Jahr lang in eine der Hausgemeinden in Algiers gegangen war. Er schien ein echter Gläubiger zu sein. Monate später wurde der Leiter dieser Hauskirche zu einem polizeilichen Verhör vorgeladen, wo er sich dem jungen Mann gegenübersah, der ihn staatsfeindlicher Umtriebe beschuldigte. Niemandem war der Gedanke gekommen, dass der junge Mann ein Regierungsspion war. Der Gemeindeleiter war schließlich wieder freigekommen, aber den Christen in Algerien war klar geworden, dass sie vorsichtiger werden mussten.

Inzwischen wurde ein Neubekehrter viele Monate lang nur zu Einzelbesuchen eingeladen, bevor er zum ersten Mal in eine Hauskirche durfte. Dies gab dem reiferen Christen genügend Gelegenheit, die Echtheit seines Glaubens zu prüfen. Selbst diese Maßnahme war nicht immer narrensicher. Erst zwei Wochenenden zuvor, als die kleine Gemeinde Weihnachten feierte, hatte es an der Tür geklopft. Sofort verschwanden Gesangbücher und Bibel unter den Fußbodenbrettern, und die zehn Gläubigen, die sich bei den Charfis versammelt hatten, stiegen in den Keller. Abdul ging mit hämmerndem Herzen zur Tür. »Lieber Herr, beschütze uns.«

Vor der Tür hatte eine junge Algerierin mit erwartungsvollen Augen gestanden. »Pastor Charfi? Ich bin Leïla und gerade zum Glauben an Jesus gekommen! Es ist alles so wunderbar! Man hat mir gesagt, dass Sie mir helfen können.«

Abduls Gehirn raste. Wer sollte dieses Mädchen hierher geschickt haben, und dann noch an ihrem Versammlungsabend? Man hatte ihn nicht informiert, dass ein Neuling kommen würde.

»Entschuldigung«, hatte er knapp geantwortet und die Augen zusammengekniffen. »Was reden Sie da? Was wollen Sie?«

Die junge Frau hatte einen Schritt zurück gemacht. »Sind Sie nicht Pastor Charfi?«, fragte sie zitternd.

Abdul hatte sie angestarrt und versucht, »echt« oder »unecht« aus ihren Augen abzulesen. »Ich bin Abdul Charfi, ja. Dies ist ein Bauernhof, sehen Sie das nicht? Was wollen Sie?«

»Ich ... hab gehört, dass ... ich hab mich wohl vertan.« In ihren Augen war plötzlich Angst gewesen. »Bitte entschuldigen Sie, dass ich Sie gestört habe. Bitte vergeben Sie mir.« Sie hatte sich umgedreht und war förmlich zur Straße zurückgerannt. Abdul hatte kein Auto gesehen und sich gefragt, wie weit dieses Mädchen wohl gelaufen war, um zu dem Haus zu kommen. Der Gedanke quälte ihn tagelang.

Eine Woche danach war Leïla eines kühlen, sonnigen Nachmittags wieder gekommen, diesmal mit Djamila, einer engen Freundin der Charfis. »Abdul, Madira«, begann Djamila, als Madira die jungen Frauen willkommen hieß, »dies ist Leïla. Sie ist zum Glauben an Jesus gekommen und liest seit mehreren Monaten die Bibel mit mir. Sie liebt den Heiland. Bitte vergebt ihr die Sache letzte Woche, es war alles meine Schuld ...«

»Nein, es war meine!«, unterbrach Leïla sie. »Ich war so durcheinander, als Sie mich weggeschickt hatten, Monsieur Charfi, ich hab stundenlang geweint. Dann bin ich zu Djamila gegangen und hab ihr alles erzählt. Sie hat die Hände über dem Kopf zusammengeschlagen wegen meiner Naivität. Sie hatte einen Pastor Charfi am Stadtrand von Algiers erwähnt und gesagt, sie würde sich mit Ihnen in Verbindung setzen, aber in meinem Überschwang bin ich selber zu Ihnen gegangen. Ich wusste doch nicht, dass das falsch war ... oder dass ich

Sie womöglich in Gefahr bringen würde.« Leïla hatte weinend um Vergebung gebeten und Trost und Hoffnung gefunden in diesem von Oliven- und Orangenhainen umgebenen Bauernhaus.

»Abdul!« Madiras Stimme riss ihn aus seinen Gedanken. »Du bist ja meilenweit weg. Was ist mit dir?«

Er lächelte und setzte sich auf das abgewetzte Sofa, den Blick auf die Briefe in seinen Händen gerichtet. »Ich musste gerade an Leïla denken, Gottes Weihnachtsgeschenk für uns.«

»Ja, das war ein echtes Überraschungsgeschenk.«

Sie öffneten die Briefe. Jeder war voll von Weihnachtsgrüßen und Worten der Ermutigung. David schrieb:

> *Wir bringen euch täglich im Gebet vor Gott und bitten ihn, euch zu bewahren und eure kleine Herde größer zu machen. ... Wir beten natürlich auch für El Amin, dass Gott ganz besonders zu ihm reden möge ... Wir vermissen Algerien und unsere Wochenenden bei euch und Madiras Plätzchen und Couscous ...*

Rémi kam, wie immer, ohne Umschweife zur Sache:

> *Liebe Freunde, Grüße im Namen unseres Herrn! ... Wie ihr wisst, ist Weihnachten für uns und besonders für Eliane eine sehr schwere Zeit. Wir sind so dankbar für die Feier, die wir am Heiligen Abend mit unseren Freunden haben dürfen, aber selbst das wühlt die alten Erinnerungen wieder auf. ... Kein Wort von Samuel. Vielleicht wird nie eines kommen. Vielleicht ...*
> *Wir leiden mit euch mit wegen El Amin. Unsere beiden verlorenen Söhne. Aber sicher ist Gott bei ihnen, sicher hört er uns ...*

Madira hörte aufmerksam zu, wie Abdul jeden der Briefe laut vorlas, langsam, mit Pausen an den schwierigen Stellen, das Blatt so in der Hand, dass sie mitlesen konnte. Sie hatte erst spät, als ihre Mädchen schon Teenager waren, Lesen gelernt, und dann auch nur mühsam und auf Arabisch. Ihre Töchter hatten es ihr beigebracht, und ihr erster Brief, eine einzige Seite, für die sie vier Stunden gebraucht hatte, war an Eliane gegangen. Das war vor zwölf Jahren gewesen, als das Leben noch einfach war und der Briefverkehr mit Algerien funktionierte. Jetzt gingen die Briefe in Olivenkisten und von vielen Tränen begleitet auf ihre Reise.

Ihre Söhne! Wie stolz waren sie auf sie gewesen. Und jetzt waren sie verloren, gerade so, wie Rémi schrieb. Sie schloss die Augen und sah El Amin und Samuel vor sich, wie sie hier in diesem Bauernhaus mit ihren Plastiksoldaten spielten. Ganze sechs Jahre alt waren sie gewesen und dicke Freunde. Dann, 1962, am Ende des Krieges, waren die Cebrians nach Frankreich gegangen, und El Amin und Samuel hatten sich jahrelang geschrieben. Und dann – ein Lächeln kam auf Madiras Gesicht – das große Wiedersehen! 1974 war die Familie Cebrian auf zehn Tage zurückgekommen.

Sie und Eliane hatten gelacht und geplaudert und zusammen gebacken und all ihre Lieblingswinkel in Algiers besucht, als ob noch alles beim Alten war. Die Cebrians hatten ihr Haus und den Großteil ihres Besitzes in der Obhut der Charfis gelassen, als sie 1962 nach Frankreich flohen. Madira hatte alles wie ihren Augapfel gepflegt, stets bereit, es zurückzugeben. Aber keine *Pied-noirs* waren zurückgekommen nach dem Krieg. Die französischen Bürger in Algerien waren auf Nimmerwiedersehen geflohen. Und später hatte Eliane darauf bestanden, dass Madira alles behielt.

Ach, es war sinnlos, den Erinnerungen nachzuhängen. Es konnte die Gegenwart und die Zukunft nicht ändern. Das konnte nur Gott. Selbst Abdul sagte sie ihn nicht, diesen Gedanken, der so tief in ihr begraben lag. *Gott, du nimmst dir viel Zeit bei unseren Söhnen.* Und ihre tiefste Angst konnte sie noch nicht einmal vor dem allmächtigen Gott eingestehen: Vielleicht würde er sie nie zurückrufen ...

* * * * *

Janine Dufour war im Dezember zwei Wochen lang vor vollen Häusern in Ophélies Stück aufgetreten. Die dreitägige

Weihnachtspause bei ihrer Familie war nur zu schnell vorüber, und sie war wieder allein in ihrer Wohnung. Im letzten Jahr hatte sie sich um diese Zeit auf vier herrliche Tage mit Gilbert gefreut. Aber das war letztes Jahr gewesen, und Gilbert war längst aus ihrem Leben verschwunden, der nächste Mann, den sie abhaken konnte. Sie blieben nie lange, ihre Männer, höchstens ein paar Monate, bevor sie sie entweder hinauswarf oder sie von selber gingen.

Die eine längere Beziehung, die sie in den letzten zehn Jahren gehabt hatte, war Yves gewesen. Ja, Yves ... Er hatte sie gerne als Geliebte gehabt, aber von Scheidung hatte er nichts wissen wollen. Es war eine jämmerliche Rolle gewesen, und nach zwei elenden Jahren hatte sie den Rest ihrer Würde zusammengenommen und ihm gesagt, dass sie nicht mehr zu seiner Verfügung stand.

Dieses Jahr fand sie die Woche nach Weihnachten unendlich lange. Nach all den fröhlichen Familienritualen hatte sie für Silvester nichts geplant. O, es gab genügend Partys, aber diesmal wollte sie nicht hin. Sie endeten immer nur mit einem grässlichen Kater und einer noch grässlicheren Leere.

Als Dominique Lefevre sie fragte, ob sie vor Neujahr ein paar Stunden Zeit hatte, hatte sie versucht, nicht zu eifrig zu klingen. »Nun ja, wenn die Obdachlosen mich brauchen«, hatte sie gesagt, jedes Wort sorgfältig wählend. Also nicht: Wenn er sie brauchte. Sie hatte ein Herz für die SDFs. Aber auch für Dominique Lefevre.

Und so bestieg sie am Morgen des 28. Dezember einen Bus, der sie zu dem prächtigen Boulevard Henri IV. brachte. Sie begann, den Hügel hinaufzugehen, die breite, auf beiden Seiten von winternackt in den blauen Himmel ragenden Platanen gesäumte Straße bewundernd. Noch weit unten blieb sie stehen und schaute nach vorne. Es war einer der schönsten Blicke in Montpellier, die sie kannte. Links vorne sah man den Torbogen aus dem 13. Jahrhundert mit seinem schiefergedeckten Türmchen, der den Eingang zu der berühmten medizinischen Fakultät der Stadt markierte. Dahinter hieß eine verkleinerte Nachbildung des Arc du Triomphe in Paris Autos und Fußgänger in der Stadtmitte willkommen. Und rechts davon lag der weitläufige Parc du Peyrou mit seinen alten Alleen und dem römischen Wasserturm und Aquädukt am anderen Ende. Wie oft hatte Janine von dort aus schon zu den roten Ziegeldächern der Altstadt hingeschaut und den hohen Türmen der Kathedrale, die wie Nadeln in den blauen Samt des südfranzösischen Himmels stachen.

Direkt zu ihrer Rechten, noch am unteren Rand des Stadthügels, war der Botanische Garten der Stadt, der 1593, als die Ärzte von überall her in die medizinische Fakultät von Montpellier strömten, von Henri IV. gegründete *Jardin des Plantes* mit seinem zum Teil Jahrhunderte alten Baumbestand. Die schmiedeeisernen Tore waren so früh am Morgen noch verschlossen; die Steinbänke und Marmorstatuen des großen Parks waren nicht als Nachtquartiere für die Obdachlosen gedacht.

Janine ließ den Park rechts liegen und bog in den neben ihm liegenden Durchgang ein, der zum Roten Kreuz führte, einem niedrigen, schmalen Gebäude, das durch eine hohe, von spitzigen Eisengittern gekrönte Mauer vom Park getrennt war. Sie klopfte an die Tür. Dominique öffnete. »So frisch und früh, Janine! Danke fürs Kommen.«

»Ich helfe gerne.«

»Es ist immer ein bisschen schwierig in den Ferien. So viele von den Mitarbeitern und Helfern wollen ihre Verwandten besuchen.«

»Das ist einer der Vorteile, wenn man seine Eltern in der Stadt hat. Der Rest der Familie kommt zu uns!«, sagte Janine. »Soll ich alles fertig machen für die Wiedereröffnung?«

»Ja, das wär prima. Kannst du den Kaffee machen und den Kleiderraum aufschließen? Und hier ist der Schlüssel zu den Duschen.«

Bald war eine lange Schlange Obdachloser da, die sich einen Kaffee holten, Kleider inspizierten und geduldig warteten, eine der beiden Duschen hinter dem Gebäude benutzen zu dürfen. Janine kam kaum noch nach. Dominique schien es ähnlich zu gehen. Sie nahm sich vor, Ophélie zu bitten, morgen mitzukommen.

Ophélie hatte schon oft Interesse geäußert, aber ihr Lehrerberuf, ihre Theaterstücke und die Gemeinde hielten sie beschäftigt. Aber vielleicht hätte sie jetzt, in den Ferien, Zeit auszuhelfen. Sicher würde es ihr Spaß machen. Oder auch nicht, korrigierte Janine sich gleich. Aber sie würde willig und fröhlich ihr Bestes geben, das war Ophélies Stil.

Eines war jedenfalls sicher. Falls Janine darauf spekuliert hatte, heute mit Dominique sprechen zu können, hatte sie sich geirrt. Mehr als ein gelegentliches Lächeln war nicht drin, keine fünf Minuten konnten sie sich hinsetzen. Aber noch war die Woche nicht vorbei.

* * * * *

Eric Hoffmann starrte ungläubig auf den Brief. Rislène war in Algiers! Wie konnte das sein? Er las wieder:

> *Eric,*
> *ich habe gerade erfahren, dass ich morgen nach Algerien fahre. Meine Großmutter ist krank. Meine Eltern und Schwestern gehen mit. Vater hat versprochen, dass wir rechtzeitig zum Schulbeginn wieder zu Hause sind. Ich gehe mit Furcht, aber aus Achtung und Liebe zu meiner Großmutter und meinen Lieben. Ich bete, dass Gott uns alle beschützen möge. Bitte bete für mich.*
> *Rislène*

Er ließ sich aufstöhnend auf Ophélies Sofa sinken. Wie konnte Monsieur Namani in so einer Zeit mit seiner Familie nach Algerien fahren? Es war der reine Wahnsinn! Er nahm die letzte Ausgabe der *Le Monde* in die Hand, las die Schlagzeilen und warf sie wütend wieder hin. Vor vier Tagen hatten in Algerien FIS-Terroristen ein Flugzeug gekapert und zur Landung in Marseille gezwungen, wo sie die gesamte Besatzung und die Passagiere als Geiseln genommen hatten. Es war eine explosive Situation; die ganze Welt schaute zu und wartete, wie Frankreich reagieren würde. Und jetzt war Rislène in diesem verrückten Land!

Sein erster Gedanke war, seinen Vater anzurufen.

»Ja, hallo?«, kam Davids kräftige Stimme.

»Vater, hier ist Eric. Ich hab schlechte Nachrichten. Rislène ist mit ihrer Familie nach Algerien gefahren. Es ging alles so schnell, dass sie mir nur ein paar Zeilen schreiben konnte. Ihre Großmutter scheint krank zu sein.«

David Hoffmann antwortete mit einem langen Schweigen. Was konnte er sagen? Es war eine denkbar schlechte Nachricht. Eric wusste, was sein Vater befürchtete: dass die Gesundheit von Rislènes Großmutter nur ein Vorwand war. Schon viele arabische Mädchen, nicht nur zum Christentum übergetretene, waren von ihrer eigenen Familie entführt, zurück in ihre Heimatländer gebracht und dort mit einem muslimischen Mann zwangsverheiratet worden. Ihr »Verbrechen«: Sie hatten sich in einen Franzosen verliebt. Dies war noch schlimmer als das, was Samira in Lyon passiert war. Auch sie hatte einen Moslem heiraten müssen, aber wenigstens war sie noch in Frankreich.

»Was sollen wir machen?«, fragte Eric tonlos.

»Erst einmal abwarten und beten. Vielleicht kommt sie ja wirklich zurück. Und falls nicht, ist das immer noch kein Grund zur Panik. Wir haben viele Freunde in Algerien, du weißt ja. Wir werden Nachrichten bekommen. Quäle dich jetzt nicht. Wie müssen einfach beten.« Es klang nicht sehr überzeugend.

Abwarten und beten. Warum zog sich dieses Thema so wie ein roter Faden durch ihr Leben? Warten und beten. Eric ließ Rislènes Brief zu Boden fallen, schloss die Augen und betrachtete die Schwärze. Er schluckte heftig, räusperte sich, legte den Kopf in die Hände. Er konnte an nichts denken. Nichts, bis auf ein einziges Wort. *Hilfe! O Gott, helfe du uns jetzt.*

KAPITEL 9

Am 30. Dezember, als die halbe Welt sich auf die Silvesterfeierlichkeiten vorbereitete, grübelte David über die Ereignisse in Algerien nach. Am Heiligen Abend hatte eine algerische Terroristengruppe in Algiers ein Verkehrsflugzeug mit 227 Passagieren und Besatzung in ihre Gewalt gebracht. In den folgenden dramatischen 48 Stunden waren zwei Passagiere getötet und 63 freigelassen worden. Die Terroristen hatten die Piloten darauf gezwungen, statt nach Paris nach Marseille zu fliegen, um zwischenzutanken, während die französische Regierung fieberhaft nach einer Lösung der Krise suchte. Nach erfolglosen Versuchen, mit den Flugzeugentführern zu verhandeln, hatte am 26. Dezember ein französisches Anti-Terror-Kommando die Maschine gestürmt. Die Aktion, bei der sämtliche Terroristen erschossen wurden, zeigte der ganzen Welt, dass Frankreich bereit war, auch ein Blutbad in Kauf zu nehmen, um eine Flugzeugentführung zu beenden. Die französische Regierung sah in dem Vormarsch der militanten algerischen Islamisten ein sehr ernstes Problem – ein Problem, das auf Frankreich überzugreifen drohte.

David kannte die Zahlen auswendig: Mittlerweile lebten vier Millionen Muslime in Frankreich, was den Islam zur zweitstärksten Religion nach dem Katholizismus machte. Viele dieser Muslime waren französische Staatsbürger – Kinder der Nord- und Schwarzafrikaner, die in den 1950er- und 60-er-Jahren als Gastarbeiter gekommen waren, um die Dreckarbeiten zu übernehmen, für die die Franzosen sich zu gut waren. Und während die Eltern religiös relativ zurückhaltend waren, waren einige ihrer Kinder dabei, ihre Identität in einem militanten Islam zu finden.

Sie wollen alles haben, musste David denken. Sie wollten als französische Staatsbürger anerkannt werden und als fromme Muslime. Aber wie viel Toleranz konnte Frankreich sich erlauben gegenüber einem immer aggressiver auftretenden Islam, wie die Flugzeugentführung ihn so makaber demonstriert hatte? Ein Kommentator in einem französischen Wochenmagazin hatte den Islam »Frankreichs größte Bedrohung« genannt. Aber einer der wichtigsten Minster hatte davor gewarnt, den »Wald des gemäßigten, toleranten Islam« nicht von dem »Baum des Fundamentalismus« verdecken zu lassen ...

Die wöchentlichen Meldungen über immer neue islamistische Gruppen, die wie Pilze aus dem Boden der Vororte überall im Land schossen und arabische Jugendliche indoktrinierten, machten vielen Franzosen Angst. Sie sahen in diesen glaubenseifrigen Muslimen gefährliche Fanatiker. Und viele junge Muslime machten ja aus ihrer Überzeugung keinen Hehl. Erst vor kurzem hatte David gehört, wie ein arabischer Student erklärte: »Das göttliche Gesetz steht über allen anderen Gesetzen. In dem Augenblick, wo ein Muslim nachgibt, gehorcht er Allah nicht mehr. Der radikale Islam ist der einzige wirkliche Islam.«

David kannte die bitteren Gefühle der über Frankreich verstreuten Nordafrikaner gut: *Wir sind Franzosen, aber sie werden uns hier nie anerkennen – wegen unseres Erbes und unserer Religion und unserer Hautfarbe. Wir verlangen unsere Rechte.*

Er versuchte, beide Seiten des Problems zu sehen. Er verstand die Angst und den Argwohn der Franzosen, aber er fand, dass sie mit vielen Vorurteilen vermischt war. Die Lage erinnerte ihn an die Rassenprobleme zwischen Schwarzen und Weißen in den USA. David und Gabriella hatten viele muslimische Freunde, in Algerien und Frankreich, und selbst die frömmsten waren höflich und gesprächsbereit. Wie bei jeder Bewegung, waren es die Fanatiker, die der ganzen Religion einen schlechten Namen verschafften.

Er kannte das alles, natürlich. Wie oft war die Evangelikale Protestantische Kirche in Frankreich schon eine Sekte genannt worden? Wie oft hatte man ihn schon vor möglichen Untersuchungen gewarnt, vor allem, wenn die Zeitungen gerade wieder einmal von einer neuen amerikanischen Sekte berichteten. Oder wenn, ebenfalls in Amerika, Christen Abtreibungsärzte erschossen und dies als ihr Recht, ja ihre Pflicht bezeichneten.

So viel Verwirrung. Letztlich konnte auch David mit all seinem Scharfsinn und den vielen Jahren Erfahrung es nicht verstehen. Aber Gott war stärker. Dies war sein Trost, die große Hoffnung, an der er und Gabriella sich in all den Jahren festgehalten hatten. Immer wieder las er in der Bibel, wie Gott aus den hoffnungslosesten Sackgassen Gutes hatte kommen lassen. Und wie oft hatte er das schon in seinem eigenen Leben erfahren! Gabriellas Tagebücher waren voll von Gottes oft wunderbaren Antworten auf ihre Gebete.

Algerien war am Zerreißen. Sein Herz wollte brechen für dieses Volk und besonders für die in ihm, die er so gut kannte. Wann würde er wieder von Abdul und Madira hören? Aber am meisten musste er jetzt an Rislène denken. *Herr, lass sie bald zurückkommen ...*

* * * * *

In dem Augenblick, wo Rislène algerischen Boden betrat, war ihr, als ob ein Teil ihrer Seele, der tief und verborgen war, wieder zum Leben erwachte. In den ersten Tagen im Haus ihrer Großmutter sog sie es in vollen Zügen ein, dieses Land, das sie liebte, das ihr fast zwanzig Jahre lang ein kleines Paradies gewesen war. Bis auf die letzten beiden Jahre hatte ihre Familie jeden Sommer einen Monat bei Großmutter verbracht. In Frankreich geboren und aufgewachsen, war Rislène eine halbe Französin; fast hatte sie vergessen, wie sehr sie das Land ihrer Herkunft vermisst hatte.

Die Märkte Algeriens hatten sie schon immer ganz anders fasziniert als die französischen. Das Gedränge und der Schweißgeruch der Menge störte sie nicht, ja wirkte fast berauschend auf sie. Wie gerne sie den Frauen zusah! Die älteren trugen weiße *Haiks* – lange, aber leichte Gewänder, die um die Taille zusammengebunden waren und oben mit einer Hand so gehalten wurden, dass sie den Kopf bedeckten. Die jüngeren Frauen, die unter ihren gefältelten weißen *Hijabs* attraktiv aussehen wollten, trugen bunte pakistanische Ballonhosen, die eng an den Knöcheln anlagen und ihren Figuren schmeichelten. Rislène sah sogar einige mutige junge Frauen in westlicher Kleidung.

Sie liebte das Gewimmele der engen Gassen und Treppen. Und die Nachmittagskaffeekränzchen mit den anderen Frauen auf dem Flachdach von Großmutters Haus mit seinem perfekten Blick über das Häusermeer der Stadt.

Und dann die Gerüche! Der würzige Duft des *Couscous* (in Öl gebackener Hirsebrei) ihrer Großmutter und der Tangine-Eintopf, der in Algiers so gut schmeckte wie sonst nirgendwo. Das starke, süße Aroma des Kaffees. Selbst der morgendliche Gebetsruf über die Lautsprecher, wenn die Sonne noch niedrig und rosa in dem violetten Himmel stand, rief glückliche Erinnerungen wach. Die ersten paar Tage waren wie ein langer, erfrischender Wassertrunk an einem heißen Wüstentag.

Trotz der Gewalt im Land waren die Algerier nach wie vor herzlich, gastfreundlich und gesprächig. Ihr unverwüstlicher Sinn für Humor war ungebrochen. Einige Frauen machten sogar Witze über die Polizei und die Terroristen. Dies war das Nächste, was Rislène so an Algerien liebte: der Mut der algerischen Frauen, die entschlossen waren, für das Beste ihres Landes zu kämpfen.

Und doch ließ es sich nicht leugnen: Algiers war anders geworden. Manche Straßen sahen wie ein Schlachtfeld aus: ausgebrannte Häuser, von Bomben zerfetzte Autowracks. Die Stadt schien sich in sich selber zurückgezogen zu haben; die Frauen schienen ihre Kopftücher nicht nur der Religion wegen zu tragen, sondern auch, um die Angst und den Schmerz, die der Bürgerkrieg in ihre Gesichter gegraben hatte, zu verbergen. Rislène war froh, dass sie nur für ein paar Tage hier bleiben würde.

Das Zweite, was sie mit einem gewissen Flattern in der Magengrube bemerkte, war, dass Großmutter mitnichten krank aussah. Sie war eine schroff aussehende Frau, stark gebaut, mit leicht vorstehendem Unterkiefer und glühenden Augen. Seit ihr Mann auf den Feldern tot zusammengebrochen war, Jahre vor Rislènes Geburt, herrschte sie mit eiserner Hand über ihre Familie. Sie sah nicht schwächer aus als beim letzten Besuch vor zwei Jahren.

»Vater hat gesagt, dir geht's nicht gut«, hatte Rislène am

ersten Abend gesagt, als sie ihre Großmutter auf die Wangen küsste.

»Der Herbst war nicht einfach, Kind. Ich bin froh, dass ihr gekommen seid.«

»Dann fühlst du dich jetzt besser?«

»Ja, besser.« Fast hatte es doppeldeutig geklungen.

Heute Abend winkte Großmutter ihre Enkelinnen wie immer zu sich, um sie zu umarmen. Ihr hellorangenes, langes Kleid schien wie ein Zelt zu sein. Die tiefen Falten auf ihrem Gesicht öffneten sich zu einem Lächeln. »Ist das schön, dass ihr nach so langer Zeit wieder da seid, Kinder! Allah sei gepriesen!«

Großmutter Namani wohnte nicht allein. Ihre beiden ältesten Söhne wohnten samt ihren Familien als gehorsame Mieter bei ihr; die Frauen waren fast ihre Sklavinnen. Rislènes Mutter hatte Angst vor Großmutter, die stets schroff zu ihr war, beinahe, als habe sie ihr ihren Sohn gestohlen.

In Pantoffeln – in einem algerischen Haus trug man keine Schuhe – traten sie in das Wohnzimmer, das bis auf einen niedrigen Holztisch und mehrere mit dunkelblauem Samt bezogene Matratzen ohne Möbel war. Während der Mahlzeiten machte man es sich auf den Matratzen bequem. Abends wurden, falls Übernachtungsgäste da waren, die Samtbezüge von den Matratzen abgenommen, damit die Kinder auf ihnen schlafen konnten. An diesem Abend, nach dem Abendessen, saßen Rislène, Nazira und Fouzia neben ihrer Mutter. Ihr Vater saß auf dem Fußboden vor Großmutter, die ihm über das Haar strich; über ihr eigenes hatte sie ihr langes Seidentuch gezogen.

Die Szene war Rislène wohl bekannt. Sie war immer da gewesen, die Spannung zwischen Mutter und Großmutter und dem Mann, den sie gemeinsam hatten – aber noch nie so auffällig wie heute Abend. Herr seiner Frau und Sklave seiner Mutter war dieser Mann. Rislène beobachtete ihr oberflächliches Gespräch; sie fühlte sich plötzlich sehr traurig.

»Zeit zum Beten«, sagte Großmutter Namani. Ihr Sohn erhob sich und verließ den Raum; Männer und Frauen beteten nicht gemeinsam im Islam.

»Du betest ja nicht, Rislène«, sagte ihre Großmutter ein paar Minuten später, in einem Ton, als rede sie mit einem kleinen Kind.

»Ich bete im Herzen, Großmutter«, antwortete Rislène.

»Sie betet zu einem anderen Gott!«, zischte Nazira.

Großmutter funkelte Nazira Schweigen gebietend an. Das Gebet ging weiter. Es stimmte, Rislène betete in ihrem Herzen und zu einem anderen Gott. *Herr, beschütze mich. Beschütze uns alle. Algerien ist am zerbrechen. Beschütze uns.* Trotz ihres Betens kroch tief in ihrer Seele die Angst hoch. *Hilf mir, Herr. Großmutter ist nicht krank. Warum bin ich mit nach Algerien gekommen, wenn Großmutter gar nicht krank ist?*

* * * * *

»Danke, dass du heute mitkommst, Ophélie«, sagte Janine, als sie in der Stadtmitte aus dem Bus stiegen.

»Nun ja, heute geht's ganz gut. Aber du weißt ja, wie es ist, wenn die Schule und alles wieder anfängt.« Ophélie war nur mit zum Roten Kreuz gekommen, weil Janine so gebeten und gebettelt hatte. Dominique Lefevre, hatte sie gesagt, suchte händeringend Freiwillige für die Weihnachtsferien.

Dominique Lefevre war, ehrlich gesagt, einer der Hauptgründe für ihr »Ja« gewesen. Sie hatte gemischte Gefühle gegenüber den Obdachlosen. Sie wusste nie, wie sie reagieren sollte, wenn einer an der Ampel an ihr Auto trat und bettelte. Als Christ fühlte sie sich verpflichtet, etwas zu tun. Aber was? Und jetzt kam mindestens einmal die Woche jemand an ihre Wohnungstür, um sich mit billigen Postern oder altbackenem Teekuchen ein paar Francs zu verdienen. Was sollte sie machen?

Das Problem nahm überhand in Frankreich. Ganze Familien landeten auf der Straße. Viele andere hingen am seidenen Faden der nächsten mickrigen Gehaltsüberweisung. Und die Arbeitslosigkeit stieg und stieg ...

Es war noch keine acht Uhr, als sie das Rote Kreuz erreichten. Ophélie war angenehm überrascht. Eine halb verfallene Baracke hatte sie erwartet, aber das Gebäude war sauber und ordentlich und lag direkt neben dem *Jardin des Plantes.*

»Hast du Hilfe mitgebracht?« Dominique küsste Janine auf die Wangen. »Prima! – Schön, Sie wieder zu sehen, Ophélie«, fügte er leise hinzu.

»Kennt ihr euch etwa?«, fragte Janine überrascht.

»Nur flüchtig, von dem Premieren-Abend«, sagte Ophélie rasch.

»Na, dann brauche ich euch ja nicht vorzustellen.« Janine lachte. »Gib uns Arbeit, Dominique.«

»Wir öffnen in einer Viertelstunde. Gestern hatten wir keinen Kaffee mehr, und das Duschwasser war eiskalt, als die Letzten kamen. Genug Handtücher hatten wir auch nicht. Hab gestern Abend so viele gewaschen, wie ich konnte.« Er ging ihnen voran durch eine Tür. Ein Chaos aus Kleiderhaufen empfing sie.

»Das ist ja *la pagaille!*«, rief Janine aus. »So durcheinander hab ich die Kleiderkammer noch nie gesehen!«

Dominique lächelte verlegen. »Ich hab ja gesagt, ich brauche dich, Janine. Hab zu viele andere Dinge am Hals gehabt, hier hat keiner reingeguckt.«

»Ich räume das gerne auf«, sagte Ophélie. »Sagen Sie mir einfach, was ich tun soll.«

»Das wär toll! Und wenn jemand reinkommt, um sich Kleider rauszusuchen, sagen Sie ihm, er soll die anderen wieder zurücklegen. Sie sollen ja kein Dienstmädchen sein. Die können ruhig ein bisschen Respekt zeigen; es ist wichtig, dass sie sich nicht einfach bedienen lassen, verstehen Sie?« Er drehte sich um, um mit Janine den Kaffee zu machen. »Ach ja«, rief er über seine Schulter. »Die Sachen kosten fünf Francs das Stück, für die, die zahlen können. Die Mäntel zehn Francs.«

»Und wenn sie keine zehn Francs haben?«, fragte Ophélie.

Er drehte sich um und zuckte lächelnd die Achseln. »Dann kriegen sie sie eben so, es ist kalt draußen.«

Sie musterte den kleinen Raum. Regale vom Boden bis zur Decke. Auf den meisten lagen große Stapel säuberlich zusammengefalteter Kleider. Aber hier und da hatte jemand Hemden und Pullover einfach herausgezogen, dass andere Sachen auf den Boden gefallen waren. Hastig anprobierte und wieder ausgezogene, auf links gedrehte Pullover und Mäntel lagen in einem wirren Haufen.

Sie hatte gerade die ersten Pullover wieder eingeordnet, als schon der erste Mann kam. »Kann ich Ihnen helfen?«, stotterte sie, plötzlich ganz verunsichert. Er war jung, mit verfilztem blondem Haar und kristallblauen Augen. Er sah nicht französisch aus.

»Ich brauch 'nen Mantel«, murmelte er, ohne sie anzusehen.

Er trug nur einen zerschlissenen grauen Pullover, dünne, ausgebeulte Hosen und ein Paar alte Stiefel. »Die Mäntel sind ...« Sie schaute um sich, kam sich plötzlich dumm vor. »Die Mäntel sind hier.«

Er begann, in ihnen zu wühlen, nahm einen vom Bügel, probierte ihn an, dann hing er ihn – langsam, als ob seine Finger nicht recht wollten – wieder auf. Nach ein, zwei Minuten hatte er einen mittelbraunen Kordmantel gefunden, der ihm gut passte. Ein Lächeln trat auf sein Gesicht. »Könnte ich den haben?«, fragte er verlegen.

»Natürlich«, antwortete Ophélie. »Äh, normalerweise kostet das zehn Francs, aber ...«

»Ich nehme ihn«, sagte er rasch. Er fischte ein Zehn-Francs-Stück aus seiner Tasche. *»Merci.«* Es klang ehrlich. *»Merci.«* Ophélie war plötzlich froh, dass sie gekommen war.

* * * * *

Sie hatte eigentlich nicht vorgehabt, den ganzen Tag zu bleiben, aber die Obdachlosen hatten ihr Herz erobert. Zum Mittagessen holte Dominique aus dem kleinen Café auf der anderen Straßenseite drei *Croque-monsieurs*. Der Duft der getoasteten Käse- und Schinken-Sandwiches überlagerte für ein paar Augenblicke den muffigen Zigaretten- und Kleidergeruch. In der Mittagspause, von zwölf bis zwei, war das Rote Kreuz, wie fast alles andere in Frankreich, geschlossen. Sie aßen, räumten auf und unterhielten sich.

»Sind Sie jeden Tag hier?«, fragte Ophélie Dominique.

»O, nein. Normalerweise sind hier vier feste Mitarbeiter,

dazu die ganzen Freiwilligen wie Janine.« Er lächelte in ihre Richtung. »Aber diese Woche sind ausnahmsweise alle weg. Nein, ich mache gewöhnlich meine Runde zwischen den verschiedenen Asylen und der Straße. 85 Prozent meiner Arbeit spielen sich auf der Straße ab.«

Die Geschichten, die er erzählte, waren faszinierend und abstoßend zugleich. Eine ganze Stunde hörten Ophélie und Janine zu, wie dieser kräftige, gut aussehende Mann ihnen einen typischen Tag im Leben eines Stadtstreichers beschrieb. »Sie können richtig grausam zueinander sein. Unser größtes Problem zurzeit ist die Hygiene. Viele Obdachlose haben Hunde. Es sind ihre einzigen Freunde – ihre Familie sozusagen. Aber sie sind nicht geimpft und haben alle möglichen Krankheiten. Aber die SDFs sparen sich das Essen vom Mund ab, um ihre Hunde füttern zu können. Ich hab es schon erlebt, wie sie richtige Heiratspläne für ihre Hunde machen, damit sie sozusagen Großeltern werden können – die Großeltern der Welpen. Es ist eine ganz verrückte, labile Subkultur.«

Ophélie stellte die Frage, die ihr schon den ganzen Tag auf der Zunge lag. »Geben Sie diesen Ampelbettlern eigentlich Geld?«

»Ich gebe nie Geld. In 90 Prozent der Fälle setzen sie es in Alkohol um. Nein, ich biete ihnen an, ihnen was zu essen zu kaufen.«

»Aber ich kann doch nicht aus dem Auto steigen und mit denen in ein Café gehen! Soll ich etwa immer ein Brot dabei haben und ihnen an der Ampel ein Stück geben?«

Dominique lachte. »Sie können es versuchen. Wenn die wirklich Hunger haben, nehmen sie's.«

* * * * *

Es war fast Feierabend, aber mehrere Männer wühlten noch in den Hemden und Jeans. Janine ging nach hinten, um die beiden Duschen abzuschließen. Dominique kam zu Ophélie. »Ich muss jetzt gehen. Janine hat die Schlüssel.«

»Dann auf Wiedersehen, Dominique.«

»Wiedersehen, Ophélie. Und Danke für die Hilfe.« Er zögerte und drehte sich noch einmal um. »Wie wär's, wenn wir nächste Woche mal zusammen Essen gehen? Vielleicht Mittwochabend oder Donnerstag?«

Sie kniff die Augen zusammen. »Meinen Sie das ernst?«

Er lachte. »Natürlich! Oder essen Sie nicht gern?«

Sie spürte, wie sie rot wurde. »Doch, ja. ... Vielleicht nicht Mittwoch, da hab ich schon was vor. Aber Donnerstag – warum nicht? Ja, gerne.«

»Gut. Ich hole Sie dann ab. Halb acht?« Er nahm seine Jacke. »Wo wohnen ... ach, das kann Janine mir ja sagen.«

»Fragen Sie nicht Janine«, sagte sie zu schnell. »Ich meine ... es ist ganz einfach. Rue des Cignes, Nr. 30, Gebäude C. Das größte von den Wohnhäusern am Lez. Mein Name ist an der Klingel. Schellen Sie einfach, dann komme ich runter.«

»*Très bien.* Bis Donnerstag dann.« Er küsste sie auf die Wangen.

»Ja, bis Donnerstag.«

* * * * *

Ceb kam aus der eiskalten Dusche hinter dem Roten-Kreuz-Gebäude heraus, sauber, aber schnatternd. Er begrüßte Janine mit einem Lächeln. »Gibt's noch Kaffee?«, fragte er aufgeräumt.

»Hey, Ceb! Klar, ich hab gerade noch einen gekocht. Ich schließ eben hier ab, dann kriegst du eine Tasse. Du kannst gerne noch rauf und den Haarföhn benutzen.«

»*Merci.*« Er ging die dreißig Meter um das Gebäude herum und trat ein. Er ging an der Kleiderkammer vorbei zu dem kleinen Abstellraum, wo der Föhn war. Er hatte ihn schon öfter benutzt. Plötzlich sah er aus dem Augenwinkel etwas. Nein, *jemanden*. Er blieb stehen. Eine Frauenstimme schreckte ihn auf. Da war sie, in der Kleiderkammer, und half einem alten Mann, den richtigen Pullover zu finden. »Das kann nicht wahr sein«, flüsterte er. Er stand einen Augenblick da und ließ sein langes Haar in sein Gesicht fallen, während er es föhnte, ein vorsichtiges Auge auf die Frau gerichtet.

Sie war eine jener Frauen, denen man die Jahre nicht ansah. Ihre olivenfarbene Haut war glatt, die Augen tiefbraun, wie ein Teich, der immer dunkler wird, je tiefer man kommt. Ophélie Duchemin war eine von den Tiefgründigen, hatte es immer geheißen. Als Kind hatte sie eine Reife und ein gewisses mysteriöses Wissen besessen, das weit über ihr Alter hinausging.

Aber jetzt schien sie jünger zu sein als ihre Jahre, unverändert seit dem letzten Mal, wo er sie gesehen hatte, vor drei Jahren. Es war nicht nur das faltenfreie Gesicht oder das lange, straffe, mahagonifarbene Haar. Es war die völlige Schlichtheit ihres Lebens. Ihre Charakterstärke, ihr rasches Mitleid, ihr wie ein Bach fließendes Lachen. Sie war ein wandelndes Paradox. Einerseits so naiv – »die Menschen sind Sünder und brauchen einen Erlöser«. Und andererseits eine brillante Gesprächspartnerin, die kein bisschen oberflächlich war. Sie wollte immer das Herz sehen, und oft gelang es ihr. Sie hatte den scharfen Verstand ihres Vaters und die sanfte, aber feste Entschlossenheit ihrer Mutter. Einfach und tief.

Warum sie nie geheiratet hatte, konnte Ceb nur raten. Schreckte sie die Männer ab? Er musste leise kichern bei dem Gedanken. Sie war groß und schlank, mit zarten Knochen und feinen Gesichtszügen und einem Lächeln, das wie eine Umarmung war. Aber es war keine Spur von Koketterie in ihrem Blick, und das war das Einschüchternde. Sie sah einem in die Augen, wenn sie sprach, mit einem Blick, der sagte: Ich will dich kennen lernen, dich verstehen. So war sie immer schon gewesen. Zu dumm, dass diese Mischung aus sanfter Spiritualität und unverhohlenem Interesse die Männer abschreckte.

Er schaute ihr zu, wie sie einem anderen SDF half, mehrere Hemden in eine Plastiktüte stopfte. Ihre Augen leuchteten, wenn sie diese Jammergestalten ansah. Sie sprach einen mit seinem Namen an, und einen Augenblick lang sehnte Ceb sich danach, dass sie seinen eigenen aussprechen würde – ihm in die Augen schauen und halb überrascht, halb erleichtert sagen würde: »Samuel Cebrian! Wo kommst du denn her? Mensch, ist das schön, dass du wieder da bist!«

Aber sie ging die anderen nichts an, seine Geschichte. Mit einem benommenen Gefühl in der Brust legte er den Föhn weg. Der bloße Anblick von Ophélie brachte ihm die Kindheitserinnerungen zurück. Das Haus in Algiers, das weite Meer, die schöne Frau, die seinen Kopf in ihrem Schoß gehalten hatte, als er auf der überfüllten Fähre schlief. Wie oft hatte Mama erzählt, wie sie über das Mittelmeer gefahren waren – aus Algerien geflüchtet waren, wie er es sah, mit Anne-Marie Duchemin an ihrer Seite.

Er sah Ophélies schmächtige Mutter wieder vor sich – in jener schrecklichen Nacht, und dann danach, in dem Waisenhaus, stark und schön mit der kleinen Ophélie an ihrer Seite. Sie waren im gleichen Alter gewesen, er und Ophélie, gerade sechs. Er war in Montpellier aufgewachsen, sie im nahe gelegenen Lodève – Freunde und *Pied-noirs*. Glückliche Jahre. Die schönen Jahre, bevor das Unglück zugeschlagen hatte.

Er verschwand durch die Tür, das Haar noch feucht und ohne Kaffeebecher in der Hand. Sie durfte ihn nicht sehen. Nicht Ophélie. Nicht die schöne Filie. Er lief den Durchgang entlang und hinaus auf den breiten Boulevard, das Herz hämmernd, die linke Hand um die verkrüppelte rechte, die in der Kälte zu pochen begann. »Ophélie. Dass du hier bist ...« Von jetzt ab müsste er sehr viel vorsichtiger sein.

KAPITEL 10

Sie machte den Besuch jedes Mal, wenn sie von Lodève nach Montpellier kam. Nachdem sie den Nachmittag bei Ophélie oder Gabriella verbracht hatte, fuhr Anne-Marie zu dem nahe gelegenen Dorf Castelneau, um die kleine Kirche St. Joseph zu besuchen. Heute parkte sie ihren Wagen auf dem Kopfsteinpflaster, verschloss die Tür und ging über die schmale Straße zu dem kleinen Steingebäude, das sich gegen so viele Jahrhunderte behauptet hatte.

Kaum war sie in der Kapelle, als die Tränen zu fließen begannen. Vor nunmehr über dreißig Jahren hatten in dieser winzigen katholischen Kirche die Nonnen und Waisenkinder sie begrüßt, eine verwundete *Pied-noir*, die mit knapper Not aus Algerien entkommen war. Hier war sie nach acht langen, angsterfüllten Monaten mit ihrer Tochter Ophélie wiedervereinigt worden, und hier, draußen vor der Kirche, fast dort, wo gerade ihr Auto stand, hatte sie Moustafa gefunden, wie von den Toten auferstanden.

Die kleine Kirche St. Joseph war ihr Zufluchtsort. Hier hatte sie das Testament ihres Vaters gelesen und festgestellt, dass er ihr ein Bauernhaus in Lodève vermacht hatte. Hier war aus Horror Hoffnung geworden. Vor allem aber: Hier hatte sie Jesus gefunden. Die Nonnen, Gabriella, Ophélie, sie alle hatten von einem Heiland gesprochen, der jedem Einzelnen nachging und ihm Vergebung der Sünde und ewiges Leben anbot. Es hatte Anne-Marie verwirrt und fasziniert, bis auch sie zum Glauben an den ewigen Gottessohn gekommen war.

Und so machte sie jedes Mal, wenn ihr das Herz besonders schwer wurde, eine kurze Pilgerfahrt nach St. Joseph. Sie wusste natürlich, dass Gott ihr in Lodève gerade so nahe war wie in St. Joseph, aber hier, in dieser so erinnerungssüßen Kapelle, schien Gottes Arm sie mächtiger zu ziehen als irgendwo anders.

Heute betete sie für Moustafa. Es tat ihr weh, kannte sie doch seine Ängste so gut. Es sah ganz danach aus, als würde er seine Stelle verlieren. Hunderte wurden entlassen oder in den Vorruhestand geschickt. Moustafas Gehalt war bereits bis auf den gesetzlichen Mindestlohn reduziert worden, und das nach dreißig Jahren Arbeit. Und jetzt sah er sie immer mit diesem sorgenvoll-treuen Blick an. Lieber Moustafa.

Chomage. Arbeitslosigkeit. Ein schmutziges Wort, wenn fünfzigjährige Männer ihre Stelle verloren und fünfundzwanzigjährige nach dem Examen auf der Straße landeten, fertig mit dieser Gesellschaft. Wenn Arbeitsuchende Drei-Monats-Verträge bekamen, ohne Weihnachtsgeld und ohne jede Verlängerungsgarantie. Nun ja, sie konnte Arbeit als Putzfrau finden, wie früher schon. Das Haus war schuldenfrei und die Rechnungen klein. Und doch war diese Leere in ihrer Brust.

Das Waisenhaus hatte schon vor Jahren seine Pforten geschlossen. Nur die Kapelle war übrig geblieben und eine Wohnung für den Priester. Der Flügel mit den Schlafräumen und dem Speisesaal hatte einem niedrigen Mehrfamilienhaus weichen müssen. Manchmal spürte Anne-Marie einen tiefen Schmerz in ihrer Seele, wenn sie so in der Kapelle saß und an die Vergangenheit dachte.

Aber Gott füllte ja auch ihre Gegenwart. Inzwischen war sie Großmutter. Sie musste lächeln. Die schöne kleine Chloé und das Baby Bastien. Wie gut, wie richtig. Nur Ophélie. Warum machte sie sich solche Sorgen um sie? *Bitte, Herr, sorge du für sie.*

Sie hatte Ophélies Stück gesehen. Es war ein großer Erfolg in Montpellier, ja allmählich in der ganzen Region. Sie hatte Angst um ihre Tochter. Ophélie lebte in so vielen verschiedenen Welten. Wie konnte sie das alles unter einen Hut bringen – Lehrerin und Theaterschriftstellerin, Künstlerpartys, die bis in den Morgen dauerten, und ein paar Stunden später die Sonntagsschule für die Kinder in der Kirche? Irgendwo in ihrem Herzen wollte Anne-Marie, dass ihre Tochter ein geradliniges, unkompliziertes Leben hatte. Aber es sah so aus, als ob Gott ganz andere Pläne mit ihr hatte. Sie seufzte auf und flüsterte: »Dein Wille geschehe!« Sie ging zurück zu ihrem Auto.

* * * * *

»Du bist an Neujahr zur Kirche gegangen? Das ist ja was ganz Neues!«, sagte Madame Dufour.

»Ich weiß, Mama«, kicherte Janine. »Eigentlich hätte mein Kater zu groß sein müssen. Aber die Party gestern war ziemlich lahm, und schließlich ist heute Sonntag.«

»Janine, du bist immer öfter in dieser protestantischen Kirche. Findest du nicht, dass du es ein bisschen übertreibst?« Madame Dufour sagte es wie nebenbei, während sie den Schweinebraten schnitt.

»Wie meinst du das, Mutter?« Janines Stimme wurde ärgerlich.

»Ach, nichts weiter. Aber da scheinen doch lauter *Pied-noirs* zu sein und ...« – sie senkte ihre Stimme – »... Araber. So richtig multikulti.«

»Mutter! Soll das dein Ernst sein? Du liebst doch Ophélie, und die ist doch auch eine *Pied-noir*!«

»Ophélie Duchemin ist ein Engel, aber *Pied-noir* ist sie eigentlich nicht. Sie ist ja halb amerikanisch, der nette Monsieur Hoffmann ist ihr Vater. Und in Algerien war sie nur ein paar Jahre als Kind. Sie hat nicht diese – du weißt schon, diese *Mentalität*.«

»Was für eine Mentalität, Mutter?«

»Na, dass die halt immer so zusammensitzen und über die guten alten Zeiten in Algerien reden. Es ist einfach kein gesundes Milieu.«

»Jetzt mach mal einen Punkt, Mutter! In der Kirche sind alle möglichen Leute. Amerikaner, Engländer, Franzosen, Araber. Und jede Menge bekehrte Katholiken, mit Verlaub!«

»Genau! Sehr merkwürdig. Wer weiß, was das wirklich ist – vielleicht eine dieser gefährlichen neuen Sekten aus Amerika. Man muss ja so aufpassen heutzutage! Sie fangen dich ein, und dann ...« Sie hob die Augen zum Himmel, legte den Kopf zurück und schlug sich mit dem Handrücken dramatisch auf die Stirn.

Mutter hätte die Schauspielerin werden sollen, dachte Janine, Madame Dufour dramatisierte gerne.

Ihre Mutter fuhr fort. »Und diese Araber. Wir haben doch schon genug Probleme mit ihnen, ohne sie auch noch in die

Kirche einzuladen! Sie wollen dieses Land erobern mit ihrer fanatischen Religion. Lauter Terroristen sind das, Janine. Vielleicht spionieren die diese protestantische Kirche nur aus, wer weiß ...«

»Jetzt bist du ganz verückt, Mutter.«

Madame Dufour tat so, als habe sie es nicht gehört, und fuhr fort, den Braten zu schneiden und die Scheiben, schön mit Petersilie verziert, auf einer Platte zu arrangieren. »Ophélie Duchemin ist echt ein liebes, intelligentes Mädchen, und Monsieur und Madame Hoffmann mag ich auch. Aber man kann nie wissen! Sei vorsichtig, Kind.« Sie senkte wieder ihre Stimme. »Was da alles aus Amerika kommt, das ist nicht geheuer. Und du weißt doch, was für Probleme wir schon mit den Arabern gehabt haben. Sie haben uns doch diese Arbeitslosigkeit beschert! Kommen mit Sack und Pack hierher, dass die Kindergeldkassen leer sind. Kein Wunder, dass die Wirtschaft nicht mehr läuft. Und dann schmuggeln sie auch noch mit demselben Pass ihre Vettern und Kusinen und weiß Gott wen alles aus Algerien und Marokko hierher, damit sie sich in Frankreich die Zähne sanieren lassen können. Gratis! Und wer zahlt? *Wir*, die arbeitenden französischen Bürger. *Wir*.«

»Jetzt reicht's aber für heute, Mutter! Ich bin ein großes Mädchen – fast vierzig, klar?« Janine stand auf und küsste ihre Mutter auf die Stirn. »Es hat keiner gesagt, dass ich dieser Kirche beitreten will. Und die Probleme unseres Landes kenne ich auch alle, keine Bange.« Sie schaute auf ihre Uhr. »Aber jetzt muss ich gehen. Hab Simon versprochen, um fünf zu einer kurzen Probe im Theater zu sein.«

Madame Dufour legte das Messer hin. »Soll das heißen, dass du nicht zum Abendessen bleibst – heute, am Neujahrstag?«

»Mama, ich hab dir das schon vor drei Tagen gesagt. Ich hab eine Probe.«

Ihre Mutter schaute resigniert gen Himmel. »Werde ich von der eigenen Tochter verlassen ...«

»Mensch, Mutter! – Tschüs, Papa!«, rief sie ihrem Vater zu, dann küsste sie ihre Mutter flüchtig auf die Wange. »Bis dann.«

Madame Dufour zuckte die Achseln. »Grüß Simon schön

von mir. So ein lieber Mann. Ich werde nie begreifen, warum er so einen Haufen engagiert hat.«

»Er weiß halt, was Talent ist, Mama.« Janine lachte. *»Au revoir.«*

* * * * *

Mehrere der jungen *Oasis*-Leute hatten beschlossen, das neue Jahr mit einem Ski-Wochenende zu beginnen. Zwei Stunden entfernt, in den Cevennes, gab es eine winzige Ski-Station namens Esperou, die einen künstlichen Abfahrthügel mit künstlichem Schnee hatte. Die perfekte Enttäuschung für den Ski-Fan, aber gerade das Richtige, wenn man sich mit seinen Freunden einen schönen Tag machen wollte. Eric Hoffmann war ein guter Skiläufer. Er war schon oft in den Alpen und den Pyrenäen Ski gelaufen, einmal sogar in Colorado; sein Großvater hatte die Reise bezahlt. Der eine Hang in Esperou war ein Idiotenhügel. Eric ging nur mit, um Gesellschaft zu haben. Und auf andere Gedanken zu kommen.

Er war wütend, dass Rislène in ein Land gefahren war, das mitten in einem Bürgerkrieg war. Ihre Familie führte sie ständig am Gängelband. Typisch algerisch, dachte er. Er war in Algerien aufgewachsen und kannte die Kultur. Mit ihren neunzehn Jahren war Rislène in Frankreich schon volljährig. Warum ließen sie sie nicht selber entscheiden? Er zog die Skimütze über sein rotes Haar und schnallte die Bretter an.

Er war kein supersportlicher Typ, obwohl er sich in verschiedenen Sportarten versucht hatte. Fußball, Schwimmen, Basketball, Volleyball. Aber das Skilaufen hatte er im Nu gelernt, und seit 1985, als seine Eltern mit ihm nach Frankreich zurückgekehrt waren, war es seine große Leidenschaft. Jeden Winter ging er Skilaufen, und wenn es in Esperou war.

Er war groß und dünn, sein Sommersprossengesicht lang. Hinter seinen grünen Augen oder auf den dünnen Lippen lag ständig ein Lächeln versteckt. Letztes Jahr hatte Rislène sich in Esperou zum ersten Mal in ihrem Leben im Skilaufen versucht. Wie hatten sie gelacht, als sie, die Ski wie zwei Zaunpfähle nach vorne zeigend, den Hügel hinabgerutscht war, hysterisch kreischend, als sei der sanfte Hang ein gähnender Abgrund. Als sie eine perfekte Rückenlandung vor seinen Füßen hinlegte, hatten sie Tränen gelacht, Rislène mit.

Nein, die geborene Skiläuferin war sie nicht, hatten sie beide gefunden, als sie wieder Luft zum Sprechen hatten. Aber was war sie dann? An diesem Tag hatte Eric beschlossen, es herauszufinden.

Sie war die älteste Tochter in einer Familie mit sechs Kindern. Ihre drei älteren Brüder waren bereits alle über zwanzig und arbeiteten. Rislène hatte eine zweijährige technische Ausbildung hinter sich, aber seit diesem Jahr besuchte sie wieder das Gymnasium, um sich auf das französische Abitur vorzubereiten. Wenn sie es schaffte, würde sie studieren können.

Wenn sie es schaffte. *Die behandeln sie, als ob sie ihr Eigentum ist,* dachte Eric wütend. Sie war fast eine Sklavin ihrer Eltern und Brüder, und das nicht erst, seit sie in die Protestantische Kirche ging. Ihr Vater war stolz auf ihre Intelligenz und wollte, dass sie eine gute Ausbildung bekam. Und trotzdem ...

Eric versuchte, sich Rislène im Haus ihrer Großmutter vorzustellen. Sie hatte es so oft beschrieben. Madame Namani wohnte in einem der besseren Vororte von Algiers. Vor Jahren, als sie noch in Algerien wohnten, war Eric einmal mit seinen Eltern im Auto durch das Viertel gefahren. Ja, Algerien ... Er bekam Heimweh, wenn er an das Land seiner Geburt dachte. Eines Tages würde er wieder dorthin gehen. Vielleicht mit Rislène, um ihre Großmutter zu besuchen. Aber nicht jetzt, wo es jeden Tag neue Bombenanschläge gab.

Eine Woche war sie jetzt schon fort. Nur noch ein paar Tage, und sie würde wiederkommen. Dann würde er mit ihr über ihre Zukunft sprechen. Sie musste wissen, was er fur sie fühlte. Er würde sie vor ihrer Familie schützen, wenn nötig. Eines war sicher: Was Samira in Lyon passiert war, würde Rislène nicht passieren ...

Er schoss den überfüllten Hang hinunter, hinter einem arabischen Freund her. Ein Lächeln zog über sein Gesicht, und für ein paar unbeschwerte Stunden machte er sich keine Sorgen um Rislène, sondern dachte nur an ihr Lachen und ihre warmen, schokoladenbraunen Augen.

* * * * *

Moustafa verließ die Fabrik, schweißüberströmt wie immer. Alle Knochen taten ihm weh. An jedem Neujahrstag meldete er sich für die längste Schicht. Der Überstundenzuschlag war die Extra-Schufterei wert; es waren nur halb so viele Männer da wie sonst. Wieder ein Jahr in der Fabrik geschafft. Jetzt waren es 28. Wenn sie ihn bis 55 arbeiten ließen, wäre alles okay. Aber das waren noch zwei Jahre, und er kannte die Pläne. Ein Kollege war bereits gekündigt worden, nach 23 Jahren guter Arbeit. Kein Sozialplan, keine Abfindung, nichts. Einfach gefeuert.

Nun ja, dergleichen passierte überall in Frankreich und keineswegs nur Arabern, sondern auch vielen Franzosen. Und doch ... Er freute sich auf das Neujahrsessen, das Anne-Marie für die Gruppe junger Araber, die sich oft in ihrem Haus traf, vorbereitete. Die meisten kamen aus *Harki*-Familien, das heißt ihre Väter oder Großväter hatten im Algerienkrieg auf der Seite Frankreichs gekämpft. Nach der Unabhängigkeit im Jahre 1962 waren die *Harkis* in Algerien massakriert worden. Moustafa hatte Narben, die bewiesen, mit wie knapper Not er entkommen war. Sein Bruder lag irgendwo verscharrt.

Nein, er würde seinen Mund halten bei dem Neujahrsessen und nicht klagen. Aber die *Harkis*, die sich nach Frankreich gerettet hatten, hatten nichts anderes erwartet, als dass die Franzosen sie mit offenen Armen aufnehmen würden. Fehlanzeige! Erst seit etwa zehn Jahren redete man in Frankreich überhaupt über den Völkermord an den algerischen *Harkis*. Das ganze Thema des Krieges war nach wie vor zu schmerzlich, und jetzt, wo der nächste Krieg in Algerien tobte, sahen die Franzosen in jedem mit arabischer Haut einen Feind. Sie waren nicht erwünscht in Frankreich.

»Herr, was soll ich tun?«, fragte Moustafa laut, während er den Anlasser seines alten Renault betätigte. »Heute Abend soll ich diesen jungen Menschen eine Zukunftshoffnung bieten. Kann das wirklich nur eine geistliche Hoffnung sein? Haben sie keine Zukunft hier in Frankreich?«

Er war nicht groß, aber drahtig und kräftig, ein Mann mit

Rückgrat und Geradlinigkeit. Das Leben war nie leicht gewesen für Moustafa Dramchini, aber voll von Gottes Segen. Als er Anne-Marie heiratete, hatte er gewusst, dass Araber wie Franzosen sie schief angucken würden. Mischehen wurden zwar immer häufiger, und man duldete sie – aber billigen tat man sie nicht.

Moustafas Beziehung zu seiner Mutter und seinen Schwestern, die wie er 1962 aus Algerien geflohen waren, hatte es nicht getrübt. Bis zu ihrem Tod vor ein paar Jahren hatte Mutter still und friedlich bei ihnen gewohnt. Die Schwestern, Rachida und Saiyda, hatten *Harki*-Männer aus Lodève geheiratet und hatten jetzt selber Kinder. Aber wo gehörten die *Harkis* hin, was konnte er den Teenagern sagen, die heute Abend kommen würden? *Bald bin ich meinen Job los, Herr. Was kann ich ihnen sagen?* Meistens hatte er Worte der Weisheit parat. Aber nicht heute. 1995. Das neue Jahr. Er freute sich gar nicht darauf.

KAPITEL 11

Ophélie wusste selber nicht, warum sie sich bereit erklärt hatte, in der Suppenküche von St. Vincent auszuhelfen. Heute war der letzte Tag der Weihnachtsferien, und die meisten der ehrenamtlichen Helfer kamen gerade zurück in die Stadt. Vor zwei Tagen hatte Dominique sie angerufen und gefragt, ob sie vielleicht, da es doch noch Ferien waren, helfen konnte. Er hatte sich wortreich entschuldigt. »Sie und Janine haben uns ja schon im Roten Kreuz so geholfen, und jetzt komme ich mit der nächsten Krise.«

»Das ist schon recht«, hatte sie gelacht und Ja gesagt. Sie wusste ja, dass Janine ihm ihre Nummer gegeben hatte. Aber ein bisschen hatte sie ein schlechtes Gewissen. Seit wann schwärmte Janine ihr schon von Dominique vor? Und jetzt hatte sie für den Abend eine Verabredung mit ihm.

Falls Janine von der Verabredung wusste, hatte sie es jedenfalls nicht gezeigt an diesem Mittwochmorgen. *Mit Janine kann man Pferde stehlen,* dachte Ophélie. Die Arbeit in der Suppenküche klappte wie am Schnürchen; sie zogen einander gut gelaunt auf, während sie die Suppenschüsseln füllten und den in der Schlange Wartenden aushändigten.

Ophélie verschwand in der Küche, um den nächsten Suppenkessel zu holen. Als sie zurückkam, sah sie ihn sofort, wie er geduldig in der Schlange stand. Er sah nicht so aus wie die anderen; es war kein Alkohol in seinem Atem, auch nicht in seinen Augen, die in sprachloser Überraschung in die ihren blickten. Er war groß für einen Franzosen, gut gebaut, mit dickem braunem Haar, in dem eine Spur Rot war. Sein Gesicht war von einem ungepflegten Stoppelbart bedeckt, seine hohe, von Haaren entblößte Stirn hatte eine Narbe, die von der linken Schläfe bis zur Mitte der Stirn ging. Bart und Koteletten zeigten das allererste zögernde Grau.

Als er seine Schüssel entgegennahm, sah Ophélie, wie groß und stark seine linke Hand war. Die Rechte, rot und geschwollen, hielt er vor seinen Bauch. Er nickte ihr zu und murmelte *»Merci«*, seine warme Stimme voller Freundlichkeit. Sie sah in das weiche Hellbraun seiner Augen. Wie traurig sie waren! Er sah rasch auf seine Suppe und das Brot hinunter und verschwand in dem überfüllten Speiseraum nebenan.

Einen Augenblick lang war Ophélie wieder zurück in ihrer Kindheit. Ihre Knie waren plötzlich weich, ihr Magen brannte. Unmöglich! Das konnte nicht er sein. Sie erinnerte sich an den Anruf vor drei Jahren. Es war spät am Abend gewesen, und sie hatte auf dem Sofa gesessen und zu Händels *Wassermusik* Arbeiten korrigiert. Das Klingeln hatte sie so erschreckt, dass sie zusammengezuckt war und ein paar Hefte auf den Boden flogen, bevor sie aufstand und an das Telefon in der Küche ging.

»Wie geht's dir, Spatz?« Es war ihre Mutter, und ein so später Anruf konnte nur bedeuten, dass etwas passiert war.

»Gut, Mama. Und wie geht's dir und Moustafa?«

»Danke, gut. Aber ...« Anne-Marie hatte eine Pause gemacht. »Aber leider hab ich gerade schlimme Nachrichten bekommen. Ein Unfall in den Alpen ... Ein Auto ist in einem Schneesturm gegen den Berghang geknallt. Der Fahrer war Samuel Cebrian und die Beifahrer Annie und die kleine Marion. Sie sind beide tot, und Samuel wird es wohl auch nicht schaffen ...«

Die Erinnerung brachte Ophélie die Tränen in die Augen. Sie und Samuel waren als Kinder die besten Freunde gewesen, eng miteinander verbunden durch die Freundschaft ihrer Eltern und die Flucht aus Algerien in diesem verrückten Jahr 1962. In Frankreich waren die beiden *Pied-noir*-Familien weiter in Kontakt geblieben, hatten einander an Feiertagen und in den Ferien besucht. Samuel Cebrian war ein hochintelligenter, ehrgeiziger und netter junger Mann geworden. Niemand war überrascht, als er sich für ein Medizinstudium in Montpellier entschied – und es als der Beste seines Jahrgangs beendete.

Mit 27 hatte er die schöne, schlanke, intelligente Annie aus Lille geheiratet. Alle hatten sie gemocht mit ihrem langen blonden Haar und fröhlichen Lächeln. Sie waren ein Traumpaar gewesen – sie eine Sozialarbeiterin, die ihren harten Job liebte, er am Beginn einer Karriere als Herzchirurg.

Ophélie erinnerte sich an die Beerdigung. Die beiden Särge, der eine so klein. Und Samuel nicht dabei, denn er lag noch im Koma, in einem Krankenhaus in Grenoble. Wochen später war er endlich aufgewacht. Er war genesen – und dann verschwunden, verschluckt von einem schwarzen Loch der Qual, an das niemand von den Seinen herankam. Einfach weg. Kein Dr. Samuel Cebrian mehr.

Und jetzt war er wiedergekommen! Als abgerissener Mann mit struppigem Bart und einer langen Stirnnarbe, in der Warteschlange einer Suppenküche. Aber vielleicht irrte sie sich auch. Sie hatte ja nicht das Gesicht wieder erkannt, nur die Stimme und diese freundlich-traurigen Augen.

Sie zögerte. Wenn sie ihn jetzt ansprach, würde er vielleicht nur wieder verschwinden. Sie dachte an seine Eltern, Eliane und Rémi Cebrian, und ihre fruchtlose Suche nach ihm, an seine Schwester Rachel mit ihrem Mann und den drei Kindern und an seinen Bruder, den glücklich verlobten José. Vor zehn Tagen war sie mit ihnen allen zusammen gewesen.

»Sag mal, der Mann mit der Narbe und der komischen Hand, hast du den schon mal gesehen?«, fragte sie Janine.

»Meinst du den da?« Janine zeigte in den Essraum. »Ceb?«

»Ceb? Heißt er so?«

»Ja. Hat ein Herz aus Gold. Letzten Monat hat er einem Kind das Leben gerettet, hier beim Essen. Das Mädchen war am ersticken, und Ceb hat einen Luftröhrenschnitt gemacht. Mit einem Schweizer Armeemesser, einfach so.«

»Hat er gesagt, wo er her ist?«

Janine lachte. »Doch nicht Ceb! Seit ein paar Monaten kommt er manchmal. Letzte Woche war er im Roten Kreuz, dort duscht er immer. Das war an dem Tag, wo du ausgeholfen hast. Hast du ihn nicht gesehen?«

Ophélie schüttelte ihren Kopf. »Nein.«

Sie teilte weiter die Suppe aus, hin und wieder einen Blick in den Nebenraum werfend, wo Ceb mit dem Rücken zu ihr saß. Als sie die letzte Schüssel gefüllt hatte, nahm sie ihre Schürze ab und entschuldigte sich.

Sie nahm sich selber eine Schüssel und setzte sich an das Ende des langen Tisches. »Darf ich mich zu dir setzen, Ceb?«, fragte sie leise.

Ein dünnes Grinsen flackerte über seinen Mund, er zuckte die Achseln.

»Wir freuen uns, dass du hier bist.« Sie senkte ihre Stimme. »Samuel, es sind so viele da, die helfen wollen.«

Er hörte auf zu essen, steckte den Löffel in die Schüssel und berührte ihre Hand. »Du wirst niemand was sagen, Filie, klar?«

»Nicht, wenn du es nicht willst.«

Er lächelte und nahm einen Löffel von der Suppe, scheinbar erleichtert. »Danke.«

Sie aßen schweigend weiter. Als sie fertig waren, sprach Ophélie wieder. »Samuel – Ceb, bitte. Kann ich dir helfen?«

Er sah sie mit seinen klaren Haselaugen an. »Kannst du jemand von den Toten auferwecken?«

»Nein, das weißt du doch.«

»Ja, sicher. Mach dir keine Sorgen um mich, Ophélie. Ich komm schon durch.«

»Bitte ...« Sie drückte seine Hand und ließ sie rasch wieder los. Erst jetzt sah sie, wie viele Finger fehlten und dass die einstige Zauberhand des Chirurgen ganz verkrüppelt war. »Bitte, Samuel. Sag was, bitte.«

»Wie geht's meinen Eltern?« Er furchte die Brauen, als versuchte er sich zu erinnern.

»Gut. Sie wohnen noch in Montpellier.«

»Und Rachel?«

»Sie und Guy haben jetzt drei Kinder. Catherine heißt die Jüngste.«

Er nickte lächelnd.

»Und José ist verlobt. Corinne wird dir gefallen, bestimmt.«

Er legte lauschend den Kopf zur Seite, dann drehte er sich plötzlich um, seine Augen schossen durch den Raum. »Manchmal denke ich, ich höre sie, weißt du. Die kleine Marion, wie sie mich ruft. Manchmal.«

»Ja.« Ophélie biss sich auf die Lippe.

Er rutschte auf seinem Stuhl, dann erhob er sich. »Ich muss jetzt gehen, Ophélie. Du sagst nichts, klar?«

»Nein, ist schon gut.« Sie sah ihm zu, wie er ging, dann rannte sie hinter ihm her. »Samuel, bitte. Sie sind so fix und fertig. Kann ich ihnen nicht wenigstens sagen, dass es dir gut geht?«

»Mir geht's nicht gut, Ophélie. Wenn sie mich so sehen würden, das würde es nur noch schlimmer machen für sie.«

»Kommst du wenigstens wieder hierher zurück? Ich bin jetzt jeden Mittwochmorgen beim Roten Kreuz.«

»Wir werden uns schon wieder sehen, Ophélie. Wiedersehen.« Seine Hand fuhr über ihre Schulter, dann war er weg.

Sie stand allein im Flur und weinte. Wohin konnte ein Obdachloser gehen? Womit beschäftigte er sich? Sie wollte ihm folgen, aber sie ließ es bleiben. Seine starken Hände hatten das Leben eines fremden Mädchens gerettet, aber seine eigene Tochter hatte er nicht retten können. Ja, er war krank, das Herz gebrochen, erledigt. Aber er war in Montpellier. Wenn man ihm lange genug zuredete, würde Samuel »Ceb« Cebrian vielleicht wieder nach Hause kommen.

* * * * *

»Ich hoffe, Sie mögen die arabische Küche«, sagte Dominique leise, während er Ophélie durch die engen Kopfsteinpflasterstraßen der Altstadt von Montpellier führte. Hier und da zerriss das Lachen aus einer Bar die Stille. »Wir sind da.« Er hielt die Tür auf, während Ophélie in das elegante Restaurant trat.

Sie bewunderte die Wandteppiche an den Steinwänden und die hohe Gewölbedecke. Ein Kellner wies ihnen den Weg in die Gaststube, eine ausgetretene Steintreppe hinunter. »Dies ist eines der ältesten Häuser in Montpellier«, flüsterte Dominique. »Waren Sie schon mal hier?«

»Nein, nein. Es ist schön hier.« Sie drehte sich skeptisch zu ihm hin. »Hatten Sie nicht was von einem kleinen Imbiss gesagt? Das ist ja der reinste Palast hier!«

Er lachte, nahm ihr den Mantel ab und hielt ihr den Stuhl hin, während sie sich setzte. »Sie sollen doch nicht denken, ich kenne mich nur mit Suppenküchen und Penner-Absteigen aus! Manchmal brauche ich auch etwas Abwechslung.«

»Ja, sicher. Und das haben Sie ja auch wirklich verdient.«

Er zuckte die Achseln. »Verdient? Nun ja. Aber ein Abend mit einer charmanten Frau, das tut schon gut.«

Die würzigen Gerüche aus der Küche erinnerten sie an die Tage, wo Moustafas Mutter für sie gekocht hatte. Sie entspannte sich und musterte den Mann, der ihr da gegenübersaß. Er sah kräftig und selbstsicher aus, sein dickes schwarzes Haar und der Bart waren sorgfältig gestutzt. Ein Hauch Aftershave hing noch in der Luft. Er hatte den Blick eines Mannes, der es gewohnt war, dass die Frauen ihn anstarrten. Sie waren eine Spur distanziert, seine sanften braunen Augen, und doch durchdringend, als ob sie ihre Gedanken lesen konnten.

Als der erste Gang aufgetragen war, hob er sein Weinglas. »Auf meine neueste und viel versprechendste Helferin.« Er setzte das Glas wieder ab und musterte ihr Gesicht. Sie spürte, wie sie rot wurde; gut, dass die Beleuchtung so schummrig war. »Und jetzt erzählen Sie mir etwas über sich, Ophélie Duchemin. Ich bin ganz Ohr.«

Sie lachte, hielt inne und sah ihm in die Augen. »Sie wollen wissen, wer ich bin? Eine Null im Smalltalk. Ich weiß nie, was ich sagen soll. Ich glaube, ich lerne sie nie, die Kunst der Belanglosigkeit. Hat man mir jedenfalls gesagt. Aber geben Sie mir ein Buch, eine Schulklasse, ein Gespräch mit einem lieben Freund, und ich bin in meinem Element.«

»Oder ein Theaterprojekt«, fügte Dominique lächelnd hinzu.

»Ja, das auch. Ich schreibe gerne.«

»Und gut.«

»Danke. – Und Sie? Was füllt Ihre Stunden, wenn Sie nicht bei den Obdachlosen sind?«

Er sah an ihr vorbei in die Ferne, dann schüttelte er langsam den Kopf. »Ich kann sie nie vergessen. Sie verfolgen mich, Ophélie. Manchmal denke ich, ich habe mein Leben an sie verloren. Es fällt mir schwer, mir so einen harmlosen Luxus wie dieses Dinner zu gönnen, wenn ich weiß, was die meisten von ihnen essen – oder nicht essen. Andauernd renne ich von den grausamen Straßen in die vornehmen Büros der Verwaltung und sage irgendwelchen pompösen Beamten, die nichts begreifen und auch nichts begreifen wollen, meinen Spruch auf.«

»Wollen Sie es manchmal nicht am liebsten aufgeben?«

»Manchmal schon, aber das geht rasch wieder vorüber. Wenn Sie einmal auf der Straße gelebt und ihre ganze Hoffnungslosigkeit gespürt und ihre Gesetze begriffen haben, die das genaue Gegenteil von der normalen Gesellschaft sind, kommen Sie nie mehr davon los.«

»Waren Sie dann auch mal einer von ihnen – ich meine, ein SDF?«

»Ja, als junger Twen. Damals war die Straße barmherziger, aber es hat mein Leben verändert.«

»Und sie haben es also geschafft und sind von der Straße weggekommen. Dann können die anderen das doch auch, oder?«

»Vielleicht. Aber der Weg zurück ist sehr, sehr lang.« Er legte seine Gabel hin. »Und die meisten kriegen dabei nicht die Hilfe, die sie bräuchten.«

»Und wenn sie sie kriegten? Wenn sie Verwandte hätten, die sich um sie kümmern?«

»Das haben sie ja gerade nicht. Die meisten sind auf der Straße, weil ihre Familien sie hinausgeworfen haben. Vielleicht fünf Prozent von ihnen haben jemanden, dem sie nicht egal sind. Vielleicht auch weniger.«

»Was ist eigentlich mit diesem Ceb, wie Sie ihn nennen? Was denken Sie über ihn?«

Dominique runzelte seine Stirn und schaute Ophélie eigenartig an. Dann sah er auf seinen Teller hinunter und kratzte sich am Kopf. »Ceb? Das ist ein ganz Besonderer. Ein echt guter Kerl. Ich mache mir so meine Gedanken über ihn. Hab ihm schon eine Wohnung angeboten. Ist nicht dumm, der Mann, ich glaube, der war mal Arzt oder so was. Ja, so einer wie er ... könnte es schaffen.«

»Ich kenne ihn«, sagte Ophélie leise.

Dominique blickte auf, überrascht. »Sie kennen ihn? Wie meinen Sie das? Von der Suppenküche her, nicht wahr?

»Nein, ich kenne ihn ... kannte ihn, sehr, sehr gut. Als Kind. Wir waren dicke Freunde. Gingen in dieselbe Kirche, rauchten unsere ersten Zigaretten zusammen.« Sie wurde rot. »Er hat Verwandte hier in Montpellier. Sie haben ihn seit drei Jahren nicht mehr gesehen. Sie würden alles für ihn tun.«

Er schüttelte seinen Kopf. »Sie kennen Ceb? Erzählen Sie mir mehr über ihn!«

»Er ist ein Ass. Er war der Beste seines Jahrgangs in der Medizinischen Fakultät hier. Ein viel versprechender Chirurg ...« Sie räusperte sich. Es tat so weh, das andere. »Er hatte einen furchtbaren Autounfall, der seine rechte Hand verkrüppelte. Seine Frau und seine fünfjährige Tochter waren beide tot.« Ihre Augen wurden feucht.

Dominique langte über den Tisch und nahm ihre Hand. »Das tut mir Leid. Ich ... ja, doch, das passt zusammen. Er ist auf dem Weg nach Hause, Ophélie. Er hat mir erzählt, dass er in fünf anderen Städten war, bevor er hierher kam. Vielleicht können wir ihm helfen. Bestimmt.«

»Das Problem ist nur, er will nicht, dass ich mit seinen Verwandten rede«, fuhr Ophélie fort. »Ich habe ihn heute gesehen – zum ersten Mal. Wir haben uns unterhalten. Aber er will keine Hilfe. Er sagt, er ist tot – Samuel Cebrian ist tot.« Sie seufzte schwer. »Entschuldigen Sie, Dominique. Ich wollte nicht darüber reden. Es war einfach solch eine Überraschung, ihn zu sehen – solch ein Schock.«

»Natürlich. Lassen Sie mich darüber nachdenken.«

Sie sprachen über andere Dinge – ihr Studium, ihre Verwandten. »Waren Sie eigentlich schon mal verheiratet?«, fragte er viel später.

»Nein.« Sie sagte es zu schnell. »Nein. Ich rede immer zu viel, wenn jemand Geeignetes kommt. Sage ihm gleich alles über mich. Sobald er hört, dass ich eine praktizierende Protestantin und eine Theaterschriftstellerin bin ... ich weiß nicht.« Sie lachte nervös. »Wie ich schon sagte, ich bin keine gute Gesellschafterin ...« Sie zuckte befangen die Achseln.

»Ich habe es nicht eilig«, erwiderte er leise. »Ich freue mich darauf, Sie mehr kennen zu lernen.«

Sie wollte das Thema wechseln, aber alles, was ihr einfiel, war: »Und waren *Sie* schon einmal verheiratet?«

»Einmal. Geschieden. Mehrere andere stürmische Beziehungen.«

»Kinder?«

Er fuhr sich mit dem Finger über die Lippen und grinste. »Hunderte.«

Sie zuckte nicht mit den Wimpern, nickte einfach. »Ich weiß, was Sie meinen. Ich auch.«

»Ja.« Er lehnte sich auf seinem Stuhl zurück. »Diese Obdachlosen, sie sind mir wie Kinder. Ich tue, was ich kann, um sie von der Straße wegzukriegen.«

Ophélie lächelte sanft. »Mit meinen Schülern ist es dasselbe. Ich tue, was ich kann, um dafür zu sorgen, dass sie gar nicht erst dahin kommen.«

* * * * *

Er begleitete sie zurück zu ihrer Wohnung. Ob er erwartete, dass sie ihn auf eine Tasse Kaffee einlud? Es war nicht ihr Stil. Stattdessen sagte sie einfach: »Es war ein wunderbarer Abend, Dominique. *Merci.*«

»Ja, es war echt schön. Danke, dass Sie mitgekommen sind. Sie werden wieder von mir hören, Ophélie Duchemin. Wie gesagt, ich habe es überhaupt nicht eilig.« Er beugte sich zu ihr hinunter und küsste sie flüchtig auf beide Wangen, während seine Hand über ihr Haar strich. »*Bonsoir.*« Er ging ohne ein weiteres Wort.

Sie saß lange in ihrer Wohnung, ohne Licht zu machen, und starrte auf die nächtliche Skyline von Montpellier hinaus. Da hinten, gerade eben sichtbar, war der hohe Turm der Kirche St. Denis, in der Nähe des Restaurants, wo sie gegessen hatten. Dominique Lefevre. Ein interessanter Mann. Faszinierend. Sie fuhr sich mit der Hand durch das Haar. Aber ihre Gedanken waren nicht bei Dominique, sondern bei Samuel. Samuel Cebrian, der Obdachlose, der sich Ceb nannte.

Ja, er war ihr Freund gewesen. Aber sie hatte Dominique nicht die ganze Geschichte erzählt. Wie sie als Kinder zusammen gespielt hatten, als Teenager dicke Freunde wurden, wie sie als Gymnasiastin so manches Wochenende in dem Haus der Cebrians in einem Dorf bei Montpellier verbracht hatte, damit sie in den Jugendkreis in der Stadt gehen konnte. Sie kannte sie auswendig, die Straße zwischen Lodève und Montpellier. Wie oft war sie zusammen mit Samuel auf ihr gewesen? Sie dachte an seine schönen hellbraunen Augen, sein charmant-verführerisches Lächeln, seinen scharfen Verstand, seine draufgängerische Unbekümmertheit. Wie viele Jahre hatte sie versucht, mit Samuel Cebrian Schritt zu halten?

Er war der geborene Abenteurer gewesen. *Wer nicht wagt, der nicht gewinnt,* war sein Motto gewesen, Angst ein Fremdwort. Mit 14 Jahren hatte er den Montblanc bestiegen. Auch die Schule war ein Spiel für ihn gewesen, mühelos wurde er Klassenbester. Das gesellige Temperament, das er von seiner Mutter hatte, und die nonchalante Selbstsicherheit, die von seinem Vater kam, verzauberten jeden, der ihm begegnete. Trotz seines brillanten Gehirns hatte er mit beiden Beinen auf der Erde gestanden, ein langhaariger Teenager mit einem ansteckenden Lächeln.

»Filie, komm!« Sie hörte wieder, wie er sie rief. Niemand hatte es gewagt, ihr einen Spitznamen zu geben. Außer Samuel. »Ich nenne dich Filie, ob's dir passt oder nicht. Mag ja sein, dass du nach der tragischen Shakespeare-Heldin benannt bist, aber das darfst du nicht zu ernst nehmen. *Filie*.« Er hatte es fast trotzig gesagt.

Sie mochte es. Sie mochte ihn. Als Teenager waren sie unzertrennlich gewesen, und ihr gemeinsamer Glaube hatte das Band noch fester gemacht. Mit 16 Jahren hatte Samuel den Gott seiner Eltern mit der gleichen unbekümmerten Hingabe angenommen, die er für den Rest des Lebens hatte. Dass er seine grenzenlose Energie nie ganz dem Willen Gottes ausliefern konnte, hatte Ophélie nicht gestört. Sie lebte, um in seiner Gegenwart zu sein, um zusammen mit ihm auf die Straßen zu gehen und ihre Freunde zu überzeugen, dass sie einen Erlöser brauchten.

Wie überzeugend Samuel gewesen war! Die Jugendgruppe in der kleinen protestantischen Kirche war aus den Nähten geplatzt, als der mitreißende junge Mann in ihrer Leitung war. So lange war das schon her … Ophélie schaukelte vor und zurück, die Knie hochgezogen. Wie weh die Erinnerungen taten. Sie wischte sich mit dem Ärmel über die Augen. Samuel.

Sie ließ ihre endlosen Gespräche Revue passieren, die bis tief in die Nacht dauerten, sah ihn wieder vor sich, ihren ewigen Nachhilfelehrer in Mathematik, Physik und Biologie. Sie erinnerte sich an ihre leidenschaftlichen Diskussionen darüber, was Liebe war, ihren gemeinsamen Entschluss, nie miteinander zu gehen, und Cebs jungenhaftes Lachen, als er sagte: »Filie, zwischen uns beiden würde es nie klappen! Du bist zu tief für mich, du hast einen anderen Weg, du wirst nie eine gehorsame Ehefrau werden, nicht wahr?« Mehr Gelächter.

Dann hatte er sein Studium an der renommierten Medizinischen Fakultät in Montpellier aufgenommen. In Frankreich begann das Medizinstudium direkt nach dem Gymnasium. Das erste Jahr diente zum Aussieben der Kandidaten, die übrigen Jahre waren ein einziger Schlauch. Ophélie hatte sich für ein Literaturstudium entschieden, und obwohl sie in derselben Stadt studierten, hatte sich ein Graben zwischen ihnen aufgetan. Ihre Gespräche wurden seltener, und sie fingen an, über viele Dinge, die Ophélie wichtig waren, verschiedener Meinung zu sein.

Ein Jahr danach hatte Samuel Annie kennen gelernt, das süße blonde Mädchen mit dem wachen Kopf und einem Herzen, das überall mitging, wo Samuels wilde Fantasie ihn hinführte. Gegen Ende des Studiums hatten sie geheiratet, drei Jahre später war Marion geboren worden. Bis in die Nacht hatte Samuel gearbeitet, um sich einen Namen zu machen in der hart umkämpften Arena der Medizin. Als er Anfang dreißig war, fing er endlich an, die Früchte seiner Schufterei zu ernten. Er erklomm die höheren Stufen der Krankenhaushierarchie, begann sich einen Namen als Herzchirurg zu machen. Seine Artikel erschienen in den führenden Fachzeitschriften, seine Zukunft sah viel versprechend aus, und stets war Annie an seiner Seite.

War Ophélie eifersüchtig auf Annie gewesen? Nein. Sie hatte Samuel bereits verloren, bevor Annie in sein Leben kam. Und jetzt hatte sie ihn wieder gefunden, wo sie es nie erwartet hätte. Sie bibberte, als sie daran dachte, was aus ihm geworden war. Immer wieder sah sie seine verkrüppelte Hand vor sich. Als Ceb in der Suppenküche war Samuel Cebrian zurück in ihr Leben gestolpert. Er hatte eine neue, verzweifelte Mission, und sie fragte sich, ob sie sie je verstehen würde. Dominique sagte, dass es Hoffnung gab. Dominique. Samuel. Ihr Kopf schmerzte. Sie kroch ins Bett, ohne sich auszuziehen, total erschöpft. Aber es dauerte lange, bis sie endlich einschlief.

* * * * *

Das Scheppern des leeren Kessels, der gegen die Wand, dann auf den Fußboden flog, hätte das ganze Haus aufgeweckt, wenn sonst noch jemand darin gewohnt hätte. Aber das Gebäude war leer, und Ceb war allein in seiner Höhle. Er hob den Kessel auf, packte den Henkel fester, sein ganzer Körper zitterte. Er langte nach einer Flasche, die in einem Stapel schmutziger Kleider lag, öffnete sie und nahm einen langen Schluck von dem ranzigen Gebräu.

»Zum Teufel mit dir, Ophélie Duchemin!«, schrie er, das Gesicht verzerrt von dem Brennen in seiner Kehle. »Wie kannst du es wagen, zurück in mein Leben zu kommen! Wie kannst du!« Er trat gegen einen wackligen Stuhl, dass er über den Fußboden schlitterte.

Er sackte in einer Ecke des Raumes zusammen, die Flasche an die Brust gepresst, und schluchzte: »Filie, Filie! Liebste Freundin, hilf mir!« Dann verfluchte er sich selber und schmiss die Flasche gegen die Wand, dass der billige Fusel einen dunkelroten Fleck auf die Wand spritzte. Er schaute zu, wie er als Pfütze auf den schmuddeligen Linoleumboden tropfte, und zog die zerlöcherte Decke um sich. Er begann zu zittern. Er rieb heftig mit der linken Hand über die rechte, in der wieder der Schmerz pochte.

Seine Eltern waren ein paar Busstationen entfernt. Wenn er sich beeilte, würde er noch den letzten Bus erwischen. Er konnte einfach an die Tür klopfen und wieder in ihr Leben treten. Nein, nein, nein, nein! Niemals! Der Alkohol hatte seine Sinne vorübergehend verwirrt. Er konnte doch nie zurück, er war doch ein Mörder!

Aber warum war er dann hier in Montpellier? Tief drinnen

hatte er gewusst, dass eines Tages jemand ihn erkennen würde. War es das, was er wollte? Er zitterte wieder. Der Schmerz riss durch seine Hand, durch die Stümpfe seiner amputierten Finger. Jeden Tag lebte er mit dem Schmerz. Aber wenn er, wie heute, unerträglich wurde, wollte die Panik ihn überwältigen. Er stand auf und holte aus der Schublade des Nachttischs, den er auf der Straße gefunden hatte, die verschlissene Ledertasche, in der seine Tabletten waren. Die Schmerztabletten. Nur eisernste Disziplin und sein ärztliches Wissen um die Folgen hielten ihn davon ab, jeden Tag eine ganze Hand voll davon zu nehmen. Aber heute Abend nahm er zwei, Alkohol im Magen oder nicht. Sollte der Teufel alles holen, wenn nur die elenden Schmerzen aufhörten! *Hör auf, Schmerz!*

Er kroch auf die Matratze auf dem Fußboden und zog die beiden zerrissenen Decken über sich. Immer noch seine Hand reibend, begann er eine Melodie zu summen, dann laut zu singen, um nicht an den Schmerz denken zu müssen. Es war ein Lied aus seiner Jugend, und er erinnerte sich nur noch an eine halbe Strophe. *»Wenn im Kampf wir unterliegen, wenn der Feind uns schlägt, lässt Er nicht von Seinen Zielen, Seine Lieb uns trägt.«*

Allmählich wurde der Schmerz weniger. Er schlief ein.

KAPITEL 12

Rislène atmete erleichtert aus, ein breites Lächeln trat auf ihr Gesicht. Heute ging es nach Hause! Sie war bereit. Sicher, einerseits waren sie himmlisch gewesen, die zehn Tage in Algerien. Sie hatte ihre Großmutter, ihre Onkel und Tanten und Cousins wieder gesehen, hatte wieder teilgenommen an dem Leben, das sie zwei Jahre lang vermisst hatte. Ihre Großmutter hatte sie so gut es ging von den Realitäten des Krieges abgeschirmt. Und doch: Es war so viel anders geworden.

Sie lebten in ständiger Angst, die Menschen in Algerien, das ganze Land schien kalt und verschlossen geworden zu sein. Doch vor allem hatte Rislène selber sich verändert. Es machte sie traurig zu sehen, wie der Islam diese Menschen in seinem Gefängnis hielt. Sie hatte in Christus die Freiheit gefunden, die wahre Freiheit. Die Gebetszeiten und rituellen Waschungen und Gesetze, die ihre Familie befolgte – es war alles so oberflächlich. Keine Waschung der Welt konnte ihre Seele rein machen; das konnte nur Christus.

Sie schämte sich, dass sie zu viel Angst hatte, ihnen von ihrem Glauben zu erzählen. Sie hatte es einmal versucht und war nur ausgelacht worden. Jetzt hielt sie den Mund und zählte die Tage. Nur noch einer! Sie wusste, dass ihre Mutter das Gleiche tat; es war eine Qual für sie, ständig Großmutter Namani über sich zu haben – gerade so, als ob sie wieder klein und ein Kind war. Aber gut – morgen wären sie beide wieder frei.

Sie war froh, dass sie Großmutter besucht hatte. Die alte Frau hatte sich nicht verändert. Herrisch, die große Bestimmerin, aber voller Lebensweisheit. Rislène genoss es immer noch, zu ihren Füßen zu sitzen und ihren Geschichten von früher zuzuhören. Großmutter verkörperte die alte arabische Hierarchie, mit der Mutter des Ehemannes an der Spitze. Es war schon paradox, dieses Land: Ständig wurden die Rechte der Frauen beschnitten, aber in den vier Wänden herrschten sie. Ihre Köpfe waren bedeckt, aber nicht ihr Gehirn. Großmutter wusste genau, was sie tat: Sie machte ihre Familie zu einem starken Stamm.

Über Rislènes Glauben gesprochen hatten sie nicht, aber mehrere Male hatte Großmutter eine Bemerkung über den guten muslimischen Mann gemacht, den Rislène eines Tages heiraten würde. Es war Rislène kalt über den Rücken gerieselt dabei. *Soll Großmutter denken, was sie will, bald wird es zu spät sein, um mich zu stoppen.* Sie hoffte, dass sie schon bald mit einem großen Rothaarigen mit hellgrünen Augen verlobt sein würde.

* * * * *

»Schnell! Hol ihre Handtasche. Schnell, Nazira!«, bellte Großmutter Namani. »Gleich kommen Rislène und deine Mutter von den Bädern zurück! Mach schon!«

Nazira öffnete Rislènes Handtasche und kippte den Inhalt auf den Küchentisch. Der Pass, der französische Ausweis, der neu erworbene Führerschein. Sie gab alles ihrer Großmutter, die die Papiere in der Küchenspüle verbrannte, mit Argusaugen darauf achtend, dass auch der letzte Fetzen zu schwarzer Asche wurde. Ah, da war es ja, zwischen zwei anderen Bildern, die Mitschülerinnen zeigten. Ein Foto des Rothaarigen. Nazira zeigte es ihrer Großmutter.

»Das ist er! Der christliche Mann, den sie liebt.«

»Dummes Mädchen! Sie wird ihn bald vergessen haben!« Großmutter betrachtete das Bild.

Nach fünf Minuten waren Rislènes sämtliche Papiere verbrannt und der Spülstein von der Asche gesäubert. Naziras Vater trat in die Küche, sah die Asche und nickte beifällig. »Du weißt, was du zu tun hast, Nazira?«, sagte er barsch.

»Ja, Vater.«

»Du wirst sie keine Minute aus den Augen lassen, verstanden? So lange, bis wir den Rest arrangiert haben.«

»Ich habe verstanden, Vater. Es wird alles so sein, wie du und Großmutter es wünschen.«

Sie konnte ihnen nicht sagen, was für eine Angst sie davor hatte, in Algerien zu bleiben. Nein, nicht wegen Rislène; ihre Schwester bekam, was sie verdiente. Aber der Krieg. Niemand war sicher, da konnte Großmutter sagen, was sie wollte. Sie hatte doch die Stadt gesehen, die täglichen Meldungen gehört. Sie zog ihr Kopftuch fester um ihren Kopf, wie um sich zu verstecken vor dem, was da auf sie zukam.

Und da war noch etwas, das sie schier verrückt machte. *Warum ist Rislène so wichtig? Warum belohnen sie mich nicht für meine Treue zum Islam? Ich bin eine gute Muslimin, ich gehorche dem Willen Allahs.* Sie musste das Wohlwollen ihrer Großmutter und ihres Vaters gewinnen, sie mussten endlich auf *sie* sehen und nicht dauernd auf Rislène! *»Insha Allah«*, flüsterte sie, *»Insha Allah.«*

* * * * *

Fröhlich lachend kamen sie zurück von ihrem wöchentlichen Ausflug zum *Hamman*, den Saunabädern, wo die Frauen sich trafen. Für viele Frauen war es der Höhepunkt der Woche, und sie präsentierten sich in ihren besten Kleidern und Goldschmuck, um die Nachbarinnen auszustechen. Die ausgeklügelten Rituale in den Bädern dauerten den halben Tag. Heute war der erste Tag, an dem Rislène mit ihrer Mutter hatte allein sein können. »Mutter, bist du nicht auch froh, dass wir wieder nach Hause fahren?«

»Ja, Spatz, sicher. Aber ...« Sie verlangsamte ihren Schritt und nahm Rislènes Arm. »Du musst vorsichtiger werden mit deiner Kirche. Nazira hat deinem Vater von einem jungen Mann erzählt, mit dem du dich triffst. Ist das wahr?«

Rislène senkte ihren Blick und schwieg, die Fröhlichkeit mit einem Mal weg.

»Rislène, dein Vater ist wütend. Bitte pass auf. Ich werde wieder mit Madame Hoffmann reden, wenn du willst. Ich will dir gerne helfen, aber ich kann nichts tun, wenn er ...«

»O, Mutter! Warum muss das alles so kompliziert sein? Warum kann ich nicht tun, was ich will, wie die anderen Mädchen in meinem Alter? Vater und ich, wir haben uns so gut verstanden, aber als ich größer wurde ... du weißt ja, alles wird bis ins Kleinste geregelt, alles! Ich bin nicht mehr Vaters Liebling, ich bin seine Dienerin. Die Muslime haben solch eine Heidenangst davor, dass ihre Töchter ihre Jungfräulichkeit verlieren! Sie sperren sie zu Hause ein wie in einem Gefängnis. Das ist nicht recht! Ich habe lange genug so gelebt, ich mach das nicht mehr mit.«

»Schhh, Rislène. Wir reden weiter, wenn wir zu Hause sind. Du musst das verstehen, du bist nun mal eine Algerierin. Du denkst vielleicht so wie eine französische Frau, aber für deinen Vater wirst du immer algerisch sein, und das heißt muslimisch.«

Großmutters Haus kam in Sicht. Rislène nickte und hakte sich bei ihrer Mutter unter. »Wir reden noch darüber, Mutter. Jetzt will ich erst mal zurück nach Hause.«

* * * * *

Die Nachricht traf sie wie ein Dolchstoß. Sie schrie, ging auf ihren Vater los, schlug Nazira ins Gesicht. »Das könnt ihr nicht machen! Ihr seid Barbaren, alle miteinander!« Sie rannte zu ihrer Mutter. »Hast du das auch gewusst? Hast du gewusst, was sie vorhatten?«

»Nein, Rislène, ich schwöre es!« Ihre Mutter weinte laut.

»Es ist zu deinem Besten!«, brüllte ihr Vater. Er hielt ihre Arme fest und schüttelte sie. »Rislène! Wir wollen dein Bestes!«

»Lügner!«, zischte Rislène. »Verräter! Du hast das die ganze Zeit gewusst! Du hast das mit Großmutter ausgeheckt! Ihr habt mich hierher gebracht, um mich zu entführen! Ich hasse euch!« Sie versuchte sich loszureißen.

Er hielt sie fest. »Wir sind nicht die Verräter, sondern du, Rislène! Du hast uns dazu gezwungen! Du hast deine Kultur und deinen Glauben verleugnet. Bildest du dir ein, wir lassen dich unsere Familienehre ruinieren, indem du dich zu diesen dreckigen Christen bekehrst? Niemals! Du gehörst hierhin, nach Algerien, wo du von keinen falschen Göttern versucht wirst!«

Er ohrfeigte sie hart. »Halt's Maul! Du bleibst hier, bis wir dir einen Ehemann gefunden haben. Wenn er will, kannst du dann immer noch zurück nach Frankreich.«

»Youssef, bitte! Tu das nicht, Youssef!«, jammerte ihre Mutter.

Er schrie sie an. »Und du bist sowieso still, du hast schon genug angerichtet! *Du* hast sie falsch erzogen, Frau, und ihr diese liberalen Flausen in den Kopf gesetzt!« Rislène kannte sie gut, diese heftigen Wortwechsel zwischen ihren Eltern. Jeder wusste, dass der Koran lehrte, dass eine Tochter, die ihrem Vater Widerworte gab, von ihrer Mutter verzogen worden war.

»Rislène wird einen Algerier heiraten, und damit basta! Sie wird keinen Franzosen heiraten, und wenn sie auch nur daran denkt, einen Christen ...« Nazira reichte ihm Erics Bild, und er riss es vor Rislènes Augen in Stücke. »Du wirst nicht unsere Familienehre beschmutzen! Du wirst deinem Vater gehorchen!«

Er stampfte aus dem Zimmer, die Tür hinter sich zuknallend. Rislène sah ihre vor sich hinschluchzende Mutter an. Ihr wollte schlecht werden. Ihre Mutter, so groß und breit unter ihren bunten Kleidern. Ihre Mutter, ein verängstigtes Nichts vor ihrem Mann und ihrer Schwiegermutter. So war es immer gewesen, so würde es immer sein. Ihre einzige Aufgabe war es, ihre Kinder aufzuziehen, und jetzt war eines zum schwarzen Schaf geworden.

Madame Namani hatte sechs Kinder, und dass die ersten drei Jungen waren, hatte sie vor der furchtbaren Schande bewahrt, die auf der algerischen Frau lag, die als Erstes Mädchen gebar. Dass sie gleich Jungen geboren und so die Ehre der Familie bewahrt hatte, war ihre eine und einzige gute Tat in den Augen von Großmutter Namani.

Rislène musste an eine ihrer Tanten denken, die Mutter dreier Mädchen war. Im algerischen Familienrecht war festgelegt, dass ihr Mann sie für eine Jüngere verlassen konnte, die ihm Söhne gab, und genau das hatte er getan und sie aus der Wohnung hinausgeworfen. Sie hatte mit ihren drei Töchtern zurück zu ihren Eltern gehen und sie bitten müssen, sie bei sich aufzunehmen.

Ihr Vater kam zurück in das Zimmer. Seine Frau sah ihn bittend an; er beachtete es nicht. »Du hältst dich da raus! Es ist alles schon entschieden.«

Rislène sah ihn wie durch einen Nebel an. Das konnte, das

durfte nicht wahr sein! Sicher war das nur ein Alptraum? Warum hatte sie das nicht kommen sehen? Es war alles so schnell gegangen. Wenn sie nur Zeit gehabt hätte, mit Eric oder Ophélie oder Madame Hoffmann zu reden, sie hätten sie gewarnt.

Jetzt war sie gefangen. Von ihrer eigenen Familie entführt. Gezwungen, hier in Algerien zu bleiben, den ganzen Tag unter Naziras wachsamen Augen. Und falls es ihr gelang zu fliehen, wohin konnte sie gehen? Sie hatte keine französischen Papiere mehr, nichts, das bewies, dass sie in Frankreich geboren und aufgewachsen war.

Sie begann heftig zu zittern. Großmutter sah sie an, mitleidig-streng. »Mutter!«, schrie sie. Sie warf sich aufschluchzend in die Arme ihrer Mutter. »Mutter, hilf mir doch!«

Ihre Großmutter verschwand kurz und kam mit einer Tasse Tee wieder. »Trink das, Rislène, dann wirst du ruhiger.«

»Ich will nicht ruhig sein!«, schrie sie und stieß die Tasse um. Der heiße Tee verbrannte ihr die Hand, die Tasse sprang auf dem Fußboden in tausend Stücke.

Ihre Großmutter nahm ruhig eine andere Tasse und füllte sie. »Trink!«, sagte sie fest. Der Kräutertee schmeckte süßlich. Rislènes Schreien und Schluchzen ging langsam in ein leises Wimmern über. Sie schaute zu, wie ihr Vater, ihre Mutter und ihre jüngste Schwester ihr Gepäck nahmen und das Haus verließen.

»Hilf mir doch!«, rief sie immer schwächer, bis das Mittel, das ihre Großmutter in den Tee gegeben hatte, seine volle Wirkung entfaltete und man sie in ein Zimmer führte. Sie fiel auf das Bett, immer noch murmelnd: »Hilf mir. O Gott, hilf mir.«

* * * * *

Um viertel nach drei morgens zerriss ein dumpfer Knall die nächtliche Stille draußen. Von irgendwo weit weg kam Rislène zu sich und zwang sich, wach zu werden. Wo war sie? Was pochte da so in ihrem Kopf, was war dieses schrille Pfeifgeräusch? Es klang wie jemand, der etwas durch einen Lautsprecher rief. Sie schüttelte ihren Kopf, versuchte sich aufzusetzen. Ihr ganzer Körper war wie Blei. Wo war sie? »Mutter?« Ihr Mund formte die Worte, aber er schien mit Watte verstopft zu sein.

Allmählich wurden ihre Augen klarer. Am anderen Ende des Zimmers stand ein zweites Bett vor einer verschlossenen Tür. Auf dem Bett lag Nazira und schlief. Rislène stöhnte leise auf, ihr Gedächtnis kam zurück. Natürlich, sie war in Großmutters Haus gefangen. Sie sank zurück unter ihre Decken und versuchte zu denken. Sie musste sich vorbereiten, jetzt, bevor der Gebetsruf von den Moscheen das Haus aufweckte.

Sie bewegte sich nicht und hielt die Augen geschlossen, aber in ihrem Herzen begann sie zu beten. »Lieber Herr, ich brauche dich jetzt mehr als je zuvor. Nur du kannst mich jetzt retten. Ich habe solche Angst. Zeige du mir einen Ausweg. Zeige mir, was ich tun soll. O, Herr, hilf mir, ich habe solche Angst.«

Mehr brachte sie nicht fertig. Aber als der Schlaf sie wieder zurückzog, hörte sie von irgendwo tief drinnen die Worte des Psalmisten – Worte, die Gott selber ihr schickte, um sie in ihrer größten Not zu trösten: *Wenn ich mich zu Bett lege, so denke ich an dich, wenn ich wach liege, sinne ich über dich nach. Denn du bist mein Helfer, und unter dem Schatten deiner Flügel frohlocke ich. Meine Seele hängt an dir; deine rechte Hand hält mich. Sie aber trachten mir nach dem Leben, mich zu verderben; sie werden in die Tiefen der Erde hinunterfahren …*

* * * * *

Sie wurde um sieben Uhr wach. Kaum, dass sie die Augen aufschlug, spürte sie das ganze erdrückende Gewicht der Gesetze des Islam. Bisher hatte sie immer geglaubt, dass sie sie eigentlich nichts angingen. Sie wohnten ja in Frankreich, und ihr Vater war nicht besonders strenggläubig. Aber dann war er nach und nach anders geworden. Sie hatte es bemerkt, aber nicht wahrhaben wollen. Sie hatte so viele Zukunftspläne gehabt. Studieren, ein Beruf, ein neuer Glaube, ein christlicher Ehemann.

Wie hatte sie so dumm und blind sein können, dass sie die Wut, die sich in ihrem Vater zusammenbraute, nicht sah? Und Naziras spionierende Augen. Warum war sie nicht vorsichtiger gewesen? Sie sank auf ihr Bett zurück, die Glieder immer noch bleischwer.

Das sollte also ihr Los sein: das Leben einer algerischen Frau. Ein Sklavendasein ohne Hoffnung. Es war eine reine Männerwelt. Sie dachte an ihre drei älteren Brüder. Wie hatten die Eltern sie verwöhnt, selbst in Frankreich! In der Wohnung hatten sie die besten Zimmer gehabt, weg von den Geräuschen der Küche. Sie durften abends länger aufbleiben und morgens länger schlafen. Die Mädchen waren die Dienerinnen. Eine Sklavin sein, das war die ganze Zukunft einer algerischen Frau ...

Bei den Besuchen in den Sommerferien hatte ihre Mutter immer gezittert unter der Knute von Großmutter Namani. Großmutter hatte sich ihre Machtposition wohlverdient. Sie war älter und hatte neun Kinder zur Welt gebracht. Immerhin hatte Mutter nie länger als zwei Monate in Großmutters Haus verbringen müssen. Viele algerische Bräute mussten im Haus ihrer Schwiegermutter wohnen, weil das mickrige Gehalt ihres Mannes nicht für eine eigene Wohnung reichte.

Und Mutter hatte wenigstens noch aus Liebe geheiratet! Vater war hart und manchmal grausam, aber er liebte seine Frau. Doch – so verlangte es das Familienrecht – in der Öffentlichkeit zeigen durfte man seine Zuneigung nie. Und wenn zwei Frauen sich stritten, ging das den Mann nichts an. Wie konnte er sagen, dass seine Frau Recht hatte und seine Mutter nicht? Unmöglich! In Montpellier hatte Rislène es je und dann erlebt, dass ihr Vater ihrer Mutter zur Seite stand, aber nie hier in Algerien. Eine Frau durfte sich nicht einbilden, dass sie einen wichtigen Platz im Leben ihres Mannes einnahm; es gehörte sich einfach nicht.

Das war es, was Rislène so hasste an der muslimischen Welt. Nichts wurde offen gesagt, alles war stillschweigend. In Algerien schrien die Wände der Häuser ihre Gesetze nach draußen. *Das macht man nicht ...* Die furchtbare Stille und Unterdrückung der algerischen Frauen ließ Rislène erzittern. Und jetzt ... war sie eine von ihnen.

Sie wusste noch, was man vor ein paar Jahren über eine ältere Kusine getuschelt hatte, deren Mann sie schlug. Als sie sich mit ihrem kleinen Kind zum Haus ihrer Eltern flüchtete, hatten die sie nicht eingelassen. »Eine gute Frau hält zu ihrem Mann, egal was geschieht«, war ihre Antwort gewesen.

Mit der Neufassung des algerischen Familienrechts im Jahre 1984 war der Bewegungsspielraum der Frauen noch geringer worden. Im Berufsleben sprach man zwar von Gleichberechtigung, aber in der Familie durfte die Frau nicht allein aus dem Haus gehen.

Eine junge Frau, die nicht heiratete, war eine Schande für die Familie. Berufstätige Frauen, die nicht länger bei ihren Eltern wohnen wollten, hatten große Schwierigkeiten, eine Wohnung zu finden, und wenn sie endlich eine gefunden hatten, wurden sie oft schief angeguckt und als unmoralisch beschimpft.

Die Vielweiberei war zwar gesetzlich eingeschränkt, aber nicht verboten. Eine von Mutters Freundinnen in Algerien hatte mit ansehen müssen, wie ihr Mann sich eine zweite Frau nahm. Von Gesetzes wegen hätte sie zwar ihre Zustimmung zu der zweiten Heirat verweigern können, aber wohin sollte eine 50-Jährige, die keinerlei Ausbildung hatte und kaum lesen konnte, gehen, wenn sie sich scheiden ließ?

Rislène wusste, dass es viele französisch-algerische Mischehen gab, in den meisten Fällen zwischen einer französischen Frau und einem algerischen Mann. Die Kinder aus diesen Ehen galten automatisch als Muslime – als Glieder der *Umma*, der großen Weltgemeinschaft des Islam. Zerbrach eine solche Ehe, versuchte der muslimische Vater sich häufig zu rächen, indem er die Kinder an sich riss. Wie oft hatte Rislène sie gehört, die geflüsterten Berichte über Kinder, die aus Frankreich nach Algerien entführt worden waren, wo sie nicht nur von ihrem Vater, sondern von der ganzen muslimischen Gemeinschaft festgehalten wurden ...

Wie eine erstickende Lawine rollte es alles zurück in ihr Gedächtnis. Jetzt wurde auch Nazira wach, und von jenseits der verrammelten Tür kam Großmutters Stimme: »Zeit zum Gebet, Mädchen!«

Gebet. Zwangsandacht. Wie kalt und oberflächlich alles war. Hauptsache, die Fassade stimmte – und dabei wusste doch jeder, wie es drinnen aussah. Es war genauso wie Jesus es in der Bibel sagte: Außen war das Gefäß glänzend und sauber, aber innen drin stank es vor Dreck. Konnte der Islam das Innere reinigen? Konnte er die Menschen freimachen? Nein! Alles, was er zu bieten hatte, war eine Scheinfassade, die erzwungene Befolgung von ein paar Regeln und eine Totenstille, die hinausschrie in eine Welt, die zu taub war, um es zu hören.

* * * * *

Das Dorf war ein Haufen rauchender Trümmer. Es roch nach verbranntem Fleisch. Sämtliche Einwohner des winzigen Ortes eine Stunde südlich von Algiers waren ermordet worden. Die Männer hatte man enthauptet, von den Dachbalken eines ausgebrannten Hauses hingen mehrere Frauenleichen. Und die Leichen der Kinder ... El Amin konnte die verzerrten kleinen Gesichter nicht ansehen, ohne an seine eigenen Kinder zu denken. Sein Kinn war nach vorne geschoben, die Augen hart, aber sein Magen gärte, halb vor Übelkeit, halb vor Zorn.

Dies war nicht die FIS gewesen. Diese neueste Gräueltat trug die Handschrift der Regierung. Ein ganzes Dorf niedergemacht. Das hatten nicht seine Männer getan. Oder vielleicht doch?

Wer würde wagen, über das Massaker zu berichten, und wer würde den Aufschrei hören? Reporter, vor allem die ausländischen, standen auf der schwarzen Liste; erst vor kurzem waren mehrere ermordet worden. Er schluckte heftig, seine Nasenflügel blähten sich. Früher oder später würde die Welt es hören, und dann würde sie seine Männer beschuldigen. Aber was machte es? Der Machtkampf würde weitergehen. Es gab kaum noch jemanden im Land, der nicht zitterte. Jeder konnte der Nächste sein, ganze Familien wurden ausgelöscht. Und das Volk schwor in seiner Angst dem die Treue, der gerade am lautesten drohte.

Er ging durch das Waldstück, um nach weiteren Leichen zu suchen. So tat er jedenfalls. Er musste weg von dem Leichengestank. Seine Augen brannten. Er verfluchte sich selber.

»Sir!« Einer seiner Männer kam zu ihm gerannt, seine Augen leuchteten begeistert. »Keiner mehr am Leben, Sir!« Er war kaum mehr als ein Schuljunge, dieser junge Aktivist.

»Ja, ich weiß.« El Amins Stimme verriet keine Gefühle.

»Kann ich beim Leichensuchen helfen?«

»Nein. Geh zurück zu den anderen, ich komme gleich nach.«

Es war ein Spiel für diesen Grünschnabel, der ganze Terror, die furchtbaren Morde. El Amin erinnerte sich an die Zeit, wo es ihm genauso gegangen war, wo das Morden sein Herz schneller hatte schlagen lassen.

Aber jetzt? Wut, Ekel. Nun ja, er war müde und fertig, das war alles. Morgen hätte das Gemetzele wieder einen Sinn. *Insha Allah.* Wenn Allah will. War das nicht der Grund, warum er und seine Männer in diesem Krieg kämpften? Es war Allahs Wille, dass Algerien ein fundamentalistischer islamischer Staat wurde! Wie hatten seine Oberen erst vor kurzem gesagt: »Entweder ein islamischer Staat, oder wir sterben!«

Im Laufe der letzten zehn Jahre waren die Rechte der Frauen stark beschnitten worden. Er erinnerte sich noch an die westlichen Kleider, die viele Frauen getragen hatten, als er noch ein Junge war. Heute wagte sich kaum noch eine aus dem Haus, ohne von Kopf bis Fuß verhüllt zu sein. Es waren die Frauen, die den Kampf um Veränderungen in der algerischen Gesellschaft anführten, und das bedeutete schlicht, dass sie die Feinde waren. *Ah, Jala, du bist in Sicherheit. Und die Kinder. Jedenfalls vorerst.*

Sein ältestes Kind war ein Mädchen. Seine Geburt war ein furchtbarer Schock und eine Schande für seine Frau gewesen. Jetzt, mit zwölf Jahren, begann Fatimas Schönheit zu knospen, und ihre schwarzen Augen brachen das Herz ihres Vaters. Niemand konnte es lesen auf seinem steinharten Gesicht. Aber nachts wachte er manchmal schweißgebadet auf, wenn er wieder einen Alptraum gehabt hatte. Junge Mädchen, die nicht älter als Fatima waren, wurden entführt und in die Schlupfwinkel der Rebellen in den Bergen gebracht. Viele überlebten es nicht. Er hatte es miterlebt, wie seine Männer mitmachten bei den Massenvergewaltigungen, hatte die Schreie gehört, das Entsetzen in den Augen der Mädchen gesehen, das nach und nach einer stumpfen, totengleichen Benommenheit wich. Und nachts träumte er, dass Fatima eine von ihnen war.

Und immer mussten er und seine Leute als die Schuldigen herhalten. Doch, sie begingen barbarische Verbrechen im Namen ihres *Jihad*, ihres Heiligen Krieges, aber die Sicherheitskräfte der Regierung verübten nicht weniger grausame Taten im Namen des Kampfes gegen Fanatismus und Terrorismus. Tausende von Menschen waren in den algerischen Gefängnissen verschwunden. Nie würden sie einen Prozess bekommen. Viele von ihnen wurden gefoltert und ermordet. Und nie wusste man genau, was geschehen war.

Nein, seine Männer waren nicht die einzigen Terroristen in diesem Krieg, dachte El Amin, als er zurück zu dem Todesdorf ging. Er hielt nicht an, um das Blutbad genauer zu inspizieren. Er befahl seinen Männern, ihm zu folgen, und ging, der Gestank des verbrannten Fleisches noch in seiner Nase.

KAPITEL 13

Seit seiner unverhofften Begegnung mit Ophélie lebte Ceb seine Tage in einer Art nervöser Erregung. So sehr er Angst davor gehabt hatte, Bekannten zu begegnen, wenn er nach Montpellier zurückkehrte – tief drinnen hatte er gewusst, dass früher oder später jemand ihn erkennen würde. Dass es ausgerechnet Ophélie gewesen war, war wohl mehr Segen als Fluch. Wenn es einen Menschen in der Welt gab, der sein Wort hielt, dann Ophélie.

Die gute Filie! Sie hatte ihm versprochen, dass sie nichts sagen würde, und sie würde nichts sagen. Nicht bevor er bereit war. Falls er je bereit sein würde ...

Eine Nacht nach der anderen durchlebte er seine Jugendjahre wieder. Es war eine Erleichterung, so weit zurückzuspringen in seinem Leben, in die Zeit vor dem Unglück, die alten Teenagerszenen zu genießen, als sei nichts gechehen, als sei es alles ein einförmig fließender Fluss, der ruhig seinen Weg dahinwanderte.

Ophélie Duchemin war der beste Freund gewesen, den er je gehabt hatte. Mit ihr hatte er reden können. Wirklich reden. Über alles. Wie viele Nachmittage und Abende waren sie zusammen gewesen und hatten diskutiert, über Religion, Wissenschaft, Literatur, Philosophie. Wie gerne hatte er den Advocatus Diaboli gespielt, wenn Ophélies religiöse Ansichten ihr den Blick für die Weite der Wahrheit verstellten.

Er erinnerte sich an eines ihrer Gespräche über den Selbstmord. »Wie kannst du sagen, dass Selbstmord edel ist, Samuel? Das menschliche Leben ist unendlich wertvoll. Ein Leben nehmen, und dann noch das eigene, das ist der endgültige Verrat, die größte Verzweiflung.«

»Dann glaubst du nicht, dass jemand durch seine Lebensumstände in den Selbstmord getrieben werden kann?«

»Doch, natürlich, aber das ist dann tragisch.«

»Und ein Christ – könnte der Selbstmord begehen? Und wenn ja, verliert er dann seine Erlösung?« Er hatte unter seinen langen braunen Haarfransen hervorgelächelt. Er schaute gerne zu, wie Ophélie mit einem Problem kämpfte. Wie gerade jetzt. Sie konnte keine platten Allgemeinantworten geben.

»Da musst du zuerst deine Theologie befragen«, sagte sie. »Glaubst du, nach dem, was in der Bibel steht, dass jemand, der einmal Christ geworden ist, je seine Erlösung wieder verlieren kann? Wenn du an eine ewige Heilsgewissheit glaubst – du weißt ja: ›Einmal erlöst, immer erlöst‹ –, dann ist deine Frage von vornherein gegenstandslos!« Ihre Augen blitzten, ihr langes, dickes Haar leuchtete in dem verblassenden Licht eines Frühlingsnachmittags.

»Gut, Filie, sehr gut! Aber ich will keine theologische Diskussion, ich will wissen, was du denkst. Es sei denn natürlich, du kannst meine Frage nicht beantworten …«

»Oh, Samuel Cebrian, du altes Ass, keine Bange! Ich habe eine Antwort …«

»Dann raus damit!«

Sie legte die Nase in Falten, tief nachdenkend. »Natürlich könnte ein Christ sich für den Selbstmord entscheiden. Ich glaube schon, dass das geht – dass man an Christus und all das, was er uns schenkt, glaubt, aber gleichzeitig innerlich völlig zerrissen ist und von schwarzen Gedanken geplagt wird und meint, man schafft es nicht, man hält das nicht mehr aus – und dass man sich dann wünscht, aussteigen zu können, um sich auf ewig in Jesu Arme zu flüchten.«

Er erinnerte sich, wie ihre so klare, logische Erklärung ihn schockiert hatte, gerade so, als habe sie sich diese Fragen selber gestellt in den Tiefen ihrer Seele. »Es wäre ein furchtbarer Verlust«, hatte sie schließlich geflüstert. »Aber Jesus hat sie immer verstanden, die verwundete Seele.«

An jenem Nachmittag hätte er sie am liebsten in seine Arme genommen und ihr versichert, dass das Leben nie so grausam sein würde. Er hatte es nicht getan, aber später hatte er von dem Gespräch geträumt. In dem Traum sah er einen fremden Ritter, der herbeikam, um all die tiefen, verwickelten Gedanken aus Ophélies Seele herauszuziehen, damit ihr Herz leicht und frei wurde. Sie war wie eine lange, zuckende und schöne Schlange gewesen, diese furchtbare Tiefe, die er da an ihrem Schwanz aus Ophélies Mund herauszog. Er zog und zog, und immer mehr von dem juwelenglitzernden Geschöpf kam hervor und ringelte sich wie ein unendlicher Schlauch vor seinen Füßen, bis endlich der Kopf kam, und der Kopf war Ophélies Kopf, und als er die Schlange fallen ließ und hochsah, war keine Ophélie mehr da.

Von dieser Nacht an hatte er nicht mehr den Wunsch gehabt, sie zu ändern, sondern in einer Art ehrfürchtiger Trance den leisen Worten gelauscht, die auf ihrer Zunge zu Gedichtversen wurden. Filie. Liebste Freundin.

Sie hatten so viel miteinander geteilt, und nie war das Band durch körperliche Zärtlichkeit gebrochen worden. Es war ihm immer etwas Besseres, Reineres, Höheres gewesen.

»Der Mann, den ich mal heirate«, hatte Ophélie immer gesagt, »muss mein Freund sein, mein allerbester Freund.« Und dann hatte sie gelacht – jenes leise, singende Lachen, das ihm manchmal eine Gänsehaut machte. *Du bist solch ein wunderbares, außergewöhnliches Mädchen, Filie Duchemin. Ich kann es nicht erwarten, den Mann zu sehen, der dich heiraten wird.*

Aber sie hatte nie geheiratet. Es verfolgte ihn, jetzt, als er auf seiner verfleckten Matratze lag und eine zweite Decke über sich zog. Als er sein Medizinstudium begonnen hatte, hatte sie ihn, gerade heraus wie sie war, gewarnt. »Bleib nahe bei Christus, schließe dich anderen Christen an. Du bist zu intelligent, um es allein zu schaffen. Du brauchst die Zügel Christi, die Zügel der Freiheit ...«

Aber er hatte nicht gehört auf Ophélie Duchemin und all die anderen Weisheitsstimmen aus seiner Jugend. Action hieß sein Losungswort, keine ruhige Minute hatte er sich gegönnt in seinem Studium. Seminare. Bücher. Diskussionen. Und Annie. Sie hatte ihn im Sturm erobert. In seinem dritten Studienjahr hatten sie beschlossen, zusammenzuziehen. Bei Annie konnte er lachen. Sie war eine Überfliegerin, gerade wie er, klug, zielbewusst und schön. Aber wenn sie dann spätabends, wenn die Flamme ihrer Leidenschaft sich ausgebrannt hatte, in seinen Armen einschlief, fragte er sich oft: *Bist du meine Freundin?* Und nie wagte er es, sie wirklich in seine Seele hineinschauen zu lassen.

Er zog sich auf die Füße, verfluchte die Erinnerungen, die

da die frohen Jugendbilder überlagerten. Wenn er weiter an Annie und das Studium dachte, an die Überholspur, auf der sie weitergerast waren, schneller und schneller, erschöpft, aber überzeugt, dass die Richtung stimmte – ja, dann würde diese Straße ihn in jenen schneebedeckten Berghang krachen lassen ...

Er fuhr sich über sein rissiges Gesicht. Ihm war plötzlich schwindlig. Er brauchte etwas. Aber was? Alkohol? Nein! Schmerztabletten? Seine Hand pochte wieder elend. Nein, auch keine Tabletten! Er sank zurück auf die Matratze und flüsterte das Wort: »Filie.« Wenn er nur ein Telefon gehabt hätte in dieser gottverdammten Höhle, er hätte ihre Nummer gewählt und stundenlang ihrer süßen Stimme gelauscht. Was Ceb brauchte, war ein Freund.

* * * * *

»Haben Sie's schon gehört, Monsieur Dominique? Ich bin Großvater geworden!«

»Gratuliere, Jean-Marc!« Dominique klopfte dem Obdachlosen auf den Rücken.

»Na, wollen Sie die Babys nicht sehen?« Seine rot umrandeten Augen leuchteten vor Stolz.

»Na klar doch! So was darf man sich nicht entgehen lassen.«

»Mit den Parkbänken ist für mich Schluss, Monsieur Dominique. Ich hab 'ne Bude gefunden für mich und Lassie und die Kinder. Gerade noch rechtzeitig.« Sein Lächeln entblößte zwei unregelmäßige Reihen braun verfleckter Zähne.

Dominique folgte dem hinfälligen Mann durch die vertrauten Hintergassen der Altstadt. Jean-Marc führte ihn in eine leer stehende Wohnung. In einer Ecke lag ein dürrer Hund mit matten Augen und verfilztem schwarzen Fell auf einem Haufen blutverfleckter Tücher. Als er Jean-Marc sah, wedelte er matt mit dem Schwanz.

»Da bist du ja, meine Hübsche. Jetzt kommt der Opa und hilft dir. Ich hab dir deinen ersten Besucher mitgebracht, Monsieur Dominique.«

Dominique kniete sich neben den Köter. Fünf winzige Wuschelköpfe zogen heftig an den Zitzen ihrer Mutter. »Hübsche Kinder, Jean-Marc«, flüsterte er. »Da bist du sicher stolz, wie?«

»Und ob! Ich und Antoine, wir haben es alles geplant, vor Monaten schon. Haben unsere Kinder zusammengebracht, die Hochzeit geplant und alles. Sind im Nu gekommen, die Enkel. Fünf Stück auf einmal.« Er hockte sich neben die Hündin. »Lassie ist ein Schatz.« Er sah Dominique an. »Ich frag das nicht gerne, hier, wo sie dabei ist, aber ich hab nicht mehr viel Futter für Lassie, und jetzt, mit den Babys ...«

Dominique legte eine Hand auf seine Schulter. »Mach dir mal keine Sorgen, wir finden schon was. Hast du irgendwo warmes Wasser, um sie ein bisschen zu waschen?«

»Klar. Ich stell gleich meinen Kocher da drüben an. Hab ein paar Flaschen gutes Wasser gekauft, im Monoprix. Wollte sowieso gerade anfangen, Monsieur Dominique.« Er kratzte sich am Kinn. »Äh, Sie könnten nicht vielleicht noch hier bleiben und mir ein bisschen helfen? Ich weiß ja, wie beschäftigt Sie sind, aber ...« Er kicherte wie ein Schuljunge. »Ich hab ja noch nie Babys zur Welt gebracht ...«

Dreißig Minuten später war Dominique mit Lassie und den fünf Welpen fertig. Er stopfte die blutigen Tücher in eine Plastiktüte, um sie mitzunehmen. »Komm heute Abend im *Foyer* vorbei und hol dir saubere, Jean-Marc.« Er ging.

Lassie, dachte er melancholisch. Nichts an dem halb verhungerten schwarzen Köter hatte auch nur entfernte Ähnlichkeit mit dem eleganten Fernseh-Collie, von dem er seinen Namen hatte. Wie lange würde er überleben mit diesen Welpen? Dominique zog ein kleines Notizheft hervor und schrieb *Futter für Lassie* hinein, dann schob er es zurück in die Manteltasche.

Er schaute auf seine Uhr. Noch dreißig Minuten bis zu dem Gespräch mit dem Assistenten des Bürgermeisters, über einen Kleinbus für die Obdachlosen. Ob Ceb wohl zu Hause war? Seine Unterkunft war nur eine halbe Straße entfernt. Wenn er wirklich ein ehemaliger Chirurg war, wie Ophélie behauptete, wüsste er vielleicht, wie man den SDFs etwas Hygiene für ihre Hunde beibringen konnte. Versuchen konnte man es ja ...

Ophélie Duchemin war oft in seinen Gedanken seit dem Essen mit ihr vor einer Woche. Eine außergewöhnliche Frau. Echtes Format, aber mit einer guten Dosis Bescheidenheit. Er mochte ihre Ehrlichkeit, ihre tief schürfenden Fragen. Er musste kichern. Nein, über Politik und Religion hatten sie nicht gesprochen, aber er hatte den Eindruck, dass kein Thema, das einem anderen wichtig war, Tabu war für Ophélie.

Er hatte sie noch nicht wieder angerufen. Nur keine Eile, hatte er sich ein halbes Dutzend mal gesagt im Laufe der Woche. Aber wenn Janine Recht hatte, half Ophélie jeden Mittwochmorgen als Freiwillige im Roten Kreuz aus. Das wäre morgen. Er würde schon eine Gelegenheit finden, um vorbeizukommen.

Cebs Absteige lag im ersten Stock eines halb verfallenen Mietshauses. Sie war der einzige Raum im ganzen Gebäude, der noch intakt war. Dominique klopfte an die Tür. Sie gab unter dem bloßen Druck seiner Fingerknöchel nach.

»Entschuldige, wenn ich dich störe, Ceb.«

»Kein Problem.«

»Hast du das mit dem Hund von Jean-Marc gehört?«

Unter Cebs verkrustetem Bart machte sich ein Lächeln breit. »Hat sie ihre Welpen bekommen?«

»Ja. Fünf Stück. Bin gerade da gewesen.« Er zeigte auf die Plastiktüte mit den verdreckten Tüchern.

»Geht's dem Viech gut?« Cebs Miene verdunkelte sich.

»Ziemlich ausgemergelt halt. Ich schaue mal, was sich machen lässt. Wir haben nicht viele Hundefutterdosen beim Roten Kreuz, und wenn welche kommen, sind sie sofort weg.«

Ceb ging zu einem improvisierten Küchentisch, zog eine Schublade auf und reichte Dominique ein paar Münzen. »Hier. Ich weiß, dass ich dir vertrauen kann. Kauf damit dem Hund was zu fressen. Ich will nicht, dass er verreckt, auch die Welpen nicht. Ist ja alles, was Jean-Marc hat.«

Dominique sah ihn an. »Willst du ihm das Futter nicht lieber selber kaufen?«

»Nein. Es ist besser, er weiß nicht, dass ich etwas Geld hab.«

Dominique nickte. »Verstehe.« Er leckte seine Lippen. »Hör zu, Ceb. Du scheinst ein bisschen was von Medizin zu verstehen. Wie wär's, wenn du mal mit den Typen über ihre Hunde sprichst? Allmählich wird's kritisch. Könntest du ihnen mal sagen, worauf sie achten müssen, und so?«

Ceb hob seine Augen und begegnete Dominiques Blick. Sie waren weichbraun, traurig mit einer Spur Arroganz. Dominique hatte all seine Straßenschläue gebraucht, um einen Zugang zu diesen SDFs zu gewinnen, um ihnen zu zeigen, dass er ihnen etwas zu bieten hatte, ohne gleich herablassend zu erscheinen. Er hoffte, dass Ceb ihm ansah, dass er es ehrlich meinte.

Ceb zuckte die Achseln. »Hast Recht, das ist ein Problem. Ich weiß nicht. Ich kann die Viecher vielleicht impfen und den Leuten ein, zwei Sachen zeigen, aber ein Tierarzt bin ich nicht.« Er starrte zum Fenster hinaus. »Du bist doch der mit den Beziehungen, Dominique. Wenn du vielleicht 'nen Tierarzt finden könntest, der ein bisschen alten Impfstoff hat, der noch brauchbar ist? Die Spritzen geben kann ich dann gerne.« Ein dünnes Lächeln spielte um seine Lippen. »Sehr gerne.«

»Danke, Ceb. Aber jetzt muss ich gehen. Ich lass von mir hören.«

»Halt, Dominique.« Er hielt ihn an, bevor er die Tür erreicht hatte. »Wenn du kostenlose Medizin für Menschen auftreiben kannst, da könnte ich auch helfen.«

Dominique hielt ihm spontan die Hand hin. Ceb nahm sie zögernd. »Danke.«

* * * * *

Eliane Cebrian schaukelte das Baby hin und her, hin und her, lauschte auf das sachte Schaben der Holzkufen ihres Schaukelstuhls auf dem Linoleumboden. Die kleine Catherine schlief friedlich in ihren Armen. Eliane schloss die Augen. Sie konnte es nicht ansehen, das sanfte Engelgesicht, ohne das Gesicht eines anderen Kindes zu sehen. Rachel hatte gedacht, dass es ihrer Mutter gut tun würde, ihr bei der kleinen Catherine zu helfen, und Eliane hatte bereitwillig zugestimmt. Die liebe Rachel hatte alle Hände voll zu tun mit den drei Kleinen und ihrem Teilzeitjob.

Wie die Zeiten sich geändert hatten! Nach den Weihnachtsferien wollte Rachel wieder arbeiten gehen. Sie unterrichtete in der ersten Klasse und hatte zugesagt, den Rest des Schuljahres weiterzumachen und sich das Pensum mit einer Kollegin zu teilen. Und so sorgte Eliane am Dienstag und Donnerstag, wenn Rachel fort war, für die kleine Catherine. Der sechsjährige Nicolas und der vierjährige Benjamin waren schon den ganzen Tag in der Schule und kamen mit Mama nach Hause.

Aber schon nach zwei Tagen Babysitting war Eliane sich so gut wie sicher, dass sie einen Fehler gemacht hatte. Nicht, dass sie zu alt war, um für ein Baby zu sorgen. Die Kleine schlief viel und schrie wenig. Aber dieses winzige Mädchen in den Armen zu halten löschte die Erinnerungen an das andere Enkelkind nicht aus, im Gegenteil, es machte den Schmerz noch schlimmer.

Marion. Ihr erstes Enkelkind. Samuels Tochter. Wie sie sie vermisste – ihr ausgelassenes Quietschen, ihren so erwachsenen Wortschatz, ihren hellwachen Kopf. Ganz so wie Samuel, als er klein gewesen war. Der Schmerz in Elianes Brust war fast körperlich, wie eine Klammer, die immer enger wurde. Sie atmete langsam durch. Ihr Herz war in Ordnung, hatte der Arzt ihr versichert, der Schmerz kam von der Seele, nach einem großen Schockerlebnis war so etwas normal.

Der Autounfall. Annie und die kleine Marion tot, Samuel im Koma. Samuel im Kampf mit dem Tod. Und dann – war er fort gewesen. *Gott, nimm mir diese Gedanken weg, bitte!* Im ersten Jahr nach dem Unfall hatte Eliane regelmäßig Annies Eltern angerufen, deren Schmerz doch sicher noch größer war als ihr eigener. Sie hatte versucht, es richtig zu machen, aber alles, was sie gemeinsam hatten, waren Erinnerungen an das, was nicht mehr war. Sie hatte schließlich aufgehört mit den Anrufen. Man schickte sich eine Karte zu Neujahr, mehr nicht. Sie hatte sie gestern abgeschickt, den letzten Satz hatte sie unter Qualen geschrieben: *Immer noch keine Nachricht von Samuel. Wir beten, dass es ihm gut geht ...*

Hörte Gott überhaupt noch ihre Gebete? Ein langer Seufzer ging über ihre Lippen. Man wusste nie, was das Leben als

Nächstes bringen würde, und das Trauern, es dauerte so lange. Oft fragte sie sich mit einem Stich im Gewissen, ob das Leben nicht einfacher wäre, wenn sie wüsste, dass er tot war. Stattdessen lebte sie mit dieser quälenden Hoffnung, dass vielleicht eines Tages ...

Das Kind bewegte sich in ihren Armen. Sie erhob sich langsam, trug es zur der Wiege und legte es vorsichtig hinein, schön auf die Seite; ein paar zusammengerollte kleine Decken verhinderten, dass es sich auf den Rücken drehen konnte. Strikte Anweisung von Rachel. Nun ja, öfter etwas Neues. Sie erinnerte sich noch an die eiserne Ermahnung ihres Kinderarztes, Babys stets auf dem Rücken schlafen zu lassen. Das war jetzt fast vierzig Jahre her.

Aber manches Neue war wirklich besser. Rachels Mann, Guy, war ein echter Vater der 90er-Jahre. Wenn er nach einem hektischen Tag im Büro nach Hause kam, half er mit dem Essen, badete die Kinder und gab der kleinen Catherine ihr Fläschchen. Bei allen dreien war er bei der Geburt dabei gewesen. Wenn das nichts war ... Sie dachte lächelnd daran zurück, wie ihr Rémi bei ihren drei Entbindungen nervös durch das Wartezimmer getigert war. Ja, die Zeiten hatten sich geändert.

Es traf sie wie ein Schlag ins Gesicht, das Erinnerungsbild, wie Samuel aus dem Entbindungszimmer gekommen war, die kleine Marion in den Armen. O, Samuel. Wo bist du, Junge? Warum kommst du nicht nach Hause? Samuel.

Sie setzte sich zurück in den Schaukelstuhl und versuchte nicht weiter, die Tränen zu unterdrücken, die sachte ihr zerfurchtes Gesicht hinunterrollen. Sie wischte sie mit der Mullwindel ab, die sie sich über die Schulter gelegt hatte. Samuel. Mein Erster. Er hatte zu viel zu früh bekommen. Alles ging schnell bei Samuel und so mühelos. Schule, Studium, Sport, Freundschaften, Auszeichnungen. Warum trieben Eltern ihre Erstgeborenen immer so an? War es ihre Schuld gewesen? Oder Rémis? Sie waren natürlich stolz auf seine Erfolge gewesen, hatten aber auch versucht, ihm das nötige Maßhalten und Weisesein beizubringen.

Manche Kinder sind wohl die geborenen Draufgänger, da-

zu bestimmt, ihre Mütter frühzeitig grau zu machen. So hatte Gabriella einmal geschrieben, über ihren eigenen Ältesten. Ein wahres Wort. Von Geburt an war Samuel der Draufgänger gewesen, und vor drei Jahren, in den Alpen, hatte ihn das Schicksal eingeholt. Sie sah ihn wieder vor sich in dem Krankenhausbett in Grenoble, als er zum ersten Mal die Augen aufschlug. Sie hatte sein geflüstertes »Annie? Marion?« mit einem langsamen Kopfschütteln beantwortet. Sie hatte ihm die linke Hand gehalten, als der Arzt ihm die zermalmte rechte zeigte.

Gott, wie grausam es war, eine Mutter zu sein! Und jetzt saß sie hier in ihrer geräumigen Villa in Prades-le-Lez und starrte Tag für Tag leer zum Fenster hinaus und träumte von dem Tag, wo Samuel über das Feld hinter dem Haus kommen würde, sein jungenhaftes Lächeln auf dem Gesicht, Abenteuer in den Augen. Und während sie so saß und wartete, spürte sie, wie der glühende Glaube, der sie durch so viele andere Prüfungen getragen hatte, langsam austrocknete. Selbst Rémi drang nicht mehr zu ihr durch.

»Sie haben alle gedacht, dass ich wieder lebendig würde, wenn ich dieses Baby in den Armen halte. Sie haben's nicht gesagt, aber sie dachten, dieses kleine Mädchen könnte Marion ersetzen. Aber, Gott, du hast uns zwar die Fähigkeit gegeben, unsere Herzen immer weiter zu machen, sodass wir mehr und mehr Menschen lieben können, aber wenn du einen wegnimmst, kann nichts ihn ersetzen. Der Teil meines Herzens, der Marion und Annie und meinen Samuel liebte, ist immer noch offen und wund. Nichts kann ihn füllen, Herr, nichts in diesem Leben.«

Sie stand wieder auf, legte die Hände auf das Seitengitter der Wiege und schaute durch ihren Tränenschleier zu, wie Catherines winzige Brust sich hob und senkte.

* * * * *

Als der Wecker um 7.45 Uhr klingelte, stellte Ophélie ihn ab und zog ein Kissen über ihren Kopf. Dann erinnerte sie sich. Das Rote Kreuz, ach ja. Was für ein Schalk hatte sie geritten, dass sie ihren einen Langschläfermorgen in der Woche geopfert hatte? Die Obdachlosen, jawohl. Samuel. Dominique. Der Kopf tat ihr weh, wenn sie an die beiden Namen dachte. Das Leben war einfacher gewesen, bevor Janine sie zum Roten Kreuz geschleift hatte, bevor sie sich die Hände schmutzig gemacht hatte für die SDFs. *Und bevor ich mein Herz an zwei Männer gehängt habe.*

Sie zog schwarze Leggings und einen dicken grünen Stehbundpullover, der ihr bis halb zu den Knien ging, an. Sie senkte ihren Kopf und bürstete kräftig ihr Haar, dann warf sie es nach hinten und band es mit einer schweren Haarspange zusammen. Ja, vor ein paar Wochen war das Leben einfacher gewesen. Oder? Vor Ceb und Dominique war Rislène gewesen. Wann würde sie endlich aus Algerien zurückkommen? Letzten Freitag hatte die Schule wieder begonnen, aber keine Spur von Rislène.

Schön, okay, nichts ist einfach im Leben, stimmte sie ihrem Unterbewusstsein zu, das sich mit Sorgen füllen wollte. Sie wusch sich das Gesicht, starrte es im Spiegel an und lachte. »Du Heuchlerin! Jetzt legst du an deinem freien Tag Make-up an, bloß weil du vielleicht Dominique sehen wirst. Oder Sam ...«

In dem Bus zum Roten Kreuz sagte sie sich, dass es keinen Sinn hatte, sich wegen Dominique Hoffnungen zu machen. Sie kannte dieses Schmetterlingsgefühl im Magen, das Warten, ob wohl ein Anruf käme ... Es hatte keinen Sinn, hinterher war sie immer nur enttäuscht. Und sie kannte ihn ja eigentlich überhaupt nicht.

Als sie das Gebäude betrat, genügte ein Blick von Janine, um ihr zu zeigen, dass ihre Freundin über ihr Dinner mit Dominique Bescheid wusste. »Hab ich dich tatsächlich dazu bringen können, deinen freien Tag zu opfern«, sagte sie. »Oder vielleicht war das gar nicht ich?«

»Hey, Janine, das tut mir Leid. Ich wusste gar nicht, was ich ihm sagen sollte.«

Janine warf ihr ihr bestes Bühnenlächeln zu und klimperte mit den Wimpern. »Nun ja«, sagte sie dramatisch, »ich werd's überleben. Versprich mir nur, mich zur Hochzeit einzuladen.«

»Dummes Mädchen!«, versetzte Ophélie. Sie lachten beide

los. Dann wurde sie ernst. »Schau her, Janine, wenn dir das nicht recht ist, komme ich nicht mehr.«

»Wie? Eine dringend benötigte Freiwillige sollen wir aufgeben? Jetzt hör zu, ich helfe Dominique und Co. jetzt seit fast einem Jahr. Wenn er mich ausführen wollte, hätte er es bis jetzt ja wohl gemacht. Ich bin ja nicht blöde ...« Sie lächelte. »Man hofft halt immer noch.«

Als sie ihre Kaffeepause machten, kam Dominique herein. »Hey, Mädels! Schön, euch wieder zu sehen.« Er sah Ophélie länger an, als nötig war, dann küsste er beide auf die Wangen. Das Gespräch drehte sich um die Finanzierung mehrerer neuer Projekte. Er schaute auf sein voll geschriebenes Notizheft. »Janine, heute morgen hab ich mit dem Assistenten des Bürgermeisters gesprochen. Klingt so, als ob wir diesen Minibus für die Nachtrunden, als mobile Suppenküche und so weiter kriegen.«

»Das ist ja toll, Dominique«, sagte Janine. »Das freut mich für dich.«

Er lachte. »Noch haben wir ihn nicht. Noch jede Menge Papierkram.«

Nach einer Viertelstunde stand er auf. »Muss wieder gehen. Hab 'ne Spezziallieferung zu machen.« Er hob eine Plastiktüte voller Dosen hoch.

Ophélie lugte in die Tüte. »Hundefutter?«

»Jawohl, Hundefutter! Für Lassie und ihre Kinder. Der liebe alte Jean-Marc ist Großvater geworden!«

Ophélies Gesicht war ein Fragezeichen. Janine sagte zwinkernd: »Ich erklär dir das nachher. Noch so eine Spezialität von unseren Obdachlosen.«

Dominique drehte sich um, als habe er etwas vergessen, zögerte und fragte dann: »Wann ist deine nächste Vorstellung, Janine?«

»Von dem Stück? Morgen Abend um halb neun.«

Er sah Ophélie an. »Gehen Sie hin?«

Sie lachte. »Ich gehe nicht in jede Aufführung. Ich kenne es ja schon ganz gut.«

»Aber vielleicht morgen Abend? Ich geb uns dann anschließend eine Runde aus.«

Die beiden Frauen zuckten die Achseln. »Warum nicht?«, sagten sie im Chor.

»Also abgemacht. Bis morgen dann.«

Als er gegangen war, prustete Janine los. »Da soll jetzt einer schlau draus werden ...«

* * * * *

Ceb wartete, bis Ophélie aus dem Roten Kreuz kam und auf die Avenue Henri IV trat. »Hallo, Filie«, sagte er leise.

Sie sah sich rasch um, erkannte ihn nicht sofort unter seiner hellroten Wollmütze. Dann ging ein Lächeln über ihr Gesicht. »Das konntest ja nur du sein! Sonst nennt mich keiner so.«

Sie bogen wie auf ein geheimes Kommando in den Botanischen Garten ein. Er kam sich plötzlich fehl am Platz vor neben dieser Frau, die ihm auf einmal wie eine Fremde vorkam.

»Ich freue mich echt, dich wieder zu sehen, Samuel.« Sie rümpfte die Nase. »Oder soll ich dich Ceb nennen?«

»Ja, das wär schön«, murmelte er.

»Möchtest du vielleicht was essen?«, fragte sie unsicher. »Ich kann dir gern ein Sandwich kaufen.«

»Nein, danke.« Er hielt seine Hände in den Taschen vergraben.

Er wusste, dass sie nicht wusste, was sie sagen sollte, und ihm fiel auch nichts ein. Sie wanderten schweigend durch den Park. Es war himmlisch. Jemand, der bei ihm war und neben ihm ging, ohne dass ein Wort nötig war. Er sog die kalte Luft ein, schloss kurz die Augen. Wie gut sich das anfühlte.

Sie beschrieben einen Kreis und kamen zurück zum Tor. »Dann gehe ich jetzt wohl«, sagte sie leise.

Er sah zu ihr herunter, begegnete ihrem Blick, lächelte warm. »Danke, Filie.«

Sie stellte sich auf die Zehenspitzen und küsste ihn sachte auf beide Wangen, sein Stoppelbart an ihren Lippen. »Bis bald, Ceb. Wir sehen uns wieder.«

Er sah ihr hinterher. Er fuhr sich über die Wangen und spürte etwas wie einen warmen Strom, ganz tief drinnen. Eine einfache Berührung. Von einem anderen Menschen. Von jemand, dem er nicht egal war. Es war zu viel, zu nah, bedrohlich und beruhigend und schmerzlich. *Filie,* dachte er, als er zurück in den Park ging. *Meine Freundin.*

KAPITEL 14

Eric Hoffmann saß auf der verschossenen Couch im Haus seiner Eltern. Er biss sich auf die Lippe und drehte seine Hände in seinem Schoß. Er war zum Mittagessen vorbeigekommen, und jetzt, wo sie fertig waren, war es Zeit zum Reden.

Seine Mutter kam aus der Küche. »Möchtest du einen Kaffee, Eric?«

»Klar, Mutter«, antwortete er mechanisch. Dann schüttelte er seinen Kopf und sagte langsam: »Papa, wir müssen was tun! Jetzt ist sie schon eine Woche länger weg. Eine Woche! Sie ist nicht in der Schule. Da stimmt was nicht, das musst du doch zugeben.«

David Hoffmann nickte seufzend. *Der versucht, ruhig zu sein, damit ich mir keine Sorgen mache,* dachte Eric. *Aber er macht sich auch welche.*

»Eric, ich weiß, dass du die Tage bis Rislènes Rückkehr gezählt hast. Ich will nicht sagen, dass ich beunruhigt bin. Aber andererseits beginnt ja jetzt bald der Ramadan, und wer weiß, vielleicht haben die Namanis beschlossen, ihren heiligen Monat in Algerien zu verbringen.«

»Was schlägst du dann also vor, Papa? Dass wir nichts tun? Soll das ein Witz sein? Du weißt doch genauso gut wie ich, dass sie sie da festhalten, so was passiert doch andauernd! Die haben sie entführt, und das mitten in einem Bürgerkrieg! Kidnapper sind das, und verrückte dazu!«

Gabriella brachte den dampfenden Kaffee. Sie stellte die Tassen auf den niedrigen Tisch vor der Couch. Eric beobachtete seine Eltern. Er sah die Sorgenfalten auf ihren Gesichtern, die Tränen hinter den Augen seiner Mutter. Es ließ ihn frösteln. Sein Vater war kein Dummkopf und kannte sich bestens aus mit der muslimischen Welt. Dass sein Gesicht so blass war, machte Eric Angst. *Der weiß, dass das hoffnungslos ist.*

»Junge, ich glaube nicht, dass dein Vater meint, dass wir nichts unternehmen werden«, sagte Gabriella. »Aber du kennst ja die Sitten. Wir müssen sehr vorsichtig sein.«

Ja, die muslimischen Sitten ... Aber er wusste, sie dachten auch an Samira, die nordafrikanische Christin in Lyon, die man gezwungen hatte, einen Muslim zu heiraten und die dann durchgedreht war und einen Selbstmordversuch begangen hatte.

Aber Rislène war stärker. Und klug. Bestimmt. Aber warum war sie dann mit nach Algerien gefahren? Dieser verrückte Familiensinn der Muslime! Es war nicht nur Liebe und Familienstolz, es war die totale Kontrolle. Er rieb sich mit seinen langen Fingern über die Stirn, dann durch sein kurz geschnittenes rotes Haar. »Schön, dann sag mir, was ich tun soll.«

»Trommele die *Oasis*-Gruppe zum Beten zusammen. Erkläre ihnen die Lage. Und ich schaue mal in der Wohnung der Namanis vorbei, für alle Fälle ...« Seine Mutter sah besorgt zu seinem Vater hin.

»Ja, es ist Zeit, dass du mal nachschaust, ob da jemand zu Hause ist.« David erhob sich, trat zu seinem Sohn und legte eine Hand auf seine Schulter. »Bitte denke nicht, dass mir das keine Sorgen macht, Eric. Es ist nur so ...« Er schluckte. »... dass man da so vieles bedenken muss. Aber wir müssen Schritte unternehmen. Wenn Gabby bei den Namanis war, werde ich an Abdul und Madira schreiben. Die Lage ist nicht hoffnungslos. Denk doch nur mal dran, wie oft Gott bei uns schon das Unmögliche möglich gemacht hat.«

Eric lächelte vorsichtig und nahm einen letzten Schluck von dem Kaffee. »Danke. Aber ich muss euch auch sagen: Wenn sich nicht bald was tut, dann werde ich selber aktiv. Ich fahre rüber und hol sie.« Er sagte es fast trotzig. Er spürte, wie ihm das Blut ins Gesicht schoss.

Sein Vater sah ihn still an. Dann stand auch er auf, und sie umarmten sich alle drei, ganz fest. Dann neigten sie ihre Köpfe und taten das, was Eric seit 23 Jahren mit seinen Eltern tat. Sie beteten.

* * * * *

Als das Telefon im Haus der Hoffmanns klingelte, war Eric gerade zu einem Seminar zur Universität gefahren, und David war in seinem Büro am anderen Ende der Stadt. Als

Gabriella den Hörer abnahm und die hysterische Stimme hörte, lief es ihr kalt über den Rücken.

»Madame Hoffmann, ich muss Sie sprechen, ich muss Sie sprechen!«, schrie die Frauenstimme. »Rislène ... Rislène ... sie ist in Algerien, und ihre Schwester auch! Ich kriege sie nicht raus ... Es ist alles so furchtbar! Warum musste sie das auch machen? Warum hat sie ihrer Familie das angetan? Youssef und seine Mutter, sie werden sie nie zurück nach Hause lassen ...« Madame Namanis Schluchzen war deutlich zu hören.

»Madame Namani, jetzt beruhigen Sie sich erst einmal, und dann erklären Sie mir alles.« Gabriella zwang sich, ruhig zu bleiben.

»Ja, das werde ich tun, aber nicht hier! Ich rufe aus einer Telefonzelle an. Wenn Youseff wüsste ... Nein, ich komme zu Ihnen.«

»Und wann wäre es Ihnen möglich?«

»Heute. Jetzt sofort. Geht das?«

»Ja. Ja, natürlich.«

»Ich komme sofort.« Dann nichts mehr.

Gabriella hing auf. Das war eine rasche Gebetsantwort! Sie brauchte gar nicht zu den Namanis zu gehen, die Frau kam zu ihr! Aber was sie da über Rislène gesagt hatte, bestätigte ihre schlimmsten Befürchtungen. Die Tränen wollten ihr kommen. In der Küchenspüle wartet ein ganzer Stapel Geschirr. Egal. Sie setzte sich auf die Couch, schloss die Augen und ließ die Tränen kommen.

Verlorene Kinder. Der Schmerz in Madame Namanis Stimme ließ einen Strom der Erinnerungen durch sie schießen. Elianes verzweifelte Fragen, als sie Tag für Tag, Jahr um Jahr auf ein Lebenszeichen von Samuel wartete. Madira, deren Sohn, El Amin, zu einer der Terrorgruppen gehörte, die in den algerischen Dörfern wüteten. Verlorene Kinder. Und immer brach es das Herz der Mutter.

»O Herr, was kann ich nur sagen? Was kann ich tun? Führe du mich!«

Sie saß da und wartete auf die leise innere Stimme, schob alles andere aus ihrem Kopf, lauschte nur. Zu lernen, auf Gott zu hören – es war eine der härtesten Schulen gewesen für sie, die geborene Rednerin. Mutter Griolet, die alte Nonne, war es gewesen, die Gabriella dieses Hören vorgelebt hatte, damals in dem Waisenhaus in Castelnau. Warten und horchen, den Kopf ganz frei bekommen, sodass das, was Gott im Herzen versteckt hatte, zur Seele sprechen konnte. Im Laufe der Jahre hatte Gabriella sie immer wieder lernen müssen, diese Lektion, bis ihr dieses Hören zur zweiten Natur geworden war. Kein Sturm der Worte, keine Vorträge an den Herrn des Universums. Nur sich hingeben, Zeit haben, hören.

Gute zehn Minuten saß sie so, dann kam es ihr aus den Tiefen ihrer Seele, das Schriftwort aus dem 2. Korintherbrief, das sie auswendig gelernt hatte. *»Gelobt sei Gott, der Vater unseres Herrn Jesus Christus, der Vater der Barmherzigkeit und Gott allen Trostes, der uns tröstet in aller unserer Trübsal, damit wir auch trösten können, die in allerlei Trübsal sind …«*

Ja, natürlich. Vielleicht war das alles, was Madame Namani heute brauchte: die Arme einer anderen Mutter und eine Schulter, an der sie weinen konnte.

* * * * *

David nahm seufzend seinen Füllhalter zur Hand, um Abdul Charfi den Brief zu schreiben, den er lieber nicht geschrieben hätte. Der Brief würde in einem Koffer versteckt nach Algerien gelangen und dort – hoffentlich – rasch seinen Empfänger erreichen. Ein Telefonat oder Fax war zu gefährlich. Und das, worum er in dem Brief bat, war noch gefährlicher: Habt ihr jemand, der herausfinden kann, wo Großmutter Namani wohnt, und der helfen kann, Rislène dort rauszuholen?

David kannte schon den richtigen Mann für diesen Job. Er faltete den Brief, schob ihn in einem Umschlag und zeichnete in die obere linke Ecke des Umschlags ein Hugenottenkreuz. Er musste daran danken, wie oft er schon dieses Kreuz, dessen vier Arme nach ihnen zeigten wie Pfeile auf eine Zielscheibe, als Geheimzeichen benutzt hatte, um Menschen in Not zu helfen. An den unteren Pfeil hängte er den Umriss einer Taube. Falls Abduls Antwort positiv war, würde David jemanden nach Algerien schicken – vielleicht sogar selber gehen –, um Rislène zurück nach Frankreich zu holen.

David wusste, dass die französische Regierung weder die Macht noch den Wunsch hatte, sich in das Leben eines ihrer Bürger einzumischen, solange das Mädchen nordafrikanisch und bei ihrer Familie war. Es gab schließlich kein Gesetz, das einem verbot, nach Algerien zu reisen. Aber Tatsache war, dass jedes Jahr viele Kinder aus Mischehen hinter den Mauern der väterlichen Familie in Algerien verschwanden; zurück blieb eine verzweifelte französische Mutter, die sich an niemanden wenden konnte.

David hörte wieder Gabriellas Stimme, wie sie ihm über ihr Gespräch mit Madame Namani berichtet hatte. »Die Frau ist ganz außer sich. Wut und Angst und alles Mögliche dazwischen. Sie wirft uns vor, dass wir Rislène bekehrt haben, und genauso wütend ist sie auf diesen hinterhältigen Plan ihrer Schwiegermutter und ihres Mannes. Aber vor allem ist sie verzweifelt, und ich glaube, wenn wir ihr eine Möglichkeit bieten können, Rislène zurückzuholen, wird sie uns vielleicht helfen.«

David rieb sich über seine dunklen, tief sitzenden Augen und dachte an den anderen Algerienkrieg zurück, vor dreißig Jahren, und wie er nach Algerien gegangen war, um Anne-Marie herauszuholen. Er war aus Pflichtgefühl gegangen, als Antwort auf den Hilfeschrei seiner lange verlorenen Geliebten, aber auch, um all den Hass in seinem Herzen zu heilen. Er war töricht gewesen, naiv und jung. An jeder Straßenecke hatte der Tod auf ihn gewartet, und die blutigen Bilder, die er gesehen hatte, suchten ihn manchmal jetzt noch in seinen Träumen heim.

Und jetzt – stand sein Sohn vor einem ähnlichen Dilemma. Er schüttelte langsam seinen Kopf. Wiederholte die Geschichte sich? Er wusste: Eric war bereit zu diesem Risiko, ja versessen darauf. Aber als Vater konnte er nie und nimmer akzeptieren, dass sein Sohn in diesen Alptraum auf der anderen Seite des Mittelmeers hineinging. Nicht Eric. Nicht jetzt.

Komisch, wie das Leben einen einholte. Wie die Eskapaden der Vergangenheit die eigenen Kinder auf eine Art prägten, wie kein weises Wort es vermochte. Es war etwas Unbewusstes, von einer Generation zur nächsten Vererbtes. Dieser jugendliche Glaube an die eigene Stärke. Diese naive Abenteuerlust. Und diese Liebe. Er sah es in Erics Augen und stand hilflos davor. Eric war erwachsen, er konnte selber entscheiden, und wenn David nicht bald einen Plan zu bieten hatte, würde er Eric verlieren an dieses Land, das kein Erbarmen mit seinen eigenen Menschen hatte, geschweige denn mit einem schlaksigen Rothaarigen, der darauf versessen war, den rettenden Supermann zu spielen.

* * * * *

Am Donnerstag, dem 12. Januar, traf sich die kleine Hausgemeinde wieder in Abdul Charfis Bauernhaus. Es war die erste Zusammenkunft seit der vorgezogenen Weihnachtsfeier im Dezember. Diesmal war das neueste Glied, Leïla, auch dabei, Ihr strahlendes Gesicht ein Zeugnis ihres neu gefundenen Glaubens. Auch das junge Paar, Yasmina und Salim, war gekommen, und die Runde hatte gerade über Yasminas dicker werdendem Bauch gebetet. Sie erwartete das Kind für Mitte März.

Es war nach Mitternacht, und die Lieder und Chorusse, die diese Christen oft nur im Geist sangen, schallten fröhlich durch das Zimmer, während Algiers schlief. Manchmal, wenn ihre Stimmen vor lauter Begeisterung zu laut wurden, sah Abdul die anderen an, und sie gehorchten und sangen leiser, und er senkte seine Augenlider wieder.

Yasmina unterdrückte ein Gähnen. Madira kam zu ihr. »Du solltest jetzt schlafen, das ist besser für das Baby. Ich habe dir im hinteren Schlafzimmer ein Bett gerichtet.«

Yasmina zögerte, nahm die Hand ihres Mannes und lächelte Madira an. »Aber das ist hier so wie im Himmel! Wie kann ich schlafen, wenn ihr meinen himmlischen Vater preist und ich nicht weiß, wann wir das nächste Mal unter euch sein können?«

Madira lachte leise. »Kennst du nicht den Psalm, Yasmina, wo es heißt: ›Den Seinen gibt's der Herr im Schlaf‹? Wir beten, du ruhst, und Gott gibt seinen Segen.«

Salim küsste seine Frau flüchtig auf die Wange und fuhr ihr durch das Haar. »Ja, schlaf, meine Liebe. Wenn du wach wirst, sind wir ja immer noch da, und du kannst mit uns weiterbeten.«

»Also gut. Aber ihr müsst mir versprechen, dass ihr mich nicht zu lange schlafen lasst.«

»Ist versprochen«, flüsterte Madira. Sie nahm Yasmina an der Hand und führte sie zum hinteren Teil des Hauses. Sie deckte sie zu, legte eine Taschenlampe auf den Nachttisch und ging auf Zehenspitzen aus dem Raum.

Abdul begann gerade die Gebetsrunde für algerische Christen, die wegen ihres Glaubens verfolgt wurden. Für jede der heimlichen Versammlungen stellte er eine lange Liste verfolgter Gläubiger zusammen, nach Informationen, die er aus dem ganzen Land erhielt. Die kleine Gemeinde teilte sich dann in Gebetsgruppen zu zwei oder drei Personen auf, und jede Gruppe betete für einige der Namen auf der Liste.

»Auf diese Art können wir unsere Gebete vervielfachen und die Namen vieler, vieler Geschwister vor den Thron der Gnade bringen«, erklärte er. Der liebe Abdul, dachte Madira. Nie wurde er müde, seine Brüder und Schwestern an die vielen anderen zu erinnern, die es so viel schwerer hatten als sie selber.

Ein kurzes Stirnrunzeln ging über ihr Gesicht. Vor mehreren Jahren hatte David ihnen einen Brief geschrieben, in dem er ihnen für ihre Gebetsnächte und ihre tiefe Liebe zu der verfolgten Kirche gedankte hatte: »Ihr seid ein Beispiel für uns hier in Frankreich, in Amerika und all den vielen Ländern, wo wir frei und ohne Angst Gottesdienst halten können und wo unsere Gebete so kurz und schal und egoistisch sind. Manchmal denken wir nur an unsere eigenen Probleme und vergeuden unsere Gebete für alle möglichen Nebensächlichkeiten ...«

Er hatte sie traurig gemacht, der Brief, ja fast wütend. Es war der Zorn des Gerechten gewesen. Christen, die nicht die Macht des Gebetes kannten, die in ihrem Terminplan keinen Platz für das Beten hatten ... Was wäre aus ihnen hier in Algerien geworden, wenn sie sich keine Zeit zum Beten genommen hätten? Wie oft hatten sie schon die ganze Nacht hindurch für einen Bruder in Gefahr gebetet? Hundertmal? Tausendmal? Noch öfter? Manchmal in einem benachbarten Dorf, häufiger hinter der Wüste oder in den Bergen von Kabyle.

Da war das junge christliche Paar, das nach vielen Morddrohungen, weil der Mann, ein Lehrer, sich weigerte, den militanten Islam zu lehren, nach Frankreich geflohen war. Da war die ältere allein stehende Missionarin, die Algerien in den späten 70er-Jahren verlassen hatte und nächste Woche mit christlicher Literatur in ihrem Koffer zurückkehren würde. Die Hauskirche in Oran, wo mehrere Familien fast nichts zu essen hatten. Und Djamilas Familie, die um den Onkel trauerte, der vor zwei Monaten bei einem Massaker ums Leben gekommen war und Frau und sechs Kinder hinterlassen hatte.

Madira dachte an Kamila, eine Frau mittleren Alters, die seit letztem Oktober nicht mehr gekommen war. Was war mit ihr? Wie mochte es dem jungen Mann gehen, der zum Glauben an Christus gekommen war und angefangen hatte, sich mit anderen Christen zu treffen, aber dann unter dem Druck der Drohungen seiner Familie weggeblieben war? Es war nicht der einzige Fall. Viele Algerier, die die Wahrheit suchten, fanden den Preis, den sie für den Glauben an Christus zahlen sollten, zu hoch. Madira konnte sie nicht verurteilen. Es war schwer, o, so schwer ...

Und die Liste ging weiter und weiter. Sieg und Niederlage, Tränen der Trauer und der Freude. Beten, beten und nochmals beten. Manchmal musste Madira Gott um Vergebung bitten für ihren rechthaberischen Zorn auf die satten Christen in anderen Ländern, die noch nicht einmal eine halbe Stunde Zeit für einen Gebetskreis hatten. *Vater, vergib mir mein Richten.* Sie war nicht neidisch auf sie, o nein! Sie hatte lieber Gefahr als Lethargie. Sie erinnerte sich nur zu gut, wie oberflächlich, ja tot ihr eigener Glaube gewesen war in den Jahren, nachdem die Cebrians Algerien verlassen hatten. Auf Geld und Spaß am Leben hatten Abdul und sie gesetzt. Und auf die junge Unabhängigkeit des Landes. Familie, Kinder, Geschäft hatten keine Zeit für das Gebet gelassen, keine Zeit für Gott. *Herr, hilf, dass ich nie mehr zurückfalle in dieses lauwarme Leben, das du so verabscheust.*

Sie setzte sich auf ein Kissen auf dem Fußboden, neben Leïla und eine ältere Frau. Bevor sie laut mitbeten und den Herrn um seinen Schutz für diese lieben Mitchristen anrufen konnte, musste sie erst ihr Herz ausräumen. O, diese tägliche Reinigung! Es tat ihr weh, wenn sie ihrem Herrn mit ärgerlichen Gedanken Kummer machte. *Lieber Herr, mein teurer Heiland,* betete sie still. *Vergib mir, dass ich über andere richte, wenn ich doch viel mehr gesündigt habe. Danke, Herr, für dieses Leben, das du uns gegeben hast. Ein Leben, wo wir täglich deine mächtige Hand erfahren und wo wir uns jeden Morgen neu entscheiden müssen, ob es sich lohnt, dein Kind zu sein – das Risiko lohnt, den Schmerz lohnt. Und, Vater, vergib mir meine vielen Zweifel. Ich bekenne, dass ich keine Hoffnung für El Amin mehr habe. Mein Herz ist so müde, es bricht für ihn. Ich lege ihn erneut in deine Hände. Ich will versuchen zu vertrauen, aber du musst mir den Glauben dazu schenken, du kennst ja mein Herz.* Sie spürte einen Schauer, dann einen tiefen Frieden, der durch sie strömte. Ein breites Lächeln ging über ihr Gesicht. Gab es etwas Herrlicheres in der Welt als in der Gegenwart des Gottes des Universums zu sein und seine vergebende Liebe zu spüren?

* * * * *

»El Amin! Du bist wieder da!« Jala rief die Kinder zusammen. »Papa ist da! Kommt alle her, Papa ist da!« Sie rannte aus dem Haus, hinaus in den kleinen Vorgarten mit seinen struppigen Büschen und warf sich ihrem Mann in die Arme.

»Jala!«, sagte er leise. Er vergrub sein unrasiertes Gesicht in ihrem Nacken und hob sie hoch. »Jala«, wiederholte er. Es klang fast vorwurfsvoll. Sie wusste, dass er es nicht mochte, wenn man vor der Haustür seine Gefühle zeigte, aber es war so furchtbar lange her, dass sie ihn das letzte Mal gesehen hatte – fast zwei Monate. Zwei Monate voll von täglichen Berichten über neue Mordtaten, zwei Monate Sorgen, dass die Polizei ihn kriegen und für den Rest seines Lebens in irgendeinem finsteren Verlies quälen würde. O, El Amin, o Allah! Warum musste das Leben so sein?

Sie waren jetzt in der Küche, die drei Mädchen um den Vater gedrängt, hungrig nach einer Berührung, einem lieben Blick. Nur ihr Sohn, der achtjährige Mehdi, hielt sich zurück, zwang sich, hoch aufgerichtet und tapfer dazustehen. »Hallo, Vater«, sagte er endlich und streckte seine Hand aus.

»Hallo, Mehdi!, sagte El Amin, Stolz in den Augen. »Hast du gut aufgepasst auf deine Mutter und deine Geschwister?«

»Ja, Vater, es geht uns allen gut.«

Der zufriedene Blick seines Vaters ließ dem Jungen vor Stolz die Brust schwellen. Jala sah es und dankte Allah, dass El Amin in besserer Laune war als bei der letzten Rückkehr. Vielleicht würde er diesmal länger bleiben als nur ein paar Tage?

Als die Kinder im Bett waren, kam er zu ihr, in den Augen der bekannte Schalkschimmer. Er legte seine starken Arme um ihre schlanke Taille und zog sie fest an sich. Sie spürte die Leidenschaft in seinen Bewegungen, aber da war noch mehr. Die Zärtlichkeit, die leisen Worte, sie waren weg. Er kam wie ein Tier zu ihr oder wie ein Wahnsinniger. Sie schob ihn fort, auch in ihren Augen loderte es plötzlich. Die wilde Liebe und die Abscheu vor dem, wie er da war, stießen sich in ihrem Herzen. »El Amin!«, flüsterte sie heftig. »Du wirst mich nicht wie eines der Mädchen behandeln, die deine Leute mitschleifen, um sich mit ihnen zu vergnügen und sie dann zu töten!« Der Zorn in ihrer Stimme schockierte sie selber. »Ich bin keine Spielpuppe, ich bin deine Frau!«

Sie funkelten sich an, sein Zorn so groß wie ihrer, aber sie ließ sich nicht einschüchtern. In der Öffentlichkeit spielte sie die gehorsame Ehefrau, aber sie war stark, wie alle algerischen Frauen es sein mussten, stark unter dem Schleier und der Faust der Gesetze, stark in der Hingabe an Allah und an ihren Mann, aber auch stark in ihrem Willen. El Amin würde sie niemals schlagen, dessen war sie sicher. Er liebte sie heftig, aber manch ein Mann, der seine Frau liebte, schlug sie auch gerne. Nein, El Amin würde sie nicht schlagen, weil er wusste, dass sie dann die Kinder nehmen und kurzerhand nach Frankreich gehen würde, denn noch mehr als Allah oder Algerien liebte Jala das Leben. Das Leben für ihre Kinder und für sich selber.

Sie schaute zu, wie ihr Mann die Selbstbeherrschung wiederbekam, sein Gesicht weicher wurde. »Wirf mir nicht so etwas vor, Jala, du weißt, dass das nicht stimmt. Ich bin dir treu.« Er wurde behutsamer.

»Kann sein«, flüsterte sie. »Aber du hast Dinge gesehen, die dich quälen und dich anders machen wollen. Du darfst nicht zum Tier werden wie die anderen. Glaube an das, was du tust, aber lass dich nie von ihm überwinden, El Amin. Nie.«

Sie nahm seine Hand, führte ihn zum Bett, setzte sich neben ihn und strich ihm über die Wange. »Gib ihm nie nach. Nie.«

Er erwiderte ihren Blick und nickte, dann nahm er sie in seine starken Arme.

* * * * *

»Hussein! Endlich!« Dounias hellbraune Arme schlangen sich um die Taille ihres Mannes. Sie legte ihren Kopf an seine Brust, und er roch den Duft ihres Haars. Diesmal war er eine Woche fort gewesen. Es war eine erfolgreiche Mission gewesen. Mehrere Kofferladungen Bücher und Bibeln hatten den Weg ins Land gefunden und waren an ein Dutzend Hausgemeinden in Algiers und Oran und noch weiter südlich verteilt worden. Hussein war hundemüde.

»Den Kindern geht's gut?«, fragte er.

»Ja.« Ihre Stirn runzelte sich etwas. »Allen. Aber, Hussein ...«

»Was ist, Dounia?«

»Malikas Freundin, Fadia, ist gestern verschwunden. Wir fürchten das Schlimmste.«

Husseins Herz wurde noch schwerer. Die kleine Malika, seine 13-jährige Tochter! Fadia war eine dicke Freundin von ihr, und er wusste, was Dounias Worte »Wir fürchten das Schlimmste« bedeuteten. Junge Mädchen wurden zu Hunderten in Terroristenlager in den Bergen entführt, wo sie gnadenlos vergewaltigt und schließlich getötet wurden. Er schloss seine Augen, um das Entsetzen wegzubannen. Besser, sie schnitten ihnen gleich die Kehle durch und der Tod kam schnell. Jeder Vater in Algerien zitterte um seine Töchter.

Er führte seine Frau zum Küchentisch, küsste zärtlich ihr Haar. »Mach uns einen Tee, Dounia. Wir müssen ruhig bleiben. Ich gehe eben zu den Kindern, und dann werden wir zusammen für Fadia beten, und für all die anderen.«

Dounia nickte. Er wusste: Der Kloß in ihrem Hals war genauso dick wie der seine. Er konnte nicht schlucken. Er atmete tief durch, bevor er die Küche verließ und den Flur entlang zu den Zimmern im hinteren Teil der kleinen Wohnung ging. Er klopfte leise an eine Tür, die einen Spalt offen stand, und trat ein. Zwei seiner Töchter, im Teenageralter, lagen lesend und ihre Schulaufgaben machend auf ihren Betten. Auf dem Fußboden spielte ein kleineres Mädchen. Es war eine ruhige, unbeschwerte Szene, dass er einen Augenblick fast dachte, dass sie irgendeine andere Familie waren, die friedlich in irgendeiner Stadt lebte.

Malika drehte sich als Erste um und sah ihren Vater. »Papa, bist du wieder da! O, Papa!« Sie hüpfte von dem Bett und rannte in seine Arme, gefolgt von ihren beiden Schwestern.

Ein großer, hübscher Junge mit dunkler Haut und gelocktem Haar kam in das Zimmer. »Papa! Du bist wieder da!«

Hussein sog die Wärme seiner Kinder ein, die sich da wie ein dicker, oft getragener Mantel an ihn schmiegten. Für heute Abend waren sie alle zusammen und in Sicherheit. Mehr konnte er nicht verlangen. Immer nur einen Tag auf einmal leben.

Später saßen sie in dem schwach erleuchteten Wohnzimmer zusammen, und er sprach. »Gott ist unsere Zuversicht und Stärke, eine große Hilfe zur Zeit der Not. Er schläft und schlummert nicht. Lieber Vater, wir zittern vor einem Land, wo barbarisches Verbrechen und tiefstes Leid keine Grenzen kennen. Wir bitten dich, uns ein mutiges Herz zu geben. Bitte rette du Fadia aus unerträglichem Leiden und Not. Unsere Stimmen flüstern nur, aber unsere Herzen preisen dich mit lauter Stimme, dich, den Gott des Unmöglichen. Mögen wir dir treu dienen bis ans Ende. Amen.«

Am nächsten Morgen klopfte es an die Tür. Eine Frau, die in einen langen schwarzen Schleier gehüllt war, trat ein. Fadias Mutter. »Sie haben sie gefunden.« Sie brachte es nicht fertig, sie anzusehen. »Ihre Kehle war aufgeschlitzt, ihre Hände waren wie zum Beten gefaltet. Vielleicht hat Allah unsere Gebete erhört. Jetzt wird sie nicht mehr leiden.«

Sie führten die gebrochene Frau in ihre Wohnung, schlossen die Tür und nahmen sie in die Arme.

KAPITEL 15

Rislène bibberte, als die Nacht hereinbrach und der Gebetsruf des Lautsprechers durch die Straßen echote. Wie viele Tage war sie schon eingesperrt, wie ein Tier im Zoo, und konnte nichts tun als hin- und hergehen und unter Naziras wachsamen Augen essen und schlafen?

Wenn sie nur ihre Bibel lesen könnte! Oder etwas schreiben! Aber sie hatte keine Bibel, keinen Bleistift, kein Papier, und das einzige Buch, das sie auf ihrem Nachttisch haben durfte, war der Koran. Wusste Eric, dass sie hier in diesem gottverlassenen Haus saß? Hatte Mutter Hilfe gesucht? Sicher würde sie versuchen, sie hier herauszuholen. Mutter!

Nichts zu tun, keine Möglichkeit, auch nur eine Zeile an jemanden zu schicken. Oder allein zu beten oder ungestört zu weinen. *Gott, das ist zu schwer, darauf bin ich nicht vorbereitet, du verlangst zu viel!*

Sie traf sie wie ein Schlag, die plötzliche Offenbarung. *Aber du bist doch darauf vorbereitet, meine kostbare Tochter.* War das Gottes Stimme? Hatte er laut gesprochen? Sie drehte sich zu Nazira hin, die nonchalant auf ihrem Bett saß und las. Nein, niemand hatte gesprochen. Aber woher kam dann dieses plötzliche Brennen in ihrem Herzen, diese unbeschreibliche Freude, die in ihr hochstieg? Woher dieser merkwürdige Friede? Warum wollte sie am liebsten loskichern, die Arme zum Himmel erheben und sagen: »O, Vater, vergib mir! Du hast mich ja gar nicht verlassen!«

Ja, da war etwas, was tief verborgen in ihr lag und was Gott zurück in ihr Bewusstsein zu bringen versuchte. Sie schloss die Augen, konzentrierte sich, spürte, wie etwas wie sanfte Arme sich um sie legte. Und dann kam es, so schnell, so gewiss, dass es wie ein elektrischer Strom durch ihren Körper fuhr.

Doch, sie war ja vorbereitet.

Bis ins letzte Detail entfaltete sich die Szene vor ihrem inneren Auge. Im letzten Sommer war es gewesen, in einem Ferienlager, das sie mit Christen aus ganz Frankreich zusammengeführt hatte. Sie war frisch bekehrt gewesen und hatte kaum gewusst, wo man in der Bibel das Johannesevangelium fand. Sie hatte sich darauf gefreut, so viel Neues über Gottes Wort zu lernen. Aber an dem ersten Abend hatte der Leiter etwas getan, das ihr zuerst verrückt, ja grausam vorgekommen war. Er hatte ihnen ihre Bibeln weggenommen. Allen. Für die ganze Woche, hatte er gesagt.

»Es gibt viele Christen in der Welt, die nicht den Luxus haben, eine Bibel zu besitzen«, hatte er erklärt. »Sie teilen sich zu mehreren eine, oft auch nur ein paar Seiten. Aber sie haben das Wort Gottes hier drinnen.« Er zeigte auf seine Brust. »Sie lernen es auswendig und verbergen es in ihrem Herzen, wo keiner es wegnehmen kann. Dort ist es für immer und ewig, um sie zu lehren, der Sünde zu überführen, ihnen in ihrem Alltag zu helfen, sie in Not und Prüfungen zu trösten ...«

Natürlich! Das Wort Gottes war ja da, um sie zu trösten!

Der Freizeitleiter hatte fortgefahren: »Ich möchte, dass ihr in der Woche, die vor uns liegt, eure eigene Bibel schreibt, ihr alle zusammen – dass ihr die Verse zusammentragt, die ihr auswendig gelernt habt. Wir wollen einmal sehen, wie viel von dem Wort ihr in euren Herzen verborgen habt. Wir wollen einander helfen und Mut machen. Vielleicht werdet ihr staunen, an wie viel ihr euch erinnert, wenn euch alles weggenommen ist. Denkt auch an Lieder und Songs und Gedichte und Raps.« Er hatte gelacht. »Schreibt das Wort Gottes auf, und falls ihr es wisst, auch Buch, Kapitel und Vers.«

Und so hatte sie mitgemacht bei dem Abenteuer herauszufinden, was es hieß, das Wort Gottes in seinem Herzen zu »verbergen«. Überrascht hatte sie festgestellt, dass einige der jungen Leute, die Jesus schon seit Jahren kannten, nur ein paar Bibelverse auswendig wussten. Andere kannten ganze Kapitel.

Es war kein Wettbewerb gewesen, sondern Teamarbeit, um das Wort Gottes zu schreiben. Und dies war die Lektion, an die Gott sie jetzt erinnerte. Das war ihre Vorbereitung gewesen. Sie hatte damals erkannt, wie wichtig es war, die Bibel auswendig zu lernen, und hatte sich seitdem treu darin geübt.

Dass das Auswendiglernen der Bibel ihr so leicht fiel, schrieb sie ein gutes Stück weit dem französischen Schulsystem zu. Schon im Kindergarten lernten die Kinder die ersten

Gedichte auswendig, und im Laufe der Jahre wuchs das Repertoire – nicht nur Gedichte, sondern auch Grammatikregeln, Geschichte, Zitate aus der großen Literatur. Wer das französische Schulsystem schaffen wollte, der musste beizeiten das Auswendiglernen üben. Und so wurde Rislène das Auswendiglernen der Bibel das reinste Vergnügen.

Inzwischen kannte auch sie ganze Kapitel der Bibel auswendig. Römer 8, Psalm 1, Psalm 121, den ganzen Philipperbrief, das erste Kapitel des Jakobusbriefes. Ach ja – sie errötete –, auch das dritte Kapitel des Hohenliedes Salomo. Sie fand sie so schön, diese Beschreibung der körperlichen Liebe zwischen einem Mann und seiner Verlobten. Jawohl, Gottes Wort war ja bei ihr! Sie konnte es zwar nicht aufschreiben wie damals in der Sommerfreizeit, aber sie konnte darüber meditieren.

Ja, meditieren. Das war eine ganz neue Disziplin für sie. Einen Vers nehmen, den man kannte, und ihn wiederkäuen, wie eine Kuh ihr Gras. So hatte Ophélie ihr das Meditieren erklärt. Über jedes Wort, jede Redewendung nachdenken und sich von Gottes eigenen Worten reinigen, ermutigen, ermahnen, trösten lassen. Wie der Freizeitleiter es auch gesagt hatte.

Sie saß auf ihrem Bett und sagte sich innerlich Bibelverse vor, genoss die überwältigende Freude und den Frieden, die sie brachten. Sie blieb an einem Vers im Propheten Jesaja hängen, wiederholte ihn sich wieder und wieder: *Aber die Blinden will ich auf dem Wege leiten, den sie nicht wissen; ich will sie führen auf den Steigen, die sie nicht kennen. Ich will die Finsternis vor ihnen her zum Licht machen und das Höckerige zur Ebene. Das alles will ich tun und nicht davon lassen.*

Danke, Herr! Du wirst mich auch auf den rauen Wegen in Algerien führen. Ich bin nicht allein. Du bist hier, das hast du mir heute Abend gezeigt.

Viel später schlief sie ein auf ihrem Feldbett, die Stimme des Freizeitleiters in ihren Ohren: »Vielleicht werdet ihr staunen, an wie viel ihr euch erinnert, wenn euch alles weggenommen ist.« Ja, sie war überrascht. Und so dankbar.

* * * * *

Großmutter Namani, Rislène und Nazira schauten in einer Art betäubtem Schweigen zu, wie die Fernsehreporter die Opferzahlen für den Januar erklärten. Hunderte Tote, und jeder hatte Angst, dass die Terroristen den mit Riesenschritten heran nahenden Ramadan als Vorwand benutzen würden, um das Schlachten noch zu steigern. *So wie ich fühlt sich gerade ganz Algerien,* dachte Großmutter Namani, während sie den Fernseher ausschaltete und ihr Kopftuch fest um ihr fleischiges Gesicht wickelte. Der Krieg erschwerte die Pläne, die sie für Rislène hatte, sehr. Man war nicht sicher auf den Straßen, was den Kontakt mit den anderen alteingesessenen Familien der Stadt schwierig machte.

Sie musste die Sache mit Rislène so schnell wie möglich über die Bühne bringen. Sie war nicht dumm, sie wusste: Früher oder später würden die Christen kommen und nach ihrer Enkelin suchen. In allen Ritzen des Landes kroch dieses Ungeziefer umher. Es war keine leichte Aufgabe, mitten in all diesem Terror eine Hochzeit vorzubereiten, aber Großmutter Namani war Schwierigkeiten gewöhnt. Das Leben war ein einziger Kampf, um Allah zu gefallen, den Männern zu gefallen, die Familie zusammenzuhalten, die Ehre zu bewahren. Sie hatte noch nie geklagt. Die algerischen Frauen waren stark und klug. Sie wusste genau, was sie tat.

Mit einem strengen Blick auf Nazira und Rislène verließ sie das Zimmer, ging in ihr kleines Büro und schloss die Tür. Drei alte, hoch angesehene Familien waren in ihrer engeren Wahl, alle aus den reichen Vierteln von Algiers. Es wäre nicht recht gewesen, Rislène nach Algerien zu holen, nur um sie einem muslimischen Mann zu geben, der unter dem Niveau ihrer Familie war! Sie lächlte traurig. Sie musste an Hamid denken, den jungen Mann, der vor fast fünfzig Jahren ihr Herz gestohlen hatte. Hamid. So schön, so vollkommen. Außer in einem Punkt: Seine Familie kam nicht aus Algiers. Zerbrochene Träume, zerbrochene Herzen, eine Heirat mit einem Unbekannten, der doppelt so alt war wie sie. Ein Mann, der auf den Feldern tot zusammengebrochen war und der jungen Witwe neun Kinder hinterlassen hatte.

Aber die Zeiten hatten sich geändert. Sie würde einen jungen Mann für Rislène finden, einen Ende zwanzig, einen guten Mann. Ein Runzeln ging über ihr schweres, zerfurchtes Gesicht. Karims Familie war reich, aber der junge Mann ... er gehörte nicht gerade zu den terroristischen Gruppen, aber besonders friedfertig schien er nicht zu sein. Man munkelte einiges über ihn. Yassir, der Sohn eines anderen reichen Nachbarn, war ein paar Jahre älter, aber ein Mann mit einem gesicherten, festen Arbeitsplatz – wenn man denn in diesem Land etwas als gesichert bezeichnen konnte.

Sie nahm den Telefonhörer in die Hand. Arrangierte Ehen waren nicht mehr so häufig wie früher, aber wo das Geld und die Herkunft stimmten, ließ sich meistens etwas erreichen. Und bei Rislène hatte sie noch eine Trumpfkarte: die französische Staatsbürgerschaft. Der Aussicht, nach Frankreich zu können, konnte so leicht kein Mann widerstehen. Das ganze Land wäre doch über das Mittelmeer geflohen, wenn das gegangen wäre! Ja, das war die Lösung: Rislène verheiraten und dann das Paar nach Frankreich ziehen lassen, wo es in Sicherheit wäre.

Wie in der Welt sie so schnell eine Hochzeit auf die Beine stellen sollte, war eine andere Geschichte. Die Lebensmittel in den Läden wurden immer knapper. Letzten Monat war keine einzige Zwiebel aufzutreiben gewesen, davor hatte es kein Korn für Kuskus gegeben. Aber nun ja, wenn die Hochzeit etwas bescheiden ausfiel, was sollte es? Das Wichtige war, dass Rislène unter die Haube kam, und zwar schnell.

* * * * *

Auf einmal wusste Rislène es: Sie konnte doch ihre eigene Bibel schreiben! Und sie wusste auch, wie. Der einzige Ort, wo sie für sich war, war das winzige Bad. Dort konnte sie die Tür verriegeln, den Toilettendeckel schließen und ihre Bibelverse auf das dicke rosa Klopapier schreiben. Wenn sie nur etwas zum Schreiben auftreiben konnte, irgendetwas: einen Bleistift, einen Kuli, einen Lippenstift oder – ja, einen Lidstift. Nazira hatte ein ganzes Warenlager an Make-up. Das war ab sofort ihr Gebetsanliegen Nr. 1: *Lieber Gott, hilf mir, dass ich etwas zum Schreiben finde.* Und wenn sie es dann hatte, könnte sie auf dem gleichen rosa Toilettenpapier einen Brief an Eric schreiben.

Nein unmöglich! Ihr Gehirn arbeitete. Gab es jemanden, vielleicht unter Großmutters Enkeln, der einen Brief für sie schmuggeln würde? Unmöglich. Oder? *Bei Gott ist kein Ding unmöglich.* Sie musste lächeln. Sie kannte ihn gut, diesen herrlichen Vers aus dem Lukasevangelium. Nichts war unmöglich für Gott. Das war die Wahrheit. Sie würde sich nicht von diesem kalten Gefühl der Verzweiflung ersticken lassen wie von einer dieser Riesenschlangen, von denen sie gelesen hatte, einer Python, die sich langsam um einen wickelte und einen zusammenpresste, bis man tot war. Nein! Sie würde der Angst nicht nachgeben. Sie hatte ihre Verse, sie hatte ihren Gott.

»Los, Rislène, wir müssen zum Markt.« Naziras Stimme war ausdruckslos.

Liebet eure Feinde, bittet für die, die euch verfolgen ... Matthäus 5, Kapitel ... Sie zuckte zusammen und zwang ihre Stimme, freundlich zu klingen. »O, gut! Ich muss echt wieder mal nach draußen. Du doch auch, Nazira?«

Ihre Schwester warf ihr einen überraschten Blick zu. Bis jetzt hatten sie kaum ein Wort miteinander gewechselt. Sie zuckte die Achseln. »Ja, doch.«

»Du, Nazira«, fuhr Rislène fort. »Könntest du mir vielleicht was von deinem Make-up ausleihen? Ich hab ja nichts, die haben alles mitgenommen. Bitte? Ein Lidstift würde mir schon reichen. Ich fühle mich richtig hässlich – und du siehst so toll aus.«

Nazira lächelte unversehens. »Echt?«

»Natürlich! Schau dich doch nur mal im Spiegel an.« Sie zog ihre Schwester ins Bad, und sie schauten gemeinsam in den Spiegel über dem Waschbecken.

»Na ja, ganz so schlecht seh ich wirklich nicht aus«, lachte Nazira. »Aber du hast Recht, du bist die reinste Vogelscheuche. Wenn du mit deinem Heulen aufhören könntest, würden deine Augen nicht immer so rot aussehen.«

»Bitte, Nazira ...«

»Na, schön. Warte hier auf mich.« Nazira rannte zurück in

ihr Zimmer und kam einen Augenblick später mit drei langen Lidstiften zurück. »Such dir's aus – schwarz, braun oder blau.«

»Schwarz wäre toll!« Rislène schrie es fast.

Nazira lächelte selbstgefällig, dann öffnete sie ihre andere Hand. »Hier, du kannst auch die Wimperntusche haben. Sie ist fast aufgebraucht, aber wenn du willst ...«

Rislène nahm die Wimperntusche. »Und ob ich will! Ich heule auch nicht mehr, ich versprech dir's.«

»Gut, dann mach dich zurecht. Aber mach schnell! Großmutter wartet auf uns.«

* * * * *

Sie war fertig mit dem Lidschatten und der Wimperntusche. »Ich geh nur eben noch aufs Klo, bin gleich wieder da!« Sie schloss die Tür hinter sich, kniete sich hin, riss vorsichtig ein Blatt von dem Toilettenpapier ab und fing an, den Jesaja-Vers aufzuschreiben: *Aber die Blinden will ich auf dem Wege leiten* ... Es ging langsam, aber es ging. Danke, Herr, flüsterte sie, als sie den ersten Vers fertig hatte. Sie stand abrupt auf. Wie lange war sie schon hier drin?

»Rislène? Kommst du endlich?«

Sie faltete das Papier zusammen und schob es unter ihre Bluse in den Büstenhalter. Dann öffnete sie die Tür, um in den Flur zu gehen. Sie dachte gerade noch rechtzeitig daran. *Die Toilette spülen!* Sie spürte die Röte auf ihrem Gesicht, als sie Augenblicke später zu Nazira und ihrer Großmutter in den großen Eingangsflur trat.

»Was ist mit dir, Rislène? Geht es dir nicht gut?« Großmutters Augen wurden schmaler.

»Ich weiß nicht, auf einmal fühlte ich mich so flau.« Sie fasste sich an ihre Stirn, die klamm war. »Jetzt geht es wieder.«

Nazira und Rislène sahen sich an. Nazira zeigte auf Rislènes Augen und nickte anerkennend. »Du siehst besser aus«, flüsterte sie.

»Danke. Noch schlechter konnte es auch nicht mehr werden.«

Die Mädchen zogen die weißen *Hijabs* über ihre Köpfe, als

sie das Haus verließen. Rislène war jedes Mal von neuem überrascht, wie viele Frauen verschleiert waren. Mehr als in früheren Jahren – viel mehr. Manche versteckten ihr Gesicht hinter einem langen weißen Seidentuch, dass man nur noch ihre Augen sah. Rislène trug ihren Schleier als äußeres Zeichen des Sichfügens, aber in ihrem Herzen riss sie ihn herunter, riss sie alle herunter, die Traditionen, die diese Frauen gefangen hielten. »Gott, ich trage diesen Schleier«, sagte sie innerlich. »Aber ich bete zu dir. Sie können mich nicht daran hindern, zu dir zu beten!«

* * * * *

Der Januar in Südfrankreich war immer für eine Überraschung gut. In der einen Woche brachte die Sonne Temperaturen von fast 20 Grad, in der nächsten ließ der durch das Rhone-Tal herabschießende Mistral die Menschen ihre Schals fester um den Hals wickeln und mit gesenktem Kopf gegen den kalten Schwall laufen. *Genau das, was ich gerade mache*, dachte Ophélie, die sich gerade mühsam die Avenue Henry IV hinaufkämpfte. Sie packte ihr hinter ihr herwehendes langes Haar und stopfte es in ihren Mantel.

Wieder kamen die Fragen. Wieder ein Mittwoch, wo jedes Atom in ihrem Körper sie gebeten hatte, im Bett zu bleiben. Es war allein ihr Loyalitätssinn, der sie dazu gebracht hatte, sich in den beißenden Wind hinauszubegeben, in den Bus zu steigen und zum Roten Kreuz zu fahren.

Moustafa muss mich angesteckt haben, dachte sie bissig. Mama hatte immer gesagt, dass er der loyalste Mann war, den sie je kennen gelernt hatte. Kein Blut von ihm lief durch ihre Adern, aber Ophélie liebte und bewunderte ihren Stiefvater genauso, wie sie ihren Vater, ihre Mutter und Gabriella liebte. Ihre wunderbare Liebesgeschichte – nein, die beiden Liebesgeschichten hatten sie ihre ganze Kindheit und Jugend hindurch inspiriert und erfreut.

Der treue Moustafa, der sich geweigert hatte, seinen Bruder, seine Mutter und seine Schwestern allein in Algerien zu lassen, obwohl er wusste, dass auf sie, die *Harkis*, die dem verhassten

Frankreich treu gewesen waren, der sichere Tod wartete. Mama auf der von *Harkis* überfüllten Fähre – so schwach, mit dem schlafenden Samuel Cebrian im Schoß, während Eliane sich um Rachel und Baby José kümmerte. Sie kannte die Geschichten auswendig. Wie Gott Moustafa aus dem Grab zurück zu Mama geführt hatte. Wie Papa und Gabriella wiedervereint worden waren und wie die beiden Paare geheiratet hatten mit nur zwei Wochen Abstand.

Aber was half die Erinnerung an die Liebesgeschichten der Eltern einer Frau, die auf die 40 zuging? Ihre Gedanken wollten sich verheddern. Rislène war nicht aus Algerien zurückgekommen. Jeden Tag betete sie für ihre mutige Schülerin. Was hatten sie falsch gemacht? Warum hatte sie Rislène nicht bei sich behalten? Warum hatten sie gedacht, hatte *sie* gedacht, dass das Mädchen bei seiner Familie in Sicherheit wäre?

Sie konnte es nicht mit ansehen, wie Erics dünnes Sommersprossengesicht jeden Tag noch dünner und blasser wurde, wie das Glitzern seiner grünen Augen einem düsteren Starren gewichen war. Würde Papa ihn nach Algerien fahren lassen? Ihr Bruder in diesem Land – sie konnte es sich nicht vorstellen, so naiv und idealistisch wie er war. Aber was konnte ihr Vater machen? Eric war erwachsen.

Sie betrat das Rote-Kreuz-Gebäude, genoss die Wärme, die ihr durch die Tür entgegenschlug. Treue Ophélie. Treuer Moustafa. Und Mama mit dem kleinen Samuel Cebrian im Schoß. Ceb. Sie brannte auf ihrer Zunge, die Nachricht über Samuel Cebrian, sie sehnte sich danach, sie Mama und Bri zu erzählen.

Was bin ich für eine Heuchlerin, dachte sie. *Wem will ich denn hier helfen? Den Obdachlosen – oder mir selber?* Sie hatte nie etwas anfangen können mit den SDFs, obwohl sie oft Geld an Hilfsorganisationen überwies, die den Armen in aller Welt halfen. Aber diese Menschen hier standen direkt vor ihr, zum Anfassen nah. Manchmal, am Ende solch eines Morgens beim Roten Kreuz, wollten ihre Fantasie und ihr Brüten sie überwältigen, dass ihr die Aufgabe unüberwindlich schwer erschien und sie nur noch eines wollte: weg von diesem Leiden vor ihren Augen.

Warum kam sie also hierher? Nicht für Janine und nicht für Dominique. Sie dachte an das Essen am Donnerstagabend zurück. »Das ist so ähnlich wie ein kanadisches Doppel im Tennis«, hatte Janine bemerkt. Dominique war zu ihnen beiden aufmerksam, unterhielt sie mit seinen faszinierenden Geschichten vom Leben auf der Straße. Den ganzen Abend hatte sie seine Augen auf sich gespürt, und als er gestern angerufen hatte, um sie auf diesen Freitag einzuladen, war sie kein bisschen überrascht gewesen. »Ja, natürlich, gerne ...«

Nein, sie half nicht wegen Dominique aus, mit dem war sie auch so genug zusammen. Der Gedanke schickte ein Lächeln über ihr Gesicht, dann ein Stirnrunzeln. *Und dann muss ich auf das Thema ›Glauben‹ kommen, und das ist es dann gewesen.* Sie war ziemlich sicher, dass Dominique Gott nicht brauchte. Er war ja selber der Gott der Straße. Und sie hatte schon vor langen Jahren ihre Lektion gelernt – wie das war, sich mit einem Mann einzulassen, der nicht ihre Werte und ihren Glauben teilte.

Sie gingen in die Kleiderkammer. Alles war aufgeräumt. Janine hatte schon mit dem Kaffee angefangen. Draußen wurde die Warteschlange länger. *Ich komme hierher, weil ich helfen will, weil ich will, dass einige dieser Menschen den Weg zurück in die Gesellschaft schaffen. Ich will wissen, wie es ist, Jesu Hände und Füße unter seinen geringsten Brüdern zu sein. Ja, ich glaube, das kommt von Herzen, ich glaube, meine Motive sind rein.*

Dann gab sie es vor sich selber zu, und es erleichterte sie. *Herr, ich komme hierher, weil ich einen lang vermissten Freund gefunden habe. Er braucht Hilfe. Und, Gott, ich will ihn nicht wieder verlieren.*

* * * * *

Ceb kam nicht zum Roten Kreuz an diesem Morgen. Er wartete auch nicht draußen, als es Mittag war. Aber Ophélie war sicher, dass er irgendwo wartete. Sie ging in den Botanischen Garten, schlenderte an den alten Statuen und sorgfältig beschnittenen Zypressen entlang, schaute zu den Seerosen auf dem Teich hin und fragte sich, ob wohl ein Frosch sich in diese bittere Kälte hinauswagte.

Sie fand eine Bank in der Sonne, setzte sich bibbernd hin und holte ein Sandwich aus ihrem Rucksack. Aber zu viele Gesichter von diesem Morgen wanderten durch ihren Kopf – jämmerliche Gesichter, struppig, hager, mit erloschenen Augen. Ihr Appetit verließ sie. Sie legte das Sandwich beiseite und wühlte in ihrem Rucksack, bis sie den vergoldeten Füllhalter und einen Notizblock fand. Der Füllhalter war ein Geschenk von lieben Freunden aus der Gemeinde. »Für unser Schriftsteller-Talent«, hatten sie gesagt, als sie ihn ihr vor mehreren Jahren geschenkt hatten.

Etwas unbeholfen in ihren Handschuhen, begann sie Gedanken für eine Geschichte niederzuschreiben. Mehrere Personen nahmen in ihrem Kopf Gestalt an. Starke Charaktere mit zerschlissenen Kleidern, aber glühenden Gedanken. Es gefiel ihr, dass ihre Kreativität zurückkam. Nach dem Theaterstück war sie monatelang wie ausgebrannt gewesen; es war lange her, dass sie diesen Füller herausgeholt hatte, um etwas anderes aufzuschreiben als eine Einkaufsliste oder einen Unterrichtsplan.

Sie zuckte mit einem leisen Schrei zurück, als er ihre Schulter berührte. Ceb schaute aus seinen weichen hellbraunen Augen zu ihr hinunter, seine Brauen in Falten. »Entschuldige, wenn ich dich erschreckt hab, Filie. Darf ich mich zu dir setzen?«

Ihr Herz schlug so wild, dass sie errötete. »Natürlich.« Sie nahm ihren Block und das Sandwich an sich und rutschte auf das Ende der Bank. Der Rucksack fiel auf den Boden. »Oh, Mist«, stotterte sie.

»Ich hol ihn dir«, sagte er. Er berührte einen Augenblick ihre Hand, als er sich nach dem Rucksack bückte. Als er sich neben sie setzte, grinste er wie ein Junge – der Junge, an den sie sich wie aus einem anderen Leben erinnerte.

»Ich dachte, hier finde ich dich bestimmt«, sagte er.

»Na ja, es war so schön hier draußen ...«, begann sie verlegen. Sie lachten beide los. »Also gut, ich friere mich hier halb tot.«

»Ich auch.« Die Art, wie er es sagte, berührte ihr Herz.

»Ach, was soll's, Sam ... ich meine, Ceb. Ich bin hierher gekommen, weil ich dachte, hier treffe ich dich vielleicht.«

»Deswegen bin ich auch gekommen, Filie.« Er hatte die rote Skimütze so in die Stirn gezogen, dass sie die lange Narbe verdeckte. Sein Bart sah aus, als habe er ihn gestutzt. Wieder diese Augen wie bei einem Hundewelpen. »Das Sandwich und der Kaffee, den du mir letzte Woche angeboten hast, könnten wir das jetzt ...«

»Klar«, sagte sie zu schnell. Warum hämmerte ihr Herz so, als sei sie ein Schulmädchen und dieser abgerissene Mann ihr großer Schwarm? Sie atmete tief ein. »Du hast Glück! Ich hab dir was mitgebracht ... für alle Fälle.« Sie wühlte in ihrem Rucksack und hielt ihm ein in Folie gewickeltes Baguette hin.

»Danke. Hast du was dagegen, wenn wir beim Essen ein bisschen laufen?«

»Klingt gut.« Sie bemerkte zufrieden, dass seine Hände in Wollhandschuhen steckten. *Vielleicht will ich seine verkrüppelte Hand nicht sehen,* dachte sie; sie wusste selber nicht, warum.

»Halb die Allee rauf ist ein kleines Café«, sagte Ceb. »Da könnten wir nen Kaffee kriegen.«

»Klingt gut«, sagte sie wieder. Sie kam sich plötzlich albern vor. Es war nicht ihre Art, so einsilbig zu reden. Sie schlenderten zurück durch den Park, während sie ihre Schinken-Käse-Baguettes Stückchen um Stückchen aus ihrem Papier schoben und schweigend aßen. Ophélie verspürte ein merkwürdiges Bedürfnis, ihre Hand auf seinen Arm zu legen und sich auf ihn zu stützen. Sie kaute stattdessen weiter an ihrem Brot, und sie gingen aus dem Park hinaus und die breite Allee hinauf.

* * * * *

Selbst in der Wärme des Cafés behielt Ceb seinen Mantel an. Er wollte nicht, dass Ophélie sah, dass er wie Espenlaub zitterte, und das nicht von der Kälte. Er verspürte eine brodelnde Erregung tief drinnen. Der gleiche wilde innere Motor, den er sein ganzes Leben gekannt hatte, hatte ihn an diesem Morgen mit der Kraft des Mistrals zu dem Botanischen Garten getrieben, um Ophélie zu finden.

Und jetzt saß sie neben ihm in dem verräucherten Café. Er kannte das Personal gut, er kam fast täglich hier vorbei. Manchmal kaufte er einen Kaffee, doch meistens saß er nur da und starrte vor sich hin. Man ließ ihn immer in Ruhe. Aber heute fühlte er sich anders, fast wie ..., ja, wie was? Fast wie ein Junge bei seiner ersten Verabredung. Ob man sich so fühlte, wenn man noch einmal ganz von vorne anfing? Plötzlich merkte er, dass Ophélie gerade etwas gesagt hatte.

»Entschuldigung, was hast du gerade gesagt?« Seine Stimme klang eine Spur zu schroff.

Ophélie lächelte ihn an. »Nichts. Ich habe nur gefragt, ob du eine gute Woche hattest, aber das ist sicher eine dumme Frage.«

»Nein, überhaupt nicht. Nicht jede Woche ist gleich, Filie. Es gibt Wochen, die sind besser, und die letzte ist so eine gewesen. Hab bei ein paar Hundewelpen geholfen. Süße kleine Racker ...« Er schaute in die Ferne, sah innerlich wieder Jean-Marcs stolze Augen, spürte wieder die pulsierende Wärme in dem winzigen Ding, das er da in der Hand gehalten hatte. Die Szene ließ ihn einen langen Augenblick nicht los.

Wie durch einen Nebel hörte er Ophélies nächste Frage: »Wie viele Welpen?« Ihre Stimme schien weit weg zu sein.

Er nahm seine rote Skimütze ab und schüttelte sein langes Haar, dann rieb er sich mit einem Finger an den Augen, pickte an einer wunden Stelle unter seinem Bart. Er drehte seine Augen langsam zu Ophélie hin und schüttelte wieder den Kopf. »Entschuldige. Du darfst mir nicht böse sein, Filie, ich bin es nicht gewohnt, unter Menschen zu sein.« Er lächelte verlegen. »Hab meine Kinderstube vergessen, sozusagen.« Ihre Augen ließen die seinen keinen Augenblick los. Ganz die liebe alte Filie. So konzentriert. »Also, was hast du gerade gesagt?«

Wieder ihr weiches Lächeln. Nicht mitleidig, sondern geduldig, vielleicht so, als ob sie einem Schüler einen Ausdruck erklärte, den er nicht sofort verstand. Aber auch nicht herablassend. Es tat ihm gut.

»Wie viele Welpen sind es?«, wiederholte sie.

»Ach so, die Welpen, ja. Fünf. Fünf Stück.«

Schweigen. Sie tranken ihren Kaffee. Ceb nahm mit zurückgelegtem Kopf den letzten Schluck und setzte die Tasse geräuschvoll auf der Untertasse ab. Er merkte plötzlich, wie er Ophélies Hand gepackt hielt, und mit einer Eindringlichkeit, die der ihren fast gleichkam, sagte er: »Erzähl mir von Mutter. Und Vater. Und von den anderen. Sag mir alles. Ich höre.«

* * * * *

Sie blieben zwei Stunden in dem Café, achteten nicht auf die Männer und Frauen, die kamen und gingen. Ophélie staunte, wie Samuel Cebrian neben ihr saß und einfach zuhörte. Dann und wann schienen seine Gedanken abzuschweifen, wie bei einem kleinen Jungen, der auf einmal einen großen Kran oder ein rotes Feuerwehrauto sieht. Dann sah er sie sie wieder an und lachte das ansteckende Lachen seiner Teenagerjahre.

Fast war es ihr unheimlich, sein verwittertes, bärtiges, von Narben durchzogenes Gesicht, das doch irgendwo noch das alte, vertraute war. Wie die eine Augenbraue sich hob, wenn etwas ihn überraschte. Die großen schwarzen Pupillen seiner Augen mit der hellbraunen Iris, die nach außen hin in ein leichtes Heidegrün überging. Die Lebendigkeit in dem Weiß seiner Augen, das wirklich weiß war. Und seine ausholenden Gesten, als er endlich selber redete – wie er sich zu ihr hinbeugte, ihre Schulter berührte, in alter Vertrautheit, sich selbst vergessend über seiner Beschreibung seines Deutschlehrers am Gymnasium, der mit seinem dicken Schnurrbart und noch dickeren Akzent der Klasse die Deklination der deutschen Substantive vordozierte, während Samuel, in der hintersten Reihe, die Augen rollte, die Wangen einsog und seine Lippen zu einem Fischgesicht schürzte und mehrere Mädchen krampfhaft versuchten, nicht zu kichern.

Je länger sie redeten, umso vertrauter wurde er, seine Sprache feiner, nicht mehr ungehobelt wie die Straße, sondern gewählt und fließend wie in alter Zeit. *Vielleicht ist es doch möglich,* dachte Ophélie, *vielleicht kann Samuel zurückkommen.*

Dann, so plötzlich wie es begonnen hatte, war es vorbei. Ceb packte seine Skimütze, zog sie abrupt über seinen Kopf, kämpfte einen Moment mit seinen Handschuhen und stand auf. Er sah sie an, plötzliche Panik in den Augen. »Du hast doch gesagt, dass du zahlst? Ich hab heute keinen *Centime* dabei.«

»Natürlich, Ceb.« Er war schon aus der Tür, während sie noch in ihrem Portemonnaie wühlte. Sie warf das Geld auf den Tisch und rannte hinter ihm her. »Also, dann tschüs, Ceb. Bis nächste Woche.«

Er drehte sich um. Er schien erleichtert, dass sie ihn eingeholt hatte. »Ja, sicher, bis bald.« Er hob wieder die eine Augenbraue und beugte sich umständlich nach unten, wie um sie auf die Wange zu küssen. Dann richtete er sich wieder auf, verlegen. Sie tat so, als merke sie es nicht, und huschte mit ihren Lippen über seinen Bart.

»Bis Mittwoch«, flüsterte sie. »Mach's gut.« Sie sah ihm hinterher, wie er sich umdrehte und fortging, die Andeutung eines Lächelns in seinem Mundwinkel.

Er drehte sich kurz um und rief: »*Merci*, Filie. Ehrlich. Danke.«

Danke, Samuel. Danke, dass du es gewagt hast und gekommen bist. Halb wünschte sie sich, dass sie nicht bis zum nächsten Mittwoch warten müsste, um ihn wieder zu sehen.

KAPITEL 16

Gewöhnlich sprach er nicht mit den Empfängern. Auf dem Briefumschlag stand Abdul Charfis Name und der Vermerk »dringend«, aber es war das mit Bleistift gezeichnete Hugenottenkreuz in der oberen linken Ecke, das Hussein zögern ließ, als er Abdul den Brief aushändigte. Eine halbe Sekunde lang hielten sie beide eine Ecke des Umschlags zwischen ihren Fingern. Ihre Augen trafen sich, die seinen fragend, Abduls ernst.

»Hast du etwas Zeit?« Abdul sagte es fast bittend. Die Nacht war still, bis auf das Flüstern des Windes im Sand.

Hussein nickte.

»Komm rein.« Abdul zeigte auf die Tür. Er schloss sie, kaum dass sie in das Haus getreten waren. Hussein rieb ungeduldig seine Hände, seine Füße traten hart auf den gefliesten Boden. Es packte ihn jedes Mal, wenn er das alte Bauernhaus von Rémi Cebrian betrat. Hier war er vor dreißig Jahren in diese verrückte alte Überseekiste gestiegen, und der gebeugte, grauhaarige Mann, der jetzt vor ihm stand, hatte damals ebenfalls vor ihm gestanden. Zusammen mit Rémi und David hatte er die Kiste ächzend hochgehoben und in den alten Renault geschoben. So hatten sie Hussein nach Frankreich geschmuggelt.

Damals war seine Mission der Tod gewesen, und weder Rémi noch David noch Abdul hatten geahnt, dass er mitnichten der arme *Harki*-Waisenjunge war, für den er sich ausgab.

Hussein räusperte sich. Es war alles anders geworden. Oder vielleicht auch gar nichts. Er musste lächeln. Immer noch schmuggelte er und wurde geschmuggelt, war er nicht das, was er schien, zu einem Doppelleben verurteilt. Nein, nicht verurteilt. Als Junge hatte er keine Wahl gehabt, als zu gehorchen, wenn er nicht wie so viele andere ermordet werden wollte. Jetzt hatte er eine Wahl.

Und doch gehorche ich immer noch, Herr, und jedes Mal riskiere ich mein Leben. Es kostet mich alles, was ich habe und bin. Aber es gab einen Unterschied, der ihm die Wahl leicht machte: Früher hatte er aus Angst gehorcht; jetzt trieb ihn die Liebe an.

Abdul riss ihn aus seinen Gedanken. Er zeigte auf den Brief. »Gut, dass du eben reingekommen bist, Hussein.« Er klopfte Hussein lächelnd auf die Schultern. »Dieser Brief ist auch für dich.«

Hussein nickte. Ja, manche Dinge änderten sich nie. David Hoffmann verstand es wie kein anderer, seine Aufmerksamkeit zu wecken. Das Hugenottenkreuz, das Symbol einer anderen Schmuggelaktion am Ende des Algerienkrieges, war nach wie vor das stille Signal, dass Husseins Hilfe auf eine ganz besondere Art gefragt war. In keinem Brief oder Fax, keiner Bibel und keinem Buch fand man je seinen Namen erwähnt. Aber in kleinen Zellen in Algiers und in Dörfern überall im Land besaßen Christen Dokumente, Bücher, Bibeln und Briefe mit einem Bleistiftkreuz darauf. Es bedeutete, dass die Mission schwierig gewesen war und dass Hussein sie unternommen hatte.

Er staunte zum x-ten Male darüber, wie eine einfache Zeichnung so viel kommunizieren konnte. Ohne ein einziges Wort sagte sie: *Ich brauche dich, Hussein. Ich vertraue auf dich wie auf niemanden sonst. Dies hier ist gefährlich und wichtig, und du bist der Mann dafür. Ich bete für dich und deine Familie. Danke, dass du den Tod riskierst, damit andere das Leben entdecken können. Gott sieht es. In Liebe und Bewunderung, David.*

»Was meinst du?«, sagte Abdul, nachdem sie gemeinsam Davids Brief gelesen hatten.

»Kitzlig. Um nicht sagen zu müssen: unmöglich. Wenn David Recht hat, lebt diese Frau Namani in der reinsten Festung, umgeben von lauter treu ergebenen Verwandten. Und glaube mir, die suchen alle einen Mann für dieses Mädchen. Wenn sie es schaffen, sie zu verkuppeln, können wir nichts mehr tun – außer für sie beten.«

»Kann man ihr eine Botschaft zukommen lassen?«

Husseins Lippen kräuselten sich. »Ich kann nur sagen: Wir brauchen jemand, der das Haus beobachtet und herausfindet, ob das Mädchen je ausgeht.«

Abdul nickte. »Ich sehe.« Er rieb sich nachdenklich über das Kinn. »Wie viele Schäden hat es gegeben in diesem Viertel?«

»Ich weiß nicht. Ich schätze, die fühlen sich ziemlich sicher dort auf dem Hügel, aber wir wissen alle, dass es nirgends mehr sicher ist.«

»Und was schlägst du vor, Hussein?«

»Dass du das tust, was du am besten kannst, Abdul. Trommle deine Leute zusammen, und dann betet. Fastet und betet. Ich schau mir das Haus an. Sobald ich mir ein Bild machen kann, sage ich dir, was du David schreiben kannst. Aber meiner Meinung nach muss er jemand rüberschicken, der sie zurück nach Frankreich bringt. Ich kann hier nicht weg, und du auch nicht. Zu gefährlich. Ich kann versuchen, das Mädchen in die französische Botschaft zu bringen, aber den Rest muss jemand aus Frankreich machen.

Wir müssen auch einen Pass für sie anfertigen. David soll ein Bild von ihr schicken. Und schreib ihm, er soll jemand aussuchen, der rüberkommen kann. Jemand mit einem klaren Kopf, der Blut sehen kann. Am besten wäre es, wenn er auch Arabisch kann.« Er klopfte Abdul auf den Rücken. »Sagen wir's doch ehrlich: David muss selber kommen, ich sehe keine andere Möglichkeit.«

* * * * *

Es war nicht so, als ob er nie an sie dachte. Er dachte die ganze Zeit an sie, betete mit Dounia für sie, fragte sich, wie es ihnen wohl ging. Und Abdul und Madira erzählten ihm stets gerne weiter, was die Hoffmanns, die Cebrians oder die Dramchinis ihnen Neues geschrieben hatten. Wie er ihre Weihnachtsbriefe genoss. Es war ihm egal, dass sein Name nie erwähnt wurde. Sie konnten ihn nicht erwähnen, aber sie dachten ihn sich.

Er hatte David und Gabriella in Algerien gesehen. Sie hatten ihn zu Hause willkommen geheißen nach seiner achtjährigen Abwesenheit von seinem Heimatland. Sie hatten sogar seine Mutter aufgespürt und heimlich mit ihrem Sohn wiedervereinigt. Er hatte viele wunderbare Mahlzeiten und

Gebetsstunden erlebt mit den Hoffmanns und ihren Jungen. Er hatte sogar Rémi und Eliane getroffen, als sie 1974 Algerien besuchten, und sie seiner jungen Braut Dounia vorgestellt.

Aber Anne-Marie und Moustafa hatte er nie mehr gesehen. Auch nicht Ophélie. Seine Pflegefamilie. 24 lange Jahre nicht. Nur seine Seele konnte sagen, wie sehr er sie manchmal vermisste. Wie er sich danach sehnte, in dem alten Bauernhaus in Lodève zu sitzen, mit den Cevennes-Bergen draußen und dem Feuer im Kamin und seinen ausgestreckten Füßen auf der alten Kiste, in der sie Moustafa nach Frankreich geschmuggelt hatten, ein Zwilling der Kiste, die sein eigenes Fluchtgefängnis gewesen war.

Es überraschte ihn nicht, dass Ophélie Theaterstücke schrieb. Sie hatte die größte Fantasie und die zarteste Seele, die er je kennen gelernt hatte. Sie war seine kleine Schwester gewesen in jenen acht Jahren in Lodève. Ophélie. Das geheimnisvolle kleine Mädchen, das er fast kaltblütig ermordet hätte. Das Kind, das ihm das Leben gerettet hatte, denn ihre Liebe zu ihm hatte ihn verändert.

Ein Schmerz schoss durch seine Brust, so tief und rein, dass er ihn willkommen hieß. Eigentlich war er wegen Ophélie zurück nach Algerien gegangen. Als sie 14 war und er 22, hatte seine Liebe zu ihr die Grenzen der Geschwisterliebe überschritten. Er wollte Ophélie Duchemin mit seinem ganzem Herzen. Wie hatte er Gott gebeten, es möglich zu machen, hatte versprochen, zehn Jahre zu warten, wenn es sein musste, wenn Gott ihm nur Ophélie geben würde.

Damals hatte er Moustafa gebeten, ihm jede Einzelheit seiner Liebesgeschichte mit Anne-Marie zu erzählen. Obwohl er es nie zugegeben hätte, konnte Hussein sich einfühlen in die loyale, reine Liebe, die Moustafa zu Anne-Marie gehabt hatte. Er hatte verstanden, wie diese Liebe romantisch geworden war und warum Moustafa so viele Jahre seiner Anne-Marie nachgegangen war, bis Gott seine Gebete erhört hatte. Moustafas und Anne-Maries Geschichte hatte ihm Hoffnung gegeben.

Aber es gab Dinge im Leben, die unmöglich waren. Und für Hussein war es unmöglich gewesen, im selben Haus, unter demselben Dach mit einer schönen Teenagerin zu leben, die als seine Schwester galt, aber die er so gerne zur Frau gehabt hätte. Und so hatte er die schwerste Entscheidung seines Lebens getroffen: zurückzugehen nach Algerien, um unter den Christen dort zu arbeiten, so, wie Gott ihn führen würde. Niemand hatte den wahren Grund erraten. Anne-Marie und Moustafa fanden es richtig, dass er in seine Heimat zurückkehrte, jetzt, wo die wirtschaftliche und politische Lage in Algerien so viel stabiler geworden war.

Er hatte geweint wie ein Kind, als er sich von ihnen verabschiedete. Er spürte es noch, wie Ophélie sich an ihn geklammert, ihn auf die Wangen geküsst hatte, ihre heißen Tränen mit den seinen vermischt. Ihre Liebe zu ihm war genauso stark gewesen wie die seine zu ihr, aber sie war nach wie vor von der geschwisterlichen Sorte gewesen. Und sie hatte geahnt, wie sie so viele andere unerklärliche Dinge in ihrem Leben vorgeahnt hatte, dass sie einander nie mehr sehen und nur noch durch ihre Gebete verbunden sein würden.

Mit Tränen in den Augen fuhr Hussein durch die algerische Nacht und rief den Gott der Bibel an, ihm Mut für einen neuen Auftrag zu geben. Gott hatte sein Herz geheilt und ihm Dounia gegeben, die er mit Leib und Seele liebte. Schmerz und Segen, tiefe Wunden und verheilte Narben – und, Dank dem Himmel, ein Gott, bei dem das alles einen Sinn hatte.

* * * * *

Als Moustafa am Nachmittag von der Arbeit kam, las Anne-Marie es sofort auf seinem Gesicht. Sie hatten ihn gekündigt. Sie nahm seine Hand und half ihm aus dem zerschlissenen Mantel, der ihm fast zehn Jahre gute Dienste geleistet hatte.

»Setz dich, Schatz«, sagte sie, »ich hole den Tee.« Das Feuer im Kamin brannte, der Pfefferminztee war fertig. Seit Wochen schon war Moustafa jeden Morgen mit der düsteren Vorahnung zur Arbeit gefahren, dass dies vielleicht sein letzter Tag sein würde.

»Es ist fast eine Erleichterung, *Chérie*«, rief er aus dem

Wohnzimmer, eine Spur Humor in der Stimme. »Besser, man weiß, dass man gekündigt ist, als dass man die ganze Zeit diesen Knoten im Magen hat.«

Sie kam zu ihm und setzte die Teetasse auf dem Beistelltisch aus Eichenholz ab, den sie von ihren Eltern in Algerien geerbt hatten. »Waren sie sehr gehässig, Moustafa?«

»Nein, nicht schlimmer als normal. Du weißt ja, mein Chef war noch nie verschwenderisch mit Komplimenten.«

»Und haben sie dir was angeboten für deine – na ja, Frühpensionierung?« Manche Firmen schickten ihre älteren Angestellten mit halbwegs anständigen Übergangszahlungen in den Vorruhestand.

Moustafa räusperte sich und schaute an Anne-Marie vorbei zum Fenster hinaus, wo ein schmales Feld abrupt in einen Berghang überging. Er nahm ihre Hand. »Nicht viel. Sie haben nichts zu verschenken. Ich kriege mein Entlassungsgeld, aber der Rest, was sie für mich eingezahlt hatten, ist weg.«

»Das können die doch nicht machen! Das ist ungesetzlich!«

Er drückte ihre Hand. »Das passiert heutzutage ständig.«

Sie spürte, wie ihre Augen loderten. Ihre nächste Frage presste sie durch ihre Zähne hindurch. »Und haben sie auch Franzosen gekündigt?«

»Ein paar, doch. Aber die meisten waren Araber.«

Was war das Leben ungerecht. Sie hatten es nie leicht gehabt, Moustafa und sie. Ihr Glaube, ihre Heirat, seine Arbeit, die Kinder, die Freunde – es war immer wieder ein Kampf gewesen. Sie seufzte laut.

»Das wird schon, Anne-Marie, das weißt du doch.«

Sie konnte ihm nicht in die Augen sehen. »Wird dir das nie zu viel, Moustafa? Die Vorurteile, die Verachtung, diese wütenden Blicke, bloß weil deine Haut dunkler ist? Wir sind Aussätzige, und das wird nie anders werden. Fremde in einem Land, das uns nicht will, weil wir in diesem anderen Land geboren sind!«

»Pssst, Anne-Marie. Darüber haben wir uns schon tausend Mal unterhalten, immer mit demselben Ergebnis. Wir können's nicht ändern. Aber Gott ist für uns, egal was die anderen sagen. Er versteht uns. Wir wussten, in was wir uns einließen mit unserer Mischehe. Und wir haben Freunde, echte Freunde, die ihr Leben geben würden für uns. Und schöne Töchter ...«

Typisch Mann, dachte Anne-Marie wütend. Anstatt auf den Schmerz in ihrer Seele zu hören, zählte er seine Vernunftgründe auf. Warum gab er so schnell Antworten, anstatt einfach verständnisvoll zu nicken und sie ihren Frust abladen zu lassen?

Sie stand abrupt auf, ging in den Flur und holte ihren Mantel aus dem Schrank. »Ich gehe eben spazieren«, sagte sie in einem Ton, der so viel hieß wie: *Störe mich ja nicht dabei.* Sie schlug die Tür hinter sich zu.

Das schlechte Gewissen kam sofort. Sie war eine schöne Ehefrau – just in dem Augenblick, wo er ihr Verständnis brauchte, wurde sie wütend auf ihren Mann. *O Gott, Verständnis – ich hab keines heute. Ich bin diese Stadt und diesen Betrügerchef so satt! Mit 56 Jahren jeden Centime umdrehen müssen – ich kann nicht mehr!*

Sie bog auf den Weg hinter dem Haus ein, der durch die Weinberge geradewegs zum Fuß der Cevennes führte. Ein langer Spaziergang in der frischen Luft hatte ihr noch immer gut getan. Sie nannte diese Fluchtaktionen ihre »Gnadengänge«. Sie haderte mit Gott auf ihnen, verbannte ihre Frustkalorien, ließ die Bergluft durch ihre Seele pusten. Sie musste plötzlich grinsen. Wie oft hatte Moustafa sie schon mit einem freundschaftlichen Klaps auf den Hintern nach draußen geschickt und gesagt: »Du musst mal zum Herrn in die Sprechstunde, *Chérie.*« Gut, dass er es heute nicht gesagt hatte, oder sie wäre ausfällig geworden.

Sie merkte, dass sie zu schnell ging. Mit jeder neuen Krümmung und Steigung ging ihr Atem heftiger. *Herr, du siehst, wie fuchsteufelswild ich bin wegen der Sache mit Moustafas Job. Keine Betriebsrente! Weißt du, was das bedeutet? Dass ich jahrelang putzen gehen darf. Und ich hatte mich so darauf gefreut, Aurélies Kinder zu hüten. Meine eigenen Enkelkinder.*

Und das ist noch nicht alles! Dies ist das rassistischste Land in der ganzen Welt! Hab Erbarmen mit uns. Was soll Moustafa denn machen? Für die Menschen hier wird er immer ein klei-

ner Dreckaraber sein. Was die Harkis für Frankreich getan haben, ist denen doch egal. Ein Verräter für die anderen Araber hier und ein lästiger Gastarbeiter für die Franzosen, das ist sein Los!

Und für uns Pied-noirs ist es auch nicht einfacher gewesen. Sie nennen uns eine Clique, machen sich über unseren Akzent lustig, stecken alle Männer in den Macho-Topf ... Und für Moustafa und mich mit unserer ›Mischehe‹ ist es alles noch mal so schlimm. Keiner will uns, Herr. Die Franzosen nicht, die Pied-noirs nicht, die Harkis nicht, die Araber nicht ...

Sie weinte, ließ all die Jahre der Bitterkeit und Frustration aus ihrem Herzen und auf ihre Wangen strömen. *Und warum um Himmels willen muss ich immer und immer wieder mit den gleichen Sachen kämpfen? Jedes Mal, wenn ich denke, die alten Wunden sind verheilt, fangen sie wieder zu eitern an.*

So, jetzt hatte sie es gesagt. Sie merkte schon, wie sie sich besser fühlte. Schon konnte sie den blauen Himmel sehen, der dort, hinter den Bäumen, violett wurde. Schon schoben Gottes Segnungen, die sie mitten in all dem Grau ihres Lebens erfahren hatte, sich nach vorne in ihrem Gedächtnis und erinnerten sie daran, dass Moustafa ja Recht hatte. Gott hatte sie nie im Stich gelassen, auf dem ganzen langen steilen Weg.

Sie stand in einer kleinen Lichtung neben einer schmalen Straße und schaute auf Lodève hinunter. Sie stand gerne hier oben und genoss die Aussicht, während sie in tiefen Zügen die Luft eintrank und darüber nachdachte, wie unglaublich erfüllt ihr Leben doch war und wie schön es war, von Zeit zu Zeit zurückzublicken und sich von Gott daran erinnern zu lassen, dass der so anstrengende Anstieg nicht umsonst gewesen war. Die schweren Wegstrecken hatten ihren und Moustafas Glauben gestärkt, sie auf die Knie gebracht, sie gelehrt, immer wieder zu sagen: »Gott, wir können das nicht, das ist nicht gerecht. Aber du kannst.«

Sie betete jetzt laut, mit fester Stimme, bat Gott um Vergebung für ihren Zorn und ihr Jammern, legte ihm alle ihre Sorgen hin und betete dann für die vielen anderen, denen es viel schlechter ging als ihr. Ihre Gebete drifteten zu Algerien hin und den Hausgemeinden dort, dem Gemetzele des Krieges und Rislènes Not. Und schließlich blieben sie bei einer Familie stehen. Bei einem Jungen, der in ihrem Haus groß geworden war. Der viel mehr Hass und Spott erfahren hatte als sie. Der sein Leben heimlich gelebt hatte, der niemandem gehörte, aber so vielen, die nie seinen Namen aussprachen, ein Freund war.

Hussein. »Beschütze ihn, Vater. Und Dounia und die Kinder. Gibt, dass die Behörden ihm nicht auf die Spur kommen. Behüte ihn, wenn er die kostbaren Bücher und Kassetten und Videos ausliefert. Gib ihm die richtigen Kontakte mit den fundamentalistischen Rebellen. Gib ihm und Dounia Frieden. Danke, Herr, für Hussein.«

Was für ein Wiedersehen im Himmel auf sie alle wartete! Keine Tränen mehr, keine Vorurteile, kein Tod mehr, keine Trennung. Heilung für alle Herzen.

Als sie zurück ins Haus kam, brannten ihre Wangen und Hände. Moustafa kam von dem hinteren Fenster, durch das er sie hatte kommen sehen, herbei und nahm sie in seine Arme. »Es wird alles gut, Liebes. Bestimmt.«

»Ich weiß«, flüsterte sie. Sie fragte sich, wie um alles in der Welt sie es vor einer halben Stunde hatte bezweifeln können.

* * * * *

Madame Dufour nahm ein blassblaues Kleid von dem Bügel in ihrem Kleiderschrank und zog sich für die Messe an. Ihr Mann lag friedlich schlafend im Bett. Sie wusste aus langjähriger Erfahrung, dass selbst der größte Lärm ihn nicht wecken konnte, wenn es darum ging, zur Kirche zu gehen. Aber was sollte es? Hauptsache, *sie* ging zur Messe.

Sie verwendete fast zwanzig Minuten auf ihr Make-up. Sie dachte sehnsüchtig an die Jahre zurück, wo ihre Haut keine einzige Runzel gehabt hatte. Sie war etliches über 40 gewesen, als sie die erste Gesichtscreme benutzte, um die kleinen Unansehnlichkeiten zu übertünchen, die sie jetzt vielfach vermehrt aus dem Spiegel anstarrten. Sie suchte sich die passende Handtasche und ging zur Tür hinaus.

Sie war zierlich und attraktiv und sehr belesen. Sie liebte die

Sinfonie und die Oper und natürlich jedes von Janines Stücken, auch wenn einige von ihnen am Rande des Erlaubten lagen. Janine! An diesem Morgen würde sie speziell für dieses ihr Kind beten. Sie machte ihr Sorgen, ihre Janine!

Janine hatte nie geheiratet, und die zahlreichen Männer in ihrem Leben, sie waren alle Randfiguren gewesen. Etliche waren schön gewesen, ein paar höflich, aber kein Einziger wirklich viel versprechend. Und jetzt war Janines Torschlusspanik größer denn je.

Jacqueline Dufour verbesserte sich. Nein, das Problem war ja gerade, dass Janine überhaupt nicht in Panik zu sein schien. Es war ihre plötzliche, so unnatürliche Ruhe, die Jacqueline nicht geheuer war. Diese protestantische Sekte, sie war dabei, sie zu hypnotisieren mit ihren ideologischen Lügen über die »Wahrheit«.

O, die Leute waren nett. Sie hatte Ophélie kennen gelernt, die Hoffmanns und mehrere andere Familien. Aber das war gleich das nächste Problem: Sie waren zu nett! Wenn sie nur ihre Tochter in Ruhe lassen könnten!

Sie parkte ihren Wagen am Straßenrand, ein paar hundert Schritte von der kleinen Kirche. Sie ging rasch zur Tür, nickte höflich ein paar anderen Gläubigen zu und nahm auf der harten Holzbank Platz. Sie genoss die Stille, die so viel schöner war als dieses protestantische Getöse mit Klavier und Gitarren, einer Flöte und – beim Himmel! – einem Schlagzeug. Und vor dem ölig-warmen Getue, das die Evangelischen »Gemeinschaft« nannten, war sie hier auch sicher. »Gemeinschaft« – was für ein dümmliches Wort! Die Kirche war für die feierliche Anbetung Gottes durch den einzelnen Gläubigen da, mit etwas Hilfe vom Priester und von Maria.

Als die Messe vorbei war, verließ sie die Kirche, mit einem verächtlichen Blick auf ein paar Araber, die weiter unten, wo das Fußballstadion war, auf der Straße standen. Nun ja, lieber als die Moscheen, die überall wie die Pilze aus dem Boden schossen, waren ihr die protestantischen Kirchen allemal. Wie diese Typen da hinten ganz Frankreich ihre Religion aufzwingen wollten – es ließ ihr das Blut in den Adern gefrieren. Und die Arbeitsplätze der anständigen Leute stahlen sie, fraßen mit ihren Kinderscharen das Land glatt leer und hatten Montpellier zu einer der gewalttätigsten Städte in Frankreich gemacht. Barbaren! Und keine Chance, dass sie je wieder zurück über das Mittelmeer gehen würden. Dieses Gemetzele in Algerien – furchtbar! Sie weigerte sich, noch mehr von diesen Horrormeldungen in der Zeitung zu lesen.

Exakt um 12 Uhr war sie wieder zu Hause. Der Duft des Bratens, den sie vor ihrem Kirchgang in die Röhre geschoben hatte, empfing sie. Sie beugte sich zu ihrem Mann hinunter, der seine Sonntagszeitung las, und küsste ihn auf die Stirn. »So, Schatz, ich bin wieder da.«

»Ja«, grunzte er. »Hak's ruhig ab. *Bin zur Kirche gegangen.* Jetzt sind die Götter dir wieder eine Woche gnädig.«

»Georges! Ich bitte dich! Was bist du für ein Atheist!« Sie rollte die Augen und huschte an ihm vorbei in die Küche, zufrieden pfeifend.

* * * * *

»Simon! *Coucou*! Simon! Ich bin da! Entschuldige die Verspätung.« Janine sauste durch die Räume hinter der Bühne. Wo war er nur? »Simon! Wo bist du? Was ist los?«

Der tatkräftige Regisseur saß, die graue Mähne zu einem Pferdeschwanz zusammengebunden, finsteren Blickes an einem kleinen Tisch, vor sich ein halb volles Glas. Das missbilligende Blitzen seiner Augen, mit dem er ihr bedeutete, sich zu setzen, war nicht ganz überzeugend.

Oh, dachte Janine, *jetzt haben wir's! Das Stück ist durchgefallen.* »Schlechte Nachrichten, wie?«, fragte sie. Sie holte zwei Zigaretten aus der Schachtel und bot Simon die eine an.

»Ja, doch, aber nicht das, was du denkst. Das Stück geht nach wie vor gut.« Er warf ihr ein Lächeln zu. »Ich mache mir nur Sorgen um meinen Star.« Er zeigte auf seine Armbanduhr. »Wo warst du?«

»Musst du das unbedingt wissen, Simon? Komme ich denn so oft zu spät?«

Er rollte seine Augen.

»Okay, okay, spar dir deine Antwort, jetzt bin ich ja da.« Sie nahm seine Hand und betrachtete seine Augen, die so grau waren wie sein Haar und sie intensiv musterten. Für Janine war Simon wie ein lieber Onkel. Er war all das, was ihr Vater nicht war: enthusiastisch, gütig, sensibel, Anteil nehmend. Und sehr, sehr begabt.

»Willst du mir sagen, wo du warst?«

Sie wurde rot. »Ist denn das so wichtig? Gut, ich war in der Kirche! Bin wieder gegangen, bevor der Gottesdienst zu Ende war. Und jetzt komm mir nicht damit, dass es eine Sünde ist, zur Kirche zu gehen!« Sie lachte nervös.

»Deine Mutter macht sich Sorgen um dich.«

»Jetzt komm, Simon! Ist das alles? Hat sie dich als Privatdetektiv angeheuert? Es ist Ophélies Kirche. Du kennst doch Ophélie, das süße Genie? Ich bilde mir ein, du magst sie.«

Simon räusperte sich und nahm einen Schluck von seinem *Pastis*. Sein Lächeln war gequält. »Ophélie ist großartig. Etwas extravagant, aber großartig. Sie schreibt meine Stücke, und damit ist ihr Part im Wesentlichen erledigt. Aber dass mein Star sich in so eine Sekte einlässt, die ihn in wer weiß was für Veranstaltungen schleift, das geht nicht. Ich muss auf dich zählen können, Janine.« Seine Augen baten um Verständnis. »Du weißt, wie ungern ich das sage.«

Janine stand auf. Sie spürte, wie der Zorn ihre Wangen rot färbte. »Simon! Was für einen Unsinn hat meine Mutter dir da eingetrichtert? Das ist keine Sekte, ich kann tun und lassen, was ich will! Keiner zwingt mich. Ich gehe dahin, weil mir das gefällt.« Sie marschierte hin und her, wütend an ihrer Zigarette ziehend. Sie fühlte sich wie in ihrer Rolle in dem Stück, nur dass dies kein Stück war. Sie hielt abrupt an. »Schön, es tut mir Leid, dass ich zu spät gekommen bin. Soll nicht wieder vorkommen.« Sie setzte sich schwer hin, ihre schlanken Beine übereinander geschlagen, und zog einen Schmollmund.

Simon beugte sich zu ihr und küsste sie flüchtig auf die Wange. »Deine Mutter hat mir gesagt, dass sie sich Sorgen macht, Janine, aber du kennst mich doch gut genug, um zu wissen, dass ich mich nicht verrückt machen lasse. Aber du musst vorsichtig sein.« Er nahm ihre Hand. »Schau her, jetzt spricht nicht dein Regisseur zu dir, sondern der gute Onkel Simon, der dich liebt wie seine eigene Tochter. Pass auf, Janine! Bitte, pass auf.«

»Es ist schön, dass du dir so Gedanken machst um mich, aber hier liegst du einfach falsch. Am besten schlepp ich dich mal mit, damit du dir die Leute selber ansehen kannst. Wärst du wenigstens dazu bereit?«

»Ja, sicher.« Er lehnte sich zurück, die Augen wieder heller. »Und jetzt haben wir den unangenehmen Teil hinter uns und müssen in die Probe. Du hast eine Menge Leute warten lassen.«

Janine streckte neckisch ihre Zunge heraus. Sie wusste genau, dass sie und Simon die einzigen Menschen im Theater waren. Sie fragte sich plötzlich, ob er diese Probe um halb zwölf am Sonntagmorgen nur angesetzt hatte, um sie zu kontrollieren. Die Sektenangst ging um. In diesem einst katholischen Land, wo mehr Leute zur Wahrsagerin als zur Messe gingen, grassierten die verrücktesten Vorstellungen. Aus den USA kam das Böse, und jetzt hatte es Frankreich und die Schweiz erreicht. Kollektive Selbstmorde. Gehirnwäsche. Viele so genannte Kirchen wurden von den Behörden unter die Lupe genommen.

Ihre Wut legte sich. Nein, ganz verrückt war sie nicht, die Besorgnis von ihrer Mutter und Simon, aber unbegründet, da war sie sicher. Die *Eglise Evangélique Protestante* war keine Sekte. Zugegeben, sie machte ihr Angst. Aber nicht, weil die Menschen dort wie Marionetten in Trance herumgelaufen wären, sondern im Gegenteil: weil sie voll von der Realität Gottes überzeugt zu sein schienen. Ihr Glaube roch nach Wahrheit. Aber gut, jetzt war nicht die Kirche dran, sondern die Probe für das neue Stück, das Simon plante.

»Auf an die Arbeit!«, sagte sie fast ungeduldig. »Es ist nach zwölf, und ich bin halb verhungert.« Ihr Magen knurrte zustimmend.

»Keine Angst, ich habe deiner Mutter gesagt, dass du bis viertel nach eins zurück bist.« Er zwinkerte. »Und du kannst gar nicht zu spät kommen, sie hat mich mit eingeladen.«

KAPITEL 17

Die Hündin sah halb tot aus. Sie lag auf der Seite, dass man jede Rippe zählen konnte, zitternd, die Augen glasig, fast unbeeindruckt von den Welpen, die kläglich winselnd an ihren Zitzen saugten. Jean-Marc ging hin und her durch das kleine Zimmer, rieb seine Hände und stöhnte: »Wir müssen was tun, Monsieur Dominique. Wir müssen meine Lassie retten.«

»Wie lange ist sie schon so?«

»So schwach und traurig? Seit gestern Abend. Hat rein nichts gefressen von dem Futter, das Sie ihr gebracht haben. Deswegen bin ich ja heute Morgen zu Ihnen gekommen. Tut mir Leid, dass ich Sie so früh belästigt hab, aber sie ist das Einzige, was ich hab.«

Dominique ließ seinen Blick durch das Zimmer streichen, das stark nach Hundedreck und Urin roch. Überall lagen schmutzige Tücher, die einen über den Fußboden verteilt, die anderen in einer Ecke zusammengerollt. Der Raum war bitterkalt. Die Welpen, die kaum zwei Wochen alt sein mochten, sahen hoffnungslos unterernährt aus. Lassies schwarzes Fell war zu dicken Klumpen verfilzt, ihre Augen verkrustet. Das Tier hatte noch nicht einmal mehr die Kraft, mit dem Schwanz zu wedeln, als Jean-Marc zu ihm trat. Nur ein Auge folgte ihm einen Augenblick.

Dominique erinnerte sich, dass er ja noch zum Tierarzt gehen musste, um Impfstoff für die Welpen zu holen. Er hatte noch keine Zeit dazu gehabt. Jetzt würden sie womöglich alle sterben. Er dachte an Ceb. »Ich komme gleich wieder, Jean-Marc. Halt sie schön warm. Ich komme wieder.«

Er verließ das Haus und bog in eine Seitenstraße ein. Dass er gleich Ceb aufwecken müsste, gefiel ihm nicht, aber das hatte nichts mit den Welpen zu tun, sondern mit Ophélie Duchemin. Die beiden Abende mit ihr waren – wie sollte er es beschreiben? – erfrischend anders gewesen. Ja. Sie war auf eine angenehme Art tiefgründig. Sie hatte diese Mischung aus Selbstvertrauen und der Angst des Künstlers, dass die Welt seine Werke nicht verstehen wird. Sie schien nichts zu verbergen zu haben, aber er war sicher, dass tausend Geheimnisse in ihrer Seele wohnten.

Doch ganz wohl fühlte er sich bei ihr auch wieder nicht. Sie genierte sich nicht, ihm unangenehme Fragen zu stellen, und es machte ihr nichts, wenn sein Schweigen darauf Bände sprach. Es verschlug ihm selten die Sprache, aber am letzten Freitagabend hatte es mehrere peinliche Augenblicke gegeben, wo er nicht wusste, was er sagen sollte. Das Ergebnis war, dass er sie nur umso schneller wieder sehen wollte. Um sich zu erklären.

Da war Cebs Bude. Er zögerte kurz, dann stieg er die Treppe hinauf. Die tiefe Zuneigung, die Ophélie zu diesem Obdachlosen hatte, der noch vor wenigen Jahren ein lieber Freund von ihr gewesen war, er spürte sie deutlich. Fast war er ein wenig eifersüchtig auf Ceb. Ja, doch, er war eifersüchtig, dass Ceb bereits vor ihm Ophélies Achtung, Anteilnahme und Freundschaft gewonnen hatte. Das war doch das, was er von ihr wollte – und jetzt hatte Ceb es schon. Dominique wusste: Es war nicht die klassische Situation der Frau zwischen zwei Männern. Für Ophélie war Ceb ein Freund in Not, dem sie gerne helfen wollte, mehr nicht. *Du hast kein Recht, eifersüchtig zu sein. Lass dir Zeit, Dominique. Ophélie Duchemin fliegt nicht weg, sie interessiert sich für dich.*

Am Freitagabend hatten sie das Thema »Religion« gestreift, und er war überrascht gewesen, wie ungezwungen, fast schon beiläufig sie darüber gesprochen hatte, als ob ihr Glaube ein selbstverständlicher Bestandteil ihres Lebens war. Sie hatte sich nicht bedroht gefühlt durch seine Fragen. Sie hatte gelacht und gesagt: »Hm, das klingt interessant, darüber muss ich mal nachdenken.« Sie hatte es nicht vorwurfsvoll gesagt. Aber warum hatte er dann den Eindruck, dass er nicht wirklich herankam an Ophélie?

Er klopfte fest an die Tür. Von drinnen kam ein schlurfendes Geräusch, dann ein genuscheltes »Wer da?«

»Dominique. Entschuldige, dass ich dich so früh störe, Ceb, aber Jean-Marcs Hund ist am Verrecken, und ich dachte, du kannst vielleicht helfen.«

Ein Augenblick, dann öffnete Ceb die Tür, während er sich

einen alten Pullover überstreifte und den Reißverschluss seiner Jeans hochzog. *»Bonjour«*, sagte er, die linke Hand ausstreckend. »Ich hätte dir 'nen Kaffee angeboten, aber du klingst ziemlich dringend.«

»Es ist dringend.«

Dominique schaute zu, wie Ceb mit dem Reißverschluss seines zu großen Mantels kämpfte. Sie sprangen die Treppe hinunter, zwei Stufen auf einmal, und gingen im Laufschritt durch die Gassen der Altstadt. Bald würde die Stadt aufwachen, aber noch war alles still. Die Müllabfuhr war noch nicht unterwegs, die Bäcker rollten noch hinter verschlossenen Türen ihren Teig aus, noch duftete es nicht nach frischen Baguettes und Brot.

Die Männer bogen in den schmutzigen Durchgang ein, wo zwischen einem Videoladen und einem Kartenshop eingezwängt Jean-Marcs Einzimmerbude war. Ceb sprang die Stufen hinauf.

»Ceb! Bist du gekommen! Danke, Kumpel, danke!« Jean-Marcs Lächeln entblößte eine schiefe Zahnreihe. Dann wurde er leiser. »Es geht ihr dreckig, Ceb. Echt dreckig.«

Dominique schaute zu, wie Ceb sich vorsichtig über den Hund beugte und auf seinen Herzschlag lauschte. Er zog etwas aus einer ramponierten schwarzen Ledertasche heraus und berührte damit die Zunge des Tiers. »Sie ist total ausgetrocknet, Jean-Marc. Diese Welpen trinken ihr das Leben raus, so geht das nicht weiter.« Er strich dem Tier über die Nase und sprach leise zu ihm.

»Aber wenn die Kleinen nicht mehr trinken dürfen, sterben sie, Ceb!«

Ceb drehte sich zu Dominique hin. »Wir brauchen Milch und etwas, um sie warm zu machen. Und ein paar Pipetten, um sie den Welpen einzuflößen. Kannst du so was auftreiben?«

Dominique fuhr sich über die Stirn. Er hatte einen vollen Terminkalender an diesem Tag und viele Schützlinge zu betreuen. »Ich kann's versuchen.«

»Ach, lass, du hast schon genug am Hals«, sagte Ceb. »Was für 'nen Tag haben wir heute?«

»Mittwoch.«

Ein breites Lächeln trat auf Cebs Gesicht. »Ja, klar, Mittwoch! Ich weiß jemand, der uns helfen kann, Jean-Marc. Halt Lassie solange warm. Und hier.« Er gab Jean-Marc eine leere Spritze. »Damit flößt du ihr Wasser ein, immer schön ins Maul – so. Und halte die Welpen von ihr weg, bis ich zurückkomme. Gib mir ein paar Stunden. Wie spät ist es überhaupt?« Mit dem Daumenstummel und einem Finger seiner rechten Hand schob er den Ärmel seines Mantels zurück, um auf seine Uhr zu schauen. »Fast sechs. Hmm. Ich bin bis zehn wieder da, Jean-Marc. Wenn's klappt.«

»Danke, Ceb, danke, Monsieur Dominique! Das ist echt lieb von euch. Lassie ist alles, was ich hab.« Er sagte es wieder und wieder, bis sie gingen.

»Was hast du vor, Ceb?«, fragte Dominique, als sie wieder auf der Straße standen, vor Kälte schnatternd. Er wusste die Antwort schon.

»Ich frag Ophélie, ob sie hilft. Glaubst du, sie können sie entbehren beim Roten Kreuz?«

Dominiques Lächeln war gequält. »Ich weiß nicht. Du musst sie halt fragen. Viel Glück, und besten Dank.« Er lief über den Place de la Comédie, die Hände reibend. Der Tag hatte früh angefangen und versprach, lang zu werden. Aber im Augenblick dachte er nur an Ophélie Duchemin.

* * * * *

Als Ophélie kurz vor neun Uhr am Roten Kreuz ankam, den Kopf gegen den Wind geduckt, den Schal fest um den Hals gewickelt, stieß sie fast mit Ceb zusammen. Sie machte einen Schritt zurück und japste überrascht auf. »Ceb!« Sie konnte ihre freudige Überraschung nicht verbergen. »Du erschreckst mich immer besser.«

Dieses Leuchten in seinen Augen, dieser vorfreudige Blick – es gefiel ihr. Wieder glaubte sie den einnehmenden Teenager zu sehen, direkt hinter seinen Augen. »Ich brauch deine Hilfe, Filie.« Er nahm ihre Hand, als sei es das Natürlichste der Welt. »Könntest du das Rote Kreuz heute Morgen mal sausen lassen? Es geht um Leben oder Tod, sechs- nein, siebenmal.«

Seine Aufgekratztheit vermochte die Dringlichkeit in seiner Stimme nur knapp zu überdecken. Samuel hat was vor, dachte sie. Samuel Cebrian hatte immer Herausforderungen gebraucht, um auf Touren zu kommen.

»Sicher, Ceb, ich helfe gerne. Warte eben, ich muss denen ja sagen, dass ich erst später komme.«

Wo war Janine? Sie fand sie und flüsterte ihr ihr Anliegen ins Ohr. »Es scheint echt was Wichtiges zu sein. Könntet ihr heute Morgen mal ohne mich auskommen?«

Janine grinste. »Du bist fast unersetzlich, aber nicht ganz.« Sie zwinkerte ihr zu. »Ab zu deinem Freund!«

Ceb lief nervös vor dem Tor des Botanischen Gartens hin und her. Er warf ihr ein Lächeln zu, als sie kam. »*Merci*, Filie. Aber jetzt müssen wir uns beeilen.« Er nahm wieder ihre Hand, und sie zuckte innerlich zusammen, als sie seine Fingerstummel spürte mit ihrem so kalten, unnatürlich glatten Fleisch. Sie folgte ihm rasch. Es war ein Sieg, fand sie, ein kleiner Sieg. Samuel zog sie mit, wie er es immer getan hatte, und vor lauter Aufregung hatte er seine verkrüppelte Hand vergessen.

* * * * *

In einem Lebensmittelgeschäft kauften sie die Milch, in einer Apotheke eine Plastiktüte mit winzigen Augenpipetten, in einem Eisenwarenladen einen kleinen Kocher. Jedes Mal wollte Ophélie bezahlen, und jedes Mal lehnte Ceb ab. »Ich habe etwas Geld dabei«, flüsterte er. Es war eine Festigkeit in seiner Stimme, eine Entschlossenheit in seinem Schritt, die Ophélie den ganzen Morgen hinter ihm herlaufen ließ.

»Wir sind da«, sagte er schließlich und zeigte auf eine heruntergekommene Wohnung, die zwischen zwei Geschäfte gequetscht war. »Warst du schon mal in einer Obdachlosen-Absteige?«

»Nein«, sagte sie vorsichtig.

Er grinste. »Na, dann willkommen in meiner Welt. Wir betreten jetzt Jean-Marcs Haus. Und denk dran, der Hund heißt Lassie und ist sozusagen seine Tochter.«

»Lassie, ja, und fünf Welpen.« Sie dachte nach. »Aber du hast doch vorhin was von sieben gesagt.«

»Stimmt, sieben. Lassie, die Welpen und natürlich Jean-Marc.« Der Blick in seinen Augen ließ es ihr den Rücken hinunterlaufen.

Die kalte Luft in dem Raum war das Einzige, was Ophélie davor bewahrte, sich zu erbrechen von dem beißenden Urin- und Kotgestank, der ihr entgegenschlug. Ihre Augen brannten. Ceb begann sofort, die Pipetten in kochendem Wasser zu sterilisieren, dann goss er die Milch in einen zerbeulten Topf und erhitzte sie auf dem kleinen Kocher. Ophélie und Jean-Marc nahmen die Welpen auf den Schoß. Der Boden war eisig, aber Ophélie zog es vor, sich nicht auf die verfleckten Decken zu setzen.

Es gelang ihr, zwei der Welpen auf ihrem Schoß zu halten. Sie stießen ihre feuchten Schnauzen schüffelnd gegen ihre Hand. Sie kicherte. »He, nicht so ungeduldig, ihr beiden, ich bin die Neue.« Sie drehte die beiden Winzlinge auf den Rücken und tauchte zwei Pipetten in die warme Milch. Sie saugten kräftig an ihnen.

Jean-Marc kämpfte mit dem dritten Welpen, während die beiden letzten, die fürs Erste leer ausgingen, winselnd protestierten. »Ruhig, Kinder«, kicherte er. »Ihr kommt gleich auch dran.«

»Wie heißen sie?«, fragte Ophélie, den Obdachlosen musternd. Er war entsetzlich dünn, seine Haut die reinste Baumrinde, anders als bei Ceb. Seine Augen schienen chronisch rot zu sein, sein Atem stank nach einer Mischung aus Alkohol, Zigaretten und schlechtem Mundgeruch. Das störte Ophélie nicht; an diese Dinge hatte sie sich schon gewöhnt. Aber der Schmutz in dem Raum und die Kälte. Und Jean-Marcs Pullover, der fast in Fetzen hing.

»Jean-Marc«, sagte sie. »Beim Roten Kreuz gibt es richtig warme Pullover. Wie wär's, wenn du diesen Nachmittag mal vorbeikommst und dir was aussuchst? Ich hab einen roten gesehen, der würde dir prima passen.«

Er sah sie neugierig an, dann lächelte er. »Rot? Echt? Rot hab ich immer schon gemocht.« Er sah zu Ceb hin. »Wie geht's meiner Lassie?«

Ophélie merkte plötzlich, wie unheimlich still Ceb war.

»Sie ist schwach, Jean-Marc, aber ich glaube, ich krieg sie durch. Aber du musst die Kleinen von ihr weghalten. Wir müssen sie in einen Käfig sperren.« Er sah Ophélie an. »Meinst du, du kannst so was auftreiben?«

Ophélie dachte einen Augenblick nach. »*Oui!* Ich habe Freunde, die ein paar Hamster hatten. Sie haben sie schließlich weggegeben, weil ihr kleiner Junge allergisch war. Könnte sein, dass sie uns einen Käfig schenken. Ich frage sie mal.«

»Das wär toll, Ophélie.«

»Ja, echt! *Mercie, Mademoiselle.*« Jean-Marc machte eine Verbeugung.

»Und wie heißen die Kleinen also?«, wiederholte Ophélie ihre Frage.

»Ich hab ihnen noch keine Namen gegeben. Hab erst mal Angst gehabt, dass ...«

»Dann fang mal an, Jean-Marc«, sagte sie. Sie tätschelte seine Hand. Wie blau die Adern waren, wie schmutzig die Fingernägel. »Kleine Hunde brauchen einen Namen.«

* * * * *

Sie hatten sich eine halbe Stunde lang unterhalten, in der Gasse vor Jean-Marcs Haus. Mit schnatternden Zähnen fragte Ophélie: »Ceb, warum kommst du nicht eben zu mir und duschst dich und isst eine Suppe, damit du wieder warm wirst?«

»Danke, das geht schon«, antwortete er kurz angebunden.

»Ich meine das ernst. Ich habe so lange mit dir geredet, und jetzt frierst du.«

»Ophélie, derjenige, der friert, bist du. Ich bin die Kälte gewöhnt, die stört mich nicht mehr.« Er rieb seine Hand.

»Und das da?« Ihre Augen zeigten auf die Hand.

»Ja, meine Hand tut in der Kälte mehr weh. Aber das bin ich auch gewöhnt.«

Sie sah auf ihre Uhr. »Ich muss jetzt zurück. Aber das ist mir ernst, Ceb. Bitte, komm um halb eins zum Roten Kreuz.«

Ein schmales Grinsen zog seine Mundwinkel hoch. Er zuckte die Achseln und murmelte: »Will mal sehen.«

Sie berührte seinen Arm. »Überleg dir's noch mal, ja?«

Er nickte und ging. Er drehte sich um und rief zurück: »Vielen Dank für deine Hilfe heute Morgen, Filie.«

* * * * *

Er hatte fertig geduscht und sog genüsslich den Dampf ein, der den Spiegel weiß färbte und wie ein dicker Nebel in dem Raum hing. Es tat so gut, dass er sofort bereute, dass er gekommen war. Bei seiner wöchentlichen Dusche im Roten Kreuz, draußen in der Kälte, hatte er keinen Anlass, noch etwas in dem Dampf zu verweilen. Er wickelte das blaue Handtuch, das Ophélie ihm gegeben hatte, um seine Hüften. Es fühlte sich weich und flauschig an und roch nach fraulicher Fürsorge wie Annies Handtücher. Sie waren die Hölle, diese Erinnerungen. Alles, was er roch, alles, was er betastete, selbst der Dampf in seiner Nase war wie ein Schlag in die Magengrube, eine unheilbare Krankheit, die ihm jede Freude stahl.

Mit hämmerndem Herzen tastete er nach dem Rasierer, den Ophélie auf das Waschbecken gelegt hatte. Er wischte den Spiegel mit dem Handtuch blank. Seine linke Hand zitterte; nein, mit dem Rasieren würde es nichts. Er zog rasch seine alten, verschmutzten Kleider wieder an und öffnete die Badezimmertür. Die Luft in der Diele war angenehm kühl.

Seine Augen streiften über das Appartement. Wohn- und Esszimmer waren zu einem langen, luftigen Raum zusammengefasst. Die Südwand war eine einzige Glasfront mit fantastischer Aussicht über die Stadt. An den übrigen Wänden hingen mehrere moderne Drucke und ein Ölgemälde, das ein Mädchen auf dem Knie seiner Mutter zeigte. Die Sitzgruppe bestand aus einem geblümten Sofa und zwei passenden, zu stark gepolsterten Sesseln. Aus den Ecken und von Bücherregalen ergossen sich etliche frisch aussehende Grünpflanzen in den Raum. Alles in allem ein gemütliches, einladendes, eine Spur raffiniertes Zimmer. Er hatte Lust wegzulaufen.

Ophélie kam aus der Küche, einen Holzlöffel in der Hand. »Das ging aber schnell«, sagte sie aufgeräumt. »Das Mittagessen ist gleich fertig.«

»Du, ich kann nicht. Das ist sehr freundlich von dir, aber ...«

»Warum?« Ophélies Gesicht verdüsterte sich. Es gab ihm einen Stich ins Gewissen. Nein, er durfte sie nicht enttäuschen.

»Entschuldige. Entschuldige bitte, Filie.« Er runzelte die Brauen, wog jedes Wort ab. Wie konnte er ihr begreiflich machen, dass ihre Freundlichkeit ihm wie ein Schlag in den Magen war? »Bei dir ist einfach alles so sauber und gemütlich, so ... so wie früher bei mir. Du siehst das nicht, aber für mich ist es ein Unterschied wie Tag und Nacht.« Er knabberte an seiner Unterlippe und flüsterte mit einem Kloß in der Kehle: »Das tut so weh ...«

Er sah, dass sie begriff. Ihre Augen wurden feucht. Sie legte den Löffel auf die Küchentheke, lehnte sich an die Wand, ließ den Kopf hängen und schüttelte ihn langsam. »Vergib mir, Ceb. Ich weiß nicht, was ich sagen soll. Ich war ja so dumm ... Ich hab gedacht, ich schnippe mit den Fingern, und einszweidrei ist alles für eine Weile gut. Das tut mir so Leid.« Sie sah ihn an. »Was kann ich tun, um dir zu helfen? Sag mir, was du brauchst, Ceb. Ich höre dir zu, ich versprech's. Aber du musst es mir sagen, ich bin nicht gut im Raten.«

Wieder wollte er sie am liebsten umarmen, ganz fest an seine Brust drücken. Der Geruch von Olivenöl und Knoblauch, der Blick in den Augen dieser schönen Frau, es war alles so verlockend. Er ging in das Wohnzimmer und ließ sich in einen der Sessel sinken. »Was ich brauche, Filie ...« Er hielt ängstlich inne, schluckte heftig. Würde sie es verstehen? »Ich brauche einen Freund.«

* * * * *

Sie aßen Nudeln mit Salat und tauschten ihre Erinnerungen aus. Er sagte ihr, welche Musik sie aufgelegt hatte, noch bevor sie den Startknopf des CD-Spielers drückte. Er fand es lustig, wie amerikanisch sie den Tisch gedeckt hatte und dass sie immer noch ein Tischgebet sprach. »Du hast dich überhaupt nicht verändert, Filie. Immer noch dasselbe liebe Mädchen.«

Aber für ihn war alles anders geworden. Er wusste, dass sie

seine Hände beobachtete, dass sie sah, wie die rechte sich so unnatürlich um die Gabel bog mit ihren drei unbeholfenen Fingern. Er schlang sein Essen hinunter, als sei er in der Suppenküche. Er fühlte sich auf einmal gehemmt.

Ophélie erzählte ihm von ihrer arabischen Schülerin, die von ihrer eigenen Familie nach Algerien entführt worden war, dann wechselte sie das Thema. »Rate mal, was ich gerade mit meinen Schülern lese.«

Er legte die Gabel hin und musterte sie. Es lag eine Spur Lachen hinter ihrer Frage, ein vager Anklang an das sprachbegabte Schulmädchen, das ihn mit seinen Geschichten neckte. »Sag's mir, Filie.«

»Der kleine Prinz. Saint-Exupéry, erinnerst du dich noch?« Ein vorsichtiger Unterton kroch in ihre Stimme, als habe sie Angst, dass er sich nicht erinnerte.

»Ob ich mich erinnere? Wie könnte ich das je vergessen, Filie?«

Ihre Augen trafen sich wieder, und sie flüsterten gemeinsam: *»L'essentiel est invisible pour les yeux.«*

Ein Frösteln durchschoss ihn. Er schaute rasch nach unten, schob ein paar Nudeln an die Seite des Tellers. O Gott. Süße Erinnerung – und so weh! Es war ein Zitat aus dem *Kleinen Prinzen*, jener berühmten Geschichte über den kleinen Jungen, der zu einem Asteroiden reist und dort eine Welt entdeckt, die die Tiefen der menschlichen Seele enthüllt. Sein Gehirn wiederholte den Satz. *Das Wesentliche kann man nicht mit den Augen sehen.*

Es war ihr Geheimcode gewesen, dieser Satz, ein Zeichen der Tiefe ihrer Freundschaft, die jenseits der körperlichen Anziehung lag und eine Gemeinschaft der Seelen war. Sie hatten Saint-Exupérys Satz schließlich zu einem einzigen Wort abgekürzt – *l'essentiel*, das Wesentliche –, und jedes Mal, wenn einer von ihnen es aussprach, eröffnete es ihnen eine ganze unsichtbare Welt.

Er schaute auf, unbehaglich in der plötzlichen Stille, unfähig, etwas anderes zu sagen, verwirrt und überwältigt von all den Gefühlen, denen er sich in der letzten Stunde geöffnet hatte. Wie durch einen Nebel starrte er Ophélie an, hörte, wie ein

Hämmern im Kopf, diesen Satz: *L'essentiel est invisible pour les yeux. Das Wesentliche …* Er fühlte sich plötzlich wie eingesperrt. Er musste heraus aus dieser Wohnung mit dieser zarten, weichherzigen Frau, die nur wollte, dass alles gut wurde.

Der Wind pfiff um das Haus, der Regen trommelte gegen die Fenster. Ceb schob seinen Stuhl zurück und sagte: »Ich gehe jetzt wohl besser.«

»Doch nicht in diesem Wetter, Ceb! Du kannst gerne noch bleiben. Wenn du willst, kannst du übernachten.« Sie spürte, wie ihre Wangen puterrot wurden, während sie fortfuhr: »Das alte Sofa ist ein gutes Bett. Rislène hat zwei Wochen darauf geschlafen. Und Eric übernachtet immer hier, wenn er seine Prüfungen hat.«

»Du bist so gut zu mir, Filie, aber ich darf mich nicht an solch einen Luxus gewöhnen. Ich habe selber ein Dach über dem Kopf.«

Sein plötzlicher Stimmungsumschwung machte ihr Angst. »Möchtest du nicht bleiben? Es gibt so viele Menschen, die dir helfen wollen. Deine Eltern würden alles …«

»Ich will jetzt nicht über sie reden«, bellte er.

»Ja, ich weiß, entschuldige …« Ophélie zögerte. »Aber du bist anders, Ceb, du kannst weg von der Straße, Dominique hat das auch gesagt …«

»Dominique? Sprichst du also mit dem über mich?«

»Ich arbeite manchmal mit ihm«, sagte sie erschrocken, »das weißt du doch. Ja, wir reden manchmal.«

»Und Dominique, der Engel der Straße, meint also, dass es eine Chance gibt für den guten alten Ceb. Wie rührend.«

»Ceb! Du weißt genau, dass das nicht so ist. Du bist ihm wert, echt! Er gibt sein Leben für die Menschen in Not. Er versteht dich, er war ja selber auf der Straße.«

»Bitte«, sagte Ceb irritiert, »du brauchst mich nicht an all die Verdienstes unseres lieben *Médiateur de rue* zu erinnern. Rede mit ihm, so viel du willst, Ophélie.« Er sprach ihren richtigen Namen kalt aus. »Vielleicht ist er ja der Richtige für dich.«

»Ceb, hör auf! Ich will dir nur helfen, das ist alles. Ich will dich von der Straße holen, siehst du das nicht? Du bist uns wichtig!« Warum drehte er plötzlich ihre eigenen Worte gegen sie?

»Wie rührend, Ophélie.«

»Bitte! Warum darf ich dir nicht helfen? Warum willst du zurück in den Regen und die Kälte? Wenigstens eine Nacht kannst du es doch mal warm haben. Lass mich dir wenigstens das schenken.«

»Und was werden deine Nachbarn denken, wenn sie morgen früh sehen, wie ein Halbwilder wie ich aus deiner Wohnung kommt? Wie wäre das für deinen hoch sittlichen guten Ruf?« Er stand abrupt auf. Sie sah die Wut, die in ihm hochstieg, wie Wasser, das in ein sinkendes Boot strömte.

Sie erhob sich ebenfalls, stützte sich mit den Händen auf dem Tisch ab und beugte sich zu ihm, ihre Augen fragend und verletzt. »Ceb! Warum sagst du das? Mir ist egal, was die denken, aber sie werden sowieso nichts denken. Warum darf ich dir nicht helfen? Du hast doch gesagt, du brauchst einen Freund.«

Er sah sie so heftig an, dass sie zurückwich. Seine Augen waren plötzlich hart, fast drohend. »Und was, wenn ich heute Abend mehr als ein warmes Bett brauche, Ophélie Duchemin? Was, wenn ich *dich* brauche? Wäre ich dir so viel wert?« Er nahm ihren Arm und zog sie zu sich hin. »Würdest du deine kostbare Keuschheit aufgeben, um einem alten Freund zu helfen? Was, wenn ich *das* bräuchte?«

Seine Hand war stark, so stark wie früher. Sie biss in ihren Arm, dass es ihr das Blut abschnürte. Und sein Blick war nicht der eines Freundes. Sie schlug ihm in plötzlicher Angst ins Gesicht. Er ließ sie sofort los. Sie sagte mit zitternder Stimme: »Du gehst jetzt besser, Ceb. Du hast Recht, ich kann dir nicht helfen.« Sie wollte nicht, dass er sie weinen sah. »Los, geh! Es tut mir Leid, wenn ich dich verletzt habe, das wollte ich nicht.«

Er nahm seinen Mantel, funkelte sie an, während er sich das Gesicht rieb. Er war jemand anderes. Nicht Samuel Cebrian. Jemand weit, weit weg. Dominique hatte Recht: Er würde nie mehr der Alte sein. Wie dumm zu versuchen, die Vergangenheit wieder zurückzuholen. Er ging ohne ein Wort.

* * * * *

Sie lag zusammengerollt auf ihrem Bett. Ihr Gesicht fühlte sich zusammengepresst und trocken an, wie immer, wenn sie lange geweint hatte. Der Regen hatte etwas nachgelassen. Sie ging in das Wohnzimmer und schaute durch das Fenster zur Stadtmitte hin. Irgendwo dort in diesem Stein-Labyrinth war jetzt ein Obdachloser, der seine Existenz verfluchte. Sie spürte, wie sie in ein schwarzes Loch sinken wollte. Das Gefühl des Selbsthasses, der Naivität, der sinnlosen Gefühlsduselei trommelte gegen ihre Seele wie der Regen draußen gegen das Fenster.

»Du Idiotin!«, sagte sie laut. »Was bist du für eine Idiotin! Hast dir eingebildet, du könntest ihn retten!« Sie wandte ihre Wut gegen Gott. »Warum? Gott, warum hast du ihn mir zurück in mein Leben gebracht? Warum? Um ihn zu quälen? Um mich zum Mitleid zu versuchen? Oder willst du dich über mich lustig machen und mir unter die Nase reiben, wie hoffnungslos naiv ich bin?« Die Fragen machten ihr Angst, und sie wandte sich wieder sich selber zu, analysierte sich, klagte sich an und wünschte tief drinnen, sie könnte sich in Luft auflösen. Es war alles zu kompliziert. Jedes Mal stand sie am Ende mit einer klaffenden Wunde im Herzen da – jedes Mal, wenn sie etwas für einen anderen Menschen fühlte.

Schließlich, müde geworden von ihren Selbstanklagen, ging sie zurück in ihr Zimmer und öffnete eine alte Holztruhe mit schwarzen Eisenbeschlägen. Ihre Mutter hatte sie ihr geschenkt, als sie ihre erste Wohnung bezogen hatte. In dieser Kiste war Moustafa aus Algerien geschmuggelt worden. Ophélie benutzte sie als eine Art Aussteuertruhe. *Aussteuer – wie hoffnungsvoll,* dachte sie sarkastisch.

Ihre Finger glitten durch die Decken und Andenken und fanden sie, die kleine Glasflasche. Sie zog sie heraus und schloss ihre beiden Hände darum. Es war schon lange kein Parfüm mehr in der Flasche. Sie war weiß und elegant geschwungen, der Verschluss war blassrosa. Auf dem weißen Glas stand in rosa Schreibschrift der Name des Parfüms: *L'Essentiel* – »Das Wesentliche«.

Als sie 17 war, hatte Samuel ihr das Parfüm zum Valentinstag geschenkt. Sie sah jetzt noch den Stolz in seinen braunen Augen vor sich, die sie unter seinem braunen Schopf angestrahlt hatten, fast verlegen, weil keine Worte nötig gewesen waren. Es war eine gewöhnliche billige Parfümflasche, aber sie war ihr größter Schatz gewesen. Samuel hatte sie verstanden. Alles war enthalten gewesen in diesem einen Wort von Saint-Exupéry – so tief, so einfach. Es war die Art Liebe, die sie suchte!

Als die Flasche leer war, hatte sie sie nicht fortgeworfen. Jahrelang war sie auf einem Regal in ihrem Zimmer eingestaubt. Dann, als Samuel Annie geheiratet hatte, hatte Ophélie die Flasche in diese Truhe gelegt und sie mehr oder weniger vergessen.

Aber dann und wann musste sie wieder an die kleine Flasche denken, vor allem, wenn sie mit ihren Schülern *Den kleinen Prinzen* durchnahm. Es war eines ihrer Lieblingsbücher, und als einer ihrer Lehrer, der es verstand, die Schönheiten der Literatur aufzuschließen, es im Gymnasium durchgenommen hatte, hatte sie beschlossen, selber Lehrerin zu werden.

Das Zitat aus diesem Buch, das Samuel und sie zu einem einzigen Wort abgekürzt hatten, hatte einen doppelten Wert für sie: Es drückte nicht nur die Tiefen der menschlichen Seele aus, sondern auch den lebendigen Glauben, den sie als Teenager gemeinsam gehabt hatten. An der Schwelle zum Erwachsenenleben war ihnen dies der Sinn und das Ziel des Lebens gewesen. Sie hatten etwas Unsichtbares, Starkes, ja: Wesentliches in ihren Herzen, etwas, für das zu leben sich lohnte.

Ophélies Glaube war stark geblieben, auch nach all den Philosophie-Seminaren und nächtlichen Gesprächen mit Freunden, die nur an sich selber glaubten. Hundert-, ja tausendmal hatte Gott ihr seine Treue bewiesen in ihrem Leben. Aber Samuel war es anders ergangen.

Sie legte die Parfümflasche zurück in die Truhe, wickelte sie in eine alte Decke und schloss den Deckel wieder. *»Das Wesentliche kann man nicht mit den Augen sehen«*, flüsterte sie wieder, mit einem Stich in ihrem Herzen.

KAPITEL 18

Dounia schnitt den gelben Flaschenkürbis sorgfältig in zwei Hälften und nahm die Kerne heraus. So. Niemand würde Verdacht schöpfen. Sie legte das zusammengefaltete Stück Toilettenpapier in die Aushöhlung und fügte die beiden Hälften wieder zusammen; auf die eine Seite gab sie einen Tropfen Klebstoff. Sie kniete sich hin und rief ihre jüngste Tochter zu sich. »Zohra, heute gehen wir beiden auf einen anderen Markt einkaufen.«

»Nimmst du mich mit, Mama?«, fragte die Kleine aufgeregt.

»Ja. Ich brauche dich heute. Weißt du noch, was Papa uns über das Mädchen gesagt hat, das Rislène heißt?«

Zohra nickte ernste.

»Und wie er gesagt hat, dass er ihr helfen muss, zurück nach Frankreich zu kommen, wo sie zu Hause ist?«

Zohra nickte wieder.

»Ich brauche deine Hilfe, um Rislène eine Botschaft zu bringen.«

Die Augen des Mädchens wurden weit vor Überraschung, dann vor Vergnügen. »Mich? Will Papa, dass ich helfe?«

»Ja.«

Hussein kam herein und kniete sich neben seine Tochter. »Ja, Schätzchen, ich brauche deine Hilfe. Mama wird dir sagen, was du tun musst, und die ganze Zeit bei dir sein. Aber du musst das Reden übernehmen. Glaubst du, dass du das für mich tun kannst, Zohra, wenn ich dir genau sage, was du sagen sollst?«

»Klar, Papa! Bestimmt!« Sie vergrub ihr Gesicht am Hals ihres Vaters und drückte ihn zufrieden.

Dounia spürte, wie ihre Kehle sich zusammenzog. Es gefiel ihr nicht, dass sie das Kind für diese Sache einspannten, aber sie hatten darüber gebetet und waren zu dem Ergebnis gekommen, dass dies die sicherste Methode war. Hussein hatte das Haus der Namanis ausfindig gemacht und festgestellt, dass die Großmutter ihre Enkelinnen jeden Morgen mit auf einen der belebten Märkte nahm.

Dounia nahm ihren Mantel und ihr Tuch und nahm Zohras

Hand. »Es ist ganz einfach, Spatz ...« Sie verließen das Haus. Sie legte den Kürbis in Zohras kleine Hände und begann der Achtjährigen zu erklären, was sie zu tun hatte.

* * * * *

Großmutter Namani hörte sorgfältig zu, wie ihr der Mann am anderen Ende der Leitung seine Wünsche beschrieb. Ein Lächeln kroch auf ihr faltiges Gesicht. Die Sache war perfekt, sie hatte einen Mann für Rislène gefunden. Das einzige Problem war der Hochzeitstermin. In vier Tagen würde der Fastenmonat Ramadan beginnen, und eine Hochzeit im Ramadan – das war undenkbar.

Das machte die Sache komplizierter. Wie viel besser wäre es gewesen, Rislène gleich nächste Woche verheiraten zu können, bevor jemand aus Frankreich kam und Ärger machte. Aber sie war gut im Katz-und-Maus-Spielen, es war schon alles arrangiert in der Familie. Hamid, einer ihrer Söhne (sie hatte ihm den Namen ihrer Jugendliebe gegeben), wohnte in einer anderen Ecke von Algiers, und er hatte sich bereit erklärt, Rislène und Nazira bis zu der Hochzeit in seinem Haus versteckt zu halten. Niemand würde auf die Idee kommen, Rislène in Hamids Haus zu suchen.

Er wohnte näher an den gefährlicheren Vierteln der Stadt; es hatte schon mehrere Bombenanschläge gegeben, und mehrere Teenagermädchen waren verschwunden. Aber es war die einzige Lösung. Rislène musste zu Hamid. Gleich Morgen früh.

* * * * *

Jeden Tag ergänzte Rislène ihre »Toilettenbibel« um ein paar neue Blätter. Einige versteckte sie in den Seiten des Koran, andere in den Taschen ihres Mantels. Jedes Mal, wenn sie ihrer Sammlung einen neuen Vers hinzufügte, spürte sie eine unerklärliche Freude in sich aufsteigen. Manchmal kam ihr ein Vers mitten in der Nacht. Da Naziras Bett die Tür verbarrikadierte, sagte sie sich den Vers einfach die ganze Nacht hindurch still auf, bis sie am Morgen eine Gelegenheit fand, in die kleine Toilette zu schlüpfen und ihn aufzuschreiben. Naziras Lidschatten war längst aufgebraucht. Letzte Woche hatte sie sie um einen zweiten Stift gebeten, aber auch der war fast am Ende, und sie durfte es nicht wagen, Verdacht zu erregen.

»Nazira«, sagte sie nonchalant. »Meinst du, dass Großmutter mir erlaubt, dass ich mir auf dem Markt etwas Make-up kaufe?«

Nazira rollte ihre Augen. »Warum ist dir auf einmal so wichtig, wie du aussiehst? Hast du einen muslimischen Mann gefunden, der dich interessiert?« Rislène überhörte die Stichelei und beschloss, selber mit ihrer Großmutter zu sprechen.

Eine Stunde später traten die beiden Mädchen, in lange bunte Gewänder und *Hijabs* gekleidet, in die kühle Morgenluft hinaus und folgten ihrer Großmutter zu dem Markt des Viertels. Rislène erspähte unter den Gemüse-, Obst-, Kleider- und Haushaltwarenständen einen Stand, der Make-up verkaufte. Sie wühlte in einem Stapel Lidstifte und wählte rasch drei – die längsten, mit den dunkelsten Farben –, dazu einen kleinen Spitzer. Sie hielt dem Händler ihre Dinare hin. Als er ihr das Wechselgeld und die Stifte gab, spürte sie, wie etwas an ihrem Kleid zog. Auf den überfüllten Märkten stieß man dauernd mit jemandem zusammen, und Rislène achtete nicht weiter darauf und schob die Tasche mit ihren neu erworbenen Schätzen in ihr Kleid.

Wieder ein Ruck, diesmal fester. Sie schaute sich ärgerlich um. Niemand. Dann eine spitzige Kinderstimme. *»Mademoiselle, o Mademoiselle,* schau, was für schöne Kürbisse ich für dich hab.«

Ein kleines Mädchen – es mochte acht oder neun Jahre sein – lächelte aus schwarzen Augen zu Rislène hoch und hielt ihr zwei Flaschenkürbisse hin, der eine tiefrot, der andere knallgelb. »Sie sind nicht teuer. Bitte, *Mademoiselle.*«

Sie ließen immer das Mitleid in Rislène hochsteigen, diese bettelnden Kinder. Sie beugte sich zu dem Mädchen hinunter und schüttelte den Kopf. »Das tut mir Leid, ich habe kein Geld mehr. Aber du hast Recht, sie sind sehr schön.«

Wie flehentlich das Kind sie ansah. Komisch. »Du musst sie nehmen, *Mademoiselle*, bitte, bitte!«

Sie waren tränennass, die kleinen Augen, dass es einen Schauer durch Rislène schickte. Mit zitternder Unterlippe fuhr das Mädchen fort, jetzt leiser: »Bitte. Ich habe sie extra für dich gepflückt. Du bist so schön ...« Jetzt war die Stimme kaum noch ein Flüstern. »... Rislène.«

Woher kannte das Kind ihren Namen? Rislène nahm es erschrocken bei den Schultern. »Was willst du?«, fragte sie fast barsch.

Der Gesichtsausdruck des Mädchen veränderte sich nicht. »Dir die Kürbisse verkaufen, das ist alles.«

Rislène blickte verwirrt um sich. Nazira war zwei Schritte hinter ihr. »Mit wem sprichst du da, Rislène?«, fragte sie misstrauisch.

»Mit diesem armen Kind. Hast du ein paar Dinare, damit ich diese Kürbisse kaufen kann? Sie ist richtig verzweifelt.«

»Kürbisse?«, schnappte Nazira. »Verschone mich, dafür verplempere ich mein Geld nicht!«

Das Mädchen leckte sich über die Lippe und reichte Rislène den gelben Kürbis. »Hast du wirklich gar kein Geld?«, fragte es hoffnungsvoll.

»Doch, aber es reicht noch nicht einmal für einen. Aber hier, genügt dir das?« Rislène hielt dem Kind die paar Stücke Wechselgeld von ihrem Einkauf hin. Mit einem erleichterten Blick legte das Mädchen ihr den Kürbis in die Hand. Es lächelte wieder. »O, danke, *Mademoiselle*. Du magst ihn bestimmt.« Und schon war es in der Menge verschwunden.

Rislène legte die gelbe Frucht vorsichtig in die Tasche mit den Lidstiften. Ihre Hände schwitzten plötzlich. Wurde sie allmählich verrückt, oder hatte das Mädchen ihren Namen genannt? Aber warum? Und warum hatte es ihr unbedingt den Kürbis geben wollen?

»Es wird Zeit, Mädchen«, sagte Großmutter Namani. »Beeilt euch!« Trotz ihres strengen Tons schien sie heute gut gelaunt. Sie summte vor sich hin. Rislène gefiel es. Vielleicht würde sie weniger wachsam werden, würde nicht dauernd Nazira oder einer von Rislène Onkeln und Tanten sie im Auge haben. Vielleicht würde sie bald in eine dieser Gassen hineinlaufen und entkommen können. Jedes Mal, wenn sie das Haus verließ, prägte sie sich die Straßen und Richtungen ein und lauschte angestrengt auf jedes Wort, das ihr einen Hinweis darauf geben konnte, wo die französische Botschaft lag.

Aber im Augenblick beschäftigte sie der Kürbis. Wollte ihr da jemand eine Botschaft übermitteln? Und wer? Eric? Aber wie das? Doch, Eric und sein Vater hatten bestimmt Kontakt mit ihren algerischen Freunden aufgenommen. Endlich, nach fast einem Monat. Endlich. Sie ging hinter Großmutter und Nazira und ließ ihre Finger über die raue Oberfläche der Frucht in ihrer Tasche gleiten. Was hatte es auf sich mit diesem Kürbis?

Im Haus angekommen, ging sie ganz ruhig ins Bad, verschloss die Tür und holte die ungenießbare Frucht mit der harten Schale heraus. Sie sah völlig normal aus, aber als sie an den beiden Enden zog, hielt sie plötzlich zwei Hälften in der Hand. Das Innere war ausgehöhlt; statt der Kerne lag ein Stück Papier darin. Mit zitternden Händen faltete Rislène es auseinander. *Bereiten deine Flucht vor. Freunde der Hoffmanns. Wenn du Antwort schreiben kannst, geh zurück zum Markt und gib sie dem Kind. Jemand wird dich herausholen. Verliere nicht die Hoffnung. Gott sei mit dir. Spüle diesen Zettel fort.*

Fast musste sie laut lachen, als sie den Zettel in den Händen hielt und die Augen schloss. *Danke, Gott! Danke!* Sie warf den Zettel in die Toilette. Sie war also nicht die Einzige, die die unbekannteren Vorteile des Toilettenpapiers entdeckt hatte. Ihr Herz hämmerte. Wo konnte sie den Kürbis verstecken? Ein Stück Klopapier beseitigen war einfach, aber dies hier? Sie drehte die beiden Hälften in ihren Händen, und dann kam es ihr. Natürlich!

»Rislène? Ist dir schlecht, Kind? Komm da raus!«

»Bin schon da, Großmutter!« Sie trat aus der Toilette heraus. Hoffentlich sah man ihrem Gesicht nicht an, wie aufgeregt sie war. Sie wischte ihre schwitzigen Hände an ihrem Kleid ab, nahm den *Hijab* ab, strich ihr Haar glatt und ging in ihr Zimmer.

Nazira kam hinter ihr her. »Warum bist du immer so lange im Bad? Meditierst du, oder was?«

»Entschuldige, Nazira«, antwortete sie. »Aber mir ist eingefallen, was ich mit dem Kürbis mache, den das kleine Mädchen mir verkauft hat! Ich höhle ihn aus und stelle meine Lidstifte rein. Ist das nicht eine Idee?«

Nazira zuckte die Achseln. »Ein Flaschenkürbis als Kosmetikdose? Du wirst immer komischer, Rislène.«

Rislène folgte ihr in die Küche, sorgfältig darauf bedacht, auf den Fußboden zu sehen. Nazira durfte nicht sehen, wie ihre Augen glänzten. Unter keinen Umständen durften Großmutter und sie merken, dass Rislènes Augen auf einmal voller Hoffnung waren.

* * * * *

Rislène saß auf den bunten Sitzkissen im Wohnzimmer und schaute zu, wie ihre Großmutter ihre Hände in das Wasser tauchte. Die rituellen Waschungen, die jeden Tag vor dem Gebet vorgenommen wurden, waren voller Bedeutung für den Muslim. Jeder Wassertropfen, der zu Boden fiel, war eine winzige Reinigung von den Sünden. Wieder und wieder fielen diese Tropfen – Pflichttropfen für jeden, der auf Erlösung hoffte.

Wasser. Auch für die Christen war es ein Symbol. Rislène erinnerte sich an ihre Taufe im letzten Sommer, im Wasser des Mittelmeers. Sie hörte wieder Monsieur Hoffmanns Stimme, so stark und klar, wie er den am Strand von Carnon versammelten Christen gesagt hatte: »Die Taufe ist ein äußeres Symbol eines inneren Glaubens. Nicht die Taufe rettet uns, sondern nur der Glaube an Jesus – dass ich ihn bitte, mir meine Sünden zu vergeben, und von ihm meine ewige Erlösung erwarte. Im Neuen Testament werden viele Beispiele für die Taufe berichtet. Sie gibt dem Gläubigen Gelegenheit, offen, in Gegenwart anderer seinen Glauben an Christus zu bezeugen. Selbst Christus selber, der ohne Sünde war, ließ sich taufen. Das Untertauchen im Wasser symbolisiert das Reinwaschen unserer Sünde in Christus. Wie die Schrift sagt: ›So sind wir mit ihm begraben durch die Taufe in den Tod, damit auch wir in einem neuen Leben wandeln.‹ «

Sie spürte wieder die plötzliche Kühle des Wassers, als Monsieur Hoffmann sie ganz untergetaucht hatte. Wie wild hatte ihr Herz geschlagen. In diesem Augenblick hatte sie sich mit den anderen Gläubigen aus Vergangenheit und Gegenwart identifiziert, hatte an all die anderen gedacht, die in diesem Meer getauft worden waren, und sich eins gefühlt mit Christus und mit seinem Leib, der Gemeinde. Und dann – dann hatte sie es gewusst: *Ich bin jetzt sauber. In Gottes Augen bin ich rein!*

Nein, nicht die Taufe hatte sie gereinigt. Das war schon Monate vorher geschehen, als sie an eben diesem Strand zusammen mit mehreren gläubigen Freunden gebetet und Christus gebeten hatte, ihr ihre vielen Sünden zu vergeben und in ihr Herz hineinzukommen. Was hatte sie geweint, als sie es wagte und darauf baute, dass dieser Glaube echt war. Aber erst die Taufe hatte dies so richtig in ihrem Herzen besiegelt. In dem kalten Wasser, das über ihren Kopf ging, hatte sie sich ganz rein gefühlt. Sie erinnerte sich an die Gänsehaut, mit der sie zu dem Applaus der kleinen Christenschar aus dem Wasser gestiegen war. Dann hatte Eric seine Gitarre genommen, und sie hatten gesungen: *»Ich preise meinen Gott von ganzem Herzen ...« Ja! Frei! Rein! Gerettet durch den Glauben. Wiedergeboren ...*

Großmutter legte das Handtuch beiseite und begann zu beten, und eine tiefe Traurigkeit schoss durch Rislène. Kein noch so häufiges Waschen konnte die Seele retten. Sie war leer, diese Zeremonie. Sie wollte es hinausschreien vor ihrer Großmutter: Christi Blut reinigt uns ein für alle Mal! Das war die wahre Wahrheit, für immer. *O Großmutter, wie kann ich dir zeigen, dass du nicht durch noch so viele Waschungen und Gebete und äußere Rituale frei wirst?*

Sie schloss ihre Augen unter dem hellblauen Kopftuch und begann zu weinen. Es war das Abflussventil für ihre vielen Gefühle: den Schmerz um ihre Familie, die Hoffnung auf Flucht, die Dankbarkeit für einen Glauben, der trug. Die Tränen fielen auf ihre gefalteten Hände, und sie betete still für sich. *O*

Gott, mein himmlischer Vater, rette du meine Familie, und wenn du es durch mich tun willst, dann gib mir den Mut. Und die Kraft.

*****

Kurz vor Sonnenuntergang war der Brief fertig, mit dem neuen dunkelblauen Lidstift hastig auf das rosa Toilettenpapier geschrieben. Rislène hatte Magenkrämpfe vorgetäuscht, um längere Zeit in der Toilette sein zu können, ohne Verdacht zu erregen. Und ihr Gesicht war wirklich blass und ihre Hände zitterten, während sie schrieb.

> *Lieber Freund der Hoffmanns! Ich habe deinen Brief erhalten. Preis dem Herrn! Bitte kommt bald! Meine Großmutter will mich an einen Muslim verheiraten; ich habe gehört, wie sie mit meinen Onkeln darüber gesprochen hat. Gott hilft mir jeden Tag, nicht zu verzweifeln. Ich weiß nicht, wo die Botschaft ist, und allein sein kann ich nur in der Toilette. Ich kann nur fliehen, wenn ich auf dem Markt bin – aber dazu muss ich wissen, in welche Richtung ich rennen muss. Es wird so schwer sein, aber ich gebe die Hoffnung nicht auf. Es gibt hier so viel Tod und Schrecken, so viele Mädchen verschwinden in den Bergen. Sagt Eric, dass ich die Gebete der Lieben zu Hause spüre. Rislène.*

Sie faltete den Brief zusammen und schob ihn in den Koran. Morgen, auf dem Markt, würde sie ihn dem Kind übergeben, und irgendwie würde er Eric erreichen. Die Hoffnung, dass sie vielleicht bald wieder frei wäre, ließ Rislène wieder an die Zukunft denken. Eric Hoffmann füllte ihre Gedanken. Er war das, was man einen Visionär nannte. Er hatte den Traum, dass über die *Oasis*-Gruppen alle Muslime Christus kennen lernen würden. Die Einzelheiten planen konnte er nicht, das musste jemand übernehmen, der praktischer veranlagt war. Aber Rislène war sicher, dass Erics Träume direkt von Gott kamen.

Sie bewunderte seine Energie und Begeisterungsfähigkeit, seinen Respekt vor seinen Eltern und die Art, wie Monsieur Hoffmann seinerseits die Ideen seines Sohnes ernst zu nehmen schien. Was für eine Beziehung zwischen Vater und Sohn! Wann würde sie endlich ein offenes Gespräch mit ihren Eltern führen können? Was mochte ihre Mutter jetzt denken, zu Hause in Montpellier? Und ihr Vater – vermisste er seine Tochter? Sie wollte ihn hassen für das, was er ihr angetan hatte, aber es gelang ihr nicht. Von frühester Kindheit an hatte man ihr eingeschärft, dass die Familienehre eines der höchsten Dinge im Leben war, und sie hatte es geliebt, dieses Zusammengehörigkeitsgefühl, so viel es auch ihre Freiheit einengte. Sie konnte ihre Familie nicht hassen. Selbst Nazira, die sie verraten hatte, kam ihr nicht mehr so bedrohlich vor.

Ich will meine Familie und meinen Glauben, Herr. Beides. Aber das war unmöglich. Wenn Gott sie aus dieser Gefangenschaft hier befreite und sie ihre Freiheit durch die Ehe mit Eric festmachte – würde sie ihre Lieben je wieder sehen? Samira aus Lyon hatte alles riskiert, um Christus zu vertrauen, und ihre Familie hatte sie mit einem Muslim verheiratet. Und Rislène kannte ein anderes Mädchen, das einen Christen geheiratet hatte und bis heute, nach so vielen Jahren, keinen Kontakt zu ihren Eltern und Geschwistern hatte.

Ist Gott das wert? Bist du es wert, Eric? Was für ein Leben werden wir beide haben? Sie rief ihre Gedanken zur Ordnung. Wie konnte sie daran denken, Eric zu heiraten? Kannte sie ihn denn überhaupt? Und wichtiger noch: Kannte er sie? Liebte er sie? Aber wenn eine muslimische Frau es lernen konnte, einen Mann zu lieben, den sie vor ihrem Hochzeitstag nie gesehen hatte, dann konnten Rislène und Eric es doch wohl lernen, einander zu lieben.

Nichts war einfach. Nichts. Und warum hoffte sie immer noch? Es war keine Zeit zum Hoffen, es war Zeit zum Beten.

* * * * *

»Ich kann nicht länger warten! Ich geh sie suchen!« Erics grüne Augen brannten. »Vater, versuch nicht, mich umzustimmen! Sie ist jetzt einen ganzen Monat weg, in einem Monat kann alles Mögliche passieren!«

»Wir haben Nachrichten, Eric. Hussein ist am Ball. Er hat herausgefunden, wo Madame Namani wohnt.«

»Gut! Dann kann ich ja meine Tickets kaufen. Ich kann morgen fliegen! Sag Abdul, dass ich bald komme.«

David schüttelte seinen Kopf. »Eric, das muss sorgfältig vorbereitet werden ...«

»Und während ihr sorgfältig am vorbereiten seid, wird Rislène womöglich verheiratet und hat keine Chance mehr zu fliehen. Nein, ich fahre. Ich werde mich schon besser fühlen, wenn ich im selben Land bin wie Rislène. Hier bin ich doch völlig hilflos!«

David rang um eine ruhige Antwort an seinen Jüngsten. Eric. Sie hatten ihn nach Gabriellas kleiner Schwester, Ericka, genannt, die mit sechs Jahren in Afrika gestorben war. Gabriellas Liebe zu ihren Söhnen war tief und weit und unparteiisch, aber David wusste, wie sehr sie an ihrem Jüngsten hing. Bei Eric war alles entweder schwarz oder weiß. Mit seinem unerhörten Eifer und seiner Sensibilität war er ganz ähnlich wie seine Halbschwester, Ophélie.

Aber er war nicht der Richtige für eine Rettungsexpedition in die Hölle. Ihr Ältester, Roger, der nach Davids eigenem Vater benannt war, war der Draufgänger, der immer auf den Füßen landete wie eine Katze, die neun Leben hatte. Der Mittlere, William, war der Diplomat, der in den schwierigsten Situationen einen kühlen Kopf bewahrte. Einen von ihnen hätte David eher nach Algerien ziehen lassen, aber auch das ging nicht.

Nein, er selber würde nach Algerien gehen, und er musste Eric, seinem so intelligenten, sensiblen Eric, zeigen, dass diese Entscheidung nicht auf mangelndem Vertrauen in ihn beruhte. David hatte es gelernt, wo seine Stärken lagen und wo nicht; Eric war noch jung und unerfahren – der Jüngste, der seiner Familie und dem Rest der Welt beweisen wollte, dass er nicht hinter seinen erfolgreichen älteren Brüdern zurückstand.

»Eric, ich weiß, wie dir zumute ist. Ich war ja selber einmal in einer erstaunlich ähnlichen Situation, und vielleicht klinge ich jetzt heuchlerisch. Aber ich glaube nicht, dass du der Richtige für diesen Job bist.«

»Jetzt kommst du schon wieder damit, Vater! Ich bin zu jung, zu naiv, zu alles Mögliche. Du und Mutter, ihr könnt mich doch nicht ewig behüten. Ich liebe Rislène! Wenn du mich so gut verstehst, siehst du dann nicht, wie absolut verrückt es mich macht, hier zu sitzen und Däumchen zu drehen und mir vorzustellen, was sie alles mit ihr machen können?« Er tigerte durch den Raum, die Hände in den Hosentaschen. »Schau her, ich bin jetzt 23 Jahre alt, du kannst mich nicht festhalten! Ich gehe lieber mit deinem Segen, aber ob mit oder ohne, ich gehe. Du kannst mich nicht festhalten!«

David sah, wie das blasse Gesicht seines Sohnes immer röter wurde, dass man die Sommersprossen auf seinen Wangen nicht mehr sah, bis hinauf in die Stirn, wo sein rotes Haar anfing. Wenn Eric sich so in etwas hineinsteigerte, hatte es keinen Zweck, ihm mit Argumenten zu kommen. »Ich höre, was du sagst, Eric. Du hast Recht: Ich kann dich nicht zwingen, hier zu bleiben. Aber kannst du mir bitte einen Gefallen tun? Bete noch einmal über dieser Sache. Es geht ja nicht nur um Rislène. Oder um dich. Ein falscher Schachzug, und die ganze Untergrundkirche in Algerien ist in Gefahr.« Er begegnete dem Blick seines Sohnes. »Bitte denke noch einmal darüber nach.«

Erics grüne Augen blitzten. David las den Zorn und den Schmerz in ihnen. »Denkst du etwa, ich habe nicht schon darüber gebetet all diese Wochen, Vater?« Er drehte sich um und ging aus dem Büro.

Ein schwerer Druck legte sich auf David, als ob ein Schraubstock ihm die Luft und das Denken abdrücken wollte. Wie lange würde er das noch aushalten? Er wusste, wie Gabriella reagieren würde, wenn er nach Algerien ging. Tränen. *Du bist doch keine 24 mehr, David, bitte ...* Aber wenn sie dann vor der Wahl stünde, ihn oder Eric ziehen zu lassen, würde sie zustimmen, das es besser war, wenn er ging. Er und Eric kannten beide die Sprache und die Stadt, aber David hatte viel mehr Erfahrung.

Er musste wieder an Roger und William denken. Der Abenteurer und der Diplomat. Wenn es nur jemanden gäbe, der beide Qualitäten vereinte, irgendeinen jüngeren Mann. Er musste plötzlich an Samuel Cebrian denken und lächelte. Samuel wäre ideal gewesen, Samuel konnte den Teufel das Fürchten lehren. Er lachte laut, dann runzelte er die Stirn. Der Geist von Samuel Cebrian, er spukte überall. Wie war er da plötzlich auf ihn gekommen?

Komm auf den Teppich, David, und pack deine Sachen. Noch länger warten würde Eric nicht. Er schüttelte langsam den Kopf, rieb sich über die tief liegenden Augen. Wer wollte es Eric auch übel nehmen? Schon mancher junge Mann war aus Liebe zu seiner Braut direkt in den Schlund der Hölle gerannt.

* * * * *

Sie fühlte sich wie ein Gefangener in der Todeszelle. Die Überwachung, die Angst, die plötzlichen Verlegungen. Nur dass es noch schlimmer war. Verraten. Ihre Familie hatte sie wieder verraten. Die Hoffnung des Morgens war wie ein Stein auf den Boden gefallen, ihre Träume lagen in Scherben.

»Warum soll ich umziehen? Es war doch gut bei dir, Großmutter! Ich kenne Hamid doch gar nicht. Bitte lass mich doch hier bleiben, Großmutter, bitte!« Sie konnte ihre Verzweiflung nicht verbergen. Hamid wohnte am anderen Ende der Stadt. Wie sollte sie von dort eine Botschaft an das Mädchen schicken? Wieder auf denselben Markt gehen – unmöglich!

Ihr war plötzlich schlecht. Sie schlug ihre Hand vor den Magen und rannte in die Toilette. Nazira verzog das Gesicht. »Du und dein Magen, Rislène! Stell dich nicht so an! Großmutter hat gesagt, dass wir es da besser haben!«

In der Toilette ließ sie ihren Tränen freien Lauf, weinte, würgte, erbrach sich. Sie schluchzte: »Ich kann das nicht! Ich kann das nicht! Ich werde wahnsinnig, Gott. Warum hast du mir diese Hoffnung gegeben, nur um sie mir wieder zu nehmen? Warum?« Sie weinte und weinte. Sie putzte sich die Nase, spülte die Toilette und ging ins Bad, um sich das Gesicht zu waschen. Ein Stück Toilettenpapier war an ihrer Hand kleben geblieben. Sie starrte es einen Augenblick an. Ein Stück Toilettenpapier. So hatte Gott zu ihr gesprochen vor zwei Wochen, das hatte sie aufrechtgehalten. Und erst diesen Morgen der Kürbis. Würde Gott sie jetzt auf einmal verlassen? Nein, unmöglich!

Sie packte den Koran, den Kürbis, den *Hijab* und ihre Kleider mit all den Papierstücken, die sie darin versteckt hatte, zusammen, dazu den Brief an das kleine Mädchen, den sie erst diesen Morgen geschrieben hatte. Aus den Seiten des Koran schaute einer der rosa Fetzen hervor. Sie öffnete ihn rasch, um ihn zurückzuschieben, und ihr Blick fiel auf den Vers, den sie da aufgeschrieben hatte: *Lass dir nicht grauen und entsetze dich nicht; denn der Herr, dein Gott, ist mit dir in allem, was du tun wirst ...* Sie hielt den Vers in ihrem Herzen fest, drückte ihre paar Habseligkeiten an die Brust und folgte Nazira durch die Küche und hinaus zu Hamids wartendem Auto.

KAPITEL 19

Drei Tage lang hatte sie mit sich gekämpft, geweint, gebetet und in ihr Tagebuch geschrieben. Nichts wollte Ophélie helfen. Sie wachte nachts auf und sah, wie das Lachen hinter Cebs braunen Augen zu Wut wurde und dann noch schlimmer. Sie spürte wieder, wie ihre Hand sein bärtiges, aufgesprungenes Gesicht traf. Er brauchte Hilfe, aber sie konnte ihm keine geben. Wie sie sich um ihn abgemüht hatte – und jetzt war es gerade so, als ob all die winzigen Fortschritte, die sie in den letzten Wochen mit ihm erlebt hatte, ausgelöscht waren, wie die Kreide auf ihrer Tafel am Ende eines Schultages. Fang wieder von vorne an. Aber wie?

Sie öffnete eine der Fenstertüren und trat auf den Balkon hinaus, der das ganze Zimmer entlanglief. Sie hatte die Brüstung mit Geranienkästen geschmückt. Sie liebte die hellen, lebensfrohen Farben der Blumen. Der Wind kam um die Hausecke gefegt, dass kleine Regenfontänen hochspritzten, während sie die Blumen goss.

Trotz des Windes war die Sonne stark, und sie blieb noch etwas draußen an diesem späten Samstagvormittag und zupfte ein paar tote Blätter von den rosa Pflanzen. Mit etwas Dünger, viel Wasser und ein wenig Beschneiden hielten sich die Geranien das ganze Jahr. Hin und wieder einmal, wenn das Thermometer unter null sank, holte sie sie für die Nacht in die Wohnung, aber das war in Montpellier selten. Der Standort auf dem Balkon, wo die Morgensonne sie das ganze Jahr über wärmte, war ideal für die Blumen. Sie hatten ein glückliches Leben.

Wie oft schon hatte sie in ihrer Sonntagsschulklasse diese Blumen als Bild für Gottes Wirken im Leben der Menschen benutzt. Die Parallele war offensichtlich: Ohne Sonne und Wasser mussten die Blumen sterben. Ohne Dünger und guten Boden blühten sie weniger häufig und weniger stark. Und wenn man die gelben Blätter und verwelkten Blüten nicht abschnitt, sahen sie bald hässlich aus. Genauso brauchte jeder Mensch Gottes Liebe und Fürsorge – seine ›Sonne‹, sein ›Wasser‹, seinen ›Pflanzboden‹ und sein ›Auslichten‹ –, wenn er das werden wollte, wozu Gott ihn geschaffen hatte. Diese lebenswichtigen Dinge fand man im Bibellesen, im Gebet, im Bibel-Memory und in der Gemeinschaft mit anderen Christen.

Ja, auch das ›Auslichten‹ und ›Beschneiden‹ gehörte dazu. Dass man sich Zeit nahm, auf Gott zu hören, seine Fehler vor ihm zugab, ihn um Vergebung bat und feste Schritte mit ihm tat. Dass man ihn ein totes Blatt abschneiden ließ, damit das neue besser wachsen konnte.

Sie hatte den Eindruck, dass Gott gerade dabei war, so in ihrem Leben zu gärtnern. *Ich habe Samuel Cebrian retten wollen, ich wollte in seinem Leben Gott spielen. Ich habe es vermurkst, weil ich zu ungeduldig war, auf deine Führung zu warten. Aber jetzt will ich auf dich hören, Herr.*

Samuel. Vor langer, langer Zeit waren sie gemeinsam mit Gott gegangen, hatten theologische Diskussionen geführt und bis in die Nacht für ihre Freunde gebetet. Und jetzt war er genauso verwelkt wie die spröden blassrosa Blütenblätter, die sie gerade in der Hand hielt. Konnte er wieder der alte Samuel werden? Konnte er jemals wieder blühen in den Gassen von Montpellier, wo ein Haufen Obdachlose seine Freunde waren? Fiel Gott nichts Besseres ein?

Wo nicht weiser Rat ist, da geht das Volk unter; wo aber viele Ratgeber sind, findet sich Hilfe. Der Vers aus den Sprüchen Salomos hatte ihr schon oft in ihrem Leben geholfen, wenn sie versucht war, eine Situation auf eigene Faust zu bewältigen. Gabriella. Wäre sie wortbrüchig, wenn sie mit Gabriella redete? Sie hatte Ceb ja versprechen müssen, das Geheimnis für sich zu behalten. Aber ihre eigenen Bemühungen fruchteten doch nichts. Wie konnte sie ihn einfach durch die Finger gleiten lassen, wenn die Hilfe buchstäblich um die Ecke lag? Quälende Fragen. *Gott, zeige mir, was richtig ist.*

Ein Windstoß blies die toten Blütenblätter aus ihrer Hand, hinaus in die Luft. Sie beugte sich über die Brüstung und sah ihnen hinterher, wie sie sechs Stockwerke nach unten segelten und auf dem Pflaster landeten.

* * * * *

Sie öffnete die Haustür mit ihrem Schlüssel. Aus dem Obergeschoss kam die Stimme ihrer Stiefmutter: »Ich komme sofort!« Das Haus der Hoffmanns strömte einen geradezu greifbaren Frieden und Trost aus. Gabriella verstand es, ihren Besuchern das Gefühl zu geben, dass sie willkommen waren. Sie war eine Meisterin der Freundschaft. Wie oft hatte Ophélie sie beobachtet dabei und sich gewünscht, auch so sein zu können. Sie ging nicht so aus sich heraus wie Gabriella, sie war mehr in sich gekehrt, wie ihre Mutter Anne-Marie. Aber sie war gerne mit Bri zusammen, sie beide ganz allein, und ließ sich von dem Gespräch einhüllen wie von ihrer Lieblingsdecke, wenn sie auf dem Sofa saß und ihren Tee trank.

Sie betastete das große, hölzerne Hugenottenkreuz, das im Eingangsflur hing, und zog ihr eigenes Kreuz aus der Bluse, das ihre Mutter ihr vor 32 Jahren geschenkt hatte, als Symbol des Schutzes und als Verheißung, dass sie eines Tages wieder vereint sein würden. Während Ophélie auf Nachrichten von ihrer Mutter gewartet hatte, hatte dieses Kreuz ihr Herz an eine schöne rothaarige junge Frau gebunden, die das gleiche Goldkreuz um ihren Hals trug.

Sie betrachtete das Kreuz, und die verschiedenen Deutungen, die man ihm im Laufe der Jahrhunderte beigelegt hatte, kamen zurück in ihr Gedächtnis. Die einen sagten, dass die vier blütenblätterartigen Arme des Kreuzes für die französische Lilie standen, das Mutterland, andere fanden, dass sie das Malteserkreuz nachzeichneten und für die vier Evangelien standen. Und hatte nicht jede der Blüten zwei gerundete Spitzen, die, wenn man sie zusammenzählte, die acht Seligpreisungen ergaben? Mehr in der Mitte des Kreuzes, zwischen den Blütenblättern, war jeweils eine bourbonische Lilie, die Wappenblume der französischen Könige, als Zeichen der kurzen Atempause, die die Hugenotten im 17. Jahrhundert unter Heinrich IV. genossen hatten. Zählte man die drei Blätter jeder der Lilien zusammen, ergab dies die zwölf Apostel, und wer die vier miteinander verklammerten Lilien als Ganzes betrachtete, konnte darin die Dornenkrone Christi sehen.

Von dem Kreuz hing, mit dem Kopf nach unten, eine Taube – das Zeichen der Gegenwart des Heiligen Geistes im Leben des Gläubigen. Ophélie hatte gelesen, dass in Verfolgungszeiten die Taube durch eine Träne ersetzt wurde. Auf manchen Hugenottenkreuzen waren kleine Blutstropfen und Gitterstäbe in die Arme eingraviert, zur Erinnerung an die Tausende von Hugenotten, die für ihren Glauben Kerker und Tod erlitten hatten. Als Lehrerin und Schriftstellerin fühlte Ophélie sich stark verbunden mit dem reichen Symbolismus des Hugenottenkreuzes. Wie oft hatte sie schon über seine verschiedenen Details meditiert.

Gabriella kam die Treppe herabgesprungen. Einzig ihre grauen Strähnen und die Fältchen um die Augen verrieten ihr Alter. Sie küsste Ophélie auf beide Wangen. »Siehst du dir das Kreuz an, Ophélie?«

»Ja. Ich denke gerade nach. Erinnerst du dich noch an den Tag in Carnon, Bri, wo ein verängstigtes kleines Mädchen eine rothaarige Freundin fand, die das gleiche Kreuz trug?«

Gabriella umarmte sie fest, so als sei sie immer noch die einsame Sechsjährige von damals. »Den Tag, wo Gott uns zusammenführte, werde ich nie vergessen, *Chérie*. Wir ahnten damals ja gar nicht, wie viel Segen noch daraus kommen würde.«

»Ja, dass unsere Wege sich trafen, war ein großer Segen Gottes«, sagte Ophélie. »Aber manchmal ist es schwer, den Segen zu sehen, Bri. Oder zu wissen, dass es wirklich Gott ist, der einem jemanden in sein Leben hineingeführt hat. Und zu sehen, was man dann machen soll.«

»Liebe, tiefgründige Ophélie. Was hast du heute auf dem Herzen?« Gabriella drückte sachte auf die Schulter ihrer Stieftochter.

Nach einem langen Seufzer sagte Ophélie: »Was ich dir erzählen muss, Bri, ist ziemlich verrückt, und ich weiß gar nicht, ob ich es dir sagen darf. Aber ich brauche deinen Rat.« Sie lehnte sich an die Wand des Treppenhauses. »Aber hier kann ich das nicht sagen. Hättest du mal Zeit für einen Spaziergang am Strand?« Ein Lächeln flackerte über ihre Lippen. »Wäre das möglich?«

»Ich habe den ganzen Nachmittag Zeit, Ophélie, ich bin überhaupt nicht in Eile.«

* * * * *

Sie fuhren schweigend die Viertelstunde zum Strand von Carnon. Plötzlich hatte Ophélie Zweifel an ihren Motiven, Gabriella einzuweihen, Zweifel an ihrer Loyalität zu Samuel. Aber als sie neben den Dünen parkten und aus dem Auto stiegen, war der Winterwindstoß, der ihr ins Gesicht pustete, wie eine starke Hand, die sie weiterzog. Sie hakte sich bei Gabriella unter, und sie traten auf den schmalen, sandigen Pfad, der zwischen den Dünen zum Strand führte. Es war Ebbe, und sie waren die einzigen Menschen weit und breit. Der starke Wind ließ den feinen Sand in kleinen Wirbeln um ihre Füße tanzen.

»Brr, ist das kalt hier«, sagte Gabriella. »Gerade wie damals, als wir auch zusammen hier waren.«

Sie tauschten ein Lächeln aus und ließen sich vom Wind vorantreiben. Die Wintersonne warf ihren Juwelenregen auf die Wellen. Ophélie atmete tief ein, füllte ihre Lungen mit der frischen Salzluft, die ihr Kraft zu geben schien. »Jemand, der mir lieb und wert ist, ist in Not«, begann sie. »Es gibt Menschen, die ihm gerne helfen würden, aber er will keine Hilfe, und ich habe ihm versprochen, nichts weiterzusagen. Ich habe selber so sehr versucht, ihm zu helfen, aber das, was ich ihm geben kann, ist nicht das, was er braucht.« Sie hielt an und schürzte ihre Lippen. »Und dann habe ich schließlich das getan, was ich gleich hätte tun sollen. Ich habe Gott gebeten, mich zu führen.« Sie lächelte. »Und jetzt bin ich also hier, Bri, und brauche deinen Rat. Wenn ich nichts sage, wird er wohl wieder verschwinden. Ich weiß nicht, was ich machen soll. Bri.«

Sie sah das Mienenspiel auf dem Gesicht ihrer Stiefmutter – erst mitfühlend, dann fragend, dann überrascht. Und sie begriff: Bri hatte die Wahrheit erraten.

»Samuel?« fragte Gabriella leise.

»Ja. Samuel.«

»Preist den Herrn«, flüsterte Gabriella, und ein Lächeln kam auf ihr Gesicht. »Preist den Herrn.«

Ophélie versuchte, mit zu lächeln, aber die Erleichterung wollte nicht kommen. Tief drinnen war ein bohrender Schmerz, das Gefühl, das sie hatte, wenn ihr Gewissen heftig schlug. Sie wischte sich das Haar aus dem Gesicht. »Ich hätte nicht kommen sollen, Bri, das war falsch. Du kannst ja nichts tun, seine Lage ist aussichtslos ...«

Gabriella nahm ihre Hand. »Ophélie, wie lange schleppst du dich schon damit ab?«

»Seit kurz nach Weihnachten.«

»Es war richtig, dass du dich gemeldet hast. Wo ist Samuel?«

»Auf der Straße. Er ist ein SDF, Bri.« Die Worte kamen kläglich heraus, ihre Augen füllten sich. »Er ist obdachlos, lebt in irgendeiner Bruchbude und verbringt seine Tage damit, nach seinen obdachlosen Freunden und ihren Hunden zu sehen.«

»Wie ist seine Gesundheit?«

»Er sieht nicht gut aus, Bri. Aber er ist kein Alkoholiker – glaube ich jedenfalls. Seine rechte Hand ist kaputt. Zwei Finger sind weg. Du weißt ja noch. Er muss höllische Schmerzen haben.« Sie sah ihn wieder vor sich, wie er sich in der Kälte vor Jean-Marcs Haus die Hand massierte.

Gabriella bückte sich, um eine Muschel aufzuheben. »Ophélie, das klingt ganz so, als ob Gott dir Samuel über den Weg geschickt hat. Manchmal kommen wir ja so weit ab und sind zu elend oder zu stolz, um selber zurückzukommen, und brauchen viel Hilfe, auch wenn wir das Gegenteil behaupten.«

»Ich hoffe, du hast Recht, Bri. Ich glaube auch, dass er versucht zurückzukommen. Er war erst in mehreren anderen Städten und ist jetzt nach Montpellier zurückgekehrt. Dominique sagt, dass das ein gutes Zeichen ist. Er meint ...«

»Dominique? Wer ist Dominique?«

Ophélie lächelte errötend und stieß einen langen Seufzer aus. »Ich fange wohl am besten ganz von vorne an. Es ist ziemlich viel passiert im letzten Monat.«

»Wie ich schon sagte, ich habe den ganzen Nachmittag.«

* * * * *

Eine Stunde später hatte Ophélie fertig erzählt, wie sie Samuel in der Suppenküche gesehen und sich mittwochmorgens mit ihm getroffen hatte. Sie und Bri froren wie die Schneider und beschlossen, sich in einem Café aufzuwärmen. Sie fanden ein Plätzchen in der Sonne, das vor dem Wind geschützt war und einen schönen Blick auf den Hafen von Carnon bot mit seinem Masten-Gewimmele der Fischer- und Segelboote. Die Läden und Cafés der kleinen Stadt waren wie ausgestorben.

»Hier bin ich sonst nie«, bemerkte Ophélie, während sie sich einen Tee mit Zitrone bestellte. »Das ist echt malerisch hier.«

»Ich kriege das Gleiche«, sagte Gabriella und schielte zu dem Kellner hoch. Dann sah sie wieder Ophélie an. »Jetzt um diese Jahreszeit, bevor die Touristenmassen kommen, ist es friedlich hier.« Sie fischte ihre Sonnenbrille aus ihrer Handtasche. »Hast du in der letzten Zeit mit deiner Mutter gesprochen?«

»Ja, sicher, sie ruft ja fast jeden Tag an.«

»Ja, ich weiß. Aber hast du mit ihr gesprochen?«

Ophélie hörte Gabriellas Unterton heraus und ging in die Defensive. »Ach, Bri, ich finde es viel leichter, mit dir über so was zu reden. Mutter macht sich zu viel Sorgen um mich. Manchmal habe ich den Eindruck, für sie werde ich erst dann richtig erwachsen sein, wenn ich verheiratet bin. Aber Menschenskind, ich bin doch schon fast vierzig. Was, wenn ich nie heirate?« Sie hielt abrupt an, runzelte die Stirn und fügte etwas verlegen hinzu: »Oder findest du vielleicht, dass ich das übertreibe?«

»Du musst dich nicht bei mir entschuldigen, Ophélie. Anne-Marie ist eine ganz liebe Freundin, und ich bewundere es, wie sie so überhaupt nicht eifersüchtig auf unsere Beziehung ist. Sie ist dankbar, dass es andere Menschen gibt, mit denen du reden kannst. Aber du liegst falsch, Ophélie. Sie ist sehr stolz auf dich, so wie du bist.« Sie tätschelte Ophélies Hand. »Sie will halt das Beste für dich und möchte nicht, dass du einsam bist. Das ist alles.«

»Das weiß ich alles, Bri. Aber das mit Dominique und Samuel kann ich ihr nicht sagen, das ist zu verwirrend.« Der Kellner brachte die Kanne mit dem dampfenden Tee und stellte zwei Tassen auf den Tisch, in denen je eine Zitronenscheibe lag. Ophélie langte nach ihrer Geldbörse, Gabriella tat dasselbe. »Bitte, Bri, heute möchte ich dich einmal freihalten.« Ihre Stiefmutter nickte, und Ophélie gab dem Kellner das Geld.

Sie tranken schweigend ihren Tee und sahen den Möwen zu, die über das Wasser schossen. »Als ich in Castelnau studierte, ist es mir ganz schön schwer gefallen, meiner Mutter das mit David zu schreiben«, sinnierte Gabriella. »Ich wusste, dass sie vielleicht dagegen wäre, aber ich wollte ihren Rat. Später erzählte sie mir, dass Gott sie mitten in der Nacht aufweckte, damit sie für mich beten konnte.« Sie drückte Ophélies Hand. »Deine Mutter betet viel für dich, Ophélie.«

»Ich weiß.« Sie schloss kurz die Augen, dachte daran, wie Gabriella als junge Frau gewesen war. »Du hattest Glück, Bri, als du dich in David verliebt hast.«

»Wie meinst du das?«

»Ich meine, er war ja noch nicht Christ, als du ihn kennen lerntest. Aber du bist trotzdem mit ihm gegangen. Hast du dich je gefragt, was du gemacht hättest, wenn er sich nicht bekehrt hätte?«

»O, wir hatten viele Gespräche über den Glauben. David wusste, dass er nicht gegen meinen Gott kämpfen konnte. Er wollte mich nicht heiraten, er weigerte sich, unsere Beziehung romantisch werden zu lassen. Es war die Hölle für mich, ihn loszulassen. Ich habe echt geglaubt, es würde nie was mit uns.

Aber dann zeigte Gott ihm, dass er einen Heiland brauchte. Aber selbst nach seiner Bekehrung gab es noch so viele Fragen. Ich war sicher, dass er immer noch Anne-Marie liebte. Aber als er dann aus Algerien zurückkam, war er so verändert. Der Krieg hatte ihn ernüchtert, und er fühlte sich so für dich und deine Mutter verantwortlich. Und wir glaubten ja, dass Moustafa nicht mehr am Leben war.« Sie seufzte.

»Es war eine sehr stressige Zeit. Aber du hast Recht, ich habe Glück gehabt. Gottes Hand lag auf uns damals. David wurde Christ, und wir haben als gläubiges Paar geheiratet. Nach dem, was wir alles durchgemacht hatten, war das Heiraten keine große Sache mehr. Für die nächsten paar Jahre waren die großen Entscheidungen gelaufen.« Eine Möwe landete ein paar Meter vor ihnen und beäugte sie mit schräg gelegtem Kopf.

»Es gab schwierige Entscheidungen, aber ich habe versucht, Gott zu ehren. Seinem Wort zu gehorchen. Das Prinzip, nicht an einem Joch mit den Ungläubigen zu ziehen, also niemanden zu heiraten, der nicht vor allem anderen Gott liebt, ist in der Bibel sehr klar, und auch du hast dich ja daran gehalten. Ich weiß, dass das nicht einfach gewesen ist, Ophélie. Wie oft habe ich mir nicht gewünscht, ich könnte einfach mit den Fingern schnippen und eine kleine Sammlung interessanter, netter, unverheirateter Männer herbeizaubern, die Gott liebten.«

»Ja«, sagte Ophélie resigniert. »Die liegen nicht auf der Straße. Und es wird auch nie einfacher, dieses Single-Spiel. Ich müsste es allmählich doch wirklich aus dem Effeff können. Aber nichts da. Manchmal, wenn ich ein Neugeborenes sehe oder auf eine Hochzeit eingeladen werde, packt es mich wieder. Oder auch wenn der Tag einfach so wunderbar ist und ich mir wünsche, jemand könnte ihn mit mir genießen.«

»Da kann ich dir wohl keinen Rat bieten, der nicht abgedroschen klingt.«

»Mach dir nichts draus, Bri. Darüber haben wir uns doch schon hundertmal unterhalten.«

Ophélie zog das Hugenottenkreuz unter ihrem Pullover hervor und zeigte auf das Lilienmuster. »Die Dornenkrone«, sagte sie leise. »Jetzt bin ich bald vierzig, Bri, aber manchmal frage ich mich immer noch, warum um die Mitte unseres Lebens herum eine Dornenkrone sein muss. Muss Glauben immer Leiden bedeuten? Kommt Heilung nur durch Schmerz?« Sie schwiegen einen Augenblick. »Was ist das, was Vater immer sagt, Bri? Du weißt doch, dieses Zitat, dass Gott denen wehtut, die er liebt.«

»Meinst du: ›Gott macht keinen Menschen zu seinem mächtigen Werkzeug, den er nicht zuerst tief verwundet hat‹?«

»Genau. Ziemlich stark. Und schwer verdaulich.«

»Denkst du gerade an Samuel?«

»Ja. Ich glaube, ich verstehe diesen Satz. Gott muss uns dahin bringen, dass wir Demut lernen und uns völlig auf ihn verlassen. Aber das ist schwer, selbst für mich. Und wie um alles in der Welt kann ich Samuel beibringen, dass Gott das Leiden zum Besten wenden kann?«

»Du kannst das nicht, Ophélie, so viel ist klar. Ich glaube, unsere frommen Erklärungen der Not eines anderen fallen immer auf taube Ohren. Oder er wird wütend. Ich habe gelernt, dass alles, was ich tun kann, darin besteht, dass ich im Vertrauen zu Gott den Schmerz in meinem eigenen Leben durchlebe und Gott bitte, sich meinem Mitmenschen in dessen eigenen Prüfungen zu offenbaren. Das ist wunderbar befreiend, weißt du – es alles in Gottes Hände zurücklegen. Er ist groß genug.«

Ophélie lächelte. »Ja, du hast Recht, das ist ja fast eine Binsenweisheit. Aber – irgendwie bin ich zu nahe dran, um sie sehen zu können.«

»Es ist nicht einfach, Ophélie. Und ist hier nicht vielleicht auch dein Herz beteiligt? Mir klingt das fast so.«

»Mein Herz? Nein, da liegst du falsch. Samuel ist einfach ein alter Freund, der mir nicht egal ist.« Sie spürte, wie ihre Stimme auf einmal weicher war. »Aber du hast eben vorgeschlagen, die Sache Vater zu sagen. Da hab ich nichts dagegen. Ich glaube, mit mir wird Samuel sowieso nicht mehr reden.«

»Und Dominique?«

»Dominique ist voll in Ordnung, bis auf diese altbekannte Sache mit dem Glauben. Sie hängt mir allmählich so zum Hals raus. Dominique will ich eigentlich auch nicht mehr sehen. Was hab ich davon, mich in ihn zu verlieben, wenn ich von vornherein weiß, dass es nicht klappen kann?«

Gabriella zuckte die Achseln. »Ich weiß nicht. Aber ich werde beten, Ophélie. Ich weiß, dass Gottes Vorstellungen immer besser sind als meine. Und dass er zu denen steht, die zu ihm stehen.« Sie verließen das Café und spazierten durch den Hafen. »Und vielen Dank für diesen schönen Nachmittag.«

»Ich bin diejenige, die zu danken hat. Und keine Sorge, bald rufe ich auch meine Mutter an, um zu sehen, wie es ihr geht.«

* * * * *

Als Gabriella spät am Nachmittag vom Strand zurückkehrte, was David schon aus dem Büro zurück. »Wo hast du dich denn heute herumgetrieben, Gabby?«, neckte er. »Ich hab versucht, dich vom Büro aus anzurufen.«

»Ich war mit Ophélie spazieren.«

»So?« Er klang erfreut. »Und wie geht es ihr? Ich muss sie mal anrufen.«

»Sie hat mir ein paar sehr interessante Dinge erzählt. Setz dich besser mal.« David sah sie misstrauisch an, während er sich auf einen Stuhl setzte. »Sie hilft mit ihrer Freundin Janine mittwochmorgens beim Roten Kreuz aus, und da hat sie in den Weihnachtsferien in einer Suppenküche einen alten Bekannten gesehen.«

»Und wer war das?«

»Einmal darfst du raten.«

Er zuckte die Achseln. »Null Ahnung.« Dann kniff er die Augen zusammen und sah seine Frau skeptisch an. »Samuel?«

»Exakt.«

»Machst du einen Witz? Samuel Cebrian ist in Montpellier?« Erst gestern, nach seinem Gespräch mit Eric, hatte er an Samuel gedacht. »Wie geht's ihm?«

»Er lebt auf der Straße, *Chéri.*« Sie wartete, bis er begriff, sah die schmerzliche Falte, die auf seine Stirn trat. »Er ist seit drei Jahren als SDF von einer Stadt zur anderen gewandert, und jetzt ist er nach Montpellier zurückgekommen. Ophélie hat versucht, ihm zu helfen und ihn dazu zu kriegen, nach Hause zu kommen – anscheinend ohne Erfolg. Sie sagt, sein Leben besteht darin, den anderen Obdachlosen zu helfen. Aber er verweigert jeden Kontakt mit seiner Familie.«

Davids lange Finger legten sich um seinen Mund. »Samuel Cebrian ist wieder da ... Preist den Herrn! Meinst du, er wäre bereit, mal mit mir zu sprechen?«

Gabriella musterte ihn neugierig. »An was denkst du gerade, Schatz?«

Er schüttelte den Kopf. »Das weiß ich selber nicht. Aber ich hatte immer den Eindruck, dass ich mich gut mit Samuel verstehe. Gib mir ein, zwei Tage. Wir können bestimmt helfen.«

»Am besten sprichst du mit Ophélie darüber. Trink mal einen Kaffee mit deiner Tochter, du hast sie lange nicht mehr besucht.«

* * * * *

»Du hast aber auch rein keinen Draht zur modernen Literatur!« Ophélie klang halb streng, halb hilflos. Sie hielt Eric ein maschinengeschriebenes Blatt hin und zeigte auf einen Absatz in der Mitte. »Ich garantiere dir, dass dein Professor das, was du da über Proust und Collette sagst, nicht schlucken wird, es wird die reinste Ketzerei für ihn sein! Du bringst absolut nichts, um deine Behauptungen zu stützen.«

Eric sah seine Halbschwester achselzuckend an. »Schön, meine beste Seminararbeit ist es also nicht! Hab halt gerade andere Sachen im Kopf. Bitte um ein bisschen Geduld, Frau Schwester!« Er riss ihr das Blatt aus der Hand. »Und jetzt muss ich gehen.« Er stand von dem Sofa auf.

»Halt, warte, Eric!« Sie packte seinen Arm. »Das tut mir Leid, das gerade. Ich weiß ja, dass es gerade nicht einfach ist für dich. Vergiss es.« Sie legte eine Hand auf seine Schulter. »Willst du mal darüber reden?«

»Nein!«, schnappte er. Dann: »Vielleicht.« Er begann, hin und her durch das Zimmer zu laufen. »Vater macht mich noch wahnsinnig! Was hat er unternommen, um Rislène zu helfen? Nichts! Aber mir will er verbieten, nach Algerien zu fahren. Die alte Leier: Ich bin nicht der Richtige für den Job. Ich kann es nicht mehr hören! Es ist doch nicht so, als ob wir nicht wüssten, was da los ist! Vielleicht haben sie sie schon verkuppelt! Aber am 3. Februar flieg ich; hab schon die Tickets.«

Er lachte trocken. »Muss über Marokko hin. Alle algerischen Flughäfen sind geschlossen.«

Er blieb stehen, sein Finger zeigte auf Ophélie. »Und weißt du, was mich noch wütend macht? Dass mein alter Herr jetzt auch noch auf die Gewissensdrüsen drückt. Sagt, wenn ich nach Algerien gehe, bringe ich die ganze Kirche dort in Gefahr. Hält er mich für den großen Feind, oder was? Ich weiß doch genau, was da läuft. Die ganze Heimlichtuerei, der Terror. Ich kenne die Stadt wie meine Westentasche, Madira und Abdul sind auch da. Und Hussein. Was will Vater eigentlich?«

Ophélie wartete, bis Eric ihr seinen Kopf zuwandte. Sie sah ihm in die Augen und sagte: »Er will nicht einen Sohn verlieren. Er liebt dich, und da kann er unmöglich total objektiv sein, Eric. Er hat Angst um dich. Überall in Algerien sind Bombenanschläge, sie schneiden den Leuten schier zum Spaß die Kehle durch. Und auf Ausländer haben sie es ganz besonders abgesehen, du weißt doch, was in den Zeitungen steht.«

»Aber ich liebe Rislène! Lieber riskiere ich mein Leben für sie, als dass ich hier sitze und Proust und Collette pauke, während die Frau meines Lebens irgendwo in Algerien kaputtgeht!«

»Ich verstehe dich ja, Eric. Es ist eine verrückte Situation.«

»Ja, und Vater behauptet auch, er versteht mich, weil er in dem anderen Krieg in einer ähnlichen Lage war. Ja, hat er denn ganz vergessen, was er da gemacht hat? Ist im ungünstigsten Augenblick auf eine Fähre nach Algerien gestiegen und hat Kopf und Kragen riskiert. Aber Gott hat ihn beschützt. Hat er jedenfalls hundertmal erzählt. Glaubt er etwa, Gott wird seinen Sohn nicht beschützen? Das ist doch Heuchelei!«

»Das ist Liebe, Eric.«

»Ach, halt den Mund!« Er hielt an, sah, wie ihr die Tränen in die Augen stiegen, und kam zu ihr. »Entschuldige bitte, Ophélie, entschuldige, ich lass meine Wut ja an dir aus. Es ist ja nicht deine Schuld.«

Einen Augenblick lang sagten sie beide nichts; die Spannung stand wie eine Wand in dem Zimmer. Dann, jetzt ruhiger, fragte Eric: »Was meinst du denn, was ich machen soll?«

Ophélie wischte sich mit dem Ärmel über das Gesicht und dachte nach. »Rufe Vater an und bitte ihn, heute Abend mit Bri rüberzukommen, damit wir über die Sache reden können. Ich glaube, er hat einen Plan, Eric. Ich weiß, dass da was im Gang ist. Gib ihm eine Chance, sich zu erklären, und dann treffe deine Entscheidung.«

Erics grüne Augen blitzten, während er über Ophélies Vorschlag nachdachte. »Okay, ich mach's«, sagte er mürrisch.

»Unter einer Bedingung.« Er ging zum Telefon, nahm den Hörer ab und hielt ihn ihr hin. »Du machst den Anruf.«

KAPITEL 20

Die Medizinische Fakultät lag gegenüber dem Botanischen Garten, auf der anderen Seite der breiten Allee, in einem der ältesten Gebäude in Montpellier, das auf das 14. Jahrhundert zurückging. Ursprünglich als Benediktinerkloster genutzt, war es ein Anbau an die Kathedrale St. Pierre, die am Fuße eines steilen Hanges lag und an deren Fassade ein großer Mauerbogen zwei Ecktürme verband, die fünf Meter stark in den azurblauen Mittelmeerhimmel ragten. Ceb stand auf dem kleinen Platz vor dem Gebäudeensemble und schaute auf das Kopfsteinpflaster. Jetzt, am Samstagmorgen, schliefen die Studenten noch und der Platz war fast leer.

Er ging die Steigung zum Eingang der Fakultät hoch und betrachtete die Bronzestatuen von La Peyronie und Barthez, den berühmten Professoren, die im 17. und 18. Jahrhundert hier gelehrt hatten. Er zögerte ein paar Minuten, dann stieß er die schwere Eingangstür auf und betrat das Gebäude. Er kniff die Augen gegen die Dunkelheit zusammen, die ihn empfing. Einen Augenblick lang konnte er nichts sehen, aber das war egal, er kannte dieses Gemäuer wie seine Westentasche. Hier hatte seine Liebe zur Medizin ihre Erfüllung gefunden. Fünf Jahre Studium an der angesehensten medizinischen Fakultät in Frankreich.

Das Anatomiemuseum erreichte man über diverse Flure und eine Steintreppe. Der Eintritt war frei, und außer dem allgemeinen Publikum kamen jedes Jahr ganze Scharen von Medizinstudenten aus ganz Europa, um sich die faszinierende Sammlung von Präparaten des menschlichen Körpers aus dem 19. Jahrhundert anzusehen. Wie viele Male hatte er hier als Teenager vor den Vitrinen mit den verschiedenen Körperorganen gestanden und nicht mehr gemerkt, wie die Zeit verging? Damals hatte er genau gewusst, was er einmal werden würde: Arzt, nein, Chirurg. Noch genauer: Herzchirurg.

Später, in den langen Jahren des Studiums, war er manchmal vom Krankenhaus hierher geeilt, kurz vor Ende der Öffnungszeit, und hatte wieder die Querschnitte durch den menschlichen Körper angestarrt. Inzwischen hatte er seinen eigenen Leichnam in der Fakultät, in Formaldehyd konserviert, und er kannte jedes Organ in diesem Körper, jede Vene und Arterie und wie sie funktionierten. Als Student hatte er den menschlichen Leib für das perfekteste, komplizierteste Geschöpf gehalten, das Gott sich ausgedacht hatte. Damals hatte er noch an einen Schöpfergott geglaubt. »Ein Organismus mit solch raffinierten Zellen, dessen Chemie nur noch von seinen geistigen und seelischen Fähigkeiten übertroffen wird – das ist doch ein Wunder«, hatte er einem Mitstudenten gesagt. Damals hatte er gewusst, was er im Grunde immer noch wusste: dass alle Wunder der Medizin das tiefste Elend des Menschen nicht zu heilen vermochten. Der menschliche Leib hatte eine Seele, die sich nach ihrem Schöpfer sehnte.

Ceb betrat den Saal, aus dem das Museum bestand. Die vertraute Schönheit der grün gesprenkelten Marmorwände und der majestätischen Säulen empfing ihn. Weiter zur Decke hinauf waren die Wände gelb gestrichen und mit Porträts weltberühmter Gelehrter geschmückt. Unter den Porträts waren Fresken, die Frauen in griechischen Gewändern zeigten, die für die zahlreichen Beiträge standen, die die Frauen vergangener Jahrhunderte – oft wenig beachtet – zur Geschichte der Medizin geleistet hatten. Das Museum hatte 36 Vitrinen, die zwischen zwei und sechs Meter lang waren und an den Wänden bis zur Decke gingen. In jedem dieser Gehäuse waren die Schätze des menschlichen Körpers ausgestellt.

Ceb schlenderte langsam durch den großen Raum, so fasziniert wie bei seinem allerersten Besuch von den Formaldehydgläsern mit ihren Föten in allen Entwicklungsstadien. Schon mit drei Wochen war der menschliche Körper deutlich als solcher erkennbar. Eine andere Wand zeigte serienweise menschliche Schädel und ganze Skelette, vom Fötus-Stadium bis zum Erwachsenen – lauter Geschenke von Personen, denen das Studium des menschlichen Körpers und der Fortschritt der Wissenschaft am Herzen lag. Früher, als das Sezieren noch von den Kirchen verboten war, waren diese Skelette und Organe in ihren Glaskästen die einzige Möglichkeit für die Medizinstudenten gewesen zu lernen, wie der menschliche Leib funktionierte.

Vitrine 5 hatte ihn immer am meisten fasziniert. In ihr waren Wachsnachbildungen des menschlichen Herzens. Mehrere echte Herzen steckten in Formaldehydflaschen. Er hatte sich jedes einzelne eingeprägt und davon geträumt, eines Tages ein richtiges schlagendes Herz zu operieren. Aber heute hielt er sich nicht mit Vitrine 5 auf, sondern ging zu Vitrine 1, in der zahlreiche Handskelette ausgestellt waren. Ebenfalls in dieser Vitrine waren Wachsnachbildungen, die die Venen, Arterien und Muskeln von Kinder- und Erwachsenenhänden zeigten. Der bloße Anblick der Nachbildungen ließ seine rechte Hand wieder pochen. Warum hatte es ausgerechnet die Rechte sein müssen – die Hand, die so unermüdlich seziert und das Skalpell geführt hatte? Warum?

Wäre er nur nicht hierher gekommen! Wie viele Jahre waren vergangen, seit er das letzte Mal seinen Fuß in diesen Saal gesetzt hatte? Er wusste die Antwort sofort. An einem Frühlingstag vor vier Jahren hatte er seine Tochter, Marion, die fast fünf war, in dieses Museum mitgenommen und ihr Geschichten aus seinen Studienjahren erzählt. Wie verzaubert hatte sie zugehört, groß und braun hatten ihre Augen die Wunder in den Glaskästen angestarrt. Er spürte wieder den Stolz und die tiefe Freude, die in ihm hochgestiegen war, als er da stand und die kleine Hand in seiner großen hielt. Das Kind war nicht zurückgeschreckt vor diesem Gruselkabinett, und er hatte sich vorgestellt, wie es eines Tages sein scharfes Köpfchen benutzen würde, um die noch weißen Flecken auf der Landkarte der Wissenschaft zu erforschen.

Seine Kehle wurde trocken, er verspürte eine plötzliche Platzangst. Er brauchte Sonne, Licht! Warum war er zurückgekommen in diese Stadt der Erinnerungen? Warum? Dieses Leben war doch tot, begraben an einem Berghang in den Alpen. Seine Diplome und Bücher, seine Auszeichungen und Artikel, sein ganzes früheres Leben war dort in der Erde begraben. Warum stand er hier, in einem Raum, der vor Erinnerungen überfloss?

Er starrte auf einen der wächsernen Kadaver hinunter und sah, wie das weiße leblose Gesicht sich in das Annies, seiner toten Frau, verwandelte. Er schaute zur Seite, die Stirne plötzlich schweißnass. Er drehte sich abrupt um und rannte, weg, weg, durch das Labyrinth der Gänge und Flure, bis er in das blendende Tageslicht hinausstolperte und um ein Haar auf die Pflastersteine fiel. Er erbrach sich neben einer Palme, unter dem missbilligenden Blick der großen Kathedrale. Seine Haut war klamm, sein Kopf schwamm. Er legte sich auf eine niedrige Steinmauer und zog die Arme um seinen Kopf, um die Augen vor der stechenden Sonne zu schützen. Die paar Touristen, die vorbeikamen, schüttelten ihren Kopf, falls sie ihn denn überhaupt wahrnahmen. Noch so ein Penner, der seinen Rausch ausschlief ...

* * * * *

Der Samstagnachmittag gehörte den Hunden. Ein Tierarzt aus der Stadt hatte Dominique einen ganzen Karton Impfstoff gespendet, und Ceb hatte versprochen zu helfen. Um drei Uhr nachmittags stand eine kleine Schlange obdachloser Männer und Frauen geduldig wartend in einer engen Seitengasse in der Stadtmitte. Während Ceb die Tiere impfte, bot Dominique Kaffee und Croissants an, eine Spende von einer Frau in der Bäckerei nebenan.

Fast zwei Stunden hatte Ceb auf der Steinmauer geschlafen. Er fühlte sich schwach und desorientiert, als er aufwachte, doch denn schoss ein anderer Gedanke durch ihn. Er hatte doch Arbeit! Er durfte nicht zu spät kommen, er hatte doch zu tun! Und er hatte eine Schinken-Baguette hinuntergeschlungen, kurz bevor er sich wie verabredet mit Dominique traf. Er wollte nicht vor seinen Freunden umfallen.

Jetzt, Spritze in der Hand, schob er das filzige Fell eines scheckig braunen Schäferhundes zur Seite und stieß die Nadel ein. »Das wär's, mein Hübscher«, sagte er, tätschelte kurz die Flanke des Tieres und lächelte zu dem dankbaren Mann hoch, der es wegführte.

Nach eineinhalb Stunden waren alle Hunde geimpft, und es lagen immer noch ein Dutzend Spritzen auf dem Boden der Schachtel. »Gute Arbeit, Ceb«, sagte Dominique und schüttelte ihm fest die Hand. *»Merci.«*

Ceb nickte grinsend. »Gern geschehen.« Was genau stimmte. Wie konnte er das Hochgefühl erklären, das die Spritze in der Hand ihm gab, dieses Werkzeug, das seine Hände führten, um Gesundheit zu schenken? Ob Dominique die Macht der Medizin, Leben zu geben, verstehen konnte? Doch, der Mann hatte genug gesehen, um zu begreifen.

»Gönn dir einen Kaffee und ein Croissant.« Dominique zeigte auf einen der kleinen runden Tische vor der Bäckerei. »Du musst müde sein.«

»Danke«, murmelte Ceb. Er nahm die dampfende Tasse und biss in das warme Gebäck. Ein erneutes Lächeln trat auf sein Gesicht. »So was hab ich schon lange nicht mehr gekriegt.«

»Ceb, du scheinst ja echt was von Medizin zu verstehen. Wo hast du das gelernt?«, bohrte Dominique.

Ceb überlegte, nicht sicher, ob er antworten sollte. Dann sagte er: »In der berühmten Medizinischen Fakultät von Montpellier und mehreren Jahren Praxis in den Krankenhäusern hier.«

»Tatsächlich?«

»Ja«, antwortete Ceb. »Aber jetzt tu nicht so überrascht. Ich mach jede Wette, dass Ophélie Duchemin dir alles schon erzählt hat.«

Dominique hob seine Augenbrauen. »Nun ja, sie hat erwähnt, dass sie dich kennt. Scheint mit dir aufgewachsen zu sein.«

»Ja, das stimmt. Ist ein tolles Weib, Ophélie. Solltest sie mal kennen lernen, Dominique, 'ne echt tolle Frau.« Seine Stimme war sarkastisch hart.

Dominique tat, als merke er es nicht. »Sie hat gesagt, dass du hier in der Gegend Verwandte hast. Leute, die dir helfen würden.«

»Helfen wobei? Einem Chirurgen mit einer kaputten Hand seinen Job zurückgeben? Danke der Nachfrage.«

»Ceb.« Die Frustration hinter Dominiques Stimme war deutlich zu hören. »Jetzt komm. So jemand wie du könnte alles Mögliche machen.«

»Ich mag das, was ich gerade mache. Mietfreie Wohnung

und genügend Patienten für die nächsten paar Jahre.« Er stand abrupt auf. »Danke für den Kaffee, Dominique, aber jetzt muss ich gehen. Hab versprochen, 'nen Hausbesuch bei Jean-Marc zu machen. Hab gerade noch genug Spritzen für Lassie und ihren Nachwuchs.«

* * * * *

Er ging zu Jean-Marcs Bude. Auf den Straßen und Gassen der Altstadt herrschte der typische Samstagnachmittagsbetrieb: Menschen, die Einkäufe erledigten, an Schaufenstern vorbeibummelten, sich an Straßenecken unterhielten. Der *Place de la Comédie* floss über von Studenten und Liebespaaren, die vor den Straßencafés saßen. Die kalte Morgenluft war einem herrlich warmen Nachmittag gewichen.

Ceb kniff die Nase zusammen vor dem ranzigen Gestank in Jean-Marcs Wohnung. Die Welpen wuchsen zusehends. Sie tummelten sich laut quiekend in einem großen Metallkäfig, der in der einen Ecke des Raumes stand. »Schöner Käfig, Jean-Marc. Wo hast du den her?«

»Na, das kannst du dir doch denken. Von dem hübschen Fräulein Ophélie, Ceb. Hat ihn mir gleich am nächsten Tag gebracht, lass mal schauen ... ja, am Donnerstag, Donnerstagnachmittag, 'ne echte Dame. Hat sich auf den Boden gesetzt und mir geholfen, die Kleinen zu füttern.« Er grinste verlegen. »Wir haben ihnen ihre Namen gegeben, Fräulein Ophélie und ich. War natürlich vor allem ihre Idee. Sie sagte, die Kinder der berühmten Lassie bräuchten würdige Namen.«

Die Lobeshymne gab Ceb einen Stich ins Herz. Aus Liebe zu einem alten Alkoholiker und seinen Hunden war sie zurück in dieses Dreckloch gekommen. Und wie hatte er selber ihr ihre Freundlichkeit zu ihm gelohnt? Angeschrien hatte er sie, sie bedroht und für immer verletzt. Er konnte den Gedanken nicht ertragen. Er griff in den Käfig und holte eines der zappelnden roten Bündel heraus. »Wie heißt der hier?«

Jean-Marc kratzte sich am Kopf. »Der? Lass mal sehen. – Ach ja! Das ist Jean Valjean. Ha! Den kenn selbst ich! Erinnerst du dich, Ceb? Der arme Mann, der ein paar Jahre im Gefängnis war, weil er eine Baguette gestohlen hatte?« Jean-Marc tätschelte Jean Valjeans Kopf. Das Hundebaby zappelte vergnügt und leckte Jean-Marcs Hand.

»Ich hab Fräulein Ophélie gesagt, sie sollten alle französische Namen haben, aber sie ist eine Hartnäckige. Das da ist Hamlet, irgendwas von Shakespeare. Na ja, warum nicht, Hamlet war nämlich ein Prinz. Der Prinz von Dänemark, hat sie gesagt, glaub ich.«

»Keine Angst, meine Schöne«, sagte Jean-Marc, während er den Welpen rasch zurück in den Käfig steckte und zu Lassie trat. »Es tut nicht sehr weh. Er meint's gut, Mädchen, ich schwör's.«

»Halt sie lieber fest«, sagte Ceb. »Ich mach das eben schnell.« Nach Hamlet kam das einzige Mädchen in dem Käfig. Es hieß Cleopatra, weil es – so Jean-Marc – schön und hinterlistig war und seinen Brüdern zeigte, was eine Harke war. Ceb musste kichern bei der Erklärung. Wie gut das tat.

»Die letzten beiden, die sind ein bisschen anders. Den Braunen hier mit den schwarzen Pfoten musste Fräulein Ophélie unbedingt Saint-Exupéry nennen – du weißt schon, der dieses schöne Buch geschrieben hat, *Der kleine Prinz.* Sie sagte, alle lieben Saint-Exupéry, weil er so wunderbare Sachen geschrieben hat. Aber ich finde, Saint-Exupéry ist ein schrecklich langer Name für einen Hund, und so nenne ich ihn einfach St. X. Und der Kleine da hinten, der so rötlich schwarz ist, na, das sieht ja jeder, dass das der Kleinste ist, und da hat Fräulein Ophélie gesagt, er braucht einen besonders würdevollen Namen für sein Selbstbewusstsein.« Jean-Marc kicherte. »Und da haben wir ihn den Kleinen Prinzen getauft, und da hab ich also den Schriftsteller und sein Buch beide hier.«

Der Kleine Prinz. Ceb lief ein Schauer über den Rücken. Saint-Exupéry und der Kleine Prinz. Ophélie Duchemin – sie war immer die große Zauberin, die den jämmerlichsten Kreaturen Hoffnung und Sinn gab. Und er war sicher, dass Ophélie diese beiden letzten Namen nicht nur wegen Jean-Marc ausgesucht hatte. Nein, sie wusste, dass auch Ceb sie hören – und sich erinnern würde. Er gab Lassie, die wieder ihre Zähne zeigte, die letzte Spritze. Er strich ihr über das Fell und bemerkte erleichtert, dass ihre Augen schon wacher aussahen als das letzte Mal, am Mittwoch.

Ein breites Lächeln trat auf Jean-Marcs Gesicht. »Die Kleinen sind echt hübsch, Ceb, findest du nicht auch?«

»Doch, da hast du Recht. Und Lassie ist auch nicht mehr ganz so vom Fleisch gefallen.« Er schüttelte Jean-Marcs Hand und verließ die Absteige. Wie der Mann über alle seine gelben Zähne gegrinst hatte, als Hamlet, Jean Valjean, Cleopatra, Saint-Exupéry und der Kleine Prinz ihre nassen schwarzen Nasen an seiner schwieligen Hand rieben! Ceb musste lächeln.

* * * * *

Es war spät am Nachmittag, die Sonne stand schon niedrig. Einen Gang hatte Ceb noch zu machen, bevor es dunkel wurde. Er ging an dem Fischmarkt vorbei, der schon mittags schloss. Der Geruch von Thunfisch und Sardellen hing noch in der Luft. Bunte Stiefmütterchen, Schlüsselblumen und Alpenveilchen standen vor einem Blumenladen in ihren Eimern, während drinnen die Verkäuferin ein Dutzend rote Rosen in eine Plastikfolie wickelte und mit der Schere ein Zierband aufschnitt. Die Leute schienen es eilig zu haben, ihre Einkäufe zu machen und nach Hause zu kommen. Nach Hause ... Der Gedanke war melancholisch.

Er ging mit wachen Sinnen durch die Gassen und Treppen der Altstadt. Es machte ihm Spaß, in die Fenster der in schmalen Durchgängen versteckten Läden zu schauen. Wie um alles in der Welt diese Geschäfte sich halten konnten, war Ceb seit eh und je ein Rätsel. In einer Art Nische mit Gewölbedecke – ein architektonisches Kleinod in einem besonders verborgenen Winkel – hatte sich ein Designerkleidergeschäft eingerichtet. In einer Kamindiele aus dem 18. Jahrhundert, deren Kuppeldach das Licht hereinließ, hauste eine bekannte Kunstgalerie. Im gleichen Gebäude führte eine abenteuerlich schmale Wendeltreppe hinunter in einen Weinkeller, der für Weinproben für die exklusivsten Kunden der Galerie reserviert war. Gleich um die Ecke lag Annies Lieblings-Töpfereiwarengeschäft, das signierte Teller von Töpfern aus der Provence verkaufte – ein gemütlicher Alkoven mit Wänden aus dem 14. Jahrhundert und einem Atelier hinten, dessen Tür so niedrig war, dass man sich beim Eintreten ducken musste. Auf der anderen Straßenseite war in einer ehemaligen Spülküche das Lieblings-Winterrestaurant von Annie und Ceb, dessen Spezialitäten Käsefondue und Raclette waren.

Alte und neue Restaurants und Läden – es war ein verwunschenes Labyrinth, dessen exzentrischer Charme Einheimische wie Touristen bezauberte. Irgendwie hielten sich diese Geschäfte, sie hatten ihre Stammkundschaft. So funktionierte das Geschäftsleben – ein guter Ruf und Kunden, die gerne kamen. So kannte er es aus seinen Chirurgen-Tagen. Er verzog das Gesicht, als er an die SDFs dachte, die da mit ihren Hunden vor ihm Schlange gestanden hatten. Sie hatte sich sehr verändert, seine Kundschaft. Aber er verspürte eine ähnliche Verantwortung gegenüber ihr und eine tiefe Befriedigung, wenn er etwas tat, das zählte. Mehr denn je wollte Ceb, dass das, was er im Leben tat, einen Sinn hatte.

Plötzlich, auf der anderen Seite eines malerischen kleinen Platzes, gegenüber einem Waffelcafé und einem Laden, der Uhren und Jeans verkaufte, tauchte sie auf, die Kathedrale. Nein, nicht St. Pierre, sondern die viel kleinere Notre Dame des Tables, die aus dem 11. Jahrhundert stammte, kurz nach der ersten Erwähnung der Stadt Montpellier in den Geschichtsbüchern. Man musste den Kopf verrenken, um den hohen gotischen Turm ganz zu sehen.

Ceb schlüpfte durch die Tür und setzte sich in eine der hinteren Bänke. Zu Weihnachten verzauberte hier ein A-Cappella-Chor die herrliche Akustik mit alten Liedern und gregorianischen Gesängen. Der Altar war mit Rokoko-Skulpturen verziert, von der Decke grüßten Barockengel von einem Meister der Rubens-Schule. Rechts vom Altar, in einer der sechs Seitennischen des Gebäudes, war ein Gemälde, das den am Kreuz hängenden Christus zeigte, die Arme ausgebreitet, die Dornenkrone auf dem Kopf. Die Blut- und Schweißtropfen waren so realistisch gemalt, dass Ceb den Eindruck hatte, dass er sie feuchtwarm auf den Fingerspitzen spüren würde, wenn er die Leinwand berührte.

Er starrte das Gemälde an. Er musste daran denken, wie sie sich früher immer gebrüstet hatten: *Das protestantische Kreuz ist leer, weil Christus nicht dort geblieben ist. Er wurde begraben, trug alle unsere Sünden in die Hölle hinab und ist am dritten Tage auferstanden. Wir dienen einem auferstandenen Christus!*

Aber heute, als er dort in der Kühle der alten Kirche saß, war er froh, dass er Christus dort hängen sehen konnte. Er war froh, dass er den Schmerz auf seinem Gesicht sehen konnte und die Nägel, die seine Hände durchbohrten. Jesus hatte Narben, die bewiesen, dass er wirklich gelitten hatte. *Deine Hände haben sie auch ruiniert – die Hände, die so viele geheilt hatten.*

»Aber dein Leiden hatte einen Sinn«, flüsterte er plötzlich, erschrocken über seine eigene Stimme, schockiert, dass er so entschlossen an diesen merkwürdigen Ort gegangen war. Wie viele Jahre hatte er nicht mehr gebetet! Nicht, dass er überhaupt keine Gespräche mit dem Allmächtigen hatte. Nach dem Unfall hatte er Gott angeschrien, ihn verflucht, ihn aufgefordert, sich zu zeigen, ihm gesagt, dass er ein Waschlappen von einem Gott war und dass er ihn hasste.

Ja, das waren die letzten Worte gewesen, die er zu diesem Heiland gesprochen hatte, der da vor ihm an dem Kreuz hing. Ceb stützte sein Gesicht auf seine Hände und sagte mit weit offenen Augen: »Früher glaubte ich, dass du wirklich da bist und dass du gut bist. Jetzt ist nur dieses schmerzende Loch in mir. Wenn du wirklich da bist, dann tu was. Ich kann's nicht, und ich will's auch nicht. Aber wenn du Gott bist, dann sei groß genug, um es mir noch einmal zu zeigen. Das ist alles, was ich von dir will.«

* * * * *

Draußen ging die Sonne unter, aber Ceb rührte sich nicht von seinem Platz in der Bank. Er fühlte sich wie festgewachsen, schwer, lethargisch. Er versuchte, nicht zu denken, aber ein Gedanke kroch immer wieder in sein Bewusstsein. *Ophélie Duchemin war die beste Freundin, die ich je hatte.* Und sie hatte sich nicht verändert, war immer noch so fürsorglich und ehrlich. Er lächelte traurig. Arme Ophélie. Was sie sich Mühe gab! Warum hatte er sich nur von ihr in ihre Wohnung schleppen lassen am letzten Mittwoch? Hatte er nicht gewusst, dass es ihm zum Verhängnis werden würde? Hatte sie im Ernst erwartet, dass er plötzlich seine Pennerkleider ablegen und wieder Dr. Samuel Cebrian sein würde? *Komm auf den Teppich, Ophélie!* Er flüsterte einen Fluch. Er merkte, wie seine Wangen vor Zorn brannten.

Was für eine Angst sie vor ihm gehabt hatte! Warum hatte sie es auf die Spitze treiben müssen und darauf bestanden, dass er sich bei ihr duschte? Bis dahin war alles gut gelaufen. Wusste sie überhaupt, dass er eine Woche vorher drauf und dran gewesen war, in eine Telefonzelle zu gehen und die Nummer seiner Eltern zu wählen? Ob Dominique heute aus seinem Sarkasmus herausgehört hatte, wie sehr er an Ophélie Duchemin hing und wie eifersüchtig er darauf war, dass Dominique genau der richtige Mann für sie war?

Er hatte Lust loszuheulen. Er wollte sie in seinen Armen halten und schluchzen. Er brauchte die Berührung eines anderen Menschenwesens, die Vitalität und den Puls, die Wärme der Haut, den Geruch ihres Haars. Den Duft dieses dummen Parfüms, das sie als Gymnasiastin ein ganzes Jahr lang jeden Tag benutzt hatte. *Das Wesentliche kann man nicht mit den Augen sehen.* Wie sehr wahr. Saint-Exupéry. Der Kleine Prinz. *Ophélie! Komm zurück, bitte! Ich brauche dich. Ich schaff das nicht, ich habe nicht die Kraft.*

Er fügte dem Gebet, das er vor einer halben Stunde gebetet hatte, plötzlich einen Nachsatz zu. Wenn es dich gibt, Gott, dann gib mir Ophélie Duchemin wieder.

* * * * *

Am Ende der siebten Woche lief das Stück immer noch vor ausverkauften Häusern, was ein sehr gutes Zeichen für die Zukunft Ophélie Duchemins wie auch der Truppe war. Mit jeder Aufführung schienen die Darsteller mehr in ihre Rollen hineinzuwachsen, und dieser Abend war keine Ausnahme gewesen.

»Puh! Bin ich froh, dass wir jetzt zwei Tage frei haben«, flüsterte Janine heiser. »Ich hab bald keine Stimme mehr!«

»Du bist meine Heldin«, sagte Simon. Er gab ihr drei kräftige Küsse auf die Wangen und umarmte sie ausgiebig. »Trotz Grippe hast du es geschafft!« Er befühlte ihre Stirn. »Du brennst ja schier! Ins Bett mit dir, Janine. Ich fahr dich nach Hause.«

»Lass nur.« Sie brachte ein Lächeln zustande. »Das geht schon.« Ihr Kopf pochte, sämtliche Knochen taten ihr weh. Was für eine Erleichterung es gewesen war, als zu dem tosenden Applaus des Publikums endlich der Vorhang fiel. Sie sah Simons besorgten Blick und gab nach. »Also gut, dann chauffier mich.«

Sie stolperte aus dem Bühneneingang des kleinen Theaters. Sie bibberte unter ihrem hellroten Wollmantel. Sie fiel auf den Beifahrersitz ihres Autos und reichte Simon die Schlüssel. Dann lehnte sie den Kopf an das Seitenfenster und schlief ein.

* * * * *

Simon Clavier war niemand, der in das Privatleben seiner Truppe hineinschnüffelte. Sein Grundsatz war, sich nicht einzumischen, solange das Privatleben eines Schauspielers nicht anfing, seine Leistung im Beruf zu beeinträchtigen. Janine Dufour war eine der Allersaubersten in der Show. Sie ging gerne auf Partys und hatte einiges von der Überholspur des Lebens gesehen, aber er wusste, dass er auf sie zählen konnte. Er schielte zu ihr hin, wie sie halb auf dem Sitz lag und schlief. Mit fast 40 Grad Fieber hatte sie ihr Herz hinausgesungen heute Abend ...

Sie hatte echtes Talent und eine großartige Stimme. Musicals wurden langsam wieder populär in Frankreich, und Janine verstand es, ein Publikum zu fesseln. Seit Jahren schon arbeitete Simon mit ihr, und er war immer neu fasziniert davon, wie sie so extrem unterschiedliche Rollen wie Marie Antoinette und eine Hure aus Les Miz mit Leben füllen konnte.

Ja, Janine war anders. Sie war die Tochter, die er nie gehabt hatte. Und sie hatte eine Vaterfigur gebraucht, damals vor fünfzehn Jahren, als sie Anfang 20 und gerade mit dem Studium fertig gewesen war. Nach ihrem Sozialarbeiterdiplom war die Bühne ihre Hoffnung gewesen. Er und Janine, sie hatten gut zusammengearbeitet, und jetzt, wo mehrere maßgebende literarische Zirkel Lobeshymnen auf Ophélie Duchemins Talent sangen, würden sie sicher keinen Mangel an neuen Stücken haben.

Was ihm Sorgen machte, war, dass Janine drauf und dran war, sich Ophélies Kirche anzuschließen. Lange bevor er in den 60er-Jahren ein junger, viel versprechender Regisseur wurde, hatte Simon drei Höllenjahre in einer kirchlichen Schule verbracht, und seitdem ließ ihm alles, was nach Religion roch, den Grusel den Rücken hinunterlaufen. Diese Heuchler. Aber noch viel schlimmer als die Heuchelei war der gnadenlose Würgegriff, in welchem diese Sekten nichts ahnende Leute hielten. Er kannte Janine, kannte ihre Schwächen, ihre Sehnsucht nach Menschen. Er musste diese obskure *Eglise Evangélique Protestante* unter die Lupe nehmen! Morgen war Sonntag. Es war Zeit, Ophélie Duchemins Gemeinde einen Besuch abzustatten.

»Wir sind da«, sagte er leise. Er half Janine aus dem Auto. »Ich schau morgen nach dir.«

»Danke«, krächzte sie.

»Hast du alles, was du brauchst?«

Sie lachte. »Du kennst mich doch, Simon, mein Medizinschrank ist immer voll.« Sie zwinkerte ihn müde an. Er wartete, bis das Licht in ihrer Wohnung im dritten Stock anging, dann fuhr er fort.

* * * * *

Simon fand die Kirche ohne Probleme, obwohl das einfach verputzte Gebäude rein nichts mit den großartigen Kathedralen Frankreichs gemeinsam hatte. Das Einzige, was sie als Kirche auswies, war das große Plexiglas-Schild mit der Aufschrift *Eglise Evangélique Protestante*, das vorne an der Wand hing, zu der belebten Allee hin. Er schaute auf seine Uhr. Viertel vor elf. Mist. Er hatte zeitig da sein wollen. Sein langes graues Haar war sauber hinter die Ohren gekämmt, und er trug ein konservatives grünes Frackhemd, das er in ein paar Designerjeans gestopft hatte, die ihrerseits in silbergestreiften Cowboystiefeln steckten. Simon Clavier war ein Mann mit Flair – mit *Panache*, wie die Franzosen sagten – und gewohnt, am Ende einer Aufführung dramatisch in den Raum zu segeln. Aber heute zog er es zum ersten Mal seit einer halben Ewigkeit vor, nicht aufzufallen.

Er schlüpfte durch eine schmale Holztür, über der »Eingang« stand. Von drinnen kam Singen. Die Wände des Raumes, den er betreten hatte, waren mit Bildern bedeckt, die biblische Szenen zeigten. Er erinnerte sich, irgendwo gehört zu haben, dass diese Protestanten während ihrer Gottesdienste eine Art Bibelunterricht für die Kinder hatten. Es hieß, dass Ophélie manchmal die kleineren Kinder unterrichtete. Aber im Augenblick war der Raum leer.

Die Geräusche kamen von der anderen Seite der Tür, die weiter nach innen führte. Er drückte sie auf. Sie enthüllte einen zweiten, größeren Raum, dessen Wände mit Holz verkleidet waren und der voller Menschen war, die im Stehen eine poppig klingende Melodie sangen und dazu in die Hände klatschten. Begleitet wurden sie von mehreren Gitarren, einem Klavier und – jawohl, das Trillern einer Flöte war auch zu hören. Ein unwillkürliches Lächeln trat auf Simons Gesicht. Das war vielleicht eine Kirche ...

Er erspähte einen leeren Stuhl in der allerhintersten Reihe und hatte gerade angefangen, stumm die Köpfe zu zählen, als der Priester der Gemeinde ein Zeichen gab, sich wieder zu setzen. Vorne, vor der Kanzel, saßen auf Bänken die Kinder; es waren genau neunzehn. Die Musiker saßen links von der Kanzel, wo sie sich recht wohl zu fühlen schienen. Fast alle übrigen Stühle im Raum waren von 63 Erwachsenen besetzt. Er hatte wohl Glück gehabt, dass noch einer frei gewesen war.

Sie waren nicht schlecht, die Stühle. Nicht halb so hart wie die Bänke aus seiner Schulzeit, wo er stundenlang gesessen und die Messe gefeiert hatte. Schwielen am Hintern, das war alles, was diese Pflichtgottesdienste ihm gebracht hatten. Vorne war gerade der Priester, der überhaupt nicht priesterlich aussah in seinem weinroten Pullover und – war es zu glauben? – seinen Jeans, dabei, die Kinder in die »Sonntagsschule« zu entlassen. Sonntagsschule – was für ein cleverer Name. Sie trabten gehorsam aus dem Saal hinaus. Mit einer Portion Schadenfreude sah Simon, wie ein vielleicht sieben Jahre alter blonder Junge an den Zöpfen des kleinen Mädchens vor ihm zog. Na, das waren ja richtige Kinder! Nicht schlecht. Er musste unwillkürlich an die Zöpfe denken, an denen er selber gezogen hatte, als er ein Junge war.

Er war so in die Kinder vertieft, dass er Ophélie, die die Kinder in den Nebenraum führte, erst sah, als sie sich schon in seine Richtung gedreht hatte. Sie sah ihn groß an, ihre Lippen formten ein unhörbares *Simon*! Dann war sie weg. Da war er also enttarnt. Er strich sich mit den Fingern durch sein schulterlanges Haar, wie immer, wenn eine Probe nicht besonders gut ging. Zu dumm! Jetzt würde er sich eine Ausrede ausdenken müssen.

Er musste zugeben, dass er eine gewisse Wärme hatte, dieser Gottesdienst. Oder kam sie nur daher, dass hier so viele Menschen auf engem Raum beieinander saßen? Er war jedenfalls angenehm überrascht. Er wusste selber nicht genau, was er erwartet hatte. Vielleicht lauter Leute, die mit benebelter Miene irgendwelche Litaneien leierten? Diese Menschen hier sangen mit einer Freimütigkeit, die ihm ins Herz ging. Nur einmal wollte es ihm kalt über den Rücken rieseln: Als der *Pasteur* – richtig, so hießen die protestantischen Priester – die Gemeinde zu einer »Gebetsgemeinschaft« einlud.

Und die Gebete kamen – schlicht, einfach, eigentlich schön. Bis eine Frau, der wohl gerade die Nerven durchgingen, laut zu weinen und durcheinander zu reden begann. *Aha!,* dachte er zufrieden, wie ein Privatdetektiv, der endlich eine heiße Spur findet. Jetzt kam also der fanatische Teil; sicher würde gleich die ganze Versammlung in ein babylonisches Durcheinander ausbrechen, wie er das von einigen Kirchen gehört hatte. Doch stattdessen verließ der Jeans-Pastor die Kanzel, stellte sich neben die arme Frau, legte ihr eine Hand auf die Schulter und flüserte ihr ins Ohr. Ein paar Augenblicke später hatte sie sich beruhigt, und der nächste Beter kam an die Reihe.

Wann würde dieser Mensch endlich seine Predigt halten? Jetzt war es schon halb zwölf, und immer noch ging das Singen und Beten weiter. Doch dann, ein paar Augenblicke später, verkündete der Pastor das Ende des Freistil-Betens, wie Simon es für sich getauft hatte, und begann seine Ansprache.

Predigten waren bekanntlich lang und so trocken wie eine zwei Tage alte Baguette. Simon machte sich auf das Schlimmste gefasst. Der Pastor bat seine Herde, das 9. Kapitel des Zweiten Buches Samuel aufzuschlagen. Ein allgemeines Blätterrauschen setzte ein – die machten das wirklich! Keiner schien Schwierigkeiten zu haben, diese obskure Bibelstelle zu finden, und fast jeder schien seine eigene Bibel dabeizuhaben. Man sah Bibeln in allen Größen und Farben. Zu dumm, dass er nicht an so etwas gedacht hatte, sonst hätte er die Bibel seiner Mutter hervorgekramt, die irgendwo im Haus sein musste.

Eine junge Frau, die neben ihm saß, reichte ihm ihre Bibel und schaute in die des jungen Mannes neben ihr. Mit großer Erleichterung sah Simon, dass sie die gewünschte Stelle schon aufgeschlagen hatte. Er tat sein Bestes, ernst auszusehen, während er den winzigen Buchstaben folgte. Es war eine merkwürdige Geschichte über einen König David und einen armen Schlucker namens Mefibo-Dingsbums. Die Bibel war voll von unaussprechlichen Namen, fand Simon. Aber er hörte die ganzen dreißig Minuten, die die Predigt dauerte, aufmerksam zu. Der Pastor war ein guter Redner, der seinen Vortrag mit Geschichten aus dem Leben würzte, die mehr als einmal die Gemeinde zum Lachen brachten. Als er den Segen sprach, stand Simon dezent auf. Er hatte keine Lust, von Dutzenden freundlichen Menschen angesprochen zu werden.

Ophélie war zum Glück nirgends zu sehen. Sie musste ihre Sonntagsschule in einem anderen Teil des Gebäudes abgehalten haben. Simon ging nach draußen, in mehr als einer Hinsicht erleichtert. Diese Kirche war keine Sekte, da war er sicher. Er war froh, dass er gekommen war – und froh, wieder gehen zu können, bevor diese Religion ihn womöglich noch ansteckte. In seiner Eile stieß er fast mit einem bärtigen Mann zusammen, der in dem Durchgang neben der Kirche stand. Er schien angestrengt nach innen zu lauschen, als habe er Angst, hineinzugehen.

»Pardon«, sagte Simon höflich. Der Mann nickte nur. *Ein SDF, dachte Simon. Armer Teufel. Warum gehst du nicht hier rein? Da drin sind bestimmt Leute, die dir helfen könnten.*

* * * * *

Dreißig Minuten lang stand Ceb vor dem weiß verputzten Gebäude, die Hände in den Taschen, unfähig, einen Schritt zu tun. Wenn er nur den Nerv gehabt hätte, hineinzugehen in diese Kirche, die so viele Jahre so fest zu seinem Leben gehört hatte. Bestimmt waren die Hoffmanns da, vielleicht auch seine Eltern. Und Ophélie. Ophélie bestimmt.

Gedankenverloren drehte er sich um, um zu gehen, als ein silberhaariger Mann gegen ihn stieß. Der Gottesdienst war offenbar vorbei. *Ich muss hier weg*, dachte Ceb, halb panisch. Der kalte Schweiß trat ihm auf die Stirn. Er spielte mit dem Feuer, und irgendwann, vielleicht schon bald, würde er sich verbrennen.

KAPITEL 21

In zwei Tagen begann der Ramadan; dann wären die Märkte morgens leer. Warum war das schöne Mädchen, das Rislène hieß, nicht wiedergekommen? Zohra war traurig. Sie wollte doch so gerne, dass ihr Vater stolz auf sie war und merkte, dass sie ihm helfen konnte. Wieder ging sie mit ihrer Mutter auf den überfüllten Markt und beobachtete die verschleierten Frauen, die wählerisch die Früchte und Gemüse betasteten. Sie stellte sich an den gleichen Fleck wie an den letzten vier Tagen. Aber keine Rislène.

Da, die untersetzte Frau mit dem zerfurchten Gesicht ... Die hatte sie doch schon einmal gesehen, an dem Tag, wo sie Rislène den Kürbis verkauft hatte! Jawohl, diese Frau musste Rislènes Großmutter sein, die das arme Mädchen in ihrem Haus gefangen hielt. Papa hatte ihr die Geschichte erzählt.

Zohra wusste, was Überredungskünste vermochten. Sie tippte der großen Frau auf den Rücken. »Entschuldigen Sie, *Madame*.«

Das runde Gesicht der Alten sah schwammig aus unter dem dicht anliegenden *Hijab*, der keine Haarlocke nach draußen ließ. Sie sah Zohra schroff an. »Was willst du?«

»Entschuldigen Sie, aber sind Sie nicht die Mutter von dem schönen Mädchen, das letzte Woche einen Kürbis von mir gekauft hat? Sie sieht Ihnen so ähnlich.«

Der Gesichtsausdruck der Frau wurde sofort milder. »Ihre Mutter?« Jetzt lächelte sie sogar. »Nein, ich bin nur ihre Großmutter. Warum fragst du?«

»Sie war so nett. Und so hübsch. Und sie hat gesagt, sie will noch einen Kürbis kaufen. Ich hab gedacht, sie kommt bestimmt wieder.« Zohra quetschte ein paar Tränen hervor. »Ist sie krank?«

»Rislène krank? Nein, nein, sie ist nur ... nicht da. Aber bestimmt kauft jemand anderes deinen Kürbis, Kind.«

Zohra schüttelte traurig den Kopf, dass ihre hübschen schwarzen Locken um ihren Hals flogen. »Das tut keiner. Bitte. Können Sie mir sagen, ob sie vor dem Ramadan wiederkommt?«

»O, nein, Kind, den ganzen Ramadan nicht. Du musst deine Kürbisse jemand anderem verkaufen. Und jetzt geh schön.«

»Danke, Madame.« Die anderen Frauen drängten sich um sie, machten ihre Einkäufe. Zohra zögerte, dann fragte sie: »Und wollen Sie nicht vielleicht selber einen Kürbis? Da kann man Sachen reinstellen.«

»Ich brauche keine Kürbisse. Wiedersehen, Kind.«

Es war nicht viel, aber wenigstens konnte Zohra Papa sagen, dass Rislène fort war und den ganzen Ramadan nicht wiederkommen würde. Ob ihr Vater etwas damit anfangen könnte?

* * * * *

Vierzig Gebetshefte lagen auf Davids Schreibtisch, neben einem Stapel loser Blätter und Bücher. Er nahm sie, verließ sein Büro und ging in den Gottesdienstraum, wo die wöchentliche Gebetsstunde stattfand. Fröhliche Gesichter begrüßten ihn, arabische und französische. Er begann, die Hefte auszuteilen.

»Wie schon in den letzten Jahren sollen uns diese Hefte ein Aufruf an den Leib Christi sein, für die muslimische Welt zu beten. Sie sind in dreißig Tage aufgeteilt; für jeden Tag des Ramadan gibt es eine Seite, die zum Gebet für einen bestimmten Teil der muslimischen Welt aufruft.«

Die wohlvertrauten Sätze rollten gewöhnlich wie von alleine von seiner Zunge. Aber heute fühlten die Worte sich steif und zäh an. Er sah im Geiste Rislène vor sich, wie sie zu ihm um Hilfe rief. Er musste wieder an das Gespräch denken, das er am Samstagabend in Ophélies Wohnung mit Eric gehabt hatte. Sein Sohn hatte sich sehr beherrscht, aber ihm die Flugtickets gezeigt, die auf den 3. Februar datiert waren. David hatte sich den Mund fusselig geredet – umsonst. »Vater, ich bin jünger«, hatte Eric gesagt. »Ich kenne die Stadt. Lass mich gehen. Warum sollst du das machen? Bitte.«

Und vor diesem Gespräch hatte Gabriella ihm gesagt, dass Samuel Cebrian irgendwo in Montpellier war. Sein Kopf fühlte sich so verstopft an wie die vor Büchern platzenden Regale in seiner Bibliothek.

Er fuhr fort: »In der arabischen Welt fasten die meisten Muslime während des Ramadan von Sonnenaufgang bis Sonnenuntergang. Dies ist eine der fünf Säulen des Islam. Das Fasten gilt als Akt des Glaubens und der Anbetung Allahs und hat zum Ziel, die eigenen Begierden zu unterdrücken und in der Frömmigkeit zu wachsen. Für die *Umma*, die weltweite islamische Gemeinschaft, ist es auch ein Ausdruck der Brüderlichkeit und Gleichheit aller Menschen vor Allah.

Wie ihr wisst, haben die Muslime einen Mondkalender, der elf Tage kürzer ist als der Sonnenkalender. Der Ramadan wandert dadurch nach und nach durch das ganze Sonnenjahr. In diesem Jahr, 1995, beginnt er am 1. Februar und endet am 4. März.«

Ramadan. Die algerische Regierung rechnete mit einem scharfen Anstieg des Terrorismus in diesem Monat. Und Erics Ticket war also für den 3. Februar. Direkt nach Algerien fliegen konnte er nicht; seit der Flugzeugentführung war der Luft- und Fährverkehr eingestellt. Er würde also nach Marokko fliegen und von dort aus mit dem Auto weiterfahren. *Lieber Gott, betete David. Gott, wie kann ich ihm das noch ausreden? Zeige mir, was ich tun soll.*

»In der Bibel ist das Fasten keine Pflicht. Allerdings hat Jesus gesagt: ›Wenn ihr fastet und betet ...‹, was wohl bedeuten soll, dass das Fasten ein normaler Teil unseres geistlichen Lebens sein sollte. Für uns Christen ist das Fasten ein äußeres Zeichen unserer inneren Hingabe; wir verzichten freiwillig auf Speise, um so unsere Dankbarkeit für die Versöhnung zu zeigen, die Gott uns geschenkt hat. Das Fasten vertieft unser Gebet und lässt uns Gott tiefer erfahren. Es ist kein Mittel, Gottes Arm zu bewegen, sondern soll unsere Identifikation mit seinem Leiden und seinem Willen, dass alle im Glauben zu ihm finden mögen, verdeutlichen.« Seine Worte klangen wie ein Monolog; er merkte, wie mehrere der Zuhörer ein Gähnen unterdrückten. Er räusperte sich und fuhr fort.

»Das freiwillige Fasten, zu dem der Muslim das ganze Jahr über angehalten wird, wird im Ramadan zur Pflicht. Der Ramadan ist wahrscheinlich der am meisten befolgte muslimische Ritus. Er findet im neunten Monat des Mondkalenders statt.

So kurz wie möglich vor Sonnenaufgang wird ein *Sahur* genanntes Frühstück eingenommen. Darauf folgt das Fasten, das erst nach Sonnenuntergang mit dem *Iftar*-Mahl beendet wird. Das Gebet findet ein paar Minuten nach Sonnenuntergang statt. Da der Ramadan das Gemeinschaftsleben betont, nehmen die Muslime das *Iftar* oft gemeinsam in der nächsten Moschee ein und laden ihre Freunde und Verwandten dazu ein.«

David holte tief Luft, bevor er seine Erklärung des heiligen Monats beendete. »Die letzten zehn Tage des Ramadan gelten als besonders gesegnet, vor allem die 27. Nacht, *Laylat al-Qadr*, die ›Nacht der Kraft‹, in der der Koran an Mohammed geoffenbart wurde. Viele fromme Muslime verbringen in diesem Abschnitt des Ramadan ganze Nächte damit, zu beten und den Koran zu rezitieren.

Und genau an diesen Tagen hat Christus sich schon oft muslimischen Menschen in Visionen geoffenbart. Wir besitzen viele Zeugnisse für dieses Phänomen. Bitte schätzt die Macht des Gebets im Leben der Muslime niemals zu gering ein. Betet darum, dass viele die Stimme des Heiligen Geistes hören werden. Die drei Tage direkt nach Ende des Ramadan sind Feiertage; sie heißen *l'Aid-al-Fitr* – die Feier des Endes des Fastens.«

Die Anwesenden teilten sich in Gruppen zu zwei bis drei Personen auf, und die nächsten zwei Stunden betete man für viele Anliegen. David war nicht überrascht, als Eric aufstand, um sein Gebetsanliegen mitzuteilen. »Bitte betet für Rislène.« Seine Stimme wollte brechen, in seinen Augen glitzerten Tränen. »Wir wissen jetzt, wo sie ist, und Christen in Algiers wollen versuchen, sie in der französischen Botschaft in Sicherheit zu bringen. Ich fliege am Freitag hin, um mich mit Abdul und Madira zu treffen. Bitte betet für meine Reise, dass Gott Rislène, mich und die algerischen Gläubigen bewahrt.« Er schaute zu seinem Vater hin. »Ich will auf keine nur erdenkliche Weise die Sicherheit der Hausgemeinden in Algiers aufs Spiel setzen.«

Schockierte Stille. *Eric will nach Algiers? Jetzt?* David las die Fragen auf den Gesichtern seiner Freunde. *Wie kannst du deinen Sohn dahin lassen, jetzt, um diese Zeit?* Die Runde begann zu flüstern. David räusperte sich. »Eric weiß, wie ich zu der Sache stehe. Ich würde lieber selber gehen. Aber wir haben darüber gesprochen, und ich habe seine Entschlossenheit gesehen.« Mehr brachte er nicht heraus. Die anderen sahen den Schmerz in seinen Augen und neigten ihre Köpfe. Die Gebete flossen weiter, inbrünstig, eine ganze weitere Stunde. Und als es endlich still in dem Raum wurde, wollte niemand gehen, obwohl es lange nach Mitternacht war.

* * * * *

Noch zwei Tage bis zum Ramadan. Rislène spürte, wie die Panik sie packen wollte. Die Drohungen der Terroristen waren wie Maschinengewehrstöße. »Dies wird ein blutiger Ramadan«, versprachen sie. *Bitte, Gott, hol mich hier raus!*

Zwangsfasten. Eine der fünf Säulen des Islam. Rislène hatte es noch nie verstanden. Was nützte es einem denn, sich einen Monat lang von Sonnenauf- bis Sonnenuntergang dazu zu zwingen, nichts zu essen und zu trinken? Konnte man damit wirklich Allah besänftigen? Aber der Ramadan war populär; so gut wie jeder Muslim, ob besonders fromm oder nicht, hielt ihn ein.

Zusammen mit Nazira hielt Rislène die erste Säule des Islam ein: das Hersagen der *Chahada*, des islamischen Glaubensbekenntnisses: »Es ist kein Gott denn Allah, und Mohammed ist dein Prophet.« Sie hielt auch das *Salat* ein, das fünfmal am Tag stattfindende Gebet. Aber obwohl ihre Worte von Allah redeten, rief sie in ihrem Herzen zu Christus. *Vergib mir, Herr, dass mein Glaube so klein ist. Aber du weißt, ich bete nur zu dir.*

Die dritte Säule, das *Zakat* oder Almosengeben, war ihr unmöglich, denn sie hatte ja keinen einzigen Dinar. Aber bald, in zwei Tagen, wäre es also Zeit, die vierte Säule einzuhalten, das *Saum* oder Fasten während des heiligen Monats Ramadan. Die fünfte Säule – die Pilgerfahrt nach Mekka, die mindestens einmal im Leben des Muslim stattfinden sollte – würde sie hoffentlich nie berühren.

Doch selbst der Muslim, der jede dieser fünf Säulen treu einhielt, hatte keine Heilsgewissheit, wie die Christen sie verstanden. Es gab keinen Raum für Gnade, fand Rislène. Es war eine Religion, die ganz auf der persönlichen Gerechtigkeit des Einzelnen beruhte. Am Tag des Gerichts würde entweder Allah selber oder einer seiner Engel eine Waage nehmen und die Taten jedes Menschen wiegen, und die einzige Hoffnung des Muslim war, dass dann seine guten Taten schwerer wiegen würden als die bösen. Und selbst dann war das letzte Urteil im Willen Allahs verborgen. Die einzige sichere Methode, ins Paradies zu kommen, bestand darin, im *Jihad*, im Heiligen Krieg, als Märtyrer zu sterben.

Ja, kein Wunder, dass so viele junge Männer bereit waren, ihr Leben zu geben in diesem Krieg. Von frühester Jugend an trichterte man ihnen ein, dass der Märtyrer seines Heils gewiss war. Wie falsch, wie verdreht! Aber früher hatte auch Rislène dies alles geglaubt. Sie hatte in aller Aufrichtigkeit gefastet und inbrünstig zu Allah gebetet. Sie hatte ihre Schwächen erkannt und gegen ihre menschlichen Begierden angekämpft. Voller Begeisterung hatte sie jedes Jahr diesen Glaubenstest begonnen, diesen Monat der Entbehrung. Sagte Großmutter Namani nicht, dass weltweit über eine Milliarde Muslime den Ramadan einhielt, als Zeichen der Hingabe an Allah?

Sie kannte sie noch auswendig, die Erklärung dieses heiligen Monats, die ihr Vater seinen Kindern gegeben hatte, als sie noch klein waren: »Das Wort *Ramadan* kommt von dem arabischen Wort *Ramida* oder *ar-ramad*, das brennende Hitze und große Trockenheit bedeutet, wie wir sie im Erdboden finden. Manche sagen, dass dieser Name daher kommt, dass die guten Taten, die man im Ramadan vollbringt, die Sünden wegbrennen, wie die Sonne das Land verbrennt ...«

Gute Taten, die die Sünden wegbrennen ... nein, niemals! Nichts konnte die Sünde wegbrennen, nichts außer dem Opfer Christi. Nur sein Tod und seine Auferstehung konnten ein Loch in die Hölle brennen und die Menschen frei machen. Wie konnten die Muslime nicht die Hoffnungslosigkeit ihrer Logik sehen, die Unmöglichkeit ihres Strebens? Rislène liebte ihr Volk und seine Kultur und verspürte eine tiefe Traurigkeit an der Schwelle zu dem heiligen Monat. Sie musste an ihre Mutter denken, die so treu, so aufrichtig, so gut war. Der Islam, den Rislène als Kind gelernt hatte, war gemäßigt, voller Schönheit und Ehrfurcht und frei von allem Fanatismus. Aber was nützte er?

Es war alles so aussichtslos. Erst gestern war Großmutter zum Haus ihres Sohnes gekommen und hatte von Rislènes bevorstehender Hochzeit mit einem feinen muslimischen Mann gesprochen. Wie ihr Gesicht gestrahlt hatte von der Neuigkeit! Rislènes Magen verknotete sich beim bloßen Gedanken daran. Mit einem Muslim verheiratet werden, hier in Algerien? *O, Mutter! Wo bist du? Und Eric! Warum kommst du nicht? Kommt denn keiner, um mir zu helfen?*

Der gelbe Kürbis lag neben ihrem Bett, die Nachricht von dem unbekannten Freund war in der Toilette verschwunden. Jetzt, wo sie im Haus ihres Onkels saß und der Ramadan bevorstand, hatte Rislène keine Aussicht mehr, mit Großmutter auf den Markt zu gehen, keine Aussicht, das kleine Mädchen wieder zu sehen. Aber irgendwo war Hoffnung. Sie spürte es in den Tiefen ihrer Seele, wie einen weit entfernten, allmählich näher kommenden Trommelschlag, regelmäßig und deutlich. Ja, doch, Gott hatte einen Plan, bestimmt.

»Möchtest du heute mit uns auf den Markt in dem Viertel hier gehen?«, fragte Nazira. »Onkel Hamid hat gesagt, das ist okay. Wir können mit seiner Frau und den Kindern gehen. Er hat gesagt, sie werden ein Vermögen ausgeben heute, für die ganzen Festessen am Abend, nach dem Fasten.«

»Ja, klar!« Rislène schrie es fast. Alles, um herauszukommen aus diesem Haus. Sie mochte es nicht, das süffisante Grinsen ihres Onkels, als ob er einen Witz kannte, den er ihr nicht erzählen wollte. Aber sie kannte den Witz schon. Ein muslimischer Ehemann. Fast war er schon Wirklichkeit, der Witz. Das war die furchtbare Ironie. Ein Witz auf ihre Kosten.

* * * * *

Madira füllte ihren Korb mit Orangen und Oliven und machte sich auf den Weg zum Markt. In ihrem Herzen war

Hoffnung. Jetzt, wo der Ramadan begann, hatten die Christen mehr Freiheit, sich zu treffen. Nach Sonnenuntergang feierten die Muslime bis spät in die Nacht. Es war die ideale Gelegenheit, sich in den Häusern der Gläubigen zu treffen, ohne Verdacht zu erregen.

Der Markt war belebt, aber die Stimmung gedrückt. Man nahm nicht nur den nahenden Fastenmonat ernst, man wusste auch, dass der Terror jetzt noch schlimmer werden würde. Die Schritte, die Bewegungen, alles war vorsichtig. Madiras Stirn runzelte sich. Dieser kürzliche Anruf von David Hoffmann – Eric kam also nach Algerien, um Rislène herauszuholen. Und gegen die gute Nachricht, dass es Husseins Tochter gelungen war, Kontakt mit Rislène aufzunehmen, stand die Tatsache, dass man Rislène seitdem nicht mehr gesehen hatte. Was war passiert? Hatten die Namanis Wind bekommen?

Madiras Oliven waren wohl bekannt auf diesem Markt und gingen weg wie die sprichwörtlichen warmen Semmeln. Als sie sich halb nach hinten umdrehte, um den nächsten Korb auf den Stand zu stellen, sah sie aus dem Augenwinkel eine junge Araberin mit dem üblichen weißen *Hijab*. Sie hatte ein fein geschnittenes Gesicht mit kräftigen schwarzen Brauen, die fast wie Ausrufezeichen über ihren großen, schönen Augen standen. Sie stand neben einem anderen Mädchen und inspizierte gerade die Waren eines Make-up-Standes. Das andere Mädchen, vielleicht eine Schwester, rief: »Rislène! Komm!« Die traurigen schwarzen Augen drehten sich in ihre Richtung.

Rislène!

Rislène war fort, hatte es zuletzt geheißen. Hatte man sie in ein anderes Haus gebracht? Die Leute, die das Haus der Namanis observierten, hatten sie seit Tagen nicht mehr gesehen. Madira hatte nur einen Augenblick, um zu reagieren. Sie hatte ein Bild von Rislène gesehen, aber mit dem *Hijab* war sie sich nicht sicher. Aber nicht viele Araberinnen hießen Rislène ...

»Oliven! Orangen!«, rief sie laut. Dann erinnerte sie sich, was Dounias Tochter Rislène verkauft hatte. »Kürbisse! Schöne gelbe Kürbisse!«

Die junge Frau drehte sich abrupt um, die Augen suchend.

Jetzt sah sie Madira, und ihr Blick wurde enttäuscht. Sie wollte sich wieder abwenden. »Schöne Kürbisse, *Mademoiselle*, schauen Sie nur!«

Das Mädchen trat zögernd näher.

»Gott sei mit dir«, sagte Madira leise. »Hast du von einem kleinen Mädchen einen gelben Kürbis bekommen?«

Die junge Frau nickte, die Augen plötzlich groß.

Madira flüsterte es kaum: »Ich bin eine Christin. Ich bin Madira, eine Freundin der Hoffmanns.«

»Madira!« Rislènes Lippen formten das Wort ohne einen Laut. Ihre Augen wurden heller. »Von euch hab ich gehört. Wir beten für euch.«

»Psst. Wo wohnst du?«

»Im Haus meines Onkels. Rue de l'Italie 12, hier in der Nähe.«

»Rislène! Komm schon!«, rief das andere Mädchen.

»Ich muss gehen.« Rislènes Augen füllten sich.

Madira berührte ihren Ärmel. »Keine Angst. Gott hat uns hier zusammengeführt. Er wird es recht machen. Ich bin im Ramadan von elf bis zwei hier auf dem Markt. Wenn du wiederkommen kannst, werde ich mehr wissen.«

»O, danke! Bitte holen Sie Hilfe!« Die Stimme war verzweifelt. »Meine Großmutter will mich mit einem Muslim verheiraten. Sie will bis nach dem Ramadan warten, aber vielleicht überlegt sie es sich anders und ...«

Die Angst auf Rislènes Gesicht war so deutlich, dass Madira hinzufügte: »Jemand holt dich da raus, Rislène. Geh in Frieden. Es dauert nicht mehr lange.«

* * * * *

Es war ein Dorf mit ungepflasterten Straßen und schlichten Steinhäusern und einer kleinen Moschee, in die die Bewohner zum Abendgebet gingen. Es waren einfache Bauern, die Kartoffeln und Tomaten anbauten und Allah liebten. Aber an diesem Abend kam keiner mehr lebendig aus der Moschee heraus. Die ersten Schreie, die der Geistliche, der *Imam*, hörte, kamen von draußen. Als er aufblickte, waren die mit Gewehren und Äxten bewaffneten Maskierten schon hereingestürmt. »Allah, hilf!«, schrie der Imam.

Die Stimme einer alten Frau jammerte: »Tut das nicht, nein!« Ein Schuss, und sie verstummte. Der Imam rannte auf die Angreifer zu. Er spürte den Schmerzblitz der ersten Kugel, dann der zweiten. Er brach auf dem Fußboden zusammen. Rechts und links gingen Äxte nieder.

Der Anführer der Mörder stand mitten in dem Gemetzele. »Bittet euren Gott, euch zu retten!«, schrie er zynisch. Das Bild wurde verschwommen. Der letzte Gedanke des alten *Imam* war, dass es für ihn und seine Leute in diesem Jahr keinen Ramadan geben würde.

* * * * *

Für Jala, die in der Schlange in dem Postamt im Herzen von Algiers stand, fühlte es sich wie ein Erdbeben an. Sie hörte ein furchtbares Krachen, dann begann der Boden unter ihr zu zittern. Überall Schreie. Sie ließ ihre Briefe an dem Schalter liegen und rannte mit den anderen nach draußen. Auf der anderen Straßenseite flogen Fensterscheiben splitternd zu Boden. Etwas Scharfes riss über ihre Wange und den Arm. Sie schaute hinunter und sah die Blutstriche.

Die einen Opfer schrien hysterisch, andere wimmerten leise in ihren langsam größer werdenden Blutlachen. Jala beugte sich zu einer Frau hinunter, die kein linkes Bein mehr hatte, und versuchte sie zu trösten. In ihrer Kehle würgte es. Ihr Blick wurde undeutlich, sie spürte ein unheimliches Stechen in ihren eigenen Beinen. Von irgendwo her, wie aus einem Nebel, kamen die Sirenen der Krankenwagen. Ein Dankgebet kreiste durch ihren Kopf: Gut, dass sie die Kinder nicht mitgenommen hatte. Dann verlor sie das Bewusstsein.

Als sie aufwachte, lag sie in einem Krankenhausbett. Warum war sie hier? Dann schoss die Szene in der Post wieder in ihren Kopf. Sie spürte keine Schmerzen, und einen schrecklichen Augenblick lang dachte sie, dass sie auch ein Bein verloren hatte, wie die Frau neben ihr auf der Straße. Aber nein, da waren sie, ihre Arme und Beine, schön weiß verbunden.

El Amin, wo war er gewesen an diesem Morgen? Sie versuchte sich zu erinnern, aber natürlich, sie wusste ja nie genau, wo er gerade war. Ob das einer von seinen Männern gewesen war heute Morgen ...? Sie schob den Gedanken hastig fort. Eine Schwester trat an ihr Bett. Jala murmelte: »Was ist passiert? Da war doch eine Explosion, oder?«

»Vor der Polizeizentrale ist eine Autobombe hochgegangen. Es heißt, dass 38 Menschen getötet wurden, alles Zivilisten. Über 250 sind verletzt, viele lebensgefährlich. Sie haben großes Glück gehabt, *Madame*. Der Gesundheitsminister hat einen dringenden Aufruf erlassen, Blut zu spenden, und viele Ärzte aus den anderen Kliniken sind hierher ins Moustafa-Hospital gekommen, um uns zu helfen.« Die Schwester schüttelte den Kopf und lief wieder hinaus.

Später an diesem Tag hörte Jala, dass der Anschlag der schlimmste seit Beginn der Gewalt im Jahre 1992 gewesen war. Und dass er keine 48 Stunden vor dem Beginn des Ramadan passiert war. Die Angst der Menschen vor einem blutigen heiligen Monat, sie schien nur zu berechtigt zu sein.

Am Spätnachmittag gelang es Jala, die Schwestern zu überreden, sie nach Hause zu entlassen. Sie hatte mehrere tiefe Wunden, die sich auf keinen Fall entzünden durften. Die Schwestern baten sie, doch wenigstens über die Nacht zu bleiben. »Ihr versteht das nicht«, sagte sie fest. »Meine Kinder. Sie sind allein. Ich muss zu meinen Kindern.«

Die Schwester nickte und sagte: *»Insha Allah.«*

Jala humpelte durch die langen Flure, vorbei an Familien, die vor den Zimmern standen, wo ihre Lieben lagen. Sie versuchte, das hysterische Weinen zu überhören, dachte an ihre Kinder. Tief in ihrem Mund war ein metallischer Geschmack. Mitten in dieser ganzen Gewalt war El Amin. Was würde er tun, wenn er herausfand, dass seine Frau ein Opfer des Terrors geworden war? Sie wollte es lieber nicht wissen.

* * * * *

Am Tag vor dem Bombenanschlag hatte das Regime eine öffentliche Demonstration in Algiers organisiert, die sich gegen eine Mitte Januar in Rom zwischen den verschiedenen islamischen Gruppen ausgehandelte »Plattform« richtete; die Regierung hatte an den Gesprächen in Rom nicht teilgenommen. Ein Sprecher des Außenministeriums erklärte, dass man noch nicht mit Bestimmtheit sagen konnte, ob der Anschlag etwas mit den Verhandlungen in Rom zu tun hatte.

Der algerische Premierminister erklärte, dass dieser sinnlose Terrorakt einmal mehr bewies, dass die Verbrecher, die sich gegen das algerische Volk erhoben hatten, ohne Unterschied jeden ins Visier nahmen: »Dieser Anschlag muss unsere Entschlossenheit verdoppeln, Schluss zu machen mit diesem Fanatismus, der unserer Kultur und Zivilisation so fremd ist.«

Die Zeitung der FLN berichtete, dass es sich sehr wahrscheinlich um einen Selbstmordanschlag eines Einzeltäters handelte, der ein ganzes Auto mit Sprengstoff voll gestopft hatte. Die GIA und andere islamistische Gruppen fanden den Anschlag hilfreich für den *Jihad*. Die allgemeine Bevölkerung hörte sich die verschiedenen Meinungen an und dachte nur eines: *Allah hilf uns, das wird ein blutiger Ramadan.*

* * * * *

»Ist es dir egal, Youssef, dass deine Töchter in diesem Land sind?« Madame Namani hielt ihrem Mann die neueste Ausgabe der *Le Monde* vor die Nase, ihre Finger zeigten auf die Schlagzeilen über Algerien. Wie befürchtet, wurde das Morden jetzt, wo der Ramadan begann, noch schlimmer. »Bitte, Youssef, hol sie zurück. Besser eine christliche Tochter als eine tote Tochter!«

Seine Hand war hart und schnell. Der Schlag auf ihre Wange schleuderte sie zurück, dass sie auf das Sofa fiel. Sie schrie nicht auf, sondern sah ihren Mann aus wilden Augen an. Er hob seinen Finger und schüttelte ihn. »Sag so was nie mehr, hörst du? Nie mehr! Wenn Rislène keinen Muslim heiratet, ist sie tot. Tot! Kapierst du das? Meine Mutter hat die Hochzeit arrangiert, sie wird direkt nach dem Ramadan stattfinden. Kannst du noch nicht mal ein paar Wochen warten, um deine

Tochter lebendig zurückzubekommen?« Er stürmte aus dem Zimmer und aus der Wohnung, die Tür krachte ins Schloss.

Madame Namani nahm das Telefon und wählte. »Madame Hoffmann«, flüsterte sie, die Augen auf die Tür geheftet. »Kann ich eben zu Ihnen kommen? ... Ja, es ist dringend. Ich bin in einer halben Stunde da.« Sie legte wieder auf, atmete tief aus und ging in die Küche. Sie benutzte die Eisschale im Kühlschrank selten, aber jetzt war sie unentbehrlich. Der blaue Fleck würde hässlich werden, aber mit ein wenig Eis wäre die Schwellung nicht ganz so schlimm. Sie wollte nicht die Aufmerksamkeit auf sich selber ziehen, wenn ihr Herz für ihre beiden Töchter brach. Sie hielt das Eis an ihre Wange, zog den *Hijab* über den Kopf und verließ die Wohnung.

* * * * *

Madame Namanis Stimme zitterte. »Madame Hoffmann, dies ist nicht der Islam, mit dem ich aufgewachsen bin. Terrorismus hat keinen Platz im Islam. Dies ist nicht das, was ich im Koran gelernt habe. Unsere Religion ist eine Religion der Gemeinschaft, der Frömmigkeit, des Dienstes und der Familie, aber dieser Fanatismus reißt meine Familie auseinander. So war mein Mann früher nicht.«

Madame Namani räusperte sich. Sie begann langsamer zu sprechen, spürte, wie ihr Körper sich entspannte in der ruhigen Atmosphäre des Hauses der Hoffmanns. »Er erlaubt mir nicht, mit meinen Töchtern zu sprechen. Alle paar Tage ruft Youssef seine Mutter an und fragt, was es Neues gibt, aber ich darf nicht mit ihnen reden. Können Sie mir sagen, ob Sie Nachrichten über Rislène haben?«

»Wir wissen, dass Ihre Töchter beide gesund sind und dass Ihre Schwiegermutter plant, Rislène mit einem muslimischen Mann zu verheiraten.«

»Und was werden Sie tun?«

Die rothaarige Frau schien mit ihrer Antwort zu zögern. Madame Namani nahm impulsiv ihre Hand. »Ich werde nichts weitersagen, wenn Sie nur meine Töchter aus diesem Land rausholen, bitte! Ich werde beten, dass Allah Ihnen die richtigen Ideen gibt und die Kraft, sie auszuführen. Und ich werde Ihnen helfen! Sagen Sie mir, was ich tun soll, und ich werde helfen. Ich warte auf meine Töchter. Bitte!«

Madame Hoffmann stand auf und nahm sie in ihre Arme. Wie gut das tat, endlich weinen zu dürfen.

KAPITEL 22

Die Woche war vorbeigekrochen, als seien die Tage Jahre. Um die Sorgen und die Angst zu verscheuchen, verbrachte Ophélie viel Zeit im Gebet. Für Rislène. Für Eric. *Herr, erbarme dich über sie, bitte!* Und für Ceb. Samuel. *Nein, nein, es hat nichts mit meinem Herzen zu tun,* hatte sie Gabriella versichert, *Ceb ist einfach ein Freund, dem es schlecht geht, das ist alles. Ein Freund, der mir wert ist.* Aber das war nicht die ganze Wahrheit. Sie liebte Ceb. So, jetzt hatte sie es zugegeben. Sie liebte Ceb, oder genauer: Sie sorgte sich um Ceb, aber sie *liebte* Samuel Cebrian – ihren besten Freund und Vertrauten und gewieften Diskussionspartner. Ihn liebte sie.

Ihr Kopf pochte, ihre Nase lief und ihr Hals fühlte sich rau und geschwollen an. Eine Rhinopharyngitis, hatte der Arzt vor zwei Tagen verkündet und ihr ein Antibiotikum verschrieben sowie viel Ruhe und Kräutertee. Ruhe. Warum zwang sie sich dann aufzustehen? *Ruf das Rote Kreuz an und sag, dass du krank bist.* Nein, sie konnte es nicht. Sie musste Ceb sehen und sich bei ihm entschuldigen.

Mit eineinhalb Stunden Verspätung traf sie am Roten Kreuz ein. Ihr Körper rebellierte bei jedem Schritt. Janine sah sie kurz an und machte einen Schritt zurück. »Du siehst ja schlimm aus, Ophélie! Was ist mit dir?«

»Nur erkältet«, krächzte Ophélie.

Janine fasste an ihre Stirn. »Du hast ja Fieber! Nimmst du was dagegen?«

Ophélie nickte. »Antibiotika.«

»Klingt so wie das, was ich am Wochenende hatte. Marsch zurück nach Hause und ins Bett, Mädchen! Was hat dich überhaupt hierher gebracht?« Sie ließ Ophélie keine Zeit zum Antworten, sondern lächelte wissend und sagte: »*Männer* – stimmt's? Sie sind beide noch nicht hier gewesen heute Morgen.«

Ceb ließ sich nicht blicken. Ophélie überraschte es nicht. Ihr Stolz verbot ihr, in den Botanischen Garten hineinzugehen; sie blieb am Tor stehen und sah zu der Steinlaube mit ihren blühenden Sträuchern hin. An diesem kühlen 1. Februar waren keine Liebespaare darin zu sehen. Sollte sie eine Runde durch den Park drehen, bevor sie nach Hause ging? Ihr Gewissen meldete sich sofort. Erst letzte Woche hatte sie Gott gesagt, dass sie alles in seine Hände legen und nicht mehr selber Gott spielen wollte, und jetzt? Suchte sie mit 39 Grad Fieber einen obdachlosen Mann. Sie drehte sich um und ging die Allee hinunter zur Bushaltestelle.

Dann erinnerte sie sich. Die Welpen! Sie hatte Jean-Marc doch versprochen, nach ihrem Morgen im Roten Kreuz nach ihnen zu sehen. Sie musste wider Willen lächeln, als sie an ihre pompösen Namen dachte. Jean-Marc zählte auf sie. Etwas an ihm brach ihr das Herz. Es war seine merkwürdige kindliche Naivität, gerade so, als ob die Jahre auf der Straße seine Seele weich gemacht hatten, während sein Körper sich in einen alten Mann verwandelte. Bestimmt halfen seine Hunde ihm, den Schmerz in seinem Leben zu vergessen. Sie musste ihn besuchen, Fieber oder nicht!

Zehn Minuten später stieg sie die Stufen zu seinem Zimmer hoch, selber überrascht, wie selbstverständlich sie diese andere Welt betrat, die in den Eingeweiden der Stadt versteckt lag. Noch vor ein paar Wochen hatte sie nicht gewusst, dass es diese Welt überhaupt gab. Aber ihre Bewohner hatten ihr Herz erobert. Sie klopfte an die Tür.

»Augenblick, bitte!«, rief Jean-Marc.

Er öffnete die Tür und grinste sie mit seinen schiefen Zähnen an. »Mademoiselle Ophélie! Ich wusste doch, dass Sie kommen würden. Hab Sie erwartet. Ich hab Ihnen ’nen richtigen Tee gemacht.«

Der Gestank war überwältigend; sie zwang sich, nicht die Nase zu rumpfen. »*Merci,* Jean-Marc! Wie geht's Jan Valjean und Hamlet und Cleo und St. X und dem Kleinen Prinzen?«

»Gut, gut. Vor ein paar Tagen war Ceb da und hat sie geimpft. Haben geheult, die Kleinen.« Er langte in den Käfig hinein und streichelte das Fell des Kleinsten. »Aber sie haben sich bald wieder bekriegt.«

»Das ist schön, Jean-Marc, echt.« Ein Kloß kam in ihre Kehle. Ceb.

Jean-Marc grinste sie unter seinen grauen, struppigen Brauen an. Seine Haut sah aus wie gebrauchtes Schmirgelpapier. Das Blau seiner Augen wurde von ihren roten Rändern gedämpft. Hinter seinem Lächeln sah dieser Mann alt und schwach und müde, o so müde aus. Ophélie merkte plötzlich, dass sie ja gar nicht wusste, wie alt er war. 45? 60?

»Ist der Tee gut?«

»Ja, prima, Jean-Marc. Danke.« Sie hatte den Gestank und die Kälte des Raumes ganz vergessen. Jetzt überfielen sie sie wieder, dass sie sich wünschte, sie wäre nicht gekommen. Sie hockte sich neben dem Käfig auf den Boden und langte hinein. Die Welpen knabberten verspielt an ihrer Hand.

»Wie geht's Ihnen, Mademoiselle Ophélie?« Jean-Marcs Kopf kam nach unten, die Augen unschuldig weit. »Sie sehen nicht gut aus heute.« Er runzelte die Stirn. »Soll ich Ihnen noch 'nen Tee machen?«

»Nein, es geht schon, Jean-Marc. Ich bin nur etwas erkältet. Ich wollte nur mal eben vorbeischauen, ich gehe bald wieder.«

»Oh, das tut mir aber Leid, dass Sie sich nicht wohl fühlen. Ich wollte, Sie könnten länger bleiben.« Er kratzte sich am Kopf. »Haben Sie schon meinen neuen Pullover gesehen, Mademoiselle Ophélie? Sehen Sie ihn? Hab Ihren Rat befolgt nämlich, bin gestern zum Roten Kreuz runter und hab mir diesen roten Pullover besorgt, gerad so, wie Sie's gesagt haben.«

Sie presste ein Lächeln hervor. »Gut gemacht, Jean-Marc. Er steht Ihnen gut.« Sie lehnte ihren Kopf an den Käfig. Eine Minute später war sie eingeschlafen.

* * * * *

Ein Klopfen an der Tür riss sie aus dem Schlaf. Einen Augenblick wusste sie nicht, wo sie war. Dann sah sie ihn. Ach, richtig, Jean-Marc. »Wer kann das sein?«, murmelte er. Die Aussicht auf noch einen Besucher schien ihm zu gefallen.

In der Tür stand Ceb, eine Plastiktüte in der Hand, sein Gesicht merkwürdig verzogen. »Ceb! Das ist aber schön!« Jean-Marc kicherte wie ein kleiner Junge. »Komm rein! Schau mal, wer noch da ist! Fräulein Ophélie!« Er räusperte sich und kratzte sich am Kopf wie ein Schauspieler, der seinen Text vergessen hat. Ophélie unterdrückte ein Grinsen. Sie hatte den Eindruck, dass die Szene vorgeplant war. »Ach, jetzt hab ich's wieder! Kann ich eben 'ne Minute rausgehen? Muss was erledigen. Euch vertrau ich ja. Passt mir schön auf meine Lassie und die Kleinen auf.«

»Klar, geh nur, Jean-Marc«, sagte Ceb. »Wir schaffen das schon. Aber bleib nicht zu lange.« Er zwinkerte dem Obdachlosen zu.

Ohne Jean-Marc schien der Raum plötzlich viel zu groß zu sein. Ceb starrte Ophélie verlegen an, keiner der beiden sagte ein Wort. Lassie winselte in ihrer Ecke und versuchte, mit dem Schwanz zu wedeln. Die Welpen kullerten in dem Käfig quiekend übereinander. Ophélie zog ihre Hand aus dem Käfig, dankbar für die Geräusche der Welpen, die die verlegene Stille füllten. Ceb setzte seine Plastiktüte auf dem Tisch ab, der unter dem Gewicht bedenklich wackelte. Er zog die beiden gebrechlichen Stühle, die von irgendeinem Sperrmüll zusammengewürfelt waren, an den Tisch. »*Bonjour*, Ophélie«, sagte er gepresst.

Sie setzte sich auf und schloss die Käfigtür, dann sah sie Ceb an, auf den Lippen eine Weichheit, die in ein Lächeln überging. »Den hier haben wir den Kleinen Prinzen getauft«, sagte sie und zeigte auf den kleinsten Welpen.

»Ich weiß. Jean-Marc war richtig stolz auf die Namen.«

Ophélie zuckte die Achseln.

»Hast du Hunger? Ich hab gedacht, du hast vielleicht noch nichts gegessen nach deinem Morgen im Roten Kreuz.«

Sie zog sich auf die Füße. Sie merkte, wie sie schwindlig wurde. Sie tastete nach dem Rücken des einen Stuhles, ihre braunen Augen voller Fragen. »Hast du das hier mit Jean-Marc ausgeheckt?«

»Ja, sozusagen.« Er rieb sich über sein Gesicht. Ein Finger tastete die lange Stirnnarbe entlang, bis zu dem braunen Haaransatz. »Ich wollte mich entschuldigen für ... letzte Woche.« Er holte eine ungeöffnete Weinflasche aus der Plastiktüte und starrte auf sie hinunter. »Ich will mich nicht rausreden, aber es tut mir echt Leid. Und ich danke dir, dass du so versuchst, mir zu helfen.« Die Worte klangen gestelzt und wie einstudiert, und obwohl er keine zwei Schritte von ihr entfernt war, schien er ein Lichtjahr weit weg zu sein.

»Ist schon gut, Ceb. Mir tut es auch Leid. Ich war ja so naiv. Ich habe nicht versucht, mich wirklich in dich hineinzufühlen. Das war falsch.«

»Möchtest du ein Sandwich?« Er leerte die Plastiktüte auf den Tisch aus. Eine Baguette, mehrere luftdicht verpackte Scheiben gekochter Schinken und mehrere frisch geschnittene, schön in Wachspapier verpackte Käse fielen heraus. Er stellte die Weinflasche neben die Baguette.

Ophélie trat an den Tisch und las das Etikett auf der Flasche. Faugère, *carte noire*, ein guter Wein aus dieser Gegend. Ihr früherer Lieblingswein. Ihr Kopf pochte hartnäckig. Sie begann, den Käse auszuwickeln, und ihre Augen wurden feucht. Tome de Savoie, Beaufort und Pyrenées. Kannte er wirklich noch ihre Lieblingssorten, oder war dies ein merkwürdiger Zufall? Und wenn er sie noch kannte, was wollte er ihr damit sagen? Ihr wurde wieder schwindlig, sie stützte sich auf dem wackligen Tisch ab. Der Duft des Käses biss sich mit dem kalten Gestank aus Moder und Hundeurin. »Ceb«, sagte sie. »Das ist ja so nett.« Das Zimmer begann sich zu drehen, ihre Knie gaben nach. Sie rief: »Samuel!«, dann wurde sie ohnmächtig.

* * * * *

Keine drei Minuten lag sie in seinen Armen, bis ihre Augen wieder offen flackerten, aber Ceb kam es wie eine Ewigkeit vor. In diesen kostbaren Sekunden, wo er seine kalte Hand an ihre Stirn hielt, sagte er leise: »Filie. Wach auf, Filie. Ist alles okay?«

Fast wünschte er, sie könnte so bleiben, bewusstlos in seinen Armen, sodass er sie in aller Ruhe betrachten konnte. Ihr langes Mahagoni-Haar fiel über ihre Schultern bis auf den rissigen Linoleumboden. Der weite schwarze Pullover hing ihr fast bis auf die Knie. Wie ein Kind sah sie aus, wie sie da auf seinem Schoß lag, das Gesicht zur Seite gedreht. Er sah das Profil ihrer kleinen, fein geschnittenen Nase, die hohe Stirn, die anmutigen, jetzt schweißbetropften Wangenknochen. Ihre langen, dicken braunen Wimpern waren geschlossen. Ohne nachzudenken, beugte er sich hinunter, küsste sie auf die Wange und strich über ihr Haar. »Filie. Meine schöne Filie.«

* * * * *

Fast eine Stunde hatte Ceb gebraucht, um Ophélie aus Jean-Marcs Absteige zur Bushaltestelle und quer durch die Stadt in ihre Wohnung zu bringen, aber er hatte jede Minute genossen. Die Rolle des Arztes passte am besten zu ihm, fand er, als er sich über sie beugte. Jetzt hockte sie auf der Couch, in eine dicke Decke gewickelt. Er hatte das Antibiotikum aus ihrem Medizinschrank geholt. Er erhitzte eine Tasse Wasser in der Mikrowelle. Die Leichtigkeit, mit der er die Knöpfe drückte, erschreckte ihn; sie erinnerte ihn an sein früheres Leben. Die Teebeutel fand er in einer bunten Dose über der Spüle.

»Du hättest nie rausgehen dürfen heute«, schimpfte er in seiner besten Ärztestimme. »Dein Arzt hätte dich krankschreiben sollen, du brauchst Ruhe.« Er brachte den Tee, stellte ihn auf den Couchtisch und nahm das Thermometer aus ihrem Mund. »Neununddreißigeinhalb, die Dame.«

Sie zuckte die Achseln, dann beugte sie sich nach vorne und nahm die Teetasse in beide Hände. »Danke, Ceb«, flüsterte sie rau.

Irgendwie gefiel es ihm, dass er sie im Bus nach Hause gebracht hatte. Wie sie sich auf ihn gestützt hatte, als er mit ihr zu ihrer Wohnung ging. Dieses schöne Gefühl, die Lage unter Kontrolle zu haben, der barmherzige Samariter zu sein. Zum ersten Mal, seit sein Weg sich vor einem Monat mit dem ihren gekreuzt hatte, konnte er ihr etwas geben.

Sie versuchte, mit ihm zu sprechen, während sie ihren Tee trank, aber es war offensichtlich, dass sie es nur aus Höflichkeit tat. »Du brauchst mich nicht zu unterhalten, Filie«, sagte er leise. »Schlaf lieber etwas.«

»Ich werd's versuchen. Mein Kopf ist einfach so voll. Erinnerst du dich noch an Rislène in Algerien?«

Ceb nickte.

»Eric hat beschlossen, hinzufahren und sie zu holen. Ich mache mir solche Sorgen um ihn. Er fliegt in zwei Tagen.«

Ceb rieb sich geistesabwesend über seine Hand. »Nach Algerien? Ausgerechnet jetzt? Der sollte besser hier auf sie warten.«

»Das kann er nicht! Er liebt sie. Er ist bereit, sein Leben zu riskieren. Du kennst ihn doch – Eric, der alte Idealist.«

»Ja. Ist ein guter Kerl, dein kleiner Bruder. Könntet ihr nicht jemand anderes schicken? Jemand, der nicht so wichtig ist, der nichts und niemand zu verlieren hat.«

»So einen Menschen gibt es nicht, Ceb.«

»Natürlich gibt's so was! Hunderte von meiner Sorte, lauter gute alte SDFs. Wir sind dem Rest der Welt egal, und der Rest der Welt ist uns egal.«

»Das stimmt nicht, Ceb! Warum sagst du so schreckliche Dinge?« Er sah, dass seine Worte ihr wehtaten, und schwieg achselzuckend.

Sie schlief auf dem Sofa ein, aber er verließ die Wohnung nicht. Stattdessen ging er in jedes der Zimmer und schaute sich an, wie sie lebte. Sie war schon seit Jahren in dieser Wohnung, aber er hatte sie nie besucht. Annie war eifersüchtig auf Ophélie gewesen. Er hatte zu oft von ihr gesprochen in den ersten Monaten mit Annie, und später war er, um Annie nicht zu verletzen, auf Abstand zu seiner Jugendfreundin gegangen und hatte sie nur noch auf Familienfesten der Hoffmanns, Dramchinis und Cebrians gesehen.

Einmal, nachdem Annie zu ihm gezogen war, hatte Ceb Ophélie anrufen und nach ihrer Meinung fragen wollen. Er musste wissen, was sie von Annie hielt. An einem Abend, wo Annie in der Bibliothek war, hatte er die Nummer gewählt, aber nach dem zweiten Klingeln wieder aufgelegt. Was hätte Ophélie ihm auch sagen sollen?

Aber er hatte sie vermisst – ihre Freundschaft, die so zwanglos-natürlichen Gespräche, ihre Fragen. Annie lebte in einer anderen Welt. »Oberflächlich« war nicht das richtige Wort, und doch ... Sie plagte sich nicht mit solch schwierigen Fragen, war viel weniger kompliziert als Ophélie. Er hatte Ophélies ständiges Bohren vermisst – erleichtert vermisst.

Seine Mutter hatte eines Tages versucht, das Thema diskret anzuschneiden. »Du und Annie, habt ihr irgendwelche Pläne?«

»Nein, Mutter. Wir probieren einfach mal aus, wie das ist mit dem Zusammenleben.« Seine Mutter hatte das verletzt, aber sie hatte ihm keine Predigten gehalten. Stattdessen hatte sie gefragt: »Und Ophélie? Siehst du die gar nicht mehr?«

Er liebte seine Mutter, er hatte immer über alles mit ihr sprechen können. Er hatte sie unter seinen braunen Haarfransen angesehen und erklärt: »Ophélie ist ein tolles Mädchen, Mutter, aber du weißt genau, dass wir immer nur Freunde gewesen sind – mehr nicht. Und außerdem erwartet sie zu viel von mir. Das Leben wäre Schwerarbeit mit Ophélie Duchemin, sie würde bei nichts lockerlassen ...«

Schwerarbeit. Jawohl, dachte er jetzt, als er in ihrem Schlafzimmer stand mit den Weidenmöbeln und der Überseekiste am Fußende ihres Bettes. Aber er hatte gelernt, dass jede Beziehung Schwerarbeit war, und bei Annie hatte er sich manchmal gefragt, ob es nicht doch noch mehr gab im Leben.

Er trat an ein Weidenregal mit gerahmten Fotos, Erinnerungsstücken und ein paar eingebundenen Klassikern. Er nahm ein Bild der Dramchinis und Hoffmanns mit sämtlichen Kindern und Enkeln in die Hand. Ophélies beide Familien. Es musste ein neueres Bild sein; die beiden Babys waren noch nicht da gewesen, als er das letzte Mal mit den anderen zusammen gewesen war. Das Leben ging weiter, auch wenn er fort war.

Auf einem anderen Regal waren Fotos von Ophélie mit Mitgliedern der Schauspieltruppe und ein Bild von seinen Eltern, wie sie lachend neben David und Gabriella standen. Er strich mit dem Finger über den Glasrahmen und spürte eine Träne auf der Wange. Wie alt seine Mutter aussah! Ihr Haar war grau geworden. Aber Eliane Cebrian war doch nicht bekannt dafür, dass sie sich gehen ließ. *Warum*, Mama? Er wusste die Antwort sofort. Diese Trauer auf ihrem Gesicht. Sie trauerte um Annie und Marion. Und um ihn. Gott, er hatte seiner Mutter die grauen Haare gemacht! War er so mit seinem eigenen Elend und Selbstmitleid beschäftigt gewesen, dass er ganz vergessen hatte, wie dieser Unfall sich auf die anderen, auf seine Lieben auswirken musste? Er schämte sich plötzlich.

Neben dem Bett war ein Telefon. Er konnte anrufen. Er musste anrufen. Die Versuchung war stark. Er langte nach dem Apparat, nahm den Hörer ab und hielt ihn an sein Ohr, lange. Nein, er konnte es noch nicht. Nicht, solange er nicht genau wusste, was er sagen sollte, was er vorhatte. Er legte den Hörer wieder auf.

Er verließ das Schlafzimmer und ging in das winzige zweite Zimmer, aus dem Ophélie ein Büro gemacht hatte. Der Schreibtisch floss über von Papieren. An der Wand hingen die Plakate von Ophélies drei Theaterstücken. Zwei hohe Regale waren mit Büchern und Heften voll gestopft. Er setzte sich auf den Boden und zog ein altes Fotoalbum heraus. Auf den Deckel hatte Ophélie in Schönschrift »Jugendjahre« geschrieben. Er öffnete das Album. Das Gesicht der Teenager-Ophélie lächelte ihm entgegen. Ophélie mit Anne-Marie und Moustafa, Ophélie mit Hussein, dem merkwürdigen arabischen Jungen, der jahrelang bei ihnen gelebt hatte. *Eigentlich waren wir ganz gute Freunde geworden,* dachte Ceb, während er umblätterte. Ophelie mit David und Gabriella, Roger, Williem und Eric, dem Kleinsten, der mit seinem roten Wuschelkopf auf Gabriellas Schoß saß. Ceb kicherte leise. Er erinnerte sich, wie er vor vielen Jahren schon einmal in diesem Album geblättert hatte.

Dann, auf der nächsten Seite, Ophélie in Jeans mit ausgestellten Beinen, ihr Arm in seinen gehakt, ihr Kopf schräg auf seiner Schulter, ihre beiden Münder zu einem Lachanfall geöffnet. Ceb studierte das angegilbte Foto. Sie waren beide um die 17, und er hatte ein Spielzeug-Stethoskop um den Hals. Unter das Foto hatte Ophélie in Großbuchstaben »Dr. Sam!« geschrieben.

Er starrte auf das Bild seines Teenager-Ichs. Sein Haar war lang und gerade, sein Gesicht von der südfranzösischen Sonne gebräunt und er trug abgeschnittene Jeans. Er hatte ein einnehmendes Gesicht, hell, mit klaren braunen Augen und dem ersten Flaum auf der Oberlippe. Er berührte die Narbe an seiner Stirn und klappte das Album zu. Er durfte nicht an all das zurückdenken, er konnte es nicht!

Er ging zurück ins Wohnzimmer und kniete sich neben Ophélie hin, hatte Lust, sie wieder zu küssen. Vor einer Woche hatte diese Wohnung ihn angeschrien; jetzt bat jeder Knochen in seinem Körper ihn zu bleiben. Er setzte sich in einen der Sessel neben der Couch und schaute zu, wie Ophélies Brust sich im Takt ihres Atems hob und senkte. Sie war immer so unabhängig gewesen, mit ihren starken Überzeugungen und ihrem tiefen Charakter. Ein Mann brauchte das Gefühl, dass er einer Frau etwas zu bieten hatte, aber Ophélie schien immer die Meisterin gewesen zu sein mit ihrer inneren Kraft und Glaubenszuversicht.

»Du hast mich nie gebraucht, Filie, nicht wahr? Ich glaube, du hast mich nie gebraucht – bis heute.« Er beugte sich hinunter und küsste sie auf die Stirn, aber sie erwachte nicht.

* * * * *

Die Türklingel ging zweimal. Ophélie wachte abrupt auf. Sie rappelte sich hoch und sah überrascht zu Ceb hin, der in einem Sessel lag und offenbar gerade selber wach wurde. Sie nahm den Hörer der Gegensprechanlage ab. »Ja?«

»Ich bin's, dein Vater.«

»Papa! Hey!« Sie hatte völlig vergessen, dass ihr Vater ja diesen Nachmittag kommen wollte. Sie schielte zu Ceb hin, der sich gerade den Schlaf aus den Augen schüttelte. »Komm rauf«, sagte sie und drückte den Haustürknopf.

Sie drehte sich zu Ceb hin. Ihr Herz klopfte heftig, sie spürte die Röte auf ihrem Gesicht. »Es ist mein Vater. Er hatte versprochen, heute Nachmittag vorbeizukommen. Was willst du tun?«

Er sah sie an wie ein junger Hund, der sich verlaufen hat.

»Er weiß das mit dir, Ceb, ich habe es Bri erzählt. Aber nur Vater und Bri, sonst weiß es niemand. Ich konnte das nicht für mich behalten, ich musste es jemandem sagen. Das tut mir Leid.«

Was las sie da auf seinem Gesicht? Verwirrung? Resignation? Erleichterung? Er stand auf und rieb sich über die Augen. Die Andeutung eines Grinsens flackerte über seine Lippen. Er zuckte die Achseln. »Na, da werd ich wohl gleich deinen Vater sehen. Hab wohl keine große Wahl, wie?« Sie war sich nicht sicher, ob seine Augen *Verräterin!* oder *Danke!* sagten.

* * * * *

David Hoffmann schien größer und dünner geworden zu sein. Seine Augen waren dunkel und tief liegend, das Gesicht fast hager, das schwarze Haar mit mehr Grau gesprenkelt. Er trug blaue Cordhosen und eine dunkelblaue Strickjacke. Selbst in dieser lässigen Kleidung und obwohl er offensichtlich müde war, strahlte er Eleganz aus.

Ceb hatte David immer gemocht. Als er ein Teenager war, hatte David die Jugendgruppe in der Gemeinde geleitet. Seine geradlinige Art und die Geschichten, wie er als Atheist zu Gott gefunden hatte, hatten den jungen Samuel Cebrian gefesselt. David hatte einen hellen Kopf und nie Angst vor Samuels Fragen – so ganz anders als manche anderen Christen, die eine jämmerliche Figur machten bei ihren Versuchen, Gott zu verteidigen.

Und jetzt stand David also da und hielt ihm seine Hand hin. Ceb zögerte, dann gab er ihm seine rechte, verkrüppelte. David schüttelte sie kräftig, als bemerkte er die fehlenden Finger nicht. »Schön, dich zu sehen.« Seine ersten Worte klangen steif und nervös. Dann ließ er die Hand los und umarmte Ceb wie ein Bär. Seine Stimme klang rau, als kämpfte er mit den Tränen. »Samuel. Sam. Ich hätte nie gedacht, dass ich dich noch mal sehe.«

Ceb merkte, wie sein Körper sich überrascht versteifte. Er erinnerte sich, dass David, der Amerikaner, alle Welt umarmte, aber Weinen? Das hatte er noch nie bei ihm gesehen. Er machte verlegen einen Schritt zurück. »*Bonjour*, David.«

Ophélie brach die Stille. »Papa, Ceb hat mich vom Roten Kreuz nach Hause gebracht ... Ich meine, ich war krank ...«

»Sie ist bewusstlos geworden«, sagte Ceb. »Sie hätte heute nicht aus dem Bett gedurft.« Er fiel in seinen besten Doktorton. »Sie muss sich mindestens eine Woche krankschreiben lassen.« Er spürte fast, wie seine Hand ein Rezept schrieb. »Jetzt, wo du da bist, David, kann ich ja dann gehen.«

»Nein, bitte bleib!«, sagte Ophélie schnell. »Ich muss mich ausruhen, aber du und David, ihr könntet doch ... miteinander reden ...«

»Ab ins Bett mit dir, *Chérie*.« David zeigte auf die Tür ins Schlafzimmer. »Sam und ich kommen schon zurecht.«

Cool wie immer, dachte Ceb. Er wusste nicht, warum, aber er fühlte sich richtig erleichtert bei dem Gedanken, einen ganzen Nachmittag mit David Hoffmann reden zu können. Heute hatte Gott ihm Ophélie geschenkt. Vielleicht war ihr Vater die Zugabe.

* * * * *

»Kann ich dir einen Kaffee machen?«, fragte David, während er in die Küche ging.

»Ja, gerne.«

»Deinen Eltern geht es so weit gut. Deine Mutter hat an zwei Tagen in der Woche Rachels Baby.«

»Ja. Ophélie hat mir schon alles erzählt.« Seine Worte klangen flach. »Hat sie dir gesagt, dass ich auf der Straße lebe?«

Davids Kopf kam um die Ecke, er erwiderte Cebs Blick. »Sie hat es bei Gabby erwähnt. Können wir was für dich tun?«

»Nein. Ich hab alles, was ich brauche.«

Schweigen.

Als David mit den beiden Kaffeebechern aus der Küche kam und sich auf das Sofa setzte, spürte Ceb, wie sein Körper sich entspannte. Sie unterhielten sich und tranken ihren Kaffee. Keine störende Gefühlsduselei wie bei Ophélie.

David erklärte ihm seine Arbeit unter den Muslimen, seine Reisen, die Seminare, die er hielt. Ceb saß aufrecht da und hörte zu, stellte sich David vor in seinen vielen Rollen. »Erzähl mir von deinen Kindern«, sagte er plötzlich.

»Ich schätze, über Ophélie weißt du Bescheid. Will und Roger geht's gut, die Arbeit und die Kinder halten sie auf Trab.« Er lächelte kurz, dann kam eine Wolke auf sein Gesicht. »Und Eric studiert Literatur – will Lehrer werden wie seine Schwester.« Seine Stimme wurde leiser. »Ich mach mir Sorgen um Eric, Sam. In zwei Tagen will er nach Algerien. Vielleicht hat Ophélie dir das auch schon erzählt?«

»Doch, sie hat diese junge Frau in Algerien erwähnt. Ihre eigene Familie hat sie entführt, nicht wahr?«

»Ja. Eine äußerst kitzlige Situation.«

Ceb runzelte die Stirn. »Ja, Ophélie hat gesagt, dass Eric da hin will. Der kommt da nicht lebendig zurück, das ist nichts für Eric. Lass Will das machen.«

»Will hat Familie, das kann ich nicht machen. Nein, ich habe noch einen Tag, um Eric das auszureden – ihn zu überzeugen, dass ich das selber machen kann.«

»Du kannst Eric nicht da hinlassen!« Ceb unterbrach sich abrupt, spürte Davids Angst. Dann sagte er: »Mein Gott, bevor ich Eric nach Algerien lasse, würde ich selber hingehen.« Er schwieg, dachte über seine Worte nach. Dann sagte er: »Ich brauche 'nen Job, David! Ich will arbeiten, sonst werd ich verrückt! Gib mir den Job. Ich gehe nach Algerien.«

Es dauerte einen Augenblick, bis David begriff. Dann sagte er, im sachlichsten Ton: »Sam, wir können dir hier in Montpellier Arbeit besorgen.«

»Mit 12 Prozent Arbeitslosen in der Stadt? Wie stellst du dir das vor?«

»Für jemanden wie dich wäre es nicht sehr schwer.«

»Samuel Cebrian ist tot, David. Ich bin nur noch Ceb.«

»Mir ist egal, was du bist«, sagte David fest. Eine Falte lief über seine Stirn. »Ich kenne dich von früher. Es gibt nichts, was Samuel – oder Ceb – nicht kann, wenn er will.«

Es klang wie eine Herausforderung, und das war genau das, was er brauchte: dass jemand ihn aufforderte, etwas Unmögliches anzupacken. »Gut, dann lass mich nach Algerien.« Ceb sprach die Worte aus, aber sie schienen von woanders zu kommen. Er wiederholte es energischer. »Lass mich gehen! Ich kenne Algiers, ich spreche die Sprache. Und was hab ich denn zu verlieren? Wenn ich umkomme, braucht keiner zu trauern. Sie haben mich ja schon begraben, ich bin doch schon tot! Lass mich da ran, David! Ich fahre am Wochenende. Oder gleich morgen, wenn du willst. Ich hab noch meinen Pass. Guck mich an. Ich sehe genauso aus wie die Terorristen. So 'nen alten Krüppel finden die nicht verdächtig.« Er stand jetzt, beschwörend zu David hinuntergebeugt.

David sagte langsam, jedes Wort abwägend: »Ich weiß dein Angebot zu schätzen, Sam, aber dies ist eine sehr heikle Mission. Ein falscher Schritt, und die Christen sind in großer Gefahr. Das ist kompliziert, da muss man Draufgänger und Diplomat gleichzeitig sein.«

David starrte ihn an, sprachlos. Eine Aufgabe! Arbeit! Und was das Allerbeste war: ein Auftrag mit unerhörtem Risiko. Wie geschaffen für ihn, fand Ceb. Vielleicht war dieser verrückte Gott doch noch irgendwo da. Er setzte sich zurück in den Sessel. Jetzt war Überredungskunst gefragt, jetzt galt es, David Hoffmann zu überzeugen, dass seine Idee nicht so hirnverbrannt war, wie sie klang. Eine Rettungsaktion in Algerien. Unmöglich! Absurd! Ceb brannte plötzlich darauf mitzumachen, so wie er noch nie in seinem Leben auf etwas gebrannt hatte.

* * * * *

Ophélie wachte schweißgebadet auf. Das Fieber war gebrochen. Sie setzte sich in ihrem Bett auf und lauschte. Alles war still, aber der Traum stand wie ein helles Bild vor ihr. Ihr ganzes Leben schon hatte sie Dinge verstanden, die anderen ein Rätsel waren, hatte diese plötzlichen Ahnungen und Eingebungen gehabt, in denen sie ein Stückchen von Gottes Plan sah. Warum Gott ihr diese Einblicke gab – sie wusste es nicht, aber an verschiedenen Punkten ihrer Kindheit und Jugend und noch als Erwachsene hatte Ophélie Gottes Stimme durch die Stille einer Vision gehört. Und dieser Traum eben, er erinnerte sie an die anderen Träume – so realistisch, so nach Wahrheit riechend.

Eric rannte einen Fahrweg entlang. Eine Explosion krachte, rechts und links flogen Trümmer. Er betrat ein Bauernhaus und schrie: »Nein!« Dann beugte er sich nach unten. Als er wieder aufblickte, waren seine Hände und sein Gesicht blutig, und es war nicht mehr Eric, sondern Ceb.

Ach ja – ihr Vater war ja gekommen und hatte mit Ceb gesprochen, während sie schlief. Sie schlüpfte aus dem Bett und schaute auf die Uhr. Fast zehn Uhr abends. Die Wohnung war leer. Ihr Vater hatte einen Zettel auf die Küchentheke gelegt: *Wollte dich nicht aufwecken. Sehr gutes Gespräch mit Samuel. Er hat eine interessante Lösung für unser Problem vorgeschlagen. Rufe dich morgen an.*

War es dies, was Gott ihr sagen wollte? Hatte Ceb sich angeboten, nach Algerien zu gehen? Was wären ihr Vater und Bri erleichtert, wenn Eric in Montpellier blieb. Sie wollte, dass ihr jüngerer Bruder in Sicherheit war. Vielleicht hatte Gott ihr diesen Traum geschenkt, um sie auf das vorzubereiten, was kommen würde.

Dass Ceb nach Algerien ging – es schien unmöglich. Doch dieser Traum, er war echt wie die früheren auch. Aber sie zitterte vor Angst. Cebs Worte kamen in ihr Gedächtnis zurück: *»Könntet ihr nicht jemand anderes schicken? Jemand, der nicht so wichtig ist, der nichts und niemand zu verlieren hat.«* Ihr Herz tat ihr weh, sie wollte aufschreien: »Das ist nicht wahr! Ich liebe dich doch. Komm zurück, für mich!« Stattdessen stand sie auf, ging zu der Truhe, öffnete sie und holte die Parfümflasche heraus. Sie hielt sie in den Händen und flüsterte: »O, Ceb, wenn du nur wüsstest, wie wichtig du mir bist.«

KAPITEL 23

Er trat in das Zimmer wie jemand, der es gewohnt war, das Sagen zu haben. Er war groß und muskulös, das schwarze, dicke Haar kurz geschnitten, die Augen unter buschigen Brauen, die sich in der Mitte vereinigten. Er lächelte nicht, als er Rislène ansah, sondern ließ seine Augen auf und ab über ihren Körper fahren, als begutachte er ein Pferd. Ein leichtes Nicken signalisierte Großmutter Namani, dass ihm das, was er da sah, gefiel.

»Hallo, Rislène«, sagte er steif. Er nahm ihre Hand und küsste sie flüchtig.

Sie senkte mit brennenden Wangen ihren Blick und erwiderte: »Hallo.« Sie musste all ihre Kraft aufbringen, um nicht wie Espenlaub zu zittern. *Nein! Gott, nein! Das kann nicht sein! Bitte lass das nicht wahr sein!* Sie kämpfte gegen eine plötzliche Panik an, wollte fliehen und wusste doch, dass das unmöglich war.

Ihre Großmutter trat zu ihr. »Dies ist Yassir. Er kommt aus einer guten Familie in Algiers und bietet eine hübsche Mitgift. Er ist in Frankreich gewesen und hätte nichts dagegen, in der Zukunft dorthin zurückzukehren. Nicht wahr, Yassir?«

»Darüber werden wir später reden.«

Großmutter lächelte. »Dann lass ich euch beide mal allein, damit ihr euch kennen lernen könnt.«

»Dafür werden wir unser ganzes Leben haben«, sagte Yassir. »Ich finde, wir nutzen unsere Zeit besser, wenn wir über die Hochzeitsvorbereitungen reden. Es scheint ja etwas eilig zu sein.« Seine Augen bohrten sich in Rislène, seine Stimme wurde eine Spur anklagend.

Großmutter Namani hob ihre Augenbrauen, dann lächelte sie. »Wie du wünschst. Ja, ich habe mir bereits Gedanken gemacht. Da Hochzeiten im heiligen Monat verboten sind, werden wir die Zeremonie direkt nach Ende des Ramadan abhalten. Was für eine schönere Art kann man sich denken, das Fasten zu beenden? Der 4. März. Wärst du damit einverstanden, Yassir?«

»Ja, gut. Aber es muss ein Fest sein. Die Leute sollen keine

Angst haben an unserem Hochzeitsabend. Ihr werdet zusammen mit meiner Mutter für die besten Speisen sorgen. Dies ist unabdingbar.«

»Natürlich.«

Rislène hörte das Gespräch wie durch einen Nebel. Das Einzige, was sie denken konnte, wieder und wieder, war: *Beeil dich, Eric. O Gott, bitte, gib, dass er sich beeilt!* Vier Wochen bis zur Hochzeit. Bestimmt konnte Eric vorher kommen. Aber sie hatte etwas erfahren, das ihre aufkeimende Hoffnung gleich wieder dämpfte: Seit die Air France-Maschine Ende Dezember entführt worden war, war der Luft- und Fährverkehr von und nach Algerien eingestellt. Wie konnte Eric ins Land kommen? Wie konnte sie hinaus? Sie stand starr und steif da, während ihre Großmutter und der Mann, an den sie verkuppelt werden sollte, ihre Pläne machten. Ein Bibelvers, den sie erst gestern auf Toilettenpapier geschrieben hatte, kam von irgendwo her in ihren Sinn: *Der Gott aller Gnade aber, der wird euch, die ihr eine kleine Zeit leidet, aufrichten, stärken, kräftigen, gründen ...*

* * * * *

Später am Vormittag, als Yassir wieder weg war, nahm Rislène ihren Lidstift und Toilettenpapier und schrieb hastig die folgende Botschaft: *Eric, heute habe ich Yassir kennen gelernt, der mein Mann werden soll. Die Hochzeit soll am 4. März sein, direkt nach dem Ramadan. Ich habe solche Angst. Ich weiß nicht, wie du ins Land kommen kannst, aber irgendjemand muss mich hier rausholen, bevor der Ramadan vorbei ist. Bitte, beeil dich, die Zeit ist so kurz! Hilfe! Rislène.*

Sie stopfte den Zettel in ihren Büstenhalter und schlüpfte aus dem Bad. Sie hatte einen Plan, und sie hoffte, dass er klappen würde. »Großmutter, lass uns doch zum Markt gehen! Ich möchte dir gerne helfen, das Essen für meine Hochzeit auszusuchen. Wir müssen doch sehen, was es zurzeit gibt. Yassir hat ja Recht, es muss ein rauschendes Fest werden!« Sie lächelte breit.

Nazira sah sie argwöhnisch an. »Du bist ja auf einmal wie umgedreht!«

»Weil ich meinen zukünftigen Mann gesehen habe. Er scheint stark und klug zu sein, vielleicht kann ich ihn wirklich lieben. Und er hat ja gesagt, dass wir vielleicht nach Frankreich zurückkehren. Denk doch mal, Nazira: zurück nach Frankreich! Freust du dich nicht auch darauf?«

»Doch, schon. Es ist ja alles deine Schuld, dass wir hier mitten in der Hölle stecken!«

»Aber denk doch nur! Wenn ich Yassirs Herz gewinne, nimmt er uns beide mit zurück nach Frankreich. Wir müssen die perfekte Hochzeitsfeier planen.«

»Und dein rothaariger Liebhaber?«

Rislène zog einen Mund, dann lachte sie wegwerfend. »Das würde doch nie klappen. Wir sind zu verschieden, ich hab das eingesehen.« Sie trat neben ihre Großmutter und schlang ihren Arm um ihren. »Das Wichtigste im Leben ist doch die Familie. Großmutter, eigentlich hast du Recht gehabt, dass du mich hierher geholt hast, um mich an unseren Familiensinn zu erinnern. Ich möchte zurück nach Frankreich, wo meine Eltern und Brüder und Schwestern sind. Yassir versteht das bestimmt, er will doch sicher so schnell wie möglich weg von hier.«

Großmutter Namani strahlte. »Unsere alte Rislène ist wieder da! Ich wusste es doch, dass es nicht lange dauern würde. Also gut, gehen wir zum Markt. Und danach kümmern wir uns um das Brautkleid, dann vergeht der Ramadan schneller, nicht wahr, meine Mädchen?«

* * * * *

Sie erreichten den Markt kurz nach Mittag. Jetzt, wo der Ramadan da war, schliefen die Menschen bis spät in den Morgen hinein, machten am Nachmittag ihre Einkäufe und blieben abends bis in die Nacht auf, um zu feiern. Großmutter bemerkte, dass die Algerier im Ramadan mehr Geld für Lebensmittel ausgaben als im ganzen Rest des Jahres. Fasten und Feiern gingen Hand in Hand. Aber Rislène fragte sich, ob der Terrorismus diesen Rhythmus nicht ändern würde. Der ganze Markt roch förmlich nach Angst und Tod, dass man die Duftsinfonie der Gewürzstände fast nicht wahrnahm. Es waren weniger Menschen da als sonst. Rislène ging an die Stelle, wo sie vor vier Tagen gestanden hatte, aber Madira war nicht zu sehen. Sie nahm eine Avokado in die Hand. »Hier, Großmutter! Das wäre genau das Richtige als Vorspeise. Und Kuskus. Am besten kaufen wir gleich einen ganzen Vorrat, damit wir auch genug haben.«

Ihre Worte klangen fröhlich, doch ihre Augen verrieten ihre innere Not. Sie drehte sich von ihrer Großmutter weg, um die Menge zu mustern. Plötzlich spürte sie eine Hand an ihrem Ärmel. Mit stolperndem Herzen drehte sie sich um. Es war Madira, ihr Gesicht fast versteckt hinter ihrem Schleier. »Mein Stand ist jetzt da drüben«, flüsterte sie, ohne Rislène anzusehen.

Rislènes Augen folgten ihrer heimlichen Geste. »Großmutter, schau mal! Orangen und Oliven! Vielleicht können wir gleich welche bestellen.« Sie folgte Madira, ihre Finger zogen den Toilettenpapierbrief aus ihrem Büstenhalter. Bevor sie den Stand erreichte, schob sie ihn in Madiras Hand. Dann begann sie, sich die Orangen anzusehen.

»Alles allerbeste Qualität, auch die Oliven. Aus eigenem Anbau von Stadtrand von Algiers. Was kann ich für Sie tun?« Madiras Augen strahlten Hoffnung und Wärme aus.

»Es ist nicht für sofort, sondern in vier Wochen. Dann heirate ich.« Rislène bedeutete ihrer Großmutter, zu ihr zu kommen. »Es soll ein großes Fest werden. Können wir jetzt schon bei Ihnen bestellen?«

Madira sah sie ungerührt an. »Das lässt sich sicher machen. Können Sie mir das genaue Datum sagen?«

»Der 4. März«, sagte Großmutter Namani. »Es wird ein großer Tag sein! Können Sie mir versprechen, dass Sie auch pünktlich liefern können?«

»Aber sicher. Ich muss nur wissen, wie viele Gäste Sie erwarten.« Madira zögerte, dann fügte sie hinzu: »Ich hätte auch eine Freundin, die bei Hochzeiten das Büffet arrangiert. Wenn Sie sich bald entscheiden könnten, könnte sie Ihnen helfen. Möchten Sie, dass ich einmal mit ihr rede?«

»O, ja«, strahlte Rislène. »Wäre das nicht toll, Großmutter? Eine Hochzeit mit Bedienung!«

»Wir werden sehen.« Großmutter drehte sich zu Madira hin. »Wie können wir Sie am besten erreichen?«

»Ich bin jeden Tag hier.«

»Gut. Wir werden wiederkommen. Bis nächsten Dienstag kann ich Ihnen die genaue Zahl der Gäste sagen.«

»Sehr gut.«

»Auf Wiedersehen und vielen Dank«, sagte Rislène. Sie lächelte erleichtert, als Madiras freundliche Augen die Botschaft zurückschickten: Es wird alles gut.

* * * * *

Jala humpelte in die Küche, schwer auf einen Stock gestützt. Ihr dickes schwarzes Haar hatte seinen Glanz verloren, unter ihren Augen waren dunkle Ringe. Ihr Name bedeutete »strahlendes Licht«, aber heute waren ihre Augen stumpf. Sie schloss sie, aber auch das konnte den Schmerz von den Glassplitter-Wunden, die sie bei der Explosion am Montag an den Beinen bekommen hatte, nicht verscheuchen. Trotz allem Waschen und Verbandwechseln hatte die Wunde an ihrem linken Bein sich entzündet. Hätten sie sie nur genäht in dem Krankenhaus! Sie ließ sich auf einen Stuhl sinken, das Gesicht vor Anstrengung verzogen. Sie hatte nur einen Wunsch: dass El Amin nicht das Entsetzen in ihrer Seele sah.

Damals, vor Jahren, hatte sie zuerst nicht glauben wollen, dass er bei den Terroristen war. Als sie es nicht mehr leugnen konnte, hatte sie ihre Kinder um sich versammelt und Allah um Bewahrung angefleht. Sie hatte sich gezwungen, nicht daran zu denken, was El Amin alles tun mochte in den Wochen, die er nicht zu Hause war, aber es brach ihr das Herz. Er sprach nie über seine Einsätze, aber seine Seele war am sterben, und manchmal, wenn er wieder nach Hause kam, waren seine Augen matt vor Erschöpfung. Nein, nicht nur vor Erschöpfung; hinter der Müdigkeit sah sie das Entsetzen. Und den Ekel. El Amin war ein guter Mann. Was war aus ihm geworden?

Sie wusste, dass er sie leidenschaftlich liebte, und in ihren intimen Augenblicken gab er es auch zu. Er war bereit, sein Leben einzusetzen für sie und die Kinder. Aber er war gefangen, ohne Ausweg, und so hatte seine Reaktion, als er hörte, dass sie bei dem Anschlag verletzt worden war, sie nicht überrascht. Ein harter Blick, mit einer furchtbaren Traurigkeit hinter den Augen. Eine feste Umarmung. Aber keine Worte. Er war dabei, ihr zu entgleiten, und sie konnte nichts dagegen tun. Ob so oder so, sie würde ihn verlieren an diesen Krieg. Vielleicht würde die Regierung ihn kriegen und ins Gefängnis stecken oder ermorden. Oder er würde bei einer Aktion sterben.

Sie blätterte die Zeitung durch, versuchte, die Schlagzeilen über andere Massaker nicht zu lesen. Sie fand den Artikel auf einer der letzten Seiten. Von einer Journalistin geschrieben, drückte er genau das aus, was in Jalas Herz war. Ihre Augen füllten sich, als sie ihn las:

> *Angesichts des heiligen Monats Ramadan kann ich nicht schweigen vor den Ereignissen in unserem Land. Ich muss meine Stimme erheben gegen die Mörder und Fanatiker, die im Namen unserer Religion so viel unschuldiges Blut vergießen. Die einfachen Gläubigen sind fassungslos. Wo sind die Menschen, die eine wissenschaftliche Religion haben? Wo ist die Obrigkeit, die unser Volk vertreten soll? Ihr Schweigen schreit. Und selbst wenn es hier und da ein paar Verurteilungen dieser barbarischen Akte gibt – sie sind viel zu wenig und viel zu zaghaft!*
>
> *Und so ist es an uns, den Schritt zu wagen. Wir schulden es uns selbst, die Welt – zuallererst die muslimische – daran zu erinnern, dass dieser Monat, in welchem die göttliche Offenbarung vom Himmel kam, ein Monat der Askese sein sollte, der Frömmigkeit, der Güte gegenüber allen Geschöpfen und der moralischen Vervollkommnung. Jawohl, wir stehen in einem Heiligen Krieg: dass wir die Herzen und Seelen der Menschen lehren und die Hilfe des Barmherzigen erflehen. Das nächtliche Gebet*

soll in diesem Monat unsere Seelen in diesem unseren Anliegen vereinigen.

Ja, wenn Algerien überleben sollte, mussten es einmal mehr die Frauen sein, die aufstanden und für Reformen kämpften. Aber heute, bedrückt und beladen von Sorgen und körperlicher Müdigkeit, wusste Jala nicht, ob sie es schaffen würde, weiterzukämpfen.

* * * * *

El Amin hörte, dass seine Frau in der Küche war, und kam zu ihr an den Tisch. Ohne ein Wort schob sie ihm die Zeitung hin, in ihrem Blick Zorn und Erschöpfung. Seine Augen überflogen die Titelseite und blieben an einem Artikel mit der Überschrift *Willkommen im Ramadan* hängen.

Mitten in der Nacht, als das ganze Dorf schlief, kamen die Terroristen, überfielen die Häuser einfacher Bauern, zerrten ganze Familien aus dem Bett und schnitten ihnen die Kehle durch. Mehrere Personen wurden enthauptet. Insgesamt gab es 11 Todesopfer.

In einem Nachbardorf überfielen maskierte Männer eine Schule. Vor den Augen der entsetzten Kinder schnitten sie zwei Lehrerinnen die Kehle durch. Ein Mann, der den Frauen zu Hilfe eilte, wurde ebenfalls getötet.

Ein Journalist fand den Tod, als er die Tür zu seiner Wohnung öffnete und eine Bombe explodierte. Die Wohnung wurde verwüstet.

In einer Moschee wurden am Ende des Abendgebets 12 Bauern mit Axthieben ermordet. Der Imam wurde von zwei Kugeln getroffen und starb kurz darauf.

All diese Massaker ereigneten sich im Gefolge der Bombenexplosion vom Montag, die als der blutigste Anschlag seit Beginn des Konflikts im Jahre 1992 gilt. Am Montagmorgen war vor dem Polizeipräsidium in Algiers eine Autobombe explodiert, die 38 Menschen tötete und 256 zum Teil schwer verletzte ...

Jala stützte ihren Kopf auf ihre Hände. Ohne ihn anzusehen, flüsterte sie heftig: »Was hast du dazu zu sagen, El Amin? Sag mir: Was hast du zu sagen?«

»Das sind nicht wir, Jala! Das ist die GIA, das weißt du genauso gut wie ich. Sie haben die Dörfer im Visier, die nicht mehr sie unterstützen, sondern das Militär.« Sein Blick war finster-benommen. Die Massaker wurden immer schlimmer, besonders im Süden des Landes, der mittlerweile als »Dreieck des Todes« bekannt war. Diese kleinen, abgelegenen Dörfer waren schutzlos. Schön, die Regierung hatte versprochen, ihre Schutzmaßnahmen zu verstärken. El Amin konnte nur Hohn lachen darüber. Und wer konnte denn beweisen, dass diese Gräueltaten nicht sogar von der Geheimpolizei inszeniert waren? Einige waren in Sichtweite eines Militärstützpunktes geschehen.

Aber all dies wurde unwichtig, wenn er seine Frau sah, deren Arme und Beine dick bandagiert waren. Sie war mit dabei gewesen am Montagmorgen. Jala hätte leicht eines der 38 Todesopfer sein können. Und jetzt saß sie da und sah ihn an, Feuer in ihren müden Augen. »Ich nehme die Kinder. Wir verlassen dieses Land.«

»Jala, wo willst du denn hin? Wir haben doch keine Verwandten in Frankreich, die lassen dich nicht rein. Bitte, Jala, du musst bleiben!«

»Bleiben? In einem Land, wo Wahnsinnige Lehrern die Gurgel durchschneiden, wo ganze Dörfer niedergebrannt und ihre Bewohner geköpft werden? Wo junge Mädchen in Terroristenlager entführt werden für Massenvergewaltigungen? Und wo ich um ein Haar selber mein Leben verloren hätte, als ich in der Schlange vor dem Postschalter stand? Sind dir deine Kinder denn ganz egal? Was bekommen sie denn in der Schule, El Amin? Gehirnwäsche, Indoktrination! Das hat doch nichts mehr zu tun mit dem Islam, den wir kennen und lieben, und mit dem Koran, den wir lesen. Vom sechsten Lebensjahr an werden sie im Töten unterwiesen, und du weißt das, mit dir haben sie es auch so gemacht! Aber nicht mit meinen Kindern!«

Ihre Stimme war hysterisch, ihre Wangen dunkelrot. »Der militante Islam hat unser ganzes Land unterwandert. Aus Ägypten ist er gekommen, aus dem Nahen Osten. Schau doch, wo wir gelandet sind: Die Terroristen sind schuld, die Regierung ist schuld, alles ist schuld, aber nichts passiert außer immer mehr Morden. Der Tod frisst uns alle, bald gibt es nichts mehr zu essen!«

Sie riss an seinem Hemd, hemmungslos schluchzend. »Gib mir eine Chance, El Amin, lass mich versuchen zu fliehen, sonst sterben wir alle!« Sie beruhigte sich und sah zu ihm hoch, die Augen voller Tränen. »Ich weiß nicht mehr, wer du bist, ich weiß nicht mehr, was du machst. Und ich will's auch nicht wissen, ich will nur hier weg!«

Sein linkes Auge zuckte. Er presste die Zähne zusammen, sein Inneres ein einziger wütender Tumult. Er zog sie langsam an sich und schlang seine Arme um sie. Was konnte er sagen? *Insha Allah?* Aber was war denn Allahs Wille? Er kam sich wie in einem undurchdringlichen Nebel vor. Was konnte er seiner Frau und den Kindern denn versprechen außer mehr und immer noch mehr Blutvergießen und Tod? Der Ramadan war da, und die Verbände seiner Frau bewiesen, dass sie Recht hatte. Er schickte ein stummes Gebet zu Allah hoch, dass Jala nicht sehen würde, wie voller Angst er selber war.

* * * * *

In der Schwärze der algerischen Nacht, 160 Kilometer südlich von Algiers, hielten zwei Autos, beide mit ausgeschalteten Scheinwerfern, vor einer kleinen, von trockenem Grasgestrüpp und Sand umgebenen Hütte an. Hussein stieg aus seinem Wagen und ging die paar Schritte zu dem roten Renault. Die beiden Männer gingen eine Viertelstunde lang schweigend durch die Nacht. Sie fanden die kleine Höhle auch ohne Taschenlampe; heute meinte der Mond es gut mit ihnen.

Hussein händigte die Zettel, die er gechrieben hatte, dem Mann vor ihm aus. Das Weiß seiner Augen war das einzige Sichtbare in der Dunkelheit der Höhle. Der muffige Geruch von nassem Stein und tropfendem Wasser kroch in ihre Nasen, als sie weiter in das Innere der Höhle gingen. Schließlich holte der andere Mann eine Taschenlampe hervor und knipste sie an. Er schirmte das plötzliche Licht mit einer Hand ab. Er studierte die Blätter und fluchte leise.

»Du willst, dass ein paar von meinen Männern das Haus überfallen, das Mädchen entführen und zu dir bringen, Hussein? So viel Vertrauen hast du zu uns? Vergiss es! Das Mädchen würde für immer verschwinden. Es ist besser für sie, wenn sie diesen Araber heiratet. Ich habe schon so genug Probleme.«

Der Ausdruck auf Husseins Gesicht änderte sich nicht. »Ich bitte dich nicht, mir deine Männer zu geben. Ich will nur dich selber, El Amin. Dir vertraue ich.« Er schaute zu, wie der drahtige Mann leicht zusammenzuckte und mit der Hand über sein Haar fuhr.

»Jala ist bei der Explosion am Montag verletzt worden. Sie hätte tot sein können! Und meine Männer beobachten mich, Hussein, da bin ich sicher. Ich kann dir nicht helfen.«

»Wir wissen, für wann die Hochzeit geplant ist – direkt nach dem Ramadan. Wir haben noch vier Wochen. Deine Mutter hat Kontakt mit dem Mädchen.«

El Amin trat den Sand hoch, seine Stirn gerunzelt. »Meine Mutter! Warum kann sie sich da nicht raushalten? Seit fünf Jahren halte ich meine Leute von ihrem Haus fern! Wenn die das spitz bekommen mit euch Christen, meinst du, auch nur einer von euch würde am Leben bleiben? Sie würden euch köpfen, alle. Sie prahlen doch die ganze Zeit mit so was, und ich kann nur zu Allah beten, dass sie nie herausfinden, welchem Gott meine Eltern dienen.«

Hussein konnte ihn auf El Amins Gesicht ablesen, den inneren Kampf. Er kannte diesen Mann seit vielen Jahren, wusste um seine terroristischen Verbindungen. Mehr als einmal war El Amin spät in der Nacht zu ihm gekommen und hatte ihn gebeten, dafür zu sorgen, dass seine Eltern ihre nächsten Versammlungen zu einer anderen Zeit und an einem anderen Ort abhielten. Dass El Amin selber zu ihnen ging, kam nicht infrage, es war zu gefährlich. Madira und Abdul hatten nie erfahren, dass diese Informationen von ihrem Sohn kamen. Hussein hatte es nie verraten; er begriff nur zu gut, dass El Amin anonym bleiben musste. Politisch und religiös lebten Hussein und El Amin in verschiedenen Welten, aber in der Tiefe ihres Herzens kämpften sie beide für das Gleiche – ihre Lieben. Und beide führten ein Doppelleben.

»Kommt also Davids Junge rüber, um seine Braut zu retten«, murmelte El Amin kopfschüttelnd. »Wie will er in dieses verdammte Land kommen, wo alle Häfen und Flughäfen geschlossen sind?«

»Er kommt über Marokko.«

»Der ist verrückt!«

»Er liebt das Mädchen und will es nicht verlieren.«

»Schätze, wir können Allah danken, dass es noch Leute gibt, die wissen, was Liebe und Ritterlichkeit ist. Hier haben wir nur noch Barbarei, Verrat und Angst.«

»Wirst du uns helfen, El Amin?«

Der Araber sagte nichts. Fünf Minuten vergingen, zehn. Dann blickte er von den Blättern, die er immer noch in der Hand hielt, zu Hussein hoch. »Ja, ich helfe euch.«

»Gut. Ich gebe dir Bescheid, wenn der junge Mann da ist.«

»Jala wird die Nachricht an mich weiterleiten, falls ich nicht da bin.« Er streckte seine Hand aus. Hussein schüttelte sie. Als sie aus der Höhle traten, fragte El Amin: »Wie geht's meinen Eltern, Hussein?«

»Gut. Du weißt ja, der Ramadan gefällt ihnen. Dann feiert alles die halbe Nacht, und sie können sich unbesorgt zum Beten treffen, ohne Verdacht zu erregen.«

»Sie müssen vorsichtig sein!« El Amins Stimme war drängend.

»Sie sind vorsichtig, und ihr Gott beschützt sie. Aber sie haben Angst um dich.«

»Die müssen sie weiter haben. Sie dürfen nichts über mich wissen – viel zu gefährlich. Gute Nacht, Hussein.«

»Gute Nacht, El Amin. Gott sei gepriesen, dass Jala noch am Leben ist. Du hörst bald von mir.«

»So sei es. *Insha Allah.*«

* * * * *

Die kleine Schar der Gläubigen saß in dem Wohnzimmer des Bauernhauses. Es war schon lange nach Mitternacht, und überall in Algiers feierte man das Ende des täglichen Fastens. Niemand wusste, dass diese Christen auf den Knien lagen und beteten. Abdul lauschte auf die schönen Stimmen dieser lieben Brüder und Schwestern. Gerade betete Yasmina inbrünstig. Sie saß auf einem der wenigen Stühle, ihr Bauch rund und fest. In fünf Wochen wäre das Kind da. Salim saß mit geneigtem Kopf zu ihren Füßen, neben ihm Madira, die Leïlas Hand hielt, deren Gesicht von ihrem jungen Glauben strahlte. Die ganze Nacht lang brachten die zwölf Christen abwechselnd ihre Anliegen vor den himmlischen Thron.

Als eine Pause kam, sah Madira zu Abdul hin. Er nickte. Jetzt war der richtige Zeitpunkt, den anderen die neuesten Nachrichten über das entführte Mädchen weiterzugeben. »Ich habe Rislène gesehen und mit ihr sprechen können«, begann Madira. »Sie hat den Mann, den sie heiraten soll, schon getroffen. Wir müssen beten, dass sie vor der Hochzeit am 4. März frei kommt. Wir haben gehört, dass bald jemand aus Frankreich kommen wird, aber wir wissen, dass das nicht leicht sein wird; es gehen ja immer noch keine Schiffe und Flugzeuge. Betet darum, dass Gott einen Weg öffnet.«

Sie hielt inne, dann fuhr sie fort: »Rislènes Großmutter hat die Orangen und Oliven für das Hochzeitsmahl bei mir bestellt.« Sie drückte Leïlas Hand. »Ich habe ihr gesagt, dass ich jemanden kenne, der ihr beim Servieren und so helfen kann. Es wäre doch gut, wenn wir dabei sein und helfen könnten, nicht wahr?« Mehrere Köpfe nickten. »Die Großmutter hat gesagt, dass sie am Dienstag wieder auf den Markt kommt, um mir die genaue Zahl der Hochzeitsgäste zu sagen.«

Die Gesichter wurden nachdenklicher. Man überlegte, wie man Rislène bei ihrer Flucht helfen konnte. Nach dreißig Minuten Gebet darüber sagte Yasmina leise: »Wir müssen auch noch für die Familien beten, die bei dem Anschlag vom Montag Verwandte verloren haben. Wir müssen Gott bitten, das Blut zurückzuhalten im Ramadan. Betet um Gnade für unser Volk.«

KAPITEL 24

Es war alles so schnell gekommen, dass niemand recht wusste, was er sagen sollte, als sie sich am 3. Februar im Hause der Hoffmanns trafen. David begrüßte Ceb auf das Herzlichste, Gabriella machte Kaffee, und Eric stand mit den Händen in den Hosentaschen da, den Blick an Ceb vorbei gerichtet.

Ceb begann zu reden. Er spürte, wie er immer sicherer wurde. Wenn es etwas gab, das Samuel Cebrian besonders gut beherrschte, dann war es die Kunst des Überredens. Er besaß jene charismatische Persönlichkeit, jene merkwürdige, durchdringende Energie, die jeden Plan, jede Strategie wie ein kurzweiliges Abenteuer erscheinen ließ, wie eine Schachpartie, die man unfehlbar gewann, wenn man nur seine Figuren richtig zog.

David sah, wie Erics Gesichtsausdruck weicher, sein Mund entspannter wurde, während Ceb in fließenden Sätzen erklärte, warum er der richtige Mann für diesen Job war. Er sah wie der reinste Terrorist aus mit seinem langen, struppigen Haar, seinen Narben im Gesicht und den Fingerstummeln an der rechten Hand. Trotz seiner helleren Haut würde keiner, der ihn sah, auf den Gedanken kommen, dass er etwas anderes war als ein Teilnehmer an dem Krieg, der Algerien zerriss.

Als er fertig war, erzählten Eric und David, was es über Rislène zu berichten gab, auch die letzten Nachrichten, die sie von Madira und Abdul erhalten hatten. Ceb lächelte bei den Namen der beiden Menschen, die für seine Eltern gearbeitet hatten, damals vor dreißig Jahren, als sie noch in dem Bauernhaus in Algerien wohnten. Einen kurzen Augenblick verlor er den Faden des Gesprächs und ließ seine Gedanken zu den Kindheitsszenen mit seinem Freund El Amin, dem Sohn von Abdul und Madira, hinschweifen. Als Teenager war Ceb mit seinen Eltern auf einen kurzen Besuch nach Algiers zurückgekehrt. Stundenlang hatte er damals mit El Amin über den Islam und das Christentum diskutiert. El Amin.

»... Wir bereiten gerade eine Karte von dem Viertel vor, wo Rislène ist. Hussein wird dir helfen. Erinnerst du dich noch an ihn?«, sagte David gerade.

Ceb ruckte sich in die Gegenwart zurück. »Ja, natürlich.«

Als alles gesagt war, drehten alle Augen sich zu Eric hin. »Nun, Junge, was sagst du?«, fragte David. »Du musst das jetzt entscheiden.«

Bevor Eric antworten konnte, brachte Ceb sein letztes Argument vor. Er hatte es sorgfältig geplant, wie das Schlussplädoyer eines Anwalts vor einer Jury. »Eric, dies ist meine Chance, etwas echt Sinnvolles zu tun. Du würdest mir das geben, was ich brauche – eine Aufgabe. Du kennst mich. Du weißt, dass ich keine Angst vor Bomben und dem Tod habe. Und ich habe auch den nötigen Grips. Ich bring sie dir zurück, ich schwör's.« Er spielte seine letzte Karte aus. »Du hast 'nen Haufen Leute, die dich brauchen, Eric, aber ich, ich habe nichts zu verlieren. Bitte lass mich das versuchen.«

Er spürte die Ironie in seinen Worten. Er würde nach Algerien gehen, um Eric seine Braut zurückzubringen, aber was er ihm gerade als Letztes gesagt hatte, war eine Lüge. Er hatte alles zu verlieren. Zum ersten Mal seit drei Jahren lag ein Mensch ihm am Herzen. Ophélie.

Er hatte Dominiques Telefonnummer an ihrer Küchen-Pinnwand gesehen. War Dominique nicht genau der Mann, den sie brauchte? Was hoffte er da überhaupt noch? Bis er wieder aus Algerien zurück war, wäre Ophélie auch dahinter gekommen. Grausame Ironie! Zum ersten Mal nach so langer Zeit hatte er eine Chance, neu anzufangen ... Wenn er Ophélie nur noch einmal sehen könnte, bevor er fuhr, um ihr alles zu erklären. Er wollte sie bitten, auf ihn zu warten, ihr sagen, dass er gelogen hat, als er sagte, dass er nichts zu verlieren habe. Aber nein, er hatte zu viel Angst davor, seinen Gefühlen diese Blöße zu geben. Kopf und Kragen riskieren, das lag ihm mehr, das hatte er im Griff. Er musste nach Algerien, er hatte keine Wahl!

Erics Stimme riss ihn aus seinen Gedanken. Sie kam leise. »Gut, Ceb, du hast gewonnen. Geh du.«

* * * * *

Als Bri anrief und ihr die Neuigkeit erzählte, schluckte

Ophélie und nickte. Es war also wahr, ihr Traum hatte ihr Gottes Plan enthüllt. Ceb ging nach Algerien, und sie – sie lag krank im Bett, unfähig, in die Schule zu gehen, und so schwach, dass sie nur weinen konnte.

»Soll ich mal rüberkommen?«, fragte Bri.

»Nein, das geht schon. Ich fahre morgen nach Lodève, um das Wochenende bei Mutter und Moustafa zu verbringen. Mach dir mal keine Sorgen, Bri, danke.« Sie zögerte, dann stellte sie eine letzte Frage. »Wann geht er?«

»Morgen früh um acht.«

* * * * *

Die Türklingel meldete sich, laut und lästig. Einen Augenblick war Ophélie versucht, sie zu überhören, dann zog sie sich aus dem Bett und über den Flur ins Wohnzimmer.

Sie nahm den Hörer der Gegensprechanlage ab. »Hallo?«

Die Stimme am anderen Ende war kaum zu verstehen durch das Rauschen der Anlage. »Filie, ich bin's, Ceb. Kann ich eben raufkommen?«

Sie drückte ohne ein Wort den Knopf für die Haustür. Sie lehnte sich an die Tür und ließ die Erleichterungsflut der Tränen kommen. Ceb war da. Sie entriegelte die Tür, ging zurück in ihr Schlafzimmer, zog ihr Nachthemd aus und streifte ein paar Jeans und einen blauen V-Ausschnitt-Pullover über. Sie hörte, wie er klopfte, und rief: »Komm rein, die Tür ist offen!«

Sie empfing ihn vor dem Sofa. Er lächelte sie aus seinen hellen Haselaugen an. Es lag Hoffnung in ihnen. Sie presste die Augen zusammen und bildete sich einen Augenblick ein, den alten, wilden, lieben Samuel vor sich zu sehen, so leidenschaftlich und charmant, mit jenem entwaffnenden Lächeln auf den Lippen. Sie spürte die elektrische Spannung des Augenblicks, eine magnetische Kraft, die sie zusammenzog. Ein leises Geräusch, und sie machten beide gleichzeitig einen Schritt aufeinander zu. Plötzlich war sie in seinen Armen, und er hielt sie ganz fest und küsste sie auf ihr Haar, und sie konnte nur stottern: »Bist du gekommen. Ich kann's nicht glauben, dass du da bist.«

Er half ihr auf das Sofa. »Filie«, flüsterte er und nahm fest ihre Hand. »Süße Filie.« Seine Stirn fältelte sich, die Augenbrauen gingen unschuldig besorgt hoch. *Er hat die Lage wieder im Griff,* dachte sie. Wie sehr er das brauchte. Es war ihr Freund, ihr Beschützer, ihr Arzt, der da neben ihr saß und ihre Hand streichelte. Aber war er nicht noch mehr? Was war es, was sie da in seinen Augen sah?

* * * * *

Sie unterhielten sich lange, über alles und nichts, aneinander gekuschelt auf dem Sofa sitzend. Er füllte ihre Kaffeetasse nach, sie drückte sich an seine breite Schulter. Schließlich erklärte er ihr seinen Plan, morgen früh nach Algerien aufzubrechen. Er klang ganz aufgeregt.

Es wurde ihr warm von seiner Begeisterung. Ohne nachzudenken, murmelte sie: »Ich bin ja so froh, Sam, dass du zurückgekommen bist.«

Noch während sie die Worte aussprach, spürte sie, wie er innerlich auf Abstand zu ihr ging. Er setzte sich gerade auf, nahm seinen Arm von ihrer Schulter und sah sie an. »Nein, Filie, ich bin nicht Sam! Verstehst du das nicht?« Es war eine Bitte, aber er gab ihr keine Zeit zu antworten, sondern fuhr fort: »Mein erstes Leben hab ich an dem Berghang damals begraben. Das ganze Leben – alles! Das war mein eines Schicksal, und jetzt hab ich ein anderes. Ich kann nicht zurück, und ich gehe nicht zurück. Ich kann nur versuchen, ein neues Ich zu schaffen mit all dieser aufgestauten Energie. Das ist die Chance, die Algerien mir bietet. Verlange nicht von mir, dass ich zurückgehe und die Vergangenheit beweine, Filie. Das ist eine schlecht verheilte Narbe, sonst nichts, wie meine Hand; daran hab ich mich gewöhnt.«

Er streckte seine rechte Hand aus und musterte die Stummel. »Wenn sie mir morgen sagen würden, dass sie mir meine Finger zugückgeben und meine Hand wieder heil machen können, wenn ich mich nur auf ein paar Monate Operationen und Schmerzen einlasse – meinst du, ich würde ja sagen? Nein, ich könnte das nicht. Jetzt nicht mehr.«

»Aber du *musst* deine Vergangenheit beweinen, Ceb«, flüsterte sie, vorsichtig seinen Namen aussprechend. Sie sah sie wieder, diese dicht unter der Oberfläche gärende Wut in ihm, die er vor zehn Tagen gehabt hatte. »Sonst frisst dich das bei lebendigem Leib auf. Du musst Schritte tun, das ist ein ganzer Trauerprozess. Du hast damit angefangen, und du darfst nicht mittendrin aufhören. Du musst ...«

»Sag mir nichts von Trauer!«, schrie er. Er schwang seine Faust, dass die Kaffeetassen umkippten. »Was hast du für ein Recht, mir was über das Trauern zu erzählen? Was hast du denn je verloren? Deine Worte sind auswendig gelerntes Büchergeschwätz, sonst nichts!« Er sprang auf und begann, durch den Raum zu tigern, die Hände in seinem verfilzten Haar, das Gesicht zornverzerrt.

»Ich muss gehen«, sagte er, nachdem er noch einen Moment schweigend hin- und hergelaufen war. »Ich will dir nicht wehtun, Filie. Ich muss gehen.« Er sank in einen der Sessel und beobachtete sie. Sein Puls raste durch seine Schläfen.

Ophélie war es plötzlich unerträglich kalt, als ob der Eisatem des Todes all die warmen, lieben Worte von vorhin weggeblasen hatte. Sie drückte bibbernd ihre Knie an die Brust und zog den Pullover darüber. Sie sagte nichts, zitterte nur, starrte ihn durch die Tränen, die über ihr Gesicht strömten, an. »Entschuldige bitte«, brachte sie hervor. Sie stand langsam auf. »Du kannst gehen. Aber du musst mich anhören. Das tut mir Leid. Ich hatte kein Recht ... Bitte vergib mir.« Sie zitterte. Ihre Zähne klapperten – vor Kälte und vor Angst, als sie diesen wütenden Mann anstarrte. »Auf Wiedersehen, Ceb.«

Sie wusste nicht, was sie trieb, plötzlich zu ihm zu treten, sich vor ihm hinzuknien und sanft sein Gesicht in ihre Hände zu nehmen, als rede sie mit einem Kind. Sachte und immer noch weinend schob sie das Haar aus seiner Stirn und küsste ihn darauf. Er regte sich nicht, aber seine Miene wurde weicher.

»Ich bin dir wichtig, nicht wahr? Dieser kaputte Typ ist dir echt wichtig.« Er schlang seine Arme um sie, und sie blieben so, sagten nichts, ließen stattdessen die Stille reden.

* * * * *

Als er ruhiger geworden war, flüsterte sie: »Glaubst du an gar nichts mehr, Ceb? Was ist aus deinem Glauben geworden?«

Er lachte. »Du meinst, was ich mit Gott gemacht hab? Oh, Filie, er gehört schon lange nicht mehr zu meinem Leben. Schon lange vor dem Unfall. Unser Leben war so voll von anderen Dingen.«

»Ich weiß.«

»Und dann nach dem Unfall ...« Er zuckte die Achseln. »Ja, da hab ich ihm die Schuld an allem gegeben. Hab mir gesagt, wenn das seine Methode war, mich für meinen Abfall zu bestrafen, dann konnte er mich mal ... Ich hab 'ne Menge darüber nachgedacht, Filie, ehrlich, und ich hab herausgefunden, dass das Christentum und die Christen – dass das alles so hoffnungslos oberflächlich ist.

Wenn was Gutes passiert, sagen sie: ›Preist den Herrn für diese wunderbare Gebetserhörung!‹, und wenn es schlimm kommt, dann sagen sie: ›Der Satan ist los‹ Es ist nie Gottes Schuld, o nein, der ist immer fein raus. Aber nicht bei mir. Ich bin zu dem Ergebnis gekommen, dass er entweder allmächtig ist, und dann ist er ein grausamer Sadist – oder er ist eben nicht allmächtig, und vieles geht daneben. Ich habe mich für das Letztere entschieden, um nicht wahnsinnig zu werden. Aber ein schwacher Gott – was soll ich damit? Es ist doch alles nur Geschwätz. Es funktioniert nur so lange, bis was passiert, das dich wegpustet, etwas, das keinen Sinn mehr gibt ...«

»Vielleicht ist nicht das Christentum zu oberflächlich«, antwortete sie, »sondern du.«

Er kicherte. »Da haben wir's wieder: Filie, die edle Retterin, die ihren Heiland verteidigt. Ihren allmächtigen Gott!«

»Wenn du die Bibel liest, wirst du eine Menge über das Leiden finden, Ceb.«

»Ich weiß, ich weiß. Der gute alte Hiob. Schieb's dem Teufel in die Schuhe.«

»Nicht nur Hiob. Die Botschaft Christi und der Briefe im Neuen Testament ist doch immer wieder, dass unser Glaube durch Prüfungen stark wird, damit wir nach und nach immer mehr von uns an Christus übergeben und ihm ähnlicher werden. Das ist sein Wille. Er will nicht so sehr unsere Leistungen, er will uns.«

»Jetzt klingst du schon wieder wie der Katechismus!« Er schüttelte den Kopf. »Denken wir deine Logik doch mal zu Ende. Ich laufe Gott also davon, und er liebt mich so sehr, dass er – zack! – meine Frau und mein Kind totschlägt, damit ich in meinem großen Schmerz und Leid zurück in seine Arme renne und rufe: ›Lieber Jesus, ich brauche dich ja so! Es ist ja schade, was da den beiden wichtigsten Menschen in meinem Leben passiert ist, aber jetzt verstehe ich es: Du allein sollst es sein; geh voran, ewiger König!‹ Stimmt's oder hab ich Recht? Was für ein Schrott!« Er fluchte und schlug wieder auf den Tisch.

»Aber vielleicht sagst du, dass Gott den Unfall ja gar nicht *gewollt* hat, sondern nur nach seinem unergründlichen Willen *zugelassen*. Ich hab den ganzen Mist ja zusammen mit dir gelernt in der Jugendgruppe. Na, besten Dank, lieber Gott! Du warst nicht ganz stark genug, um den Unfall zu verhindern, aber du benutzt ihn zu meinem Besten.«

Ophélies Magen wollte rebellieren. »Ich habe es noch nie geschafft, dich von etwas zu überzeugen, das der superschlaue Samuel nicht einsah. Du kannst die Bibel so verdrehen, wie du willst, aber tief drinnen weißt du doch ganz genau, dass das alles nur dein Stolz ist, der sich verteidigen will! Ob Sam oder Ceb – du kannst es nicht ertragen, nicht Recht zu haben. Du willst nicht zugeben, dass du einen Fehler gemacht hast, und zu Gott zurückkommen. Ich kenne dich zu gut!

Wir sind keine Marionetten, Ceb. Und jawohl, es gibt einen Haufen schrecklicher Dinge, die wir nicht verstehen können – Krankheit und Tod, Unfälle und Krieg und Armut. Du hast Recht, und du kennst das alles viel besser als ich. Aber ich habe es so oft auch in meinem Leben gesehen und bei anderen Christen. Irgendwo mitten in all dem Elend ist Gott doch da, und irgendwie kann er aus Bösem Gutes machen, aus Leiden Wachstum, aus Hass Liebe. Irgendwie schafft er das.«

Ceb seufzte auf. »Du hast ja Recht, Filie, ich will das nicht mehr hören. Ich bin so fertig mit Gott und all dem, du kannst dir das gar nicht vorstellen.« Er betrachtete seine Hand. »Wie ich es sehe, ist Gott nicht damit zufrieden gewesen, mir meine Familie wegzunehmen, er musste mir auch noch meine Karriere nehmen. Es hätte mein Fuß sein können, oder wenigstens die linke Hand, aber er brauchte die rechte. Zu gütig von dir, Gott, danke verbindlichst.«

»Und ich würde sagen, dass er vielleicht gerade aus Liebe zu dir zugelassen hat, dass es die rechte Hand war.«

Ceb schüttelte mehrmals seinen Kopf. »Du bist mir echt über, Filie. Wieder so eins von deinen tiefgründigen Paradoxen, wie?«

Ihr Blut pochte in ihren Ohren. Sie wollte aufhören mit dem Diskutieren, aber sie machte weiter. »Ja. Gott kennt dich genau, Ceb. Wenn deine Hand nicht verletzt worden wäre, hättest du dich mit deiner eigenen unglaublichen Kraft zurück ins Rennen katapultiert, die Katastrophe unter den Teppich gekehrt und die nächste Erfolgsstory angefangen. Es war Gottes Geschenk an dich, dass du das nicht mehr konntest. Er hat es so geführt, dass du ihn brauchst – damit du zu ihm zurückkommen kannst und er dir etwas viel Tieferes geben kann. Sich Gott ausliefern, Ceb, das ist der Schlüssel.«

Er biss sich auf die Lippe. »Ausliefern – ja, dieses hässliche kleine Wort. Es hat mir auf der Schule nie eingeleuchtet und jetzt auch nicht. Ich stecke in der Scheiße, und Gott kann mich nur rausholen, wenn ich mich ihm ausliefere. Alles schon gehört.«

Er rieb sich müde über die Stirn, dann sah er Ophélie an. »Aber das kann ich nicht, Filie. Du – du bist so leidenschaftlich und tiefgründig und suchend, du kannst das, das ist dein Charakter. Aber ich nicht. Mich bewegt das Leben hier und heute, und nicht das zukünftige. Ich schaffe mir meinen Lebenssinn jeden Tag neu. Ich hab's mit Gott versucht, und es war nichts für mich.«

»Und ist *deine* Methode etwa besser gewesen?«, flüsterte sie. Ihr Blick war fest, ihre Aufmerksamkeit auf jedes seiner Worte konzentriert. Sie sah, wie ein Ausdruck des Unbehagens auf sein Gesicht kroch. Dann verwandelte sich das Unbehagen in Ekel, und er stand hastig auf.

»Ich muss gehen. Genug Theologie für heute.« Er drehte sich um und ging mit raschen Schritten zur Tür. »Tut mir Leid«, rief er ihr über die Schulter zu. »Ich muss gehen!«

Sie sprang auf ihre Füße, schob das Klingeln in den Ohren beiseite und lief zu ihm. Sie packte seinen Arm. Er wirbelte herum. Ihr Gesicht sah schockiert aus. »Gehen? Wohin willst du denn gehen?« Sie bereute die Worte, kaum dass sie sie ausgesprochen hatte.

»Ich muss gehen. Ich muss mich vorbereiten.« Er presste die Worte durch seine Zähne hindurch.

Sie flüsterte, verzweifelt: »Ceb, bitte, ich will dir doch nur helfen.«

Er drehte sich wieder um und starrte sie heftig an. »Du kannst mir nicht helfen! Du folterst mich! Du bist meine Vergangenheit, und dahin will ich nicht zurück! Ich will nicht, ich kann nicht!«

* * * * *

Er sprang die Treppen hinunter, zwei Stufen auf einmal, stieß die Haustür auf und rannte in die frische Luft hinaus, schwer atmend, aus allen Poren schwitzend. Das plötzliche, starke Tageslicht stach ihm in die Augen. Er packte seinen Kopf und stöhnte auf, begann rasch zu gehen, weg, weg von den Erinnerungen.

Dann war Ophélie wieder neben ihm. »Ceb, bitte komm zurück! Ich will dir gut! Ich bin nicht deine Vergangenheit, ich bin deine Gegenwart und deine Zukunft. Du bist so lange in der Fremde gewesen, komm endlich zurück in die Gegenwart!« Sie lief laut redend hinter ihm her; fast musste sie rennen, um mit seinem Tempo mitzuhalten.

Er kam an einen belebten Platz und hielt an. »Lass mich in Ruhe«, zischte er. »Wenn du versuchst, mich zurück in die Gesellschaft zu zerren, Filie, wirst du nur enttäuscht werden. Ich gehör da nicht mehr hin, ich kann nicht zurück! Zurückkommen – das würde mich zum Mörder machen, verstehst du nicht? Ich würde als Mörder zurückkommen. Nicht als der brillante junge Samuel Cebrian, von dem du träumst und an den du dich erinnerst, sondern als Mörder! Samuel Cebrian gibt es nicht mehr. Lass mich in Ruhe!«

Diesmal lief sie nicht mehr hinter ihm her. Sie blieb stehen und flüsterte zornig, so laut, dass er es noch hören konnte: »Du bist kein Mörder, Ceb! Du bist ein Feigling – das bist du! Ein Feigling!«

* * * * *

Den ganzen Tag lang riss das kleine Wort an ihm, kreiste durch seinen Kopf, ärgerte ihn. Wie konnte sie es wagen, ihn einen Feigling zu nennen! Lieber ein Mörder als dieses schleimige Schimpfwort. *Mörder* – in dem Wort war wenigstens noch Kraft und Energie, aber *Feigling* – das war das Gegenteil von allem, was Samuel Cebrian gewesen war. *Feigling* – das war Lethargie, Resignation, Hilflosigkeit, Nachgeben. Das Gegenteil von Mut.

Er verfluchte sie den ganzen Tag für dieses eine Wort. Verdammtes Weib!

Aber den ganzen Tag kam es zurück, das Wort, wie eine lange vergessene Melodie. Ein Feigling. Ja, sie hatte es gesehen, sie hatte gewagt, das zu sagen, was er nie zugeben konnte. Er war dabei, vor seiner Vergangenheit davonzurennen. Er konnte nicht zurück. Er selber hatte es ihr gesagt: *Samuel Cebrian gibt es nicht mehr.*

O Gott, sie hat Recht.

Und mit diesem Eingeständnis schien eine Tür aufzugehen in Cebs Seele, schien aus dem Hintergrund einer dunklen Höhle etwas nach vorne, ans Licht zu kommen. Spät am Nachmittag legte er sich in einer Ecke seiner Absteige auf die Matratze wie ein verängstigtes Kind, das an einen schlimmen Traum zurückdenkt, und ließ die Erinnerungen kommen.

* * * * *

Er schaute aus dem Fenster ihres Chalets in dem Nobel-Wintersportort Meribel. Es war der letzte Tag ihrer Ferien, und der Schnee war perfekt, wie ein Diamantenmeer in der

Morgensonne. »Komm, Annie, lass uns noch bis Mittag bleiben.« Seine Stimme war drängend. Er hatte es noch immer geschafft, sie zu überreden. Auch diesmal riss die Ausstrahlung seiner starken Persönlichkeit sie mit, und sie nickte.

Um neun Uhr, als die ersten Lifte gingen, waren sie auf der Piste, am Mittag hatten sie jede Abfahrt auf dieser Seite des Berges geschafft. Oben schoben sich graue Wolken vor die Sonne.

»Wir hätten noch Zeit für Val Thorens«, sagte er, Abenteuer in den Augen.

»Und Marion?«

»Der besorgen wir was zu essen und stecken sie für den Nachmittag noch mal in die Skischule. Das geht schon gut, mach dir keine Sorgen.« Er zog Annie an sich und küsste sie fest. »Bitte, *Chérie*, nur noch zwei Stunden, dann fahren wir nach Hause ...« Er hörte wieder, wie er sie beredete. Und wie sie halbherzig lachte und ihn gewähren ließ.

Der Sturm war plötzlich gekommen, auf dem höchsten Kamm hatte er sie überfallen. Wie kleine Steine hatte der Hagel auf ihre Skibrillen getrommelt, als sie die Hänge hinunterschossen. Er lief so Ski, wie er alles in seinem Leben machte: schnell und gefährlich. Zum Glück lief Annie gerade so gut wie er. Aber als sie Marion abgeholt hatten und wieder in ihrem Chalet waren, war Annie völlig erschöpft in seine Arme gefallen.

»Warum musst du es immer noch toller treiben, immer höher steigen und dem Sturm davonrennen?« Sie zauste sein Haar und warf ihre Skisachen in einen Koffer. »Eines Tages bringst du dich noch um ...«

Sie hatte falsch gelegen, die liebe Annie. Sein Draufgängertum hatte nicht ihn umgebracht. Da stand sie wieder vor ihm, bat und bettelte, nicht mitten in diesem Schneesturm loszufahren. »Schatz, das ist zu spät. Lass uns morgen zurückfahren, wir sind doch alle so müde. Wir essen schön zu Abend und schlafen uns aus, und dann fahren wir morgen.«

Aber wieder hatte er sich durchgesetzt. Er hatte keine Lust gehabt, am Sonntagnachmittag zu Hause anzukommen, um gleich am nächsten Morgen um fünf die nächste mörderische

Arbeitswoche zu beginnen. Er wollte einen ganzen Tag haben, um sich auszuruhen.

Ja, so war es gewesen. Er legte seine Stirn auf seine linke Hand und weinte. Was hatte er sich eigentlich gedacht? Welcher Teufel hatte ihn geritten, dass es gegen alle Vernunft nach seinem Willen gehen musste?

In aller Eile hatte er das Auto gepackt. In der Zeit, die er brauchte, um den Kofferraum zu öffnen, waren die Koffer schon halb vom Schnee bedeckt. Es war der reine Wahnsinn, jetzt zu fahren! In einer Stunde würde es dunkel werden, bis dann mussten sie im Tal sein. Wie hatte er seine Familie zur Eile getrieben. Die Angst in Annies Augen, sie war ihm egal gewesen.

»*Chéri*, bitte, das geht doch nicht. Bitte.«

Er hatte seine Wut gezügelt, hatte sich gezwungen, ruhig zu bleiben. »Steig ein. Wenn wir jetzt fahren, geht es noch.«

Dann hatte er die kleine Marion hochgehoben, sie an sich gedrückt und gesagt: »Alles klar zum Abenteuer, Fräulein? Wir fahren jetzt in einem Schneesturm heim, der bläst uns bis nach Montpellier!«

Marion hatte gelacht. »Schnall dich schön an«, hatte Annie ihr gesagt. Die Schneeketten waren hilfreich gewesen, aber von dem Augenblick an, wo er den Motor startete und vorsichtig anfuhr, hatte Samuel gewusst, dass es verrückt war, in diesem Wetter den Berg hinunterzufahren. Kein anderes Auto war zu sehen.

In der dritten Haarnadelkurve war der Wagen ins Rutschen gekommen. Er sah es wieder, das Entsetzen in Annies Augen. Er war doch Arzt, er beherrschte seine Instrumente perfekt, seine Hände lenkten das Auto, es konnte ihnen nichts passieren ...

Und dann erinnerte er sich an die Panik, die in ihm hochgestiegen war, als der Wagen immer schneller auf den steilen Abhang zurutschte. Er hielt sich die Ohren zu, um den Schrei der kleinen Marion nicht wieder zu hören: »Papa! Hilf mir doch!« Dann das Gefühl des Fallens, Fallens ...

Der Selbsthass schoss in ihm hoch, sein Kopf und sein Herz hämmerten. Warum? Was hatte ihn getrieben, sie zu töten?

Mit seiner wilden Ruhelosigkeit hatte er sie umgebracht, gerade so, als hätte er ihnen einen Gewehrlauf an den Kopf gehalten und abgedrückt. Und alles für einen verdammten ruhigen Sonntag.

Zum Teufel mit dem Sonntag! Zur Hölle mit den Kindheitserinnerungen vom Tag des Herrn. Als Erwachsener hatte er den Tag des Samuel Cebrian daraus gemacht. Nicht, dass er sich wirklich ausgeruht hatte. Seine Ruhe war rastlose Bewegung gewesen – und damit hatte er seine Frau und sein Kind getötet.

Ich will raus aus diesem Albtraum!, stöhnte er. Ich gehe nach Algerien. Mein Gott, was hab ich denn zu verlieren?

Die Skipatrouille hatte den Wagen zwei Stunden nach dem Unfall gefunden. Annie und Marion waren tot gewesen. Sofort, hatte es später im amtlichen Protokoll geheißen, aber Ceb hatte sich oft gefragt, ob das nicht bloß sein Gewissen beruhigen sollte. Vielleicht waren sie in Wirklichkeit langsam erfroren, mit unzähligen Knochenbrüchen und unter unsäglichen Schmerzen ...

Seine Retter hatten gedacht, dass auch er tot war. Als er drei Wochen später aus seinem Koma erwachte, hatte der Arzt gesagt. »Dr. Cebrian, Sie haben einen unglaublichen Lebenswillen.«

Dann waren die langen Monate der Rehabilitation gekommen, in denen er wieder die Ärzte erstaunt hatte mit seiner schier übermenschlichen Zähigkeit. Es war seine Art der Trauerarbeit gewesen. Er würde zurück ins Leben kommen, würde wieder ein Chirurg sein, und wenn er mit nur drei Fingern an der rechten Hand operieren musste.

Neun Monate nach dem Unfall war er wieder zur Arbeit gegangen. Seine Kollegen und die Schwestern hatten ihn mit lautem Applaus begrüßt. Selbst seine Kritiker erwarteten nichts anderes, als dass dieser Zauberer den nächsten Trick aus dem Hut ziehen würde.

Aber am Operationstisch, 283 Tage nach dem Unfall, verließ das Glück Samuel Cebrian. Er verlor die Nerven. Die linke Hand, die er in einer monatelangen Therapiemühle als Ersatz für die rechte trainiert hatte, versagte ihren Dienst. Sie zitterte heftig, sein Blick wurde glasig, und er würde ewig dafür dankbar sein, dass sein Mentor, Professor Voisin, darauf bestanden hatte, beim ersten Mal mit dabei zu sein, nur für alle Fälle.

Von da an hatte er gewusst, dass er nie mehr operieren würde. Seine brillante Karriere war jäh zu Ende, in tausend Stücke zerbrochen an einem Berghang.

Danach war er abgerutscht, tiefer und tiefer hinein in das lange, dumpfe Depressionstal. Er hatte alles aufgegeben – sein Haus, seine Verwandten, seinen Beruf. Er suchte das Vergessen, und bald fand er es – als Obdachloser auf einer gottverlassenen Straße in einer der größten französischen Städte. Er hatte kein Geld mehr, keine Familie, keine Zukunft. Abends trank er flaschenweise billigen Whisky, starrte seine verkrüppelte Hand an und verfluchte sein Los.

In ein paar Monaten hatte er seine Identität vertauscht. Samuel Cebrian war an dem Berghang zusammen mit Marion und Annie gestorben. Was lebte, war Ceb, ein abgerissener Bettler mit einer kaputten Hand.

* * * * *

Eigentlich gab es nichts zu packen. Ceb stopfte ein paar Kleider zum Wechseln und seinen Pass in einen verschlissenen khakifarbenen Matchbeutel. Er klappte den Pass auf und betrachtete das Foto des jungen, viel versprechenden Arztes. Er erkannte sein Gesicht mit Mühe und Not. Seine Augen suchten das Zimmer nach etwas ab, das er noch mitnehmen konnte. Er öffnete die grifflose Schublade der Kommode und holte eine Hand voll Francs und seine Papiere heraus. Ganz unten lag ein kleiner Schlüssel aus Messing. Ceb berührte ihn, zog seine Hand zurück, zögerte, dann schob er den Schlüssel in seine Hosentasche. Wenn er wieder aus Algerien zurück wäre – wenn er denn zurückkäme –, hätte der nächste Zigeuner sich hier eingerichtet. *Ich gönn dir mein Stückchen Himmel.*

Sie hatten vereinbart, dass er die Nacht im Haus der Hoffmanns verbringen würde, damit David ihn früh am nächsten Morgen zum Flughafen bringen konnte. Er hatte eine Maschine nach Marokko gebucht. Dort würden ihn Christen in Empfang nehmen und an andere weiterreichen, bis er in Algerien wäre. Dies waren die Einzelheiten, die er sich einprägen musste. Strategie, Planung. Aber alles, was er hören konnte, war das Wort *Feigling*. Seine Seele fühlte sich wie Blei an. *O Gott, Filie! Warum hast du mich dich nicht einfach umarmen lassen? Warum musstest du wieder die Lehrerin spielen? Warum? Wenn du nur wüsstest, wie nahe ich daran war, dir zu sagen, wie es wirklich in mir aussieht ...*

Oh, Filie, er gehört schon lange nicht mehr zu meinem Leben. Ich bin so fertig mit Gott und all dem, du kannst dir das gar nicht vorstellen. Es war die nächste Lüge. Gott war irgendwo um die nächste Ecke herum, Ceb spürte es, wie er zurückkam. *Gott, ich habe keine Zeit für Theologie,* flüsterte er, als er sich den Beutel über die Schulter schlang und die Treppe hinunterging. *Ich brauche einfach dich.*

KAPITEL 25

Den ganzen langen Tag verwünschte sie ihre Dummheit. Warum hatte sie Ceb so angepredigt, ihn einen Feigling genannt? Warum hatte sie nicht einfach neben ihm gesessen und sich über allerlei Belangloses unterhalten? *Ophélie, Schatz, nicht jeder will so tief bohren wie du ...* Wohl hundertmal hatte ihre Mutter es ihr gesagt. Recht hatte sie. *Ich dumme Gans ...*

Aber etwas hatte er gebracht, dieser katastrophale Wortwechsel mit Ceb: die Überzeugung, dass das, was sie in seinen Augen gesehen hatte, nicht Liebe war. Sie war ein alter Freund für ihn, aber er war wie ein Pulverfass, das bei dem geringsten Anlass hochgehen konnte. *Vielleicht hast du Recht, Ceb. Vielleicht brauchst du wirklich Algerien. Mich brauchst du jedenfalls nicht.*

Sie stopfte ein paar Kleider in eine Reisetasche, legte eine CD auf und ließ die Musik den Raum füllen. Auf einmal hörte sie die Türklingel. »Schon wieder?«, sagte sie laut und ärgerlich. Dann wurde ihr Puls schneller. Kam Ceb noch einmal zurück? Sie schielte auf ihre Uhr. Halb acht.

Und dann kam es ihr. Dominique! Sie hatte ja eine Verabredung mit ihm heute Abend! Sie hatte ganz vergessen, sie abzusagen. Sie nahm den Hörer der Sprechanlage ab. »Ich bin's, Ophélie. Dominique.«

»Kannst du bitte raufkommen, Dominique? Ich bin noch nicht ganz fertig.«

Sie fuhr sich mit den Händen durch ihr Haar. Es war schmutzig und ungekämmt. Sie trug immer noch die gleichen Jeans und den Pullover, die sie am Morgen übergestreift hatte. Sie rannte ins Bad, bürstete hastig ihren Kopf und trug etwas Rouge auf ihre bleichen Wangen auf. *O Gott, ich bin so fertig heute Abend. Wenn ich nicht aufpasse, heule ich los. Herr, hilf mir!*

Sie ging zur Tür und öffnete. Dominique stand davor, in seinen Händen ein Strauß rote Rosen.

* * * * *

Es war peinlich, es zu sagen, aber es war wohl das Beste. »Dominique, ich hab die Grippe gehabt. Und dann die ganze Geschichte mit meinem Bruder, der nach Algerien will, und jetzt geht stattdessen Ceb. Du, ich hab das glatt vergessen mit heute Abend. Ich hätte dich anrufen und absagen müssen. Das tut mir so Leid.« Sie wusste nicht warum, aber sie musste plötzlich kichern. »Guck mich an! Ich hab mir tagelang nicht die Haare gewaschen und trage die hässlichsten Sachen aus meinem Kleiderschrank und fühle mich zum Umfallen schwach ...«

Dominique hob grinsend seine Hand. »Das reicht, ein Zaunpfahl genügt! Klingt so, als ob du dich mal ausruhen möchtest.«

»Das tut mir wirklich so Leid.« Dann hatte sie eine Idee. »Warum holen wir uns nicht einfach eine Pizza oder so? Ich habe etwas Salat im Kühlschrank und eine Flasche Rotwein; ich könnte uns was machen.« Der bloße Gedanke machte sie noch müder.

»Nichts da, *Mademoiselle*. Du wirst absolut nichts tun. Überlass das mir, ich bin in einer halben Stunde wieder da.« Er begann zur Tür hinauszugehen. Er drehte sich um und sagte, immer noch grinsend: »Reicht dir das, um deine Haare zu waschen?«

Sie streckte ihm die Zunge heraus. »Wart's ab!«

* * * * *

Sie trug ein schlichtes rotes Wollkleid, das ihrer Figur schmeichelte und ihre Wangen wärmer machte. Ihr langes Mahagonihaar, das noch etwas feucht war, schimmerte in dem Kerzenlicht. Sie betrachtete die Mahlzeit, die Dominique aufgetischt hatte, und merkte, wie ihr Appetit, der mehrere Tage lang weg gewesen war, mit Macht zurückkam.

»Das sieht ja lecker aus.«

Dominique goss den Wein ein und hob sein Glas. »Auf Ophélie, die selbst mit schmutzigen Haaren schön aussieht, aber absolut fantastisch, wenn es sauber ist.«

Sie rollte die Augen, lachte nervös und stieß mit ihm an.

»Danke, Dominique. Danke, dass du das gemacht hast. Und dass du so geduldig mit mir warst. Es ist wunderbar.« Von der Stereoanlage kam Musik von Händel. Dominique nahm über den Tisch hinweg ihre Hand. Sie erwiderte den Druck und lächelte. Auf einmal war sie richtig froh, dass er da war.

* * * * *

Er hatte das Geschirr gespült und saß jetzt bequem neben ihr auf dem Sofa. »Du bist heute Abend so in Gedanken, Ophélie. Ist etwas?«

Dominique ließ seine Arme fallen. »Du denkst an Ceb, nicht wahr?« Er klang plötzlich reserviert.

»Bitte sag nicht so etwas, Dominique. Das klingt ja gerade so, als ob er dein Konkurrent ist.«

»Das ist er ja auch.«

»Bitte!«

»Das ist doch nun mal so. Du bist in der Mitte, und wir beide wollen dich.«

»Das stimmt doch gar nicht, Dominique. Ceb will mich nicht. Er hat mich vielleicht eine Zeit lang gebraucht – dass ich an ihn glaube. Aber er kommt schon selber zurecht, so war er ja immer.«

Er berührte sanft ihre Schläfen. »Aber hier drinnen quält dich doch was, und ich komme da nicht dran, weil du zugeschlossen hast. Was soll ich machen? Siehst du nicht, dass ich dich verstehen will? Wirklich!«

Sie biss sich bibbernd auf die Lippe. »Ich bin ... zu anders, Dominique. Ich kann das selber nicht erklären, ich weiß nicht, was ich sagen soll, aber wir sehen das Leben so verschieden.«

»Bitte denke nicht, dass ich dich kritisiere, Ophélie. Du hast eine wunderbare Philosophie. Mir kommt sie gar zu einfach vor, aber ich weiß, dass sie für dich eine tiefe Wahrheit ist. Aber wenn du auf der Straße gelebt und all diese Hoffnungslosigkeit gesehen hättest, diese Menschen am Rande der Gesellschaft, die es nie mehr zurück schaffen werden, dann würdest du vielleicht verstehen, warum ich sage, dass das, was du glaubst, zu einfach ist. Ein Gott der Liebe, der seinen Anhängern Vergebung und ewigen Frieden schenkt. Erlösung gratis. Es klingt so schön, aber es funktioniert nicht. Ich habe doch gehört, wie die SDFs Gott unter Tränen anflehen, ihn um Gnade bitten, ihre Sünden bekennen und versprechen, sich zu bessern – aber es wird nichts anders.«

Sie wischte sich das Haar aus dem Gesicht. »Ich kann mich nicht bessern, wenn Gott es nicht macht. Je mehr wir es versuchen, je lauter wir schreien – solange wir aus eigener Kraft gut genug für Gott werden wollen, schaffen wir es nicht. Und zum Priester in die Beichte gehen, das bringt es auch nicht. Das ist alles ganz anders. Und ich weiß, dass es so aussieht, als ob das nicht geht bei den Menschen, mit denen du arbeitest. Aber, Dominique, es wäre so wichtig, dass du selber einmal darüber nachdenkst.«

»Philosopohie, Religion – du weißt ja, was ich glaube. Wir sind alle am Klettern, tun unser Bestes, versuchen bessere Menschen zu werden. Es gibt nicht einen und nur einen Weg. Unser Leben ist ein Wandern, mal hierhin, mal dorthin.«

Jetzt mache ich es schon wieder, dachte Ophélie. *Vermische Theologie und Romantik. Hab ich immer noch nicht genug gehabt für einen Tag?* »Das sehe ich nicht so«, sagte sie. »Das sehe ich überhaupt nicht so. Gott hat einen Weg für uns geöffnet. Die Wahrheit ist nicht relativ, der Weg ist echt.« Sie kämpfte mit dem Gedanken, sah, wie der Zynismus auf sein Gesicht kroch. Dann hatte sie eine Idee. »Das ist doch wie bei dir, Dominique! Warum bin ich nicht eher darauf gekommen? Du bist doch ein *médiateur de rue* – ein Straßenvermittler, der, der die hohen Ideen der Regierung nimmt und in die normale Sprache übersetzt. Du gehst als Vertreter der Regierung zu den Obdachlosen und redest so mit ihnen, dass sie es verstehen und die Hilfen, die da sind, annehmen können. Ist das nicht so?«

Er lächelte. »Mehr oder weniger schon. Ein bisschen vereinfacht vielleicht, aber ja, das ist mein Ziel.«

»Und das hat Jesus doch auch getan! Er ist der Vermittler zwischen Gott und den Menschen. Der einzige. Er lebte unter uns und zeigte uns, wie Gott ist, damit wir seine Hilfe, die wir so verzweifelt brauchen, annehmen können. Es gibt nur einen Weg, und der geht über Jesus.«

Dominique runzelte nachdenklich die Stirn. Dann, als ob der Gedanke ihm unangenehm war, sagte er rasch: »Ein interessanter Vergleich, aber zu eng. Das kann ich so nicht glauben.«

»Kannst du nicht wenigstens darüber nachdenken?«

»Wenn dich das glücklich macht, Ophélie – gut, ich denke drüber nach ...«

* * * * *

Es war schon das zweite Mal an diesem Tag, dass sie in den Armen eines Mannes auf ihrem Sofa saß. Es musste wohl ein persönlicher Rekord sein. Sie mochte Dominiques Nähe. Er war so stark und freundlich und selbstsicher. Und – ja, stabil. Ceb war eine Zeitbombe. Ja, Dominique war eine andere Art Lebenskapitän als Ceb.

Das Gespräch ebbte ab. Er hielt sie locker umarmt. Jetzt zog er sie an sich und küsste sie sachte auf die Lippen. Sie sog den Geruch seines Aftershave ein, die unglaubliche Weichheit seines Kusses. Sie schloss die Augen, spürte, wie irgendwo in ihr ein Feuer aufglomm, eine stille Erregung. Dann war der Kuss vorbei. Sie sah ihn an. Er drückte sie an sich, seine Augen hell und träumerisch.

»Ich kenne dich, Ophélie. Du bist eine Behutsame. Ich höre wohl lieber auf, solange ich kann.« Seine Umarmung wurde fester. »Ich will dir keine Angst machen, ich will das Schöne jetzt nicht verderben.« Er nahm ihr Gesicht in seine Hände. »Verstehst du?«

Sie konnte nur nicken und »Danke« murmeln.

Als sie ihn zur Tür brachte, beugte er sich zu ihr hinunter und küsste sie noch einmal. »Ich rufe dich bald wieder an«, flüsterte er, als er ging.

Sie fragte sich, ob es der Wein und die Medizin war oder ob sie das vielleicht alles nur träumte. Er hatte ihr Rosen mitgebracht, ihr ein Feinschmeckerdinner aufgetischt, anschließend alles aufgeräumt und abgewaschen und ihr zugehört. Er hatte sie zart in den Armen gehalten und geküsst, und dann hatte er aufgehört, hatte ihre Wünsche respektiert, ohne dass sie sie zu äußern brauchte.

Was für ein Tag. Lieber Dominique. Der médiateur de rue. Er war ein sehr guter Mann. Mit einem Lächeln auf den Lippen schlief sie ein.

* * * * *

Sie wachte mit einem Ruck und einem merkwürdig hohlen Gefühl im Bauch auf. Nicht Hunger, sondern Leere. Sie sah auf die Uhr. Viertel nach acht. Ceb war schon unterwegs zur anderen Seite des Mittelmeers. Er war weg. Weg! Sie schlüpfte aus dem Bett, kniete sich wie ein kleines Mädchen auf den Läufer und betete. »Lieber Jesus, lieber Jesus.« Sie kämpfte darum, ihren Gefühlen Worte zu geben. Es war wie ein Nebel in ihr. »Beschütze ihn, bitte. Bewahre ihn. Beschütze Rislène und die anderen Christen und alle die lieben Menschen in diesem Land, die irgendwo Opfer sind. Ich weiß, dein Geist lebt, auch dort. Ich will auf dich trauen und mein Herz nicht von der Angst überwinden lassen. Und ich gebe dir Dominique. Er ist solch ein guter Kerl, Gott. Hilf du ihm, die Wahrheit zu sehen in dem, was er tut. Lass seinen Beruf ihm zeigen, was du für uns alle getan hast.«

Über eine halbe Stunde lang schüttete Ophélie ihr Herz vor Gott aus, mal weinend, mal lachend vor tiefer Freude darüber, dass er sie hörte und verstand. Wie schön das war, seine Lasten bei Jesus abzuliefern. Sie sang die Worte eines Chorus aus der Karibik, den eine Christin aus Jamaika ihr vor Jahren beigebracht hatte. »Wirf die Lasten all auf Jesus, denn er sorgt für dich. Wirf die Lasten all auf Jesus, denn er sorgt für dich. Hiya, hi-ya, hi-ya, hi-ya, Jesus, erhebt ihn hoch! Lo-wah, lowah, lo-wah, lo-wah, Satan, fort mit ihm ...« Worte aus der Bibel zu einer karibischen Melodie. Friede und eine unerklärliche Freude kamen in ihre Seele, füllten die Leere. »Und bring Ceb zurück, bitte, Herr, bring ihn zurück.« Sie fügte nicht hinzu: *für mich.* Das war nicht mehr die Frage.

Nach einem leichten Frühstück zog sie Jeans, einen hellroten Pullover und ein verschossenes Sweatshirt an, nahm ihre Reisetasche und legte den Mantel über ihren Arm. Sie prüfte kurz, ob die Fenster geschlossen waren, dann ging sie zur Tür hinaus, schloss ab und lief die Treppe hinunter. Zwei Tage mit Mama und Moustafa in Lodève waren genau das, was sie jetzt brauchte.

* * * * *

»Hallo, ja? Ist dies das Innenministerium? ... Oh, gut, endlich.« Jacqueline Dufour stieß einen langen Seufzer aus. »Ich versuche schon seit Tagen, jemanden zu erreichen. Es ist nicht einfach, *oh là, non!* Ich habe eine wichtige Meldung für Sie. Sie wissen doch, was für Ärger uns all diese Sekten im Land machen? ... Ja, ich bin ja so froh, dass die Regierung endlich etwas dagegen tut. Ich habe gehört, Sie schicken Leute, die diese so genannten Kirchen einmal unter die Lupe nehmen? ... Sehr gut. ... Ja, natürlich.«

Sie holte tief Luft und rollte die Augen über die Frau am anderen Ende der Leitung. Was für Fragen! »Genau deswegen rufe ich ja an! Ich habe den Verdacht, dass eine kleine Kirche, in die meine Tochter geht, sektiererische Tendenzen hat. ... Woher ich den Verdacht habe? Also ...« Jacqueline Dufour zögerte nur eine Sekunde. »Da ist einiges. Erstens wird die Gemeinde von so ein paar Amerikanern geleitet, und was aus den USA kommt, das weiß man doch: Probleme, nichts als Probleme! Und sie sind sooo nett – na, Sie wissen schon, was ich meine; zu nett halt. So zuckersüß. Sie wickeln meine Janine um den Finger – Janine ist meine Tochter, eine hoch begabte Schauspielerin, die gerade in einem sehr erfolgreichen Stück spielt. ... Ob ich schon mal dort gewesen bin? Nein, natürlich nicht, da kriegen mich keine zehn Pferde rein!«

Was für ein Nerv, sie zu fragen, ob sie schon in einem der Gottesdienste gewesen war! »Wo die Kirche ist? Im Osten der Stadt, direkt gegenüber von der Bowlingbahn. ... Der Name? Warten Sie mal, den hab ich mir aufgeschrieben. So was Komisches. – Ach, hier: *Eglise Evangélique Protestante.* ... Ja, die Adresse habe ich auch. Ich finde wirklich, Sie sollten da mal jemand hinschicken, natürlich inkognito. ... Ach, das machen Sie sowie immer so? Natürlich, klar, verstehe. Vielen Dank auch. ... Ja, gerne. Ich werde alles tun, um Ihnen zu helfen.«

Sie hing auf, zufrieden mit sich selber. Jetzt würde keine Sekte mehr kommen und ihr ihre Tochter stehlen, dafür hatte sie gesorgt.

* * * * *

Das Bauernhaus, vor dem sie stand, war groß und verwinkelt und sah noch genauso aus wie früher. In den 60er- und 70er-Jahren hatte es als Erholungsheim für Kinder gedient, und ihre Mutter, Moustafa und sie selber hatten in einer kleinen Wohnung im Obergeschoss gehaust. Damals war es ihnen wie ein Märchenpalast vorgekommen, ein Traumgeschenk von Anne-Maries liebem verstorbenem Vater.

Ophélie atmete tief die frische Februarluft ein. Sie sah im Geiste den alten schweizerischen Pastor, Henri Krugler, vor sich, wie er auf dem Dach saß und einen zerbrochenen Ziegel auswechselte. Mit seinem weißen Haar und Bart hatte er wie eine übergroße Bergziege ausgesehen. Was waren sie schön gewesen, diese Tage! Henri hatte Mama und Moustafa geholfen, das Evangelium immer besser zu verstehen und in ihrem jungen Glauben zu wachsen. Sie erinnerte sich noch an den ersten Sonntag, wo sie in Henris kleine protestantische Kirche gegangen waren – an die neugierigen Blicke der alten französischen Gläubigen, als auf einmal ein Araber und eine *Pied-noir* hereinkamen. In dieser kleinen Gemeinde hatte die Versöhnung zwischen Franzosen und *Pied-noirs*, Arabern und *Harkis* in Lodève begonnen. Viele *Harkis* hatten dort zum Glauben an Jesus gefunden. Henri war jetzt schon seit zehn Jahren tot, aber die kleine Kirche blühte weiter.

Dieses Haus und dieses Dorf hatten ihren ersten schriftstellerischen Versuchen Leben gegeben. In einer ihrer Kurzgeschichten war es um das Schicksal der *Harkis*, mit den Augen eines jungen Mädchens betrachtet, gegangen. Sie hatte einen Preis gewonnen mit der Geschichte. Die 500 Francs hatten ihr dabei nicht halb so viel bedeutet wie die kleine Urkunde, die ihr ein Talent zum Schreiben attestierte. Jetzt lag die Urkunde mit in der Truhe in ihrem Schlafzimmer.

Irgendwann am Nachmittag würde sie mit ihrer Mutter einen Spaziergang in den Cevennes machen und sich über das Leben unterhalten. Ihre Beziehung war voll von diesen »Gnadenspaziergängen«, wie sie sie schließlich getauft hatten. Sie liebten beide diese *randonnées*, wie die Franzosen gemütliche Wanderungen nannten, und immer brachten sie ihnen in die Tiefe gehende Gespräche, in denen sie sich über ihre Ängste und Schmerzen austauschten und darüber, wie sie Gottes Gnade erfuhren.

Ophélie hatte Bris Rat, ihrer Mutter zu sagen, was gerade in ihrem Leben vor sich ging, noch nicht befolgt. Wo sollte sie anfangen? So viel war geschehen in den letzten beiden Monaten. Sie wusste noch nicht, was sie sagen würde, aber sie musste es sagen, das war sie ihrer Mutter schuldig. Ihrer lieben, schönen Mama, immer noch so schlank, immer noch so stark an Leib und Seele. Es gab wenige Menschen, die sie so bewunderte. Ihr Verhältnis zu ihr war immer herzlich gewesen, fast wie zu einer großen Schwester – und ihre Mutter war ja auch nur 17 Jahre älter als sie. Aber wo es um Männer ging, vertraute sie sich lieber Bri an. Wenn sie Mama zu viel von ihrem Herzensschmerz erzählte, würde sie sich nur noch mehr Sorgen machen, und Mama hatte schon genug Sorgen, jetzt, wo Moustafa arbeitslos geworden war.

Sie stieß die schwere Eichentüre auf. »*Coucou!*« Stille. »Mama? Moustafa?« Sie legte ihren Mantel über die Rückenlehne des Ledersofas, ging durch den Flur mit seinen Bildern an den Wänden und hielt abrupt an. Das Mädchen auf dem Foto da war sie – eine schlaksige Zehnjährige, wie sie ihre Arme fest um Hussein warf und einen Kuss auf seine vor Verlegenheit glühende Wange drückte.

Hussein. Er war wie ein Bruder gewesen all die Jahre. Acht Jahre jünger als er, hatte sie ihn mit jener Heftigkeit geliebt, die viel jüngere Geschwister manchmal an sich haben. Er war natürlich nicht wirklich ihr Bruder gewesen, sondern ein junger Araber mit einer furchtbaren Vergangenheit, den sie lange Jahre bei sich aufgenommen hatten, und in diesen Jahren war aus dem so verschlossenen Hussein mit den zornigen Augen nach und nach ein fröhlicher Teenager mit einem weiten, liebenden Herz geworden. Ihre bis tief in die Nacht dauernden

Gespräche über Algerien und seine Unabhängigkeit, Araber und Christen, *Harkis* und *Pied-noirs* hatten ihren wachen Verstand geschärft.

Aber dann hatte Hussein eines Tages verkündigt, dass er zurück nach Algerien ging. Es hatte ihr das Herz gebrochen. Warum nur musste er gehen? Die Antwort war einige Monate später in einem Brief aus Algiers gekommen: *»Liebste Schwester, du bist zu jung, um meine Gefühle für dich zu verstehen. Du bist mir mehr als eine kleine Schwester, du bist eine Frau, die ich begehre, und das kann nie sein. Und deshalb habe ich Lodève mit meinem jungen Glauben an Christus verlassen und vertraue darauf, dass der Herr mich hier benutzt. Sei glücklich, Ophélie! Du bist mir wert ...*

Anne-Maries Kopf kam aus einem der Zimmer. Sie wischte sich eine graue Strähne aus ihren Augen, dann kam sie breit lächelnd zu ihrer Tochter und umarmte sie fest. Umarmungen gehörten zu den Dingen, die sie von den Hoffmanns gelernt hatten. Amerikanisch. Und so gut.

»Schatz! Wie geht dir's?« Anne-Marie legte instinktiv ihre Hand auf die Stirn ihrer Tochter. »Fieber scheinst du keines mehr zu haben.«

»Das Fieber ist vorbei, Mama. Jetzt noch ein bisschen Lodèver Luft und ich bin wieder gesund.«

»Dein Zimmer ist bereit. Moustafa ist draußen.«

»Wie geht es ihm?«

Anne-Marie drückte ihren Arm. »Gut. Er gärtnert, schreinert und bringt dieses alte Gemäuer in Schuss.« Sie lachte. »Er sagt, wenn wir mehr Geld hätten, wäre Frührentner ein ganz guter Beruf.«

»Und meint ihr, ihr kommt über die Runden?«

»Wir wollen jetzt nicht über Geldsachen reden. Bring deine Sachen in dein Zimmer, und dann geh in den Garten. Moustafa wartet auf sein Mädchen.«

Ophélie lächelte ihre Mutter an. »Wie viele Gnadenspaziergänge hast du letztens gehabt, Mutter?«

»Eine ganze Reihe, um ehrlich zu sein.«

»Meinst du, du könntest heute Nachmittag mal einen mit mir machen?«

»Es gibt nichts, was ich lieber täte«, antwortete sie, und Ophélie wusste: Sie meinte es ernst.

*****

Das laute Klingeln des Telefons riss Eric aus seinem Gespräch mit David. Es war zu früh für Nachrichten aus Algiers. Er sah zu seinem Vater hin.

»Ich gehe dran, Junge.«

Fünf Minuten lang hörte David der tränenerstickten Stimme am anderen Ende der Leitung zu. Als er zurück ins Wohnzimmer kam, war sein Gesicht aschfahl, in seinen dunklen Augen schimmerten Tränen.

»Was ist, Vater? Ist es was Schlimmes?«

»Ja«, presste sein Vater hervor. »Das war jemand aus der Gemeinde in Lyon. Samira ist gestern Abend gestorben.«

Eric sank in einen Sessel, die Hände vor das Gesicht geschlagen, die Lippen zusammengebissen. Was für ein Schock. Was hatten sie gebetet für Samira. Jetzt konnten sie nur noch für Rislène beten – doppelt dringend. Samira tot – diese strahlende junge Araberin mit ihrem leuchtenden Glauben tot. Erloschen.

»Sie haben gesagt, sie hat sich aufgegeben«, sagte David leise. »Nach dem Selbstmordversuch hat sie nichts mehr gegessen. Ist immer weniger geworden. Der Pastor durfte sie einmal im Krankenhaus besuchen. Ihre Familie erlaubte es, als sie merkten, wie ernst ihr Zustand war. Sie hat ihm gesagt, dass sie zu Jesus gehen wollte, dass das Leben hier unten zu schwer war ...«

Eric legte den Kopf in die Hände. Rislène ... Sie hatte den Mann, den sie heiraten sollte, bereits getroffen. Ob sie die gleiche Hilflosigkeit verspürte wie Samira? Vielleicht noch nicht. Aber was, wenn Samuel es nicht rechtzeitig schaffte? Warum war er nicht doch selber gefahren?

»Vater, war es falsch, dass ich hier geblieben bin? Was wird aus Rislène? Glaubst du, sie kommt da wieder raus?« Was konnte David sagen? Samira hatten sie sich geschnappt und verheiratet, bevor die Christen reagieren konnten. Und jetzt war sie tot.

David sank auf einen Stuhl. Sein Gesicht war blass und müde, der Stress stand nur zu deutlich auf ihm geschrieben. Er hatte abgenommen und sah hager aus. »Eric, hast du schon darüber nachgedacht, was als Nächstes geschehen muss, wenn Rislène wieder hier ist?« Eric bemerkte, dass er das Wort *wenn* betonte.

Er zuckte die Achseln. Er musste zugeben, dass alle seine Gedanken und Gebete sich nur darum drehten, dass Rislène wieder zurückkam.

»Wenn ihr Vater sie in die Finger kriegt, ist sie hier nicht sicherer als in Algerien«, sagte David.

Das stimmte. Eric schluckte.

»Bist du bereit, sie zu heiraten, Eric?« Es war keine Vorfreude in der Frage. Sie war nüchtern-geschäftsmäßig, die Frage eines Anwalts, der seinen Klienten schützen will.

Sie heiraten? Natürlich würde er sie heiraten, das war doch sein tiefster Wunsch. »Na klar, Vater.«

»Und wann?«

Das war es also. Natürlich: Wenn sie Rislène schützen wollten, wenn sie Gelegenheit haben sollte, einen Christen zu heiraten, dann musste das rasch geschehen. Er spürte, wie seine Knie weicher wurden. War er bereit, eine Neunzehnjährige zu heiraten? Er hatte keine Arbeit. Sie hatte noch etliche Ausbildungsjahre vor sich. Sein nächstes Studienjahr war das schwerste, und an seinem Ende musste er, wenn er Gymnasiallehrer in Frankreich werden wollte, an einem landesweiten Ausleseverfahren teilnehmen, in welchem sich nur die besten zehn Prozent behaupteten.

Und kannte er Rislène denn wirklich? Wie oft waren sie allein zusammen gewesen? Ein paar Strandspaziergänge, als es ihnen gelungen war, sich vom Rest der Kirchenjugend abzusetzen, und ein kurzer Cafébesuch im letzten Dezember. Doch, er liebte sie, da war er sich sicher. Er liebte ihre kohlenschwarzen Augen und ihre weiche, ständig wie sonnengebräunte Haut. Er liebte es, wie sie ihr dickes schwarzes Haar im Nacken zusammenband oder es lang auf ihre Schultern fallen ließ. Oder wie ihr schlanker Körper unter einem dünnen Sommerkleid tanzte. Er liebte ihr weiches Herz und ihren tiefen Glauben.

Aber mit ihr leben, ihr Mann sein, diese unerhörte Verantwortung übernehmen, und das sofort – es ließ sein Herz stolpern. Er war ein Idealist. Er hatte sich auf unbeschwerte Plauschstunden gefreut, in denen sie sich ganz allmählich näher kennen lernen würden. Jetzt schlug die Wahrheit ihm ins Gesicht: Wenn er Rislène wirklich wollte, musste er sie jetzt zur Frau nehmen.

Er wusste nicht, wie lange er geschwiegen hatte. Er sah zu seinem Vater hoch. »Ja, ich bin bereit, sie zu heiraten, Vater. Hilfst du mir bei dem Papierkrieg?«

David antwortete mit einem langsamen Nicken, in seinen tief liegenden Augen eine Mischung aus Traurigkeit und Erleichterung.

* * * * *

Was sie mit am meisten mochte an dieser Gegend von Frankreich, war, dass sie keine dreißig Minuten weit gehen musste, um einen Juwel von Spaziergang zu entdecken, den sie noch nie gemacht hatte. Moustafa besaß ein Buch mit dem Titel *102 Lieblingswege im Herault.* Im Laufe der Jahre hatten sie als Familie achtzig von ihnen ausprobiert. Heute entschieden ihre Mutter und sie sich für einen Spaziergang in dem Nachbardorf St. Guilhem le Desert.

Während sie über uralte Steinblöcke stiegen und sich in der Abteikirche aus dem 12. Jahrhundert umsahen, berichtete Ophélie ihrer Mutter von ihrer Arbeit im Rotem Kreuz, ihren Abenden mit Dominique und zum Schluss, wie sie Samuel Cebrian getroffen hatte. Sie hatte sich bei ihrer Mutter untergehakt, und die Worte flossen frei. Lange bevor sie fertig war, merkte Ophélie, wie ihre Stimme heiser wurde. Anne-Marie hörte aufmerksam zu, nickte, stellte hin und wieder eine Frage.

In der feuchten Krypta der Abteikirche, wo die Gebeine des Hl. Guilhem lagen, beendete Ophélie ihren Monolog abrupt. Eine dunkle Stille brütete in dem Raum.

»Was für ein Mensch dieser Heilige wohl gewesen ist?« flüsterte Anne-Marie. »Ich habe ja so viele Fragen.« Sie fuhr nachdenklich fort: »Samuel hat eine Hölle hinter sich, die wir nicht verstehen können. Ich bin ja so dankbar, dass er lebt. Gib ihm Zeit, Ophélie; er kommt bestimmt zurück. Du hast den Heilungsprozess angefangen; Gott wird ihn beenden.«

Die Weisheit ihrer Mutter war nie langatmig. Ihr Glaube war von der schlichten, entschlossenen Sorte. Schon mehr als einmal hatte Ophélie sich gewünscht, mehr von der Einfachheit ihrer Mutter geerbt zu haben und weniger von dem selbstquälerischen Fragen, das sie direkt von David hatte. Für ihre Mutter war Glauben etwas ganz Reales, Praktisches. Sie vertraute, und Gott wirkte. Dieser schlichte Glaube, er hatte sich schon in vielen herzzerreißenden Situationen bewährt.

Ophélie wusste, dass ihre Mutter viel für sie betete – darum, dass sie das Leben nicht gar so tierisch ernst nahm und sich eine Pause gönnte. Anne-Maries Worte waren nie von der Erhobenen-Zeigefinger-Sorte. *Wenn das nur so einfach wäre, Herr*, dachte Ophélie, *wenn ich das nur könnte.* Sie traten aus der Kirche hinaus, zurück in die blendende Sonne Südfrankreichs und den kalten Atem des Mistral. Die nackten Bäume stemmten sich gegen den Wind. Ohne ein Wort bogen die beiden Frauen von der Abtei weg und begannen, einen schmalen Pfad hinaufzusteigen, der der »Postbotenweg« hieß und an direkt in den Hang hineingebauten Häusern aus der gallisch-römischen Zeit vorbeiführte.

»Mutter, weißt du was?«, fragte Ophélie plötzlich.

»Hmm?«

»Ich habe dich sehr lieb.« Sie drückte ihren Arm.

Anne-Marie schielte in die Sonne und lächelte. »Was so viel heißt wie: *Genug für heute,* nicht wahr?«

»Stimmt genau, Mutter. Keine Männergeschichten mehr für heute. Nur viel Gebet.«

»Und das sollst du kriegen, Schatz.«

KAPITEL 26

Ceb wollte am liebsten weglaufen. Oder sich erbrechen. Etwas wollte ihn ersticken, presste seine Brust zusammen, dass sein Atem in hastigen Angststößen kam. Die Frau, die vor ihm stand, war wie ein unscharfes Foto, ihr lächelndes Gesicht schien verzerrt. »Wasser, bitte«, flüsterte er wie ein Verdurstender. Sie führte ihn zu einem alten braunen Ledersofa. Er setzte sich und vergrub das Gesicht in den Händen, einen dicken Kloß im Hals. Einen Augenblick hatte er keine Luft. Dieser Schmerz – es war mehr, als er erwartet hatte, mehr als er schaffen konnte.

Der Flug nach Marokko, die drei Nächte Autofahrt durch Berge und Wüste nach Algerien, in fünf verschiedenen Wagen und mit diversen Fahrern, die Totenstille und die Angst – all das hatte er ohne Probleme weggesteckt. Auch die Fahrt durch die algerische Landschaft, während sein Chauffeur sich über die neuesten Massaker ausließ. Nichts hatte ihn so tief gepackt wie der lapidare Schritt über die Schwelle des Bauernhauses, in welchem er die ersten sechs Jahre seines Lebens verbracht hatte.

Er hatte sich eingebildet, sie würde einfach werden, die Rückkehr nach Algerien. Schließlich war es nicht das erste Mal, dass er zurückgekehrt war seit dem Exodus seiner Familie zusammen mit den übrigen *Pied-noirs* im Jahre 1962. 1974 hatte seine ganze Familie zusammen mit den Charfis in diesem Haus gestanden, und es war gut gewesen.

Aber jetzt, mitten in der algerischen Nacht, war nichts gut. Das Haus roch genauso wie eh und je, eine Mischung aus starkem Kaffee und Sand. Der lange Esstisch aus Kirschholz war derselbe, den seine Mutter immer mit ihren besten Tischdecken und dem besten Kristall geschmückt hatte, wenn Verwandte und Freunde zu besonderen Anlässen kamen. Die alte Wanduhr mit dem Schlagwerk über der Anrichte war dieselbe, deren Zeiger er als Junge morgens beobachtet hatte, bis es Zeit war, zur Schule zu gehen. Und da stand sie noch mitten auf dem Esstisch, die alte Kristallglasschale, die Mama einmal für ihre Dienste an den Kindern des Dorfes geschenkt bekommen hatte – noch eine stumme Erinnerung an die Vergangenheit.

»Samuel, du musst dich ausruhen.« Die leise Stimme von Madira Charfi driftete in sein Bewusstsein. Ihre Hand lag auf seiner Schulter, gerade so wie damals, als er ein Kind war und sie die Hausangestellte und beste Freundin ihrer Mutter. Einen Augenblick lang sehnte er sich danach, wieder in ihren Armen zu sein, der kleine Junge, der so oft Trost in ihnen gefunden hatte. Es war entnervend, wie total seine Gefühle sich plötzlich selbstständig machten. Er war Chirurg gewesen, mit all dem Stress, den dieser Beruf mit sich brachte, und danach hatte er die Schrecken der Straße mitgemacht. Warum nur schien die Rückkehr in das Haus seiner Kindheit auf einmal das Schwerste zu sein, das er je hatte tun müssen?

Die Erinnerungen sprangen ihn an, als sei er in einer schwarzen Höhle, wo Hunderte von Fledermäusen ihm ins Gesicht flogen. Mochten sie noch so harmlos sein, sie erschreckten ihn zu Tode. Hatte er nicht gerade den Film des Unfalls wieder in allen Einzelheiten vor sich ablaufen lassen? Mussten jetzt auch noch die Bilder seiner Kindheit dazukommen?

Er folgte Madira in ein Zimmer und legte sich gehorsam auf das Bett. Dies war nicht die Zeit, schwach zu werden; er brauchte Kraft und Mut. *Ich bin der Mann für den Job, Eric. Ich hole sie raus, ich schwör's.* Aber alles, was er tun konnte, war wie ein verängstigtes Kind in das Kissen zu weinen. Er war leer, ausgepumpt, fertig. Bevor er bis zehn zählen konnte, war er eingeschlafen.

* * * * *

Madira fragte sich, ob irgendwo unter dem struppigen Bart, dem ungepflegten Haar und den Narben noch der alte, aufgeweckte, enthusiastische Samuel Cebrian existierte. Seine Haut war aufgerissen, seine Kleider sahen wie verfleckte Säcke aus. Wie er da auf dem Bett lag und wie ein Toter schlief – der Anblick wollte ihr das Herz brechen. Sie drehte sich um.

Als David sie am Samstag angerufen und ihr in verschlüsselten Worten mitgeteilt hatte, dass in den nächsten Tagen jemand kommen würde, hatte sie an alles gedacht, nur nicht an Samuel Cebrian. Sie hatte Eric erwartet, vielleicht auch David selber – aber Samuel? Zuerst hatte sie ihn nicht erkannt. Erst als er gesagt hatte: »Hallo, Madira, ich bin's, Samuel«, hatte sie tief in die hellbraunen, rot umrandeten Augen gestarrt und einen Schrei ausgestoßen. Unmöglich! Aber es war wahr. Samuel Cebrian, der drei Jahre lang verschwunden gewesen war, stand vor ihr – an dem letzten Ort in der Welt, wo sie ihn erwartet hätte.

Seine plötzliche Gefühlsaufwallung hatte kein Gespräch zugelassen, und jetzt schlief er. Madira drehte ihre Schürze zwischen ihren Händen und schaute sich nach einer Beschäftigung um. Es war mitten in der Nacht. In ein paar Stunden würde sie die Vorbereitungen für den Markt beginnen. Heute würde sie mit Rislène und ihrer Großmutter das Hochzeitsessen besprechen. Und wenn Samuel wieder wach war, würde sie sicher mehr über die geplante Befreiungsaktion erfahren und könnte Rislène einen Zettel zuschieben.

Sie fühlte sich wie betäubt. Elianes verlorener Sohn schlief in ihrem Bauernhaus in Algiers. Ob Eliane es überhaupt wusste? Mit gefurchten Brauen versuchte sie zu beten, aber alles, was sie innerlich hörte, war: *Samuel Cebrian ist hier. Ein Schaf kommt zu der Herde zurück. Aber das andere, Gott … Was ist mit meinem Jungen, mit El Amin? Was ist mit ihm?*

* * * * *

In den Wäldern hinter dem Bergdorf Sidi el Kebir, eine Autostunde südlich von Algiers, kämpfte El Amin mit seinen Gedanken. Er wollte weg. Weg von diesem Krieg, diesem Morden, dieser Brutalität. Sie hatten gesagt, dass sie kämpften, weil die Regierung gegen Allah war. Sie hatten es bis in ihre Knochen gewusst, dass Algerien ein islamischer Staat werden musste. Sie hatten für Allah gekämpft, und es war ein heiliger Krieg, ein *Jihad*. War dies nicht die höchste Ehre?

Aber irgendwo in den Winkeln seines Gedächtnisses erinnerte er sich an friedliche Jahre, bevor er von dem radikalen

Islam indoktriniert worden war. Jahre, in denen er gewusst hatte, dass der Islam die Unterwerfung unter Allah forderte, und in denen er Allah hatte dienen wollen, aber wo er nicht vom Hass getrieben war.

Ein Geräusch riss ihn aus seinen Gedanken. War das nur irgendein Tier, das in den trockenen Blättern raschelte? Er lauschte aufmerksam. Nein, es klang wie das unterdrückte Schluchzen eines Kindes. Er warf einen kurzen Blick nach hinten, um sicher zu sein, dass seine Männer ihm nicht gefolgt waren, dann flüsterte er: »Wer ist da? Ich tue dir nichts!« Er schaute auf seine Maschinenpistole hinunter und schämte sich sofort.

Es war ein Junge, der hinter einem Olivenbaum kauerte. Seine Hände waren blutig, die Augen voller Entsetzen. Er mochte nicht älter als zehn Jahre sein. Er wich zurück, als er El Amin sah und begann zu laufen. El Amin packte ihn am Arm und presste eine Hand auf seinen Mund. »Pssst! Schrei nicht, ich tue dir nichts.« Die Angst in den Augen des Kindes wurde nicht weniger. »Ich habe diese Menschen hier nicht getötet, ich will dir helfen. Wie heißt du?«

»Nassim«, murmelte der Junge.

»Was ist passiert, Nassim? Kannst du mir das erzählen?«

Die großen schwarzen Augen des Jungen füllten sich mit Tränen. »Vor drei Tagen sind in der Nacht böse Männer in unser Haus gekommen. Sie haben meine Mutter gepackt und geschrien: ›Dein Sohn arbeitet für das Militär, er ist ein Atheist!‹ Dann haben sie sie auf die Knie gedrückt. Zwei haben sie festgehalten, der dritte hat ihr die Kehle aufgeschlitzt.« Nassim schaute auf seine blutverfleckten Hände hinunter. »Ich hab gesehen, wie sie gestorben ist. Mit meinem Vater und meinem Bruder haben sie dasselbe gemacht. Ich dachte, mit mir auch, aber sie sind weggegangen und haben mich in dem Blut der anderen sitzen lassen.« Seine Augen wurden starr, als ob er gleich ohnmächtig werden würde. Stattdessen sah er El Amin direkt an und fragte: »Warum haben sie mich nicht auch umgebracht? Hätten sie es nur gemacht. Jetzt hab ich niemand mehr.«

Plötzlich packte er El Amins Hand. »Bitte! Allah hat dich

hierher geschickt, damit du mich tötest. Ich will nicht ohne meine Familie leben. Töte mich, bitte!«

El Amins Kopf schwirrte. Was sollte er mit diesem Jungen machen? Jala! Er konnte ihn nach Hause zu Jala nehmen. Sie würde für ihn sorgen, bis er eine Lösung gefunden hatte. »Nassim, hör zu! Ich will dir helfen. Ich nehme dich mit nach Hause, zu meiner Frau und meinen Kindern. Da kannst du wohnen, da wird alles anders.« Ein überstürztes, unmögliches Versprechen.

Der Junge begann zu zittern. »Nein!,« schrie er. »Töte mich, es ist Allahs Wille! Ich will sterben!« Er rannte abrupt los, an El Amin vorbei, in Richtung auf das Bauernhaus, in einem fort schreiend: »Töte mich, töte mich auch!« Sekunden später kam das Ratatat einer Maschinenpistole.

»Nein!«, schrie er und rannte hinter dem Jungen her. Er kam zu spät. Nassim lag reglos vor den Füßen eines seiner Männer.

El Amin packte den jungen Guerillakämpfer und schüttelte ihn wütend. »Warum hast du das gemacht?«

Der junge Mann machte sich unwirsch frei aus seinem Griff. »Warum?«, lachte er. »Der einfachste Job, den ich je gehabt hab. Das Balg hat mich gebeten, es zu erschießen. Und überhaupt, was soll's?«

El Amin merkte, wie alle fünf Männer ihn ansahen, Fragezeichen in den Augen. Er konnte es sich nicht leisten, von seinen eigenen Leuten verdächtigt zu werden. Er drehte sich um und murmelte: »Nichts. Gehen wir.« Er brachte es nicht fertig, das nach oben gerichtete Gesicht des Jungen anzuschauen, das mit leeren Augen zum Himmel hochstarrte.

* * * * *

Großmutter war von ihrem Haus gekommen, um mit Rislène zum Markt zu gehen, aber Nazira hatte heute keine Lust, mitzugehen. Ihr Magen knurrte, und der Anblick von all den Lebensmittelständen würde ihr das Fasten nur noch schwerer machen. Sie war schlecht gelaunt und wollte in Ruhe gelassen werden. Was für ein lausiger Job, auf diese Schwester aufzupassen, die so viel Zeit im Bad verbrachte, dass Nazira sich fragte, ob sie ständig einen verdorbenen Magen hatte. Das geschah ihr recht!

Aber vielleicht gab es Hoffnung. Wenn Rislène erst einmal verheiratet war, könnten sie alle zurück nach Frankreich. Jeder Mensch mit Verstand konnte doch sehen, dass es der Tod war, in Algerien zu bleiben. Jawohl – der Tod. Sie nahm Rislènes Koran in die Hand und blätterte zerstreut in den Seiten. Mehrere Stücke Toilettenpapier segelten zu Boden. Jetzt steckte ihre Schwester auch noch Klopapier in ihr heiliges Buch! Sie musste wirklich daneben sein. Nazira bückte sich, um das Papier aufzuheben. Und da sah sie sie, die dicken schwarzen Buchstaben auf den rosa Blättern.

Sie hatte Mühe, sie zu lesen. Es sah so aus, als ob Rislène sich etwas zum Schreiben genommen hatte – nicht einen Füllhalter oder Bleistift, sondern, ja, einen Lidstift – und irgendein komisches Sprichwort aufgeschrieben hatte. Sie hob das andere Blatt auf, das unter das Bett geflattert war, und las es mit zusammengekniffenen Augen. Nanu, das waren ja Bibelverse! Ja, richtig: Hier stand Matthäus 5, und auf dem anderen Papierstück Jesaja. Namen aus der Bibel, da war sie sicher. Das war also Rislènes Trick! Lidstifte und lange Sitzungen auf der Toilette, um heimlich Bibelverse aufzuschreiben.

Laut fluchend zerriss Nazira die Blätter und ging ins Bad. Sie öffnete den Deckel der Toilette. Aber halt – das durfte sie nicht einfach wegspülen, das musste sie Großmutter zeigen! Die liebe süße Rislène war doch nicht so gehorsam und naiv, wie es schien. Nazira fluchte wieder und stopfte das rosa Papier in ihre Rocktasche.

* * * * *

Es hatte geklappt! Madira hatte sie auf dem Markt erwartet, und Großmutter hatte die Orangen und Oliven bestellt. Und jetzt, wo sie zum Haus ihres Onkels zurückkehrte, brannten Rislènes Hände darauf, den Zettel zu lesen, den Madira ihr zugeschoben hatte, während Großmutter die Früchte inspizierte, und den sie rasch in ihrem Büstenhalter versteckt hatte. Sie brauchte nur ins Bad zu gehen, um ihn zu lesen.

Nazira empfing sie an der Tür, ihre Augen lodernd. Sie warf Rislène einen höhnischen Blick zu, dann sagte sie zu ihrer Großmutter: »Komm rein, Großmutter, ich muss dir etwas Interessantes zeigen.«

Rislène lief es kalt über den Rücken. Naziras Stimme wurde hysterisch. »Du Lügnerin!« Sie schlug Rislène ins Gesicht. »Sie ist eine verdammte Lügnerin, Großmutter! Guck, was ich gefunden habe! Mit den Stiften, die ich ihr gegeben hab, hat sie Bibelverse auf Klopapier geschrieben. Und im Koran hat sie sie versteckt, kannst du dir das vorstellen! Gotteslästerung!! Und die ganze Zeit hat sie so getan, als ob sie zum Islam zurückkommt. Verräterin, doppelte Verräterin!« Ihre Hand fuhr wieder hoch, doch Rislène schlug rechtzeitig ihren Arm vor ihr Gesicht.

»Was soll das heißen, Rislène?«, fragte die Großmutter streng.

Sie antwortete nicht. Gut, dass sie Madiras Zettel versteckt hatte. *O Gott, bitte lass sie nicht die anderen Blätter finden, die hinten im Kleiderschrank!*

»Sie geht ins Bad, um heimlich Bibelverse aufzuschreiben, Großmutter.«

Großmutter Namani packte Rislène und schüttelte sie. »Und was machst du noch? Was noch?«

Die Tränen schossen Rislènes Gesicht hinunter. Sie flüsterte: »Nichts, Großmutter. Nichts. Das sind doch nur ein paar Bibelverse. Alles andere habt ihr mir ja weggenommen. Was soll denn an ein paar Bibelversen so schlimm sein?«

»Alles! Weg mit ihnen!« Großmutter nickte zu Nazira hin. Rislène schaute zu, wie ihre Schwester das zerknüllte Papier in die Toilette warf.

»Weggespült, Rislène, wie ein Scheißhaufen!« Nazira lachte. »Das ist deine ganze Religion – ein Scheißhaufen!«

* * * * *

Über das ganze Zimmer waren Kleider und Toilettenartikel verstreut. Nazira hatte den Schrank geleert, und die rosa Blätter lagen auf dem Fußboden. Während Großmutter Rislènes

Handgelenke festhielt, zog Nazira die Betttücher ab und suchte unter der Matratze. Rislène betete durch ihre Tränen: *O Gott, bitte hilf, dass ich Madiras Zettel lesen kann!* Bis jetzt verdächtigte ihre Großmutter sie nur, Bibelverse aufgeschrieben zu haben.

Nazira hob den gelben Kürbis hoch und musterte ihn, »Warum hast du eigentlich diesen Kürbis gekauft, Rislène?«

»Das Mädchen, das ihn verkauft hat, war so traurig, und da …«

»Das Mädchen habe ich letzte Woche gesehen«, unterbrach Großmutter Namani sie. »Es wollte wieder Kürbisse verkaufen. Es hat mich nach dir gefragt.« Ihre Augen wurden schmaler. »Kennst du dieses Kind?«

»Nein, woher denn? Das hatte ich doch noch nie gesehen!«

»Halt! Und als wir kürzlich auf dem anderen Markt waren, war eine Frau da, die auch Kürbisse verkaufte, und mit der hast du auch gesprochen«, sagte Nazira. »Die Frau, die Orangen und Oliven verkauft, die war es!«

Großmutter schlug Rislène heftig ins Gesicht und zwang sie auf das Bett. Mit einem Ruck riss sie ihre Bluse auf. »Was hast du noch alles versteckt, Kind?« Ihre Stimme war brutal, eine schwarze Wut brannte in ihren Augen. Sie schüttelte Rislène mit aller Kraft. Rislènes Hände gingen instinktiv an ihren Büstenhalter. Sollten sie sie bewusstlos schlagen, wenn sie nur den Zettel nicht fanden.

»Zieh dich aus, Rislène!«, bellte Großmutter.

»Nein! Nein! Warum behandelt ihr mich so?« Sie schlug die Arme schützend um sich. Großmutter packte ihre Arme und hielt sie wie in einer Eisenzwinge fest. »Nimm ihr den Büstenhalter ab, Nazira.«

Rislène kämpfte und trat, aber da fiel das zusammengefaltete Blatt schon zu Boden. Sie versuchte ihren Fuß darauf zu stellen. Nazira sah es, hob es höhnisch lachend auf und faltete es auseinander. Sie las laut vor: *»Mann aus Frankreich heute angekommen. Flucht für Freitag, 10. Februar geplant. Komm um drei zu Madira auf den Markt. Papiere werden angefertigt. Spül dies weg.«* Nazira starrte ihre Schwester an, einen Augenblick sprachlos. »Das hast du geplant? Das hast du gemacht?« Sie riss Rislènes Haar zur Seite und spuckte ihr ins Gesicht.

»An diesem Freitag! Diese Christen meinen es ernst!« Großmutter ließ Rislène los und begann, durch den Raum zu marschieren. »Du wirst dieses Haus nicht mehr verlassen, bis du verheiratet bist. Keine Minute mehr wirst du allein sein, noch nicht einmal auf der Toilette. Es wird niemand kommen, um dich zu retten, Rislène. Dieses Haus wird Tag und Nacht bewacht werden, dafür sorge ich. Und heute noch rufe ich den Imam an! Unter diesen Umständen wird er eine Hochzeit im Ramadan erlauben, da bin ich sicher!«

Sie ging, ein paar der rosa Blätter unter das Bett tretend, aus dem Zimmer und knallte die Tür hinter sich zu.

* * * * *

Sie war so nahe vor dem Ziel gewesen. Sie hatten alles vorbereitet. Darum hatte Madira also darauf bestanden, dass sie und ihre Großmutter am Freitagnachmittag wieder zum Markt kommen würden, um das Obst zu inspizieren. Am Freitag wäre sie freigekommen. Wenn sie nur nicht die Bibelverse in dem Koran gelassen hätte. Normalerweise achtete sie darauf, sie alle in dem Schrank zu verstecken, wenn sie aus dem Zimmer ging. *Gott, warum hast du zugelassen, dass Nazira sie gefunden hat?*

Es war also jemand aus Frankreich gekommen, um sie zu holen. War es Eric? Egal. Sie fühlte sich vollkommen hilflos. Sie konnte die anderen noch nicht einmal warnen, dass der Plan entdeckt war. Bis sie merkten, dass sie nicht zu Madira gekommen war, wäre sie vielleicht schon verheiratet. Sie konnte nichts tun. Nichts.

Bleibe in mir. Nun ja, das konnte sie nach wie vor tun. Sie konnte vertrauen, sie konnte beten, sie konnte sich die Bibel im Kopf vorsagen. Und hatte Gott bis jetzt denn nicht alles für sie getan? Bestimmt waren ihm die Ideen auch jetzt nicht ausgegangen, mochte Großmutter Namanis Plan noch so narrensicher aussehen. Doch, die Hilfe war unterwegs, doch, Gott konnte immer noch zu ihr kommen. *Der Gott aller Gna-*

de aber, der wird euch, die ihr eine kleine Zeit leidet, aufrichten, stärken, kräftigen, gründen ...

Noch drei Tage. Ihr ganzes Leben hing an diesen drei Tagen. Zwei mögliche Schicksale lagen vor ihr: Eric und Frankreich oder Algerien und Yassir. Aber nur ein Herr. Egal, was kommen würde, es gab nur einen Herrn.

* * * * *

»Ich muss den Polizeichef sprechen, es ist dringend!« Großmutter Namanis Stimme wurde hysterisch. Dies war schon ihr dritter Versuch, den Polizeichef zu erreichen. Den ganzen Nachmittag hatte sie am Telefon verbracht, hatte Yassirs Familie und den Iman angerufen, gebeten und gebettelt und gedroht. Morgen würde die Hochzeit stattfinden. Sie war zum Umfallen erschöpft, aber sie musste überzeugend klingen, wenn sie mit dem Polizeichef sprach. Gut, dass er ein persönlicher Freund der Familie war. Sie brauchte Polizeischutz für ihr Haus, sie musste sämtliche Schlupflöcher schließen. Rislène durfte nicht entkommen!

»Ja, was ist?« Eine barsche Stimme meldete sich.

»Ah, Inspektor Zandine! Hier Madame Namani. Ich habe ein Problem. Meine Enkelin ist zum Christentum übergetreten. Wir haben sie nach Algerien geholt und eine Hochzeit mit einem feinen muslimischen Mann arrangiert, aber es gibt in Algiers Christen, die einen heimlichen Fluchtplan für sie haben. Christen, Inspektor! Der Imam hat sich bereit erklärt, morgen Abend eine private Trauung in meinem Haus durchzuführen, und jetzt brauche ich ein paar von Ihren Männern, um das Haus zu bewachen.«

Die Stimme des Polizeichefs wurde ruhiger. »Madame Namani, bei allem Respekt vor Ihnen und Ihrer Familie, aber dies ist eine private Angelegenheit, dies ist kein Fall für die Polizei. Wir haben keine Zeit für solche Sachen.«

»Was? Die Polizei ist nicht daran interessiert, den Christen auf die Schliche zu kommen? Bitte, Inspektor Zandine, Sie müssen jemanden schicken!«

»Meinen Sie etwa, diese Christen werden zu Gewalt greifen?«

»Sie sind wild entschlossen, meine Enkelin herauszuholen.«

Der Polizeichef schwieg einen Augenblick. Dann hörte Großmutter Namani, wie er jemandem im Hintergrund mehrere Befehle zurief. »Madame Namani? Genau wann soll diese Hochzeit sein?«

»Morgen Abend, gleich nach Sonnenuntergang.«

»Sie werden verstehen, dass ich keine meiner regulären Männer entbehren kann, aber ich schicke Ihnen am späten Vormittag ein paar von unseren Anwärtern. Sie werden bei Ihnen bleiben, bis Ihre Enkelin verheiratet ist. Könnten Sie damit leben?«

»Ja, doch. Ganz herzlichen Dank, Inspektor Zandine.« Sie erklärte dem Polizeichef kurz, wo ihr Haus lag, dann hing sie auf. Sie verspürte eine riesige Erleichterung. Spät in der Nacht würde Hamid Rislène zurück zu ihrem Haus bringen, wo sie sie bis zum Beginn der Zeremonie in ihrem Zimmer einschließen würde. Es wäre keine Zeit, ein Festessen vorzubereiten, aber das ließ sich jetzt nicht ändern. Es ging um die Familienehre, und das war das Wichtigste. *Insha Allah.*

* * * * *

Der kleine, untersetzte Mann mit der flachen Nase und dem breiten Lächeln schüttelte kräftig Cebs Hand. »Samuel! Samuel Cebrian! Mit allen hätte ich gerechnet, aber nicht mit dir!« Er nickte. »Aber David hat Recht, dass er dich schickt. Der perfekte Mann für den Job. Samuel der Furchtlose!« Seine Augen blieben kurz an Cebs verkrüppelter Hand hängen, dann sahen sie zum Fenster des Hauses der Charfis hinaus.

»Du hast immer schon was ausgeheckt.« Hussein fuhr sich mit der Hand über die Stirn. »Erinnerst du dich noch, wie du zusammen mit Ophélie und mir in Lodève warst? Wie du mit neun, na, vielleicht zehn Jahren all diese Hühner von den Nachbarhöfen gestohlen hast? Hast ihnen die Hälse umgedreht, sie gerupft, fachmännisch ausgenommen und gebraten und am nächsten Tag für 400 Francs auf dem Markt verkauft.« Er schlug sich auf die Schenkel. »Und keiner hat dich verdächtigt! Der liebe, gute Sam, unser Besucher aus Montpellier.«

»Ja.« Ceb nickte, ein Grinsen flackerte über sein Gesicht. »Anne-Marie und Moustafa waren an dem Tag weg und Filie war zu irgendeiner Versammlung. Aber als sie es rausfand, war sie fuchsteufelswild. Ich glaub, das war das einzige Mal, dass sie richtig wütend auf mich war. Der Zorn der Gerechten.« Sie kicherten beide. Ceb nickte Hussein zu. »Aber Gott sei Dank warst du da und konntest deine kleine Schwester beruhigen.«

»Meine kleine Schwester.« Husseins Stimme war auf einmal rau. Er räusperte sich. »Wie geht's ihr? Siehst du sie hin und wieder mal?«

»Ja. Ich hab sie kürzlich getroffen.«

»Ich hab gehört, sie ist immer noch unverheiratet, schön und mitmenschlich.«

»Stimmt, das ist Filie, wie sie leibt und lebt.« Ceb legte den Kopf schräg.

Hussein lachte, aber es klang gezwungen. »Meine kleine Schwester.« Ceb spürte, wie es in ihm prickelte, als er die verletzte Liebe in Husseins Augen sah. Der untersetzte Mann fuhr fort: »Ihr wart gute Freunde als Teenager, du und Ophélie.«

»Ja.«

»Und jetzt?«

»Jetzt?,« fragte Ceb überrascht. Er seufzte. »Sie hat mir geholfen, dass ich wieder leben will.«

Eine verlegene Pause. Hussein schürzte seine Lippen. »Grüß sie schön von mir, wenn du sie das nächste Mal siehst.« Er zögerte, dann fügte er hinzu: »Und lass sie nicht mehr von dir weg, Sam.« Er klang auf einmal wie ein Prophet. Ceb beugte sich unwillkürlich näher und schob sein Haar hinter die Ohren.

»Dies hier ist nur eine Station, Sam, um dir zu helfen bei dem, was kommt, was Gott als Nächstes für dich geplant hat. Und mach dir nichts vor: Sie braucht dich genauso, wie du sie brauchst.«

* * * * *

Er hatte gedacht, dass Algerien eine Non-Stop-Aktion werden würde. Krieg, Risiko, Abenteuer, Gewalt. Aber nicht Erinnerungen, nicht noch mehr Grübeleien, die seine Seele folterten. Er hatte einen Neuanfang erwartet, nicht einen langen, schmerzlichen Schritt zurück in die Vergangenheit.

Seine Kindheit, sie war so sorglos gewesen. Ausgelassene Kriegsspiele in den Orangenhainen mit seinem Freund, El Amin. Mit reifen Oliven hatten sie sich beworfen, Oliven, die zu Munition wurden, zu Bomben und Handgranaten und dann wieder zu gewöhnlichen Oliven, die ihre Plastiktruppen tagelang ernährten. Er schloss die Augen. Auf mehreren großen, wacklig übereinander geschichteten Steinen hatte er seine kleine grüne Kompanie in Stellung gebracht. Dann hatte er sich hinter dieses Felsenfort gehockt und jene Jungengeräusche gemacht, die so wichtig waren beim Kriegspielen. Auf der anderen Seite des Weges, der einen Ozean darstellte, hatte El Amin mit seinen grauen Soldaten gehockt und einen Überraschungsangriff vorbereitet. Schon mit sechs Jahren hatte Ceb El Amin für einen Meisterstrategen gehalten. »Ich werde mal ein General«, hatte der arabische Junge geprahlt.

Er ist kein General geworden, dachte Ceb, während sein Kindheitsfreund vor ihm hin und her durch den Sand marschierte und wütend Olivenkerne ausspuckte. Und diese Oliven waren nicht mehr seine Waffen, er hatte jetzt andere. Er war ein Terrorist, ein fanatisches Mitglied der militanten FIS. Ceb überraschte es keine Sekunde.

Es war ein verlegenes Wiedersehen gewesen, als Hussein ihn mitten in der Nacht hinaus in die Wüste gefahren und dort mit El Amin allein gelassen hatte. Sie hatten sich vorsichtig gemustert, wie zwei Hunde, die einer die Witterung des anderen prüfen, um zu sehen, ob er Freund oder Feind ist. Schließlich hatte El Amin gemurmelt: »Samuel Cebrian – das gibt's nicht! Ich hab gedacht, du bist tot.«

»Das war ich auch«, antwortete Ceb.

»Ja. Hat mir Leid getan, das mit Annie und Marion.« El Amin fluchte. »Beschissene Welt.« Wieder Schweigen, dann: »Warum bist du zurückgekommen?«

»Um was zu tun zu haben.«

El Amins Gesicht verzog sich. »Du und nichts zu tun? Das gibt's nicht.«

»Ich hab mich so lala beschäftigt.«

»Das mit deiner Hand tut mir Leid.«

Ceb überhörte die Bemerkung und wechselte das Thema. »Wie geht's Jala? Und den Kindern? Du hast doch vier, nicht?«

»Ja, vier. Sie sind okay. Aber Jala hat's letzte Woche erwischt bei einem Bombenanschlag.«

Ceb starrte ihn an. Er merkte, dass der Araber die Anklage in seinem Blick las.

»Das waren nicht wir, Sam. Das ist so ein Schlamassel hier, das verstehst du nicht.«

* * * * *

Sie wollten Pläne zur Rettung der algerischen Christin Rislène machen. Stattdessen tauschten sie ihre Kindheits- und Jugenderinnerungen aus, redeten und redeten; sie wussten, dass sie sich vielleicht nie mehr treffen würden. Für El Amin war es eine plötzliche, unglaubliche Erleichterung, dass dieser so lange verlorene Freund just zu der Zeit auftauchte, wo er am meisten einen unparteiischen, objektiven Beobachter brauchte. Was ihm durch den Kopf ging, er konnte es keinem anderen Algerier sagen; es hätte den Tod bedeuten können. Schon verdächtigten ihn die Ersten.

»Wissen deine Leute, dass du hier bist, Sam?«

»Nein. Sie wissen noch nicht mal, dass ich noch lebe. Das brauchen sie auch nicht. Noch nicht.«

»Wirst du sie besuchen?«

»Vielleicht. Doch. Wenn ich heil wieder hier rauskomme, schon.«

»Wie bist du auf der Straße gelandet, Sam? Warum hast du dich aufgegeben? War das der Tod von Annie und Marion oder was anderes?«

»Ich hab das Ruder nicht mehr in der Hand gehabt. Keine Frau, kein Kind, kein Job, nichts mehr.« Cebs Blick ging wie in eine weite Ferne. El Amin gab es einen Stich. »Und da hab ich Samuel Cebrian sterben lassen, El Amin. Den gibt's nicht mehr, es gibt nur noch Ceb.«

El Amin ließ die Worte des *Pied-noir* in sich einsinken. »Und warum bist du also hierher zurückgekommen?«

»Ich hab gedacht, wegen des Abenteuers, des Risikos. Um was Sinnvolles zu tun. Aber jetzt weiß ich nicht mehr.«

»Ich hab das Ruder auch nicht mehr in der Hand, Ceb.« El Amin richtete sich auf und schmiss einen Olivenkern in hohem Bogen in den Sand. »Nur anders als bei dir. Ich lebe mit zu vielen Geheimnissen, und eines Tages werde ich über sie stolpern.«

»Siehst du deine Eltern manchmal?«

»Nein, nie. Viel zu gefährlich.«

»Was denken sie über dich?«

»Dass ich verrückt bin. Und sie haben Angst, dass ich sie verrate.« Er spürte den Stich der Tränen in seinen Augen, der Tränen, die er so viele Jahre unterdrückt hatte. Wut, Kummer, Schmerz. »Die letzten fünf Jahre hab ich sie pausenlos beschützt, und sie werden's nie erfahren. Sie dürfen es nicht erfahren. Es ist viel besser für uns alle, sie glauben, dass ich sie hasse. Aber das ist nicht wahr.« Er schlug die Hände vor das Gesicht, ließ die Tränen seine Handteller benetzen. »Ich liebe sie mehr als das, an was ich glaube, aber ...« Er konnte nicht weitersprechen.

Cebs Hand kam tröstend auf seinen Rücken. »Ich habe solche Angst um sie«, flüsterte er schließlich. »Der Hass, den die militanten Muslime auf die Christen haben, ist erschreckend. Aber eigentlich ist das egal, sie könnten genauso gut in der Stadt umkommen. Jala ist das um ein Haar passiert. Wenn ich an meine Familie denke, an Jala und die Kinder, an Mutter und Vater – ein falscher Schritt von mir, und sie müssen als Erste dran glauben. Ich bin gefangen, ich bin in der Hölle.«

Sie schwiegen lange. Die einzige Bewegung war El Amins Hand, die nervös durch sein dickes schwarzes Haar fuhr. Schließlich sprach Ceb wieder. »Kannst du nicht hier raus? Nach Frankreich?«

In El Amins Stimme war tiefste Hoffnungslosigkeit. »Da würden sie mich doch genauso kriegen. Nein, ich komm da nicht raus.«

»Aber lehrt deine Religion nicht, dass jemand, der in einem

Jihad stirbt, garantiert ins Paradies kommt? Ist das nicht etwas Hoffnung?«

»Das hab ich früher geglaubt, aber was ich jetzt glaube – ich weiß es nicht. Allah muss doch weinen über diese Massaker, diese sinnlose Grausamkeit. Wenn er nicht weint, was macht er dann? Schadenfroh lachen? Aber was wäre das denn für ein Gott?«

»Wer kann das sagen, El Amin? Ich bin zu dem Ergebnis gekommen, dass mein Gott zu schwach war, um alles gerade zu biegen, und da hab ich ihn verlassen.«

»Selbst wenn ich Allah verlassen würde, den Krieg kann ich nicht verlassen, das ist unmöglich.« Er schrieb mit seinem Finger einen Kreis in den Sand. »Ich bin hier mitten drin. Du weißt sicher, was ich meine, Sam – äh, Ceb? Wir müssen selber zurechtkommen. Ich glaube nicht, dass unser ferner Gott uns groß helfen wird. Er wirft uns einfach hier hinein, und dann müssen wir halt zusehen, dass wir das Beste daraus machen, und am Ende entscheidet er doch, was geschieht. Was für ein beschissenes Leben. Wir brauchen Hilfe!«

»Früher hab ich geglaubt, dass die Hilfe da ist.«

»Und jetzt?«

»Habe ich das nächste Fragezeichen in meinem Leben. Ich weiß es einfach nicht.«

KAPITEL 27

Das Wochenende in Lodève mit ihrer Mutter und Moustafa hatte Ophélie geholfen, nicht so viel an Ceb zu denken. Aber jetzt war es Mittwochmorgen, und seit zwei Monaten war jeder Mittwochmorgen eine Art Wiederentdeckung ihres alten Freundes gewesen. Doch jetzt war Ceb in Algerien. Gab es noch etwas anderes, was sie zum Roten Kreuz zog? Sie dachte an die Schlange der Männer und Frauen, die auf eine Tasse Kaffee warteten. Sie dachte an ihre Geschichten und an den Mut, den viele von ihnen hatten. Dann dachte sie an Jean-Marc – wie er sie angelächelt hatte in dem alten roten Pullover, so stolz darauf, dass er ihren Rat befolgt hatte. *Und dankbar, dass er einer Menschenseele so wichtig ist, dass sie ihm einen warmen Pullover gönnt. Doch, er ist mir wichtig, Herr.* Ein Rieseln ging ihren Rücken entlang. War es ihr Unterbewusstsein, das sie warnte, nicht zu viel an diese Menschen zu denken? Hatte Dominique nicht Recht? Sie änderten sich nicht.

Einen Augenblick versuchte sie sich vorzustellen, wie es wäre, an Dominiques Seite zu arbeiten, gemeinsam mit ihm durchs Leben zu gehen. Nein, nicht nur in der Arbeit für die Obdachlosen. Er war so stark und nett. Sie spürte einen erneuten Kälteschauer und zog einen hellblauen Pulli, Jeans und einen dicken Pullover an. Es gab viel zu tun beim Roten Kreuz, Menschen, die Hilfe, brauchten. Und anschließend würde ihr ein Besuch bei Jean-Marc, Lassie und ihren Jungen gut tun. Sie lächelte. *Herr, zeige mir, wie ich diese Menschen so lieben kann, wie du das tust, über die Grenzen menschlicher Liebe hinaus. Zeige mir, wie ich heute deine Hände und Füße sein kann.*

* * * * *

Sie trat in Jean-Marcs Bude. Der Raum war merkwürdig still und eiskalt. Sie machte einen halben Schritt zurück und klopfte noch einmal an die Tür. »*Coucou*, Jean-Marc, ich bin's, Ophélie!« Wo war er nur? Dann sah sie ihn und lächelte. Er lag schlafend hinter dem Käfig.

Die Welpen rührten sich nicht, als sie näher kam. Auch sie schienen zu schlafen, ein scheckiger Haufen aus fünf Fellknäueln. Dann sah sie, dass sie nicht schliefen, sondern mit offenen Augen und hängenden Zungen da lagen, zu schwach, um sich zu bewegen. Lassie saß leise winselnd neben Jean-Marc und leckte sein Gesicht.

»Jean-Marc, hast du die Welpen gefüttert?«, fragte sie. Sie versuchte, streng zu klingen, und stieß den Schlafenden an.

Er reagierte nicht. Sie stieß ihn wieder an. Dann sah sie es: Auch er schlief nicht. Seine Hand war eiskalt. Er musste gestürzt sein, denn sein Körper lag unnatürlich verdreht neben dem Käfig, die eine Hand auf dem Riegel der Tür, als sei seine letzte Bewegung der Versuch gewesen, die Welpen aus ihrem Gefängnis zu befreien.

Ophélie stolperte aufschreiend zurück. Sie spürte, wie die Galle in ihr hochkam. Der Mann, der da in dem alten roten Pullover vor ihr auf dem Boden lag, war tot. »Nein! Das kann nicht sein, das kann nicht sein!« Sie drehte ihren Kopf weg, taumelte in eine Ecke und erbrach sich heftig. Als sie fertig war, trat sie unsicher zu einem der beiden Stühle, setzte sich und legte ihren Kopf auf die schmutzige Tischplatte.

»Ich hab nicht gewusst, wie furchtbar dein Leben wirklich war«, flüsterte sie, ohne zu dem Leichnam hinzusehen. »Ich wollte es nicht wissen. Ich wollte deinen Schmerz nicht spüren, nicht richtig jedenfalls. Ich glaube, ich habe Dominique nicht geglaubt, als er mir sagte, dass viele von euch mutterseelenallein sind, wenn sie sterben.« Sie fühlte sich zu schwach, um aufzustehen, fast wie im Delirium. Sie saß in einer Pennerabsteige und sprach zu einer Leiche. Wenn nur Ceb da wäre und ihr sagen könnte, was sie tun sollte.

Dominique. Sie musste Dominique suchen. »Ich komme zurück. Ich sorge für die Welpen, Jean-Marc, ich versprech's. Und für Lassie. Das kann ich wenigstens tun.« Sie schloss die Tür und floh, die Treppe hinunter und in die schmale Gasse, die ganze Zeit weinend.

* * * * *

Dominique hielt sie fest in den Armen, während sie sich ausweinte. Zwischen ihren Schluchzern stieß sie hervor: »Jetzt sehe ich erst, wie furchtbar dein Beruf ist, sie sterben ja wirklich.«

Dominique antwortete nicht, sondern beugte sich nach unten und berührte sachte die Hand des Toten. »Du warst ein guter Kerl, Jean-Marc, ich werde dich vermissen – echt.« Er biss sich auf die Lippe, zögerte und drehte dann, Trauer in den Augen, Jean-Marc auf den Rücken. In diesem Augenblick sah Ophélie in Dominiques Seele hinein. Straßenarbeiter – das war kein Job für ihn, das war eine Berufung. Er liebte diese Menschen, gab sich an sie hin, auch wenn das bedeutete, den Leichnam eines alten Mannes hochzuheben und in ein namenloses Grab zu tragen.

»Ich behalte Lassie und die Welpen«, flüsterte sie gebrochen. »Das hab ich Jean-Marc versprochen. Bitte lass mich das machen. Wenn sie am Leben bleiben, behalte ich sie für ihn. Das ist das Mindeste, was ich tun kann.«

Dominique sah sie an, seine Augen glänzten. »Gute Idee, Ophélie. Ich hole jetzt eben Hilfe. Wenn du meinst, dass du das mit den Welpen kannst, bitte, gerne.« Er schnüffelte. »Es tut mir so Leid, dass ausgerechnet du ihn finden musstest.«

»Ich musste ihn finden, damit ich endlich begreifen konnte.«

* * * * *

Das Klopfen an ihrer Wohnungstür konnte nur Eric sein. Er hatte dieses Klopfsignal schon vor Jahren erfunden. Sie öffnete die Tür und fiel in seine Arme. »O, Eric, es ist alles so furchtbar.«

Er nahm ihre Hände und sah ihr in die Augen. »Schwesterherz, jetzt ist keine Zeit zum Aufgeben, sondern zum Beten. Für Samuel und Rislène und Hussein und Madira und Abdul. Und für die Obdachlosen. Wir müssen beten.«

Sie setzten sich auf das geblümte Sofa, nahmen sich bei den Händen und schütteten ihr Herz vor ihrem Gott aus. Als sie fertig waren, drückte Eric Ophélie und sagte: »Und jetzt holen wir die Welpen. Es ist noch Hoffnung, große Schwester. Vergiss das nie. Nie.«

* * * * *

Gabriella trat zur Haustür hinaus und schaute zu den Stiefmütterchen hin, die in dem böigen Mistral mit ihren gelben Köpfen nickten. Was mochte jetzt auf der anderen Seite des Mittelmeers geschehen? Eric hatte gerade angerufen; Ophélie hatte einen SDF tot in seiner Absteige aufgefunden. »Gott, es ist so viel Leiden in der Welt. Bitte bring Rislène zurück zu Eric.« Sie fügte versonnen hinzu: »Und Samuel zu Ophélie.«

* * * * *

Dominique fühlte sich zum Heulen erschöpft. Jetzt eine ganze Nacht schlafen. Der arme Jean-Marc. Dieser liebe Mann, der schon auf der Straße gewesen war, als Dominique seinen Beruf als médiateur de rue begonnen hatte. Dieser arme, elende Penner, den er lieben gelernt hatte. Aber am Ende war er allein und voller Angst gestorben.

Médiateur de rue – der Vermittler zwischen der Obrigkeit und den Menschen der Straße. Dominique musste an Ophélies Worte denken: *»Und das hat Jesus doch auch getan! Er ist der Vermittler zwischen Gott und den Menschen. Der einzige. Er lebte unter uns und zeigte uns, wie Gott ist, damit wir seine Hilfe, die wir so verzweifelt brauchen, annehmen können.«* Nun, er konnte nur hoffen, dass dieser Jesus ein besserer Retter der Verlorenen war als er selber. Er fluchte leise.

Wie kalt und starr Jean-Marcs Leichnam sich angefühlt hatte. Und wie ganz anders Ophélie. Was war das Geheimnis dieser Frau? Was war es an ihrem Glauben, das sich so gut, so echt anfühlte, so, als ob es wirklich funktionierte? Er musste es wissen, er wollte sie verstehen. Sie hatte ein Herz aus Gold, und dieses Herz war unter dem Leiden eines anderen Menschen zerbrochen. Ophélie Duchemin – was für eine seltene Frau!

* * * * *

Sie hatte ihn oft, diesen Kampf in sich selber, dieses Verlangen danach, frei zu werden – nicht nur frei von, sondern frei zu. In diesen Stunden wünschte sie sich, die Kraft eines Simson zu haben und die Bande, die ihr Denken gefesselt hielten, so zerreißen zu können wie Simson die sieben neuen Seile um seinen Leib gesprengt hatte.

Aber sie konnte es nicht. Und so war sie manchmal dem Abgrund der Verzweiflung nahe, wie heute Abend.

Es war die dunkle Seite ihrer Persönlichkeit, die wenige Menschen sahen. Ihr Ziel war, mehr so zu werden, wie Gott sie haben wollte, aber auf ihre eigene Kraft gestellt, wurde sie so schnell frustriert. Die Leute nannten sie eine Mystikerin, hatten Respekt vor ihrer Tiefgründigkeit und ihrer Bereitschaft, immer noch tiefer zu graben. Aber sie hatten keine Ahnung – nein, noch nicht einmal ihre Mutter oder Bri –, wie tief in sich hinein sie manchmal sprang, tiefer und immer noch tiefer, bis sie sich fragte, ob es nicht selbst für Gott zu schwer war, sie wieder herauszuziehen aus der endlosen Tyrannei-Spirale der schwarzen Gedanken, der Schuld, der Angst und der furchtbaren, furchtbaren Einsamkeit.

Aber Gott zog sie heraus, natürlich. Heute lag sie wieder weinend auf den Knien und bat Gott, den Teufelskreis der grübelnden Selbstanklagen zu stoppen. Ceb in Algerien; mit Zorn in den Augen hatte er sie verlassen. Jean-Marc tot, weil er ihr im Grunde vielleicht doch egal gewesen war. Und Dominique ...

Dieses Gefühl in seinen Armen. Er war ein guter Mann. »Herr, siehst du das nicht? Er ist freundlich und barmherzig. Kann ich es nicht einfach versuchen? Ich weiß, wir haben nicht denselben Glauben, aber die Versuchung nachzugeben ist so stark, Gott. Ich kann dir gar nicht sagen, wie stark. Ich habe versucht, deinem Wort zu gehorchen und rein zu bleiben, auch wenn die Leute mich anschauen wie ein Kalb mit zwei Köpfen. Es ist zu schwer. Ceb ist weg, und er ist so anders geworden. Er wird nie wirklich zurückkommen, das weißt du doch. Aber Dominique ist hier. Ich bin ihm wert, er ist Fleisch und Blut, er lässt mein Herz schneller schlagen. So, da hast du es, Herr. Ich kann bald nicht mehr, ich kann nicht!« Wie gut es tat, ihre Gedanken einfach vor Gott hinauszulassen.

»Aber du kannst. Ich weiß das, weil du es immer wieder in meinem Leben getan hast. Vergib mir, Vater, dass ich immer wieder versuche, selber auszurechnen, was dein Wille für mein Leben ist. Du weißt es doch so viel besser. Herr, hier hast du wieder mein Leben.« Sie hörte auf zu beten, ihre Augen noch geschlossen, das Gesicht krustig von den heruntergelaufenen Tränen. Sie wischte sich über die Augen. Sie hatte kein Gramm Energie mehr. Sie saß da in ihrem Wohnzimmer, immer noch auf den Knien, aber jetzt mit zurückgelehntem Oberkörper, und badete ihr Gesicht in der Spätnachmittagssonne, die durch die Balkontüren strömte. Es war, als ob Gottes Finger selber in den Strahlen war und jede Träne sanft abwischte.

So endeten sie immer, ihre Kämpfe mit dem Allmächtigen: Sie bekannte ihm unter Tränen ihre Angst, ihre schwarzen Gedanken, den furchtbaren, namenlosen Schmerz und die Versuchungen. Und danach war ihr Herz leichter, ihr Geist freier, sie fühlte sich erschöpft auf eine Art, dass sie sich wie neu geboren vorkam.

Wie Gott das immer wieder schaffte! Auf hundert Arten brachte er sie auf die Knie und dann wieder auf die Füße, bereit, den unsichtbaren Dämonen, die noch vor Minuten so Furcht einflößend gewesen waren, entgegenzutreten, weil sie sah, was sie eigentlich waren: Lügen von dem, der ihr ständig verdrehte Wahrheiten einflüstern wollte.

Ein Satz blitzte in ihr Gedächtnis, etwas, das sie vor Jahren auf einer Frauenfreizeit gehört hatte. Der Redner, ein älterer, in Frankreich, Algerien und anderswo hoch angesehener Evangelist, war an das Rednerpult getreten und hatte verkündet: »Das Leben des Christen besteht aus lauter Neuanfängen.« Den Rest der Predigt wusste sie nicht mehr, aber diesen Satz hatte sie nicht vergessen. Was für eine einfache, tiefe Wahrheit! Es war Balsam für ihre geplagte Seele gewesen zu hören, wie dieser Mann, der schon so lange mit Gott lebte, sagte, dass es Augenblicke gab, wo Gottes Wahrheit ihn so traf, dass er sich fragte, ob er bisher wirklich ein Kind Gottes gewesen war. Doch, natürlich war er ein Gotteskind gewesen, aber jetzt erfuhr er einen neuen Schritt auf dem Weg der Heiligung – jenes so befremdlich klingende Wort, das einfach bedeutete, dass das Leben des Christen nichts Statisches war. Gottes Kinder sollten immer näher zum Vater kommen, seinen Geist besser kennen lernen, immer innigere Gemeinschaft mit ihm haben. Ceb hatte das Wort *Hingabe* erwähnt. Hingabe – damit war ja sie gemeint!

Sie stand auf, die Wärme der durch die Fenster strömenden Sonne genießend. »Gott, lass dies einen Neuanfang sein«, betete sie zögernd. »Egal, was kommt, ich gebe dir Ceb und Dominique, so wie ich dir jeden anderen Mann in meinem Leben gegeben habe. Du kennst meinen Schmerz.«

Das schrille Klingeln des Telefons riss in den letzten Satz. Sie rannte hin. »Ja?«, sagte sie außer Atem.

»O, Ophélie, jetzt bist du wegen mir ans Telefon gerannt.«

Ein Lächeln trat auf ihr Gesicht. »Bri! Nein, das ist schon gut. Ich habe gerade eine Diskussion mit dem Herrn.«

»Ah. Und wer gewinnt diesmal?«

»Er. Zum Glück.«

»Möchtest du darüber reden?«

»Nein«, sagte sie zu schnell. »Ist schon gut. Worum geht's?«

»Wir haben Nachrichten aus Algerien. Ceb ist gut angekommen und hat sich mit Hussein, Abdul und Madira getroffen. Rislène ist in Kontakt mit Madira, die Flucht ist für Freitag geplant. Die Sache ist ziemlich heiß, und ich hab gedacht, du willst das wissen, damit du dafür beten kannst.«

»Natürlich. O, dem Herrn sei Dank!« Ophélie seufzte tief auf. Sie stellte sich vor, wie Cebs brillantes Gehirn jeden Schritt, jede Einzelheit plante, wie bei einer Operation, seine Hand bereit für das Skalpell. Fürs Erste war Ceb in Sicherheit.

»Ja, dem Herrn sei Dank«, sagte Gabriella. »Und du bist wirklich okay?«

»Doch, mir geht's jetzt besser. Nur müde, so richtig leer.«

»Das mit deinem Freund tut mir so Leid.«

»Er fing gerade erst an, mein Freund zu sein, Bri. Ich komme mir richtig mickrig vor.«

»Ich hab gehört, du kümmerst dich um seine Hunde?«

»Ja. Eric hat mir geholfen, sie zu holen. Es war das Mindeste, was ich tun konnte.«

»Hör zu, Ophélie. Du hast eine ganze Menge getan. Mach dir einen Tee und ruh dich mal aus. Man darf auch einmal traurig sein, einfach so. Machst du das für mich?«

Ophélie schaute zu den frisch gewaschenen Sachen hin, die zum Trocknen über der Lehne des Sofas lagen, und ließ ihren Finger über den Staub auf dem Regal gleiten. Sie zuckte die Achseln. »Ich versprech dir's, Bri. Und vielen Dank.« Sie hing auf und ließ die Tränen wieder kommen. Er wusste immer genau, was sie brauchte, dieser wahrhaft göttliche Gott.

* * * * *

Am Donnerstagmorgen stand sie vor ihrer Klasse, ihr Kopf leer, ihre Kraft fort, verzehrt von etwas viel Schlimmerem als der Grippe. Was konnte sie diesen aufgeweckten Schülern vor ihr sagen? Heute wollte sie mit der Komödie *Le Bourgeois Gentilhomme* von Molière, dem großen Meister des 17. Jahrhunderts, beginnen. Molière war ihr immer eine Inspiration gewesen. Aber nicht heute. Sie sah Rislènes leeren Stuhl, und ihre Kehle wurde trocken. Sie versuchte sich auf das Stück zu konzentrieren, aber alles, woran sie denken konnte, waren Ceb und Rislène in Algerien, ein sterbender Hund mit seinen fünf Welpen in ihrer Wohnung und Dominique, der jetzt draußen in der Kälte war und Jean-Marc beerdigte.

Letzte Woche waren sie mit dem *Kleinen Prinzen* fertig geworden. Der bloße Titel des Buches brachte wieder den kleinen roten Welpen vor ihr inneres Auge, wie er am vergangenen Abend aus einem Dosendeckel etwas warme Milch aufgeleckt hatte. »Lebe, kleiner Prinz«, hatte sie ihm zugeflüstert, bevor sie am Morgen zur Schule gefahren war. Jetzt flüsterte sie es wieder: *Lebe, mein kleiner Prinz.* Aber sie dachte nicht mehr an den kleinen Hund. Es war ein Gebet für Ceb.

* * * * *

Nach der Schule war Janine da. »Dominique hat mir gestern

das mit Jean-Marc erzählt. Furchtbar. Ich hab die ganze Nacht geheult. Er war so ein lieber Mann.«

»Bist du heute Nachmittag auf die Beerdigung gegangen?«

»Ja. Es waren ziemlich viele da. Dominique, mehrere von den Freiwilligen beim Roten Kreuz und ein paar von Jean-Marcs Kumpeln von der Straße. Haben geweint wie die Kinder.«

»Ich wäre so gerne auch gekommen.«

»Das weiß ich doch, das wussten wir alle! Ich habe das Gedicht vorgelesen, das du geschrieben hast. Hinterher war kein Auge mehr trocken.« Janine stellte sich vor ihre Freundin und legte ihre Hände auf ihre Schulter. »Du brauchst mal frische Luft und andere Tapeten. Heute Abend gehen wir zwei in ein Waffelrestaurant.«

»Ich bin zu müde.«

»Dann gehen wir zu mir, und ich mach die Waffeln selber.«

»Ich muss doch die Welpen füttern und baden.«

»Na, dann muss ich wohl zu dir kommen.«

Ophélie zuckte die Achseln. »Eine gute Gesellschafterin werde ich nicht sein, aber die Idee ist gut. Also, du kommst zu mir.« Sie warf ihrer Freundin ein Lächeln zu. »Du bist echt gut, Janine.«

* * * * *

Mit Janines Hilfe hatte sie die fünf Welpen gebadet, mit dem Haartrockner geföhnt und ihnen reichlich warme Milch und Welpenfutter von der teuersten Sorte gegeben. Sie hatten es bis auf den letzten Bissen verschlungen. Lassie, ebenfalls gebadet und getrocknet, ging zu dem Käfig und winselte.

Ophélie öffnete die Käfigtür. »Also gut, Mädchen, du hast ja keine Milch mehr, da werden sie dich in Ruhe lassen. Aber ein bisschen Liebe kannst du ihnen geben.« Ophélie langte vorsichtig in den Käfig hinein, packte Hamlet am Nacken und legte ihn neben Lassie. Der schwarze Hund beschnüffelte seinen Nachwuchs und leckte ihn zufrieden ab. Als Nächste kam Cleopatra, die sich mit Leichtigkeit gegen ihre vier Brüder behauptete. Sie knabberte Hamlet am Ohr, bevor sie sich auf Lassie stürzte.

»Die hat mehr Mumm als die vier anderen zusammen«, kicherte Janine.

»Was hättest du denn sonst erwartet von einem Mädchen, das Cleopatra heißt?«

»Cleopatra? Toll! Und wie heißen die anderen?«

»Dies hier ist Hamlet. Der da ganz hinten im Käfig ist Jean Valjean und daneben Saint-Exupéry.« Sie unterbrach sich, die Kehle plötzlich trocken. »Jean-Marc hat ihn einfach St. X genannt. Und der kleine Rote ist der Kleine Prinz.« Ihre Stimme verklang.

»Ich glaub, die schaffen das, Ophélie«, sagte Janine. Sie langte in den Käfig, zog St. X heraus und hielt ihn an ihre Wange. »Was für ein süßer Kerl du bist! Schwarz mit vier weißen Pfoten, und jetzt riechst du richtig frisch und sauber.« Janine kratzte ihn hinter den Ohren. St. X revanchierte sich, indem er seine winzige Zunge über ihre Wange fahren ließ. »Ich hab mir immer schon ein Hundebaby gewünscht, Ophélie. Kann ich ihn haben?«

Ophélie starrte sie an. »Echt? Möchtest du St. X haben?«

»Ja. Wenn er so weit ist. Aber nur unter einer Bedingung.«

»Und das wäre?«

»Dass ich sein Werk nicht auch nehmen muss!«

»Sein Werk?«

»Na, den Kleinen Prinzen!«

Ophélie lächelte. »Keine Angst. Wenn du St. X nimmst, das ist super. Seine Impfungen und so hat er ja schon, dank unserem Ceb.« Sie langte wieder in den Käfig und streichelte den Welpen. »Den Kleinen Prinzen wollte ich sowieso selber behalten.« *So oder so,* dachte sie. *Den Kleinen Prinzen behalte ich.*

* * * * *

Es war spät am Abend. Die Welpen schliefen, eng an Lassie gedrückt. Janine saß mit gekreuzten Beinen auf dem Sofa und trank eine Tasse koffeinfreien Kaffee. »Was nimmst du gerade in der Schule durch?«

»Le Bourgeois Gentilhomme.«

»Molière! Perfekt! Das erste Stück, in dem ich aufgetreten bin. Ich war vierzehn damals.« Sie stand auf, schraubte ihre Nase nach oben und tat so, als rezitiere sie einen Text. »Molière ist weitaus mehr als ein Komödienautor. Er ist auch Philosoph und Moralist, ein scharfäugiger Beobachter menschlicher Schwächen, ein gnadenloser Kritiker der Menschen. Doch sein vorgebliches Ziel war einfach zu unterhalten – das hohe wie das gemeine Publikum.«

Ophélie applaudierte lachend. »Gut gemacht! Das hätte ich nicht besser sagen können. Und es stimmt ja auch, Janine, meinst du nicht auch? Er war solch ein Meister im Erschaffen von Figuren, die richtig lebendig waren, vom Bauern bis zum Prinzen.

Ich habe es immer bewundert, wie er in seinen Stücken solch tragische Themen behandelt, aber als Komödien verpackt, sodass wir am Ende über uns selber lachen, aber mit einem leichten Stich im Gewissen. Da könnte ich mir eine Scheibe von abschneiden. In meinen Stücken ist zu viel Tragisches, ohne den erlösenden Humor.«

Janine beäugte ihre Freundin. »Das hängt davon ab, ob du eine Tragödie oder eine Komödie schreiben willst, meine Liebe. Die Kritiker finden, du hast ein Talent für das Tragische.«

Ophélie verzog das Gesicht. »Ich weiß. Aber ich will die Menschen zum Lachen bringen. Ich will, dass sie ein Gewissen bekommen und nachdenklich werden, aber ohne dass ich dabei schulmeisterlich werde.«

»Deine Stücke sind nicht schulmeisterlich, Ophélie. Nur dein Leben.« Janine legte sich flach auf das Sofa, bequem ausgestreckt. Ophélie setzte sich in den Sessel, die Knie an die Brust gezogen. Sie sah die Fragen unter Janines Worten. So verbrachten die beiden Freundinnen ihre Abende am liebsten – mit Gesprächen über Literatur und Philosophie, über ihre Rollen als Schauspielerin und Autorin und schließlich über den Sinn des Lebens.

»Meine Mutter ist sauer, dass ich so viel in deiner Kirche bin.«

»Das überrascht mich nicht. Sie hat halt Angst, dass sie dich verliert.«

»Und ich verliere noch meinen Verstand! Diese Frau! Erinnert mich immer mehr an die Hauptfigur in *Le Bourgeois Gentilhomme.*«

»Monsieur Jordain?«

»Exakt. Der Mann, der ständig nach oben klettern und unter den ›besseren Leuten‹ sein will.«

Ophélie lachte. »Dann denkt deine Mutter also nicht, dass die Leute in der Gemeinde von der ›besseren‹ Sorte sind?«

»Naja, sie denkt, du bist zu gut für sie. Kann es nicht ertragen, dass rechte Franzosen sich mit *Pied-noirs* und Arabern abgeben. Es macht sie rein verrückt!« Janine rollte ihre Augen. »Hoffnungsloser Fall.«

»Du, ich könnte schwören, dass ich vor zwei Wochen Simon bei uns im Gottesdienst gesehen hab.«

Janine errötete. »Spar dir das Schwören. Er war wirklich da – um zu spionieren. Er und Mutter haben Angst, ich gerate in die Fänge einer Sekte.«

»Sie beide? Ich meine, bei deiner Mutter kann ich das verstehen, aber Simon?«

»Mach dir mal keine Sorgen, das ist nur sein väterlicher Instinkt. Und außerdem hat er mir gesagt, dass ihn der Gottesdienst ziemlich beeindruckt hat und dass er sicher ist, dass ihr keine Sekte seid.«

»Na, da bin ich aber froh«, sagte Ophélie mit einer Spur Irritation in der Stimme. Sie merkte, wie ihre Augenlider schwerer wurden. Auf ein Nachtgespräch konnte sie gerne verzichten heute.

»Ich mag deine Kirche, Ophélie. Ich hab das lange nicht zugeben wollen, aber es stimmt.« Ihre Augen waren hell, ihr Bubischopf baumelte sachte um ihren Kopf, während sie sprach. »Ich weiß, wir haben schon mal darüber gesprochen – aber was ist eigentlich so schlimm daran, wenn ich mein Horoskop lese und mit einem Mann schlafe, den ich mag?«

Eine religiöse Diskussion war das Letzte, wonach Ophélie zumute war. Sie sagte müde: »Janine, du bist mir lieb und wert, und du weißt, dass ich mich freue, dass du die Kirche so magst. Aber ich hab heute Abend einfach nicht die Kraft, deine Fragen zu beantworten. Es tut mir Leid, ich bin wohl eine lausige Freundin.«

Janine lachte. »Nein, die Schlimme bin ich. Eben hab ich noch gesagt, dass du was Leichteres brauchst, und jetzt komme ich dir mit lauter hoch philosophischen Fragen. Und außerdem weiß ich doch, wie du antworten würdest – genau mit einem Wort.«

»So?«

»Ja. Du würdest die Bibel nehmen, sie aufschlagen, auf einen Vers zeigen und einfach sagen: ›Gehorchen.‹ «

Ophélie wusste selber nicht, warum, aber sie lachte laut los. »Du hast ja Recht«, kicherte sie, »du hast hundert Prozent Recht.«

* * * * *

Sie war wieder in Jean-Marcs Bude, und der Gestank war überwältigend. Sie würgte und drehte sich um, um hinauszurennen, als etwas Weiches, Duftendes in den Raum hineinfloss, dass die Dunkelheit und die Kälte und der Gestank auf einmal hell und luftig wurden. In der Ecke wachte Jean-Marc auf und lächelte sie an ...

Sie setzte sich auf und schaute auf die Leuchtziffern der Uhr auf dem Nachttisch. 2.33 Uhr. Sie fühlte sich, als ob sie mit etwas oder jemand gekämpft hatte. Sie schaute neben das Bett. Nein, es war nur die Bettdecke, die zusammengeknüllt auf dem Boden lag.

Denn wir sind für Gott ein Wohlgeruch Christi unter denen, die gerettet werden, und unter denen, die verloren werden ... Von irgendwo in ihrem Traum kam er herbei, der Vers aus dem zweiten Korintherbrief. *... diesen ein Geruch des Todes zum Tode, jenen aber ein Geruch des Lebens zum Leben ...*

Hatte sie einen Wohlgeruch in Jean-Marcs elendes Loch gebracht? Sie spürte, wie die nächste Welle der Verzweiflung über ihr zusammenschlug. Dann kam ein anderer Teil der Bibelstelle in ihren Kopf: *Gott aber sei gedankt, der uns allezeit Sieg gibt in Christus und offenbart den Wohlgeruch seiner Erkenntnis durch uns an allen Orten!*

Dann war sie auf einmal auf ihren Knien, zwischen den zerknüllten Decken. »O Gott, ich bitte dich. Ich habe so versucht, meinen Schülern ein Wohlgeruch Christi zu sein. Und Janine und Simon und dem Rest der Truppe. Bitte, Herr, lass du auch die Leere der Obdachlosen erfüllt werden von dem Wohlgeruch Christi. Und zeige mir, was ich dazu tun kann. Zeige es mir, Herr.« Sie stieg zurück in ihr Bett und schlief ein, vor ihrem inneren Auge ein kleiner roter Hund und eine leere Parfümflasche in einer alten Überseekiste.

KAPITEL 28

Das Kleid war aus hellblauer Seide und über und über mit Goldstickerei verziert. Ein dicker vergoldeter Gürtel hob die schlanke Taille der Braut hervor – ein persönliches Geschenk von Yassir. Doch all diese Pracht wurde fast verdeckt von den Dutzenden von Perlenschnüren, die um Rislènes Nacken hingen. An der kürzesten, die unter ihrer Kehle endete, prangte mitten in den Perlen ein Amethyst. Wie ein Juwelenwasserfall fielen die Schnüre ihren Körper hinunter, dass das Gewicht sie nach unten zog – oder war es nur ihre Seele, die so schwer war?

Großmutter Namani setzte die Brautkappe auf Rislènes Kopf. Sie sah wie eine goldene Krone aus und war mit Juwelen besetzt. Von der Krone herunter, flach gegen Rislènes Stirn, hingen kleine goldene Talismane. Unter der Krone, von ihrem Gewicht festgehalten, wölbte sich der weiße, ebenfalls mit Gold bestickte Brautschleier; sein unterer Teil, mit fein gearbeiteten goldenen Symbolen verziert, fiel in weitem Schwung fast bis auf den Boden.

Rislènes Körper zitterte unter dem Hochzeitskleid, ihre Augen waren auf den Fußboden gerichtet. Ihre Großmutter, die ihre Wut vergessen hatte, prüfte aufgeregt den Sitz von Kleid und Schleier. »Du wirst eine prächtige Braut«, rief sie aus. Sie umarmte Rislène. »Mein liebes Kind, du wirst schon sehen, du wirst glücklich sein! Yassir ist ein guter Mann. Und erst die Mitgift! Allah sei gepriesen!«

Großmutter Namani holte ein Paar Ohrringe, die ebenfalls aus feinen, mit Gold verwobenen Perlenschnüren gearbeitet waren. Rislène stand gehorsam still, während sie sie an ihren Ohrläppchen anbrachte. Was sonst konnte sie tun? Sie war wieder im Haus ihrer Großmutter, und zwei ihrer Onkel bewachten das Zimmer. Drei andere Männer, die wie Polizisten aussahen, standen draußen vor dem Haus. Selbst im Bad musste Rislène die Tür einen Spalt offen lassen, während Nazira draußen stand und die Sekunden zählte.

Und jetzt trug sie das Hochzeitskleid, das Erbstück der Familie Namani, das von Generation zu Generation weitergegeben worden war. Morgen, am 10. Februar, dem Tag, an dem sie aus diesem Gefängnis hätte entkommen sollen, würde sie verheiratet – für immer gefangen. Und sie konnte nichts tun! Verheiratet mit Yassir, dem starken, markanten Mann mit den ernsten, kalten Augen, der zehn Jahre älter war als sie. Die Angst wollte sie lähmen. Ein ganzes Leben lang zusammen sein mit einem Mann, den sie erst einmal gesehen hatte ... Auf einmal konnte sie Samiras Selbstmordversuch verstehen. Ein Mann, der von ihr erwarten würde, dass sie ihm viele Söhne gebar. Und selbst wenn sie eines Tages nach Frankreich ziehen würden, was hätte sie davon? Sie kämpfte gegen die Übelkeit an, die in ihr hochsteigen wollte.

Am Morgen war sie in dem *Hamam*, den öffentlichen Bädern, gewesen, um die zeremoniellen Brautwaschungen vorzunehmen. Zurück im Haus ihrer Großmutter hatten mehrere Tanten und Kusinen eine Paste aus zerstoßenen Henna-Blättern gemacht, die sie in ihre Handflächen eingerieben und mit Baumwolle bedeckt hatten, die sie fest mit einem Tuch umwickelten. Morgen wäre die Haut ihrer Handteller schön rot gefärbt, wie die Sitte es verlangte. Und in ein paar Minuten würde die Friseuse kommen, um Rislènes Haar zu richten. Morgen wäre, wenn auch hastig, alles bereit.

Der Imam hatte seine Zustimmung zu einer kleinen Zeremonie nach Sonnenuntergang, gefolgt von einem bescheidenen Festmahl, gegeben. Anschließend würde Yassir Rislène sofort mit in das Haus seiner Eltern nehmen, wo die Neuvermählten den Ramadan beenden würden. Später, so hatte er versprochen, würden sie eine Hochzeitsreise ins Ausland machen.

»Bitte lass mich mit Mutter sprechen«, bettelte Rislène, als Großmutter Namani ihr Brautkleid inspizierte. »Ich brauche ihren Rat. Ich habe solche Angst. Bitte.«

»Du kannst so viel Rat von ihr haben, wie du willst, wenn die Hochzeit vorbei ist. Und jetzt zieh dich wieder aus. Das Kleid steht dir wunderbar, Rislène. Schau her, das ist noch ein Fingerzeig, dass es Allahs Wille ist, dass du Yassir heiratest.« Großmutter Namani lächelte, aber in ihrem großen, zerfurchten Gesicht stand Sorge geschrieben. »Beeil dich, Rislène. In fünfzehn Minuten ist der Gebetsruf.«

* * * * *

Die Wohnung war voll von Menschen, die das Ende des täglichen Fastens feierten. Madame Namanis drei Söhne und die jüngste Tochter hatten mehrere Freunde eingeladen, die jetzt im Wohnzimmer lachten und tanzten. Aber dass um halb elf abends das Telefon klingelte, war ungewöhnlich. Madame Namani hörte, wie die schroffe Stimme ihres Mannes zu einem Flüstern wurde. Sie ging vorsichtig näher zur Schlafzimmertür, hinter der ihr Mann sprach.

»Sie ist in Kontakt mit Christen gewesen? Sie wollten sie morgen Nachmittag rausholen?« Sein Flüstern wollte zum Kreischen werden. Sie konnte sein Gesicht nicht sehen, aber sie konnte sich die Wut in seinen Augen vorstellen. Er schien konzentriert zuzuhören, dann stieß er einen leisen Erleichterungsschrei aus und sagte: »Das ist ja wunderbar, Mutter! Dass sie morgen schon heiratet und dass der Imam mitmacht. ... Das nenne ich eine schöne Mitgift, ja. ... Natürlich hast du es richtig gemacht. Aber das Haus ist doch gut bewacht? ... Gut. ... Ja, natürlich kommen wir zu der richtigen Feier nach dem Ramadan. ... Also. Wiedersehen, Mutter.«

Madame Namani huschte von der Tür weg, nahm ein leeres Tablett von einem Tisch und trug es in die Küche. Sie begegnete ihrem Mann in der Diele. »Wer hat denn da um diese Zeit angerufen?«, fragte sie.

»Adidas Eltern. Sie wollten wissen, ob sie noch hier ist; sie hatten sie früher zu Hause erwartet.«

Madame Namani nickte. Sie ließ sich ihre Erregung nicht anmerken, als ihr Mann zurück ins Wohnzimmer ging, sein vorher so düsteres Gesicht von einem breiten Lächeln erhellt. Sie musste mit Madame Hoffmann reden! Hatte die nicht versprochen, dass sie Rislène zurück nach Frankreich holen würden? Aber etwas musste schief gegangen sein. Die Worte ihres Mannes ließen keinen Zweifel zu: Morgen würde Rislène mit einem Mann verheiratet werden, den sie überhaupt nicht kannte!

Sie lehnte sich an den Türpfosten und sah den tanzenden

jungen Leuten zu. »Ich bin müde, Youssef. Ich glaub, ich lege mich hin.«

Ihr Mann trat zu ihr und küsste sie auf die Stirn – eine ungewöhnliche Zärtlichkeitsgeste. »Du hast dir viel Arbeit mit den Vorbereitungen für heute Abend gemacht. Ruh dich aus und bete, ich komme bald nach.«

Madame Namani ging in das Schlafzimmer. Durch die Tür kam, nur wenig gedämpft, die Musik aus dem Wohnzimmer. Sie fiel auf ihre Knie, schloss die Augen und versuchte zu beten. Aber alles, an was sie denken konnte, war Rislène, wie sie das kunstvolle algerische Hochzeitskleid trug, das seit Generationen in der Familie war. *Sie muss Todesängste ausstehen. Und ich kenne diesen Mann überhaupt nicht, ich weiß noch nicht einmal seinen Namen!* »Allah! Schütze du meine Tochter, bitte! Ich will doch, dass sie glücklich wird, das ist alles, was ich will. Was soll ich nur machen? Was soll ich machen?«

* * * * *

Schweißgebadet und mit stolperndem Herzen wachte El Amin auf. Der Traum war so unheimlich wirklich gewesen. Viele Muslime hatten im Ramadan Träume und Visionen. Es war die Zeit, wo Allah sich seinem erwählten Volk offenbarte. El Amin hatte noch nie eine Vision gehabt, aber er wusste ohne jeden Zweifel: Dies war kein gewöhnlicher Traum!

Der Mann, der da vor ihm gestanden war, hatte weiße Kleider getragen. Oder vielleicht nicht weiß, aber unglaublich hell, leuchtend. Mit ausgestreckten Armen kam er auf El Amin zu. Seine Augen waren ein gleißendes Feuer, dass El Amin entsetzt zurückwich. Dieser Mann las jeden bösen Gedanken, jede böse Tat, die er je begangen hatte! Und es waren viele, o so viele. Sie waren nicht zu ertragen, diese prüfenden Augen, und so hatte El Amin seinen Blick auf die Hände des Mannes gerichtet. Sie waren beide durchstochen und blutig. Bevor er wusste, wie ihm geschah, fiel El Amin vor der flammenden Erscheinung auf die Knie und begann zu schluchzen: »Es tut mir Leid! Vergib mir! Vergib mir, Jesus!«

»Geh schnell. Deine Eltern brauchen dich.« Konnte es sein,

hatte der Mann wirklich gesprochen? *Warte, geh noch nicht, ich muss dich etwas fragen!* Er rannte hinter der wieder verschwindenden Gestalt her, aus vollem Hals schreiend. Und dann war er wach.

»Was ist, El Amin? Warum hast du so geschrien?« Jalas Stimme war schlaftrunken-besorgt. »Du bist ja ganz nass!«

»Wie spät ist es?«, fragte er. Die Uhr auf dem Nachttisch verschwamm vor seinen Augen.

»Zehn vor fünf. Kurz vor dem Morgengebet.«

Er packte ihre Hände, zog sie an sich und hielt sie heftig fest. »Ich muss weg, Jala. Sofort. Meine Eltern sind in Gefahr.«

»Deine Eltern? Aber du hast doch immer gesagt, es wäre lebensgefährlich, wenn du sie siehst.«

»Das ist jetzt etwas anderes.« Er sprang aus dem Bett und begann sich anzuziehen.

Sie folgte ihm, ihren Morgenmantel nehmend. »Wie meinst du das? Was ist anders? Du machst mir Angst. Wie lange muss ich noch mit dieser dauernden Angst leben?«

Sein Herz wurde weicher, er kniete sich vor ihr hin, suchte in ihren Augen. Konnte er ihr seine Vision anvertrauen, sie mit seinen Gedanken belasten? »Ich kann das nicht erklären, aber ich weiß, dass ich zu ihnen muss. Jala, ich liebe dich! Bete für mich. Bete, dass Allah mir den richtigen Weg zeigt.« Er kritzelte eine Adresse auf ein Blatt Papier. »Wenn ich bis morgen nicht zurück bin, geh zu dieser Adresse. Sie werden wissen, was zu tun ist.«

»El Amin! Warum sagst du das? So warst du noch nie!«

»Ich sage dir das, weil ich will, dass du weißt, dass ich dich mit jeder Faser in mir liebe. Und du sollst auch wissen, dass du versorgt bist, was immer auch passiert.«

»El Amin! Geh nicht!«

»Psst. Ich muss gehen. Ich liebe dich, Jala. Ich komme morgen zurück.«

»Morgen«, flüsterte sie. Die Tränen strömten ihr über das Gesicht. Er fand, dass sie noch schöner war, wenn sie weinte.

* * * * *

Freitag, der 10. Februar. Madame Namani verließ die Wohnung vor Sonnenaufgang, während der Rest der Familie noch schlief. Sie zog ihren *Hijab* über ihr Haar und trat nach draußen. Der Morgenwind war bitterkalt, aber alles, was sie spürte, war ein taubes Gefühl in ihrem Herzen, als sie den Bürgersteig entlang zur Bushaltestelle hastete. Nach ein paar Minuten kam der Neuner. Sie schaute beim Einsteigen vorsichtig nach beiden Seiten, ob ihr auch niemand folgte. Sie war der einzige Fahrgast.

Zwanzig Minuten später rannten ihre Beine mit ihr zum Haus der Hoffmanns. Der Himmel war noch nachtschwarz, als sie ankam und gegen die Tür hämmerte, zitternd vor einer Kälte, die nichts mit dem Wetter zu tun hatte. *Meine Tochter! Meine Tochter!*

Madame Hoffmann kam im Morgenmantel an die Tür. Ihr Gesicht war überrascht. »Madame Namani! Kommen Sie rein. Ist etwas passiert?«

Mit zitternden Händen packte sie den Arm der Rothaarigen. »Gestern Abend ... bekam Youssef einen Anruf von seiner Mutter. Er hat gelogen und gesagt, es sei jemand anderes gewesen, aber ich habe es mitgehört. Rislène wird heute verheiratet! Ich hab es selber gehört, wie er es sagte! Der Imam hat erlaubt, dass die Hochzeit heute stattfindet.« Sie griff sich an den Magen und stöhnte: »Ich will doch nur, dass Rislène glücklich ist. Mehr verlange ich nicht von Allah.«

* * * * *

Madira ging gerade in die Küche, um das Frühstück zu richten, als das Telefon klingelte. Sie summte vor sich hin und versuchte, den Knoten in ihrem Magen nicht zu beachten. Heute würden sie und Samuel Cebrian zum Markt gehen, um Rislène zu retten. Der Obdachlose saß an dem Esstisch, der seiner Mutter gehört hatte, in ein Gespräch mit Abdul vertieft.

»Ich gehe dran!«, rief sie. Sie trocknete sich die Hände mit einem Handtuch und ging durch den Flur ins Schlafzimmer. Der Knoten wurde fester. Wer rief da so früh an? »Hallo?«

»Madira! Hier Gabriella.« Gabriellas Stimme klang gepresst.

»Gabriella! Wie geht's?«

»Nicht so gut. Rislènes Mutter ist gerade hier. Sie sagt, gestern Abend hat ihr Mann einen Anruf von Rislènes Großmutter gekriegt. Rislène wird heute verheiratet!«

»Heute? Das ist doch nicht möglich! Die Hochzeit soll am 3. März sein. Ich soll mich doch heute Nachmittag mit ihr auf dem Markt treffen, um das Hochzeitsessen vorzubesprechen.«

»Es muss was schief gelaufen sein. Madame Namani sagt, die Großmutter hat Wind bekommen.«

»Wie kann sie denn das ... Es sei denn, sie hat den Zettel gefunden.«

»Was für einen Zettel?«

»Den, den ich Rislène auf dem Markt gegeben hab, mit den Anweisungen.« Sie stöhnte auf. »Doch, den müssen sie gefunden haben.« Ihr Kopf schwirrte. Heute schon die Hochzeit! Ihr war, als ob ihr jemand in den Magen geschlagen hatte. *Gott, nein! Wir hatten doch alles geplant.* »Hör zu, Gabriella. Ich rede mit Ceb und Abdul, sie sind hier. Oder willst du selber mit Abdul sprechen?«

»Nein, ich habe dir ja schon alles gesagt. Jetzt kann ich nur noch beten.«

»Ja, bete, Gabriella. Bete, dass Gott eine andere Idee hat. Seine Ideen sind ja immer besser als unsere.«

* * * * *

Madira war blass, als sie zurück in das Wohnzimmer kam. Ceb sah sofort die Tränen in ihren Augen. »Was ist, Schatz?«, fragte Abdul erschrocken und trat zu seiner Frau.

»Das war Gabriella. Rislènes Mutter ist gerade bei ihr. Sie sagt, Rislène wird heute verheiratet.«

»Heute!« Die beiden Männer sahen sich an. »Unmöglich.«

»Offenbar hat der Imam es erlaubt. Die müssen was spitz gekriegt haben.«

Etwa über El Amin?, dachte Ceb. Vor zwei Tagen hatte er ja mit ihm gesprochen. An diesem Vormittag wollte er sich erneut mit ihm und Hussein treffen, um den Plan fertig zu besprechen. Danach wäre er zurückgekommen und hätte Madira bei den Vorbereitungen für den Markt geholfen. Er drehte nervös seine Hände. Heute sollte Rislène verheiratet werden? Nein! *Ich hol sie zurück, Eric, ich schwör's!*

Abduls Stirn runzelte sich, aber seine Stimme blieb ruhig. »Als Erstes müssen wir beten. So überrascht wir auch sind von dieser Neuigkeit, unser himmlischer Vater ist nicht überrascht.« Der Mann mit der kaffeebraunen Haut und dem Silberhaar nahm die Hand seiner Frau, dann streckte er seine andere Hand über den Tisch zu Ceb hin aus. »Betest du mit, Ceb?«

Ceb nahm wortlos Abduls und Madiras Hand. Er war froh, dass ihre Augen geschlossen waren, sodass sie nicht die Tränen in den seinen sehen konnten. Die letzten fünf Tage hatte er unter ihrem Dach verbracht, und was ihn am meisten an diesem Paar beeindruckte, war die Schlichtheit ihres Glaubens. Zweimal hatten sich zehn oder zwölf Christen in dem Haus versammelt, um bis spät in die Nacht zu beten. »Während des Ramadan ist die Ausgangssperre nicht so strikt, das nutzen wir aus«, hatte Abdul ihm erklärt.

Ceb hatte sich nicht beteiligt an diesen Gebetsstunden, aber sie hatten ihn merkwürdig angezogen; er war sich vorgekommen wie ein kleiner Junge, der heimlich vor einer Tür sitzt, hinter der etwas geschieht, bei dem er so gerne mitmachen möchte. Diese Menschen glaubten, dass Gott tagtäglich gegenwärtig und am Werk war, gerade so, wie Ophélie und Eric, David und Gabriella das glaubten. Und seine Eltern. Und er selber als Teenager auch. Aber Cebs Problem war, dass er nie richtig Gottes Wirken in seinem Leben erlebt hatte. Er hatte es nicht erleben können, weil er nie lange genug gewartet hatte, um sehen zu können, was Gott vorhatte. Er war zu beschäftigt gewesen mit seinen eigenen Plänen. Ständige Bewegung, endlose Energie, Action.

Er hatte sich immer mit dem Apostel Petrus identifiziert, diesem Draufgänger, der dauernd über seine eigenen Füße stolperte. Wie oft hatte Jesus Petrus ermahnen müssen, weil er schon wieder mit dem Kopf durch die Wand wollte, anstatt auf ihn zu warten? Aber dieser stämmige Fischer, der seinen

Herrn dreimal verleugnet hatte, hatte ihn auch mit jeder Faser seines Wesens geliebt, und schließlich hatte er es gelernt, auf Christus zu hören. *Aber ich habe das nie gelernt.* Sie kamen wie von weit, weit weg, diese Gedanken.

Abduls Stimme war ein inbrünstiges Flüstern, als er den allmächtigen Gott bat, sie zu leiten, ihnen Weisheit zu geben, einzugreifen in dieser Situation, Rislène zu schützen. Wie von selbst flossen ihm Bibelverse von den Lippen, wie eine geschickte Näherin wob er sie in sein Gebet ein. Als er »Amen« sagte, begann Madira zu beten; dann und wann versagte ihr die Stimme, und sie hielt inne und räusperte sich, bevor sie fortfuhr.

Ceb verspürte ein kribbelndes Gefühl, etwas wie eine unbeschreibliche Tiefe, die ihn zu sich hin zog, stark und hell und gut. Dann war der Raum auf einmal still, und ohne zu wissen, warum oder wie, begann er zu beten: »Gott, das klingt jetzt vielleicht verrückt, aber ich weiß, du bist hier und du hörst die Gebete dieser guten Menschen. Ich bin so lange so weit weg von dir gewesen, ich bin nicht würdig, zu dir zu beten. Aber ich will helfen. Bitte zeige mir, wie ...« Seine Stimme zitterte.

»... Und vergib mir all diesen Groll, der in mir aufgestaut ist ...« Er konnte nicht weitersprechen, sondern verstummte, gab sich weiter diesem paradoxen Gefühl der Schwerelosigkeit und Tiefe hin, diesen unsichtbaren Armen, die ihn so sanft zur Wahrheit hin zogen. Er saß ganz still da, reglos und mit geschlossenen Augen. Und Abdul und Madira schienen zu begreifen, dass dies ein heiliger Augenblick war. Sie hielten seine Hände und schwiegen, trotz der Dringlichkeit der Lage, bis Ceb seine Augen öffnete und flüsterte: »Danke. Es geht jetzt.«

* * * * *

Das Haus lag inmitten von Olivenbäumen am Ende eines staubigen Fahrwegs. Mit stolperndem Herzen ging er zu der altbekannten Tür, die einmal in sein Zuhause geführt hatte. Sein Auto hatte er fünf Kilometer entfernt versteckt. Am Himmel spielte die blaue, dunkelrote und rosa Farbensinfonie der Morgendämmerung. Irgendwo in ihm löste sich etwas.

War dies hier ein neuer Anfang oder das Ende? Da war die Tür. Er zögerte einen Augenblick, dann klopfte er.

Eine lange Stille, dann die leise Stimme seiner Mutter von drinnen. »Wer ist da?«

Er räusperte sich und schaute um sich. »Ich bin's, Mutter. El Amin.«

Ein leiser, heftiger Schrei, das Geräusch eines hastig gedrehten Schlüssels, die Tür ging auf. Las er Angst in ihren Augen, Zögern, Zweifel? Er war sich nicht sicher. Dann war es wieder weg, Madira nahm seinen Arm und zog ihn hinein, rasch die Tür hinter ihm schließend. Sie streckte die Hand aus und berührte sein Gesicht. Ihre Finger zögerten, als hätten sie Angst, nicht ihren Sohn vorzufinden, sondern nur Luft. »El Amin?«

Eine weitere Sekunde verging – oder war es eine Minute? »Ich bin allein, Mama. Hab keine Angst.«

Dann waren ihre Arme um ihn, und ihre Tränen nässten sein Hemd. »El Amin. Mein Junge. Du bist da.«

* * * * *

Sein Gesicht war härter, von Erschöpfung zerfurcht. Er sah aus, als habe er sich mehrere Tage nicht rasiert, sein schwarzes Haar brauchte dringend einen Schnitt. Er war muskulös, jedes Gramm seines Körpers Kraft und Energie. Der jungenhafte Blick, den Madira gekannt hatte, war fort. Ihr Sohn war kein Junge mehr, er war ein Terrorist. Aber so sah sie ihn im Augenblick nicht. Was für ein Wunder hatte ihn an ihre Tür gebracht? War das Gottes Antwort auf ihre Gebete? Oder waren in den Olivenhainen seine Kameraden versteckt?

Was auch immer kommen mochte, Madira badete in dem Glück des Augenblicks. Ihr Sohn, den sie seit fünf Jahren nicht mehr gesehen hatte, stand neben ihr, sein einer Arm um ihre Schulter, der andere um Abduls. *Danke, Vater. Und ich dachte schon, ich sehe ihn nie wieder. Danke, Vater.*

Ceb war an dem Tisch sitzen geblieben, sein Gesicht voller Fragen. El Amin ging zu ihm hin und schüttelte seine Hand. Sie wechselten kein Wort. El Amin bedeutete seinen Eltern, sich zu setzen, dann begann er zu sprechen. »Bitte habt keine Angst, Mutter und Vater. Ich komme als euer Sohn, der euch liebt. Ich habe euch immer geliebt und« – er senkte seine Stimme – »euch beschützt so gut ich konnte. Ich konnte es euch nur nicht sagen. Aber Hussein wusste es. Nur Hussein, und jetzt auch Ceb.«

»Ceb?«

»Wir arbeiten zusammen, um Rislène zu befreien.«

Der Schock der Erleichterung, den Madira verspürte, spiegelte sich in Abduls Augen. El Amin fuhr fort: »Aber dass ich hier bin, liegt daran, dass euer Gott in einem Traum zu mir gesprochen hat. Heute Morgen ist euer Christus mit ausgebreiteten Armen zu mir gekommen und hat gesagt, dass ihr mich braucht. Es war solch ein Licht ... so stark. Ich bleibe nicht lange. Je weniger ihr über mich wisst, desto besser. Aber ich bin nicht euer Feind. Ich werde euch stets beschützen, egal was es kostet.«

Madira weinte leise, aber ihr Gesicht strahlte. Abdul hielt weiter die Hände seines Sohnes fest, unfähig, ein Wort zu sagen. Schließlich presste er hervor: »Gott hat zu dir gesprochen? Er hat dir gesagt, du sollst hierher kommen?«

El Amin schaute nach unten. »Er hatte seine durchbohrten Hände ausgestreckt und wusste alles über mich. Ich musste kommen, ich konnte nichts anderes tun.«

»Preis sei Gott, dass du gekommen bist.« Madira nahm ihren Sohn in die Arme. »Preis sei Gott.«

Es war ein Wunder. Zwei verlorene Söhne waren in ihrem Haus. Gott hatte sie in seine Liebe eingehüllt und an ihre Tür gebracht. Sie wusste nicht, warum, auch nicht, für wie lange. Egal. Sie ließ sich fallen in diese Freude.

Es war fast, als sei die Vergangenheit zurückgekehrt. Jede Minute konnte Eliane Cebrians Stimme kommen: »Madira, kannst du mir eben mit den Gardinen helfen?« Worauf sie die beiden kleinen Jungen zum Spielen nach draußen schicken würde. Verloren und gefunden, Warten und Erneuerung. Der Teppich des Lebens, ständig ging er auseinander und wurde wieder zusammengenäht. Vor langer Zeit schon hatte sie gelernt, dass sie das Leben nicht beherrschen konnte. Aber das

Gebet war der große Faden, mit dem Gott Menschenleben wieder zusammennähte, und vor ihr standen zwei junge Männer, die sie schon lange, lange in ihre Gebete hineingewoben hatte.

* * * * *

El Amin versuchte, sich zu sammeln, diesen Traum, der ihn da ins Haus seiner Eltern getrieben hatte, zu verstehen. Heute schon sollte also das französische Mädchen verheiratet werden. Es war keine Zeit zu verlieren, und es war gut, dass er sich so früh am Morgen mit Ceb besprechen konnte. Aber war das der eigentliche Grund für die Vision? Er konnte es sich nicht vorstellen. Christus hatte von seinen Eltern gesprochen, nicht von dem Mädchen. Konnte dieser Gott sich nicht klarer ausdrücken?

Nein, Rislène war nicht der Grund, dass er nach fünf Jahren Versteckspiel hierher gefahren war. Es ging um Leib und Leben seiner Eltern. Doch, ihr Gott hatte ihm sagen wollen, dass ihr Leben in Gefahr war. Warum hätte er sonst zu ihm, einem Muslim, gesprochen? Und warum hatte es so höllisch wehgetan, als Christus ihm in die Augen gesehen hatte? Er spürte es wieder, das furchtbare, schleimige Gefühl der Scham und des Ekels, das durch ihn geschossen war, als ob die Wahrheit persönlich ihm in die Augen starrte.

Die Wahrheit? Was hatte er da für Gedanken? Dieser Gott hatte nicht die Wahrheit. Aber er hatte den Schlüssel zu seinen Ängsten.

Wie freudig seine Mutter aussah! Sie trug das Frühstück auf, und er wusste: Am liebsten würde sie ihn jetzt in den Armen halten, mit ihm sprechen, ihm hundert Fragen über Jala und die Kinder stellen. Aber sie traute sich nicht, ihn damit zu belästigen, und so redete er, während er aß, von selber über Jala und über jedes der Kinder und schaute zu, wie seine Mutter jeden Gedanken, jedes Wort zu einem inneren Bild zu malen versuchte.

»Das hier ist von Jala, mit einem schönen Gruß.« Er reichte Madira ein Foto aus dem letzten Jahr, das die ganze sechsköpfige Familie zeigte.

»Was für schöne Kinder.« Sie sagte nicht, dass sie sie so gerne sehen und das Kleinste im Arm halten wollte. Seine Mutter war eine Frau des Friedens und der Selbstbeherrschung. Aber sie hielt das Bild so andächtig in den Händen, als seien die Gesichter, die ihr darauf entgegenlachten, echtes Fleisch und Blut, hier vor ihr in ihrem Haus.

* * * * *

Dreißig Minuten war El Amin zu Hause gewesen, und schon musste er wieder gehen, war es Zeit, dass er wieder aus dem Leben seiner Eltern verschwand. Ohne den leisesten Schimmer, wann er sie wieder sehen würde. Morgen? In einem Jahr? Nie? Zeit, mit Hussein und Samuel zu gehen, und nie würde er herausfinden, warum Christus ihn auf solch dramatische Weise zu seinen Eltern geschickt hatte.

Er umarmte seinen Vater, Tränen in den Augen. Dann nahm er seine Mutter in die Arme und küsste sie sachte auf ihre nassen Wangen. »Ich muss gehen. Vergesst nie, dass ich euch liebe. Es tut mir Leid, dass ich so gekommen bin.«

»Das braucht dir nicht Leid zu tun«, schluchzte Madira. »Dies ist der glücklichste Augenblick in meinem Leben. Jetzt weiß ich, dass es dir gut geht. Und Jala und den Kindern.« Sie schaute wieder auf das Foto. »Danke, dass du gekommen bist, El Amin, und uns erklärt hast, warum du vorher nie kommen konntest.«

»Es vergeht kein Tag, ohne dass ich an euch denke.«

»Und ich an dich«, sagte Madira.

»Und ich auch«, sagte sein Vater und sah ihn an.

»Auf Wiedersehen, Mutter und Vater. Möge euer Gott euch beschützen.«

»Und dich auch.«

Ceb schüttelte Madira und Abdul stumm die Hand. Die beiden Männer gingen zur Tür hinaus. El Amin wusste ohne jeden Zweifel, dass es richtig war, dass er gekommen war. Wenn er nur hätte bleiben können.

* * * * *

»Rein mit euch, sonst stellt ihr mir nur die Wohnung auf den Kopf, während ich fort bin!« Ophélie hob den letzten der Welpen, den zappelnden Jean Valjean, hoch, kraulte ihn am Kopf und setzte ihn im Käfig neben seinen Brüdern und seiner Schwester ab. Lassie sprang auf und bellte Schwanz wedelnd. »Es ist gut, Mädchen, benimm dich!« Sie konnte es nicht unterdrücken, das bittersüße Lächeln, das auf ihr Gesicht kam. Jean-Marcs Hund und die Welpen wurden mit jedem Tag kräftiger.

Sie war in schwarze Leggings geschlüpft und zog gerade einen hellroten Pullover an, als das Telefon klingelte. »Ja, hallo?«

»Ich bin's, Ophélie. Bri.«

Sofort kam ein Kloß in ihre Kehle. »Ist es was Schlimmes?«

»Bei uns ist alles okay. Aber vorhin, in aller Frühe ist Madame Namani zu uns gekommen. Es scheint, dass Großmutter Namani von dem Fluchtplan Wind bekommen hat. Sie hat mit dem Imam gesprochen. Rislène soll schon heute Nachmittag verheiratet werden.«

»O, nein!«

»Das ist alles, was ich weiß, Ophélie. Ich dachte, du willst vielleicht darüber beten.«

»Ja, natürlich. Danke, Bri. Ruf mich in der Schule an, sobald du mehr weißt.«

»Sicher.«

»Tschüs, und alles Liebe.« Sie hing auf, eine plötzliche unerträgliche Schwere in den Gliedern. Sie sank auf die Knie. »O Gott, warum müssen diese lieben Leute das durchmachen? Bitte, Vater, sei du bei Rislène. Zeige ihr, dass du immer noch bei ihr bist.« Das Bild ihrer hübschen Schülerin trat vor sie. Was für Ängste und Einsamkeit musste sie jetzt durchstehen? »Und zeige Madira und Abdul und den anderen, was sie tun sollen. Und Ceb. Gib ihm eine Idee, bitte. Wenn Ceb dich je gebraucht hat, Herr, dann jetzt.«

KAPITEL 29

Dies war endlich das Algerien, das Ceb suchte. Er saß am Steuer von Abduls Wagen und brauste durch den frühen Morgen, während El Amin ihm den Weg beschrieb.

Er verlangsamte das Tempo. »Mein Auto steht hier in der Nähe«, sagte El Amin.

Sie hatten beschlossen, zuerst zu Hussein zu fahren. Sie hatten ihn kurz angerufen; er würde an der vereinbarten Stelle auf sie warten. Danach würden sie gemeinsam zum Haus der Namanis fahren.

»Dich hat also eine Vision aufgeweckt und zu deinen Eltern gebracht?«

»Es war so stark, so mächtig, ich konnte nicht nein sagen. Aber es ging in der Vision nicht um Rislène, es ging um meine Eltern. Ich musste zu ihnen.«

»Das ist komisch«, sagte Ceb nachdenklich.

»Ja.«

»Nein, ich meine etwas anderes. Ich weiß noch, wie David Hoffmann uns vor Jahren erklärte, dass Christus im Ramadan oft Muslimen erscheint.«

»Wie das?«

»Er sagte, dass ein frommer Muslim in den seltensten Fällen durch das Gespräch mit einem Christen von der Wahrheit Christi überzeugt wird und dass Christus sich ihm deshalb oft in einer Vision zeigt. Er konnte faszinierende Geschichten von Männern und Frauen erzählen, lauter Bekannte von ihm, die durch solch eine Vision vom Islam zum Christentum übergetreten waren.«

»Törichte Menschen.«

»Vielleicht. Aber warum ist Christus zu dir gekommen? Meinst du, dass er dir die Hilfe anbieten wollte, die du suchst?«

El Amin sagte nichts. Ein Finger zwirbelte die eine Augenbraue.

Ceb fuhr fort: »Vielleicht ist er gar nicht gekommen, um deine Eltern zu warnen, sondern um zu dir selber zu sprechen.«

El Amins Augenbrauen zuckten nervös. »Und was macht

dich so plötzlich zum Propheten der Wahrheit? Ich dachte, du hast diesen Gott vor langer Zeit aufgegeben.«

»Doch, schon. Aber dann bin ich hierher gekommen und habe fünf Tage bei deinen Eltern gewohnt. Sie sind gute, starke Menschen. Und Hussein auch. Jeden Tag riskieren sie ihr Leben, weil sie Christus lieben ...«

»Und ich tue das Gleiche für Allah!«, erwiderte El Amin heftig. Er seufzte. »Aber ich kann ihnen nicht böse sein. Ihre Liebe zu ihrem Gott ist gerade so radikal wie die meine zum Islam. Nur, dass sie Berge durch das Gebet versetzen, und wir mit Gewalt.« Die beiden Männer schwiegen.

»Da steht mein Auto.« El Amin klang erleichtert. »Lass mich raus, und dann folge mir.«

»Wird gemacht.«

* * * * *

Das Haus summte wie ein Bienenkorb. Rislène sah dem Treiben aus benommenen Augen zu. *Lieber Gott, das ist der schlimmste Tag meines Lebens. Die Zeit läuft aus.* Die Zeremonie war für den Sonnenuntergang geplant, der das tägliche Fasten beendete. Sie merkte, wie sie zitterte. *Ich bin nicht bereit, ich kann nicht seine Frau werden!* Die erste Nacht mit Yassir - besser nicht daran denken. Angst. Ekel. Sie war darauf vorbereitet gewesen, ohne Gottes Wort zu sein, darauf vorbereitet, in Verfolgung und Leiden, in Spott und Anfechtung an ihrem Glauben festzuhalten. Aber nicht auf dieses: die Frau eines Fremden zu werden und sein Bett zu teilen. Der Gedanke krampfte ihr den Magen zusammen.

Jesus, bitte gib, dass er nett zu mir ist. Gib, dass ich ihn nicht hasse. Ich bin zu schwach, ich habe solche Angst. Ich kann das nicht, ich kann das nicht. Bitte gib, dass er mich nicht wegen meiner Tränen hasst. Bitte rette mich, Herr, bitte.

Das Brautkleid lag fertig geschmückt auf Naziras Bett. Rislène hatte es immer schön gefunden. Sie erinnerte sich, wie sie es vor Jahren, als eine ältere Kusine geheiratet hatte, berührt und sich vorgestellt hatte, wie sie selber darin aussehen würde. Jetzt schienen die glitzernden Steine und goldenen Fäden wie Fesseln zu sein, eine Falltür hinein in ein Leben, das sie nicht wollte, ein Leben so weit weg von Eric ...

»Hör endlich auf zu heulen.« Nazira klang ärgerlich. »Du bist zu verwöhnt! Yassir kommt aus einer guten Familie, er ist reich und schön. Du bist ein Glückspilz, Rislène! Hör auf zu heulen!«

»Wenn du ihn so toll findest, dann nimm ihn doch selber!«

Naziras Augen blitzten. »Ich hasse dich, Rislène! Papa und Mama haben dich immer lieber gehabt als mich. Ich bin ihnen egal. Alles für die schöne, die kluge Rislène. Ich hasse dich! Ich hoffe, dass du für den Rest deines Lebens unglücklich bist, das geschieht dir recht!« Nazira hob das Hochzeitskleid hoch und warf es zurück auf das Bett. »Ich bin eine gute Muslimin, ich will nur Allah gehorchen. Jawohl, ich würde Yassir sofort heiraten. Ich hasse dich!« Sie drehte sich um und rannte aus dem Zimmer.

* * * * *

Hussein hatte das Haus der Namanis bereits zweimal besucht. Das für algerische Verhältnisse recht große Gebäude stand dicht an dicht zwischen zwei anderen Häusern. Das einzige äußere Erkennungsmerkmal war die schön gearbeitete hölzerne Haustür mit dem Klopfer aus Goldmessing, der die Hand der Fatima darstellte – ein Schutzsymbol, das man in der muslimischen Welt oft sah. Hussein war nicht drinnen gewesen, aber er wusste, wie diese Häuser angelegt waren: zur Straße hin fensterlos, aber mit einem nach oben offenen Hof hinter der Haustür, sodass die Frauen im Haus von keinem Fremden gesehen werden konnten und trotzdem genügend Licht hatten.

Heute herrschte ein reges Kommen und Gehen im Namani'schen Haus. Händler brachten Körbe mit Obst und Gemüse. Gleich neben der Haustür standen zwei in Polizeiuniformen gekleidete junge Männer, Maschinenpistolen an der Seite. Und irgendwo hinter diesen hohen Mauern war die junge Frau, deren Zukunft jetzt in seinen, Husseins Händen lag. Hussein sah wieder Davids Brief vor sich mit dem Hugenottenkreuz in der einen Ecke. Würde er sie erfolgreich zu Ende führen können, diese Mission?

Die drei Männer beobachteten das Treiben aus sicherer Entfernung. »Ohne Blutvergießen läuft hier nichts«, sagte El Amin. »Ich habe Pistolen. Wir müssen die Polizisten erschießen, das Mädchen schnappen, und dann nichts wie weg.«

»Wir werden nicht töten«, sagte Hussein bestimmt. »Wir müssen einen anderen Weg finden. Können wir sie nicht betäuben?«

Ceb nickte. »Ja, El Amin, kommst du an Betäubungsmittel ran? Wie viele Bullen sind da überhaupt drin?«

»Draußen stehen zwei, aber drinnen – keine Ahnung. Und dann natürlich die ganzen Männer aus der Familie.« Hussein schüttelte den Kopf. »Das wird nicht einfach.«

El Amins Stimme war ärgerlich. »Meine Männer benutzen keine Betäubungsmittel. Unmöglich. Und wir wissen nicht, wie viele Männer aus der Familie womöglich bewaffnet sind. Ich sag's euch, wenn wir nicht schießen, sind wir tot!«

Hussein seufzte und rieb sich die Augen. Die Aktion auf dem Markt, inmitten all der Menschen – das war machbar gewesen. Verwirrung schaffen, damit Rislène und Ceb in dem allgemeinen Durcheinander zu dem wartenden Auto rennen konnten. Aber dies hier – es sah unmöglich aus.

Die Sonne stand hoch, der kühle Februarmorgen ging in den Mittag über. *Verwirrung schaffen.* Hussein lächelte plötzlich. »Ich habe eine Idee. Ich hab zu Hause ein paar alte Polizeiuniformen, die ich hin und wieder benutzt habe. Mit denen könnten wir beide, El Amin, in das Haus reinkommen.«

»Und ich?«, fragte Ceb.

»Du bleibst draußen auf der Straße und lenkst die Leute ab. Irgendwas, was die Feier unterbricht.«

»Jawohl!«, sagte El Amin aufgeregt. »Eine Bombe!«

»Eine kleine Autobombe«, sagte Hussein. »Etwas, was viel Lärm macht, aber niemanden verletzt.«

Ceb nickte. »Ja. Ich zünde das Ding und verdrück mich in eine andere Straße. Ihr holt das Mädchen raus, und ich fahre mit ihr los.«

»Könnte klappen. Wenn wir da reinkommen.«

Cebs Brauen furchten sich. »Aber wenn euch da jemand erkennt, seid ihr dann nicht enttarnt? Wird das nicht eure Arbeit ruinieren?«

Hussein klopfte ihm auf den Rücken. »Weißt du, Ceb, ich nehme jeden Tag so, wie er kommt. Ich hatte das hier nicht so geplant, aber bei meiner Arbeit geht selten alles glatt. Aber Gott ist mit uns. Er ist schon so oft mit mir gewesen, so oft.«

»Und wie denkt deine Frau darüber?«

»Die ist genauso überzeugt wie ich, dass Gott mich – uns zu diesem Leben berufen hat. Wir wollen es nicht anders haben, Ceb. Jeden Tag treibt Jesu Liebe uns neu an. Wir wollen es nicht anders.«

»Und du, El Amin? Was passiert, wenn rauskommt, dass ein als Polizist verkleideter Terrorist bei der Rettung einer Christin geholfen hat?«

El Amin zuckte die Achseln. »Es ist besser, nicht zu viel zu fragen, Ceb, sonst werde ich noch verrückt. Ich kann nur meinem Herzen folgen.«

Sie gingen zurück zu dem Auto, das sie ein paar Straßen entfernt geparkt hatten. Mit einem Gebet im Herzen fuhr Hussein los. *Herr, beschütze uns.* Die beiden Männer, die mit ihm fuhren - ein fundamentalistischer Muslim und ein obdachloser Franzose. *Vereinige uns zum Guten, Herr. Und die Uniformen - hilf mir, dass ich sie finde, bitte. Es ist so wenig Zeit.*

* * * * *

Die verschlüsselte Botschaft, die über Telefon durch Algiers ging, war kurz und bündig. »Keine Orangen mehr vorrätig, aber Oliven. Bei Interesse bitte melden.« Die Glieder der kleinen Hausgemeinde wussten, was die Worte bedeuteten; Abdul und Madira hatten sie schon zweimal mit Erfolg benutzt, wenn Not am Mann war. *Keine Orangen mehr* bedeutete, dass der Plan sich geändert hatte. *Aber Oliven* hieß, dass Beten die einzige Möglichkeit war. Und *Bei Interesse bitte melden* bedeutete einfach, dass man sich noch am gleichen Abend zu einer Gebetsgemeinschaft im Haus der Charfis treffen würde.

* * * * *

Er zog mehrere Kartons unter dem Bett hervor, kippte sie auf den Fußboden aus und warf die Kleider nach links und rechts. »Hussein! Was machst du da?«, fragte Dounia, die ins Schlafzimmer kam. »Suchst du etwas?«

»Sie müssen irgendwo hier drin sein«, antwortete er, ohne auf ihre Frage zu hören. Ein paar Augenblicke später zog er unter einem der Kleiderhaufen eine Polizeiuniform hervor. Er küsste sie und flüsterte: »Danke, Herr.« Dann hielt er die Uniform seiner verdutzten Frau hin. »Dounia, bügel mir das bitte, so schön und so schnell wie noch nie.« Er leerte die letzte Kiste, und eine zweite Uniform, diesmal säuberlich gefaltet, segelte auf den Boden.

»Wo hast du die denn her?«, fragte Dounia.

»Psst. Jetzt ist nicht Zeit zum Fragen. Nur zum Beten. Unser Gott hat uns gegeben, was wir brauchen, und jetzt müssen wir uns beeilen.«

Zehn Minuten später steckten er und El Amin in den Uniformen, während Dounia einen langen weißen Turban um Cebs widerspenstiges Haar wickelte. »Jetzt siehst du schon besser aus«, grinste Hussein. »Und hier, das passt dir sicher auch, der frühere Besitzer war so groß wie du.« Er warf Ceb einen langen Umhang zu. »Nicht viel Verkleidung, aber besser als gar nichts.«

Ceb hielt das weiße Ding in den Händen, sein Gesicht ein Fragezeichen. »Und was soll ich damit machen?«

»Na, anziehen natürlich!«, lachte El Amin. »Hier, ich helfe dir rein.« Das Lachen tat gut.

Die Männer ließen Dounia in der Tür stehen, tausend Fragen in ihren Augen. »Mach dir keine Sorgen, Liebes, bete nur!« Hussein küsste sie rasch auf die Lippen. Wann würde er sie wieder sehen? Er versuchte, nicht daran zu denken.

* * * * *

»Also, gehen wir noch mal alles durch.« Ceb spürte, wie das Blut ihm durch die Ohren pochte, während sie mit schnellen Schritten zum Auto gingen.

El Amin begann. »Hussein und ich werden versuchen, als

Polizisten in das Haus zu kommen. Dürfte kein Problem sein bei den Grünschnäbeln, die sie vor die Tür gestellt haben.« Er sah zu Hussein hin. »Hast du den Brief?«

Hussein nickte. El Amin fuhr fort: »Ceb, du wartest draußen um die Ecke, bis Hussein wieder rauskommt. Das ist das Signal, dass alles bereit ist. Dann zündest du das Ding. Direkt nach der Gebetszeit werden die Straßen noch leer sein. Ich schnappe die Braut und bringe sie zu dem anderen Wagen, ein paar Straßen entfernt, wo du inzwischen wartest. Dann bist du dran und fährst wie der Blitz zum Haus meiner Eltern. Du hast gehört, was sie heute Morgen sagten. Sie haben einen Keller, wo wir sie verstecken können, bis wir ausbaldowert haben, wie wir euch beide zurück über die Grenze bringen.« El Amin rieb sich über das Kinn. »Meinst du, du findest das Haus meiner Eltern auch, wenn ich nicht mit im Wagen sein kann?«

Ceb hatte die letzten fünf Tage die Stadtpläne studiert und auswendig gelernt. »Ja, kein Problem. Aber wie kommt ihr beide hier weg?«

»Mach dir keine Sorgen um uns«, warf Hussein ein. »Dein Job ist Rislène.«

Mach dir keine Sorgen um uns. Aber er machte sich Sorgen. Um alles. *O Gott, ich brauche dich wie noch nie in meinem Leben. Ich weiß, es ist unverschämt, dass ich jetzt so bitte, wo ich dich doch die ganzen Jahre links liegen gelassen habe. Das tut mir so Leid. Aber bitte, Gott, bring du uns da durch. Die Leute hier sind echt okay, und ich will dieses Mädchen zurück zu Eric bringen. Für dich. Ehrlich. Und ich will ...* Er schloss seine Augen, sah Ophélie in ihrer Wohnung vor sich. *Und gib mir eine Chance zu sehen, ob sie mich will, Gott. Kannst du das bitte machen?*

* * * * *

Die Polizeimütze war so tief in sein Gesicht gezogen, dass sie fast seine Augen verdeckte, und El Amin war dankbar für seinen Bart. Er ging mit festen Schritten zur Tür des Hauses der Namanis und knallte die Absätze zusammen. »Die Zentrale hat uns gefunkt, dass ihr Verstärkung braucht – höchste Alarmstufe.«

Der junge Polizist zuckte die Achseln. »Wir haben hier noch nichts gehört.«

»Hier ist die Meldung.« El Amin schob ein hoch amtlich aussehendes Papier in die Hände des jungen Mannes. Es war ein Trick, den seine Männer wohl schon hundert Mal benutzt hatten. Der Polizeikadett überflog das Blatt, dann sagte er: »Ja, die scheinen's nötig zu haben in diesem Haus. Eine Hochzeit mitten im Ramadan – wenn das nicht Allah herausfordern heißt! Kommt rein.«

Der Polizist führte El Amin und Hussein in den Innenhof. Er nickte El Amin zu. »Nimm du das Treppenhaus da hinten, und du« – er nickte zu Hussein hin – »das hier rechts. Gebt mir Bescheid, wenn ihr was Verdächtiges seht.«

»Wann soll die Feier stattfinden?« fragte El Amin knapp.

»Nach Sonnenuntergang.« Der Polizist schaute auf seine Uhr. »Sagen wir, in spätestens dreißig Minuten.«

El Amin warf Hussein einen raschen Blick zu, Erleichterung in den Augen. Nach Sonnenuntergang. Es war noch nicht zu spät.

* * * * *

Die Großmutter schien in der Küche zu sein. Aufgeregt bellte sie den anderen Familienmitgliedern, die mit Tellern und Blumen beladen hin und her sausten, ihre Anweisungen zu. Es duftete verführerisch nach *Kuskus*. El Amin marschierte in die Küche, salutierte vor Großmutter Namani und flüsterte ihr zu: »Ich muss mit der Braut sprechen.«

»Unmöglich!«, flüsterte Großmutter Namani zurück. »Kein Mann darf die Braut vor Beginn der Feierlichkeiten sehen.«

»Möchten Sie, dass Ihre Enkelin heute heiratet?«

»Natürlich!«

»Dann muss ich mit ihr reden. Sie muss wissen, wie sie sich zu verhalten hat, falls es Probleme gibt. Polizeivorschrift, Sie verstehen.«

Großmutter Namani sah ihn heftig an. »Sie ist da drinnen.« Sie zeigte auf eine Tür auf der rechten Seite des Flurs. »Machen Sie es schnell.«

* * * * *

Der Schweiß stand El Amin auf der Stirn, als er an die Tür klopfte. Sie öffnete sich. Ein ganzer Schwarm kichernder Frauen flatterte wie eine aufgeregte Hühnerschar in die hinterste Ecke, sodass er die Braut nicht sehen konnte. »Entschuldigen Sie die Störung«, sagte er knapp. »Ich muss nur kurz etwas mit der Braut besprechen. Polizeivorschrift.« Die Frauen rührten sich nicht. »Ich habe die Erlaubnis der Großmutter«, fügte er schroff hinzu.

Die junge Braut trat zu ihm. Sie trug ein kunstvoll gearbeitetes Brautkleid. Ihre Augen waren rot und geschwollen und auf den Boden gerichtet. Sie zitterte leicht.

»Mademoiselle Namani«, sagte El Amin, »ich habe um eine Minute mit Ihnen gebeten, um das Vorgehen zu erklären, falls es zu Problemen kommen sollte.« Seine Stimme war streng, fast ärgerlich, und er sprach so laut, dass die anderen Frauen im Raum es mithörten. »Unsere Männer sind erschöpft und haben an anderes zu denken. Ich will, dass diese Hochzeit ohne Zwischenfälle über die Bühne geht. Falls es während der Zeremonie doch Probleme geben sollte, werde ich ein Signal erhalten. Sie kommen dann mit mir, damit ich Sie in Sicherheit bringen kann. Ist das klar?«

Die Braut nickte wortlos.

»Die Zeremonie wird in Kürze beginnen.« Sein Gesicht war hart, das Kinn nach vorne geschoben. »Ist alles klar, Mademoiselle Namani?«

Sie schaute nicht auf, sondern murmelte: »Ich habe verstanden.«

Er ging aus dem Raum. Trotz der frischen Spätnachmittagsluft war er schweißgebadet unter seiner Uniform. Er verspürte eine größere Angst als bei seinen Terroreinsätzen. Jetzt war er auf der anderen Seite. Nein, nicht auf der anderen Seite. Auf einem dritten Weg, der nichts mit diesem Krieg zu tun hatte. Nicht Zerstören, sondern Retten lautete seine Mission. Es war eine völlig andere Herausforderung. Retten, in Sicherheit bringen. Ohne Blut zu vergießen.

Es war der Weg seiner Eltern. Der Weg des Gebets. Es ging

gegen alles, was er gelernt hatte. Er war ein Virtuose der Gewalt. Aber eine gewaltlose Befreiungsaktion? Nur der Gott seiner Eltern konnte so etwas zustande bringen.

Draußen begannen die Lautsprecher zu dröhnen. Der Gebetsruf. Die Polizisten fielen auf ihre Knie. El Amin fühlte sich auf einmal verunsichert. Sollte er Allahs Hilfe erflehen für einen Plan, der doch den Gott der Muslime nur erzürnen konnte? Er sah wieder den Christus aus seiner Vision, mit den ausgebreiteten Armen, spürte wieder die furchtbare Schande und Schuld in seinem Herzen. Und dann den Frieden.

Gott meiner Eltern, ich weiß nicht, warum ich hier bin, und ich weiß nicht, warum du mir in dem Traum erschienen bist. Ich habe Angst. Ich habe niemanden, an den ich mich wenden kann. Bitte, Gott des Christus, rette du dieses Mädchen. Rette uns alle. Er konnte nicht anders, er fügte hinzu: *»Insha Allah.«*

* * * * *

Der Mann von der Polizei war drahtig und muskulös, gut aussehend, aber mit grausamen Augen. Seine Worte hatten vorwurfsvoll geklugen. Rislène war schwindlig. Diese Hochzeit würde stattfinden, dafür würde die Polizei sorgen. Die große Uhr im Flur tickte unerbittlich weiter. Eine Wolke vor der untergehenden Sonne ließ das Haus plötzlich dunkler werden.

»Es dauert nicht mehr lange, Rislène, gleich geht die Sonne unter«, höhnte Nazira. Die Frauen legten eine Perlenschnur nach der anderen um Rislènes Hals, bis ein ganzer Perlenwasserfall sich über ihre Brust ergoss. So schwer. Alles war so schwer. Würde sie die Kraft haben, einen Fuß vor den anderen zu setzen und in den Salon zu gehen, wo die Trauung stattfinden sollte?

Großmutter Namani kam in das Zimmer gerannt, ihr Gesicht doppelt rot unter dem knallgelben Kopftuch. »Der Imam ist hier. Beeil dich, Rislène! Leg deinen Schleier um. Los, Nazira, hilf deiner Schwester! In einer halben Stunde geht es los, gleich nach dem Gebet.«

Panik, Übelkeit. Rislène versuchte an einen Bibelvers zu denken, irgendeinen, aber ihr war so heiß und schwummrig.

Sie kniete sich neben Nazira, um zu beten. *Es ist zu spät, Herr. Es ist zu spät.*

* * * * *

Ceb parkte Husseins alten Citroën ein paar Meter vom Haus der Namanis entfernt, auf der anderen Straßenseite. Sie hatten keine Zeit gehabt, ein ausrangiertes Autowrack für das Dynamit zu finden, und so hatte Hussein darauf bestanden, dass sie seinen Wagen nahmen. El Amins Auto war drei Straßen entfernt geparkt. Alles war still in der einbrechenden Dunkelheit. Cebs Hände schwitzten. *Mach schon, Hussein.* Wenn die Bombe jetzt losging, gab es einen großen Knall und sonst nicht viel; in fünfzehn Minuten, nach der Gebetszeit, gäbe es einen Menschenauflauf auf der Straße.

Einer der jungen Polizisten schaute kurz in Cebs Richtung, als er aus dem Auto stieg. Wo war Hussein? Da kam er aus der Tür und rief die anderen Polizisten zu sich. Jetzt ...

Die drei Dynamitstangen und der Kanister mit dem Benzin waren im Kofferraum. Er brauchte nur noch die lange Zündschnur anzuzünden und zu sehen, dass er fortkam. Die Bombe war primitiv. Ceb riss das Streichholz an und hielt es an die Schnur. Sie brannte sofort. Jetzt hatte er genau dreißig Sekunden. Er ging rasch die Straße hinunter. Besser nicht zurückschauen.

* * * * *

Der Imam war ein kleiner, silberhaariger Mann mit einem langen weißen Bart. Er bedeutete Rislène, sich neben Yassir zu stellen, der einen weinroten Anzug trug. Der Bräutigam sah würdevoll-entschlossen aus. Rislène konzentrierte sich auf jede Bewegung. *Einen Fuß vor den anderen. Einen vor den anderen ...*

Links und rechts die Gesichter des Namani-Clans. Dreißig Personen drängten sich in dem Raum. Wenn auch die Trauung kurz und hastig war, das anschließende Essen würde festlich sein, darauf hatte Großmutter Namani bestanden. Rislènes

Tanten, Onkel und Kusinen, sie waren alle da. Nur ihr Vater und ihre Mutter nicht.

Der Imam begann leise zu sprechen und Allahs Segen auf diese Zeremonie herabzurufen. Rislène Beine waren wie Pudding. *Zu spät, zu spät,* klang es durch ihren Kopf. *Zu spät!*

Der Knall ließ alle zusammenfahren. Mehrere der Hochzeitsgäste rannten zur Haustür. »Eine Bombe! Eine Bombe auf der Straße!«

»Trauen Sie sie, schnell!« Großmutter Namani funkelte den Imam an. »Unterbrechen Sie die Zeremonie nicht, machen Sie weiter!«

»Sind Sie verrückt? Alle Frauen und Kinder in die Mitte des Hauses, schnell!« Es war der grausam aussehende Polizist, der die Befehle gab. »Alle bewaffneten Männer nach draußen!«

Jetzt packte er Rislènes Arm. »Sie kommen mit mir!« Er sah Yassir an. »Ich bringe sie durch die Hintertür nach draußen. Bewachen Sie die Tür!«

»Nein!«, schrie Rislène, zitternd. »Halt! Hilfe! Lassen Sie mich los!« Wenn sie nur in dem Haus bleiben konnte – vielleicht würde der Mann, der die Bombe gezündet hatte, kommen und sie retten?

»Geh mit ihm«, befahl Yassir. Sie sah, dass er eine Pistole in der Hand hielt. »Ich komme gleich zu dir.«

Es war ein Alptraum. Kreischende Frauen, weinende Kinder. Und dieser Mann, der sie nach draußen zerrte. Sie traten in die Abendluft hinaus. Aus der Ferne kamen die ersten Sirenen. Rislène drehte sich um und sah, dass Yassir ihnen von der Hintertür aus zusah.

Wie fest der Polizist ihren Arm gepackt hielt. Jetzt begann er zu sprechen. »Schnell, Rislène! Wir haben keine Zeit zu verlieren.« Wie durch einen Nebel rannten sie durch die Straßen. Sie stolperte über den langen Schleier. Er riss sie hoch. Neben einem Auto hielt er an. »Hier rein! Schnell!« Seine Stimme war nur noch ein Flüstern.

»Was machen Sie da?« Yassirs Stimme, seine Augen blitzten. Er packte Rislène und zog sie von dem Auto weg. Die Mündung seiner Pistole zeigte auf den Polizisten. »So haben wir nicht gewettet! Was soll das hier?«

Der Polizist versetzte ihm einen Kinnhaken, dass er zu Boden ging. Sein Griff um Rislènes Arm löste sich, sie schrie auf.

»Sei still und steig ein!«, flüsterte der Mann am Steuer. Er trug einen großen weißen Turban. »Wir wollen dich retten, schnell!« Sie stolperte benommen auf die Rücksitzbank. Der Polizist stopfte ihr Brautkleid in den Wagen. Er stieg gerade selber ein, als ein Schuss knallte. Yassir, wieder auf den Knien, hatte seine Pistole abgefeuert. Der Polizist fiel über Rislènes Schoß.

Der Mann mit dem Turban sprang aus dem Wagen und rammte seinen Kopf in Yassirs Rippen, bevor der wieder feuern konnte. Die beiden fielen zu Boden. Rislène half dem Polizisten in den Wagen. Der Fahrer schlug Yassir ins Gesicht. Yassir antwortete mit einem Boxhieb auf den Kopf des Fahrers. Man sah Blut.

»Nimm meine Pistole«, murmelte der Polizist. »Schlag sie ihm über den Kopf. Schnell, Rislène, sonst sind wir alle tot!«

Ihr Herz polterte gegen ihre Rippen. Ihre Finger fuhren unter die Uniform und fanden die Waffe. Sie stieg aus dem Wagen, am ganzen Leib zitternd. Die beiden Männer waren wild ineinander verkeilt; unmöglich, Yassir zu treffen. Dann stolperte er zurück, und sie sah ihre Chance. Sie hob die Pistole hoch und knallte sie mit aller Kraft auf seinen Hinterkopf. Er sackte aufstöhnend zusammen.

»Gut gemacht, Rislène!«, rief der Fahrer. »Komm!« Sie sprangen zurück in das Auto und knallten die Türen zu. Der Wagen schoss nach vorne.

»Hab ich ihn getötet? O Gott, hab ich ihn getötet?«

»Keine Bange, dem geht's besser als uns, wenn wir nicht schnell genug hier rauskommen.« Der Wagen bog mit kreischenden Reifen um eine Ecke. Rislènes Nase war gegen das Fenster gepresst, die Tränen strömten über ihr Gesicht.

* * * * *

»Leg dich hin, Rislène!«, befahl Ceb. »Und nimm den Schleier ab.« Er hörte ihr leises Schluchzen. »Rislène.« Er drehte sich kurz zu der schönen jungen Frau in dem prächtigen Hochzeitskleid um. »Ich bin ein Freund. Wir bringen dich in Sicherheit. Ich habe Eric versprochen, dass ich dich zurückbringe, und das halte ich.«

Sie wurde noch bleicher. Sie beugte sich nach vorne. »Wer sind Sie? Was sagen Sie da?«

»Schhh, leg dich hin. Wie geht's El Amin? Wo ist er getroffen worden?«

»Im Rücken. Er verliert viel Blut.«

»Halt durch da hinten!«, rief Ceb El Amin zu. »Bleib am Ball!« Es war perfekt gelaufen. Fast perfekt. Und jetzt raste er durch diese fremde Stadt mit einem schwer verletzten Freund auf dem Rücksitz. *O Gott, bewahre ihn. Und Hussein.* Husseins Worte kamen zurück in sein Gedächtnis: *Bei meiner Arbeit geht selten alles glatt. Aber Gott ist mit uns ...*

* * * * *

El Amins Kopf lag auf Rislènes Schoß. »Fahren Sie schneller«, sagte sie. »Bitte. Es geht ihm schlecht.«

»Hallo, Rislène«, keuchte El Amin. »Schön, dich endlich zu sehen.«

Sie biss sich auf die Lippe. Ihr war schwindlig. Überall Blut. Sie zog ihren Schleier ganz aus und wickelte ihn um die Schusswunde in El Amins Rücken.

»Warum glaubt ihr ... warum glaubt ihr an diesen Gott?« Sie beugte sich näher, um die rasselnde Stimme des Verwundeten zu verstehen. Er fuhr fort. »Warum riskiert ihr, alles zu verlieren für ihn? Ich muss das wissen.«

»Psst, sprechen Sie nicht«, flüsterte sie. »Schonen Sie Ihre Kräfte.«

»Ich muss es wissen. Warum? Und warum sind seine Hände durchbohrt?«

Ihr Kopf wollte sich drehen. War dieser Mann etwa kein Christ? Aber was war er dann? Sie schluckte heftig. »Jesus opferte sich für uns, damit wir leben können. Er nahm unsere Sünde und Schmerz auf sich und starb für uns. Er ließ sich an ein Kreuz nageln; deshalb sind seine Hände durchbohrt.«

»Und wenn er dich ansieht, sieht er dann ... alles, was du je getan hast?« El Amins Stimme war nur noch ein Flüstern.

»Ja.« Sie begann schneller zu reden, spürte, wie die Zeit drängte. »Aber jetzt ist er mein Heiland. Er hat mir vergeben. Wenn er mich jetzt ansieht, bin ich rein. Jetzt verheißt er mir Hoffnung und ewiges Leben und bedingungslose Liebe. Und jeden Tag zeigt er mir, dass ich nicht allein bin. Dass er da ist. Selbst hier in Algerien.«

»Das ist das, was ich suche«, sagte El Amin leise und schloss die Augen. »Etwas, wo man in Sicherheit ist. Und wirkliche Hoffnung für die Zukunft hat. Für mich und meine Familie.«

* * * * *

Zweimal verlor El Amin das Bewusstsein auf der Fahrt durch das nächtliche Algiers. Er war schon mehrmals verwundet worden, einmal fast tödlich. Welche Ironie des Schicksals, dass ausgerechnet diese Wunde die schlimmste war. Angeschossen bei einer Rettungsaktion – es war absurd. Dies würde nie und nimmer als *Jihad* zählen, und wenn er nicht in einem Jihad starb, war ihm das Paradies nicht gewiss.

Jesus vergibt uns und bietet uns eine feste Hoffnung an ... Die durchbohrten Hände, die Augen, diese Liebe ... El Amin sah sie wieder vor sich, die feurigen Augen und die ausgestreckten Arme. Und dann wusste er auf einmal, warum Jesus ihn zu seinen Eltern geschickt hatte. Nicht wegen ihnen, sondern für ihn selber. Ceb hatte Recht gehabt; es war seine letzte Chance gewesen, sie zu sehen – und seine letzte Chance, einen Heiland zu bekommen. Gott wusste es.

»Der Schmerz ...«, murmelte er, während Rislène ihm die Stirn wischte und das Blut zu stoppen versuchte. »Der Schmerz. Gib mir einen Erlöser. Jetzt. Bete für mich ... Jesus!«

* * * * *

In einem Wäldchen bog Ceb von der Straße ab, hielt an und beugte sich über den Rücksitz. El Amin war bleich und rang nach Luft, seine Brust war blutverschmiert. »Wir müssen ihn draußen hinlegen, so kann ich ihm nicht helfen.«

Behutsam hob Ceb El Amins schlaffen Körper aus dem Auto, während Rislène seinen Kopf stützte. Er legte ihn auf den kalten Boden und riss sein Hemd auf. Es war blutgetränkt.

»Da ... da ist die Kugel.« Rislène zeigte auf die Brust.

»Mein Gott«, flüsterte Ceb. »Die hat glatt seinen Rücken durchgeschlagen und ist in das Herz und die Lunge rein.« Es war ein Alptraum für jeden Chirurgen - eine Kugel, die im Herzen stecken geblieben war. Und er hatte keine Instrumente, kein Krankenhaus, nichts als seine Hände, und die eine verkrüppelt.

Und dann, als er sich über El Amin beugte, sah er es plötzlich wieder, das Bild. Wie er sich über Annie gebeugt hatte, trotz seiner unerträglichen eigenen Schmerzen und schweren Verletzungen, und sie wieder zu beleben versucht hatte. Und Marion – seine Lippen gegen ihre winzigen Lippen gepresst, seine gebrochene Hand auf ihrer Brust, auf ihr Herz drückend, damit es wieder zu schlagen begann. Er war doch kein Mörder. Er hatte versucht, seine Lieben zu retten, er erinnerte sich. Er hatte es versucht!

»Bitte, El Amin, bleib am Leben. Hör nicht auf, du musst weiterleben. O Gott, Jesus! Lass ihn leben!«

El Amin packte, nach Luft ringend, seine zermalmte Hand. »Ich will leben, Samuel. Ich will ewig leben. Sag mir, wie das geht ... ewig ... leben.«

Ceb murmelte benommen: »Dann ... will ich für dich beten.« Er kniete sich neben ihn, während Rislène El Amins andere Hand nahm, und stolperte durch ein Gebet. »Heiliger Gott, du siehst El Amin. Er will dich. Vergib ihm seine Sünden ...«

Das mühsame Atmen seines Freundes formte sich zu Worten. »Es sind ... so viele ... Sünden. Gott ... bitte ... vergib mir. Sie hatten Recht ... Mama und Papa. ... Jesus ... danke für deine ... durchbohrten Hände. ... Nimm mich ... zu dir.« Er stöhnte laut auf.

»Nein!«, schrie Rislène. »Bleib bei uns, El Amin! Lebe!«

Ceb massierte wieder sein Herz und legte den blutigen Brautschleier zurück auf seine Brust. »Bleib am Leben, Freund, gib nicht auf.«

Ein schmerzliches Lächeln flackerte über El Amins Gesicht. »Ich ... lebe. Sagt es Jala. Und Mama. ... Ich ... lebe.« Er wollte weitersprechen, keuchte blutig und wurde still. Seine Hand fiel schlaff in die Cebs, seine Augen starrten leer zum Himmel hoch.

»Nein!« Ceb zog ihn hoch und legte seinen Kopf an seine Brust. »Nein!« Er würde El Amin nicht sterben lassen! Nicht wie Annie und Marion. Zehn Minuten lang arbeitete er, machte seine Wiederbelebungsversuche. Umsonst.

Er drückte El Amin an sich. »Warum, Gott? Warum hab ich ihn nicht retten können?« Er legte den Leichnam auf den Boden, legte seinen Kopf auf die blutige Brust. »Ein Chirurg bin ich und habe dich nicht retten können! Ich konnte ... dich nicht retten.«

Das arabische Mädchen, diese schöne Fremde mit den Perlenschnüren auf der Brust, tippte auf Cebs Schulter. »Ich kenne Sie nicht. Das ist alles meine Schuld. Sie haben mich gerettet. Danke.« Sie strich mit der Hand über El Amins Braue. »Dieser gute Mann – es tut mir so Leid.« Sie schluchzte. »Sie konnten ihn nicht retten, aber ... aber Jesus konnte es. Und ich glaube, er hat es auch getan. Ja, das glaube ich.« Sie vergrub ihr Gesicht in Cebs Armen und weinte.

* * * * *

Als sie den Hof erreichten, parkte Ceb den Wagen außer Sichtweite des Hauses und stellte sofort den Motor ab. In benommenem Schweigen saß er neben Rislène. Rislène war frei, aber El Amin war nicht mehr. Und jetzt musste er seinen Leichnam zu seinen Eltern tragen und ihnen erklären, was geschehen war. »Was soll ich machen?«, sagte er. *Gott, was soll ich nur machen?*

Rislène öffnete die hintere Tür und stieg müde aus. »Kommen Sie, Monsieur, ich helfe Ihnen.«

»Du verstehst das nicht«, sagte Ceb. »Dies ist das Haus seiner Eltern. Ich muss ihn zu seinen Eltern tragen, und das kann ich nicht.«

»Dann mache ich das«, sagte sie, erstaunlich fest. »Lassen Sie mich seinen Eltern das erklären. Er hat sein Leben für mich eingesetzt. Wie Sie alle. Sind seine Eltern Christen?«

»Doch, ja.«

»Soll ich Ihnen beim Tragen …«, begann Rislène.

Ceb schüttelte den Kopf. Sie ging zu dem Haus, der Sand der Einfahrt knirschte unter ihren Schritten. Ceb öffnete die hintere Wagentür und zog El Amin vorsichtig heraus. Dann hob er ihn auf seine Arme und stakste zur Tür des Hauses. Tränen liefen in seinen Bart, als er auf das so friedliche Gesicht seines Freundes hinabsah und an seine letzten Worte dachte. *Sagt es Jala. Und Mama. Ich lebe.*

KAPITEL 30

Es musste sein, aber sie wusste nicht, ob sie es fertig bringen würde. Als Dominique mit den Blumen vor der Tür stand, wollte ihr wieder das Herz schmelzen. Er küsste sie zärtlich auf beide Wangen. Wieder dieser verlockende Aftershave-Duft. Ihr Magen verknotete sich.

»Kann ich mal die Welpen sehen? Und Lassie?«, fragte er.

»Klar. Komm rein.«

Er kniete sich neben dem Käfig hin, schaute dem Gekugele und Gebalge darin zu und gluckste leise. »Sie sehen toll aus, Ophélie. Danke, dass du sie genommen hast. Und wie geht's dir?«

»Müde. Von all diesen Gefühlen.«

»Möchtest du das erklären?«

Sie begegnete seufzend seinem Blick. »Setzen wir uns.« Sie zeigte auf das Sofa. »Ich muss mich bei dir entschuldigen, Dominique. Ich bin nicht ganz ehrlich zu dir gewesen.«

»Wie meinst du das?«

»Ich meine ...« Sie biss sich zögernd auf die Lippe. »Ich meine, dass ich nicht wirklich an einer Beziehung mit dir interessiert bin.«

Er starrte sie an, als habe sie ihn in den Magen geboxt. Dann sagte er: »Na, wenigstens nimmst du kein Blatt vor den Mund. Darf ich deine Gründe wissen?«

»Die kennst du doch.«

»Nicht schön genug oder nicht intelligent genug.«

»Du weißt, dass es nicht das ist. Du bist ein großartiger Mann. Aber du bist einfach nicht der Mann für mich.«

»Dein Glaube, nicht wahr?«

»Ja.«

Er verzog die Nase. »Das kapier ich irgendwie nicht. Wie kann das denn so wichtig sein? Ich habe dir doch gesagt, dass ich deinen Glauben respektiere. Du kannst halt nicht erwarten, dass ich das selber alles schlucke.«

»Schau, das ist es ja! Das erwarte ich nicht, und das will ich nicht.«

»Jetzt versteh ich gar nichts mehr. Willst du etwa sagen, dass du mich selbst dann, wenn ich mich zu deiner Sorte Christentum bekehren würde, nicht haben wolltest? Selbst wenn wir deinen Glauben gemeinsam hätten?«

»Was ich meine, ist, dass das nie funktionieren würde, dass du dich für mich bekehrst. Bekehrung – das ist etwas allein zwischen dir und Gott. Und so oder so, ich bin dir geistlich meilenweit voraus. Es würde nicht klappen, nie und nimmer.«

Er wurde rot. »Ich habe mir schon manches anhören müssen von Frauen, aber noch nie, dass eine mir ›geistlich meilenweit voraus‹ war! Was soll der Quatsch?« Er klang fast wütend. »Hab ich etwa keine Seele? Mach's halblang, Ophélie.«

Ihre Augen füllten sich. »Schau, darum wollte ich ja nicht darüber sprechen. Das funktioniert nicht. Glaube mir, ich weiß das. Ich habe es doch schon versucht. Jemanden, den ich gern habe, davon überzeugen, dass er das braucht, was ich habe – das geht einfach nicht.«

Er starrte sie wortlos an.

»Kann ich dir meine Geschichte erzählen?«

Er zuckte die Achseln.

»Ich bin praktisch schon mein ganzes Leben lang Christ. Ich habe viele Paare beobachten können, wo der eine einen lebendigen Glauben an Gott hatte und der andere nicht. Eine Zeit lang respektiert der ungläubige Teil den Glauben des anderen, aber dann passiert nach und nach Folgendes: Entweder der Glaube des gläubigen Partners beginnt zu verkümmern, und er beteiligt sich immer weniger am Leben der Gemeinde, oder aber er macht seinen Partner verrückt mit seinen pausenlosen Bekehrungsversuchen. Eine solche Partnerschaft treibt entweder einen Keil zwischen den Gläubigen und Gott und die Gemeinde oder zwischen ihn und den Partner. Es funktioniert einfach nicht.«

»Das kann doch nicht dein Ernst sein! Willst du etwa sagen, dass diese Paare sich nie zusammengerauft haben? Oder dass der ungläubige Partner sich nie bekehrt? Das nenne ich einen schwachen Glauben, wenn ich meinen eigenen Partner nicht überzeugen kann!«

»Aber das ist es doch gerade! Ich kann dich nicht überzeugen, das kann kein Mensch. Gott ist es, der das Herz anrührt. Aber oft ist das Herz so verschlossen.« Sie seufzte. »Ich bin zu vielen Kompromissen bereit in einer Ehe, aber nicht bei meinem Glauben. Das kann ich einfach nicht. Ich hätte dir das eher sagen sollen. Ich habe das schon ausprobiert in meinem Leben, und es war elend.«

»Und darf man wissen, wie dieses Elend war?« Er begann sarkastisch zu klingen.

»Ich liebte den Mann. Ich war damals 29, er 31, und wir waren beide Lehrer aus Leidenschaft. Er war ein richtig toller Typ, der Kinder und Kunst und Dichtung liebte ...«

»Aber nicht Gott.«

»Nein, nicht Gott. Ich war über beide Ohren verliebt in ihn. Aber tief drinnen wusste ich, dass das falsch war und niemals klappen konnte. Die Bibel ist da sehr deutlich. Von der ersten bis zur letzten Seite verbietet Gott dem Gläubigen, einen Ungläubigen zu heiraten. Und die Bibel ist voll von abschreckenden Beispielen von Menschen, die sich nicht daran hielten und ihren Fehler ausbaden mussten. Ich wusste also, dass diese Beziehung nicht gut war. Aber ich liebte den Mann und konnte einfach nicht Schluss machen.«

»Und?«

»Da hab ich Gott gesagt, was Sache war. Ich habe ihm gesagt, dass er zu viel von mir verlangte und dass ich das nicht konnte. Ich sagte ihm, dass ich es müde war, auf den gläubigen Mann meines Lebens zu warten. Ich sagte: ›Gott, du bist so unfair, ich halte das nicht mehr aus! Wenn du das hier verhindern willst, dann tu es besser bald, sonst ziehe ich mit diesem Mann zusammen.‹ Ich war wütend, und ich meinte es ernst.«

Dominique schien auf einmal ganz Ohr zu sein. »Und was war dann, Ophélie? Spann mich nicht auf die Folter.«

»Gott hat ihn aus meinem Leben herausgenommen - so weit weg, dass ich ihn nie wieder gesehen habe. Er wurde nach Französisch-Guayana versetzt. Es war die Chance meines Lebens. Er rief mich an und bat mich, mit ihm zu kommen, und ich sagte am Telefon nein. Zwei Tage später war er weg, ich habe ihn nie mehr gesehen. Später habe ich gehört, dass er ein Mädchen von dort geheiratet hat. Vier Kinder.«

»Wie kannst du behaupten, dass das Gott war? Ich würde sagen, das war reiner Zufall.«

»Ich erwarte nicht von dir, dass du das verstehst, Dominique. Ich bin müde. Und das tut mir alles sehr Leid. Falls du meinst, dass das hier jetzt einfach für mich ist – es ist nicht einfach, echt. Das ist der Grund dafür, dass ich so selten ein zweites Mal mit jemandem ausgehe. Aber du ... hast mich fasziniert. Du hast so viel, das ich mag. Vergib mir, dass ich dir Hoffnungen gemacht habe. Das war falsch.«

* * * * *

Sie warf sich aufstöhnend auf ihre Couch. Ihr Körper fühlte sich kalt, fast taub an. »Warum neckst und narrst du mich so, Gott?« sagte sie laut. »Was habe ich getan, dass ich diese beiden Männer verdient habe, die so gut sind, aber die nicht dir gehören? Was hab ich getan? Warum muss es immer so kompliziert sein? Da denke ich, jetzt habe ich vielleicht den Richtigen gefunden, und er beißt auch an, und es ist alles so verwirrend. Und dann merke ich, dass das nie gut gehen würde, dass es nur ein Liebesroman ist, den ich mir in meinem Kopf ausgedacht habe. Wenn nur, wenn nur, wenn nur ... Wenn nur dies und das und jenes anders würde, dann wäre er der Richtige ...

Entschuldige, wenn ich das sage, Herr, aber hast du nicht endlich jemanden für mich, der nicht hundert ›Wenn nur ...‹ hinter seinem Namen hat? Und wenn du keinen hast, kannst du dann nicht bitte damit aufhören, mir dauernd diese Männer über den Weg zu schicken?«

Sie schleuderte ein Kissen durch das Zimmer. Frust, Frust ... Dominique hatte sie nicht verstanden, ihre Erklärungsversuche. O, er hatte es versucht, aber für sein logisches Hirn war es alles so verückt und verworren.

Bete für Ceb und Rislène. Sie hatte kaum die Energie dazu. Eine lethargische Schwere kam über sie. Sie wollte nicht an die Obdachlosen denken müssen, nicht an Dominique. Sie wollte keine Horrorgeschichten von dem Krieg in Algerien mehr hören. Sie wollte ein Strauß sein und ihren Kopf im Sand des Strandes von Carnon vergraben. *Lasst mich in Ruhe!*

Gott nachfolgen – manchmal war das so schwarz und schwer. Um einen Neuanfang hatte sie gebetet, und was war gekommen? Wieder derselbe alte Schmerz. Sie ging in die Küche und setzte Wasser für einen Kräutertee auf. Dann legte sie eine CD mit ihrem Lieblingssänger auf und ließ die Worte über sie spülen. Manchmal war das Leben richtig hart. Und unfair.

Wenn nur ihr Herz nicht beteiligt gewesen wäre. Wie sie sich danach sehnte, einen Menschen zu haben, den sie lieben und für den sie beten konnte und der sie in den Armen hielt. Dominique – er würde vielleicht nie begreifen, und Ceb war in Algerien. Sie flüsterte: »Gott, ich habe versprochen, mich dir hinzugeben und alles zu tun, um ganz Dein zu sein.« Der Teekessel pfiff. »Aber es ist alles so schwer gerade. Kannst du das bitte für mich machen, das mit der Hingabe? Ich habe noch nicht mal die Kraft, es zu versuchen.«

Als sie in die Küche ging, merkte sie, wie sie laut sagte: »Kommt her zu mir alle, die ihr mühselig und beladen seid; ich will euch Ruhe geben.« Ruhe. Ja, das war es, was sie brauchte. Sich in die starken Arme Jesu fallen lassen und eine Weile ausruhen.

*****

Madira Charfi wusch das Gesicht ihres toten Sohnes, der auf dem Bett im Schlafzimmer lag. Sie hatte keine Tränen mehr, sie hatte sie alle geweint in dieser längsten Nacht ihres Lebens. *Verloren und gefunden. Gefunden und wieder verloren.* Sie beugte sich nach vorne, um El Amins Stirn zu küssen, dann schlug sie die Hände vor ihr Gesicht.

Ihr ganzes Leben lang würde sie nicht hinwegkommen über diesen Tag. Den Tag, der mit der Hiobsbotschaft von Rislènes plötzlicher Hochzeit begonnen hatte. Den Tag, an dem El Amin an ihrer Tür erschienen und ihnen seine Liebe verraten hatte und seine Freundschaft mit Hussein und Ceb.

Der so unerträglich lange Nachmittag des Wartens. Und Betens. Die Abenddämmerung, die Christen, die einer nach dem anderen zu dem Haus kamen. Und dann das Klopfen an der Tür. Draußen Rislène, das Haar durcheinander, das Brautkleid blutverfleckt. Und hinter ihr Ceb, der El Amins Leichnam auf den Armen trug ...

Sie krümmte sich wieder zusammen vor Schmerz, wie in jener Minute, wo sie ihren Sohn gesehen hatte, so still und leblos in Cebs Armen. Abdul hatte sie sofort hineingeführt. Die Freude war von der Trauer verschlungen worden. *Warum, Gott, warum?*

Dann hatte Rislène zu den versammelten Gläubigen gesprochen, ihre Stimme traurig, aber gefasst, die Augen tränennass. »Das tut mir so Leid. Ihr habt euer Leben für mich eingesetzt, ihr habt für mich gebetet. Und El Amin ...« Sie hatte Madiras Blick erwidert. »Er hat sich geopfert. ... Ich weiß nicht, warum. Er war Muslim, aber ...« Sie hatte leise geweint, lange, niemand hatte zu sprechen gewagt. Dann hatte sie sich geräuspert und gesagt: »Aber er wollte Jesus ... und er hat ihn gefunden.«

Madira musste an Ceb denken, der mit glasigen Augen langsam aufgestanden und zu ihr getreten war und sachte seine Hand auf die ihre gelegt hatte. »Ich habe fünf Tage hier bei euch gelebt und habe Christus unter euch gesehen. Gott hat mich von den Straßen Frankreichs nach Algerien gebracht, um mich zu sich zurückzuführen. Er offenbart sich auf so viele Weisen.« Er hatte ihre Hand fest gedrückt. »Christus hat sich auch El Amin geoffenbart in der Vision, die ihn zu euch gebracht hat. Wir sprachen über die Vision und was sie bedeuten mochte, und da hat er endlich begriffen und Jesus gewählt.« Ceb fuhr sich, mit den Tränen kämpfend, durch seinen Bart. »Seine letzten Worte waren: ›Sagt es Jala. Und Mama. Ich lebe.‹ «

Madira schaute auf ihren Sohn. Er war nicht mehr. Oder? War er wirklich heimgegangen? Konnte es sein? Sie hatte immer gedacht, dass er in einem dieser entsetzlichen Massaker sterben würde, und stattdessen war er gestorben, als er einem anderen Menschen Leben brachte. Und vorher hatte sie ihn sehen dürfen, hatte die paar Augenblicke der Freude mit ihm bekommen als Geschenk von Gott. Das *Warum* war noch auf ihren Lippen, ein *Warum* für ein ausgelöschtes Leben, für eine junge Witwe, die jetzt allein vier Kinder großziehen musste. Aber die Jahre des Zweifels und Schmerzes um ihren Sohn, sie waren verheilt. Er hatte seine Eltern geliebt und beschützt, so wie er es am besten verstand, und wenn das, was Rislène und Ceb da sagten, stimmte, hatte er zum Schluss die Wahrheit gefunden, gerade noch rechtzeitig.

Im Wohnzimmer, am anderen Ende des Flurs, war es still. Yasmina und Salim und Leïla und die anderen, sie beteten und weinten und warteten. An diesem Morgen hatte Madira den Himmel geschmeckt. Zwei verlorene Söhne wiedervereint in ihrem Haus. Und jetzt, am Abend, wo der eine von ihnen bereits bei Gott war, schmeckte sie ihn wieder. »Nur noch eine kleine Zeit, mein Junge. Nur ein Augenblick, und wir werden wieder vereint sein. Für immer.«

* * * * *

Sie hatten keine Zeit gehabt zum Abschiednehmen. Als Hussein mitten in der Nacht kam, hatte Ceb gewusst, dass sie sofort aufbrechen mussten. Eine feste Umarmung von Abdul und Madira, ein durch Tränen geflüstertes »Danke«, ein Augenblick des Schweigens am Totenlager von El Amin, dann waren er und Rislène zu dem wartenden Auto gelaufen. Jetzt schlief die junge Frau auf dem Rücksitz.

»Wie bist du da weggekommen?«, fragte Ceb, während der Araber losfuhr.

»Ich habe den Schuss gehört und bin in die Richtung gerannt. Yassir lag k.o. auf dem Boden. Bevor der Rest der Familie kam, bin ich in eine Nebenstraße verschwunden. Ich habe mich unsichtbar gemacht, bis das Feiern in der Stadt anfing, dann bin ich zu einem Freund, habe mich umgezogen und sein Auto ausgeliehen.«

»Fast hätte es perfekt geklappt.«

»Ja, fast. Es war meine Schuld, dass ich El Amin da reingezogen habe.«

»Vielleicht solltest du dankbar sein, dass er jetzt frei ist. Er sagte mir, dass er total in der Sackgasse steckte.«

»Ja, das stimmt. Seine Männer machten sich allmählich so ihre Gedanken.«

»Woher weißt du das?«

»Keine Ahnung, Ceb. Ich weiß es einfach.«

»Und bist du nicht auch in der Sackgasse?«

»Nein. Gott weiß immer eine Lösung.«

»Und El Amins Frau und Kinder?«

»Ich gehe morgen mit Dounia zu ihnen.«

»Ich dachte immer, mein Leben als Chirurg wäre hart. Oder als SDF. Aber du, Hussein, du arbeitest mitten in der Hölle. Warum machst du das?«

»Ich glaube, jetzt weißt du es.«

»Ja, vielleicht. Aber das erschreckt mich alles. Was wird dieser Gott als Nächstes von mir verlangen?«

»Etwas, das du aus eigener Kraft nicht kannst, so viel ist sicher.«

* * * * *

»Hier sind die Papiere. Pass, Visum, alles. Damit dürfte sie keine Probleme haben. Wenn ihr in Marokko am Flughafen ankommt, wird jemand da sein, der euch die Tickets gibt. Ich rufe David an und sage ihm, wann er euch erwarten kann.«

»Ich weiß nicht, was ich sagen soll, Hussein. Einfach ›danke‹ – das reicht irgendwie nicht.«

»Mach's gut, Ceb. Gott behüte dich.«

»Ja, jetzt glaube ich, dass er das tut.«

Die beiden Männer schüttelten sich die Hand, dann tippte Ceb Rislène auf die Schulter. »Auf geht's.«

Ihre Augen öffneten sich verwirrt. »Wo sind wir?«, fragte sie.

»An der marokkanischen Grenze.«

Sie lächelte breit. »O, danke, Gott! Und danke, Hussein! Ist das wirklich wahr?«

»Ja«, sagte Hussein. »Aber jetzt los, ihr beiden. Euer nächster Chauffeur wartet dort drüben.« Wie auf Kommando trat jemand aus den Schatten heraus. Ceb und Rislène gingen auf ihn zu.

»Vergiss nicht, Ophélie von mir zu grüßen«, sagte Hussein leise.

»Wird gemacht«, sagte Ceb.

»Und die anderen auch.«

Als Ceb zurückschaute, war Husseins Auto schon nicht mehr zu sehen.

*****

Während der Autofahrten hatte Rislène geschlafen, aber als sie in das Flugzeug stiegen, war sie hellwach. »Ist das wirklich wahr, Ceb? Wartet er am Flughafen auf mich?«

Ceb nickte. »Ich glaube schon. Er will doch seine Braut begrüßen.«

»Seine Braut?«, sagte sie überrascht, dann lachte sie. »Ja, stimmt, ich habe ja noch das Hochzeitskleid an. Ich muss furchtbar aussehen.«

»Du siehst gut aus«, sagte er. »Sehr sogar.«

Sie errötete verlegen. »Aber jetzt erzähle mir von dir, Ceb. Wer bist du überhaupt?«

Er kicherte wieder. »Du weißt nicht, was für eine schwere Frage du da stellst. Und meine einzige Antwort ist: Ich weiß es selber nicht genau.«

*****

Rislène erzählte und erzählte. Ceb kam aus dem Staunen nicht heraus. Die Toilettenpapier-Bibel hatte es ihm besonders angetan. »Keine schlechte Idee«, kommentierte er.

»Du siehst also, wie Gott mich Schritt für Schritt vorbereitet hatte. Ich merkte das immer erst, wenn es so weit war, und selbst dann schien es unmöglich zu sein. Aber er war immer bei mir, bei jedem Schritt.«

Vorbereitet ... Ceb merkte auf einmal, dass ja auch er vorbereitet worden war, schon vor langer Zeit. Damals hatte er das nicht erkannt. Aber dieser Gott hatte alle Zeit der Welt. Er konnte seine Existenz nicht mehr leugnen. Nicht, dass er plötzlich das »Warum« und »Wieso« von allem gewusst hätte. Aber er wusste, genauso gewiss, wie Ophélie und David und seine Eltern und dieses schöne arabische Mädchen es wussten, dass Gott da war und dass er am Werk war auf dieser Erde.

Die Stimme aus dem Lautsprecher verkündete, dass sie in fünf Minuten landen würden. Rislène drückte seine Hand, ihr Gesicht ein einziges Strahlen. Wie gut es war, nach Hause zu kommen ...

* * * * *

Es war die längste Stunde seines Lebens, das Warten am Flughafen. In Erics Magen tanzten Schmetterlinge, und er war bereits dreimal zur Toilette gewesen. Er war dankbar, dass seine Eltern und Ophélie da waren, falls er irgendetwas Verrücktes tun würde – zum Beispiel in Ohnmacht fallen.

Und dann sah er sie über die Gangway kommen, wie durch den Mittelgang einer Kirche, in einem festlichen Brautkleid, das Haar lose um ihr Gesicht, lange Perlenschnüre um ihren Hals. Zerzaust und strahlend sah sie aus. Mit der einen Hand hielt sie den Saum des Kleides, um nicht zu stolpern. Ihre Augen und ihr ganzes Gesicht strahlten.

Seine Knie waren wie Pudding, als er sie bewegen wollte, sein Mund auf einmal trocken. Er hörte, wie sie »Eric!« rief, dann sah er, wie sie anfing zu rennen, ihr Kleid eine wehende Fahne, die allen Leuten sagte: Hier kommt die Braut!

Dauerte es eine Sekunde oder einen Tag, bis er endlich seine Beine bewegen konnte? Aber dann hielt er sie in den Armen, lachte und drückte sie und drückte sie wieder. »Rislène«, murmelte er und suchte ihre Lippen und drückte die seinen sanft auf sie.

Er hörte verschwommen Pfiffe und Händeklatschen, als er sie hoch hob und auf seine Arme nahm. »Ich bin ja so froh, dass du schon passend angezogen bist«, flüsterte er. »Wir gehen gleich ins Rathaus.«

»Ins Rathaus?«

»Ja, zum Standesamt. Wusstest du das nicht? Die Papiere sind alle vorbereitet, wir heiraten.«

»Wir? Wann?«, stotterte sie.

»Na, jetzt heute!«

»Hast du dir das überlegt, Eric? Du musst nichts überstürzen, wenn ...«

Er legte einen Finger auf ihren Mund. »Psst, Liebes. Gott hat uns nicht so weit gebracht, bloß damit ich jetzt kalte Füße kriege.« Er stellte sie wieder auf den Boden und nahm ihr Gesicht in seine Hände. »Aber hast du dir das überlegt?«

Sie begann zu kichern wie ein kleines Mädchen. »Lieber Eric, heirate mich, heirate mich! Ich hab noch nie im Leben etwas lieber gewollt!«

* * * * *

Sie stand hinter David und Gabriella, eine stille Zuschauerin der Wiedervereinigung von Eric und Rislène. Sie schien wie in eine Meditation versunken. Ceb fühlte sich zu ihr hingezogen wie noch nie zuvor; fast war es ein physischer Schmerz, tief im Herzen. Er marschierte durch die überfüllte Empfangshalle, seine Schritte fest und zielsicher, und nahm sie in seine Arme.

»Filie! Filie!« Er hielt sie so, dass er ihr Gesicht sehen konnte, seine Augen hell leuchtend, dann drückte er sie wieder an seine Brust. »Filie!«

Sie ließ ihn. Schluchzte sie leise? Sie sagte kein Wort. »Ich habe Gott gefunden, Filie. Nein, halt, er hat mich gefunden. Er hat sich endlich den Weg gebahnt durch die ganze Bitterkeit und den Schmerz, und dann hab ich plötzlich begriffen: Du hattest ja Recht. Hingabe. Völlige Hingabe an ihn. Als ich das kapiert hab, war alles andere nicht mehr wichtig. Und dann war alles wichtig: der Sinn des Leidens, das ständige Rennen und Aktiv-sein-Müssen und ich selber – es war alles zusammengefasst in dem einen Wort ›Hingabe‹.«

Er merkte, wie fest er sie drückte, und lockerte seine Umarmung. »Verstehst du, Filie? Verstehst du das?«

Ihr Gesicht war tränennass und leuchtend. »O ja, Ceb, ich verstehe das. Wie gut ich das jetzt verstehe!«

Er musste die nächsten Worte sagen, sie musste sie hören. »Filie, danke! Danke, dass du stark genug warst, dich von Gott in meinem Leben benutzen zu lassen. Danke für eine Freundschaft, die drei Jahrzehnte überdauert hat, und dass du mich nie aufgegeben hast.« Dann wusste er den nächsten Satz nicht mehr, obwohl er ihn sich doch immer wieder vorgesagt hatte. Die Worte wollten einfach nicht kommen, es gab nichts mehr zu sagen, nichts mehr zu versprechen, außer dass er endlich Gott gehörte. Er fühlte sich plötzlich wie nackt.

»Hussein lässt dich und deine Leute grüßen.« Er schwitzte auf einmal. »Es war so furchtbar, Filie. El Amin ...«

»Schhh, es ist schon gut. Abdul hat Vater angerufen, er hat uns alles erzählt.« Sie holte ein Taschentuch aus ihrer Handtasche und wischte damit über seinen Bart. »Du bist ja verletzt, da ist Blut.«

»Das ist nichts, Filie.« Seine Brust brannte. Er konnte über Gott reden, über Algerien, über alles in der Welt, aber die wichtigsten Worte brachte er nicht über die Lippen. Die Stille war ihm peinlich, er drehte sich zu Rislène und Eric hin. »Gott sei Dank, dass es geklappt hat.«

»Ja, dem Herrn sei Dank. Und dir, Ceb.«

»Hmm.«

»Ich gehe gleich mit aufs Standesamt. Ich bin Rislènes Trauzeugin.«

»Heiraten sie schon? Gleich heute?«

»Ja, standesamtlich. Die kirchliche Trauung kommt dann noch, aber damit Rislène in Sicherheit ist, müssen sie noch heute offiziell heiraten.«

»Ja, natürlich. Und du bist die Trauzeugin für die Braut?«

»Ja, und Vater ist Erics Trauzeuge. Wenn du willst, kannst du gerne mitkommen.«

Jetzt waren sie so weit abgekommen von dem, was er hatte sagen wollen, dass er nicht mehr wusste, wie er dahin zurück sollte. »Ich hab zu tun. Kannst du weiter für mich beten, Filie? Dass Gott mir zeigt, was als Nächstes dran ist? Das ist wie ...« Er musste nach dem Wort suchen. »Das ist wie die Bibel das ausdrückt: eine neue Geburt. Aber nicht wie beim ersten Mal, sondern es ist so, als ob Christus uns auf dem Weg mit ihm eine Reihe von Gelegenheiten gibt, neu mit ihm anzufangen. Macht das Sinn?«

Sie nickte wortlos.

»Ich weiß noch nicht, wo die Reise hin geht für mich, aber danke. Danke, Filie. Danke, Herr.« Er drückte seine Lippen auf ihre Stirn und nahm ein paar Strähnen ihres Haares in seine Hand. »Ich danke dir von ganzem Herzen, meine Filie, dass ich dir so wichtig war, dass du mir den Weg gezeigt hast.«

Er trat zurück, schaute noch einmal zu David und Gabriella, Eric und Rislène hin. Und Ophélie. Er winkte mit der Hand. Eric lief zu ihm, holte ihn ein und schüttelte kräftig seine Hand. »Mensch, Ceb, wie kann ich dir das je danken?«

Ceb zuckte die Achseln, die Tränen wollten in seine Augen. »*Ich* habe Danke zu sagen.« Er umarmte Eric fest, drehte sich um und ging. Plötzlich wusste er genau, was er als Nächstes zu tun hatte.

* * * * *

Eliane Cebrian stand in der Küche vor dem Fenster, das auf den Garten ging, und schnitt Tomaten für das Mittagessen. In der Ferne, halb verdeckt von den neuen Häusern, die in den letzten fünf Jahren gebaut worden waren, war der spitzige Pic St. Loup zu erkennen, der höchste Berggipfel in der Region, den Rémi und die Kinder so oft bestiegen hatten.

Die Sonne war wärmer als in der vergangenen Woche. Der Wetterbericht hatte für Samstag, den 11. Februar, einen wolkenlosen Himmel vorhergesagt, und es sah ganz so aus, als ob er Recht hatte. Ein schöner Tag. Heute würde sie nicht Rachel besuchen. Wie die kleine Catherine sich gestern an sie geschmiegt, ihren winzigen Mund geöffnet und ihr den ersten Schimmer ihres ersten Zahns gezeigt hatte. Eliane musste lächeln. Catherine ...

Der Garten draußen war für französische Verhältnisse recht groß und von einer niedrigen gekalkten Mauer umgeben. Hinter dem Garten war ein freies Stück Wiese, das letzte in der Nachbarschaft. Gerade stand ein Mann mitten in dem hohen Gras. Er bückte sich und berührte die Erde. Vielleicht war das der neue Besitzer des Grundstücks. Obwohl er nicht wie jemand aussah, der sich für ein Grundstück in Prades-le-Lez interessierte. Er hatte rötlich braunes Haar und trug einen Mantel und Jeans, die schon bessere Tage gesehen hatten. Eliane runzelte die Stirn. Vielleicht ein Obdachloser aus der Stadt? Jetzt hob er den Kopf und sah über die fünfzig Meter zu ihr hin.

Sie keuchte auf.

Das Messer fiel aus ihrer Hand. Es schlug auf das Brett, dass eine kleine Fontäne aus Tomatensaft hochspritzte, dann klapperte es auf den Steinfußboden. »Samuel!« Das Wort blieb in ihrer Kehle hängen. Jetzt traf sein Blick sich mit dem ihren, seine Lippen formten ein halbes Lächeln. Er winkte mit der einen Hand, wie früher, als er ein Junge war. Er stieg auf die Mauer und sprang in den Garten. Eliane erwachte aus ihrer Erstarrung. Sie rannte zur Hintertür und riss sie auf, ihr Blick verschwommen von den plötzlichen Tränen. »Samuel!«

»*Bonjour, Maman*«, sagte er leise. Er beugte sich zu ihr hinunter und küsste sie auf die Wangen. Sein Bart war kratzig, sie genoss das Gefühl. Dann nahm er sie fest in seine Arme und flüsterte: »Ich bin wieder da.«

Und so kam Samuel Cebrian tatsächlich über die Wiese hinter dem Haus zurück, gerade so, wie Eliane es sich immer vorgestellt hatte. Es schien das Selbstverständlichste von der Welt zu sein, als sie in seine zerschlissene Jacke hinein weinte und die Sonne sie beide wärmte.

* * * * *

»Du hast *was*?« Janines Stimme wurde scharf.

»Ich habe nur jemand im Innenministerium gebeten, sich mal diese Kirche anzusehen.«

»Mein Gott, Mutter, das ist doch keine Sekte!« Sie spürte, wie sie wütend wurde. »Warum ist dir das überhaupt so wichtig?«

»Weil du mir wichtig bist, und andere Menschen, die da womöglich mit reingezogen werden.«

»Bist du überhaupt mal da drin gewesen?«

»Du verlangst doch wohl nicht, dass ich in was gehe, das so … antikatholisch ist? Mit Arabern und *Pied-noirs* und Protestanten?«

»Jetzt machst du es schon wieder – Menschen kritisieren,

die du nie gesehen hast. Hast du jemals im Leben versucht, mit einem Araber zu sprechen?«

Jacqueline Dufour rollte schnaubend die Augen.

»Und das Wort ›antikatholisch‹ kannst du dir gleich ganz sparen! Bei unserem Bibelstudium reden wir nicht von Katholiken und Protestanten, wir lesen einfach das Johannesevangelium, um zu sehen, wer Christus ist. Das hat nicht das Geringste mit Gehirnwäsche zu tun! Wir lernen einfach, die Bibel selber zu lesen und den Jesus der Bibel zu entdecken. Wir untersuchen, ob das, was er über sich selbst sagt, wahr ist oder nicht, und dann können wir selber entscheiden, ob wir ihn annehmen oder ablehnen. Da ist keine Seelenmassage, nichts Kleingedrucktes, nichts.«

Jacqueline Dufour zuckte die Achseln.

»Jetzt komm, Mutter, jetzt lass doch die Leute da in Ruhe! Es gibt genügend wirkliche Probleme in der Welt, ohne dass wir noch Lügen erfinden müssen über den einen Ort, wo ich ein paar Antworten für mein Leben gefunden habe!«

Madame Dufour schaute auf ihre Uhr. »O, schau, wie spät es ist! Ich muss gehen!« Sie küsste ihre Tochter rasch auf die Wangen und verschwand ohne ein weiteres Wort durch die Tür.

»Wiedersehen, Mama«, sagte Janine in die leere Luft hinein. »Schön, dass du das genauso siehst wie ich.« *Hoffnungslos,* dachte sie. *Mutter ist ein hoffnungsloser Fall.*

* * * * *

Das heftige Blau des Februarhimmels erinnerte Ophélie an einen Tag im vergangenen Monat, wo sie und Ceb in eben diesem Park gewesen waren und stundenlang miteinander gesprochen hatten. Sie genoss diesen hellen Nachmittag, dessen Wärme nur von einer winzigen Brise gestört wurde. Ein früh blühender Strauch streckte ihr seine neonrosa Dolden entgegen, als wollte er der Sonne sagen: *Bleiche mich doch, wenn du kannst!* Es war Samstagnachmittag, und der Botanische Garten war voller Menschen. Zwei junge Joggerinnen drehten Seite an Seite ihre Runden. Ein Student, dessen blonde Mahne zu einem Pferdeschwanz gebändigt war, holte ein Buch aus seinem Rucksack, legte sich lang auf eine Bank und begann zu lesen. Mehrere arabische Frauen in bunten Kopftüchern schoben ihre Kinderwagen und unterhielten sich angeregt.

Eric und Rislène waren verheiratet. Es war kaum zu glauben, aber vor einer Stunde war Ophélie bei der Zeremonie im Standesamt dabei gewesen, als die gesetzlich vorgeschriebene Trauzeugin. Rislène hatte noch nicht einmal Zeit gehabt, sich frisch zu machen, und sie war ein merkwürdiges Bild gewesen in ihrem exotischen Brautkleid mit Blutflecken an der Seite. Gabriella hatte hastig ihr Haar zusammengebunden, und Eric trug seinen einzigen Anzug. Nach den Gesetzen des Landes waren sie jetzt hochoffiziell verheiratet, und das war alles, was in Frankreich zählte. Was für eine Erleichterung.

Das junge Paar, das schwindlig vor Müdigkeit war, hatte nicht gewusst, was es als Nächstes tun sollte, aber Ophélie hatte schon vorgesorgt. »Zieht für diese Woche in meine Wohnung«, hatte sie ihrem Bruder gesagt, als mitten in der Nacht Husseins Anruf gekommen war, der sie auf Rislènes und Cebs Ankunft vorbereitete. »Ich packe ein paar Sachen und gehe so lange zu Vater und Bri.«

Eric war riesig erleichtert gewesen. »Danke, Schwester, du bist die Beste.«

»Keine Ursache. Vergesst nur nicht, die Hunde zu füttern.«

Den ganzen Morgen waren Eric und sie damit beschäftigt gewesen, die Wohnung in ein Flitterwochen-Nest zu verwandeln, komplett mit Rosen, Champagner und einem aus Seide und nichts bestehenden Miederhemd, das Ophélie für die Braut gekauft hatte.

Und jetzt waren sie verheiratet.

Zu Vater und Bri also, aber noch nicht sofort. Erst musste sie nachdenken, so vieles verdauen. Die unglaubliche Güte und Gnade Gottes, dass Rislène sicher zurückgekommen und mit Eric verheiratet war. Der Weg, der vor dem jungen Paar lag, war nicht leicht, aber mit Liebe und Gottes Hilfe würden sie es schaffen.

Und Ceb. Cebs Arme um sie, so stark und lebendig, und seine Augen voller Leidenschaft und Ziel. O Gott, wie gut das getan hatte! Er hatte ihr gedankt und ihr gesagt, dass er sich Gott ausgeliefert hatte. Was für eine wunderbare Nachricht. Eine Antwort auf ihre Gebete. Alle ihre Gebete erhört.

Nun ja, nicht alle. Sie hatte darauf gewartet, dass er es sagen würde: *Je t'aime.* Ich liebe dich, Ophélie Duchemin. Aber es war nichts in seiner Art gewesen, das auf mehr als echte Dankbarkeit hatte schließen lassen – Dankbarkeit dafür, dass sie ihm geholfen hatte, den Weg zurück zu finden.

Nach der Nachricht über El Amin hatte sie sich nicht getraut, ihm das mit Jean-Marc zu sagen. Wie würde Ceb fertig werden mit diesen tragischen Todesfällen? Ceb – so schwach vor einer Woche, so stark vorhin, vor ein paar Stunden. Ceb! Samuel! Wie weh das tat.

Und Dominique. Der gute, freundliche, geduldige Dominique. Gestern Abend hatte sie ihn aus ihrem Leben entlassen. Warum wollte sie ihn heute Abend am liebsten wieder zurückholen? Ihr Herz war so durcheinander. Über eine Stunde spazierte sie durch den Park. Weg. Alle beide. Weg. *Jesus, das ist so schwer. Tod und Leben und tausend Fragen. Das ist alles so schwer.*

Der Beamte des Innenministeriums setzte sich in eine der hinteren Reihen. Mehrere der anderen Gottesdienstbesucher kamen zu ihm, um ihm die Hand zu schütteln. Er quittierte es mit einem freundlichen Nicken. Er hatte die Masche schon etliche Male mit Erfolg ausprobiert: Neu Hinzugezogener sucht Anschluss an eine Gemeinde.

Es war eine schlichte, aber gut besuchte Kirche, nicht viel anders als die anderen kleinen protestantischen Gemeinden, die er kontrolliert hatte. Was er brauchte, waren Beweise. Eine Kirche, die Leben und Geldbeutel ihrer Anhänger kontrollierte, war keine Kirche, sondern eine Sekte.

Er schielte auf den kurzen Rapport seiner Sekretärin. Eine Frau hatte angerufen, die Angst hatte, dass ihre Tochter in einer Sekte gelandet war. Dies war typisch – die Eltern waren die Ersten, die beunruhigt waren. Die Kirche, so die Anruferin, war voll von Amerikanern und sonstigen Ausländern und von der zuckersüß umgarnenden Sorte. Kein Wort über Geld.

Der Gottesdienst dauerte eineinhalb Stunden. Nicht besonders langweilig, er hatte Schlimmeres erlebt. Die Musik war fetzig, die Leute schienen sich wohl zu fühlen, es gab viel Lobpreislieder und freies Gebet. In der Predigt ging es um die Freiheit, die Christus schenkt. Keine Spendenaufrufe, auch kein Klingelbeutel, nur ein dezenter kleiner Opferkasten ganz hinten im Raum.

Sieht nicht wie eine Sekte aus, dachte der Beamte erleichtert.

Dann kamen die Bekanntgaben. Ein groß gewachsener Herr in den fünfziger Jahren stellte ein junges Paar vor, das am Tag zuvor geheiratet hatte. Ein interessantes Paar - ein schlaksiger rothaariger junger Mann und ein arabisches Mädchen. Sie sahen wie zwei Schüler aus. Mit zitternder Stimme erzählte das Mädchen, wie ihre Großmutter sie in Algerien festgehalten und um ein Haar gezwungen hatte, einen muslimischen Mann zu heiraten, und wie sie mit knapper Not entkommen war. Ein Mann war erschossen worden bei der Aktion, danach hatten ihre Befreier sie in wilder Fahrt nach Marokko gebracht, weil die algerischen Flughäfen geschlossen waren, und gestern war sie in Montpellier angekommen, wo sie, noch in ihrem arabischen Hochzeitskleid, mit ihrem Verlobten zum Standesamt gesaust war, um zu heiraten.

Die Augen des Beamten wurden groß. Das war ja allerhand! Er hatte schon öfter davon gehört, dass algerische Mädchen aus Frankreich entführt worden waren. Da konnte etwas Wahres dran sein. Die Sache konnte aber auch eine clevere Story sein, um eine andere Zwangsheirat zu vertuschen – eine, wie sie in einer Sekte vorkommen konnte. Während der Pastor die Gemeinde entließ, schrieb der Beamte in seinen Notizblock: *Muss weiter untersucht werden.* Und zwar schnell.

* * * * *

Die Fensterläden waren weit geöffnet. In dem orangenen Feuer des Spätnachmittags brannte die Skyline von Montpellier. Rislène drückte sich enger an Eric und ließ ihre Finger durch sein Haar gleiten. Dies war also ihr Mann – wachte oder träumte sie? Ihr Mann! Noch vor ein paar Wochen hatte sie sich in dieser Wohnung versteckt, voller Angst vor der Zukunft, und jetzt saß sie hier an seiner Seite und war frei. Frei, ihn zu lieben, frei, eine Christin zu sein, frei, zu tun, was sie wollte.

Es machte ihr eine neue, ganz andere Angst. Etwas, das es in ihr kribbeln ließ. Es gab so viel, das sie lernen wollte über ihren Mann. Wie sie ihn glücklich machen konnte. Was für Träume er für ihre gemeinsame Zukunft hatte.

»Eric?« Er war eingenickt. Seine Hand ging schläfrig an die ihre. »Hast du eigentlich Angst, Eric?«

»Angst? Vor was?«, antwortete er schlaftrunken.

»Vor allem. Vor der Zukunft. Vor uns. Hast du Angst, dass das hier vielleicht ein großer Fehler war?«

Er setzte sich auf und zog sie in seine Arme. »Schau mal, wie viel Angst ich habe.« Er küsste sie und lachte. »Ja, doch, ich habe Angst – dass ich nicht genug Tage in meinem Leben haben werde, um dir zu zeigen, wie sehr ich dich liebe und wie riesig dankbar ich bin, dass du meine Frau bist.«

Der liebe Eric – wie unbeschwert er war! Aber die Bilder aus den letzten Tagen verfolgten sie. »Ich habe nicht mehr geglaubt, dass ich noch mal da wegkommen würde, Eric. Es war so furchtbar. Nur noch ein paar Minuten, und ich wäre mit einem Muslim verheiratet gewesen. Für immer gefangen.«

Er nahm ihr Gesicht in seine Hände, und sein Blick wurde ernst. »Hör gut zu, meine Braut. Als du weg warst, hat mein Vater mich gefragt, ob ich bereit wäre, dich zu heiraten, wenn du wiederkämst. Das hat mir Angst gemacht, weil doch so viel unsicher war, weil du mich doch noch kaum kanntest. Aber dann haben wir geredet, Vater und ich. Er hat Mutter damals auch auf die Schnelle geheiratet. Er sagte mir, dass ich geduldig sein muss, dass ich mir die Zeit nehmen muss, dich kennen zu lernen, und dass ich dir Zeit zum Vertrauen und Heilwerden geben muss. Und das will ich tun. Wir brauchen uns nicht zu beeilen. Du bist jetzt in Sicherheit, das verspreche ich dir. Du bist in Sicherheit.«

In Sicherheit ... Sie schmiegte sich noch näher an ihn. *Guter Gott, danke, dass er so verständnisvoll ist. Dass er weiß, dass jemand, der aus einem Alptraum aufgewacht ist, immer noch von bösen Erinnerungen geplagt sein kann.*

Er las ihre Gedanken und fuhr fort: »Sobald du willst, rufe ich deine Eltern an. Es hat keine Eile. Wann du willst.«

»Es kann was dauern, bis ich mich an das hier gewöhnt hab – an dich.« Sie errötete. »Ich sehe sie immer noch vor mir, meine Familie und den Imam und Yassir. Und dann El Amin mit der Kugel in der Brust und tot. Das ist alles noch so nah.«

»Du bist in Sicherheit, Rislène.«

»Warum durfte ich leben und El Amin musste sterben?«

»Das weiß ich nicht.«

»Es war meine Schuld.«

»Nein, sag nicht so etwas. El Amin wusste, auf was er sich einließ. Es ist doch nicht so, als ob er noch nie ein Gewehr in der Hand gehabt hätte. Es war ein Unfall. Ein schrecklicher Unfall.«

»Kannst du mich einfach mal festhalten? Das brauche ich jetzt.«

»Aber mit dem größten Vergnügen, Schätzchen.« Sie begann zu weinen, erst leise, dann heftiger, dass es ihren Körper schüttelte. Sie hing an Erics Hals. Es war vorbei. Der lange Alptraum war endlich vorbei.

* * * * *

Die vier Tage im Haus seiner Eltern in Prades-le-Lez – Ceb wusste nicht, ob er träumte oder wachte. Er schlief unruhig. Es fiel im schwer, still zu sitzen. Irgendwo in seinem Hinterkopf, gleich hinter seinem Bewusstsein, nagte und drückte etwas. Seine Eltern waren weise zurückhaltend, bombardierten ihn nicht mit Fragen. Es gab keine großen Familienzusammenkünfte, nur einen kurzen Besuch von Rachel und José am Sonntagnachmittag.

Seine Mutter und sein Vater gingen ihren Beschäftigungen nach, als sei es das Normalste in der Welt, dass er wieder da war. Die Erleichterung und Liebe in ihren Augen wärmte seine Seele. Dann und wann geschah es, dass seine Mutter in ein Zimmer kam und ihn sah, wie er ein Kissen befingerte oder liebevoll über einen alten Schrank strich. Sie starrte ihn dann nicht an, sondern lächelte einfach. Hin und wieder sagte sie: »Sag mir's, wenn ich was für dich tun kann, Junge.« Aber er wusste, dass dicht hinter ihrer Unbekümmertheit die bange Frage lag: *Wird er eines Tages aufstehen und wieder verschwinden?*

Es wäre so schön gewesen, eine Weile hier zu bleiben, die Geborgenheit seines alten Zimmers zu genießen. Aber da war dieser innere Drang. Kam er von Gott oder aus ihm selber? Schwer zu sagen. Er sehnte sich nach Ophélie. Wohl hundertmal am Tag wollte er sie anrufen, um stundenlang über alles und nichts mit ihr zu reden. Aber er konnte es nicht – nicht solange das andere nicht erledigt war.

Am fünften Tag sagte er seinen Eltern: »Morgen fahre ich nach Meribel. Ich habe Bernard angerufen, er holt mich am Bahnhof ab. Er hat ein Zimmer frei.«

Sein Vater räusperte sich und wischte sich mit einer Serviette über den Mund. »Möchtest du, dass ich mitkomme?«

»Nein, danke, Vater. Das muss ich alleine machen. Aber es wird schon gut, das versprech ich euch.«

Er wusste, dass seine Eltern ihren Mut zusammennehmen mussten, um ihm Auf Wiedersehen zu sagen. Er las die Angst in ihren Herzen. Wenn er an den Ort des Unfalls zurückkehrte, würde er dann nicht womöglich wieder in das schwarze Loch der Depression fallen?

Er konnte ihre unausgesprochenen Fragen nicht beantworten. Aber er hatte keine Angst zurückzugehen. Jetzt nicht mehr. Der Gott des Universums war auf seiner Seite.

* * * * *

Bernard war ein Mann in den frühen Fünfzigern und in einem kleinen Tal am Fuße der Alpen aufgewachsen. Vor Jahren hatte er ein großes Chalet in Meribel gekauft und in ein im Sommer wie im Winter gut besuchtes Hotel umgebaut.

Jahrelang waren Samuel und Annie jeden Winter eine Woche nach Meribel gefahren, der Königin der Ferienorte in den französischen Alpen, dem Ort, wo Präsident Mitterand Ski fuhr. Die Cebrians mieteten immer eine Ferienwohnung in Bernards Chalet, das am höchsten Punkt des Dorfes lag, mit traumhaftem Blick auf die Berge und nur eine Minute von den Skihängen entfernt. Als sie ganze zwei Jahre war, hatte die kleine Marion draußen vor dem Chalet auf ihren ersten Skiern gestanden.

Bernard nahm Cebs Hand und schüttelte sie kräftig. »Super, dich wieder zu sehen, Samuel.«

»Danke, Bernard. Und danke, dass du mich so auf die Schnelle unterbringen konntest.«

»Kein Problem.«

»Ich zahl dir's natürlich.«

»Nichts da, Samuel. Du bleibst so lange du willst, gratis.«

Was Samuel auch tat. Drei Tage lang saß er in dem kuscheligen Appartement mit den Dachschrägen, durch deren Fenster er den Schnee und die Lifte und die Skiläufer in ihrer grellbunten Kleidung sah. Er aß die Croissants, die Bernards Frau, Catherine, ihm jeden Morgen brachte, und trank den starken schwarzen Kaffee. An den Nachmittagen schlenderte er durch den Ort. Sie waren noch alle da, die Restaurants und Geschäfte, in denen er mit Annie gewesen war. Stundenlang stand er bei der Skischule und hörte wieder Marions vergnügtes Quietschen, als er sie auf ihrem Schlitten anschob. Danach ging er, kalt bis in die Knochen, in die Bar des Chalets und trank zusammen mit Bernard einen Glühwein. Er ließ es nicht bei dem ersten Glas, sondern trank, bis sein Kopf sich drehen wollte und er wie in den alten Zeiten lachte über Bernards nicht hundert Prozent stubenreine Witze. Er trank, bis sein inneres Auge nicht mehr die heiße Schokolade sah, die Marion schlürfte, bis sie einen braunen Schnurrbart hatte.

Am vierten Abend, als sein Kopf wieder genügend von dem Glühwein benebelt war, sagte er zu Bernard: »Ich bin jetzt bereit. Hast du eine Schaufel?«

»Klar.«

»Kannst du mir sie ausleihen?«

»Der Boden wird hart sein. Gefroren.«

»Ich weiß.«

»Kann ich dir helfen?«

Er zögerte, sah den schmerzlichen Ausdruck auf Bernards Gesicht und sagte: »Ja, das wäre gut. Du hast mir ja schon öfter geholfen.« Er fühlte ein merkwürdiges Kribbeln, halb Erleichterung, halb Wein. »Wäre morgen früh okay?«

»Gut. Sagen wir zehn Uhr?«

* * * * *

Bernard fuhr den Kleinlaster an der Unfallstelle vorbei, bis er zweihundert Meter weiter eine Stelle fand, wo er parken konnte. Ceb sah es wieder: Wenn er damals nur noch zwei weitere Haarnadelkurven geschafft hätte, wäre der Wagen nicht zwanzig Meter tief auf das nächste Straßenstück gestürzt, sondern am Hang liegen geblieben. Wenn, ja wenn ...

Mit Schaufel und Eispickel bearbeiteten sie den gefrorenen Boden, wie damals vor gut drei Jahren. Heute sprachen sie kein Wort. Heute war es nicht jenes mechanische, fast lethargische Graben, als er so verzweifelt versucht hatte, die Vergangenheit zu beerdigen. Heute waren seine Bewegungen zielsicher, entschlossen. Es war ein Tag des Wiederausgrabens, musste Ceb denken.

Sie schwitzten unter ihren Skijacken und dicken Wollpullovern. Jetzt war das Loch schon gut einen Fuß im Durchmesser und drei Fuß tief. »Bist du sicher, dass das die Stelle ist?«, fragte Bernard, auf seinen Pickel gestützt.

Ja, er war sicher. So sicher, als ob die Stelle für immer mit einem Blutfleck markiert war. Als ihre Schaufeln mit einem gedämpften metallischen Laut auf etwas Hartes stießen, tauschten sie ein halb verlegenes Grinsen aus und verdoppelten ihre Anstrengungen. Als sie die ganze Metallkiste freigelegt hatten, wischte Bernard sich mit einem großen Taschentuch über die Stirn und sagte: »Ich geh dann jetzt, Samuel. Nimm dir ruhig Zeit und komm dann mit dem Wagen nach. Vor morgen früh brauche ich ihn nicht.« Bevor Ceb protestieren konnte, hatte sein Freund sich umgedreht, um zu Fuß zu dem Dorf zurückzugehen.

Es war nicht einfach, die rostige Kiste aus dem Boden herauszuholen. Sie war so groß wie ein kleiner Koffer und mit einem schweren Kombinationsschloss verschlossen. Ceb schob seine schwielige Hand aus seiner Jackentasche und holte den Messingschlüssel heraus.

* * * * *

Ceb starrte auf seine verkrüppelte Hand hinunter, die in dem Schnee rötlich blau aussah. Die Metallkiste lag geöffnet neben ihm, ihr Inhalt auf einer Plane, die er über den gefrorenen Boden gebreitet hatte. Dort war sein Skalpell, das erste, das er je bei einer Operation benutzt hatte, und ein Dutzend andere Utensilien aus seiner Praxis als Chirurg. Daneben lagen seine Zeugnisse und Auszeichnungen, mehrere medizinische Fachbücher, Zeitschriften, in denen seine Artikel erschienen waren, und das Spielzeugstethoskop, das Ophélie ihm zum Abitur geschenkt hatte. Er hob ein angerostetes Kindertaschenmesser auf und drehte es in der Hand. El Amin hatte es ihm geschenkt, als er als Junge Algerien verlassen hatte. Die ganzen Jahre hatte er es behalten. *Und jetzt bist du tot, mein Freund, und ich habe dich sterben sehen!* Er schluckte heftig. Er merkte, dass sein Gesicht sich taub anfühlte.

Er öffnete seine alte Bibel, die er von seiner Mutter zum 14. Geburtstag bekommen hatte. Er hatte sie ganz vergessen gehabt. Und da war das Andachtsbuch *Mein Äußerstes für sein Höchstes.* Ein silbernes Hugenottenkreuz an einer Kette. Er nahm die Kette hoch, um sie sich um den Hals zu legen, aber seine Finger waren zu steif, um das Schloss zu öffnen. Er legte die Kette zurück auf die Plane.

Er blätterte mehrere Alben durch, in denen Annie ihr gemeinsames Leben festgehalten hatte, dann nahm er ein weiteres in die Hand, weiß mit rosa Schnitt, und zwang sich, es zu öffnen und die Bilder des großäugigen Babys zu betrachten. Hier war sein Kopf noch kahl, dort schon von seidigen braunen Locken bedeckt. Er presste seine Lippen auf eines der Fotos, und der Schmerz stach so heftig in seine Brust, dass er einen Augenblick keine Luft bekam. *Marion! Wie ich dich vermisse. Mein Kind, für immer fort! Fort!*

Er packte die Alben, das Taschenmesser und das Skalpell zusammen. Er hob jedes Stück hoch und sagte: »Ich kann dieses Stück von mir nicht vergraben und nicht so tun, als sei dies nicht passiert. Ich will es akzeptieren und weitergehen. Hörst du mich, Gott? Ich mache weiter!« Er legte die Erinnerungsstücke sorgfältig zurück in die Kiste, klappte den Deckel zu und verschloss ihn. Er hob die Kiste hoch, trug sie zu dem Wagen und stellte sie vor dem Beifahrersitz auf den Fußboden.

War es ein Fehler, dieses Wiederausgraben seiner Vergangenheit, die er drei Jahre zuvor, als er sah, dass seine chirurgische Karriere zu Ende war, symbolisch begraben hatte? In Wut und Hass und Schmerz hatte er sie begraben, und mit vollem Bedacht hatte er sie wieder ausgegraben. Er musste sich ihm stellen, dem Selbsthass von damals. Er war kein Feigling, und er hoffte zu Gott, dass er auch kein Mörder war. Er hatte Gottes Vergebung erfahren in Algerien, aber was er jetzt mehr als alles andere brauchte, war, dass er sich selber vergab.

* * * * *

Am nächsten Morgen zog er seine Skistiefel und Skier an. Er zog die rote Skimütze in sein Gesicht und kämpfte kurz mit den Handschuhen. Einen Augenblick fragte er sich, ob es ihm gelingen würde, mit der rechten Hand den Skistock zu halten.

Er stieg in den Lift. Er saß vornübergebeugt da, als wollte er den dicken Schnee, der die Zweige der Tannen nach unten bog, berühren. Er hatte ihn immer fasziniert, dieser Kontrast zwischen dem Blau des Himmels, dem Grün der Bäume und dem Weiß des Schnees. So einfach, hell, strahlend.

Oben empfing ihn ein Gewimmele von Skiläufern, die eifrig dabei waren, ihre Skier anzuschnallen. Einen Augenblick verspürte er Platzangst. Er fuhr hastig los, zu dem anderen Lift, der zu den höheren, schwierigeren Abfahrten führte.

Endlich stand er ganz oben auf dem Gipfel und war allein. Allein mit dem Berg. Er stieß sich ab und raste den Hang hinab, mit federnden Knien und gekonntem Hüftschwung jedem Hindernis ausweichend. Minuten lang spürte er nichts als die schiere Geschwindigkeit und den Biss des Windes auf seinem Gesicht. Er stellte sich vor, dass er nur zur Seite zu schauen brauchte, um Annie wieder neben sich zu sehen.

Er kam an eine weite, offene Senke und hielt an, betrachtete das prächtige Panorama der weiß funkelnden Gipfel. Direkt vor ihm fiel der Hang fast senkrecht ab, der Schnee zu Eis geronnen in den Schatten, die die Morgensonne noch nicht erreicht hatte. Er zögerte kurz, dann stieß er sich ab und flog in das Bassin hinunter, auf Messers Schneide zwischen Fahren und Stürzen. Er achtete nicht auf die Gefahr.

Jetzt ging ein wenig benutzter Hang nach rechts ab. Das bekannte Schild mit der schwarzen Raute wies auch ihn als nur für Geübte geeignet aus. Diese Abfahrt hatte er noch nie ausprobiert. Sie war steil und schmal und kurvenreich, mit wenig Raum, die Geschwindigkeit durch Zickzackfahren zu vermindern. Die Zweige der Bäume kitzelten sein Gesicht, als er hinabschoss.

Dann öffnete sich der Hang wieder. Kein anderer Skiläufer war zu sehen, nur die fernen Gipfel und der Schnee. Er hielt an und schaute zur Seite. Gleich neben der Piste öffnete sich ein gähnender Abgrund. Er lugte über den Felsen. Ein paar lose Steine lösten sich und polterten wohl hundert Meter nach unten. Die einfachste Sache der Welt, über die Kante zu fahren, hinein in Luft und Nichts. Verführerisch, so verführerisch.

Die Alpen hatten immer schon einen Teil seines Herzens gestohlen. Seine Seele sollten sie nicht haben, die gehörte einem anderen. Er starrte auf die weite weiße Fläche und in den schieren Abgrund. Sein Atem kam in Stößen, die Luft fuhr reinigend in seine Lungen. Er schaute in das Tal hinunter und rief: »Es tut mir Leid! Es war wirklich ein Unfall. Ich habe dich nicht umgebracht, Annie, es war keine Absicht, Marion! Vergebt mir! Gott, gib mir die Kraft, mir selber zu vergeben – sie können es nicht, sie sind nicht mehr hier! Du hast mir vergeben, Gott. Bitte hilf, dass ich mir selber vergeben kann.«

Als er das Ende des Hangs erreichte, wo die anderen Skiläufer und das Dorf waren, war er ein freier Mann. Nein, er war doch kein Mörder.

* * * * *

Zurück in seinem Zimmer in dem Chalet, ließ Ceb sich auf das Bett sinken und begann das Andachtsbuch zu lesen, eine Seite nach der anderen, als ob es ein Roman war. Die Gedanken in ihm waren tief und aufwühlend, jede Seite rief den Gläubigen zur völligen Christusnachfolge auf. Als er zu der Andacht für den 29. Juni kam, lief es ihm kalt den Rücken hinab, als er den Bibelvers las: *Wenn dich deine rechte Hand zum Abfall verführt, so hau sie ab und wirf sie von dir. Es ist besser für dich, dass eins deiner Glieder verderbe und nicht der ganze Leib in die Hölle fahre. (Matthäus 5,30)*

Sein Herz begann zu hämmern, als er den Kommentar zu dem Vers las: »Jesus hat nicht gesagt, dass jeder seine rechte Hand abhauen muss, sondern: Wenn deine rechte Hand dich von deinem Wandel mit mir abbringen will, dann hau sie ab. Es gibt viele Dinge, die an sich nicht böse sind, aber wenn wir uns auf Gott konzentrieren wollen, können wir sie nicht tun. Deine rechte Hand gehört zum Besten, was du hast, aber Jesus sagt: Wenn sie dich daran hindern will, mir zu folgen, dann hau sie ab. Diese Schule ist die härteste, die je über die Menschheit gekommen ist. Wenn Gott einem Menschen neues Leben schenkt, ist das erste Merkmal dieses Lebens, dass es verkrüppelt ist. ... Es hat noch keinen Heiligen gegeben, dessen Leben nicht zunächst verkrüppelt war. Aber es ist besser, verkrüppelt, aber herrlich in Gottes Augen in das Leben hineinzugehen, als in den Augen der Menschen schön und in Gottes Augen ein Krüppel zu sein ...«

Vor seinen Augen verschwamm alles, die Kälte in seinem Leib wurde zum stechenden Schmerz. Tief, tief in seiner Seele spürte er die Wahrheit in diesen Worten. Er trat hinaus auf den hölzernen Balkon und stützte die Hände auf das Geländer, während um ihn die Schneeflocken tanzten. Sie blitzte wieder auf in seinem Gedächtnis, die Zeit vor dem Unfall, wo er so selbstbewusst auf der Karriereleiter höher gestiegen war, seine Überstunden gemacht hatte, mit den anderen Ärzten über die nächste Affäre in der feinen Gesellschaft gewitzelt hatte.

Und wo war Annie gewesen? An seiner Seite, schön und strahlend. Er war stolz auf ihre Schönheit gewesen, stolz, dass alles stimmte an der Fassade ihres Lebens. Aber manchmal, wenn er sich die Zeit genommen hatte, einmal an etwas anderes zu denken als die Medizin und die richtigen Beziehungen, hatte sie ihm Angst gemacht, die furchtbare Oberflächlichkeit, die jeden Winkel ihres Lebens erobert hatte.

Und so wäre es heute noch, wenn der Unfall nicht gekommen wäre. Ich würde mich weiter abstrampeln nach etwas, das mich doch nicht befriedigen kann. Er legte seine linke Hand wärmend über die rechte, dann verschränkte er seine Finger. Er hatte es als die äußerste Ironie des Schicksals empfunden, als die grausamste Karte, die Gott spielen konnte nach dem Verlust seiner Frau und seines Kindes: dass er auch noch die rechte Hand verlor und damit jede Hoffnung, sein Leben wieder aufzubauen, da weiterzumachen, wo er aufgehört hatte.

Aber vielleicht hatte Ophélie Recht. Sie hatte ihn in Elend und Verzweiflung gestürzt, diese Tragödie, in ein Leben auf der Straße, aber sein Glaube war gestärkt daraus hervorgegangen. Jetzt konnte er es verstehen, das Leiden der anderen. Nie mehr würde er nur für sich selber und seine persönlichen Pläne leben, nie mehr mit der Glitzerwelt der oberen Zehntausend liebäugeln. Selbst wenn er eine Million Francs im Jahr verdienen würde, er wäre immer anders als sie. Und auch Dominique hatte Recht gehabt. Der Unfall und die Straße, sie hatten ihn verändert, hatten ein unauslöschliches Mal in seinem Herzen hinterlassen, eingebrannt von der Flamme des Leidens.

Ceb schlug die Arme um sich. Der Schnee kitzelte seinen Bart. »Danke, Herr«, presste er hervor. »Danke für diesen Neuanfang. Du bist wirklich ein Gott, der aus Bösem Gutes machen kann. Ein Gott, der einem eine zweite Chance gibt. Du kannst sogar das Schicksal eines Menschen verändern, der nur seinen eigenen Willen gekannt hat. Ich will nicht mehr zurückgehen, ich kann es nicht. Hier bin ich – Samuel Cebrian. Nimm mich. Ich bin dein.«

Der Schnee fiel dichter, aber unverändert weich. Die Flocken auf seinem Gesicht, sie waren ein Geschenk von Gott – dieses ewige Weiß, das so sanft seine Mütze auf das Balkongeländer legte. Er brauchte nicht noch einmal zurückzukommen. Es war vorbei, und es war Gnade.

* * * * *

Eric und Rislène würden im Haus der Hoffmanns wohnen, bis sie eine Studentenwohnung bekamen. Gestern Abend waren sie ausgezogen, und Ophélie war froh, wieder in ihrer Wohnung zu sein, wo Lassie und die Welpen ihr gute Gesellschaft leisteten.

Ceb war zu seinen Eltern gefahren und dann nach Meribel, wusste Bri zu berichten. Ophélie fragte sich, wie er damit fertig werden würde, aber er war wohl nötig, dieser Besuch.

Der Morgen beim Roten Kreuz war nicht gut verlaufen diese Woche. Aus jedem der Stadtstreicher, die in die Kleiderkammer kamen, hatte Jean-Marcs Gesicht sie angeblickt, und als Dominique auf eine Tasse Kaffee vorbeikam, hatten alle die verlegene Spannung gespürt. Sie wusste nicht, ob sie weitermachen konnte als Rote-Kreuz-Freiwillige.

Aber etwas anderes konnte sie tun für die SDFs, und heute Abend würde sie damit anfangen. Auf ihrem Wohnzimmerteppich lagen einige Neue Testamente, fotokopierte Blätter mit Telefonnummern und den Adressen der Obdachlosenasyle in der Stadt, Stadtpläne von Montpellier und halb aufgebrauchte Telefonkarten. Sie hatte einen Stapel Verteilschriften bestellt, die von der Hoffnungslosigkeit und der Hoffnung in Christus handelten und geschmackvoll aufgemacht waren. Und im Supermarkt hatte sie Schokoladetafeln, Müsliriegel, kleine Packungen mit Keksen und Pulverkaffee, Waschlappen, Zahnbürsten und mehrere Tuben Zahnpasta gekauft.

Das sollte in Zukunft ihr Geschenk für die Obdachlosen sein. Eine kleine Plastiktüte mit ein paar Sachen zum Leben und den nötigen Informationen, um ein Dach über dem Kopf zu finden. Und mit Gottes Wort. Die Hoffnungstüte, die sie künftig an die Ampelbettler verteilen würde. Sie konnte Jean-Marc nicht zurückholen, und vielleicht würde es ihr zu wehtun, Dominique und Ceb wieder zu sehen. Aber dies hier konnte sie tun. An der nächsten roten Ampel, an der ein SDF an ihr Auto trat, würde sie nicht mehr verlegen zur Seite schauen müssen. Gott hatte ihr gezeigt, wie sie die Hände und Füße Jesu für die Armen und Elenden sein konnte, selbst wenn sie im Auto saß.

KAPITEL 32

Das Grab lag in den Orangenhainen versteckt. In die frisch aufgeworfene Erde waren kleine Pflanzen gesetzt. Nur ein paar Wochen, und sie würden blühen und sich ausbreiten, bis sie das Grab ganz bedeckten. Kein Terrorist würde es entdecken – oder herausfinden, was wirklich geschehen war mit El Amin. Es war ein kleiner Trost für Madira Charfi, die vor dem Grab stand, eine Hand auf der Schulter von El Amins Sohn Mehdi. Jala und die drei Mädchen standen seitlich und hörten zu, wie Abdul aus der Bibel vorlas. Es war ein tägliches Ritual geworden, eine schlichte christliche Zeremonie, gegen die selbst Jala nichts hatte.

El Amins Frau hatte nicht geweint, als Hussein und Dounia sie zum Haus der Charfis gebracht hatten, um den Leichnam zu sehen. Sie hatte die ganze Nacht bei ihm gesessen und leise gesprochen zu dem Mann, den sie geliebt hatte und der nicht mehr war. Am folgenden Morgen war sie merkwürdig erleichtert gewesen, als Hussein, Abdul und Madira ihr den letzten Tag in El Amins Leben berichtet hatten. Jetzt waren die Tränen gekommen, und sie hatte ihnen von El Amins Traum erzählt und wie er ihr gesagt hatte, dass er zu seinen Eltern musste. Sie hatte nur kurz geweint, und Madira hatte gestaunt über ihre Kraft und stille Würde. Jahrelang hatte diese Frau die Angst und Ungewissheit durchlitten, die die terroristischen Aktivitäten ihres Mannes mit sich brachten, und die Narben von der Bombenexplosion vor drei Wochen, als sie selber zum Opfer in diesem gnadenlosen Krieg geworden war, waren noch frisch.

Madira und Abdul wussten, in was für Ängsten sie jetzt lebte, und so hatten sie ihr und ihren vier Kindern ihr Haus geöffnet, so lange, bis sie sich überlegt hatte, wie es weitergehen sollte. »Wenn seine Männer herausfinden, dass er Christen geholfen hat, bringen sie uns alle um, das weiß ich genau«, hatte sie ihnen gesagt. »Wir müssen raus aus Algerien!« Jetzt, fünf Tage danach, arbeitete die Untergrundkirche an einem Plan, Jala und ihre Kinder nach Frankreich zu bringen. Bis dahin würden sie bei den Charfis bleiben.

Abdul kniete sich auf den weichen Boden, um zu beten. Eine bittersüße Wiedervereinigung, dachte Madira. Gott hatte ihr ihren Sohn genommen und dafür eine Schwiegertochter und vier Enkelkinder gegeben. Es war ein Wunder, Balsam für ein verwundetes Herz. Das Leben war so schwer. Aber Madiras innere Wunde eiterte nicht mehr; jetzt wusste sie, wo El Amin war. Keine verzweifelten Fragen und Gebete mehr. Er ruhte in den Armen Jesu, das glaubte sie mit ihrer ganzen Seele.

»Großmutter, kann ich meine Blumen auf Papas Grab legen?«, fragte das jüngste Kind.

»Natürlich.« Madiras Blick traf sich mit Jalas. Sie hoffte, dass Liebe und Verständnis aus ihm sprach. Alles war unruhig in Algerien. Aber in Madiras Herz war Frieden. Auf welche Art auch immer, alle ihre Kinder waren zurück nach Hause gekommen. Preis sei Gott ...

* * * * *

Der Brief von Eliane Cebrian hatte Flecken von ihren Tränen. Abdul hatte ihn Madira vorgelesen, Elianes Bericht über Samuels Heimkehr, und dann hatte er sie in den Armen gehalten und sich ausweinen lassen. Jetzt las er den Brief wieder vor – den Gliedern der kleinen Hausgemeinde. Man hörte leises Murmeln, hier und da ein unterdrücktes Schluchzen. Zweimal musste er eine Pause machen, weil die Worte vor seinen Augen verschwammen. Es war solch ein schwerer Brief, wenn sein eigener Sohn in den Orangenhainen vor dem Haus begraben lag.

Samuel Cebrian machte einen Neuanfang. Eliane war guter Hoffnung, dass er nicht nur die Straße verlassen hatte und für einige Zeit zu seinen Eltern zurückgekehrt war, sondern dass er auch eine geistliche Erweckung erfahren und zu seinem himmlischen Vater zurückgefunden hatte. Was für ein wunderbarer Segen. Eliane hatte ihren Brief mit mehreren Seiten Erinnerungen an El Amin beendet, den sie so gern gehabt hatte. Ihre Worte der Liebe und Trauer brachten Trost. Diesen Teil des Briefes konnte Abdul nicht vor den anderen vorlesen;

er war Gottes ganz persönliches Liebesgeschenk, das seine Frau und er noch viele Male wieder lesen würden.

In den letzten zehn Tagen hatte es auch Anrufe von David und Gabriella gegeben. Rislène war gut angekommen und hatte Eric geheiratet, und eine helle Zukunft lag vor dem jungen Paar. Mit brüchiger Stimme hatte Gabriella ihrem Dank und Beileid für El Amin Ausdruck gegeben. Freude und Trauer, so eng miteinander verzahnt. Söhne. Einer von der Straße gerettet, einer mit seiner jungen Braut vereint, und einer für immer in der Erde begraben.

Nein. Dies war nicht El Amins Ende. Auch Abduls Sohn war für immer gerettet von dem allmächtigen, unendlichen Gott. Abdul glaubte es und dankte Gott für dieses Wunder. Aber sein Herz spürte noch das Schwert, das durch es gedrungen war, das geflüsterte *Warum.* Warum hatte es so kommen müssen? Er wusste, dass es noch viel schlimmer hätte kommen können. El Amin hätte bei einem Terrorangriff ums Leben kommen können. Stattdessen hatte er seinen Sohn gesehen und gehört, wie er sagte: »Ich habe euch immer geliebt und euch beschützt so gut ich konnte.« Und Gott hatte sich El Amin in einem Traum geoffenbart. *Sagt es Jala. Und Mama. Ich lebe.*

Abdul wischte sich über die Augen und faltete den Brief zusammen. Es gab Fragen, die keine Antwort in diesem Leben hatten. Ja, es hätte schlimmer kommen können, aber das änderte nichts an der furchtbaren Realität, dass der Tod gekommen war und dass für den Rest ihres irdischen Lebens er und Madira und Jala und ihre Kinder mit einem Loch im Herzen leben müssten.

Yasmina versuchte, es sich auf ihrem Stuhl bequem zu machen. Ihre runder Bauch kündigte die baldige Geburt des Kindes an. Wie gut, dass das Leben sich seinen Weg bahnte durch Trauer und Leid, durch die Last der Verantwortung und die Dunkelheit der Angst. Es ließ sich nicht stoppen! Jetzt klangen die Stimmen von Enkelkindern durch das Haus, Enkel, die er gerade erst kennen lernte. Sie wollten keine Trauer und Angst, sie wollten das Leben.

Er räusperte sich, den Stich von Tränen in den Augen. Es

war allein Gottes Geist, der ihm und allen anderen die Kraft gab, wieder neu anzufangen. Er rief die Gruppe zum Gebet auf. Zwölf Augenpaare waren auf ihn geheftet, warteten auf seine Worte. »Bald werden unsere Landsleute das Ende des Ramadan feiern. Aber für uns ist jeder Tag eine Feier der Freiheit in Christus. Manche Tage wollen uns zwar eher wie Tragödien erscheinen.« Seine Stimme stockte einen Augenblick. »Aber auch in ihnen ist Gott gegenwärtig. Manchmal kommt er in den Wolken, in den dunklen Augenblicken, und manchmal ist die Neugeburt dann umso schöner. Mit Gottes Gnade dürfen wir weitergehen.«

Er öffnete seine Bibel und begann aus dem 2. Korintherbrief zu lesen: »Gelobt sei Gott, der Vater unseres Herrn Jesus Christus, der Vater der Barmherzigkeit und Gott allen Trostes ...« Wieder dieser plötzliche, stechende Schmerz. »... der uns tröstet in aller unserer Trübsal, damit wir auch trösten können, die in allerlei Trübsal sind, mit dem Trost, mit dem wir selber getröstet werden von Gott.« Abdul blickte von seiner Bibel auf und ließ seine Augen einen Moment lang über jeden Einzelnen der kleinen Gruppe gleiten. »Kleine Herde, wo Gott Kraft und Hoffnung und Trost in unser Leben hineingießt, besteht unsere größte Freude darin, diese seine Segnungen an andere weiterzugeben.«

Ein kleiner Kopf kam um eine Ecke und kicherte. Abdul hörte, wie Jala im Flur flüsterte. »Psst! Opa ist in einer wichtigen Besprechung.« Er schloss seine Augen, kniete sich hin und begann zu beten.

* * * * *

Rislène ging die Treppe im Haus der Hoffmanns hinunter, als die Türklingel ging. Sie hielt kurz an, schaute nach oben und rief: »Eric, sie ist da!« Dann öffnete sie die Tür. Ihre Mutter stand draußen, Kopftuch und Mantel fest um sich gezogen. Sie umarmten sich ohne ein Wort. Es war ein schönes Gefühl.

Als sie drinnen war, nahm Madame Namani das Gesicht ihrer Tochter in ihre Hände. »Rislène, sag mir, dass du glücklich bist.«

»Ich bin sogar sehr glücklich.«

Die Holztreppe im Flur knarrte; einen Augenblick später trat Eric in das Wohnzimmer.

»Mutter, darf ich dir meinen Mann, Eric, vorstellen?«

Die besorgten Augen ihrer Mutter musterten den großen, schlanken jungen Mann gründlich. Dann streckte sie ihre Hand aus, und Eric nahm sie. Sie lächelte. »Ich freue mich, dich kennen zu lernen. Bitte sorge gut für meine Tochter.«

»Das werde ich machen, ich verspreche es.«

Rislène servierte arabischen Kaffee. Sie tranken ihn schweigend. Es schien, dass es Madame Namani schon genügte, jede Geste ihrer Tochter zu beobachten, einfach zu sehen, dass es ihr gut ging. »Mutter, die Schule werde ich fertig machen. Eric und Madame Hoffmann und Ophélie werden mir helfen, für das Abitur zu pauken. Und im nächsten Jahr will ich dann mit dem Studium an der Universität anfangen.« Rislènes Augen leuchteten vor Vorfreude.

»Das ist gut. Da wird dein Vater stolz sein.«

Ihr Vater hatte jeden Kontakt mit Rislène verweigert, und Großmutter hatte erklärt, dass sie für immer aus der Familie ausgestoßen war. Aber sie hatte noch ihre Mutter. Mutter würde den anderen alles berichten, und eines Tages, vielleicht ...

»Nazira bleibt in Algerien«, sagte ihre Mutter, wie nebenbei. »Sie wird im Sommer Yassir heiraten. Wir fahren zu der Hochzeit.«

Yassirs Name ließ es Rislène kalt den Rücken hinunterrieseln. Sie war noch zu frisch, diese Erinnerung. Sie versuchte, sich Nazira als verheiratete Frau vorzustellen. Sie war doch noch so jung. »Das freut mich für Nazira, und für euch alle, Mutter.«

Sie las die unausgesprochenen Gedanken ihrer Mutter. Wenn nur ... Wenn nur ... Aber die Worte waren zu schwierig, um sie auszusprechen. Eines Tages würde sie vielleicht wieder mit dem Rest der Familie sprechen können. Aber noch nicht jetzt. Rislène wusste nicht recht, was sie machen sollte mit diesem dumpfen Schmerz tief drinnen. Die Entscheidungen im Leben, sie waren hart, manchmal unerträglich hart.

»Du kommst doch wieder, Mutter, nicht wahr?«

Madame Namani stand abrupt auf. »Ja, das tue ich.« Sie sah Eric an. »Danke, dass du so für Rislène sorgst. Ich komme bald wieder. Wir werden uns alle wieder sehen, schon bald, ich verspreche es.«

Rislène küsste ihre Mutter auf die Wangen und umarmte sie einen langen Augenblick. Sie spürte, wie die Verspannung im Körper ihrer Mutter sich löste.

Madame Namani sagte mit unsicherer Stimme: »Ich bin froh, dass ich dich sehen konnte, Eric. Ich bete darum, dass du ein guter Mann sein wirst für Rislène. Möge Allah stets mit euch sein.«

»Das ist er, Mutter«, flüsterte Rislène durch den Kloß in ihrem Hals. »Das ist er, ganz bestimmt.«

* * * * *

Der Kleinbus war in der letzten Woche angekommen. Ein freundlicher Mechaniker hatte ihn vor dem Obdachlosenasyl abgestellt. »Da haben Sie das gute Stück, Monsieur Lefevre«, hatte er gesagt und Dominique die Schlüssel gereicht. »Technisch so gut wie neu. Ich habe die Sitze so einbauen lassen, wie Sie es gewünscht haben.« Jetzt stieg Dominique wieder in den Bus, um ihn nochmals zu inspizieren.

Der Wagen war nicht neu. Baujahr 1991, weiß. Innen waren statt der hinteren Sitzreihen zwei hochklappbare Längsbänke eingebaut, unter denen Stauraum für Decken, Mäntel und Schlafsäcke war. Direkt hinter dem Fahrersitz waren ein kleiner Kühlschrank, eine Kochplatte und ein weißer Metallschrank. Dominique öffnete den Schrank. In ihm waren Medikamente, säuberlich in Reihen angeordnet.

Der Minibus war mit allen Schikanen ausgerüstet und Dominiques ganzer Stolz. Er hatte sich gelohnt, der lange Papierkrieg. Jetzt könnten sie endlich auch die letzten SDFs mit Lebensmitteln und Medizin erreichen. Das Ziel war, bis in die fernsten, finstersten Ecken der Obdachlosenwelt vorzudringen. In den letzten achtzehn Monaten hatte Dominique den Tod von zwanzig Menschen auf der Straße miterlebt. Er musste an Jean-Marc denken. Diese Menschen nannten ihn ihren

Schutzengel, aber nur zu oft war er nicht da, wenn sie ihn am meisten brauchten. Vielleicht würde der neue Bus einigen rechtzeitig die Hilfe bringen, die sie brauchten.

Schutzengel. Er musste an Ophélie Duchemin denken bei diesem Wort. Wenn sie kein Engel war. Eine Frau mit Überzeugungen. Und mit Tatkraft und Hirn. Keine von denen, die alles sagten, was er hören wollte, um Punkte bei ihm zu sammeln. Er würde sich nicht so einfach geschlagen geben. Faszinierend, wie sie über die Religion sprach. *Médiateur de rue.* Er kicherte. Jesus Christus hatte die gleiche Arbeitsbeschreibung wie er – was für ein Vergleich! Aber hinter dem Humor lagen Fragen. Fragen für Ophélie. Es konnte etwas dauern, aber er würde nicht aufgeben.

* * * * *

Jetzt, mitten am Tag, war das Obdachlosenheim leer, und Dominique ging in sein Büro und setzte sich an den von Papieren übersäten Schreibtisch. Als der Summer ertönte, ignorierte er ihn zuerst; erst beim vierten Klingeln legte er das Papier, das er gerade las, hin und ging zur Haustür.

Zuerst erkannte er den Mann nicht, dann sah er die lange Stirnnarbe. »Ceb! Rein mit dir!«

Ceb hatte seinen Bart gestutzt, und sein Haar war geschnitten und gewaschen. Seine Jeans waren abgetragen, aber nicht zerlumpt, und der dezent grüne Pullover, den er trug, betonte das Hellbraun seiner Augen. Er sah wie verwandelt aus.

»Schön, dich wieder zu sehen, Ceb. Hab gehört, du warst in Algerien.«

Ceb nickte.

»Was bin ich froh, dass du da lebendig wieder rausgekommen bist.«

Ceb lachte, eine Spur nervös. »Ja, lebendig.«

»Seit wann bist du wieder da?«

»Ungefähr zwei Wochen.«

»Das mit Jean-Marc hast du gehört?«

»Heute Morgen, als ich beim Roten Kreuz war, hat Janine mir's erzählt. Schlimm. So sinnlos.«

Dominique fragte sich, warum Ophélie Ceb nichts gesagt hatte; er hatte sie doch bestimmt gesehen. Er bedeutete Ceb, sich an einen der runden Metalltische zu setzen, an denen die Obdachlosen ihr Frühstück einnahmen. »Kann ich dir 'nen Kaffee machen?«

»Ja, klingt gut.« Ceb rieb seine Hände zusammen. »Immer noch etwas frisch draußen.«

Als Dominique die beiden dampfenden Pappbecher brachte, begann Ceb zu reden. »Ich bin gekommen, um dir danke zu sagen, Dominique. Für alles, was du hier tust. Und für mich getan hast. Ich bin weg von der Straße.« Er unterbrach sich, um die Worte wirken zu lassen. Dominique nickte. »Und außerdem möchte ich dir meine medizinischen Dienste anbieten – was du brauchst, unentgeltlich natürlich. Vielleicht kann ich helfen, dass das, was Jean-Marc passiert ist, sich nicht so schnell wiederholt.«

Dominique rutschte mit seinem Stuhl zurück, fuhr mit dem Finger seinen Bart entlang und lächelte. »Na, wenn das so ist, Ceb, kann ich dir was zeigen.«

Sie gingen nach draußen, hinter das Gebäude, wo der Kleinbus stand. »Das schnuckelige Ding hier haben wir letzte Woche gekriegt. Schau mal rein.«

Ceb stieg in den Bus. Er inspizierte jede Ecke, öffnete Schränke und Klappen, holte Medizinflaschen heraus und drehte sie in den Händen. Ein Lächeln kam auf sein Gesicht. »So, hast du deinen Bus gekriegt! Nicht übel, Dominique, das muss ich sagen. Glückwunsch! Da hat sich dein Einsatz ja gelohnt.«

»Ja. Gestern Abend bin ich das erste Mal damit gefahren. Der Bus wird eine große Hilfe sein. Wir haben zwei Sozialarbeiter als Mannschaft für ihn, und ich fahre mit, wo ich kann. Was uns noch fehlt, ist eine Krankenschwester. Oder ein Arzt.« Er sah Ceb an, dann fuhr er fort. »Wenn du helfen willst, könnte ich vielleicht was arrangieren. Wir könnten dich hier gebrauchen. Was meinst du?«

»Mich?«

»Bring deine Papiere. Die Stadt ist bereit, den Teilzeitmindestlohn zu bezahlen für den Job. Du warst doch derjenige, der die Idee hatte, 'nen Arzt in den Bus zu setzen, erinnerst du dich? Letzten Dezember.«

Ceb zuckte die Achseln.

»Ich hab's schon angeschnitten bei den Oberen, und sie wären bereit, jemand einzustellen. Das Gehalt ist nicht hoch, aber ...«

»Ich hab dir doch gesagt, es geht mir nicht ums Geld.« Ceb kratzte sich am Kopf. »Glaubst du echt, dass das eine Möglichkeit ist für mich?«

Dominique dachte nach. Er wollte keine falschen Hoffnungen in Ceb wecken. Und womit konnte er denn beweisen, dass Ceb wirklich von der Straße weg war? Es sah ja danach aus, aber er hatte sich schon öfter getäuscht. Aber er hatte den festen Eindruck, dass Ceb auf dem richtigen Weg war. »Ich glaube, es ist einen Versuch wert«, sagte er schließlich. »Du bist genau der Mann, den wir suchen – ein ehemaliger Obdachloser, der zurückkommt, um den anderen zu helfen. Dass du Arzt bist, ist natürlich auch kein Fehler. Wollen mal sehen, was ich erreichen kann.« Sie stiegen aus dem Bus aus, und er schob die Tür zu und verriegelte sie.

»Ja, gut, frag mal nach, ob ich helfen kann, Dominique. Das wär mir lieb.«

»Dann bring mir gleich morgen deine Papiere, Ceb. Und bring genügend Zeit mit, damit du gleich die Runde mit uns machen kannst – eine Tour durch die Innenstadt von Montpellier.«

»*Merci*, Dominique. Ganz herzlichen Dank.« Er streckte seine rechte Hand aus, nahm Dominiques Hand und schüttelte sie kräftig.

»Nichts zu danken. Sieht so aus, als ob ich genau den Mann für den Job gefunden hab.« Er sch Ccb hintcrhcr, wic cr ging. Der ganze Mann strahlte ein neues Selbstvertrauen aus. *Ich glaube, du schaffst es, Ceb. Ich glaube, du kriegst dein Leben zurück.* Es war eine tiefe Befriedigung für den Straßenarbeiter zu wissen, dass ein SDF den Sprung weg von der Straße geschafft hatte. Er war sogar zurückgekommen, um sich zu bedanken. Aber eine Frage hämmerte durch seinen Kopf: Wie war das mit Ophélie Duchemin? Was war ihre Rolle in all diesen Entwicklungen? Wo war sie?

* * * * *

Die Welpen waren sieben Wochen alt und allmählich zu groß für den Käfig. Sie waren längst von Lassie entwöhnt, und es war Zeit, sie wegzugeben. Janine hatte bereits St. X bestellt. Eine von Ophélies Schwestern wollte Cleopatra nehmen, und ihre Mutter und Moustafa Jean Valjean. Erst gestern hatte Bri angerufen, um zu sagen, dass Eliane Cebrian gerne Hamlet nehmen würde. Blieben noch Lassie und der Kleine Prinz; Ophélie hatte beschlossen, sie beide zu behalten.

Sie fragte sich, ob Ceb aus den Alpen zurück war. Was machte er wohl gerade? Sollte sie ihn anrufen? Nein, sie musste das unter die Füße kriegen. In ein paar Monaten wäre sie fähig, ihn auf einer Familienfeier zu sehen, ohne von ihren Gefühlen überwältigt zu werden. In ein paar Monaten. Jetzt noch nicht.

Lassie stieß ihre Schnauze gegen ihre Hand. Ophélie streichelte gedankenverloren das schwarze Fell des Hundes. Heute Abend wollte sie an ihrem neuen Stück arbeiten. Die Idee war ihr in der letzten Woche gekommen, ganz plötzlich, und sie war sich nicht sicher, ob sie eine wirkliche Inspiration war oder eine bloße Beruhigungsstrategie ihrer Psyche. Es ging um die Geschichte eines arbeitslosen Mannes und einer arbeitslosen Frau, die sich ineinander verlieben. Sie hatte die Idee Simon vorgetragen, und er hatte interessiert geklungen. Eine Geschichte für die heutige Zeit, hatte er gesagt. Es war eine gute Therapie, die Ideen für das Stück aufzuschreiben, aber heute Abend konnte sie sich auf rein nichts konzentrieren.

Sie ging in die Küche und blätterte in einem Kochbuch. Für die nächste Woche hatte sie Simon, Janine, Monsieur und Madame Dufour sowie ihren Vater und Bri zum Abendessen eingeladen. Sie hoffte, dass in einer so zwanglosen Atmosphäre die Dufours und Simon offen über ihre Ängste um Janine reden würden. Janine hatte die Idee gut gefunden.

Madame Dufour hatte natürlich schon genug Schaden angerichtet. Ophélies Vater hatte gestern erwähnt, dass er für morgen einen Termin mit einem Vertreter des Innenministeriums hatte. Ophélie war sicher, dass dies mit Madame Dufours Verdächtigungen zu tun hatte. Sie seufzte. Ihr Vater schien sich weiter keine Sorgen zu machen; warum dann sie?

Sie legte das Kochbuch wieder hin, hob Hamlet hoch, kraulte ihn hinter den Ohren, setzte ihn zurück auf den Fußboden und ging in ihr Arbeitszimmer. Wenn sie einfach anfing zu schreiben, würden die Ideen vielleicht kommen und sie bräuchte nicht mehr so viel an Ceb zu denken. *Lieber Herr, was würde ich ihn gerne anrufen und seine Stimme hören. Die Stimme eines Freundes.* Sie nahm den Hörer ab, begann die Nummer der Cebrians zu wählen und hing wieder auf. *Bete und arbeite und weine. Tu, was du willst, nur höre nicht auf diese verrückten Gefühle. Ceb geht es gut, und er will dich nicht in seinem Leben. Sieh das endlich ein.*

Da lag ein Stapel Klassenarbeiten, die sie korrigieren konnte, wenn ihr nichts für das Stück einfallen wollte. Eine lauwarme Tasse Kaffee auf dem Schreibtisch war eine stumme Zeugin ihres Kampfes, etwas zu Papier zu bringen. Was war bloß das Problem?

Natürlich – die Einsamkeit. Der wohl bekannte Alltag war wieder da, und er machte ihr Angst. Ceb machte einen neuen Anfang. Eric und Rislène hatten ein brandneues Leben vor sich. Nur bei ihr ging das alte Geleise weiter. *Besten Dank, Gott.* Sie fragte sich, wo all diese Bitterkeit in ihr herkam. *Gut, ich bin halt furchtbar enttäuscht und habe wahnsinnige Angst, ihn wieder zu sehen. Er wird es in meinen Augen sehen. Er wird die Liebe sehen, und was um alles in der Welt soll ich dann machen? Dieser Schmerz hier drinnen, er fühlt sich an wie der erste Schwarm eines Schulmädchens. Ist das wirklich alles, Herr?*

Was wollte sie denn überhaupt? Ceb brauchte eine Chance, sich zu fangen, wieder in Tritt zu kommen. Er war nicht auf der Suche nach einer Beziehung. *Aber wenn ich ihn nur sehen, ihm ein Essen machen könnte ...* Sie hatte tausend Fragen, die sie ihm stellen, tausend Gedanken, die sie mit ihm teilen wollte. Aber vor allem wollte sie ihren Seelenfreund wiederhaben. Nein, dies war kein Schwarm, dies war Liebe. Aber wieder einmal hatte sie Angst, dass diese Liebe zur Unzeit kam.

* * * * *

Ceb wusste selber nicht, warum er in die Galeries Lafayette am Südende des Haupteinkaufszentrums von Montpellier ging. Wie oft hatte er hier mit seinen Kumpeln den ganzen Tag vor dem eleganten Kaufhaus gesessen, wo es wärmer war als draußen auf der Straße. Heute kam er rasiert und ordentlich angezogen und suchte etwas. Etwas, das sehr wichtig war und greifbar nah und doch unerreichbar schien.

Der Arzt der Obdachlosen werden – Dominiques Angebot ließ sein Herz schneller schlagen, setzte den alten vertrauten Motor in Gang. Endlich Arbeit! Aber halt, hatte er nicht von Hingabe gesprochen? Sollte er die Sache nicht zuerst mit Gott besprechen? Eine gute Idee. Aber was er eigentlich wollte, war, mit Ophélie darüber zu sprechen. Sie anzurufen und nach ihrer Meinung zu fragen. *Filie. Schöne Filie. Ich brauche dich. Du musst mir helfen.*

Aber was war mit Dominique? Sie hatten nicht über Ophélie gesprochen, Ceb hatte es nicht fertig gebracht. Er wollte sie nicht hören, die Worte: »Tja, ich bin neuerdings viel zusammen mit deiner alten Freundin Ophélie. Eine tolle Frau.« Es hätte ihm zu weh getan. Und tief drinnen fragte Ceb sich: *Hat Filie nicht jemand verdient, der stark und stabil ist wie Dominique?* Wie er diese bohrende Unsicherheit hasste, diese Unfähigkeit, die Situation zu beherrschen. *Loslassen ... Hingabe ...*

Er wanderte planlos die Make-up-Stände entlang, ignorierte das Werbelächeln der grell geschminkten Models, die ihre Beratungsdienste zu Lippenstiften, Parfüms und Schönheitswässerchen anboten. Alles war so aufgeräumt, ordentlich, sauber. Ganze Gänge mit Tüchern und Ohrringen, Handtaschen und Schmuck. Im Hintergrund spielte ein englischer Popsong. Er wusste nicht, warum er hier mitten in der Damenabteilung stand. Was wollte er überhaupt hier? *Gott, hilf mir auf die Sprünge. Was will ich? Oder was willst du?*

Er fühlte sich so hilflos. Er hatte den Tod seiner Frau und seiner Tochter überlebt und die Straßen der französischen Städte, war mit Rislène aus der Hölle Algeriens entkommen, aber Ophélie sagen, was ihm wirklich auf der Seele lag – er brachte es nicht fertig, war wie gelähmt. Er brauchte etwas, um ihr das zu zeigen, was er nicht mit Worten sagen konnte. Ein Halstuch? Make-up? Lächerlich! Besser ein Gedichtband. Warum also stand er hier?

Und dann sah er es, auf der anderen Seite des Ganges, auf dem obersten Regal. Er lachte laut, ging zu dem Regal und holte es herunter. »Das gibt's nicht!«, murmelte er. Er kaufte es ohne Umschweife und ging aus dem Laden, zurück in die überfüllte Passage, wie ein Schuljunge grinsend.

KAPITEL 33

Der Ramadan war vorbei, sein letzter Abend war in ein ausgelassenes Fest übergegangen. Das Fasten war zu Ende, jetzt hieß es Feiern. Auf den Straßen hörte man Tanzen und Lachen. Heute Abend würde niemand die Opfer zählen, keiner über die Gräueltaten sprechen, die in dem heiligen Monat geschehen waren. Heute Abend war das alles vergessen.

Großmutter Namani war nicht nach Feiern zumute. In ihrem alten Leib riss eine tiefe Verzweiflung, die sie keinem Menschen zeigte. Rislène war für immer für die Familie verloren. Sie war fort. Wie Großmutter Rislène liebte! Aber heute Abend waren keine Tränen, kein Trauern erlaubt. Dieser Ramadan – am besten löschte sie ihn wohl aus ihrem Gedächtnis.

Zum Glück gab es viel Arbeit. Sie und ihr Sohn Youssef hatten beschlossen, dass Nazira Yassir heiraten würde. So konnte man die Familienehre retten, und das Kind war begeistert. Kind? Sie war nur ein Jahr jünger als Rislène. Es würde klappen, o ja, es würde gut gehen.

Yassir war zuerst nicht erbaut gewesen. Nazira hatte nicht die Schönheit ihrer Schwester. Aber seine Familie war ebenso entschlossen wie die Namanis, eine Lösung zu finden für diese furchtbare Blamage, und schließlich hatte er seine Zustimmung zu diesem Ersatzplan gegeben. Wenn er jetzt zu Besuch kam, um Nazira zu sehen, schien er gerne bei dem Mädchen zu sein, aus dessen Augen totale, vernarrte Hingabe sprach.

Großmutter Namani seufzte schwer und begann mit dem Gebetsritual. Hände waschen, Stirn berühren, die Worte wiederholen, die sie seit fast siebzig Jahren rezitierte. Pflicht, Pflicht. Aber die Familienehre würde gerettet werden, und das war das Wichtigste. Eine Hochzeit mit allen Schikanen würde – hoffentlich – das Getuschele und Gestarre der Nachbarn, die sich lebhaft ihre Gedanken über Rislènes plötzliches Verschwinden machten, beenden. Insha Allah.

* * * * *

Die erneute Welle der Gewalt während des Ramadan hatte die Verwirrung und Verzweiflung der Menschen in Algerien nur noch verstärkt. Es wollte Hussein das Herz brechen. Sein Volk lebte nicht nur täglich in der Angst vor dem nächsten Bombenanschlag, es gab auch immer weniger zu essen. An manchen Tagen kam Dounia fast mit leeren Händen vom Markt zurück. Er sah aus dem Wohnzimmerfenster zu dem schwarzen Himmel hinaus. Im Augenblick war alles ruhig, fast friedlich. Die Feiern zur Beendigung des Fastens waren gestern zu Ende gegangen.

Dounia kam aus dem Zimmer der Kinder und trat neben ihn an das Fenster. Sie legte ihren Kopf auf seine kräftige Schulter und einen Arm um seine Taille. »Heute Abend haben die Mädchen mir erzählt, dass sie mit ihren Freundinnen in der Schule nur noch über den Tod reden.« Sie seufzte und schüttelte traurig den Kopf. »Und nicht nur in der Schule, das wissen wir ja. Hinter jeder verschlossenen Tür flüstern Familien über Morde, die gar nicht in den Zeitungen stehen. Die jungen Leute unterhalten sich nicht über Musik und Filme, sondern über den Tod! Hast du nicht auch den Eindruck, dass seit der Entführung dieses Airbus im Dezember wir Algerier in Quarantäne leben, völlig isoliert? Und wir wollen doch nur ein normales Leben, ein Dach über dem Kopf, genug zu essen und etwas, über das wir lachen können. Wird das jemals kommen, Hussein?«

Hussein hörte die tiefe Erschöpfung hinter den Worten seiner Frau. Algerien! Das Land, das er liebte, schien zur Selbstzerstörung verdammt zu sein. Konnte es einen noch überraschen, wenn Jungen mehr daran dachten, Terrorist zu werden, als einen Beruf zu erlernen? Was für eine Zukunft hatten sie denn? Für 5.000 Dinar – den Mindestlohn – war ein Teenager bereit, einen Nachbarn zu töten oder eine Brücke in die Luft zu sprengen.

Was konnte er seinen vier Kindern, diesen Gottesgeschenken, die jetzt in ihren Zimmern schliefen, denn versprechen? Wie konnten sie von etwas Schönem träumen, wenn sie von früh bis spät Geschichten hörten, die schlimmer als die schrecklichsten Alpträume waren? *Wir haben eine Hoffnung in Christus,* sagte er ihnen jeden Tag. *Gott, ob sie mir das noch glauben?*

Und der Rest der algerischen Jugend? Hussein musste an einen Satz denken, der immer wieder vorkam in den Gesprächen der jungen Leute. »Lieber möchte ich durch eine Kugel sterben, als dass sie mir die Kehle aufschlitzen.« War dies der letzte, jämmerliche Tribut des Krieges, dass man sagte, wie man am liebsten ermordet werden wollte?

»Heute Morgen habe ich Fadias Mutter besucht«, sagte Dounia leise. Hussein schloss kurz seine Augen, dachte an das ermordete Mädchen und seine Mutter. »Sie lebt in einer Art Trance«, fuhr Dounia fort. »Du würdest sie nicht wieder erkennen. Sie hat wahnsinnige Angst, dass ihren anderen beiden Töchtern das Gleiche passiert. Den ganzen Tag sitzt sie da, eingeschlossen in ihrer schönen Wohnung, mit Ringen unter den Augen und einer Zigarette in ihren gelben Fingern, starrt auf die Uhr und fleht Allah an, ihre Töchter sicher von der Schule zurückzubringen. Es ist so furchtbar. Ich habe sie gefragt, ob sie zu einem Arzt geht, und weißt du, was sie geantwortet hat, Hussein? Sie sagte: ›Es gibt keine Medizin, die meine Qual wegnehmen kann.‹ «

Hussein nahm die Hand seiner Frau in die seine und begann zu beten, ohne den Blick von der Schwärze draußen zu nehmen. »Lieber Herr, wir sollen Salz und Licht sein inmitten all dieser Verwüstung.« Er dachte an El Amin, und seine Augen wurden feucht. Tod und Leben. Gestern hatten er und Dounia Jala in Abduls und Madiras Haus besucht. Was war Gottes Antwort für sie? Oder für ihn und Dounia und die Kinder? Keine Antworten. Keine einfachen Antworten. »Herr Jesus, wir können nur bekräftigen, dass du auf dem Thron sitzt und allmächtig bist. Wir wollen heute Abend nicht versuchen, alles zu verstehen. Hilf uns, deine vielen Wunder in unserem Leben nicht zu vergessen. Ersticke du den Zweifel, gib uns Mut für morgen. Wir lieben dich und wir vertrauen dir, Herr Jesus.« Seine Stimme sank zu einem gepressten »Amen« herab, während er Dounia an seine Brust drückte.

* * * * *

Der Mistral blies, dass die Drähte, an denen die Ampel über der Straße hing, tanzten. Ophélie hielt vor dem roten Licht an.

Sie sah den jungen Mann mit dem Pappschild in der Hand und den ausdruckslosen Augen sofort. Ihre rechte Hand ging auf den Fußboden vor dem Beifahrersitz und packte eine der zehn kleinen Plastiktüten, die dort lagen. Heute wusste sie, was sie für diesen Mann tun konnte. Da kam er schon. Sie öffnete das Fenster. »Ich kann Ihnen nur das hier geben. Nehmen Sie es bitte, es sind Informationen drin und etwas zu essen. Bitte.«

Die Augen des jungen Mannes wurden schmaler. Argwohn, dann Überraschung. Der Wind fuhr in das Auto. »Bitte nehmen Sie es«, wiederholte Ophélie.

Die Ampel wurde gelb. Der Mann nahm die Tüte und murmelte: *»Merci, Mademoiselle.«*

»Gott sei mit Ihnen«, flüsterte sie, fast zu sich selber. Wie richtig sich das anfühlte. Jetzt wusste sie, was sie den Ampelbettlern geben konnte. *Danke, Dominique. Danke, Ceb.*

* * * * *

Ophélie Duchemin stand vor ihrer Klasse. Sie trug einen blassblauen Pullover und Jeans. Ihre Lippen fühlten sich trocken an. Sie leckte sie zweimal, räusperte sich und lächelte. »Guten Tag zusammen.« Es war die letzte Schulstunde des Tages. Ein Glück. Sie war geschafft, die Woche war lang gewesen. Sehr lang. Ihre Augen überflogen den Raum mit den 22 Teenagern, bis sie an Rislène hängen blieben. Da saß sie wieder, mit ihrem hellen Lächeln und ihrem dicken schwarzen Haar, das sie zu einer seitlichen Rolle aufgesteckt hatte. Ihr schlanker Körper steckte in engen Jeans und einem Sweatshirt. Rislène war wieder in der Schule. Und mit Eric verheiratet. Es war wie ein Traum.

»Soll ich dich nach Hause fahren?«, fragte sie Rislène nach dem Unterricht.

Die junge Frau lächelte. »Nein, ich treffe mich mit Eric zu einem Kaffee in der Uni. Aber vielen Dank.« Sie küssten sich auf die Wangen, und Rislène ging aus dem Klassenzimmer.

Ophélie setzte sich an ihr Pult, kaute an einem Bleistift und dachte nach. Über Eric. Und Rislène. Und Ceb. Darsteller in einem Stück, das nicht sie geschrieben hatte. Sie hatten ihren Text gelernt, sie spielten ihre Lebensrollen, sie hatten den Weg nach Hause gefunden. Gott, und ich bin so einsam. Ophélie legte ihren Kopf in ihre Hände. Keine Tränen, nur Unruhe. Dauernd musste sie an Ceb denken. Es störte ihr Schreiben, ihren Unterricht, ihr Verhältnis zu Gott. Aber was sollte sie machen? Sie war völlig ehrlich zu Gott gewesen, in allem. Brauchte so ein Neuanfang immer seine Eingewöhnungszeit? Hingabe. *Gut, Herr. Nimm du diese furchtbare Leere in meinem Herzen und fülle sie mit dir. Nimm sie.*

Ich bin der Weinstock, ihr seid die Reben. Wer in mir bleibt und ich in ihm, der bringt viel Frucht. Denn ohne mich könnt ihr nichts tun. Nichts ...

Sie kannte ihn in- und auswendig, diesen bekannten Bibelvers. So kurz, so schön. Und so schwer. Wie leicht rannte sie Gott davon, wollte ihm vorschreiben, wie die Geschichte weitergehen musste, wie sie zu enden hatte. Zu ungeduldig, um ihn selber die nächste Zeile schreiben zu lassen. Hingabe – das bedeutete Bleiben. Sein Ich ablegen und Christus anziehen. Sich Gott ausliefern – das war ihr Part. Wenn eine Armee kapitulierte, warf sie auch nicht sofort die weiße Flagge wieder hin und kämpfte weiter ...

Wenn du neu anfangen willst, Ophélie, dann musst du lernen zu bleiben. Einfach da zu sein. Und zu hören. Sie begann, eine Melodie zu summen, und die Worte zu ihr flossen wie von selber aus ihrer Feder. Es waren Worte aus der Bibel:

Bleib in mir
wie Reben an dem Wein.
Bleib in mir,
denn du bist mein.
Leg ihn hin,
den stolzen Wind,
und lern es, Kind:
Bleib in mir.
Bleib in mir,
denn du bist mein.
Leg ihn hin,
den stolzen Wind,
und lern es, Kind,
in mir zu bleiben.

Es war die einfachste aller Wahrheiten, aber für Ophélie die schwerste. Ihr ganzes Leben hatte sie damit verbracht, immer tiefer zu schürfen, sich wund zu reiben mit ihrer geistigen Gymnastik, die so fromm schien, aber eigentlich Gott außen vor ließ. *Wenn es nichts zu tun gibt, dann tu nichts. Sei einfach bei Jesus. Sitze zu seinen Füßen und höre. Und warte. Wirf all deine Sorgen auf ihn. Tu es einfach. Bleibe. Bleibe in ihm ...*

* * * * *

Es war Zeit, nach Hause zu fahren. Sie stand auf, ging aus dem Klassenzimmer, verschloss die Tür und verließ das Gymnasium. Auf den Stufen vor dem Eingang saß ein junger Mann. Er sah vage bekannt aus, ein Gesicht vom Roten Kreuz. Vielleicht hätte sie morgen den Mut, wieder hinzugehen. Der Mann stand auf und sah sie an. »*Madame*«, sagte er bittend. Sie drehte sich zu ihm um und sah das filzige Haar, roch die Alkoholfahne.

»Kann ich Ihnen helfen?« Sie hörte, wie ihre Stimme weicher wurde.

»Ceb hat mich gebeten, Sie zu holen. Er will Ihnen was zeigen.«

Ophélie schluckte heftig. »Ceb?«, sagte sie schwach. Sie spürte auf einmal einen Stein im Magen.

»*Oui, Mademoiselle.* Er wartet bei dem Bus auf Sie. Können Sie kommen?«

»Ceb? Er wartet?« Sie hatte Mühe, mit dem SDF Schritt zu halten, der zwei Stufen auf einmal nahm.

Mehrere andere Obdachlose, die sie vom Roten Kreuz kannte, traten zu ihnen. »Schauen Sie da, Mademoiselle Ophélie! Wir haben 'nen Bus gekriegt, mit gratis Essen, Decken und Kaffee. Und 'nem Arzt mit Medizin. Dr. Ceb! Nicht zu glauben, was? Gratismedizin auf Rädern. Fährt einfach hin, wo wir's am nötigsten brauchen, und Ceb ist der Doktor.«

Nicht weit von ihrem Auto stand ein weißer Kleinbus geparkt. Eine tiefe Freude fuhr durch Ophélie. Was hatte Dominique sich für dieses Projekt eingesetzt! Und jetzt war es endlich so weit. »Seit wann gibt es den Bus?«, fragte sie.

»Seit dieser Woche«, antwortete einer der Männer stolz. »Gehen Sie ruhig mal rein.«

Die Hecktür des Kleinbusses öffnete sich, und Ceb stieg aus. Sie kannte ihn fast nicht wieder. Er trug einen weißen Ärztekittel über seinen Jeans. Sein rotbraunes Haar war kurz geschnitten und sauber, der Bart gestutzt. Seine ganze Haltung strahlte Zuversicht aus. Und seine Augen. Sie konnte ihm nicht in die Augen sehen.

Er trat zu ihr, breit lächelnd. »Hallo, Filie.« Er küsste sie dreimal auf die Wangen, dann nahm er ihre Hände. Seine haselbraunen Augen glänzten aufgeregt. »Komm, schau dir's mal an.«

Ein Schauer lief durch Ophélie. Sie blinzelte. »Ceb?«

Er schien die Frage in ihrer Stimme nicht zu bemerken, als er ihr, ihren Arm haltend, die Inneneinrichtung des Busses erklärte. »Dominiques Baby, und mich haben sie als Doktor angeheuert. Na, wie findest du das?«

Sie schüttelte staunend den Kopf. »Das ist ja unglaublich, Ceb. Genau das, was ihr beide wolltet, wovon ihr geträumt habt.«

»Du hast Recht gehabt mit den zweiten Chancen, Ophélie.« Er drehte sich rasch um, als ob der eine Satz zu viel enthüllt hatte. »Setz dich, ich mach dir einen Kaffee.« Er fuhr fort, immer noch mit dem Rücken zu ihr: »Zurzeit wohne ich bei meinen Eltern.«

»Ja, ich hab's gehört.«

»Es war gut die letzten Wochen.« Er sprach schnell weiter, als habe er Angst vor ihren Fragen. »Hab viel Zeit zum Nachdenken gehabt. Ich bin in die Alpen gefahren, zurück zu dem Unfall.« Seine Stimme wurde eine winzige Spur brüchig.

»Das war sicher nicht einfach.«

»Nein. Aber gut.« Jetzt klang er wie Samuel, der Chirurg; alles in Ordnung, alles unter Kontrolle. Er schien eine Million Meilen weg von ihr zu sein. »Hab ein paar Papiere eingereicht, Dominique hat mir geholfen. Ich werde zwanzig Wochenstunden mit dem Bus arbeiten.« Als er Dominiques Namen aussprach, sah er sie das erste Mal an. »Ich denke daran, eine Praxis in der Innenstadt zu eröffnen, vielleicht als rollender Arzt, wie sie das hier nennen, der täglich seine Runde in den Obdachlosenheimen macht. Wird nicht viel Geld bringen, aber es ist das, was ich möchte.« Der alte souveräne, entschlossene Samuel war wieder da. Dies war nicht Ceb, und dies war nicht das Gespräch, das sie erwartet hatte.

»O, da bin ich aber froh.« Warum klang ihre Stimme so tonlos?

Er bedeutete ihr, auf einer der Bänke Platz zu nehmen, und brachte ihr eine Tasse Kaffee. Er begann hin- und herzulaufen in der kleinen Kabine; auf einmal schien er nicht recht zu wissen, was er sagen wollte.

»Ich habe über dich nachgedacht, Filie.« Sie quittierte den Satz mit einem Lächeln, das, wie sie hoffte, nicht zu einladend war.

»Ich glaube, du könntest mir echt helfen mit der rollenden Praxis hier. Ich könnte eine Assistentin brauchen, für die Schreibarbeiten. Ich hab gedacht, vielleicht könntest du mir am Mittwochmorgen helfen, falls das Rote Kreuz dich entbehren kann. Ich weißt, du hast schon viel zu tun ...« Er drehte unsicher seine Hände.

Eine Assistentin. Ihr Gesicht wurde abrupt länger, das Hämmern in ihrer Brust schaltete von Vorfreude auf raue Wirklichkeit und Enttäuschung. Sie wog ihre Worte sorgfältig ab. »Das ist toll, was du hier machst, Ceb, echt, aber ich ... ich glaube nicht, dass ich dir hier helfen kann.« Sie stand auf. Sie musste sich zusammennehmen, um nicht zu zittern. Seine Assistentin ... Sah er wirklich nicht, wie weh das tat?

»Musst du schon gehen, Filie? Kannst du nicht für den Nachmittag bleiben?«

»Nein, Ceb, das tut mir Leid, ich hab zu tun.« Ihre Hände waren klamm, sie fühlte sich plötzlich schwindlig. »Nein, ich muss ...«

Ceb blieb stehen und sah sie an. Auf einmal sah er wieder wie der unsichere SDF von vor drei Monaten aus. »Bitte geh nicht, Filie. Ich hab ein Problem, ich muss mit dir darüber reden.«

Ein Problem! Sie hatte nicht die Kraft, zu bleiben und sich seine Pläne für den Minibus und für seine Praxis anzuhören.

Es war die reinste Folter. »Es tut mir Leid, Ceb, echt, aber ich habe schon Verspätung, ich muss gehen. Ich kriege heute Abend Besuch.« Sie stieg aus dem Bus aus und rannte zu ihrem Auto. Sie drehte sich kurz um und rief zu ihm zurück: »Das ist wirklich toll, Ceb, ich bin ja so froh für dich!«

* * * * *

Sie öffnete die Fahrertür und schlüpfte in ihr Auto. Bevor sie den Zündschlüssel drehen konnte, klopfte es an das Fenster. Sie schaute hoch und sah Dominiques lächelndes Gesicht. Sie unterdrückte einen Schrei. »Dominique! Was hast du mich erschreckt!«

»Entschuldige, Ophélie! Wo willst du so schnell hin?«

»Ich bin ein bisschen spät dran. Meine Eltern kommen zum Essen. Und Janine.«

»Hat Ceb dir gerade den Bus gezeigt? Wie findest du ihn?«

»O, super. Dass du es geschafft hast, den zu kriegen. Und Ceb eine Stelle zu besorgen. Das ist echt toll.«

»Hättest du eben Zeit für einen Kaffee? Fünfzehn Minuten?«

Ihr Kopf begann, mit ihrem Herzen um die Wette zu hämmern. »Schau, Dominique, das ist sehr nett von dir, aber ich dachte, es wäre alles klar.«

»Vollkommen klar. Nur eine Frage: Janine hat mir was von einer Gesprächsgruppe in eurer Gemeinde erzählt, zu der sie geht. Etwas für – wie hat sie das genannt? – ja, für Sucher.« Er grinste. »Vielleicht komm ich da mal hin.«

»Tatsächlich?« Ophélies Augen wurden schmaler. »Sagst du das jetzt nur wegen mir?«

»Nein, Ehrenwort, das interessiert mich echt.« Er zuckte die Achseln und lachte. »Ich will da allen Ernstes mal hin. Und wenn du auch da bist – na, umso besser.«

»Dominique, bitte ...«

»Keine Bange. Wie geht's den Hunden?«

»Die sind alle untergebracht. Es geht ihnen prima, auch Lassie.«

»Gut. Und du willst wirklich nicht eben 'nen Kaffee mit mir trinken?«

»Ich muss jetzt fahren.«

»Ich verstehe. Tschüs, Ophélie. Bis bald.« Er beugte sich hinunter und küsste sie durch das offene Fenster auf die Wangen.

Bald, dachte sie. *Vielleicht sogar in der Kirche. Verstehe sich einer auf die Menschen.* Dann hatte sie eine Idee. Sie rief hinter Dominique her: »Kaffee geht nicht, aber wenn du willst, kannst du gerne heute Abend mit zu dem Dinner bei mir kommen.«

Er lächelte. »Da mach ich mit, das ist ja toll. Und wann?«

»Halb acht.«

»Prima. Bis dann also.«

Sie fuhr nach Hause. Sie musste ein Essen für Simon, die Dufours, Janine, Bri und ihren Vater richten. Und für Dominique. Irgendwie schien er genau dazu zu passen.

* * * * *

»Alle Achtung, Ophélie, Sie kochen gut! Das war köstlich.« Madame Dufour wischte sich mit der Stoffserviette über den Mund. »So eine begabte junge Frau! Lehrerin, Schriftstellerin, Feinschmeckerköchin. *Oh la la.* Und Sonntagsschullehrerin! Janine hat mir erzählt, dass Sie ständig in der Kirche sind.«

»*Merci,* Madame Dufour. Es freut mich, dass es Ihnen geschmeckt hat.« Madame Dufours letzten Satz überhörte Ophélie geflissentlich.

»Du hast dich wieder mal selber übertroffen«, sagte ihr Vater.

»Excellent«, pflichtete Dominique bei.

»Na, ohne Janine hätte ich das nicht geschafft. Sie ist die Begabte.« Ophélie zwinkerte ihrer Freundin zu.

»Ja, unsere Janine ist schon immer das große Talent in der Familie gewesen«, fuhr Madame Dufour fort, als sei ihre Tochter nicht anwesend. »Und so gutherzig! Die liebe Janine. Wie sie sich für diese Obdachlosen einsetzt! Und auf Ihre kleine Kirche lässt sie nichts kommen, hat sie mir gesagt.«

Die beiden Freundinnen sahen sich an. Bis jetzt war der Abend ein Erfolg gewesen, sogar als sie über den Besuch des Vertreters des Innenministeriums bei David gesprochen hatten. Die Kirche war keine Sekte, hatte er gesagt. Die Geschichte von Rislène und Eric war ihm zwar zunächst bedenklich erschienen, aber er war zu dem Ergebnis gekommen, dass eine weitere Untersuchung nicht notwendig war. Madame Dufour hatte die Nachricht gelassen aufgenommen. Würde sie jetzt eine Diskussion beginnen?

Sie fuhr fort, fast ohne Luft zu holen: »Ich käme nicht im Traum auf die Idee, Janine unter Druck zu setzen, in die katholische Kirche zu gehen. Ich habe sie ja immer schon ermutigt, mal etwas Neues auszuprobieren, nicht wahr, Georges?«

Monsieur Dufour machte »Hmm.«

»Und diese Kirche scheint ja gerade das Richtige für das Mädchen zu sein. Sie hat dort einen Sinn für ihr Leben gefunden, sagt sie. Und gute Freunde. Wenn das nichts ist.« Sie senkte ihre Stimme und sah David an. »Obwohl ich ja sagen muss, dass ich es ein bisschen – na, ungewöhnlich finde, dass dort auch Araber hingehen. Aber man muss halt einen weiten Horizont haben, nicht wahr?«

»Das ist nie verkehrt«, sagte David. Bri nickte höflich.

»Das stimmt, Mutter«, sagte Janine rasch. »Das sehe ich genauso.«

»Und dass jemand auf die Idee kommt, Ihre Kirche eine Sekte zu nennen, also, das ist ja wirklich allerhand!« Madame Dufour legte ihre Serviette auf den Tisch und seufzte auf.

Janine hob ihre Augenbrauen. Ophélie unterdrückte ein Kichern. Simon lehnte sich auf seinem Stuhl zurück und lachte schallend.

* * * * *

Eliane Cebrian versuchte, nicht auf die Uhr zu schauen, die gerade an Mitternacht vorbeitickte. Samuel war ein erwachsener Mann, und kein Teenager, der um zehn zu Hause zu sein hatte! *Aber er ist so aufgedreht, Herr. Die Sache mit dem Kleinbus ...*

»Ins Bett mit dir!« Rémis Arme legten sich von hinten um sie. »Er ist mit dem Bus unterwegs. Das ist jetzt sein Beruf, Schatz.«

»Aber er hat gesagt, dass er heute zum Abendessen hier sein wollte, bestimmt, das hat er gesagt.«

»Schh, Liebes, wir können nicht seine Gedanken lesen. Ich weiß, dass dir das schwer fällt, aber wir müssen ihn sein Leben so wieder aufbauen lassen, wie er das für das Beste hält.«

Eliane nickte, dann legte sie mit einem langen Seufzer ihren Kopf an Rémis starke Brust.

* * * * *

Es war nach Mitternacht, als Ceb den Kleinbus parkte und ausstieg. Er verschloss die Tür und rieb die Hände zusammen. Er hatte nicht vergessen, dass er seiner Mutter versprochen hatte, zum Abendessen zu Hause zu sein, aber er hatte einfach nicht die Kurve gekriegt. Sein Zuhause, das waren die Obdachlosen. Den ganzen Abend hatte er sich keine ruhige Minute gegönnt, um sie nicht wieder vor seinem inneren Auge sehen zu müssen, die Szene, wie Ophélie sich von ihm abgewendet und danach mit Dominique gesprochen hatte. *Zu spät. Zu spät.*

In ihrer Wohnung war noch Licht. Eine halbe Stunde stand er in der Dunkelheit und starrte zu dem Haus hoch. Vielleicht würde sie gleich auf dem Balkon erscheinen und zu ihm herunterwinken? Als die Haustür aufging, trat er in den Schatten zurück. Die Hoffmanns, ein paar Leute, die er nicht kannte, und Janine und Dominique kamen heraus. Dominique unterhielt sich angeregt mit Janine. Den weißen Wagen, der um die Ecke geparkt stand, sahen sie nicht.

Ceb blies in seine Hände und holte eine kleine Plastiktüte aus dem Kleinbus. Als die anderen außer Sichtweite waren, ging er die paar Schritte zu der Haustür und drückte den Klingelknopf, ein Gebet auf seinen Lippen. Filie. Filie. Gott, bitte, gib mir noch eine letzte Chance.

* * * * *

Das schmutzige Geschirr war neben der Spüle gestapelt, die Schüsseln mit den Resten in den Kühlschrank geschoben. Es war ein schöner Abend gewesen, und Dominique hatte sich sichtlich wohl gefühlt. Ophélie war froh, dass er ihre spontane Einladung angenommen hatte.

Lassie und der Kleine Prinz lagen zusammengerollt auf einem kleinen Teppichläufer in einer Ecke ihres Arbeitszimmers. Ophélie gähnte und tätschelte die Tiere kurz. Sie sah ihren Rucksack auf dem Fußboden; er war voll gestopft mit Klassenarbeiten zum Korrigieren. Nun, das hatte Zeit bis morgen. Sie merkte, wie sie wieder die Melodie des kleinen Liedes summte. *Bleib in mir ...*

Die Türklingel ging. Bestimmt hatte einer der Gäste etwas vergessen. Wahrscheinlich Janine, sie ließ immer ihre Handtasche liegen. Ophélie drückte lächelnd auf den Türöffner, ohne in die Sprechanlage hineinzuhören. Sie ließ die Tür etwas angelehnt und ging, weiter summend, zurück in die Küche.

Zwei Minuten später klopfte es leise an der Tür. »Darf ich reinkommen?« Ophélie drehte sich um. In der Tür stand Ceb, ein verlegenes Grinsen auf dem Gesicht, die Stirne leicht gerunzelt.

»Ceb!«, stieß sie hervor. »Was machst du denn hier?« Sie fasste sich. »Ja, komm rein.«

»Entschuldige, dass ich so spät hier auftauche. Ich wollte warten, bis deine Gäste weg waren.« Er hielt eine kleine Plastiktüte in seiner verkrüppelten Hand.

»Warum bist du nicht eher raufgekommen? Das waren nur Vater und Bri. Und Janine und ihre Eltern, und Simon, der Regisseur.«

»Und Dominique.«

»Ja, Dominique war auch da.« Ihre Kehle fühlte sich so trocken an. »Möchtest du dich nicht setzen?«

»Danke, Filie.« Er setzte sich auf das Sofa und winkte ihr, neben ihm Platz zu nehmen.

Er beugte sich nach vorne, wollte etwas sagen, lehnte sich wieder zurück und leckte sich über die Lippen. »Ich ... bin nicht gut in so was. Jetzt hab ich es so oft geübt, aber ...« Er fuhr sich durch sein Haar. »Das war nur ein Vorwand vorhin – das mit der Assistentin. Ich wusste einfach nicht, wie ich dir das sagen sollte, was mir schon so lange auf der Seele liegt. Und da hab ich dir jetzt das hier mitgebracht.« Er langte in die Plastiktüte und reichte Ophélie eine kleine rechteckige Schachtel, die in rot-goldenes Papier von den Galeries Lafayette eingewickelt war.

»Ist das für mich?«

Ceb lächelte. »Ja. Mach's nur auf.«

Ophélie wickelte das Geschenkpapier auf. In ihrer Hand lag eine blassrosa-blau geblümte Schachtel, auf der in Schreibschrift das Wort *Essentiel* stand. Sie starrte sie an, dann lachte sie. Sie öffnete die Schachtel und holte eine kleine, geschwungene weiße Flasche mit einem mattrosa Verschluss heraus, auf der in der gleichen rosa Kursivschrift wieder *Essentiel* stand.

»Dass es das noch gibt – ich kann's nicht glauben!« Sie schüttelte ungläubig den Kopf. Dann schraubte sie den Deckel auf, hob die Flasche an ihre Nase und sog den Duft ein. Es war kein Spitzenparfüm, aber sein delikat-fruchtiges Aroma gefiel ihr. Sie spritzte ein paar Tropfen auf ihren Hals und ihre Handgelenke.

Sie merkte, wie es ihr um die Brust enger wurde. Sie war auf einmal wieder siebzehn, die Teenagerin, die einen Jungen liebte und die wollte, dass diese billige Parfümflasche mehr bedeutete, als sie Samuel Cebrian bedeuten konnte. Sie sah zu ihm hoch, hundert Fragen rasten durch ihren Kopf. Was um alles in der Welt wollte Ceb ihr diesmal sagen? Ihr Kopf pochte, und sie merkte, dass sie Angst hatte vor seinen nächsten Worten.

»Diesmal ist es ernst«, flüsterte er, als ob er ihre Gedanken las. »Ich muss dir sagen, dass du mein Problem bist.« Er rutschte näher zu ihr auf der Couch. »Ich wusste einfach nicht, wie ich das sagen sollte.« Er drückte ihre Hände. »Filie, es stimmt, dass ich deine Hilfe brauche. Aber nicht mit dem Bus. Ich will dich, dich selber. Ich habe solche Angst, dich zu fragen. Du hast doch gesehen, was aus mir geworden war. Du hast mich aus dem Grab zurückgebracht. Ich kann nie sagen, meine liebste Filie, ob das, was ich in deinen Augen lese, Liebe ist oder nur tiefes Mitleid. So lange schon will ich, dass es Liebe ist, denn Liebe ist alles, was ich für dich fühle. Ich liebe dich, Filie. Aber ich traue mich erst jetzt, das zu sagen, jetzt, wo ich neu angefangen habe. Kannst du mich jetzt annehmen?«

Sie weinte und konnte nicht aufhören. Seine Worte schienen in einer fremden Sprache zu sein oder etwas, das sie in einem Stück geschrieben hatte. Seit wie vielen Ewigkeiten schon sehnte sie sich danach, diese Worte zu hören? Er legte seine Arme um sie und hielt sie so zärtlich. Sie vergrub ihr Gesicht in seinem Nacken.

Als sie endlich sprechen konnte, flüsterte sie: »Ceb, wie meinst du das – ob ich dich annehmen kann? Ob ich dich liebe? Wie konnte ich dir das zeigen, wenn ich doch sicher war, dass du nur etwas anderes wolltest?« Sie unterbrach sich, nahm sein Gesicht in ihre Hände und schaute ihm in die Augen – diese hellen, braunen Augen. Sie wählte ihre nächsten Worte sorgfältig: »Ich liebe dich, Samuel Cebrian. Ich liebe dich, so wie du bist und mit allem, was du durchgemacht hast.«

Er küsste sie auf den Mund, ganz ungezwungen. Dann küsste er sie auf ihr Haar und die Wangen. Sie begannen zu lachen, erst leise, dann fester, bis die Tränen in ihren Augen glänzten. Ceb nahm ihre Hände in die seinen. Dann, einer die Gedanken des anderen lesend, flüsterten sie gemeinsam: Das Wesentliche kann man nicht mit den Augen sehen. Der rote Welpe trottete in das Wohnzimmer, wie auf ein geheimes Kommando.

»Ich liebe dich, Filie«, murmelte Ceb, während er sie fest an seine Brust gedrückt hielt. Danach kamen lange keine Worte. Sie spürte die Wahrheit in der Kraft seiner Hände.

Epilog

DEZEMBER 1995

Es war der 24. Dezember, und Elianes und Rémis Haus in Prades-le-Lez summte wie ein Bienenkorb. Dreißig Personen hatten sie für das alljährliche Weihnachtsfamilienfest erwartet, und sie waren nicht enttäuscht worden. Für Ophélie Duchemin-Cebrian, die neben Ceb gekuschelt vor dem großen Kamin saß, war er ein Wunder, dieser Heilige Abend. Der Mann, den sie vor drei Monaten geheiratet hatte, rieb seine bärtige Wange an der ihren; es kratzte angenehm. Ihr Mann! Ein neuer, heller Weg lag vor ihnen. Ophélie las sie auf jedem der Gesichter – die Freude über das, was geschehen war in diesem Jahr. Ceb war nach Hause gekommen. Nach Hause zu ihr.

Eric spielte die Gitarre, während sie leise die Strophen von *Stille Nacht* sangen. Rislène sah ihm zu, in ihren Augen ein tiefer, stiller Stolz. Eliane küsste Rémi auf die Wange, dann drehte sie sich zu Rachel hin, die die kleine Catherine in den Armen hielt. Catherine hatte gestern ihre ersten Schritte versucht.

Dies ist der *Friede des Himmels,* dachte Ophélie. *Dieser Luxus, dass meine Familie um mich ist.* Sie alle. Mama und Moustafa saßen neben Bri und Papa. Heute Abend waren ihre Gesichter frei von Sorgen. Die Sorgen über Arbeitsplätze und Finanzen und Rassenbeziehungen, sie waren weg. *Jesus ist gekommen! Freut euch, jubelt! Dies ist ein heiliger Augenblick. Wir sind versammelt, um den Fleisch gewordenen Christus zu feiern. Er ist gekommen, und alles wird neu.* Dies war kein Tag, den man leichthin abhaken konnte. Er war Anfang und Bilanz. Gott mit uns. Wieder.

* * * * *

Halb freudig, halb wehmütig lauschte Rislène den Weihnachtsliedern. Wie hatte sie sich letztes Jahr danach gesehnt, bei dieser Feier dabei sein zu können. Und jetzt war es so weit.

Die Worte wollten nicht vorbei an dem Kloß in ihrer Kehle. *O Gott, Jesus ist gekommen. Jesus ist gekommen!*

Was war das für ein Jahr gewesen! Einen kurzen Augenblick dachte sie an den Heiligabend vom letzten Jahr und fröstelte. Jetzt war sie verheiratet. Sie hatte ihr Abitur bestanden und das Studium begonnen. Sie und Eric hausten in einem winzigen Studenten-Appartement. *Winzig,* dachte sie mit einem Lächeln auf den Lippen, aber *voll gestopft mit Liebe.* Für die beiden Neuvermählten war es so groß wie die weite Welt. In diesem kleinen Raum waren sie und Eric dabei zu lernen, wie man liebt und vergibt und aneinander festhält. Es war nicht einfach. Nichts an dem Jahr 1995 war einfach gewesen. Aber Gott war mit ihnen.

Ihre Mutter kam mindestens einmal im Monat zu Besuch und brachte Neuigkeiten aus dem Namani-Clan. Im Sommer hatte sie Bilder von Naziras und Yassirs Hochzeit mitgebracht. So weit weg. Ein anderes Leben, ein anderes Schicksal. Manchmal konnte Rislène nur weinen und beten. Sie hatte eine neue Familie, aber oft gingen ihre Gedanken zurück zu Algerien und Großmutters Haus. Dann rissen Angstgefühle an ihrem Herzen, und nach der Angst kam die furchtbare Sehnsucht nach diesen Menschen, die sie doch liebte. Es wollte sie zerreißen. Ihr Trost war einfach, dass Gott den Schmerz um die Lieben, die so weit weg waren, genauso verstand wie die Freude, die um sie herum war.

* * * * *

So oft wusste Ophélie nicht, was vor sich ging in Cebs Kopf. Etwas an ihm würde ihr wohl immer rätselhaft bleiben. Sie hatte sich nie eingebildet, dass es einfach war, eine Ehe zu führen, aber sie fand es ironisch, dass es ausgerechnet Dominique gewesen war, der ihr den besten Rat gegeben hatte: *Gib ihm Zeit. Lass ihn selber seinen Weg finden. Aber vor allen Dingen sei für ihn da, einfach so.* Und es war ein Vergnügen, für ihn da zu sein, dachte sie errötend. Das Leben mit Ceb, es war zärtlich und schwer und selig und richtig.

Manchmal verließ er spät am Abend ihre Wohnung, um

stundenlang durch die Straßen der Stadt zu wandern. Wie er den Menschen der Straße, die er lieb gewonnen hatte, nachging – es machte ihn ihr noch lieber. An diesem Heiligen Abend begleitete sie ihn in die Gassen der Altstadt von Montpellier. »Die Nacht zum 25. Dezember ist die allerschlimmste für die Obdachlosen«, hatte Ceb ihr vor ein paar Wochen erklärt und ihr erzählt, wie entsetzlich leer und schwarz die Feiertage für ihn selber gewesen waren, als er auf der Straße lebte. »Du bist allein, und alles ist so menschenleer. Du stellst dir vor, wie der Rest der Welt im trauten Familienkreis um den Weihnachtsbaum sitzt, und hier sitzt du auf der Straße und keiner denkt an dich.«

Aber nicht in diesem Jahr. Außer den Weihnachtsgeschenken der verschiedenen Kirchengemeinden der Stadt und der traditionellen Weihnachtsseife und den Waschlappen des Roten Kreuzes würde es in heute Abend eine Weihnachtsfeier für die SDFs geben.

Um den kleinen Platz vor der Kathedrale Notre Dame des Tables stöberten mehrere abgemagerte Hunde in den Essensresten, die aus den Mülleimern der Bäckerei an der Ecke überquollen. Tauben stolzierten vorsichtig herum auf der Suche nach Brotkrusten, die die Hunde übersehen hatten. Der weiße Kleinbus hielt neben der kleinen Menschenmenge an, die erwartungsvoll vor der alten Kirche stand. Es hatte sich rasch herumgesprochen, dass es eine Weihnachtsfeier geben würde.

Rislène und Ophélie füllten den heißen Glühwein in Pappbecher. Ceb verteilte die Geschenke. Janine schnitt ihren Weihnachtsschokoladenkuchen an und legte die Stücke zusammen mit anderen selbst gebackenen Köstlichkeiten auf Pappteller, worauf Dominique die Teller in die eifrig ausgestreckten Hände schob. In einem der Mülleimer brannte ein Feuer; die Männer und Frauen stellten sich abwechselnd daneben, um sich zu wärmen.

Als alle ihre Geschenke und Kuchen bekommen hatten, begann Eric seine Gitarre zu spielen. Ophélie und Janine teilten Decken aus, und bald saßen über hundert der Obdachlosen der Stadt zusammen, fotokopierte Blätter mit Weihnachtsliedern in der Hand, und sangen mit krächzigen Stimmen: *Christ, der Retter, ist da. Christ, der Retter, ist da.*

* * * * *

Die Feier war vorbei. Ceb schlüpfte in die kleine Kathedrale. Er kniete sich vor den Altar und betrachtete das Kreuzigungsgemälde. »Heute Nacht vor so langer Zeit kamst du zu uns«, sagte er leise. »Und dann bist du für uns gestorben. Danke, Herr, für die Wundmale an deinen Händen.« Dieses neue Leben, das Gott ihm geschenkt hatte – Ceb konnte nur staunend davor stehen. Jedes Mal, wenn er sich um die Kranken und Obdachlosen kümmerte, schickte er ein stilles Dankgebet zum Himmel, dass er mit seinem Leben anderen Menschen helfen konnte. Wie viel besser war dies doch, als nur ein hoch angesehener und gut bezahlter Arzt zu sein. Seine Kapitulation vor Gott war zu einem heilenden Balsam geworden, den er jetzt an andere weitergab. Dieses Geschenk der Heilung, es war größer und schlichter und reiner, als er es je für möglich gehalten hatte.

Er hörte ein Geräusch hinter sich und drehte seinen Kopf in die Richtung. Ophélie kam in die Kirche. Filie. Seine Frau. Wie gerne er ihr fein geschnittenes Gesicht betrachtete, wenn sie schrieb oder Arbeiten korrigierte oder schlief. Sie war ein Kunstwerk. Seine Seelengefährtin. Diese letzten drei Monate mit Ophélie waren nicht einfach gewesen. Das Leben war kein hübsch eingewickeltes Geschenk unter dem Weihnachtsbaum. Es war immer wieder anders, jeder Tag eine neue Herausforderung. Aber lohnend; die täglich neue Hingabe an Christus, das Bleiben in ihm machte es möglich. Ihre Ehe war eine gute, schwierige, wachsende Gemeinschaft. Nicht einfach, aber real, voll von pulsierendem Leben. Sie wussten alle beide, dass sie etwas war, das es mit absoluter Treue festzuhalten galt, ja das überfließen musste in das Leben der anderen Menschen wie der Duft eines edlen Parfüms, der noch lange, nachdem sein Träger wieder gegangen ist, die Luft eines Zimmers durchzieht.

Ophélie kniete sich neben ihn und nahm seine Hand. Er zog sie noch näher zu sich und flüsterte: »Hier habe ich mich das erste Mal getraut, wieder zu beten. Ich habe Gott gebeten, etwas zu tun. Und dich zu mir zurückzubringen.«

Ihre Lippen berührten seine Wange.

»Ich fürchte, dies wird immer unser Leben sein, Filie, Liebes. Hier unter diesen Menschen.«

Sie nahm seine verkrüppelte Hand und betrachtete sie. »Dies ist doch genau das, was ich möchte, mein liebster Ceb, das weißt du doch. Egal was es kostet.«

»Wir machen ein gutes Paar, Filie.«

»Ja, das tun wir, mein Kleiner Prinz. Das tun wir.«

Historische Anmerkung

Der Krieg in Algerien geht weiter. Die Menschen müssen von mageren Essensrationen leben, unschuldige Zivilisten werden zwischen den Mühlsteinen des Regimes und der militanten islamischen Gruppen (insbesondere der Islamischen Heilsfront FIS und der 1992 gegründeten GIA) zerrieben, immer wieder kommt es zu Massakern. Überall im Land schließen beherzte Bürger sich zur Selbstverteidigung zusammen, aber in den meisten Gebieten ist niemand vor dem Terror sicher.

Die Christen in Algerien treffen sich weiter im Untergrund. Bibeln, christliche Literatur und christliche Videos werden in kleinen Mengen ins Land geschmuggelt; hin und wieder gibt es Besuche von Gläubigen aus dem Ausland. Rislènes Geschichte ist erfunden, aber nicht frei erfunden; sie ist typisch für das Schicksal vieler nordafrikanischen jungen Frauen, die zum Christentum übergetreten sind.

Die Situation der Obdachlosen in Frankreich bleibt kritisch. Jedes Jahr weisen Hunderte Männer, Frauen und Kinder auf den Straßen die helfende Hand der Hilfsorganisationen ab und sterben einen einsamen Tod. Es ist mein Gebet, dass Sie, lieber Leser, sich für das Schicksal der verfolgten Kirche in der Welt wie für das der Obdachlosen in Ihrem Land einsetzen. Ihr Einsatz zählt!